JN144502

谷沢永一

二巻選集 上 精撰文学論

浦西和彦編

言視舎

目次

第四章　文章読本

谷沢永一　二巻選集　下　精撰人間通（鷲田小彌太編）の内容

谷沢永一　二巻選集　上　精撰文学論

第一章　日本近代文学史の構想

日本近代文学の存立条件

一

日本近代文学は、欧米諸国の他の先進資本主義社会が生んだ文学のどの系列と較べても、掛け値なく、絶対に遜色のない機能的遺産を積み重ねて来た。即ち、日本近代文学は、同時代及び後続世代の、各時期に於ける社会構成成員の限られたどれか一部分に対してだけでなく、横にも縦にも十分に広がりと幅とを持った各階層の、立脚基盤を異にするそれぞれの精神内部の奥深い襞にじっくりと食い込み、生活感情では互いにはっきりと隔差を持つ各個人にとっても、やはり欠くべからざる心の糧として、共に依存しなければならぬ存在として、社会的に貴重な機能を根強く絶え間なく発揮しつつ、生き続けて来たのである。

実際に生産された文学作品の外貌と様式的形態とのみを西欧のそれと上っ面だけ比較して、国産品の弱体と貧困とを、或いは論難し、或いは嘆いてみせる文筆業的スタンドプレイは、高山樗牛以来、横文字の習得に少し長けた、明治期秀才の系列を受け継ぐジャーナリストたちの最も安易な習慣であり、その惰性的論法は、常に新しい局面に即応した新しい装いの借り入れによって、現在も尚、再生産され続けている。しかし、言うまでもなく文学作品は、ただ、白い用紙に黒い活字で印刷して図書館の棚に蔵い込み、その社会的機能と存在理由とから切り離した抽象的様式形態を、外国から来る観光客にへっぴり腰で垣間見せる見本市用陳列装飾品として、間に合わせに提示する為の試作品ではない。

元来、文学作品は、それを産み出し育てた個々の社会的条件の上に立って、逆に、その社会特有の精神風土に如何に働きかけ、どのような役割を果したか、また果し得なかったか、その機能発揮形態によってのみ、評価されるべきである。勿論、点数を甘くするなら、極く限られた意味で彼らの認識は、西欧近代文学と日本近代文学との現象的対比リストの作成という面に寄与する部分もあったし、その評価の仕方に於いて、必ずしも的外ればかりではなかった。彼らによる指摘は、問題の表面を一撫でする点では、個々の事象に対して事毎に微細な誤りへ落ち込む試行錯誤を繰返しつつも、大筋に於いては正しかったと言えよう。

しかし、それは、ジャーナリズム的リアリズムの限界を一歩も出ない評価方法であった。その把握は、一応正しいが、生きていない。たとえ真実を衝いてはいても、日本近代文学が独自に繰広げた展開法則の発見と、現代の時点に於いて日本文学が直面している課題の解決に当っては、何の役にも立たない。その意味に於ける彼らの先天的無能は、誰の目から見ても、明らかに既に検証済みである。

それなら、彼らの努力は何故空転に終ったのであろうか。彼らの態度は、日本近代文学が、ほかならぬ日本近代社会構成各員の精神史に、どのような貢献をなしたかという問題意識、即ち、日本近代文学が現実に発揮した社会的機能への凝視を怠り、その実績を客観的に評価する為の視座の設定を、思考の埒外に置き忘れているからである。このような思考習慣に終始抵抗して来た小田切秀雄でさえ、その抵抗の過程で逆にその毒素に微弱ながらも侵され、彼らに対する説得力を強める戦術を重視するのあまり、『文学史』（『日本現代史大系』第八回配本・昭和三十六年十一月・東洋経済新報社）の「はじめに」置いた言葉のなかへ、「日本文学がこの百年間につくりだしたものは、〝やせ馬〟なりにやはり〝馬〟であった」、と、弁護論を書き込む配慮により、日本近代文学が西欧正統的伝統の核を内に潜み育てた事情の指摘を基礎とする価値再確認の主張に傾いている。

しかし、問題の核心は、日本近代文学が、〝やせ馬〟なりにやはり〝馬〟であった事実の再発見にあるのではない。そうではなくて、日本近代文学が、〝西欧型の馬〟でなく〝日本の馬〟として、独特にそして豊富な展開を遂げたこと、その点にある。そして、その幅広い豊富さと無視し難いエネルギイの発現を通じて、明らかに〝日本の肥えた馬〟として成育しながら、その肥えかたに於いて、非常に例外的な日本独特の現象を呈した事実の分析方法をどう発見するか、ここに、解決を早急に要請されている現代的課題のカナメがある。

現代日本文学が直面している困難は、日本近代文学伝統が〝やせ馬〟であったこと、即ち、伝統の貧困と未成熟とが現代まで欠落要素として持ち越されて来たというような、文学的資本蓄積不足に基づくのではない。そのような迷信に縛られている限り、当面する窮境の打開方法は、日本近代文学伝統に何物かを附加する為のそのアルファを求める迷子探しの愚に、自らを閉じ込める堂堂巡りに終らざるを得ない。

問題の所在は、逆である。現代文学の困難は、そして、現代の意識的良心的な作家たちの行先を遮り、彼らがそれに突き当って解決のメドを摑むことが出来ず、途方に暮れている容易に乗り越え難い絶壁は、断じて他に類例を見ない余りにも独特な日本近代文学伝統の豊富な重さ、日本近代社会に於いてはどうしてもそうなる以外に他に方法のなかった異常な偏った肥え方の結果である歪つにずっしり伸掛る遺産の圧力、そのものである。日本近代文学は、世界史的に極めて特殊な形態を採り、非常に輝やかしいが、しかし甚だ奇怪な成長を遂げた。そして、その特殊性と奇怪性を生んだ条件は、現代に至っても尚その本質を変えることなく存続している。従って、日本近代文学の偏った奇怪な豊富さの伝統は、現代に生きる我々自身の精神構造の内部に於いて、絶えず再生産され続けているのであり、その事情が、現代作家の方向喪失となって顕在化しているのである。伝統とは、我々の内部に生き続けているものの謂である。日本近代文学史の検討は、我我自身を根柢から批判し、我我自身を変革して行く条件の発見と創造なくして、断じて遂行され得る課題ではない。日本近代文学の貧困が、現代作家の混迷を招来したのではなく、伝統の奇怪な豊富さを、現代作家が自己自身の内部で変革して行く条件を見出せないでいる現状、そこに現代文学の遭遇している困難の本質があるのだ。日本近代文学伝統の不足部分を探し出して、それに何物かを添附し増加しようと計る文学遺産上の今になっての賃上獲得運動が、全くの徒労であり、無意味であることは、戦後十数年の場当り的な生温い探索結果によって、既に確認済みである。

今や視点を本筋に戻すべきときが来た。問題の焦点は、日本近代文学をして、現実に今我我が眼前にしている如き独特な開花と展開と蓄積へ導いた内在法則の発見の為に、どのような手懸りを摑むか、その糸口を手操り出す努力の方向決定である。

もとより、一見したところ、日本近代文学が、西欧市民社会に発展した所謂本格小説を成育させ得ず、それと単純に比較した場合、枚挙に遑なき数数の致命的弱点を持ったまま、それを基本的には匡正し得ず、現代に至った事実は、絶対に無視することが出来ない。しかし一方、欧米先進資本主義諸国に決定的に立遅れた時点から出発する極度の困難を強いられながら、しかも拠るべき如何なる他の範例もなくして、全く独自に内発的に、異常な速度で必死に発達した日本資本主義社会構成の内部に於いて、そのようなスタートラインのハンディキャップを、考え得る最も賢明狡智な方法を案出して指導育成された〝上からの資本主義〟の、不可避的内在矛盾の止むを得ざる犠牲者として生涯を送り終えなければならなかった日本近代のインテリゲンチャ及び大衆にとって、日本近代文学がどれ程必要不可欠の精神的必需品として機能して来たか、その一貫した甚だ日本的な社会的価値樹立の使命に応え、それを果して来た日本近代文学の独特の輝やかしい役割を、その厳粛な歴史的客観的事実を見落しては、日本近代文学史の把握は絶対に不可能である。

問題は、日本近代文学が産み出した作品群を、外から様式的に判定する分類作業の仮説的精緻度の如何にあるのではなく、日本近代文学が日本近代社会に於いて強いられた役割と、それに基づいて発揮した諸機能とを、内側から確認する評価軸の設定そのことに存する。

二

　事実の問題として、少なくとも大正中期、現代の文学史研究者が、文学諸現象の俯瞰に立脚して、そこに近代文学と現代文学との境界線を引くべきだと大まかに目安を立てているその大正中期以前、明治初期から自然主義を経て白樺派の文学的完成に至る間の、日本近代文学の根幹部分が生育形成された時期に於いて、日本近代文学は、言葉の厳正な意味で〝文学〟であるにとどまる存在ではなかった。

　この時期の日本近代文学は、果して〝文学〟であったか。明らかにそうではなかった。それは、文学であるよりも前に、まず哲学であり、宗教であった。日本近代文学は、その階級矛盾の他国と較べようのない独自な展開過程、いや、非展開過程の必然として、日本の哲学を、また、日本の宗教を、極く一部のキリスト者を除いて、遂に大正末期まで、発生させることの出来る基盤を形成し得なかった。その結果、日本の文学は、哲学が果すべき役割、宗教が発揮するべき機能を、すべて一身に引き受け、その要請に応え得る存在として、自らを形成する使命を課せられた。哲学を求め、宗教に縋らんとする人間感情の飢渇を癒すに足るものは、近代日本に於いては文学しかなかった。思想に対する要求を抱く者は、すべて、文学のなかにそれを見出さざるを得なかった。日本近代文学は、まず、日本の哲学として、日本の宗教として、期待され、その欲求に応え得る形成方向を強いられたのである。

　明治期の学説鵜呑み紹介的な講壇アカデミズム哲学が、魂の入っていないただの木偶人形にしかすぎぬ陋醜は、その甚だしい現実遊離の不消化性、いや、消化意欲そのものの根柢的欠如のなかにあって、僅かに幾分自己の肉声を通しての、その限りでは糞真面目な学説習得記録である『善の研究』が例外的に出現したところで、全体としての偽物性がカヴァーされ得るに至らなかった。西田幾多郎によって、曲りなりにも日本の哲学が自立し得る為の芽が提出されるのは、後年、左右田喜一郎が「西田哲学の方法に就いて—西田博士の教を乞ふ—」（『哲学研究』第十一巻第十冊・大正十五年十月）を書き、まさにその時点を以て「西田哲学」の成立を確認した、「働くもの」（『哲学研究』第十巻第十冊・大正十四年十月）及び「場所」（『哲学研究』・第十一巻第六冊・大正十五年六月）の発表によってであり、それを可能にした要因は、西田が一応彼なりに、日本独自の階級矛盾を自分の身内で考える課題に足を踏み入れた思考転換の、ひとつの結実であったからである。

　こうして、明治期に於ける哲学と宗教と、即ち思想一般の不成立・非存在の状況下、日本近代社会に生きる人間の、身悶えする思想と感情の鬱屈内攻を掬い上げ、彼らと共に苦しみ、共に悩み、その苦悩の泥沼に身を浸し、そこから近代日本の思想と感情を表出するエネルギイを汲み上げ、彼らの代弁者となったものこそ、大正中期までの日本近代文学であった。従って、この時期にあっては、思想が思想として自立し得ず、当然、おのれが思想であると汚らわしくも名乗り出るものが悉く偽物であるという思想的不毛性の現実が、偽らぬ実相である以上、逆に、思想性のシの字も帯びていないことが即ち唯一の忠実な思想性の表明であった。明治期文学に於いては、思想性を排除する計らいによってではなく、つまり、排除するに足る当の思想そのものが成立していないのであるから、始めから思想性を帯びない自己形成こそ、逆に、文学の思想的自己樹立であった。ここに、日本近代文学が、その完全な非思想性の故に、明治期日本社会の思想的飢渇を癒す存在、その思想的代弁者となり得た事情が伏在する。日本近代文学が、所謂西欧的本格小説を形成せず、しかも、日本人の生きた生活感情の最も真摯な肉声的表現として、社会構成諸階層の身内に沁み通り、他の何物もがなし得なかった程その心琴に触れ得る独自の達成を示すことの出来た理由のひとつは、日本近代文学がその社会的要請を体現して採ったかくの如き特殊の形態そのものに存する。

本来、西欧先進資本主義諸国に於ける近代文学は、哲学や宗教と対決抗争する過程を通じて、相互に浸透交流を重ねつつ発展した。正常な発展過程を辿った資本主義社会に於いては、階級矛盾が自律的に展開され、従って、思想は階級対立を通じて出現し、階級的要請を代表し、階級的敵対物を見定め、それに挑むことによって社会と対決し、それを通じて自立する。しかし、のちに詳述する如く、政府による上からの組織性を中心とする日本資本主義形成過程に於いては、プロレタリアートの階級的主体の形成が稀釈され、従って、農民の階級的主体性の確立が阻止された結果、階級対立が曖昧化され、階級矛盾の自己展開がおしとどめられ、停滞した。このような日本近代社会に於いては、哲学が自立し得る根拠を見出すことが出来なかった。この場合、必然的に、哲学・思想は、個人の内面に籠もる。ここに、思想の文学化という現象が生じる。

更に、階級対立が尖鋭化しなかった近代日本に於いては、露骨な階級対立意識が、搾取者の側にも、被搾取者の側にも、共に発生し得ない。従って、資本主義社会に於ける宗教の社会的役割、即ち、残存する封建的諸要素に対する一応の抗争態勢を誇示する働きを前面に押し出すささやかな社会的行動によって、資本主義社会の真の階級対立を陰蔽する手続きすら、日本資本主義は必要としなかった。いや、それどころか、日本資本主義に於いては、封建的諸要素をフルに活用し、それを再生産し続けて行く政策こそ、自己の形成存立発展に不可欠の基盤であった。即ち、形成期の日本資本主義は、あらゆる意味に於いて宗教を必要とせず、従って、日本には、資本主義的宗教が成立しなかったのである。

かくして、明治期に於いては、哲学と宗教との不在の為、文学のみが独走的に発展し、文学が哲学と宗教とに代位する結果となり、文学は思想の文学的形態としての機能を持った。これは、誰彼の個人の錯誤に基づく現象なのではない。まさにこのようでしかあり得なかった点にこそ、日本近代社会の特異な構成原理が露呈している。ここに、本来の意味でのリアリズム、即ち、社会と対決し、客観的対象の運動法則を把握する過程を通じて自己を認識する方法、その成立が日本近代文学に於いては不可能であった社会的基盤の現象形態が観取出来る。

そして、明治期に於ける文学の思想化は、同時に、真剣な思想的志向を抱く者をすべて内面に立籠らせ、その表現形態を悉く文学化する結果を招いた。この時期、思想的志向と文学的志向とは、その目指す方角ではいくら分離を企図しても、結果的には、表現形態の文学性という面で再統一されざるを得ず、同時に、このような再統一によってしか、分離並行を目論見得ないという宿命を負わされたのである。

では、日本近代文学、及び思想的志向の、形成存立過程を一貫するこのような特殊形態は、何を基盤として生まれたのか。文学や思想が或る特殊な形態を採るに至った原因は、そのようなひとつの形態を必然化した特殊の条件の存在である。日本近代文学が、その形成存立に当って採らざるを得なかった誰の目にも明らかな特殊形態の内実分析は、その形態を支えた条件の剔抉なくしては絶対に不可能である。文学史把握の真髄は、その形成存立展開法則を規定した条件の分析によってしか解明出来ない。従って、日本近代文学の存立条件の分析こそ、日本近代文学史方法論確立の第一着手でなければならぬ。それを怠った現象追随主義から、日本近代文学史を近代的自我確立過程と見做す錯覚が生じたのである。

三

日本近代社会は、言葉の真の意味に於ける近代的自我を成立させ得たか。断じて否。日本資本主義の特殊性は、近代的自我をこの日本に成立させ得る為の条件を作り出すことが、絶対に出来なかった。封建的要素が残存していたからとか、日本の近代化が遅れたからとか、そういう次元に属する問題ではなく、日本に於いては、近代的自我成立の条件が、形成されなかったのである。日本の自我は、明治期の特殊な階級的主体形成過程が生み出したひとつの特異な自我である。それは、封建的自我でもなく、近代的自我でもない。このような例外的現象としての特異な自我を、単純に近代的自我と思い誤る限り、日本近代文学の特殊性をその視点からいくら追求しても、見当違いの迷路に彷徨い込むだけであろう。

近代的自我・ブルジョア的自我を形成する条件は、資本主義社会の成育期に現われる生産の無政府性、それに基づく社会構成原理としての無政府性そのものである。近代的自我は、偶然的他者に依存することにより、始めて自己確立が可能となる。依存とは他者の力を借りて自己の生活を成立させる存在形態、即ち、たとえば、商品生産者にとって、自分が生産した商品を誰でもよいけれども兎に角自分以外の者、他者に売るという行為によってしか、自己の存在を維持することが出来ない状態、そのような人間関係のなかへ自分を投入する生き方を意味する。そして、この他者への依存の数量と程度が増加すればするほど、自己の主体的力倆が強化される。即ち、依存対象である他者が、もし単一であれば、相手が弱体化し、更に崩潰した場合、自分自身も運命を共にして直ちに破滅しなければならぬ。従って、自己の主体的力倆の強化を計る為には、不断に依存対象の拡大に努めることが絶対的に必要である。しかも、その拡大過程は、とりも直さず、全く予測不可能な暗闇のなかへ飛び込んで行く果てしのない冒険である。こうして、偶然的他者への依存、依存の拡大による暗闇のなかへの自己投入、その不断の闘いを切り抜けて行く経験の自覚的血肉化を通じて始めて、真の近代的自我が形成され得る。近代的個性は、闇のなかで、盲目的偶然のなかで自己拡大を計り、自分以外のものすべてを征服しようと努める。正常な資本主義発展過程が生み出す近代的自我の原型は、『危険な関係』や『パルムの僧院』に描き出されている如き、たとえば恋愛しながらも、絶えず相手を冷ややかに凝視し、評価を時々刻々に改訂し、目的意識的に相手を操る行為のなかから自己自身の存立形態を自覚して行く生き方を採り、他者との関係のなかから、それを通じて自己を発見し確立して行くような、そういう覚めた個性である。

　それと逆に、他者から自己を隔離し、閉鎖的に自己を守り、それを自己自身の純粋化・独立化と心得て、その上で自分の内面を掘り下げる生き方は、対象と主体との対決が行われないのであるから、デカルト的段階に於ける抽象的個の発見にすぎず、断じて近代的自我確立の方向ではない。出来るだけ自分自身の内部に閉籠り、自分以外の何物をも信じない態度の実質は、近代的自我とは無縁な、農民的封建的自我であるにすぎない。その自己閉鎖に凝縮した熱度の自己燃焼的輝きを、近代的自我の発露と勘違いするのは、明らかな誤読である。それは、封建的小農民が自分自身しか信ぜず、自分の現在行っている伝来の農法をそのまま継続し墨守しようとだけしか考えないその思考様式が、日本資本主義の特殊形態存立の必要上、意識的に再生産された結果としての、変形された自己主張であるにすぎない。

　志賀直哉に於いても、自我を、他の何物からも圧迫されない状態に於いて、他者の介入を一切排除拒否する計らいにより、純粋化し防衛することにのみ、意識が集中している。この態度は、他者との関係のなかに自己を投入する過程で成立する近代的自我と、明確に異質である。しかし、日本近代社会の生んだ特異な自我の形態が絶対的な前提となっているとき、結果的には志賀のこの方法が、日本的自我の存在形態を、その核心的構成を、最も忠実に反映した集約的表現となった。志賀が近代的自我の確立に成功したと評価するのは、完全な誤りである。逆に、彼は、頑なに自己を他者から遮蔽する計らいによって、近代日本の甚だ特異な自我形態の原型を表現することに成功したのである。ここに、志賀直哉が日本近代文学史に於いて占める決定的優位の根拠がある。と同時に、本来、真の近代的自我とは異質である志賀の自我は、当然、自己自身の能力でそれを拡大強化する方法を持たないのであるから、或る時点に於いて幸運にもその表現を完成した途端に、それ以後の展開を持つことが出来ない。従って、志賀直哉文学の根本問題は、彼が如何にして自我の日本的特異性を文学表現に定着し得たか、その方法獲得過程を究明することにある。それ以後に於ける彼の停滞と衰弱をいくら発き立てても、問題の本質に触れる結果とはならないであろう。

　このように、近代日本に於いては、近代的自我形成の条件が与えられなかった。それは何故であるか。日本近代社会のあの急激な発展の源泉は、明治の資本主義が上からの組織力による計画的育成であり、始めから組織化されていたという事情である。この為に、生産の無政府性が表面化しなかった。明治資本主義が育成した軍需産業そのものはもとより無政府的であるが、それが強力な組織力のもとに進行したから、資本主義的無政府性が、組織力のもとに掩い隠されてしまった。従って、無政府的生産のもとでの個人の流転や格闘が、行われ得ないで終ったのである。

　こうして、条件の存在しないところに、近代的個性が実現する筈もない。では、近代的自我の生育しない状況下に展開した日本近代文学に於ける個性の内実は何か。更に、そのようにひとつの特異な自我が形成された近代日本の特殊の条件は如何なるものであったか。そして、正統的な近代的自我を中核としないで、尚且つ甚だ特殊的にではあるが豊かな成熟を遂げた日本近代文学展開の原則は何に求めるべきか。それが、問題の根本である。

　ただ、その前に、ひとつだけ、念を押して明らかにしておかねばならぬ学説史的事実がある。それは、日本近代文学史を近代的自我の形成過程と見做す錯覚に陥っている多くの謬説のなかに、そのような図式的公式主義を決して採らなかった小田切秀雄を、敢てその誤解者グループのなかへ数える暴挙によって、彼の学説を意識的に歪曲し貶めようと企てている一連の悪質なデマゴーグに対する摘発である。そのオルガナイザーのようになっている飛鳥井雅道は、「政治小説と『近代』文学—明治政治小説再評価のために—」（『思想の科学』昭和三十四年六月号）以来一貫して、小田切の学説をそのように歪めて解したふりをし続けており、更に、さきほど「近代文学における個人Ⅰ」（『文学』昭和三十七年五月号）と題して臆面もなく公表した支離滅裂な読書ノートの断片に於いては、小田切の「日本資本主義と人間性の問題」（河出書房『近代日本文学講座』第一巻・昭和二十七年五月）からその一節を抜き出し、その上で、「近代とは個人確立史だと、無邪気に書きつづけてきた」人たちの一員に、小田切が属する、と断じている。しかし、そこで飛鳥井が列挙して見せた他の三人の、彼らそれぞれの論理の精髄部分では絶対にない断片的記述のなかには、掩うべくもなく、つい筆を滑らせた軽率な図式主義が窺えるけれども、四番目に置いた小田切の、恐らく飛鳥井が鵜の目鷹の目で一汗掻いた末、都合の好い章句が発見出来ぬまま、せめてこれでもと強引に取り出して来たのであろう一節の、引用部分だけに限って見ても、他の三人とは歴然と質的に異なる柔軟な把握態度が観取出来るのであって、その一節に於いてもまた他のどの文章に於いても、小田切は、「近代とは個人確立史だ」などという子供じみた図式主義を、決して提出してはいない。小田切の問題意識のひとつの方向は、日本近代文学史の展開軸のなかから、近代的自我確立を目指す衝動が如何に苦難を喫し、不可避的な挫折に遭遇しなければならなかったか、しかも尚、勝利の保証なきその悪戦苦闘を通じて迸り出たエネルギイが、日本近代文学の系譜を如何に支えて来たか、その歴史的事実の発掘と認証とに、一貫して集中しているのであると私は読み取る。彼のそのような問題意識そのものの分析深度や研究史的意義を、冷静に突放して再評価する試みは必要であるし、誰よりも先に彼自身、その企てを切望していることに疑いを挟む余地はないが、飛鳥井の大道賭博師的瞞着の如き、わざと歪めた曲解の上に立つ汚らわしい報復的貶斥は、最も陋劣な奸策として唾棄すべく、いわんやその飛鳥井の尻馬に乗って平岡敏夫までもが、「ふたつの『文学史』をめぐって」（『文学』昭和三十七年五月号）に、小田切の学説を、「近代文学＝自我の文学とするその自我史観」であるなどと、多分自分でも十分責任を持てないであろう出来合いの言葉を借り入れて得得としているのは、黙視するに堪えない軽薄である。

以上は、大局的見地からすれば、どれも取り上げるに足りない囈言にすぎぬが、いずれにせよ、問題の核心は、近代日本に於いて、真の意味に於ける近代的自我確立の条件が、何故形成されなかったか、その点を明確に分析する方法の獲得にあるのだという前提を、重ねて強調しなければならない。

四

日本近代社会の特殊な形態を規定した決定的要因は、それが当初から徹頭徹尾、〝上からの資本主義〟として育成されたという歴史的事実である。もとよりこの事情は、誰でもが、疑うべからざる与えられた公式として、頭のなかに一応覚え込んではいる。しかし、この明らかな事実が、日本近代社会の階級矛盾の展開原則としてどのように特殊な条件を作り出し、その条件が、階級対立関係の甚だ歪つな格別の形態を如何に形成したか、更に、その特異な階級対立関係形態のなかで苦悶する課題を背負わされた日本近代の作家たちが、どれほど変則的な、けれども日本近代文学にとって、所詮それ以外にどのような方向をも採り得なかった唯一の局限された道程に於いて、否でも応でも直面しなければならなかった〝生みの苦しみ〟の実質は何か、それらの根幹的疑問を、冷厳な社会発展の原則として把握する分析は、現在まで遂に着手されず、未解決の課題として残っている。この問題を解く鍵は、上からの資本主義育成過程が、近代日本に於ける階級主体の形成と階級矛盾の展開とに、どのように特別な形態を与えたか、その解明に焦点を合わせる究明方法の樹立である。今までの安易な、公式主義にさえ達し得ないほどの、原則を忘れた研究者たちは、階級という言葉の意味するものを、まるで客観的統計のなかにあるものの如く錯覚して来た。それでは、階級という概念を理解することなど全く不可能である。階級とは、主体的に生きている矛盾である。それは、社会構成各員の生活のなかにあるもの、それを貫徹している矛盾の法則である。このように、今までの統計主義的階級観からはっきりと視座を転換し、近代日本の階級矛盾の原則を把握する為に、もう一度振り返って、上からの資本主義育成という歴史的事実の持つ真の意味を究明しようではないか。

まず最初、真先に確認しておかねばならぬこと、それは、明治維新政府にとって、日本を可能な限り速やかに、どんな方法を採ってでも一刻も早く、是が非でも資本主義化せねばならぬ使命が、最高至上の、絶体絶命の世界史的法則の要求するところとなって、課せられて来たという事情である。そして、この要請を、明治政府は驚嘆すべき異常な創意を発揮して、現実化する事業に成功した。その為には、民間私企業の自然発生的成長を暢気に待っていることなど絶対に出来なかった。許された方法は唯ひとつ、上からの資本主義育成である。これ以外に、他にどんな方法が可能であったろうか。

そこで、明治の政府は、明治初期の日本が持っていたあらゆる経済力、利用し得るすべての資源と、決定的に貧困であった資本とを、案出し得る一切の施策を通じて総動員し、それを最も計画的に組織的にフルに活用して、上からの資本主義育成に全智脳を絞って専念した。日本の資源は、言うまでもなく、問題にならぬほど貧弱であり、これに頼ることなど思いも寄らなかった。そして、資本もまた完全に不足していた。但しこの場合、明治初期の日本に於いて、財そのものは決して貧困ではなかった。金そのものはかなり豊富に存在した。しかし、それが資本のかたちで結集出来る状態にはないこと、その意味で、資本が甚だしく貧困であるという現実の事情を、当時の指導者たちは、誤たず正確に認知していたのである。その結果、明治の政府は、この悪条件を切り抜ける為に、資本主義を上から計画的・組織的に育成・促進するという指導方針の精錬に、重点をおかざるを得なかった。従って、日本資本主義は、始めから高度に組織化されていた。日本資本主義のあの急激な発展の源泉は、実に、この組織力にある。

この点に於いて、日本資本主義形成過程は、フランス絶対主義王政とも、ロシア・ロマノフ王朝の方針とも、明白に異っている。ピーター大帝は、西欧から資本主義を導入したけれども、それを政府が外側からゆっくり時間をかけて援助する方針を採るにとどまった。それに対して日本では、まず政府が、あらゆる資源を一旦おのれが手中に収め、然るのち、それを総動員したのである。

しかも、こうして上からの資本主義発達促進政策のもとに、その形成を実際に担当したのは、下級武士層であった。日本の旧貴族階級は無能であって、その役割を果し得なかった。その点がまた、フランスとは異なる。フランスに於いては、資本主義の萌芽期から身を以てその指導に当って来た為に、旧貴族階級はその過程で自己を鍛え、英明な存在となっていたから、資本主義の育成過程を通じて、直接彼らが担当者となり得た。それに反して日本では、徳川幕藩体制下に於いて、下級武士層のみが、社会組織能力を身につけていた。そこで、彼らの持っている組織能力をフルに活用する為に、彼らのなかから、資本主義育成指導に当るべき下級幹部団を形成する必要があった。その要請に促された宣言が、かの五箇条の御誓文である。ここに、資本主義本来の無政府的発展とは異なる独特な組織的発展形態が生まれざるを得ぬ事情が存在した。

けれども一方、如何に上からの資本主義育成を急がなければならなかったにしても、資源の不足と資本蓄積の不十分という窮境は、重工業を根幹とする資本主義の正統的発展形態の可能性を封じていた。勢い、許された範囲内でまず着手出来るのは、二次産業である軽工業のみである。明治政府はこの状況を的確に判断し、軽工業、なかんずく繊維産業の育成に乗り出し、同時に、国内市場開発の為の前提として、交通機関の創設にとりかかった。その場合、周知のように、たとえばまず汽船を外国から購入し、それを当分の間、政府が自分の手で経営して、然るのち民間にそれを払い下げる、という方法を採用した。何故そういう手段を採らなければならなかったのか。それは、当時、まだ船舶運輸の需要そのものが存在しないのに、上からの資本主義育成の為には、兎にも角にも交通機関を作り出す必要に迫られたからである。従って、その期間中政府は、明白に赤字を出しながら、船舶企業が曲りなりにも自立的に運営出来るだけの需要が高まる時期まで待って、然るのち、非常な安価でそれを政商に払い下げた。交通機関や繊維産業は、重工業とは異なり、このような経路で民間に移譲することが可能であったから、以上の如き手段により、資本主義の形成を計ったのである。当時の日本にあって、これ以外に、採るべき有効な方法は、なかったとしか考えられない。

ところで、軽工業の急速な育成発達を促進する為には、それに従事する労働者の養成が、応急の課題となる。この場合に必要な被雇用者には、無知で技術のない奴隷の如きただの労働力を以て当てるわけにはいかない。解放以前の中国に於いては、奴隷を鞭によって酷使するのみで事足りたが、日本独自の軽工業システムでは、機械の一部としての肉体のみの労働力では役に立たない。どうしても、或る程度の規律と知識とを身につけた人間群の存在が要求される。その点、農民は、本来、近代的軽工業労働に従事することが不可能な性質を持っているから、武士の如く規律ある性格の必要な近代労働者として、直ちにそのまま使用出来ない。従って、規律と知識とを身につけた人間を急速に養成せねばならず、その為には、規律正しい人間を養成する役割を勤める人間を、まず養成する急務が生じる。そこで、相当な無理を冒してでも、早急に教育過程を近代化し、人間改造を行わなければならない。

更にまた、日本に於ける資本蓄積の不十分は、国外から最初雇い入れた技術者たちをそのままずっと雇い続けて、その下に無知で技術のない奴隷の如き労働力を酷使する状態を固定して続けて行くことを不可能にした。技術者たちを雇い続けて行く為の資力放出に、到底堪え得なかったのである。従って、その技術者たちの代りを勤めるに足る者を、早く養成しなければならない。即ち、工場中堅幹部と国家官僚中堅幹部とを、一刻も早く作り出す必要があった。その為には、教育制度の確立が応急不可欠となる。

この必然的要請あってこそ始めて、明治政府はあれほどまでに教育制度の確立と普及とに、他の資本主義諸国とは比較にならぬ位に熱を入れ、且つ、教育の徹底した普及に成功したのであり、その橋頭堡として、かの師範学校という特殊な存在が、制度的に確立されたのである。

こうして、日本資本主義は、その出発点に於ける異常な困難を克服する方法として、上からの資本主義確立の課題遂行の具体策として、まず軽工業育成中心主義の方針を打ち出し、それを可能にする為の教育制度の普及徹底を計り、諸外国に例を見ない甚だ特異な、それ故にまた最も賢明な道を選んだ。この国家構想は、実に偉大な創意である。もしこの方法を採らなかったら、近代日本は、解放以前の中国以下の存在に陥っていたであろう。このような賢明な施策と、外国からの侵略が遅かったという外的事情に基づき、日本は全く自力によって自らを資本主義化し、近代化することが出来たのである。

ところで、このような条件のもとで成立し機能した日本の教育制度は、生産力の自然な発展と、それに基づく生産様式の内発的転形に促がされ、その必然的要求に即応して出来上ったものではなく、逆に、教育の普及のみが先走って行われたのであるから、生産形態の近代化を経ないで、知識の近代化のみが一方的に進行する矛盾した過程が生じた。この事情が、日本社会の内部に潜む客観的矛盾の正常な展開を押しとどめ、停滞させる結果を持ち来たす。その停滞現象の集中的顕在化が、勿論、農村に発生するのである。

こうして、明治政府が熱意を傾けた教育制度の急速な普及は、必然的に、農村にインテリゲンチャを出現させる結果を齎らした。通常なら、これは健全な人間改造の成果であり、社会的に歓迎すべき当然の現象である。資本主義の自然な発展形態を採った欧米諸国では、それに並行して農村の近代化が進行しているから、彼らはその知識と意欲とを、近代的農業経営に投入する運びとなる。しかし、上からの日本資本主義の特殊形態のもとでは、農村の近代化が阻止された為、彼らは自分の技能を有効に発揮し得る機会も可能性も与えられない。その条件が発生していない。そこで、知識のみあって働き甲斐のある場所を得ない農村インテリという悲劇的存在が、全農村的規模に於いて発生した。このような存在は、地主が農民に対する封建的搾取形態を温存継続して行こうとすることに対しては敵対的姿勢を採るから、明治の農村に於いては全く不必要な邪魔者とならざるを得ない。そこで、必然的に、彼らのうちの積極的分子は、農村から離脱する。この人たちの鬱屈した捌け口のない不満の内攻した生活感情と、能力発揮の正常な場を与えられないで彷徨する生き方こそ、日本近代文学の特殊な形態を生み出す重大な要素を成すのであるが、いま、彼らの行先の跡を追うことは、論理進行の必要上、ひとまず後に廻して、まずその前に、農村インテリの農村からの浮き上がり及び農村離脱というこのような現象を必然化した原因、即ち、日本資本主義に於ける農民の特殊な存在形態を分析しなければならない。

五

上からの強力な指導力と組織力による計画的育成によって発足せざるを得なかった日本資本主義の、特殊な発展形態が辿った経路は、その過程に於いて、プロレタリア階級を一応形成しはしたけれども、そのような他動的要因に促がされて発生したプロレタリア階級は、自らの主体性を確立させることが出来ないまま、現代に及んだ。プロレタリア階級が主体性を持つということは、プロレタリア階級が自己の階級矛盾を正常に発展させることの出来る形態を自ら具え得る条件の獲得を意味し、その条件の成否は、農民との結合の如何にかかっている。この場合、プロレタリア階級と農民との結合とは、真のマルクス主義を理解し得ない似非自称マルクス主義者たちが妄想している如き、両者がお手手をつないでデモ行進に参加するというにとどまるような、ままごと的和合を指して言う状態の呼称ではない。この問題の原則を確認する為に、誰でもが既に読んではいる筈の、「ロシア社会民主党の農業綱領」（邦訳全集第六巻）で、レーニンが明確に打ち出したテーゼを想起しよう。レーニンはまず、「農民にかんするわれわれのあらゆる要求の性格を規定している第二の一般的命題」について、「これは、『農村における階級闘争の自由な発展をはかるために……』という句に表現されている」（訳文傍点は原文イタリック体を示す）と断じている。次いで彼は、単に「農奴制度の残存物を一掃するという要求」を掲げる場合にだったら、「われわれと、首尾一貫した自由主義者、ナロードニキ、社会改良家、農業問題におけるマルクス主義批判家その他等々」との間には、原則的差異ではなく「程度の差異があるだけである」が、これに反して、「農村における階級闘争の自由な発展」を保証することを要求するばあいには、われわれは、これらすべての諸氏と、さらにはまた社会民主主義者でない革命家や社会主義者の全部とさえ、原則的に対立することになる。このあとのほうの人々〔非社会民主主義的な革命家と社会主義者〕もまた、農業問題における社会革命的要求をかかげるのをためらわないであろうが、しかし彼らは、これらの要求を農村における階級闘争の自由な発展というような条件に従属させようとはおもわないであろう。この条件は農業問題の分野における革命的マルクス主義理論の基本的な中心点である。

と、問題の核心を掘り起し、特にこの箇所に注をつけ、「実質上、農業問題におけるマルクス主義『批判家』の謬見とさまよい歩きのすべては、ほかならぬこの点の無理解に帰着する」と、指摘している。そしてレーニンは更に語を継ぎ、

この条件を承認することは、つぎのことを承認することを意味する。すなわち、農業の進化はきわめて錯雑しており複雑であるにもかかわらず、またこの進化の形態が種々さまざまであるにもかかわらず、この進化もやはり資本主義的進化であるということ、それは（工業の進化と同様に）、やはりブルジョアジーにたいするプロレタリアートの闘争を生みだすということ、この階級闘争こそ、われわれの第一の根本的な関心事でなければならず、われわれが原則的問題をも、政治的任務をも、宣伝・煽動・組織の方法をも、それにかけて検査する試金石でなければならないということがそれである。

と、基本方針を解明し、次いで、「われわれの農業綱領の根底にある基本的な諸命題」の「要約」として、

われわれは、ロシアの農業制度の分野でも中心的な事実は階級闘争であると、みとめる。われわれは、この事実とそれから派生するいっさいの結果との確固たる承認にもとづいて、われわれの全農業政策（したがってまた農業綱領）を立てている。われわれの当面の主要目標は、農村における階級闘争の、全世界の社会民主主義の終局目標の実現をめざす、すなわちプロレタリアートによる政治権力の獲得および社会主義社会の基礎の創造をめざす、プロレタリアートの階級闘争の自由な発展のための道をきよめることである。

と、強調した。ここに明示されている如く、プロレタリア階級と農民との結合ということの真の意味は、プロレタリア階級が、資本主義農民の階級矛盾を最も効果的に最も急速に展開させ、農民を資本主義化する為の闘争の促進である。この闘

争の発展が行われない限り、プロレタリア階級の主体性、即ち、プロレタリア階級自身の階級矛盾の展開発展を可能にする条件が形成されない。

然るに、現代に於いても、未だ日本のプロレタリア階級は、農民との結合を実現し得ず、従って、その主体性確立の条件を欠いており、その為に、真の階級闘争が実現進行していないのである。しかも、現代の状勢下に於ける日本プロレタリア階級の闘争展開の前提をなす階級的結合の対象は、単に日本の農民だけではない。それは、アジア・アフリカ後進諸国の農民を含むインターナショナルな結合でなければならない。更に、農民だけでなく、部落民、韓国人、アメリカ駐留軍兵士など、一切の被抑圧階級を包含して、そのすべてを結合の対象にとりあげ、その方法と形態を成立させる為の諸条件を分析しなければならない。これが、避くべからざる現代的要請である。ブレスト＝リトゥスク講和条約問題の解決に当ってレーニンが示した原則（但し、最近の中ソ論争をめぐる平和共存問題に於いて、これが誤ってこじつけに利用される傾向の生じている事実は嘆かわしい）を、ひとつの例として振り返ってみるだけでも、現代の階級闘争がインターナショナルな性格を持つという事実は、余りにも明白である。

しかし、現代日本のプロレタリア階級は、その要請に応え、その課題を遂行するに足る階級的力倆を持っていない。その階級的力倆を身につけるに足る客観的条件を作り出す闘争形態を見出していない。何故であるか。最大の原因は、プロレタリア階級と農民との階級的結合が、未だ樹立されていないことである。ここに、日本近代社会が独特な歪みと偏りを持ったまま、しかも強力な上からの資本主義として、その形態を変革させることなく存続した理由、即ち、階級闘争の原則が未発展の状態を脱し切れなかった事情を支える根幹的条件がある。従って、問題の核心は、日本資本主義に於いて、農民の階級矛盾が展開されないでいる事実そのものにある。

では、農民の階級矛盾を展開させる為には、如何なる条件が必要であるのか。もう一度、周知の「一九〇五―一九〇七年のロシア第一次革命における社会民主党の農業綱領」（邦訳全集第十三巻）で、レーニンが明確に指示した言葉を検討しよう。彼は、プレハーノフとメンシェヴィキに抗して、次のように述べている。

> いや、生産力（社会進歩のこの最高の基準）の発展をはかるためには、われわれは地主型のブルジョア的進化ではなく、農民型のブルジョア的進化を支持しなければならない。前者は、債務奴隷制と農奴性（ブルジョア的な音調につくりかえられる）の最大限の維持、生産力のもっとも緩慢な発展、資本主義の発展の渋滞を意味し、広範な農民大衆の、したがってまたプロレタリアートの測りしれないほどはるかにはなはだしい困窮と苦悩、搾取と抑圧を意味する。後者は、生産力のもっとも急速な発展と、

農民大衆のもっとも良い（商品生産という環境のもとで一般に可能なかぎりでの）生活条件とを意味する。ロシアのブルジョア革命における社会民主党の戦術は、日和見主義者が考えているように自由主義的ブルジョアジーを支持するという任務によって決定されるのではなく、たたかう農民を支持するという任務によって決定されるのである。

レーニンが、第一次ロシア革命の時点でこのように考察した農民問題の指針から、農民の主体性確立を可能とする条件を発見する為の原則を引き出すことが出来る。即ち、農民の階級矛盾を展開させ得る唯一の方法は、農民を資本主義的農民に変質させる過程、農業の企業化・近代化の方向であり、それ以外に採り得る道はない、という社会発展の原則である。しかし、言うまでもなくこの過程は、農民自体の力によっては、遂行され得ない。そして、近代日本に於いては、農業の近代化を外側から促進させ得る条件が、遂に形成されなかったのである。

六

通常の、正統的資本主義発展過程に於いては、地主が不可避的に自らを変質させて、農業資本家に転生する。然るに、近代日本独特の資本主義形態のもとでは、農民の生産による蓄積が、農業を近代化させる為の資本として返って来ない。地主は、農民から搾取して握った資本を、農業に投入しないで、都会へ搬出し、株券・債券に換え、その投資によって、日本資本主義が育成された。何故、そのような事態が生じたのか。それは、農民搾取形態が封建的であるままにとどまっていて、地主としては、その状態をなんら変更することなく継続する方が、遙かに有利であったからに拠る。では、農民の封建的搾取形態は、何故、そのまま存続し得たのであろうか。

封建的搾取の可能不可能を左右する要因は、国内市場の形成の如何という点に存する。通常の資本主義形成過程の如く、私的企業による下からの資本蓄積に基づいて、国内市場が開発形成されていたら、農民は、その市場に於いて、自己の農生産物を商品のかたちで売却する過程をめぐって絶えざる競走関係に追いこまれざるを得ない。従って彼らは、生産物の品質向上と生産拡大とに努めることを余儀なくされる。その為には、当然、資本が必要である。その資本を地主が投下しないで農民を放置すれば、農民はその競争を切り抜けることが出来ずに脱落し、農業経営が成立しなくなる。そうなれば、必然的に、農民は農業を捨て、都市プロレタリアートとなって転出して行くから、地主の搾取はそれ自体が不可能とならざるを得ない。このような事情のもとでは、地主は自己保存の為に、即ち、自己の利益を確保し、自己の利益を拡大する為に、一旦農民から搾取した資本をもう一度農業に投入して近代的農場を建設し、近代的農業を育成せざるを得ない。そこで初めて、農業の企業化・近代化が進行する。それ以外に、地主の生きる道はない。事態がかくの如く進展すれば、農民の間から生まれた知識と技能を持つ農村インテリゲンチャは、農業近代化過程の担当者・指導者としての役割を獲得し、自己の能力を発揮し得る生き甲斐のある場を与えられる。

ところが、日本に於いては、上からの資本主義育成という発生条件を免れ得なかった為に、肝心の国内市場が形成されていなかった。従って、農民は市場に於ける競争関係のなかへ投げ込まれるに至らない。そこで、封建的搾取形態の継続が可能となり、地主は、資本主義的農場を建設しなければ自分自身が滅亡するという局面に追い込まれる事態が生じなかった。故に、農業は近代化しなかったのである。

しかし、日本の農民は、決してこの隷属に甘んじてはいなかった。彼らは強烈な不満を抱き続け、常に積極的な反抗の挙に出ようとした。日本近代社会構成について、及び、日本近代文学史について、思いを致すときには、正常な近代化への方向を阻止された農民層の不満と鬱屈と反抗のエネルギイの、あらゆる方面に地下水の如く潜流し、一見その現われとは呑み込めないほど複雑多様に変形して迸ったイデオロギイ的諸形態を、その基底部分から手繰り出して理解すること、その弁別と確認とを、片時も忘れてはならないのである。日本近代農民層の意識の文学的反映を、所謂農民文学運動のなかにしか見出そうとせぬ態度は、度し難い錯覚である。このような農民問題の視点設定を、藤本進治は「日本のプラグマティズム」（現代思潮社『講座戦後日本の思想』第一巻「哲学」・昭和三十八年一月）に、極度に圧縮して次のように指示している。

日本の農民は古い、これは、ほとんど一種の公式である。大多数の文化人は――大衆社会論者をふくめて――農村の古さが進歩の癌であると考えている。しかし、はたして、日本の農民は古いだろうか。それは進歩的文化人に特有な迷信ではあるまいか。明治以後の日本についてだけを考えてみても、時の官憲ともっとも多く対立し、裁判所におしかけ、はげしい闘争を展開したのは一体、だれだったであろうか。日本のプロレタリア文学に主要な題材を提供したのも、農民ではないか。どうして、この農民が古くなどありえよう。それではなぜ日本の農民は古いようにみえるのだろうか。いや、なぜ急に古くなったのだろうか。

この問題提起の上に展開された剴切鋭利な分析は、直接藤本の論理に就いて見られたいが、このように闘争的であった農民階級の不満と反抗を逸らせる方法を案出しなければ、上からの資本主義育成の歯車は回転しなかった。

そこで、明治政府はこれに対処する第一の施策として、地租改正を行い、これによってまず農村に於ける階級闘争に鎮静剤を与えた。次いで、不断に生まれて来る農村の不平分子を、軍隊に吸収することにより、その爆発を未然に阻止せんとした。徴兵制度は、寧ろ、貧困農民の救済策という独特の政治的意義を荷っていたのである。こうして、始めは、農村に於ける不平分子の反抗を稀釈し、そのエネルギイを巧みに逸らせて結集する役割を果す為に創設された日本軍隊が、のちには逆に、農村が兵士の供給源となり、軍隊が農村によって支えられる状態に移行し、遂には、軍隊存立の為の農村経済政策が樹てられるに至り、それによって日本経済がほぼ明治三十年代中葉以降にはっきり軍国主義化し、他の経済部門がそれに依存する形態が出来上った末、その行き着く先として、経済そのものの軍隊への従属が生じたのは何故か。この経過を必然化した要因を把握する為には、日本資本主義に於ける重工業育成という課題を、明治政府がどのような角度から解決したか、その歴史的事実の究明に立ち返らなければならない。

七

世界史の原則的必然として、重工業を持たぬ資本主義は、たとえ出発し始めたとしても、必ず亡びざるを得ない。現に、中国や印度はその運命に陥った。重工業は、資本主義の根幹である。そして、本来、重工業の成立は、国内市場の形成と、他のあらゆる産業の勃興とを前提とする。しかし、日本に於いては、国内市場が形成されていないから、機械の需要がない。当然、自然発生的な重工業の成長を、悠長にじっと待っているわけにはゆかぬ。重工業の生育には巨大な資本が必要であり、それが緩慢なテンポで蓄積されるのを傍観出来る余裕はない。しかも、重工業成立の要素となるべき労働者そのものがまだ存在しない。もとより、彼らを一挙に養成し訓練することなどは、どう足掻いてみても不可能である。そして、たとえば船舶運輸業に於いて、船長などの要職には外国人を雇い入れ、あとは日本の未熟練者をそのままその下で使用するというような行き方は、重工業の如き高度の一貫性と組織性とを本来的に要求する生産形態には適用出来ない。従って、重工業の育成と、労働者の訓練とには、長い期間が必要である。

この窮境に立って、しかも一刻の遅滞も許されぬ状勢下に、では、重工業をどういうかたちで育成するか。この不可避の困難に直面して、明治政府の指導者は、切羽詰ったに違いない。そこで彼らは、この八方塞りの課題を、軍需産業というかたちで解決せんとし、それを国家経営のもとに作り上げた。その軍需産業のなかに、他の一切の領域から可能な限りあらゆる資本を吸い上げ、農村の不平分子を吸収し、労働者の養成にとりかかったのである。明治政府は、何故、軍需産業というかたちで重工業を育成せねばならなかったのか。国内市場の未形成と、しかも、重工業を是が非でも養成しなければ、日本資本主義そのものの存立が確保出来ないという必然と、この相反する与件の打開策として、これ以外の道は絶対になかったからである。繰り返して言うが、この課題をもし解決し得なければ、日本は、中国や印度の状態にとどまる運命を避けられなかったであろう。

ところで、この軍需産業たるや、本質的に、生産力の浪費を意味する。この、生産力の浪費という行為の上に立って、それを基盤として、生産力を発達させる方法、これこそ日本資本主義の選んだ進路であった。日本に於いては、確実に、これ以外には採るべき道がなかった。しかし、この方法は、資本主義を完全な意味で正常に形成して行く可能性のない状態へ追い込む。ここに、日本近代社会の免れ得ない基本的矛盾が発生した。この社会的矛盾が危機を生むに至ったそれぞれの時点に於いて、一時的にそれを解消打開して切り抜ける方法が、他国への侵略、それによる償金や領土の獲得であった。こうして、生産力の、一方では非常に高率的な使用と、もう一方では極端な浪費化が、糾える縄の如く、絡み合って進行する。評者の自慰的な道徳観念による恣意的裁断によって社会発展の原則的基礎構造を月旦出来ると考える妄想的見地からきっぱり脱却して、歴史的与件に規定された現実事態の意味するものを直視するならば、明治政府の方針は、当時の状況下に於いて、考え得る最も立派な、唯一の賢明な政策であったと、判定せざるを得ない。その成果を証し立てるひとつの例が、日露戦争に於ける勝利の持つ意味である。

ロシヤに於ける資本主義の発展は、一八八〇年代までの緩慢な形成過程のあと、英仏から世界でも類のない集中度を以て工業への大量な外資導入が行われ、一九〇〇年代の始めに至ると、従業員五百人以上の大工業の数では世界一となっていた。この強力な資本主義と戦った未熟な日本資本主義が、何故、逆に勝ち得たのであるか。その原因は、ロシヤ資本主義では大工場への労働者の集中度が甚だ高率であったとはいえ、それが飽くまで私企業を中心とする正常な発展過程を辿っていたのに対し、日本資本主義が軍需産業と小企業とを政府の計画性に基づいて強力に組織化し、恰も全国をひとつの工場の如くに統一していた為、その発展の速度と、生産力の結集度に於いて、異常な能率を発揮し得た事実に拠る。同じく後進資本主義国として出発しながら、この計画性と組織性が有効に機能して、全体としての資本主義の発展が、結果的には、ロシヤよりも日本の方が立ち勝っていたのである。しかし、それなら、今度はもう一度逆に、ロシヤのプロレタリアートは、あのボルシェヴィキを養い育て得るほどの強力な階級的力倆を、何故、持ち得たのか。その原因は、ロシヤに於いて中小企業が発生せず、労働者が私企業としての大工場へ高率の集中度を示し、同時に、上からの力によってではあるが、農村の階級分化が進行していた事実である。それに反して日本では、計画的に農村の資本主義化を押しとどめることによって資本主義発展が促進された為に、プロレタリア階級と農民階級との結合の条件が形成されず、従って、プロレタリア階級は階級闘争の指導権を持つことが出来なかった。そして、階級闘争を暖昧化する措置により、封建地主を中心とする官僚機構が、社会発展の指導権をはっきり握るに至った。言わば、明治政府は、ロシヤに於いてボルシェヴィキが行ったと同じことを、自分たちに有利なかたちで代替し遂行したのである。

そして、明治十年頃から二十年前後に及ぶ時期は、明治政府がこのような基本的政策を樹立する為の、闘争期間であった。ほぼ明治二十年前後を境界として、日本資本主義育成方法に関する以上に述べた如き根本方針が、国策として固定するに至る。しかも、ここで見逃すべからざる重要な問題は、この闘争期間中に於いても、日本の近代化という至上の必然的使命が前提となっている以上、この要請それ自体を否認するのでない限り――そのような否認は、状況認識としては白痴に等しい――、政府内部構成が如何に封建的で藩閥的であるかが自明であるにせよ、その政府が文明開化の唯一の柱となっている事実に対しては抗し難いから、政府の方針の具体的細目についての批判はいくら提出し得ても、全体としての政府そのものと根本的に対立する態度決定は、本来的に不可能であった、という事情である。明治前期の、一応は反政府的であるイデオローグたちの、多様微妙な去就を性格づけた社会的基盤は、実にここに存するのである。

かくして、明治二十年を過ぎた頃から、日本資本主義の特殊的発展形態の成立を、今更如何とも為し難い既定の事実として確認し、その根柢的矛盾を明敏に熟知しながらも、日本に於いてはそれ以外の方法を採り得なかったのだという歴史的与件を、否も応もなく終極的には納得させられ、もはやどうしようもない局面に立ち至った事実を、それとして理解せざるを得ない立場に追い込まれた批判的インテリゲンチャの、胸奥にすべてを呑みくだした苦い反芻の末の転回と韜晦が始まる。森鷗外の所謂戦闘的啓蒙時代の終熄を始めとして、この時期に立ち合った良心的批判的なインテリゲンチャの、奥深い規模に於ける苦悩の実質は、単にその言説の断片に現われた部分的章句を、体制順応的か反体制的かというたった二色のリトマス反応の識別に依存するのみで理解し得るほど、それほど安直な現象ではない。彼らの思考の紆余曲折と一見矛盾に満ちた態度決定の要因は、明白に、彼らが置かれていた日本近代独特の社会的条件に基づく。日本の近代化を切に望むが故に、逆に、日本資本主義形成の特殊形態に決して真向から対決することの出来なかった彼らの苦境の確認から出発し、それに対処した各個人の、それぞれ彼らなりに内懐深く密やかに抱いた国家構想を、或いは寧ろ不可避的に強いられたその放棄と断念との基底に潜む鬱屈、それを表現する方法をどのようにも見出し得なかった彼らの苦悩を、我我が身を以て理解する為の精査から始めなければ、その思想史的意義の分析は不可能である。

このようにして確立した上からの資本主義育成政策は、勿論、当初から基本的矛盾を内に孕んでいたが、日清戦争はそれを一応解消する役割を果し、二億テールの賠償金は、資本不足を一時的に解決した。その後の日本は、それ以前の段階に較べると、より余裕を以て資本主義を発達させ得る運びとなり、それ以前の時期に於けるが如き無理が減少し、一応の安定を保つに至る。この時期から、農村の一般的不平分子は、主として軍隊と軍需産業とに吸収されて行く。明治三十年頃には、農村の資本主義順応過程は完全に停滞し、二男三男は軍隊へ入るか、都市労働者となり、娘は繊維産業に吸収され、長男と親とが古い農生産を繰り返す、という標準的な型が定着した。以後、農村資本主義化方策は、全く宙に浮き、丁度その時期に、資本主義的中農養成策を引提げて、柳田国男が登場する。しかし、当時の日本の現実にしっかり足を踏まえながら、想定し得る最大限の具体的進歩性を内に秘め、驚嘆すべき創意を以て展開した彼の農政構想は、どの階層からも完全に黙殺されざるを得なかった。柳田は、跳ね上がり的要素の片鱗さえない地道極まるその奮闘過程に身を以てぶつかり遮られた〝近代日本の壁〟に対する戦いの異った形態を求めて、以後、日本の基底部に降り立ち踏み込んで行こうと計るのである。

　このような過程を熟視するとき、日本資本主義が、当初からの軍国主義として発生したのでない事情を、観取することが出来る。資源及び資本の決定的不足と国内市場の未形成という条件のもとで、まず軽工業、就中繊維産業の養成から始め、政府の力により軍需産業を育成し、前者が後者に依存する関係を作り出して行った経路は、究極の原因が、資本主義発足の立ち遅れと、資本不足にあることを、明瞭に物語っている。そこへ、最初は貧困農民救済策として設立された徴兵制度が、逆に、軍隊存立の為の農村経済政策の樹立を促すに至り、そこで必然的に軍国主義が発生したのである。言うまでもなく、これは正常な資本主義発展過程ではなく、底の抜けた資本主義であるが、日本にとっては、これ以外に道のない、止むを得ぬ方策であった。この過程が生み出した近代日本独特の階級関係を抉り出すことこそ、日本資本主義分析の根本問題であり、従って、資本が天皇制と融合したかどうかなどの議論は、所詮、枝葉末節の問題であるにすぎない。

八

　さて、日本資本主義の特殊性格の生成が、以上のような歴史的経路を辿った事実は、この過程に於いて、それぞれの階級矛盾の展開と、階級対階級の敵対関係とを、非常に変則的な形態に導く条件を形成した。その基本的な問題は、上からの計画性に基づく強力な組織力による発展が行われた為に、資本主義本来の特色である生産の無政府性という原則が遂に表面化せず、従ってプロレタリア階級が何時まで経っても未成熟であり、当然、階級対階級の敵対関係が明確に露骨化尖鋭化せず、それが曖昧模糊として不明瞭なままに、近代社会が形成され、現代に至ったことである。

　プロレタリア階級未成熟の最も重要な表象は、プロレタリア階級と農民との階級的切断が行われていない点に見られる。日本資本主義は、労働市場を形成する能力を持ち得なかった。他者と全く切り離された近代的個人が、労働市場を通じて、労働力そのものとして買われるという形態が、遂に成立しなかったのである。農村から唯一人きりで都会へ流れ出て来て、ビジネスとしての労働力購売手続きを経て雇用される機会が、与えられない。労働者の雇用は、殆んど縁故関係を基本にしているから、彼らはそれによって金縛りにされている。更に、プロレタリア階級それ自体が、封建的小農民の性格から脱却し得ていない。現実には、物凄い搾取を受けながら、しかも、雇用されていることを恩恵と考え、雇って貰っているのだという意識がある。縁故関係を強調し、義理人情で雁字搦めにしてあるから、階級的対立が容易には生まれず、不満が蓄積されて対立が生じても、究極まで尖鋭化はしない。このような事情あってこそ始めて、猛烈な搾取が可能となったのである。従って、彼らは、極度の貧困に陥りながら、しかも、プロレタリアートとしての階級意識を持つに至らず、都市下層貧民というかたちを採って散在するにとどまる。

　一方、それに対応して資本家の側でも、現実には苛酷な搾取を行いながら、それでも、彼らを酷使しているのだという自覚さえない。家の子郎党という観念が生き続けており、戦術的に恩情を偽装しているのではなく、一般的には、本人自身深くそう思い込んでいる。このような古い形態の雇用関係の温存によって始めて、日本資本主義は急速な発展を遂げることが出来たのである。

　近代日本に於いては、古い封建的要素が、しぶとく残存しているのではない。日本資本主義は、封建的人間関係を、逆に、不断に再生産することによって発展したのである。

　従って、搾取関係が露骨化せず、階級対立が明確化しないから、ブルジョアジーの側でも、搾取を露骨化して、その上で、プロレタリアートを階級的に押えつけて行くだけの能力を、自ら持つことが出来ない。ブルジョアジーがブルジョアジーとして自己を成長させて行く力倆を、身につけ得る条件が欠けている。当然、小ブルジョアジーも、小ブルジョア的自我を形成することが出来ない。

　このようにして、日本資本主義社会に於いては、プロレタリアートも、ブルジョアジーも、小ブルジョアジーも、農民も、悉く、階級的に自覚し成長する為の条件が与えられず、それぞれの階級矛盾の展開が曖昧となり、ジグザグのコースを採り、停滞した。当然、階級対階級の敵対関係が鮮明とならず、尖鋭化しない。即ち、階級意識が明確化しない。従って、被抑圧階級は、自己の不満が拠って来たるところの原因が把握出来ず、立ち向かい、闘いを挑むべき対象が不明であるから、莫然と途惑いを生むだけとなり、資本主義社会に対する真の階級的変革意識を生起させるに至らない。日本に於いて、階級的反抗が、たとえば米騒動のように、一揆的性格を持たざるを得なかったのは、日本の社会の農民的性格、階級的非組織化の現われである。このような事態は、ひとりひとりの個人に於ける自覚の不足とか、思考の不徹底とかいう識閾次元から生じる問題ではなく、それを生み出す社会的条件の欠如が原因であり、この肝心かなめの条件分析を忘却した思想史文学史評価は、全くのナンセンスである。

そして、階級対立の曖昧化という現象は、当然、政治的社会的無関心を生む。日本の政治担当階層と自己の存在とを関係づけるメドが見出せないから、逆に、社会や政治から自己を分離させることを以て、良心の証しと考えるに至る。かくして近代日本には、所謂本格小説、即ち政治的社会的問題と取り組んだ小説が成立しなかった。このような日本の現実に肌身をじかに擦り付けて、そのなかに蠢く日本人の生活意識をそのまま忠実に反映した文学を志向する立場、その限りでは最も真摯な作家意識から眺めるとき、南蛮渡来の所謂本格小説が、現実と無関係に捏造した嘘っぱちの大衆小説にすぎぬと蔑視され、一蹴されるのは、当然の成り行きであった。

しかし、階級対立関係が如何に曖昧な状況下にあっても、勿論、社会の現状に対する被抑圧階級の不満は深く潜在する。けれども、その不満を爆発させる方向が、どのようにも見出せない。即ち、先天的な階級矛盾は内在しながら、その展開が押しとどめられ、歪められているのである。これは、どの階級にとっても、辛い状態である。自己の立ち向かう相手が不明で、自分が何を相手として対立しているのかを、理解することが出来ない。そこで、階級矛盾の展開という社会発展の原則が、本流となって迸らず、無数の支流となり暗渠と化し、それが一本化して有効な力を発揮しない閉塞状態のまま停滞する。このような、ひとつの階級に於いてだけでなく、どの階級矛盾の展開も悉く一様に押しとどめられ歪められているという二重の矛盾を、最も痛烈に感じる者、それがほかならぬ農村インテリゲンチャなのである。

資本主義社会に於ける農民は、本来なら、農業資本家と農業労働者に分離する。そのような形態を採って発展することこそ、農村近代化の正常なコースである。勿論、日本に於いても、資本主義形成期にあっては、この過程が最初一応は進行し始め、農業の近代化が或る程度は不可避的な問題として採り上げられはした。しかし、上からの資本主義育成政策が樹立し進行した結果、その展開は押しとどめられ、歪められざるを得なかった。そこで、農民プロレタリアートとなるべき存在が農民プロレタリアートとならずに、下士官その他となって農村以外の場所へ全くかたちを変えて吸収され、一方、農業資本家もまた、農村ブルジョアジーとならず、不在地主に転化し、この不在地主が、明治三十年代初頭に形成された都市資本家に変形し、株券や債券の所有者となった。かくして、農村プロレタリアート化の必然過程が遂行されず、兵士その他に吸収されなかった残余は、農村プロレタリアートではない封建的小農民の形態のまま、停滞することを強いられた。

しかし、このような農村にも、資本主義化の波が必然的に容赦なく押し寄せて来る。けれども、彼らはそれに対処することの出来る方法を持たない。そこに、彼ら独特の、彼らだけの特殊な悩みが生じる。近代日本に於いては、都会は農村の御蔭を蒙って繁栄したのであり、農村は、日本資本主義の特殊発展形態の生み出す矛盾がすべて皺寄せられて行く場所となっている。日本的資本主義発展の最大の犠牲者は、実に農民である。

この痛切にして独特の悩みこそ、日本近代社会構成の基底部に潜む根幹的矛盾が、明確な形態を採って爆発することは出来ないけれどもしかしあらゆる部面にも浸潤して、どの階層の実感構造にもさまざまに姿を変えて顕現する、その光源としての性格を持つに至る。日本近代社会の締めあげられた枠のなかに生き、その生活意識が先天的に内包する当て所のないとぐろを巻いた苦悩に直面することによって、発想のエネルギイを引き出そうと努める作家たちは、どの方角から突き進んだところで、否が応でも究極的には、この問題に打ち当らざるを得ない。その意味で、この、農村の苦しみこそ、日本近代文学の最大の支柱を為して来た。資本主義の発展が、近代的自我を形成せず、農民的自我の再生産を齎らし、しかも、不断に再生産されて行くその農民的自我が、資本主義の展開過程にどう仕様もなく引き摺られ、小突き廻されながら、なんとかそれに適応し生き抜いて行く為には、歪折しつつ凝固せざるを得ない捩じ曲げられた特殊的な自我の問題が、日本近代作家にとって根本的な関心の対象となる。即ち、階級矛盾を正当に展開発展させ得ない閉塞状況のなかで、その鬱屈を何とか処理しようと足掻き、階級矛盾を展開させようとして展開させ得ない〝生みの苦しみ〟が、日本近代文学の花を特異に偏りつつしかし豊かに咲かせる肥料となった。日本近代文学のあのしぶとい生命力と、社会構成各階層のどの方面へも滲み込み、切ない共感を以て理解親炙され得た浸透力とは、資本主義が発展すればするほど、それだけ益々農村の特殊な〝生みの苦しみ〟が激化するという、日本近代社会の必然性から生じたのである。

九

このような社会的基盤に立脚している為に、日本近代の作家たちは、その発想と主題と作品形態とを生み出し支える源泉を、西欧近代文学の出発点に於けるが如き、一部の貴族インテリゲンチャのサロン的教養水準から汲み取るというような、発生過程を辿らなかった。日本近代社会は、一般庶民から隔絶した高度の教養を紐帯とする特権的読者階層を形成せず、従って、洗練された近代的個性の自我と自我とが交渉し葛藤する人間関係を、文学的主題として提供する条件が生まれなかった。日本近代文学は、如何なるパトロンによっても支えられず、散在する零細な読者の文学作品に対する飢渇と、その衝動に駈られて貧困な生活費のなかから止むに止まれず捻出された購読力に、直接依存することによって存続した。日本近代の作家たちは、貴族女性のパトロナイズによって、サロン的少数読者目当ての作品生産に、後顧の憂いなく没頭し得た例を、唯の一人も持たなかった。彼らはすべて、始めから、庶民的な広い読者層の支持により、僅少ではあっても兎に角原稿料収入に基づく文壇生活の可能性を与えられていた。こうして、比較的早く成立し得た近代日本の文壇を、全国的な庶民的読者層をかたちづくることによって支えた人たちこそ、農村インテリゲンチャだったのである。

上からの資本主義育成政策の必要上、迅速に普及徹底した教育制度により、知識を身につけ得た農村インテリゲンチャのなかからは、当然、封建的小農民の境涯に甘んじることが出来ず、と言ってもその技能と意欲を農業の近代化過程へ注ぎ込む道を封じられた動きのとれない現状不満分子が、絶え間なく輩出する。日本近代農村に於けるこの余計者たちは、捌け口のない不満に身を苛まれながら、次第に農生産からはみ出され遊離し、村役場の吏員となり、或いは小学校教員となって、精神的に不断の歯痛を抱きつつ、その鎮痛剤の役割を果してくれる唯一の縋りどころを、哲学でもあり宗教でもある日本近代特有の〝文学〟に求める。これ以外にはどう仕様もないのだと一応は自らに言い聞かせながら、しかし結局、自己の意欲を満足させ、潜在的諸能力を引き出し発揮し得るような、安心立命の働き場所を何処にも見出せない彼らの欝屈は、近代日本農村特有の果てしない〝生みの苦しみ〟の表徴であり、この彼ら独自の生活意識こそ、日本近代文学の展開を支持し促進し、即ち同時に、日本近代文学の特殊性格を鋳込む鋳型となったのである。

そして、この窒息状態に堪えられなくなった一部の積極的分子は、『西国立志編』等に奮起し、資本主義的立身出世欲に促がされて、農村を離脱し、都会に働き場所を求めて飛び出して行く。その一部は、極く初期に於いてなら下級官僚の組織内へ吸収され得る機会を摑むが、そこでも遂に志を得なかった者たちが、ジャーナリズムの世界へ身を投じる。教育制度の普及による着着たる成果は、ジャーナリズムの急速な発展を可能にする条件を提供していたから、才能ある者はこの機関を媒介として、比較的若く且つ容易に、自己を作家として成長させることが出来た。こうして形成された日本の近代ジャーナリズムと近代文壇は、その成立事情からして、日本近代社会の基底部に於ける矛盾を、その矛盾本来の性質上必然的に狭く、しかしその限りでは忠実に、自己の唯一最大の問題として採り上げ、創作衝動の核心とせざるを得ない。島崎藤村その他の明治ロマンティシズム文学は、近代日本農村独特の矛盾の表現としてのみ、理解し得る。

一般に、ロマンティシズムは、青年期の生活感情である。次第に成長して来た子供が、家庭の外へ出て行くエネルギイを持ち始めはしても、まだその力倆が十分でない為に、外へ出てみても本当に働くことが出来ない。即ち、エネルギイの成長と行動能力との矛盾という現象が生まれる。或いは、女性に於いて月経が開始しても、一般には直ちに子供を産むことが不可能なように、身体機関は発育しても機能がそれに伴わぬ矛盾を含んだ期間が存在する。大体小学校三年生位から、自分でもはっきり理由を自覚しないながらも、何となく家庭が嫌いになり、親を軽蔑し反抗するが、さりとて外へ出て一人前に働くことは出来ないというモヤモヤした身を持て余す子供の感情水位、これと同じ事情のもとに、明治文学のロマンティシズムが生まれる。近代日本の農民層が持つ不満と鬱屈が、それと類似した条件を作り出したのである。従って、その文学は、必然的に、詠唱的性格を帯びる。ハイネがドイツ資本主義の特異性の文学的反映であるように、明治ロマンティシズムは、当時の日本農村の階級矛盾の反映である。ドイツの資本主義発展過程は、ハイネを革命詩人に仕立てたが、もとより日本では、その条件が生まれなかった。

更に、農村の階級矛盾が正常に展開し得ないで停滞した日本的現実は、括弧つきの客観主義、即ち、社会発展の法則性の認識とまでは行かぬにしても、せめてその方向認識を持つにさえ至らないで、逆に、そのような透視的把握への志向を虚妄と断じて憚らない態度、有りの儘、目に見えたものだけを見ているつもりの客観主義、即ち自然主義が生まれる。この発想の根本には、頑なに自分の土地と農耕法だけをしか信じようとしない封建的小農民意識が横たわっており、その基盤に立って、日本近代社会の巨大な歯車に立ち向かったところに、日本自然主義文学の発想及び方法と、その課題との分裂が生じた。自然主義作家たちの問題意識を支えた精神の鬱屈には、日本資本主義の根本的矛盾が、河口のない暗渠となって底流しているが、彼らにはそれを自覚的に把握し表現出来る為の方法樹立の条件が与えられておらず、明確な対象認識が不可能であった。

けれども逆に、それ故にこそ、彼らの文学的営為は、作品の出来上がりに於いてではなく、そのエネルギイの無目的で狭小な、しかし地を這うねちこい持続的放出の特異な形態によって、日本近代社会基底部の〝生みの苦しみ〟の、最も集約的な体現者となり得たのであり、従って、日本近代社会の矛盾が解消されないで現代に及んだその全期間を通じて、広範な庶民的読者層の精神生活内部に常に浸潤し、根強く生き続け得たのである。

こうして、日本近代の作家たちは、自身のじかの肉体で、朧気にではあるが痛切に感得した得体の知れない社会的矛盾を、限られた触覚的範囲内に於いてながら、骨身に応える重圧と締金として覚知し、その表現方法の手探りを通じてかなり高度な或る一定の水準まで辿り着くことは出来ても、必ず其処で停滞せざるを得ない。社会の形式としては資本主義が発展しても、プロレタリア階級の主体性確立が停滞している為、社会的矛盾が展開されず、従って、解決されるべき社会的問題が何時までも静止し固定しているから、作家は自己のテーマを現実社会に投げ込んでそれを動態的に追求し発展させて行く方法を摑む条件が与えられていない。この事情が、日本近代文学に於いて真の意味の長篇小説を成立させ得なかった原因を為す。僅かに見出し得る例外として想起される習慣が何時の間にか出来てしまった「或る女」も、熟視すれば、決して日本近代文学に於ける例外的な長篇小説とは言い難い。「或る女」の文学的価値は、エゴとエゴとの対立対決という意味を持つ近代的恋愛関係が、葉子と倉地との間に微弱ながらも形成されようとするその萌芽形態を、僅かながらも描写され始めたその前篇にのみ存する。しかし有島武郎は、本来近代的恋愛が成立する為の条件を欠いた日本の土壌の上に、その西欧的教養と強引な構想力を総動員したところで、この恋愛関係の端緒を近代的に展開発展させて行く表現方法の樹立に成功し得なかった。数年の中絶ののち書き継がれた後篇に於ける葉子は、恋愛関係のなかでエゴを発揮する人間交渉を通じて自己形成を遂行して行く近代女性では、もはやあり得なくなってしまっている。ここでの葉子は、倉地の性交技術に翻弄され克服されて奴隷と化し、一匹の雌として立ち現われる残骸にすぎない。その意味で「或る女」は、惨めな、しかし止むを得ぬ日本的現象としての、文学的挫折の標本である。

本来、近代的恋愛とは、エゴとエゴとをそれぞれが全力的に発揮しつつ、その過程を通じて、互いに自己を鍛練し合って行く行為を意味し、性的牽引のなかで、寧ろ互いに相手を憎み合う程の敵対関係を作り出して行く交渉の進行を意味する。ここに初めて、緊張した自我の確立が行われ、所詮資本主義社会に於いては仮象的であるにすぎないが、その限りでの真の人間性が現出し、自由と生命力が生み出される。西欧近代小説を支えている恋愛の躍動性は、それが単に性欲処理関係形成の手続きなのではなく、近代的エゴの激しい衝突対立が生み出す生命力そのものの顕現であるという事情に立脚する。

このような近代社会特有の恋愛関係を産出した条件は何か。それは、資本主義的生産過程の社会化という歴史的現象である。封建的生産が飽くまで孤立化した私的行為であるのに対し、資本主義生産は、社会的総生産過程に於いて占める自己の位置と役割を自分で知ることが出来ないという意味で、完全に社会化され抽象化されている。従って、生産活動という本来最も人間的である行為が、自己自身から離脱して進行する。即ち、資本主義生産関係に於いては、自己の本質である人間的行為としての生産活動が、社会化された生産過程の内部へ吸収され、抽象化されるから、人間は生産活動を通じて、自分自身の本質に対立する破目に陥る。このような資本主義的人間が、生産関係のなかで見失った自己自身の本質を絶えず回復して行く行為、それが労働力の再生産過程であり、その方法が、恋愛関係及び家庭関係のなかに於けるエゴイズムの発揮という形態を採る。このように、近代的恋愛は、資本主義的人間が、それを通じてエゴイズムの発揮による自分自身の本質の回復、即ち、なんらかの意味で人間的なるものを自己自身の内部に於いて絶えず形成して行く必要性の上に、初めて成立し得るのである。当然、近代的個人の形成なくして近代的恋愛の成立はあり得ない。日本近代文学に、真の恋愛小説が出現しなかったのは、それを可能にする前提としての、近代的自我が成立しなかった事実に基づく。

一〇

以上の如く、上からの計画的組織力によって急速に日本資本主義を育成発達させる必要上、農村の近代化が押しとどめられた事情が、プロレタリア階級の主体性確立を妨げ、階級矛盾の展開を遂行させず、階級対立の露骨化尖鋭化を稀釈し、曖昧な状態に終らせて来た、日本近代社会構成のこの特異な形態は、必然的に、日本近代社会の根本的矛盾を一点に集約させず、矛盾の核心の所在が常に鮮明でないまま、現代に及んだ。社会構成のこのような特殊性は、当然、社会問題の焦点を貫くような文学作品の生成を不可能にする。従って、日本近代文学は、その豊富多様な作品の殆んどが、日本近代社会の各一面を、それぞれ独自に掠めて捉え得はしても、そして事実、どのようなマイナーポエットも、強弱の差こそあれひとりひとりの個性的模索により、彼ならでは、また、その作品ならではの些少ながら特色ある成果を積み重ねては来たが、或るその作家、その作品こそ、日本近代社会を映し出す鏡であると見做し得るような、そのような代表的・象徴的文学遺産を作り出すことに成功しなかった。

日本近代社会の特徴をどの程度把握し得たかという評価軸に照らせば、日本近代作家に於ける一流・二流・三流の落差は、西欧近代作家のそれに較べて、著しく僅少である。この扁平にして多様豊富な日本近代文学史の展開と蓄積を正当に評価する為には、当然、如何なる群小作家の荷揚げをも軽視せず、大作家重点主義を飽くまで排し、各作家の微細な個性を細やかに識別しつつ、しかし常に彼ら相互間の問題意識的連帯性に、分析の焦点を定めなければならない。まず一人の集中的問題作家を選別限定し、彼の作品分析のみを通じて、その背後に広がる多端な社会的問題を抉り出そうと試みる、西欧の文芸思想史研究者常套の方法を、日本近代文学に適用する模倣は、日本近代社会の特殊性を忘却した猿真似に過ぎない。

と同時に、どの特定作家も日本近代社会矛盾の結集的体現者となり得なかった事実を確認するにしたところで、直ちに群小作家の微視的探索へ、蜘蛛の子を散らすように目的意識を欠如したまま拡散する徒労は、無闇に局所的排他的過大評価のガラクタを積み上げるに終るであろう。問題は常に、日本近代の各作家が、それぞれの次元、段階を異にする時点に於いて、直面し苦悩し闘った対象が何であったかを、彼らにその独特な性質の課題を提供した社会構成の基底部に形成されている条件の摘出を通じて、原則的に把握する方法の樹立である。この一貫した分析の上に立ってこそ初めて、日本近代文学史展開の原則が摘出される筈だ、と私は信じる。

第二章　近代文学論争譜

近代文学論争譜

一　鷗外にだけは気をつけよ

一

森鷗外にだけは気をつけよと、内田魯庵（うちだろあん）が皮肉一杯の警報を発した。

明治二十年代の後半、群雄割拠の文壇情勢を俯瞰しながら、魯庵が別格に厄介者扱いしたのは、論争家鷗外の好戦癖である。微苦笑をたたえた魯庵の見るところ、鷗外先生は日本のハルトマンである。鷗外先生は日本第一の審美哲学者、つまり美学の最高権威である。鷗外先生は日本第一の物識りである。注意しておくが鷗外先生は、大阪の山田芝廼園（やまだしばのその）という、一向に知られていない人物を「退治」するのにさえ、前後二十余頁を無駄にした程の大家である。もし一言一句を粗忽に吐いて、先生の御機嫌を損ねるような羽目に立ち至れば、たちまち二十頁や三十頁のお世話をかける恐れがあるから、よくよく慎重に謹しんで、決して危きに近寄るべからず。魯庵は若い時から苦労性であった。

人生、最大の楽しみは、炒り豆を噛んで古今の英雄を罵ること、荻生徂徠（おぎゅうそらい）に言われるまでもなく自明であるが、特に文人相軽ンズの伝統は古今に不変、毒舌の興奮は文壇の応酬を主導する。たとえば戦後の文学史風景を、その底流を最も生き生きと伝えるのは、『五十人の作家』『現代文壇人群像』を始めとする十返肇（とがえりはじめ）と見るべきだが、この種の辛辣でマトを射た生態学の系譜に、近代期では最初にしておそらく第一級の、今なお読み通すに足る範例となったのが、三文字屋金平（きんぴら）の『文学者となる法』であった。当時は不知庵と名乗って二十七歳、後年の温厚な隠者風からは想像し難い程、内田魯庵の血気が凝って一世一代の輝きを見せた、文学史上に珍重すべき匿名出版、なかでも先に引いた鷗外評には、会心の響きを聞き取り得よう。

明治二十七年四月十五日刊行、菊判で百八十六頁の瀟洒な『文学者となる法』は、田山花袋が『東京の三十年』に回想する如く、魯庵が尾崎紅葉の率いる硯友社一派から、決定的に忌避される原因となった。確かに全篇を貫く基調は、今に至るも真似手のないほど痛烈な諷刺と嘲弄であるが、しかし明治期では同じ方向で冷眼批評の先蹤をなした、「小説八宗」その他における斎藤緑雨とは、おのずから異なった持ち味を示している。第一に、緑雨のような皮肉のための皮肉に陥らず、各流各派の立場を推し測り、少なくとも忠告者の慈眼を忘れない。第二に、日清戦争直前の文壇という、限られた一時期の描写としてだけでなく、広く文壇地勢学一般への、普遍を目指す穿ち批判としても刺激的だ。即ちこの一巻は文壇史証言の絶品であるのみならず、時空を超えた独立の文藝評論としても、古典的な傑作と評価し得るのではないか。魯庵の貴重な貢献に続いて、生田長江や大宅壮一や杉山平助や十返肇らが、彼ら持ち前の資質の上に、もうひと奮発の精進を加えて、大正版、昭和版、戦後版の、新『文学者となる法』を、書き残してくれなかったのが惜しまれる。

　では、その魯庵がことさらに、嚙み付き屋鷗外の事例すくなしとせぬ論争歴から選りだして、人の悪いほくそ笑みを鹿爪顔に隠しながら、これぞ象徴的とばかりに指示して見せた、例の芝廼園退治一件とは何か。この稚気あふるる奇妙な幕間狂言を、論争家鷗外のうちかぶとを覗き込むためには絶好の材料と、魯庵はかねてから見極めをつけていたらしい。そもそも明治二十二年一月三日の『読売新聞』への登場から、日清戦争出征のため、二十七年の八月に『しがらみ草紙』を、続いて十一月に『衛生療病志』を、それぞれ廃刊するまでの六年間、殆ど休む暇のなかった鷗外論戦譜のなかでも、芝廼園を相手とするこの「文壇の花合戦」論争での大真面目な滑稽さは、これぞ論争家鷗外の真骨頂を期せずして浮かび上がらせた典型であると睨んで、つまりは空振りに終ったこの局地戦を、わざと魯庵は例証に引きだしたのであろう。

　さて問題の芝廼園退治は堂々十七頁、明治二十四年十一月『しがらみ草紙』第二十六号に、最初は「芝廼園に與ふる書」と題して巻頭に掲げられた。雑誌が分厚くなり二百頁にも及ぶのは、博文館が明治二十八年一月に創刊した『太陽』の前後から。それまでは百頁にも達しないのが普通、まして『しがらみ草紙』は本文わずか五十頁前後、したがって十七頁を占める鷗外の健筆が少なくとも量において、注目すべき雄篇であった印象は否めない。知られているように鷗外は、いつも拠るべき雑誌を持つことに御執心、逆にまた身近に起った雑誌の刺激に釣られ、のちの『歌舞伎』や『スバル』の如く、執筆活動に拍車が加えられるという傾きがあり、その気質的とも見られる雑誌根拠地志向の、最初の旗上げが『しがらみ草紙』であった。事の起りは鷗外を中心とするグループ新声社の訳詩集『於母影』を、当時は旬刊であった『国民之友』明治二十二年八月二日号に載せた時の、本文十五頁で多分五十円だったと記憶される稿料が、ほぼ雑誌一冊分の製作費に当ると調べ聞いて、月刊での出発に踏み切ったと伝えられる。記念すべき創刊号は明治二十二年十月二十五日、菊判で五十二頁、表紙は周囲に余白を残して中央は黒地に誌名を白抜き、これ以上の簡素は考えられぬ実質本位の出で立ちであった。俗に『しがらみ草紙』派と呼ばれはしても、同人達はつまるところ「鷗外の光明の下にコソコソ名を売るに過ぎず」と魯庵が見下した如く、終始ほとんど鷗外の独壇場、文学史上に始めて正味の個人雑誌として、独立独往の気概は深く称するに足る。部数は二千部前後と言われ、戦後に明治文献が複製した時の底本を見れば、創刊号は予想よりも迎えられてか「第三刊」、つまり再刷三刷に及んだと認められる。

　こうして飽くまで自家製の自家用、誰に遠慮も気兼ねも要らぬ言いたい放題の自立雑誌とは言え、それにしても当面の「芝廼園に與ふる書」に限っては、あまりにも論旨に内容とぼしく、始めから終りまで売り言葉に買い言葉、芝居や落語にあしらわれているような人足の喧嘩調である。さすがの鷗外も後になって少しは気がひけたのか、五年後に纏めた「文学美術上の批評」集、序文と目次と索引を合わせて千三十六頁に達する『月草』に収めるに当っては、もっともらしく「芝廼園に與へて粋を論ずる書」と改題したが、さて九鬼周造の『「いき」の構造』の遥かな先蹤か、などと早とちりに買い被ってはならない。

　改変された新しい標題に辛うじて見合うのは、篇中に言及の「意気」すなわち粋の批判であるが、これは芝廼園から嫌味たっぷりの戯文で、ただひとこと「野暮」と評されたのに腹を立てた鷗外が、身振り大きく開き直った説教の部分である。もちろん鷗外の言うところは正論、そもそも批評の真当な基準を維持し、趣味の純正を失わぬためには、性根の据え方において「野暮ならざるべからず」、意気がって喜ぶのは俗受けを狙う、「絵入新聞の小説」を書く徒輩に任しておけ。そこで鷗外は一気呵成、高僧が偈を吐く時の気迫にも似て、「意気で天下は治らず、意気で室家は齊はず」と、修身談義の啖呵を切りながら、意気は弱身の虚勢であると、是が非でも意気を貶斥し通したい構えを見せる。なるほど訓誡の論理としては、一応も二応もご尤もながら、それにしても型通り講壇風の御説教で、意気を糞味噌に罵倒した論難を、その部分だけを楯にとって「粋を論ず」と題するのは、羊頭狗肉も甚だしいと言わねばならぬ。だが、それはともかく、鷗外をここまで烈しく怒らせた芝廼園とは、一体どういう人物であったのか。

　明治二十四年七月、大阪市西区京町堀通の薫心社という所から、『葦分船』と題する文藝同人雑誌が創刊された。菊判わずか二十二頁、まともな小説さえない幼稚な寄せ書きの綴り込み程度、その発行兼編輯者が、東区伏見町四丁目十七番邸の山田三之助、すなわち芝廼園その人と認められる。

傑作なのは創刊号のそれも三頁目に臆面もなく掲げた、同人七名が蕙心社と称する部屋に勢揃いする戯画、文壇史のお笑い草として記憶するに足る。見るなり誰でも吹き出すように、お手本を敷写しの徹底した無邪気さなのだ。明治文学史に名のみ高い硯友社の雑誌『我楽多文庫（がらくたぶんこ）』、その公刊第十三号には、硯友社に集う同人八名の、松岡緑芽による戯画が載っている。稀観の『我楽多文庫』には目を通さずとも、本間久雄（ほんまひさお）の『明治文学史』上巻の挿絵などで一度見たら、誰でも忘れない極めつきの珍資料、硯友社と聞けば反射的に、この絵を連想する向きも少なくなかろう。二年後の『葦分船』が得意満面、図柄を真似てみたくなったのも無理はない。緑芽の構図では尾崎紅葉が位置した、同じ中央に座を占めてひときわ気取っている、面長でオールバックの青年が山田三之助である。

この芝廼園が創刊号に芝阿彌の名で、「文壇の花合戦」と題するたった十一行、現行の「大波小波（おおなみこなみ）」流を幼稚にしたような埋草記事を書いた。内容はたわいもない駄洒落趣味、石橋忍月に槍をつけている鷗外へ声をかけ、御身たちの果てしなき花合戦を、「蛙の面に水合戦」と誰やらも評したではないか、「野暮の筆合戦は最早ここらで菖蒲（あやめ）〳〵」、おやめおやめとからかった。大阪の渺たる同人雑誌の、かくも無内容な懸け詞（ことば）の野次に、鷗外は真正面から突っかかって行く。これほど次元の低い落書きでも、鷗外にとっては論争の口火となるのだ。


このとき『しがらみ草紙』は既に創刊後二年を迎え、明治二十四年九月の第二十四号から、鷗外は新たに「山房放語」なる欄を設ける。本郷千駄木町に居を定めて書斎を「千朶山（せんださん）房」と名づけ、書斎放語すなわち時事短評欄、つまり論争専用コーナーの新設であり、この時期の鷗外の意気込みをうかがうに足る。そして早速「放語」の第一回には、「蛙の面に水」と題する項目を立て、十四行を費して芝廼園を叱りつけた。無責任な立場から減らず口を叩くのは、これ「文界の捨鉢外道（すてばちげだう）」つまり自棄っぱちのはぐれ者だと、誰かも言ったが適評ではないか。たぶん当初は鷗外も、この程度の軽い訓誡で、済ませるつもりだったのかも知れない。

と言うのもこのとき鷗外は、近代論争史上の一大会戦へ、まさに突入しようとしていた。コラムとしての「山房放語」とまったく同時に、『しがらみ草紙』第二十四号から巻頭には別に「山房論文」、意欲的な論壇時評欄を開設し、第一回は二十八頁中の二十二頁を、坪内逍遙の論説に対する批判に充て、没理想論争の前哨戦に、今や踏みだしたばかりであった。鷗外にとっては逍遙を相手に、本格的な論争のチャンスを摑むことが、かねての宿願であったと観察される。多少は気ぜわしかったかも知れぬ鷗外が、最初は芝廼園を軽くあしらったのも当然、片手間にちょっとお灸を据えておいて、威信を示すにとどめる方針だったろうか。

ところが案に相違して、よほど閑をもてあましていたゆえであろうか、大阪の文学青年は些かしつこかった。芝廼園は二十四年十月の『葦分船』第四号に、鷗外の論難文「蛙の面に水」を、恭しく全文転載するという、明治期には珍しくなかった交歓の儀礼を示したのち、その後へ続けて今度は捨鉢外道の署名で、「蛙の面に水引かけて再び進上申す」全二十四行を書き加えた。例の如く卑俗な言葉のお手玉で、婦女の容貌の醜美論は、井戸端会議で聴き厭きた、同じように忍月と鷗外が続行中の、醜がどうの美がどうのという美学の詮議も、もはや見厭いて迷惑千万、「襷は短し帯は長し、よろず何事も程でござらう」、大体に「生野暮一点張りの小理屈」は、『しがらみ草紙』十八番の出し物でもあろうが、「さりとては余りに世間狭い主義でおじやる」と、専ら斜に構えての隠居調、これでは何のために重ねてくどく、『しがらみ草紙』をからかう必要があるのか、鷗外ならずとも不審の念が残るであろう。

その上よせばいいのに芝廼園は、鷗外へ全文ドイツ語の私信を出した。鷗外もまた鷗外で待ってましたとばかり、翌十月の『しがらみ草紙』第二十五号の「山房放語」中に、標題からして大袈裟な「魔王の決闘状」なる喧嘩文章を二頁半にわたって書き、公開状ではなく私信である芝廼園名儀のドイツ語文が、語格を破り前置詞を誤まり失錯顚倒すくなからず、自他を取り違えた不思議な文法で主旨通ぜずと、いちいち例をあげて講釈しながら存分に嘲弄した。加えて次号以後の予告標目の筆頭に、改めて直ちに「芝廼園に與ふる書」を書くぞと、麗々しく掲げる手まわしのよさである。

こうなれば芝廼園もますます後へは引けず、十一月の『葦分船』第五号に、今度は無頼庵の名で「山房荒神の酔狂を嗤ふ」を掲げたが、もとより今回も及び腰の戯文仕立て、「投書でもなき親展の私信状を」と嫌味を言い、自分に向けられた意識的な「戯語(スパアス)」にも気がついていないじゃないかと、鷗外を朴念仁に仕立ててあてこするなど、相も変らず調子は低かった。ほぼ以上の如く、たわいない子供の喧嘩じみた遣り取りがあってのち、遂に現われたのが魯庵の言う「退治」論文、全十七頁に及ぶ「芝廼園に與ふる書」だったわけである。

二

こうして堰を切った如くに捲(まく)したてる鷗外の論法は、相手のセリフのうち気に障った片言隻語を、端から順にひとつひとつ、入念に叩き潰してゆく逐条審議であるが、どうやらこの場合に一番のおかんむりは、「水掛論」という怪しからぬ野次であった。それ水掛論とは、と開き直った鷗外が、特に念を押しての言い立ては、「我等の醜美論は審美学存亡の問題なり」、自分は美学存亡の問題を、衆にかわって究め論じつつあるのだとの、気宇壮大な断言である。このとき鷗外は醜美論という題目を梃子に、石橋忍月をひたすら追い詰めようとしている最中だった。その折も折に横合いから、「水掛論」とナンセンス呼ばわりされては、力闘中の鷗外も立つ瀬がない。

早い目に是非とも反撃を加えておかねばならぬ。鷗外の戦術的配慮は同情に値するとしても、それにしても激したりとはいえ「審美学存亡の問題」とは、人もなげに思い切って大きく出たものである。なるほどズバリ「審美学存亡の問題」であるのか。それほどに根幹の大問題であるのか。のちに忍月鷗外論争を点検する際、この自信に満ちた明断な広言を、改めて想起するとしよう。

続いて鷗外は論を進め、水掛論とは心外なとこだわり続けながら、ふと思い出したように例証として、今は沈黙したと見做される或る人物に言及する。すなわち硯友社に一切現(うつつ)の助なる人物あり、嘗ては忍月と自分との論争を、ひとたびは水掛論と罵ったが、結局は確かに絶対に水掛論なりと、遂に「証すること」が出来なかったではないか。先に飛び出した野次馬は、見よ、既に沈黙してしまったぞ。ここに至って鷗外はおごそかに、一切現の助なる者の不甲斐なさを指し示し、したがって芝廼園の評語が実は鸚鵡返しに過ぎぬ事情を諷し、ようやくにして「水掛論」問題の水源を睨み据える。これより八箇月前の『国民新聞』(こくみんしんぶん)に載せた「醜美の差別」を、新聞は未見なので『月草』収録本文について見れば、文末の注記には既に、現の助に当てた解嘲(かいちょう)の辞が付されていた。

すなわち忍月鷗外の醜美論争に対しては、局外に立つ硯友社の側からいちはやく、水掛論、という嘲笑が発せられていたのである。事の起りは硯友社、敵は硯友社に在り、だった。だからこそ鷗外は始めから、水掛論という単純な評語に、ことのほか神経質たらざるを得なかった。振り返って見れば芝廼園が最初の「文壇の花合戦」で、「蛙の面に水合戦とな、誰やらが申しき」と書いた時も、その「誰やら」は慣用の文飾ではなく、具体的に一切現(うつつ)の助を指していたのである。調子に乗った芝廼園の軽口は、硯友社が鷗外を評した冷嘲を、さらに敷衍してみせた嫌がらせだった。鷗外が癇癪を起こしたのも尤もである。

そこで改めて見直すと、『葦分船』は創刊号から、尾崎紅葉の名を表紙裏の刊記欄に、「編輯補助」という落ち着かぬ名目で掲げている。そして紅葉自身は創刊号に、「芝廼園に寄す」と題してはなむけの辞を贈り、二号にも短文を寄せている。紅葉にどこまで熱意があったかは知り難いものの、芝廼園一党が無邪気にも、硯友社の大阪支社を以て自ら任じていたらしい気配は濃厚である。紅葉は明治二十二年八月に西下、そのとき大阪は寺町の誓願寺に、井原西鶴の墓を弔った。主たる用件は駸々堂(しんしんどう)の出版関係であるが、その折になんらかの縁が生じたのでもあろうか。

それはさておき浮かれ屋の芝廼園は、自ら買って出た役まわりではあるものの、結果は硯友社の頼りない代理人として、鷗外の砲火を一身に浴びる羽目となった。そして「芝廼園に與ふる書」を読み進めば、鷗外が表面は浪華の黄口児(こうこうじ)を相手に選びながら、実は本当のマトを誰に定めているか、彼の戦術が明瞭な地模様となって浮かび上がる。芝廼園がもののはずみに、「襷は短し帯は長し」と囃すや否や、鷗外は直ちに出典考証に乗り出す。その形容語は硯友社発行の雑誌『江戸紫』で、紅葉が唱えたところであって、すなわち先程の「水掛論」と同じく、『葦分船』は口真似しか出来ないのか。以下、「愚痴」にしても「善罵剣」にしても、芝廼園が愛用する貶斥の語彙は、みな『江戸紫』からの借用ではないか。言外に鷗外はちょっと凄んで、貴様の後に紅葉がいるのは、とっくにお見透しだぞ、というわけだ。或いは鷗外の脳中には、嘗て自分に投げつけられた悪口雑言一切の、筆者別掲載誌別語彙索引が、周到に準備してあったのかも知れない。

　こうして鷗外は紅葉を炙り出し、遂にはどう見ても不器用な、いかにもわざとらしいあてこすりを試みる。芝廼園は野暮を斥け意気を重んじるらしいが、自分は評論家としても一個の人間としても、やっぱり意気でありたいとは思わぬ。昔の兼好法師はいざ知らず、今の紅葉山人はいざ知らず、世の意気がっている奴等の多くは、おのれ自身に弱味があるため、無理をして気張っているに過ぎないじゃないか。十把ひとからげに突き放して、さあ、文句があったら掛かってこい、と言わんばかりの悪態であるが、もちろん紅葉は指一本うごかすことなく終った。

　鷗外が摂津の同人雑誌との応酬を通じて、実は紅葉および硯友社の一党を、論争場裡に誘いだしたがっていたと、仮定してみるのも一応は可能であるが、さすがに鷗外も文中では、紅葉そのひとに正面切っては顔を向けてはいない。一方また、肚の底から野暮を嫌っていた紅葉が、うかうかと乗り出して来る一幕など、見られるわけもなかったであろう。実際、勢いの然らしむるところ、野暮を自認し自称する鷗外の、杓子定規で道学者風の談判口調を見るだけで、呆れた紅葉は匙を投げたに違いない。譬えば芝廼園が鷗外のお得意の醜美論を七面倒臭い堂々めぐりと見て、「何ぞ限りなく百万篇を唱へ散らして」とからかったら、鷗外はまた大真面目に受けて立ち、何を言うか、百万篇などと評される筋合いはない、自分は忍月を論駁する文章をまだ一篇しか書いてはいない、別に醜美の論も一篇だけ、君の言う百万篇は何を指すのか、と法律書生の論法で切り返す。宛て字に神経質ではない近世以来の習慣もあり、また誤植も現在より遥かに多かった時節柄、芝廼園が持ち出した「百万篇」が「百万遍」の意であること自明ではあっても、やはり最初に「篇」は「遍か」と、これ見よがしに念を押した上、とにかく鷗外はまず字づらから責める。そのあと仮に一歩を譲って、我が醜美の論が「まこと賤の苧環くりかへして百万遍に至りぬとせむか」、結構、自分としてはそれでよいのだ。見よ、宗教家が善を説くや、三千軸の経文を遺しても恥とせぬではないか。批評家たるもの美を説くのに、数万巻の書を著わすのも厭わぬのだ。鷗外の論法は万事この調子である。どれほど想像を逞しうしても、紅葉鷗外の論争という組み合わせだけは、実現不可能だったと思われる。

だがそれにしても、大阪の芝廼園を当面の敵に選び、芝廼園本人が始めて言いだしたのではない鷗外への毒舌、やれ水掛論だとかやれ愚痴に似たりとか、至ってありふれた藝もない放言を、それでもよほど肚にすえかねて、十数頁を費して解嘲にいそしむ暇があったのなら、その悪罵を一手に出荷している本家卸元、硯友社になぜ正面から駁撃しなかったのであろうか。反論を繰り広げる手間からすれば、恐らく大して変りはなかった筈なのに、鷗外は遠方の代理人を撃つにとどめた。その方が遥かに気楽ではあったろうが、どうやら鷗外には鷗外流の、戦略眼と時局認識が秘められていたようである。鷗外は必ずしも猪突猛進型ではなかった。

ひとつには一貫する顕著な選好として、文学論や批評に手を出さない、或いは少なくとも身を乗り出さない、小説に専念一向型の作家を、鷗外は論難の相手に選ぼうとしなかったようである。鷗外の得意は評論の評論、議論に対する批評であった。鷗外が当初から没頭したのは、自分に先行する文藝評論家および広義の藝術理論家を、ひとりひとり軒なみに狙い撃ちする掃討戦である。作家を相手どっての喧嘩を、不得手と自覚したのか戦果すくなしと見たゆえか、あきらかに鷗外は好まなかった。それも相手が硯友社とあれば、鷗外も慎重たらざるを得なかったであろう。

大正期に入ってからではあるが内田魯庵は、明治前期文壇史のイメージを独力で決定したに近い『きのふけふ』以下の回想録で、硯友社の「最全盛期」は明治二十六七年頃から三十二三年頃まで、と規定する。なにしろ紅葉から強く忌避され、「蛇蝎の如くで無い迄も蚰蜒ぐらゐ」には嫌われたと苦笑しながらの魯庵による観測であるから、思わず「最全盛期」という厳密な尺度で、硯友社の治世を絞って限定したかったのも無理はないが、その直前に当る明治二十四五年の交、言うまでもなく紅葉の存在は既に大きかった。そして一方、鷗外は坪内逍遙に度重なる発砲の甲斐あって、ようやく『小説神髄』の著者を射程距離に招き寄せつつあったばかりである。宿願の大遭遇戦を目前に予定して、いかに強気の鷗外といえども、その上まだ、今や文壇の覇者である硯友社に自分から仕掛けに行くほど、我武者羅な喧嘩買いではなかった。神経に障る罵言は癪だが、敢て砲門を開くのは得策でない。丁度そこへお誂え向きに飛びだしてきたのが芝廼園であった。虎のかわりに猫を撃つ。鷗外は大阪の文学青年をとっちめることで、せめてもの憂さを晴らしたのであろう。

喧嘩を自分から切りあげるということを知らない鷗外は、これ以後も「山房放語」欄に短文ながら十篇、『葦分船』退治をしつこく書き継ぐが、その内容はもとより言うに足らず、まあ御苦労千万とでも言うほかはない。いかに内容空疎な同義反覆に陥っても、相手が黙ってしまうまでは攻撃の手を絶対ゆるめない、独特の難儀なメンツ意識にかられて、鷗外は自分の完勝を、文学的公衆にしかと見せつけたいのであろう。

やっと鷗外が鉾をおさめたのは、口切りから数えて五箇月目の明治二十五年二月、だがそれより前の二十五年四月十五日、あえなくも『葦分船』は第六号を以て雑誌菊判を廃し、以後タブロイド判の新聞という痩せた出で立ちで刊行されたが二十五年四月十五日、第十号を以て休刊した。必ずしも鷗外に罵倒され続けたからではあるまいが、鷗外の眼には硯友社の出店ひとつが潰れたと見えたかも知れぬ。『葦分船』は二十五年五月十五日、新艘第一号を以て出直すが、その終刊は二十六年七月十五日、通算二十五冊の寿命であった。

このなんとも奇妙な論争を見守っていた魯庵は、芝廼園に対する鷗外の振舞いのはしばしに、論争家鷗外の基本姿勢があらわれていたと観取し、忘れ難い強烈な印象を受けたゆえに、鷗外は「芝廼園を退治するに前後二十余頁を無駄にせしほどの大家なり」と、特に記憶を喚起したのであろう。いや、魯庵ひとりだけではない。逍遙もまた没理想論争中の一篇、標題も本文も戯文仕立て、「陣頭に馬を立てて敵将軍に物申す」の途中、敵将軍鷗外殿への呼びかけとして、かく申すそれがしの出で立ちは、お出入りの大店（おおだな）の煤払（すすはら）いに、駆けつけた鳶の者ぐらいに見えようとも、まさか将軍の刃にかかって、あえなく果てた『葦分船』の、怨霊とはゆめおぼしめさるるな、という工合にわざわざ言及、隅におけぬ戦術的な呼吸を示した。魯庵から見ても逍遙から見ても、「文壇の花合戦」論争における鷗外の風貌姿勢が、相手を寄せつけぬ格段の強さはあっても、総体として横綱相撲の華と品格を欠く、愛嬌なきカタキ役に映っていたらしいニュアンスを、両者は溜め息まじりの表現を通じて、後世に語り伝えたのである。

三

しかし意気だの野暮だの大人気ない罵り合いは、本論から逸れて曲った脱線に過ぎない。「水掛論」という無理解な半畳に憤激した鷗外は、「我等の醜美論は審美学存亡の問題なり」と、真摯に厳粛に言い放った。これほど高尚微妙な重大問題に、軽薄な野次馬根性で近づくな、と荒々しく一喝してみせたのである。思いきって大きく出たものだが、それでも「美醜差別の論」とかいう耳寄りな課題が、もし着実に展開されているのであったら、傍若無人なその気負った断言も、いささか仰山たらしいが自信家の常と、苦笑しながらも聞き流し得よう。しかし鷗外が実際に書き連ねた内容は、大時代な恫喝から想像されるような論理的研鑽とは、まったく似て非なる種本争いであった。

問題の醜美論争は、例によって先にやや軽率な仕事ぶりを示したのが石橋忍月、待ってましたとばかり槍をつけたのが鷗外、宿命的な二人の取り組みに、いつも見るお決まりの型である。忍月は慶応元年の生まれ、第一高等中学校から東京帝大法科大学へ進んだ明治二十年以降、逍遙の『妹と背鏡』および二葉亭の『浮雲』を月旦したのを皮切りに、文藝評論家として目ざましい活動を始めた。忍月の三男である山本健吉は、昭和十四年に『石橋忍月評論集』を編む機会を得て、その折の精査にもとづく忍月像を、「二つの青春（鷗外と忍月）」（『批評』昭和15年7月）に要約している。その評価はけだし鉄案と言うべく、以下の素描は今後も動かし難いであろう。――「忍月は新文学の黎明期に於ける代表的な文藝批評家であつた。彼は当時のジヤアナリスト的文藝批評の創始者であり、種々の新聞・雑誌に匿名或ひは変名を用ゐて、月々出現する作品を品隲（ひんしつ）し、文壇時事の生きた問題を論評した。彼が当時雑誌・新聞の批評欄で取上げた諸家の作品は、当時を代表する総べてを網羅し、忍月の批評を読むことは、宛然明治新文学黎明期の縮図を見る思ひがする。文藝批評に依って当時一世を覆つてゐたのは、逍遙でもなく鷗外でもなく、弱冠忍月であつたといふ印象を受けるのだ」。然り、決して過褒ではない。理論は『小説神髄』の逍遙が早かったにしても、批評は忍月の独走であった。出現の時期で言う限り鷗外は、あきらかにこの両者の後塵を拝したのである。

その忍月がまだ在学中、新聞『国会』に入社したのは明治二十三年十一月、時に数え年二十六歳、ちなみにこの年、逍遙は三十二歳、そして鷗外も既に二十九歳である。逍遙は年上であるからまだ我慢できるとしても、ドイツ留学中に自分より三歳も若い忍月が、なんと批評界の第一人者と目されているのを見せつけられて、自負心の強い鷗外は胸中いかがであったか。鷗外が他の誰よりも忍月を、意識せざるを得なかったのも無理はない。そうか、あの忍月程度の者が批評界の覇権を握っているのかと、鷗外は複雑な表情で、相手の陣立てを凝視していたのではあるまいか。

明治期の記者は一般に操觚者と呼ばれ、探訪でなければ今で言う論説委員格、忍月は文藝欄を埋めるべき立場であるから、当然のこと執筆量が増える。そのためには取材領域を拡大せざるを得なかったゆえであろうか、『国会』紙の二十四年二月二十六日から三月にかけ、「醜は美なり」「醜論」などの標題で、ハルトマン美学の簡単な紹介を書き継いだ。もとよりこの時期に必須な要請に応えての論策ではない。しかしあながち明治期のみに限らぬ世の習いであろう。だが特に今勉強のお浚えがそのまま文藝欄の読み物として通用するのは、回はテーマが悪く時機が悪かった。ハルトマン信奉の鷗外が、この絶好のチャンスを見逃すわけはない。まさに願ったり叶ったりの局面である。他の何を措いても鷗外が、まず絶対の自信を持つハルトマン問題に、後日の難儀を予想し得べくもない忍月は、進んで自分から手を着けてしまったのである。鷗外は小躍りしたのではあるまいか。

鷗外の反応は早かった。忍月の「醜論」、つまり美学における醜とは何ぞやの論が、「その一」として登場したのは『国会』紙の明治二十四年三月七日、そして鷗外の「読醜論」、すなわち忍月の醜論を読みて我が思うところを言うの論は、『国民新聞』の三月八日、九日、十日にかけて連載された。この迅速にあらわれた気迫がなにより見事である。その頃の狭い東京市内では郵便が理想的に早く、且つ新聞の特に文藝や風俗を扱う欄は、当時は寄書と言い慣わした投稿を、各紙ともそれぞれ待ち受けていた。七日の新聞を手にするなり、鷗外はたちどころに忍月批判を執筆、託して国民新聞社へ届けたのかも知れぬが、或いは日中に投函すれば、翌日版の印刷には十分間に合った。前日六日の『国会』紙には、忍月の「醜論」が明日以後続々と掲載されるべしと予告されていたから、鷗外は手ぐすね引いていたのであろう。こうして遂にハルトマンを土俵として、鷗外は忍月攻撃の新局面に乗り出す。

ところで「読醜論」は標題にあきらかな如く、忍月の立論に対する徹頭徹尾の批判であるが、しかし鷗外の実際に記述するところは、一個独立した醜美の論理ではない。いや忍月の論理に対する批判ですらない。鷗外の論法は実に簡潔明瞭である。忍月が使ったのと同じドイツ語の原書を手許におき、忍月より長じたりと自任する読解力にしたがって、見るからに足許のふらついている相手方の、早呑み込みや一知半解や省略の不手際を、片っ端から数え上げてゆく摘発作業である。しかし、これではつまり誤読論であって、当時は審美学と呼ばれた美学の論議ではない。論理の筋道が始めから欠如している。もっとも鷗外自身が冷静な口調で、これは誤訳誤読の演習段階であると、控え目に認めてかかっていたのなら、新知識移入期のやむを得ぬ試行錯誤と、微笑ましく振り返り得る一齣であったろう。しかし鷗外は意気軒昂、教室のリーダー訳読に類する詮議を、実にこれ「審美学存亡の問題」なりと、照れもせず宣言して憚らない。

今や得意満面の鷗外は、紙面の制約でこまぎれの連載を始めたばかりの忍月に呼びかけ、「君が醜論、其二、其三と、篇を累ぬるにつれて、我が読醜論もまた、これと轡を連ねて馳せ行くべし」と言い放つ。さあ、もっともっと続けろ、端から端まで餌食にしてくれるわ、という宣言である。語るに落ちたりと評すべきであろう。始めから鷗外には美学上の醜美論を展開する意図がないのだ。鷗外は美学そのものを論じようとは願わず、誰かの生半可な立論を叩き伏せる勇猛を通じて、自分こそが美学の正統を保持しているのだと、高らかに鬨の声をあげたいだけなのである。

現下もし醜美論がそれほど大切なら、なにも「君が醜論」の第二回、第三回を待つ必要はなかろう。忍月の錯誤を廃棄するに足る、純正な美学論理のせめて片鱗でも、これこの点が間違い易い核心だよと、出し惜しみせず教えてもよい筈だが、鷗外は御開帳の気配すら見せない。鷗外の関心事は種本の問題だけである。忍月が論中で読者の質疑に答えた部分は、ハルトマンがその著作集で引用したロオゼンクランツの説を、「その字句の微に至るまで」敷写ししておいて、しかもその出所をどこにも言明せず、恰も忍月自身の創意の如く偽装しているではないかと、嵩にかかっての糾明は峻烈をきわめる。その言や、あくまで正当にして真摯なるかな。鷗外のこの潔癖は、強く記憶するに足るであろう。

突然に銅鑼を連打されたような不意打ちに、閉口した忍月は応急の対策として、ひとまず醜論の筆を措いて出直すと、やむを得ぬ撤退作戦に出たが、殊勝に敵が旗を捲いたからといって、それを黙って見送る鷗外ではない。引き続き三月十四日以後の『国民新聞』に、さらに四回を費して第二弾「醜美の差別」を連載、好機を逸せず追撃の軍を進めた。その冒頭で鷗外は彼我の論陣の異なる所以について、簡単な打ち明け話を披露している。相手が一応は鉾をおさめたあとなので、手の内を見せる余裕が生じたのであろうけれども、それより寧ろ、この種の勢いこんだ種明かしによって、読者の尊敬が一挙に自分へ集まる筈だと、信じきっている鷗外の自負が印象的だ。

事柄はまことに呆気なく単純である。鷗外の得々たる講義によれば、ハルトマン美学における醜論の本旨は、ハルトマン著作集第三巻の、それも後篇の二百八頁以下に展開されている。しかるに忍月は愚かにも、第三巻は第三巻ながらその前篇の、三百六十三頁以下の論述に拠った。これが大変な間違いなのである。前篇のこの部分はハルトマンが、自説立論に備える材料として蒐集抄録寸評した、従前の諸家による醜論理論概略史に当る。すなわちハルトマンみずからの本論ではない。この部分だけ瞥見して肝心の後篇まで読み進まなかったから、だから貴様の紹介は見当はずれ、世人を惑わす異端邪説なのだ。鷗外はこの決定的な指摘によって、忍月にとどめをさしたつもりであるらしい。

なるほど確かに鷗外は勉強家、疎漏な忍月の早合点は責められて当然、鷗外が論壇の検非違使を志願して、その限りでは大いに成果を挙げたにしても、しかし問題は今のところ、原書講読の次元をまだ出ていない。典拠読解の見当違いはもちろん入念に訂すべきながら、それを言い方もあろうに「審美学存亡の問題」とは、よくぞ誇大に吹っかけたものである。だがこの自画自讃を大袈裟だなどとはつゆ思わず、あくまで大真面目に突進するところ、鷗外の鷗外たる所以と見做し得よう。そして鷗外はまだ満足しない。続いては忍月の退却の弁にも槍をつける。

困った忍月は出直しの口実として、ハルトマンを祖述するのは労多くして功少なきゆえひとまず切り上げ、しばらく諸名家の美学書を広く参照し、他日あらためて私見を述べる予定と会釈した。誰が見てもこれは逃げ口上、『国会』紙の社員として格好をつけるための言いわけである。嫌な論敵に食いつかれて面倒だからよします、などとぶちまけては言えぬ立場もあり、忍月は読者へ暗黙に挨拶したのだ。それが鷗外には許せない。鷗外は相手のメンツを立ててやることができない人であった。鷗外の追及はさらに熱を加える。そもそもハルトマンが美学の大著を完成したとき、その身はドイツの首府に居住し、ヨーロッパ歴代の典籍に富む境遇にあった。それでもカント以来の諸家を渉猟して醜に関する理論史を探ったところ、採るべしと見たのはシュレエゲルからカリエエルに至る、前後七家に過ぎなかったではないか。その要点はすべてハルトマンの記述に尽きている。しかるに今から忍月君は、かのハルトマンの渉猟を超えて、広大な学説史を辿らんと言う。お目当ての稀覯書は一体いかなる文献なのか、いずこの書庫に蔵されているのか。ほかならぬ我が国に身をおいて忍月君は、博捜の聞え高いハルトマンの、その上を行くことができると思っているのか。何事にも言い募るのを好む鷗外であるが、特に忍月に対する時は、かくのごとく敵意が烈しくあからさまで、なさけ容赦なく残忍でしつこかった。

明治二十一年九月八日、足かけ五年のドイツ留学から帰国した鷗外が、文藝評論での活動を開始するのは、翌二十二年一月三日『読売新聞』の「小説論」によってであるが、その直後の四月三日、『国民之友』に初登場した「独逸文学の隆運」においては、すでに文末に忍月をチクリと刺す一節を加えた。以後、鷗外は一貫して、忍月を批判する機会とあれば、どんな些細な材料でも構えて見逃さなかった観がある。二十三年一月『しがらみ草紙』第四号の「明治二十二年批評家の詩眼」では、まだ軽く一触の気味であるが、翌二月に端を発する所謂、舞姫論争において、両者は遂に激突した。これを契機に二人の抗争は遺恨試合の様相を呈し、幽玄論争、文づかひ論争、演劇協会論争と、短期間に衝突を重ねつつ、並行して前掲の醜美論争、更には戯曲朗読法やレッツング伝をめぐる鷗外からの忍月攻撃をも加えて、あわただしく継起する二人の論戦は、懲り懲りした忍月がもはや何についても応じなくなって自然消滅するまで、明治評論史上、屈指の対峙として継続するのである。

この明治二十年代の鷗外に、唐木順三（からきじゅんぞう）が与えた「戦闘的啓蒙」という絢爛たる美称は、戦後期の風潮に乗じて定説化したようであるが、史上に果して鷗外の実像は、賞辞としての啓蒙家の名に値するであろうか。譬えば「審美学存亡の問題」を謳い文句としながら、実は鷗外にとって枢要である筈の「審美学」とは、歴世の典籍を渉猟して成ったという建て前の、斯界の定本と認められるドイツ語原書に、その本文に通暁することであった。その論旨をただの抽象的な型に嵌まった理屈として、威嚇的に振りまわしてみせることであった。読者の知らないヨーロッパ学界の〝権威ある学説〟を、仰山たらしく原語を鏤（ちりば）めながら、一方的に復唱してみせることであった。ただそれだけであったように思われる。

啓蒙家とさえ称されれば凛々しい善玉と見做され、社会の前途を進化段階へ導く存在であるかの如く、啓蒙家の虚像が肥大した戦後期、鷗外もまた近代啓蒙家聖者列伝に加えられる光栄を得た。しかし歴史上の啓蒙家を憧憬したくなる衝動は、啓蒙される側に我が身を置くことなど考慮の外、実は華々しい啓蒙家への感情移入を、ひそかな喜びとするのが常であった。自分を当代の啓蒙家、或いはその予備軍になぞらえたい便乗願望が、あれこれ史上にお好みの、啓蒙家のモデルを探し求める。だが一体、啓蒙家とは何か。自分の思慮は秀れて正しいと、衆を見下して教え導かんとする、その傲慢の根拠はどこに見出せるのか。安直な啓蒙家崇拝は滑稽であり有害である。鷗外は確かに戦闘的であったかも知れぬが、啓蒙家と評価するに足る真摯な内実を、その例証を何時どこで示したと認め得るのか、改めて再検討すべきであると思われる。

二　鷗外はじめて苦境に立つ

一

若造でも批評家としては先輩である石橋忍月に、さすがの森鷗外も初めは慇懃であったかに見える。明治二十三年四月『しがらみ草紙』第七号、「読罪過論」も例によって忍月の胸倉をつかむ格好の論駁であるが、その文末には鷗外としては異例の外交辞令を添え、貴殿が今の文壇で第一流の批評家であることは、もちろん私自身も認めるし世間の評判もまた然り、だから礼にならわぬ当方の論調を咎めずに、教えを垂れる労を惜しむなかれと、相手の袖を握りながらも態度はいちおう下手に出た。敵を逃がさぬための呼び掛けとは言い条、当時の忍月は「千里独行の感があった」と内田魯庵に回想される程の存在、戦術的配慮にもとづく皮肉ではあっても、鷗外はひとまず退いて忍月の顔を立て、「今の文壇の第一流の批評家」と、心にもない業腹な頌辞を筆にした。ただし五年後の鷗外は、文藝評論集としては我が国で最も分厚い『月草』

にこの一文を収録したとき、忍月に会釈したこのくだりだけはアッサリ削除してしまうのだが——。もともと鷗外にいちばん似合わしくないのは御世辞、何故この時だけ取ってつけたように、厭味まじりの「一流」呼ばわりを書き加えたのか。血気の鷗外も恐らくこの時期、かりそめにも忍月を侮るべからずと、褌をしめてかかる必要を痛感していたように思われる。すなわち忍月が仕掛けた「舞姫」論争で、珍らしくも鷗外は防禦としての自己弁護という、至って不得手な役廻りを、図らずも強いられている最中だった故である。

　鷗外の処女作「舞姫」が旬刊『国民之友』に掲載されたのは明治二十三年一月三日号、つまり新年号であるから現在の特別号と同じ様式、通常の雑誌本文が終ったところに広告で仕切りを設け、以後の増頁部分を慣例で「附録」と称し、この時は「舞姫」を最初に置いて、続くは尾崎紅葉の「拈華微笑」および須藤南翠の「新編破魔弓」と小説三篇、それに山田美妙の長詩「酔沈香」を加えるという編集であった。詩は別格として小説の配列は、年齢キャリアを案じての結果であろう。編集後記の類いはないが奥付の上欄に、此の号の附録に掲げた新作四篇は、本社で単行出版するため版権の登録をするものなりと、二号活字での「広告」を掲げているのも、過渡期の時代相をうかがわせるに足る。『国民之友』はもちろん論説雑誌、だが文学作品の掲載にも積極的で、それもお添え物でなく精選を旨としたところ、大正期以後における『中央公論』の先蹤をなし、反対に我が国で最初の総合雑誌『太陽』が、小説には奇妙に薄情であったのと対照的である。「舞姫」は絶好の場所を得て華々しく登場、文藝時評や月旦記事が未だ登場せぬ黎明期であるから、直接の活字に現われた証言は多くないにしても、その成功は次に引く忍月の評語に照らしても明らかである。

　さて「舞姫」の発表からちょうど一箇月後、同じ『国民之友』二月三日号に、忍月は作品評〝「舞姫」〟を掲げた。去る明治二十年九月以降、二葉亭四迷の『浮雲』を評した際には「浮雲の褒貶」、つまり評価と批判の両面にわたる総体論評を旨としたのに対し、今回の標題が至って素っ気ないのは、作品批評に取りたてて掲題を工夫せぬ当時の習慣に加えて、忍月の発想が『浮雲』に対するのとは、初めから逆であった事情にも拠るであろう。すなわち忍月の見るところ、「舞姫」が『国民之友』新年附録では第一の傑作であるとの世評ほぼ定まり、賛辞を呈したる者また少なしとせぬ。しかるにその「瑕瑾」をあばきたるものは見当らぬようだから、自分は幾つか納得のいかぬ条項を挙げて、作者その人に質問しようと思う。忍月は包括の値踏みではない「不審」ばかりの質問状を突きつけたのである。『浮雲』には世人の反撥と貶毀の声が甚しかったから、まずは称賛すべき褒誉すべき諸点を挙げ、冷淡な読者と不親切な批評家の注意を促した。翻って今や「舞姫」には拍手喝采ばかり、そうなれば批評に均衡を持するためにも、むしろ冷静な検討が必要ではないのか。もとより自分は「舞姫」を非難するのではない。たとえ依田学海老が「残刻」じゃとつむじを曲げられようとも、自分は「舞姫」をやはり「稀有の好著なり」と認める。もし小説界の明治二十一年以前を坪内逍遙の時代とし、二十二年を嵯峨の屋おむろと山田美妙と尾崎紅葉の時代と言って宜しければ、今年明治二十三年には恐らく鷗外と幸田露伴が、文壇の「覇権」を握るに至るであろう。こうして忍月は呆れるほど気の短かい、一年きざみの「覇権」交替論を振りかざしたが、まさかこの浮き足立った走馬燈史観が、長く後世を毒するとまでは予想しなかったであろう。それはともかく今や貴殿の時代が来らんとし、清風一陣の「舞姫」が「秀逸の傑作」であればこそ、自分は一見些細な疑問の部分をも、細かに論う必要を感じるのだ。このように忍月から文末の付けたり部分では恐れ入るほど大きく持ち上げられても、肝心の本論は一貫して批判的質問の畳みかけ、しかも掲載誌が同じ『国民之友』である以上、鷗外ならずとも不快度が最高に達するのは当然であろう。熾烈な論争を惹き起こす口火として、史上もっとも典型的な局面と言える。

そして真向から「舞姫」に槍をつけたこの不審尋問に、実はこれが後に重要な因子となるのだが、忍月は恐らく軽い思い付きから、気取半之丞という筆名を用いた。のちに山本健吉が苦心の探索を報告するように、忍月の時代は署名批評と匿名批評の職域が明瞭でなく、作家も含めて操觚者評論家の一般は、その場かぎりに無数の変名を案じて興じるのを常とした。感謝すべき『近代人物号筆名辞典』（柏書房）を一瞥するに、後世に甚だ迷惑ながら最高は内田魯庵、丸善の『学鐙』編集部に身をおいた故もあって百種を遥かに超え、作家では俳諧趣味を楽しんだ紅葉の三十種以上が目立つ。忍月もまた優にベストスリー入りして約五十種、当時の変名匿名は身を隠すというより、賑やかしの洒落っ気という面が強かったので、筑水漁夫とか夢の舎主人とか栴檀生とか、名乗りの変化を他意なく転々としたのであろう。しかるに数多い匿名のうちただ一種だけ、「舞姫」を論じたこの時にかぎって、実に例外的に、忍月は拠り所のある署名を用いた。あまり趣味よろしからぬ気取半之丞という名は、ついさきほど明治二十二年十一月、春陽堂から書き下ろし刊行したばかりの自作小説『露子姫』に、登場する一人物の名をそのまま借りたものであった。つまり架空は架空ながら、しかし歴とした作中人物である。『露子姫』からひょっこり抜けだしてきた作中人物が、作者である忍月に替って発言したと、形式的にそう解しようとすれば出来ぬでもない。忍月にとって多分に気紛れのこの茶目っ気が、後で思いもつかぬ奇妙な局面の胚珠になると、もちろん誰ひとり予想は出来なかったであろう。ただ一度だけなんのために忍月は、自作小説の人物名を我が名乗りとしたのか、まさか宣伝に資するとの錯覚にもとづくとも思えず、思いつきの偶然にしてもなんとも不可解である。

さて忍月が声高らかに「舞姫」から剔抉した「瑕瑾」は五箇条に及ぶ。まず第一、主人公の太田豊太郎は小心臆病で慈悲謹直、「ユングフロイリヒカイト」すなわち「処女たる事」の尊重すべきを知る者なのに、その彼がエリスを棄てて帰東するのは、「人物と境遇と行為との関係が支離滅裂」である。作者は太田をして恋愛を捨てて功名を取らしめた。しかし自分は本来なら太田がまさに功名を捨てて恋愛を取るべき筈の人柄たることを確信する。これが忍月の有名な男性版〝手鍋提げても〟論である。

そして第二、はじめ臆病な太田が後では「果断ありと自ら心に誇り」などと述懐するのは撞着である。第三、主題が恋愛と功名との相関に在る以上、太田の履歴を描くのは無用である。第四、「舞姫」と題するからには「引手数多の女俳優」かと思いきや、文盲で志操なき「一婦」であるのには失望、一篇の本旨でなく「陪賓」に過ぎぬ「舞姫」を以て、小説の標題とするのは不穏当である。第五、「大臣の信用は屋上の禽の如くなりし」との一行、この措辞は独逸の諺を端折った故の、単独に持ち出しては無理な熟語であろう。ほぼ以上が忍月の指摘する瑕瑾の要目である。

なんと低次元にして俗の俗なる井戸端会議調、行き当たりばったりの無原則な難癖ではないかと、時代を隔てた現代の眼から裁けば、度し難い散漫な放言に見えようとも、しかしこれでも明治二十年代初頭においては、最も具体的で真面目一途の検討であった。空虚な文飾に隠れる近世期の評判記方式から、作品に密着する個別な批評語彙を求めて、一歩でも脱出せんとする努力の結晶であった。具体批評の嚆矢と見られる「『当世書生気質』の批評」が高田半峰によって書かれたのが明治十九年、歩み始めたばかりで未だすべてを模索中のこの時期では、むしろ忍月の身繕い構わぬ律儀な指折り数え上げこそ、殻を破ってただひとり闇雲に飛び出した、開拓者らしい実験意欲の投影だったのである。

たとえば吉田精一の『近代文藝評論史〈明治篇〉』（至文堂）によれば、ちょうど舞姫論争開始直前に当る明治二十三年二月九日の『読売新聞』は、当代の批評家三幅対として、もちろん忍月および魯庵、そして謫天情仙の名で『読売新聞』に拠る漢詩人の野口寧斎を挙げていた由であるが、その謫天情仙が「舞姫」発表直後の『しがらみ草紙』一月二十五日号に載せた「舞姫を読みて」は、もともと御祝儀とは言いながら次のような調子である。これぱかりは原文を引くしかなかろう。

――「舞姫を読みて第一に感ずるは何ぞ。人物の性情是じやく〳〵。功名の念、勉強心、器械的人物、皮想活潑、怯懦、意気地無し、粗忽、無貞操。時に連れ事に触れ、或は隠れ或は見はる」。「只精細に巧妙に、為永風の人物写生せられたるを感ず。可憐な姿を馴染の媒、己れが不遇にかゝり人、互ひの心通ずる今丹次、真正の恋情悟入せぬ豊太郎、着々写して真に迫る。嗚呼、我其肉を啖はんと欲す」。

仲間うちでの提灯持ちとはいえ、精細、巧妙、可憐、迫真など、対象に突きささらぬ儀礼の慣用語をころがしながら、為永春水の人情本を持ち出して月旦する感覚と較べれば、「舞姫」を一個独立の作品世界として見据えようと努める忍月の批評意識が、措辞と構成での眼高手低は如何ともしがたいにせよ、謫天情仙とは異なる次元へ踏み込んでいた印象は争えない。惜しむらく粗放な猪突型ではあっても、忍月は足場が用意されていない時代の果敢な無手勝流であった。

さて正面から飛んできた五箇条の質問に、鷗外は持ち前の迅速で対応したか。いや実にこの場合だけ、今回だけ鷗外は異常に慎重であった。あるまじきことに鷗外は、なかなか立ち上がろうとはせぬ様子、暫くは無気味に沈黙を守った。忍月の「舞姫」論が出たのは二月三日、しかし二月二十五日の『しがらみ草紙』第五号には、書けば間に合ったこと疑いを容れぬのに応答論を出さず、単に「演劇場裡の詩人」を掲げるのみ、更に一箇月後の第六号にも連載中の続稿二篇を寄せただけ、漸くにして「気取半之丞に與ふる書」が現われたのは四月二十五日付け第七号においてであった。忍月の作品評が出てから実に二箇月半を閲している。鷗外の仕切り時間は例外的に長かったと言わねばならぬ。

通常の場合、鷗外は至って反応が早かった。問題の「気取半之丞に與ふる書」と同時に掲げられた鷗外の「読罪過論」も同じく忍月批判であるが、その対象となった忍月の「罪過論」は『江湖新聞』の四月一日から三日にかけての連載である。その月上旬刊行の印刷物を見てから反論を書いても、同月二十五日発行の『しがらみ草紙』に十分間に合っているのだから、鷗外さえその気であれば、「舞姫」に関する忍月への反論は二月二十五日付け第五号にも載せ得た筈、従って二箇月も見送った鷗外の熟慮が、今回の非常に目立った特徴である。

二

こうして鷗外らしくもない異例の遅延に加えて、次に面妖なのは「気取半之丞に與ふる書」の署名が、鷗外漁史でもなくまた森林太郎でもなく、なんと相沢謙吉という名儀になっていることである。然り「舞姫」作中での〝神の指し金〟役、必要な場面ごとに太田豊太郎の窮境に手をさしのべ、「嗚呼、相沢謙吉が如き良友は世にまた得がたかるべし、されど我脳裡に一点の彼を憎むこころは今日までも残れりけり」と、結びに想起されているあの人物を、鷗外は反論の署名人に据えたのである。一見これは腑におちぬ仕組みではないか。忍月は作者その人を相手どって質問しているのに、名指しされた当の作者は姿を現わさず、替りに作中人物がしゃしゃり出て答弁している仕組みなのだ。もっとも当時は実名匿名変名が乱舞し、筆者の名儀は気易く自在であったから、鷗外も当時の習慣に乗じて、「舞姫」の読者なら親近感を抱く筈の、手頃な仮託に興じたのみと、ごく最近まで問題として意識されなかったのも無理はない。しかし実は一見さりげないこの署名人の設定こそ、鷗外の立論を可能にする唯一不可欠の仕掛けであった。反論において相沢謙吉を代言人に立てるという応答者名儀のお膳立て、このカラクリを明細に分析しながら論争家鷗外の手練手管を切開してみせたのが、嘉部嘉隆（かべよしたか）の『森鷗外―初期文藝評論の理論と方法―』（桜楓社）である。鷗外の幻術を見抜けなかったのは、さんざんてこずった忍月のみではないと言えよう。

　さて鷗外の反論はほぼ六箇条、ただし第五条までは枝葉末節の応酬に過ぎない。まず第一、小説の題名は何を採ってもよく、一木一石の微もまた可なるべし。第二、標題に取られた人物が志操なき型であってはならぬという法はない。第三、太田の「遭遇を追尋する」ためには履歴の提示が必要である。第四、太田の性格を「変り易き」とは冒頭で本人が反省する「総評」であり、各局面ごとに太田の「四変」する姿が描かれているのだから撞着はない。第五、薄志弱行の人物を「詩材」としてはならぬのなら、ハムレットもウエルテルも非難されよう。ここまでは売り言葉に買い言葉の前奏部分、鷗外が最も腐心したのは最後の念入りな反駁であろう。

　問題の第六、気取半之丞の弾劾は当らず、太田は実に「ユングフロイリヒカイト」を重んじ、エリスに接すること久しき間、見よプラトニックな関係を保って「其処女たる性を保護」したではないか。その後にエリスの「ユングフロイリヒカイト」を「傷つけた」のを、太田はおのれが「悲痛、感慨の刺激によりて常ならずなりたる脳髄」に帰しているのを想起せよ。またもしエリスが発狂しなければ、太田は帰国を断念したかも知れぬし、或いは深く恥じて自殺したかもわからない。事態がそのいずれともならなかったのは「僥倖」によるのみ、以上の如くに各種の条件を勘案すれば、太田の処女を敬する心と帰東の決意が両立するのは疑うべからず、「支離滅裂」なのは「舞姫」ではなく逆に忍月の評言そのものであろう。このように一方的で奇妙な畳みかけが「気取半之丞に與ふる書」の煎じ詰めた主要論点である。

　結局のところ鷗外が反論弁明に最も苦労したのは、この第六項であること勿論であるが、それにしてもこの問題の答弁に関する限り、鷗外の言い立てはすべて完全な詭弁であろう。太田はエリスとかなり長い間、プラトニックな関係を持したではないか、などとは、あまりにも無意味な屁理屈だ。更には相手が不治の精神病である以上、しかも生活費を残して去る配慮を忘れなかったのだから、太田の行動は彼が嘗て「処女を敬せし心」とは背反せぬ、と断言する強弁もまた然り。そこで鷗外も成り行き上やむをえず、もしエリスが発狂しなかったら、という仮定を一応は掲げて、多分その場合の太田は自殺したかも知れぬと、これまた既に書き終えられた眼前の作品に対する批評の問題とは無関係な空想を口走って、さきの言い抜けの裏づけたらしめようと企てる。そして、エリスがもし発狂しなかったらという、この他人事みたいに無責任な仮定へ話を導いてゆく段取りの気合いにこそ、鷗外の密かな窮余の計算が働いていたのだと推測される。

もし自分が世に問うた作品の構想をめぐって、顧みて他を言うこんなよそよそしい答弁を、作者御本人による自発的な陳述として提出されれば、真面目に聞く者は誰もあるまい。しかし、太田豊太郎の「世にまた得がたかるべ」き良友、一貫した親分気質の行き届いた庇護者、隅におけぬ人間通で万事に処理能力の豊かな相沢謙吉が、太田に向けられた人格上の致命的な嫌疑を晴らすべく、手に唾して乗りだしてきたのであるとすればどうなるか。

すなわちこの場合の相沢は弁護人である。可能なかぎりの論法を総動員して、太田を救うために渾身の努力を傾けるであろう。相沢の決意と情熱を誰も一概に笑うことができない。いちおう屁理屈は屁理屈でも、作者が口にするのと相沢が弁ずるのとでは、受け取る側から見てその位相が逆転する。相沢の懸命な弁論としてであったら、没論理が没論理としてさえ、なお一抹の同情を買うこともできよう。エリスが発狂しなかったらという言い逃れの仮定は、作者が申し立てたのなら一笑に付されもしようが、冒頭に文学の素人なりと挨拶してある相沢謙吉の、詩文に通じていない立場からする読後の夢想であれば、作品それ自体とは別個に世故の次元での見識たり得るかも知れぬ。もともと「常ならずなりたる脳髄」のせいにして切り抜けようとする擁護論などは、一個の男子が頭をあげて口にし得る言葉ではなかろう。つまりは太田豊太郎でもなく作者でもなく、法廷の弁護人に等しい立場にある者にしてはじめて、よく面を赤らめずに口外できる科白(せりふ)と言える。従ってこのような遁辞を書きこむためには、反論の筆者名儀が作者鷗外であってはならない。太田豊太郎の「良友」にして頼り甲斐のある好漢、あの相沢謙吉が一心不乱に論じ立てているという、見え透いてはいてもとにかく仮設の建て前が必須である。鷗外の反論はこの架空の舞台装置を強引に設定せずしては成り立たぬような、危い虚構の上に辛うじて組み上げられていた。思えば忍月が何故かこの場合だけ、よりによって作中人物を署名に借用したのは、なんとも不思議な偶然であり、鷗外は先方が提供してくれた絶好の条件を見逃さず活用、相手に文句を言わせぬ陣構えの端緒をすかさず摑んだ。所詮は子供だましの便法ではあっても、形式論理での言い逃れが最小限に可能であれば、論戦対峙には気合いが肝要、あとは勢い猛々しく言い募り押しまくり、敵に立ちどまって思案する余裕を与えなければいいのだ。

そのためには主戦場である第六項に先立って、読者に鷗外優勢の印象を強く与えるべく、忍月の論法はすべて些末な言いがかりにすぎぬと、効果的に闡明(せんめい)しておかねばならぬ。そこで鷗外は問題点の配列をひっくりかえし、忍月が劈頭に強調したエリス問題を最終項に温存、いつも列挙趣味に流れては事柄の軽重を見失う忍月の、要らざる不用意な付け足し部分を、仰々しく前半部に引き出して捻じ伏せ、最初から忍月の旗色が悪いかのような気配を醸成しようと企てる。如何なる論戦にも通有の戦術的配置であるが、特にこの場合の鷗外にとっては、論点が最終の第六項へ辿り着く以前に、それ迄になんとか勝負あったの印象を与え、もしエリス問題で十全の説得効果を期し得なかったとしても、総合評価では判定勝ちに落着くよう、全力を尽くしておく必要があったと思われる。

なるほど確かに相沢謙吉を引き出して、熱誠の弁護人に語らせるという装置は、悪戯っぽい変名が通有であった時代の習慣と、忍月の不可解な気紛れ署名という偶然に乗じた、苦しいけれど鷗外ならではの鮮やかな戦術であったが、この要塞に立て籠もったにしても鷗外の弁明は難渋を重ね、平静な論理としての説得力に欠ける。鷗外が二箇月間も沈思熟慮を続けたらしいのは、この論点に限っては表街道ではない間道を一気に走り抜けざるを得ない切羽つまった工夫の故であったろう。なにしろ論敵の言い分が初めから無茶である。太田がエリスを捨てたのはけしからん、さあ申し開きがあるなら聞かせよ。要するに砕いて言い直せば、形式道徳の嵩にかかった詰問と変らない。話が違う、次元は別だ、小説は修身の教科書ではないんだと、もちろん鷗外は言い返したかったであろう。しかし鷗外がこの時はたと困惑したのは、道徳論と文学論を区別する常識の大前提が、まだ確立していないという嘘のような現実であった。鷗外は凝然として立ち竦んだのではあるまいか。

急いで言い添えるなら忍月といえども、最初からわからずやの道学者として攻めこんだのでは絶対にない。かりそめにも忍月はドイツ文学仕込み、『浮雲』をいちはやく「真小説の体裁を備ふるもの」と喝破した新文学の目利きである。鷗外を道義論の死地に追いこんだのは、決して忍月の意地悪な計画ではなかった。忍月の一貫する発想の方角は、内在的な作品批評のための構成論であり、外から叩き伏せるが能の丸太ん棒批評を排する解剖医の心意気で、作品の構造生理を内側から抉りだそうとの姿勢は明らか、そういう場合に誰でも何時でもまず考える通りに、眼を皿にして矛盾と撞着を探しまわっただけである。ようやくつつきだし得たのが「支離滅裂」という罪状、つまり太田が人変りしたかのようにエリスを捨てて帰国するのは不自然だという指摘であった。議論の本旨において忍月は、文学論の枠組みを踏み外していないつもりであったろう。

ただ例によって忍月は一言多い拡散型の論客、太田の行状を「支離滅裂」と難詰するための論理的保証を求め、成心なく無邪気に多少は好い気分で、「著者は太田をして恋愛を捨てゝ功名を取らしめたり、然れども予は彼が応さに功名を捨てゝ恋愛を取るべきものたることを確信す」と、まるで純情な太田を鷗外が恣意的に〝堕落〟させたかの如く思い入れたっぷりに言い做した。忍月にとっては些かも痛切ならざる全くの他人事であり、格好だけの気楽な恋愛賛美の鼻唄である。新しい時代精神にもとづく恋愛至上主義宣言だなどと買い被ったりしては滑稽だろう。君と寝ようか五千石取ろか、ままよ五千石、君と寝よ、つまりはお定まりの囃し文句を、忍月は明治の語彙文脈でくりかえしただけ、この一条が鷗外を苦しめること請け合いだと、ほくそ笑んだような気配はうかがえない。

三

しかし鷗外は図らずも窮した。「舞姫」の「意匠」は「恋愛と功名と両立せざる人生の境遇にして」と、公式愛好の忍月が無雑作にくだした判定を、いや違う、見損うな、そんな緞帳芝居の二番煎じではないのだと、鷗外は猛然と反駁したかったであろうが、一方「舞姫」はまた或るなんらかのテーゼを絵解きする寓意譚ではないのだから、鷗外といえども「舞姫」の主題はこれこれしかじかと、縮めて一口の解説に借用できる便利な標語は、当然のこと持ち合わせていなかったであろう。では逆に正面から打って出て、恋愛か功名かなどという、厭味な忍月の書生論をとことん破砕すべきか、簡単なようで実はここが厄介な思案のしどころと、鷗外は逸る心をひとまず抑えたに違いないと思われる。難癖をつけられた自分の作品を効率よく防衛するためには、泥沼の長期戦へ引きずりこまれる愚を避けるべきであり、すなわち同時代読者層の多数を向う側へ追いやる危険を冒してはならない。焦躁と忿懣を持てあましながら、鷗外は短期決戦の方途を探り求めざるを得ず、気の長い原理原則論の果てしない応酬に、進んで我からのめりこむことの不利を計算したであろう。正面からの強行突破は得策ならずと、眺め渡して鷗外は悲観的たらざるを得なかった筈である。

たとえば『女学雑誌』の主宰者にして明治女学校校長、社会教育の啓蒙家として重きをなしていた巖本善治(いわもとよしはる)は、「舞姫」発表の僅か一週間後、『女学雑誌』一月十一日号にさっそく「舞姫」への撲滅批評を掲げ、次のように怒髪天を衝く勢いを示している。そもそも森林太郎氏の「舞姫」に対しては、自分は一読ののち躍り立つまでに憤り、また嘔吐せんばかりに胸が悪くなるのを覚えた。太田豊太郎は正礼を履(ふ)まずして一舞姫に私通し、生まれるべからざる子を挙げさせたうえ貧民窟の陋屋に恋々として乳繰り合い、そのくせ運よくひとたび大臣に招かれると、たちまち犬の如くに仕えるという奴だ。こうして局面が期せずして一転すると、彼は身を翻して数年の親しみを断ち、かの憫れむべき佳人を狂ならしめ、なんと意気地なくも帰国の船に乗じ、そのくせ船中またまた思い出してくよくよと歎き、その次第を筆記して成ったのがこの一篇だという。自分は到底こんな徒輩を男子とは思わぬ。まして光栄ある帝国大学の卒業生なりと思えるか。

　巌本善治は後世の文壇に見られる反語的な匿名批評家でもなく、また胸に一物ある党同伐異の策士でもない。純粋に正義の旗印を押し立て、廓清の情熱に燃えて筆誅を加えているのだ。そして道徳家の跳梁は明治二十三年に限らず、十年後の美的生活論をめぐるアンチ高山樗牛のキャンペーンも然り、更に十年後には自然主義弾劾の猛烈な十字軍が崛起するなど、明治文学史を織り成す縦糸のひとつは、俗界の厳粛主義を振りかざす世直し倫理派との抗争であった。

　いや漸くにして道徳説教師がどさまわりに追いやられた後にも、替って今度は憂い顔の近代主義者が登場し、論法は変っても趣旨は同質、太田豊太郎への〝人身攻撃〟は絶えなかったのである。八十年後の小堀桂一郎が『若き日の森鷗外』（東京大学出版会）に要約する如く、以後の「論者が情熱をかたむけた、力のこもった『舞姫』論といえばその大部分が〈日本の官僚制や封建制に対する批判〉〈近代的・人間的な自我の目ざめと、それに反する（エリスをうらぎり、捨てたという）非近代的・非人間的な行為との間の矛盾〉、あるいは〈恋愛における男性のエゴイズム〉といった、作品の人生論的側面に着目してこれを追究することに力をそそぎ」きたったのが実情であり、山崎正和が『鷗外　闘う家長』（新潮文庫）において遂に止めを刺すまで、華麗な壮士演説がいつ果てるともなく横行していた。近代主義者が巌本善治を嗤うのは天に唾するに等しい。畏敬すべき各流各派の謹直な論客たちは、数十年もかけて倦まず弛まず、太田豊太郎の行状を裁き続けてきたのだ。巌本善治は最も素朴な身も蓋もない慷慨家だったのであり、彼によって代弁されている時代の雰囲気は、真正面から論理の言葉のみを以ては対決しがたいものであった筈である。

　鷗外は口惜しかったであろう。彼は論理以前の次元で、決定的に損な立場を強いられていたのだ。鷗外は知らぬ間に、言うべきことを率直に言葉に出すのを憚らざるを得ぬ、建て前としての倫理的タブーに直面していた。事実、鷗外が二箇月かかって組み立てた反論は、忍月が持ち出した恋愛か功名かという芝居仕立ての設問テーゼそれ自体には、一指も触れまいとする根本方針に貫かれている。鷗外に残された道はただひとつ、素知らぬ顔で切所を通り抜ける気合いの緊張だけであった。この危い立場から瞬時も早く脱出する決断のみが先決、体裁を十分に整えている暇はない。格好だけつけばいいのだ。鷗外は考え得る限りの詭弁を総動員し、作者の身では舌を嚙んでも言えぬ筈の身勝手な仮定を目くらましに、あれこれ遁走の作戦を思案せねばならなかった。

　このとき苦しまぎれの鷗外に、天の助けとなったのが謫天情仙の一句であった。やおら鷗外は身振り大きく、開き直って忍月に訓誡を垂れる。覚えているであろう、謫天情仙は嘗て「舞姫」の核心を見抜き、太田は真の愛を知らぬ者なりと喝破したではないか。僕はこの言を以て世上すべての「舞姫」批評に唯一ぬきんでた秀抜と推したい。「舞姫」を読みながらここの機微に想到せざる者は、情を解すること未だ浅きと言わざるを得ず。鷗外はあたかも胸中の秘を明かす如き面持ちで、自作自解の構えを示した。功名か恋愛かという王手飛車の駒組みから身を振りほどき、安全地帯へ駆け込むにはこの手しかないと、鷗外は最終的な血路を切り開いたのであろう。非凡な戦術眼と評価すべきではないか。

　太田が真の愛を知らぬ者なら、第一に、恋愛か功名かを仰山たらしく問うのはお門違いと斥け得るし、第二に、太田の進退に撞着があっても、作品構成の手落ちを言い立てる咎めは成り立たず、すなわち作者の構想力および描写力の不足を責める根拠が消える。忍月の質問第一条は読み違い故の空振りと憫笑され、加えて忍月は哀れにも「情を解すること浅き人なり」と軽蔑される羽目に至る。鷗外は思いをこめた処女作の主人公に、真の愛を知らざる者と自ら貼り札する苦肉の一策によって、忍月の批判立言それ自体が根底から無理無意味であると、言葉の上だけで形式論理の火遊びを試み、どう答えても不利が予測される厭な質問から、一挙に身をかわす妙案を実演してみせたのである。

　この完璧な遁辞に接しては、忍月ならずとも呆気にとられるのが通常であろう。これは返答回避の口実にしてまた追究の口封じのみ、しかも鷗外の言い立ては元来が語意の掏り替えにもとづく。謫天情仙は「舞姫」を『春色梅暦』になぞらえたのであり、「真正の恋情」とは人情本の世界の喋々喃々を意味する。それを鷗外は「真の愛」という近代風の語彙に黙って置きかえた。謫天情仙の文脈に即する限り、彼が近代的恋愛観念を指示していたと読みとるのは不可能である。だが窮境にある鷗外にとっては詐術もまた正当防衛、そしてこの火遁水遁の術は結果として見事に成功し、忍月は手品の種を遂に最後まで見抜けなかったようである。

　鷗外の「気取半之丞に與ふる書」が四月二十五日付け『しがらみ草紙』第七号に現われると、忍月は『江湖新聞』の四月二十七日号から「舞姫再評」を載せはじめた。鷗外の作戦を分析する余裕もないまま、忍月は鷗外が意図的に配列し直した問題連結順を忠実に踏襲し、鷗外が布いた路線の通りに第一第二と反論を並べ始めたのだから、胸を撫でおろした鷗外の表情が眼に浮かぶようである。あとは忍月が厄介な本論である第六項へ達しない前に、仕上げとしての追撃戦も早いに越したことはない。忍月の「舞姫再評」第一回が四月二十七日に出たその翌日、今回は例の鷗外調に戻って迅速をきわめ、四月二十八日の『国民新聞』に、やはり相沢謙吉の名による「再（ふたたび）、気取半之丞に與ふる書」が「投書」として掲げられ、この日を皮切りに五月六日まで六回におよび続載される。一方、忍月の「舞姫再評」の二回目は一日おいて四月二十九日に出たが、日を追って筆を執るつもりだったらしい忍月は早くも腰を折られた。そこで『国民新聞』に出た鷗外の再論を睨みながら改めて「舞姫三評」を『江湖新聞』四月三十日号に掲げるが、さすが腹に据えかねたかその冒頭で、僕がまだ舞姫再評の半ばをも書き終らざるに、早や既に応答論を投ずるとは、と弱気に陰気に愚痴っている。鷗外が意識的に発端の枝葉末節にかかずらわり、問題の第六項へ辿り着くのを懸命に妨害しているのだとは、忍月の推察し得るところでなかった。

もはや大丈夫と見てとった故か鷗外の第二反論は、先の第一反論に較べて見違えるばかり格段に居丈高、本筋に無関係な些事にかこつけてはいちいち外国人名と横文字を振りまわし、読者目当てに呑んでかかったスタンドプレイが目立つ。鷗外は身振り大きく語気荒く虚勢を張り、忍月の陣立てをあらゆる方向から攪乱しつつ、相手の気合い負けをひたすら狙った。実戦向けの喧嘩度胸では天晴れ一人前の長脇差である。事実、まんまと計略に嵌まった忍月はこらえきれずに癇癪をおこし、五月三日以降の「舞姫四評」で、足下は議論外のことを喋々して独りよがりするものなり、相手の議論を横にねじりて攻撃の材料を造り出すものなり、相沢謙吉君よ、貴殿はその見識ほとんど明治文壇のかの鷗外をさえ圧する程の如くなるに、不思議にも例外的にも「舞姫」を論ずるに当ってのみ、「一に何ぞ迂なる、一に何ぞ狂なる、一に何ぞ乱なる」と、せめてもの皮肉と痛罵の言を投げつけ、貴殿が態度を改めないのなら今後は相手にせぬと宣言し、「舞姫」論争を我から中絶した。鷗外は我が策当れりと心中おそらく安堵の吐息を洩らしながら、外向きにはますます大威張りで高らかに凱歌をあげ、これというのも足下の立言がどれもこれも並行停滞、堂々めぐりで本論へ進まないから、当方は常に待たされるばかりで阿呆らしかったのだと、最後にすべてを忍月の罪に帰する終結宣言を楽しんだ。

もともと仕向けられた論争であるゆえ、当初から必ずしも十全を期し得ず、そのうえ窮地を一刻も早く脱する工夫が先決とあっては、鷗外が専ら術策にのみ没頭したのも無理はないが、とにかく論争は勝たねばならぬと、論理の本筋よりも戦場の駆け引きに、ひたすら没頭する気迫は秀逸、思案の挙げ句に「舞姫」論争を切り抜け得た段階で、鷗外は論争の戦術家として、手練手管のしたたかさにおいては既に、恐らく当代随一の手腕に達していたと思われる。だが御時勢の然らしむるところやむを得なかったとはいえ、小説批評を硬直した道徳談義と人物月旦の次元に縛りつける俗論に、一件落着のその後も鷗外は対決の意欲を示さなかった。限定された一局面で勝敗に強くこだわるなら、一朝一夕にけりをつけることのできぬ恒常問題を、回避した方が得であるとは誰でも気がつく。華麗な打ち上げ花火にも似た論争に鷗外は強く執着したが、手間暇かけての辛抱強い説得の迂回作業は、急には成果も挙がらず颯爽たる外観を呈さないので、鷗外の好み選ぶところではなかった。言葉の通じない本質的な対峙関係の手強い敵よりも、むしろ仲間陣営に手頃な標的を探して撃つ方が、効率的であると計算する戦術眼は、昔も今もあまり変りがないのかも知れない。

三　論理に勝って気合い負け逍遙

一

没理想論争に突入する二年前、明治二十二年十月『しがらみ草紙』創刊の当初から、森鷗外は明白に坪内逍遙を、究極の標的に擬していた。

創刊宣言である「『しがらみ草紙』の本領を論ず」の眼目からして、実は逍遙の歴史的な『小説神髄』を、所詮は無用の長物に過ぎないと、幾重にも当て擦る貶斥なのである。そもそも鷗外の言い立てでは一本調子、我が文学界の現に見る混沌を清澄に導く方途は、簡単明瞭にして「批評の一道あるのみ」だ。批評に正鵠を射た指導力さえあれば、忽ち文壇は蕩清の期を迎えるのである。後世の評論家が揃って恐縮するであろう程の、更にまた社会主義リアリズム等々の権威を遥か以前に保証するかの如き、一途な思い込みの決然たる断言であった。

この高飛車な信念に照らせば、名のみ高い『小説神髄』は刊行後四年、床の間の置物に終っているではないか。もちろん鷗外も最初は儀礼的に、逍遙子の『小説神髄』および半峰居士の『美辞学』の出ずるや、自分は本邦操觚家の為にこの文学上の「檃栝」を得たるを賀したりと、まず鄭重に一挨した。すなわち当初に会釈して見せた評価は「檃栝」、誤り曲れるを正し整えるものと、動的な積極性を『神髄』に認めたのだが、七年後の『月草』に収録する際は、「檃栝」の語に機能の含意を感じ取られるのが癪であったのか、より静的で現実効果とは無縁な、「標準」という見立ての呼称に置き替えた。『神髄』は単なる「標準」の掲示、それが有効で且つ適切であったか否かは、以下に論述するところに聞けという意味だ。

しかも鷗外はこの時すでに、『神髄』の存在を独走屹立の出現とは認めなかった。高田半峰の名儀で出た『美辞学』を殊更に『神髄』と並べて指し示し、逍遙ひとりが先駆的であったなどという印象を、かりそめにも与えぬよう注意深く配慮した。しかし問題の『美辞学』は明治二十二年、ついさっき出て半年もたたぬ新刊である上、内容は広く古今の名文を例に引く文章読本のはしり、文学論とも美学とも全く無関係な、史記列伝や源氏物語や太平記を範例に掲げた教科書体である。福田恆存と初級作文入門書を同列に置いた如き、非常識な意地悪を鷗外が敢てしたのは、逍遙と半峰が学生時代からの交友に加えて、現在は大隈重信を戴く早稲田の盟友であるから、味噌も糞も一緒にするなと、逍遙が切り返す恐れは絶対にない筈で、陰にこもった買叩きも可能と読んだ故であろう。

更に鷗外もそこまでは知らなかったであろうが、多分『美辞学』は代作であった。『高田早苗伝』は「この前後、明治二十二年に高田先生の『美辞学』の出版があって」と、著述とは呼ばず「出版」と軽く付けたりに言い流し、『半峰昔ばなし』にも『高田半峰片影』にも『美辞学』への言及はない。後年ではあるが半峰健在の大正五年、宮武外骨は主宰する雑誌『スコブル』に「明治大正代作者総まくり」を連載、「高田早苗の『美辞学』は三上参次、彼の有名な『英国憲法』及び（訳本）『帝国主義論』などは高田の女婿で、英語が巧いとか云ふ早大の教授吉田巳之助が代作した物である」と素っ破抜いた。但し半峰は私立学校の創始経営に尽瘁する身として、すぐに間に合う教科書の必要を痛感する立場にあったし、帝大卒業者の名儀貸しは大正期まで常識、めくじら立てて半峰を責めるには値しないのだが、応急の教材であった『美辞学』の水準へ、『小説神髄』の存在理由を貶価しようと努めた鷗外の、熾烈な敵意を改めて窺わせるに足るであろう。

だが以上はまだ序の口である。鷗外は文明輸入期の風潮に乗じて、『神髄』を新しく据えつけられた有用な「器械」と見做す。そこまでが鷗外としては精一杯の譲歩、しかし、そのあとに全面否定の論理が用意されている。鷗外の冷ややかな注視によれば、確かに『神髄』という器械は既に備わっているが、遺憾千万なるかな何処を見渡しても、能く運用の妙を悟る者がいないではないか。率直に言わせて貰うなら自分は、隴を得て蜀を望む思いに駆られる。つまり『小説神髄』の執筆は御苦労であったが、我が文壇に影響するところは皆無だったのである。こうして鷗外は『神髄』の実質効果を否認し、更に『神髄』以降四年以上に及ぶ、決して少なしとせぬ逍遙の批評活動を、すべて無効だったと一息に判定を下す。すなわち自分が今ここに出馬するまで、我が文壇に「批評」を本式に「運用」出来た者は、遂に誰ひとり見出し得ないのだと、鷗外は決然と高らかに宣言したのだ。

さあ続けての言い募りは一瀉千里である。まず『神髄』と『美辞学』の論ずるところは、いちいち醇の醇なるものなりとは保証せぬとしても、今の文学界に此等の書が現われたのを、まさに偶然に非ざるなりと鷗外は思い至る。世の評論家が目の上の瘤を処遇する時の型通り、つまり個人の才覚に基づくというよりも、時代の産物という一面を重視すべきだとの御託宣である。その前提から鷗外は時勢の要請を勘案してみせる。なんとなれば現今の文学論議は、西欧の文学者が築きあげた、あの肝要な審美学を基礎として、すなわち審美学という根柢の上に構想した「詩学」を、それこそを「準縄」とせねばならぬからだ、と改めて強く念を押す。さりげない自明な一般論の宣明を装って、実は隠微に屈折した存念を響かせるのが、昔も今も変らぬ誹謗論者の常套である。一応は鷗外も条件つきながら、「器械」としての『神髄』の存在理由を認めた。ではその評価の理由は何か。そこで論理が微妙に軋む。すなわち現下の緊急課題は西欧詩学の輸入である。それ以外に考慮すべき目標はない。かくして『神髄』は要請に応じた。『神髄』は「運用」を待つ「器械」である。ここで鷗外は慎重に口を噤むのだが、言わんとするところは明白である。確固たる鷗外の評価軸に照らせば、西欧詩学を準縄とせざる論理は有用ならず、しかも我が文壇に『神髄』の存在理由を認め得る以上は、理の当然として『神髄』は西欧詩学の祖述でなければならぬ。このように、完成一歩手前で読者に手渡された暗黙の三段論法によれば、『神髄』の骨格は翻案であるらしいと、無意識のうちにゆっくりと自得されるであろう。もちろん鷗外は断言していないが、読み辿ればいやでもそう受けとれるように仕組まれた、言い逃れにみちて反論しようのない論理構成である。

事実、『小説神髄』にあるかなきかの名目的な安値をつけて、ぐっと見くだしたこの貶価の毒は十二分に効いた。大正の末、好事家精神の権化であった木村毅（『明治文学展望』）の努力によって、『神髄』の構想と論理が徹頭徹尾、賛嘆すべき自家製である事情が確認されるまで、明治大正期を通じての長い間、『神髄』は鷗外の色付き眼鏡を通して、どうせ種本の合成物だろうと軽視されてきた。そして折口信夫が独得の語法で、「あの隠忍に馴れた常識人が、思はぬ寂しい笑ひを浮べたであらう――この歪んだ笑顔――」（全集32巻「逍遙から見た鷗外」）と追懐した如く、生涯なにごとにも釈明を避け続けた逍遙は、不当な処遇に抗せず甘んじた。

いや、木村毅の調査を更に深めて、関良一（有精堂『逍遙・鷗外』）が『神髄』の内発性をほぼ考証し尽して以後も、明治の光輝と達成を否認するに専らな戦後期を一貫して、『神髄』は二葉亭四迷のペリンスキー学習録「小説総論」の、見すぼらしい引き立て役としてのみ召し出されてきた。だが『神髄』は文学概論である。文学の機能と存在理由を、包括的な論理で説明せんとする企図を、頭から無意味と嗤うのなら別だが、文学の理論的解明に何程かの市民権を認めるのであれば、文学史上に世界で最初の小説概論構築が、三十歳に達しない逍遙によって提出された事実を、無下に看過し軽視するのは不自然であろう。しかし独創を評価するよりも、どうせ密輸入だろうと高を括る見方が、文学史家の精神安定剤としてはよく効いた。鷗外は思いを達したのである。

だが再び立ち返って考え直せば、『小説神髄』の値踏みに示した鷗外の基本姿勢は、或いは意地悪でもなく詭計でもなく、案外、生地まるだしの本音だったのかも知れぬ。『神髄』にはそっくりそのままの種本があるに違いない、そう鷗外が確信していた可能性が強いのである。生涯を通じて鷗外は、「批評」の独自で内発的な「標準」など絶対に持たなかった。そもそも極東の日本国の明治の文学理論に、英独仏諸国からの直伝に非ざる自前の醱酵が、有り得るなんて夢にも考えなかったであろう。傍観機関論争では医学上の研究業績を、何よりも重んずべしと繰り返し強調したが、勿論その研究方法は西欧渡来に限られ、帝国大学医学部を出ていない民間医一般、加えて漢方医に対する蔑視と弾劾は激烈を極めた。我が国の現段階に創意など有る筈がないと、鷗外は固く信じていたようである。

従って「批評」とは拠るべき「準縄」の確保にほかならず、西欧の権威ある原書を「以て準縄となすことのやむべからざる」を信条とする鷗外は、『小説神髄』の典拠はドーヴァー海峡の彼方にありと睨み、その推定を断言の手前で、無心に吐露しただけなのかも知れぬ。鷗外には『神髄』の発条となった自家用の問題意識など、想像も出来ず理解不可能だったのだ。

それにしても鷗外はのちのちまでも、一貫して『神髄』に冷たかった。三箇月後の「明治二十二年批評家の詩眼」では、往年、『小説神髄』を著して塵寰を一洗せんとせし、春の屋主人は今いずくにか在ると、老耄呼ばわりせんばかりにからかったが、ここでも「一洗せんとせし」と評して、一洗に功あったとは決して認めない。二十余年後の「坪内逍遙君」（『中央公論』明治45年4月）においても、ちゃんと「所謂没理想の争論」には言及したが、『小説神髄』については書名を挙げる会釈さえ省いた。そしてこのとき数え年五十一歳の鷗外は、なお若々しくも率直の美徳を示し、「明治の文藝家で子分の多いものは、故尾崎紅葉君と坪内君とだらう。今の文藝の評価も大抵坪内君の子分の手で極まると云つても好からう。僕はその評価に一々服することは出来ない。坪内君の子分も神ではないからである」と釘をさす。そしてのちおもむろに輩出した木下杢太郎以下の「子分」によって、鷗外への神話的評価が巧みに醸成され、逆転劇が演じられたのは周知の通りである。それはさておき鷗外は遂に、総体としての『小説神髄』の内容論旨を、一回も評さぬままに終ったのである。

二

さて年は移って『しがらみ草紙』も、早や創刊後二年を閲した。怠りなくその間も勤勉な鷗外は、逍遙が一文を出す毎に必ず批判と挑発を繰り返したが、相手は一向に乗ってこず空振りが続く。そこで新たに深く期するところあってか、明治二十四年九月『しがらみ草紙』第二十四号から、「近刊の新聞雑誌中、論ずべき文」に対する「文学評論」を目指して、鷗外は巻頭に「山房論文」欄を新設した。その第一回の主題は「少しく逍遙子が批評眼を覗かむ」試み、すなわち従前の局地戦とは陣立てを異にして、逍遙の文学観を正面から撃たんと、決戦の意気込みを語調に響かせる。内容から見て鷗外にとっては没理想論争の第一声であった。

鷗外の見るところ現下の逍遙は、「その地位人より高きこと一等」である。文壇のみならず医界学界操觚界のどちらを向いても、対峙者の「地位」に神経質なのは鷗外の素直な性情であったが、逍遙の指導者づらが癇にさわる一因は、明治二十三年一月の前後から文学新聞の旗幟を鮮明にした『読売新聞』で、逍遙が文藝欄の主筆格として、旺盛な評論活動を始めた成り行きであったろう。そこで鷗外は『読売』紙上を飾る、逍遙の評論文を逐条審議するのだが、この際にも鷗外の顕著な特色は、逍遙の主眼とする個々の具体的な作品批評、品隲（ひんしつ）月旦の部分を一顧だにせぬ黙殺である。問題は鷗外の所謂「批評の標準」「批評の手段」のみ、抽象的な原理原則の言い立てだけである。逍遙の提言が具体的な作品評価に、有効か否か当れりや如何は、一切はじめから鷗外の眼中にない。文壇の新作を議するのは時評家の役割、それに対して彼等の動向を俯瞰し、大所高所に位置する鷗外は、時評の先端を行く逍遙の「乗（と）るところ」、方法論だけを抜き出して検討する。もし逍遙の「乗るところ」が錯誤に発する劣等ならば、その非違を一撃して鷗外が訓誡した場合、現下文壇の北極星が那辺に見出せるか、期せずして衆庶は画然と悟るであろう。

そこで颯爽と乗り出した鷗外は、「いで逍遙子が批評眼を覗くに、ハルトマンの靉靆（めがね）をもてせばや」と宣言する。すなわち逍遙自家製の批評法を、鷗外自身の論理ではなくハルトマンの学説と、突きあわすだけが鷗外の仕事なのである。逍遙は時評に臨む応急の枠組みとして、当面の小説動向を便宜上、固有派と折衷派と人間派と、並列する「小説三派」の分類を掲げた。取り越し苦労に傾く逍遙は無用の軋轢を嫌う。現今の批評家には折衷派の眼で、ひたすら固有派に難癖をつけたり、もしくは人間派に執する観点から、固有派を闇雲に全面否定するなど、「作者と評者との間に旨の異なること甚し」き弊すくなからず、逍遙は進んで交通整理を買って出たのだが、この我は顔の出しゃばりを鷗外は許せない。何を今さら猪口才千万、三派の見立ては夙くハルトマンの、その審美学の「根本に根ざし」ているのだ。逍遙の糝粉細工を本場製の定義に置き直せば、固有は「類想」、折衷は「個想」、人間は「小天地想」である。好い加減な国産の思案は止めろ、ハルトマンですべては解決済み、居住いを正して承れ、との大喝一声である。

　しかも逍遙はあるまじきことに、「三派に優劣なし」と観じた。このおっとり小手をかざした一視同仁が、鷗外には怪しからぬ叛逆と受けとられる。見よハルトマンは三派三目を、ほかならぬ「美の階級」と断じた。そもそも類想は個想よりも卑しく、且つ類想も個想も共に低次元、かの「美術の奥義」である「幽玄」へ、「抽象的より結象的に向ひて進む街道」の、その一里塚に過ぎぬのだ。よく聞け此処が審美学の肝心かなめ、ハルトマンは美に階級を設定したのであるぞ。鷗外の言いたいのは唯これだけである。鷗外の包懐する「批評」の根本義には、理念に基づく優劣の規格基準が必要不可欠である。逆に逍遙は三派を同平面に置き、その間に先験的な優劣を査定すべからずと説いた。なんと、優劣を廃棄せよと言うか。逍遙の平等主義と調和趣味を、鷗外は批評そのものの拒否と解したらしい。この暴言を聞き流しでもしようものなら世は闇だ。もし批評の原理に秩序階層を認めなければ、我が文壇は忽ち荒野となりはてよう、と鷗外は激しくいきり立つ。美に階級あり、批評に基準あり、そして批評こそ文学界を領導するもの、この決然たる建て前が鷗外の生命線なのである。半世紀前に厳しくこれほど教戒しておいたのに、それでも懲りずにまた三派鼎立論などと、並列展望の好きな我が国の伝統に、さぞ鷗外は苦り切っていることであろう。

　さて、ここで鷗外はきっと開き直り、逍遙の「没理想的」方法意識を真向から論難する。そもそも逍遙が「没理想」の語を初めて持ち出したのは、「梓神子」（『読売新聞』明治24年5月15日〜6月17日、初出未見、『春廼家漫筆』に拠る）の最終回に於いてであった。逍遙は結論として批評の趨勢を案じ、新時代に必要な「科学的批評家の心得」を説く。逍遙の究極的な主張は次の如し。嗚呼、演繹的専断批評の世は逝かんとす、帰納的批評の時代ぞ近づけり、なかんずく没理想の詩、すなわちドラマを評するに際しては、没理想の評、すなわち帰納評判を正当とす。逍遙は「批評家の本分」を、『小説神髄』以来の基本姿勢、つまり応病投薬の問題意識のままに提唱した。この部分が鷗外にとっては癪の種、駁撃の好餌として大写しにされる。

　だが少なくともこの時期の鷗外はまだ平静であった。鷗外は自分が観取した逍遙の「没理想的」論理を、のちに梗概博士と皮肉られるに至るお手のものの要約癖で、公平に敷衍しながら概括する。鷗外の見るところ逍遙子の思えらく、批評は著作の本旨の所在を発揮することを以て専らとすべし、帰納的なるべし、没理想的なるべし、モオルトンが唱うる如く、科学的なるべし、標準に拘泥することなかれ、手前勘の理想を荷ぎまわることなかれ、嗜好に誤たるることなかれ、演繹的なることなかれ、批評とはもと褒貶の謂に非ず。以上は恰も逍遙自身が御丁寧に、復唱しているのかと聞き間違う程の懇切さである。この時点で鷗外が「没理想」の語義を、既に誤解の暗雲を些かも伴わず、核心を把握していたのである事実を記憶しよう。

さあ逍遙の論点はかくの如し。そこでやおら鷗外は断罪に転じる。ハルトマンの「靉靆（めがね）」を通せば逍遙の立論が、鷗外には底の抜けた釜の如くに見えたらしい。逍遙が演繹評を嫌って帰納評を佳しとするのは、今の批評家の弊を撓める論ではあるが、つまりは唯それ弊を撓めるに資するのみ、そんな膏薬貼りは乃公（だいこう）の関知するところではない。臨床よりも遥かに肝要で高貴な、原理の究明を没却してはならぬ。周辺を彷徨せずに根本問題へ立ち戻れ。兎にも角にも批評は判断である。判断を下さんとする暁には、「理想」なかるべけんや、標準なかるべけんや。そして我が言う「理想」とは、すなわち「審美的観念」の謂なり。では「審美的観念」とは何ぞや。鷗外が押し立てる「審美的観念」とは、世の一人ひとりの勝手な嗜好に非ず、既に「学問上にあきらめ得たる趣味」にして、一言に約せば「エステジス」そのものなり。これが鷗外の尊重措く能わざる、執って譲らざる「理想」の正体である。いや正体の顕現ではない正体の容れ物、つまり神殿であり厨子である。鷗外にとって神聖おかすべからざる批評の「標準」とは、審美学の定言命題を拳々服膺する学習、いや西欧審美学に拝跪する帰依尊崇の姿勢、その誓信を貫く護符の顕示を意味した。もとより逍遙はこの件りを熟読し、鷗外の内懐を見透かしていたであろう。のちに逍遙が手を替え品を替え、鷗外の言い立てる理想の内容を、明白に指し示せと詰め寄ったのは、鷗外の「理想」がハルトマンの鸚鵡返しに過ぎぬ内実を、夙く感知していた故であろう。かくして明治二十四年九月「山房論文」第一では、逍遙鷗外両者の対立点が、鷗外自身の筆によって明瞭に浮き彫りされている。あとは衝突の契機を待つのみであった。

三

原敬（はらたかし）内閣成立直後の大正七年十二月、大学令によって認知されるまで私立学校は大学ではなかった。明治三十五年九月に早稲田大学と名乗っても実は専門学校令に拠るのみ、況んや明治十五年十月創立以来の東京専門学校に学制上の格式とぼしく、運営と発展に資する方途を求めて、継続的な講義録の編集発行が、早稲田を全国に喧伝させる手段となった。『早稲田大学創業録』が「我国に於ける通信教授の先鞭」を誇る明治十九年の『政学講義録』を始め、各学科別から『中学講義』に及ぶ「講習者即ち称して校外生と為す者」は、明治年間を通じてほぼ十万人に達し、例えば管見に入る『早稲田大学文学講義』全十八巻（昭和6年4月～7年9月）は、数えて実に第五十回目の刊行である。

そして文学科の創設を殆ど一手に引き受けていた坪内逍遙は、授業学科目としては経済学と憲法史と文学概論と修辞学と文学史と万国史と沙翁研究と、そしてラセラス伝およびスケッチブックおよびヴェニスの商人およびスコットの講読、これだけを同時に担当するかたわら、東西文学講義録を兼ねた『早稲田文学』を、『エヂンバラ批評』『ウエストミンスタル批評』等に倣う「文学専門の雑誌」たらんと、勇を鼓して明治二十四年十月に創刊する。奇しくも鷗外が「山房論文」欄を新設した翌月に当り、判型体裁は『しがらみ草紙』に類似の簡素実質本位、但しこちらは半月刊で頁数が『草紙』の約三倍、しかし郵税を含む定価は七銭に対する九銭五厘と、些か押し出しと意気込みで優位にあるかの如くながら、本文の大部分は荘子や万葉集や論理学や浄瑠璃の評釈に割かれ、眼目の「時文評論」欄は僅か三十頁、文学論議の実質では必ずしも『草紙』を引き離す程ではなかった。因みに詳細懇切な文壇学界時評であるこの「時文評論」欄が、後の文学史家にとっては拠るべき簡便重宝の資料となり、広く知られた岩城準太郎の『明治文学史』（明治39年12月、42年6月増補）も、「時文評論」に即かずしては纏め得なかったであろう。文学史家が文壇の論議を従順に追認し、時評の語彙をまわらぬ舌で口真似するに専らなのは、昨日や今日に始まった応急措置ではない。文学史を左右するのは大家の「子分」であろうと、猜した鷗外の慧眼は矢張り天晴れであった。

それは扨て置きお目見え創刊号の『早稲田文学』に、逍遙は「シエークスピア脚本評註」連載開始の為の「緒言」百四十四行を掲げた。一方この時期には鷗外もかなり忙しく、同月の「山房論文」では山田美妙を相手に審美学の講釈に耽っており、翌十一月は例の「芝廼園に與ふる書」のみで「山房論文」を休載、こうして二箇月の恐らく準備期間を置いたのち、十二月二十五日『しがらみ草紙』第二十七号に、鷗外は「山房論文」其七「早稲田文学の没理想」及び附録「其言を取らず」合計二百六十九行を書き、真向から逍遙の「緒言」を痛撃した。今迄の『読売新聞』という出店とは異なり、逍遙が恒久的な根拠地を設営した以上、鷗外たる者これが見捨てて置けようか、批判にひときわ熱が籠もるのも無理がない。

此処までは珍しくもない型通り、逍遙の発言には必ず鷗外の鏑矢が唸りを立て、それでも逍遙は余所見して答えぬのが常だったが、今度ばかりは遂に逍遙も、沈黙を破ったのみならず多言多弁、明治二十五年一月十五日『早稲田文学』第七号から十号にかけて、二箇月間に五篇の応答を併載も加えて立て続け、いかにも律儀に毎号書き継いだ。こうして逍遙が弁明に乗り出してから、鷗外の最終反論で幕となるまでちょうど満六箇月、明治文壇に最大の論争と語り伝えられた、謂わゆる没理想論争の本格的な開始である。

そもそも逍遙が問題の「緒言」に述べたのは、我が評釈態度の極く簡単な方法序説、それも初歩的な論点ふたつであった。その第一は評釈者の態度。逍遙は評釈一般に、第一義と第二義の「二法」ありと見る。逍遙の想起する第一義の評釈は、ただ有りの儘に字義語格等を評釈して修辞上に及ぶ解明。第二義の評釈は「インタルプリテーション」つまり「作者の本意若くは作に見えたる理想を発揮して批判評論」する解釈。此処で逍遙が「作に見えたる理想」と言うその「理想」とは、思想ないし世界観の意であること誤解の余地がない。この場合に逍遙が言い立てる「理想」は、作品に内在するもの、作者の胸奥に在るもの、を指す。

そして逍遙は敢てこの時、我が今後の評釈態度を、第一義の行き方に限ると宣言した。逍遙の発想は大抵いつも老婆心に発する。「インタルプリテーション」は幸いに見識高き人の手に成る時は、読みて頗る感深く益もあるべけれど、いったん識ひくき人の手に成れる時は、徒らに猫を解釈して虎の如くに言い做し、迂闊なる読者をしてあらぬ誤解に陥らしむる恐れあり。逍遙の明察には感歎のほかない。今や鷗外漱石太宰治その他を、「ちまちまといじくりまわしている国文学者」（『朝日新聞』昭和56年6月3日）と、津島佑子の苦笑を買っている一大軍団は、「ちまちま」どころかますます気宇壮大に、猫を引き取っては虎の化粧を施すのに、手分けして大童わの有様である。江藤淳（文藝春秋『文人狼疾ス』）が改めて没理想論争を「虚心に読むと、鷗外のなんとつまらないこと。それにくらべて逍遙の魅力。一生懸命自分の言葉で自分の説明し得ない立場を説明しようとしている」と、再評価を促しても応ずる者とぼしく、学者連中が揃って逍遙に冷たいのも、思えば宜なる哉と言うべきであろう。

さて逍遙の論点の第二は、第一に挙げた一般論を更に限定して、シェークスピアを評する場合の態度に説き進む。逍遙の見るところシェークスピアの傑作は、如何なる読者の「理想」も其の影を其の中に見出し得るのであり、彼の傑作は殆ど万般の「理想」をも容れて余りあるものゆえ、解釈者が解釈者個人の「理想」を振り翳して、一人合点に評釈する太平楽は無意味である。以上の至って尤もな忠告が逍遙の立言の眼目であった。

但し此の箇条の論述は些か性急に走り、逍遙の念押しが評釈者の態度論という埒を踏み越え、直接にシェークスピアの本質そのものを、「没理想」の一語で規定してしまったかの如くに、読み取れぬでもない気配が生じた。シェークスピアの傑作は最も造化の本性に似たるものなりと、造化すなわち自然に類え、一方で蓋し造化は無心なるべしと言う。このあたりに講義録風の砕いた循環、繰り返しに伴う意味のずれが感じられる。のち逍遙は言葉を重ねて、我が立論意図はシェークスピア本質論に非ずと、弁明これ努めたが鷗外は聞かなかった。しかし「緒言」の行文を虚心に辿る限り、「没理想」の作品とはシェークスピアを離れた一般論の呼称、読者の如何なる思想や世界観をも包含し、「万般の理想をも容れて余りあ」る作品の謂であり、論理がその次元を往来しているに過ぎぬこと論を俟たない。

だが逍遙は創刊号の心躍りゆえか、多少は調子に乗ったのかも知れぬ。「没理想」という新案の惹句につい興じて、不用意に転用と拡大へ走った。最初「梓神子」で「没理想」の語を持ち出した時、或いは場当りの思い付きに近かったろう。「梓神子」に於ける「没理想」の語義は以下の如し。類別で言えば没理想の詩はドラマで反対が理想詩(アイデヤル・ポエトリー)、評論で言えば没理想の評は帰納批評で反対が理想評判(アイデヤル・クリチシズム)。そして作者一般の心得については「別に論あり」と保留、差し当っては「只批評家の本分をいふのみ」であった。ところが半年後の「緒言」では構想が脹らみ、分類の見立てが原理論に転換し、没理想は文藝一般の位相論に変質する。「梓神子」では没理想の評とは帰納批評のことなり、つまり流派的呼称に過ぎなかったのが、今回の「緒言」では中原に進出、没理想は批評一般の原則なりと普遍化された。「梓神子」に言う没理想の作者なるものは、せいぜい勧善懲悪主義および唯美主義の対立物だったのが、「緒言」では作者一般の心得に昇華した。

こうして「梓神子」から「緒言」への道程で、逍遙は没理想論の範囲を拡大し次元を高め、文学世界を包括する原理論として、次第に整備しつつあったとみられる。但しその間に万事自己流の逍遙は、予て(かね)独墺流の美学詮議に馴染んでいないゆえ、適宜に小休止して用語を定義するという、七面倒臭い自衛の手続きを怠った。もとより評論は試験の答案に非ず、意おのずから通ずるものと情意的理解を当てにした、逍遙の油断も故なきことではない。「梓神子」の発想と論旨は鷗外によって、あれほど懇切的確に受け取られていた。逍遙から見て少なくとも、そこに誤解の濁りはなかった。逍遙は安心していたのかも知れない。

四

人に信をおき易く暢気な逍遙とは正反対、二箇月後に現われた鷗外の没理想駁撃は、近寄り難く峻厳そのものであった。嘗て「ハルトマンの靉靆(めがね)をもて」臨んだのと全く同型、今回は「ここに烏有先生といふ談理家ありけり」と、逍遙にも読者にも正体不明の人物を持ち出す。そこで烏有先生が逍遙を叱りつけて曰く、世界はひとり実(レアアル)なるのみならず、また想(イデエ)のみち〴〵たるあり、逍遙子は没理性界（意志界(キルレ)）を見て理性界(フエルヌンフト)を見ず、意識界(ベウストザイン)を見て無意識界を見ず、という調子の訓示を続けるのだが、最初は逍遙も誰も烏有先生を、頭から鷗外その人の戯称と想定し、さればこそ鷗外が繰り出す遍照金剛、つまり珍糞漢の理解に苦しんだ。つい先だっては相沢謙吉に、変身して見せた鷗外のことだから、烏有先生の仮面もまた座興、相沢謙吉が腹話術師の人形であった如く、烏有先生も鷗外の伝声管であろうと、考え込んだところに逍遥のお人好しが認められる。

だが其処にも鷗外の作戦が潜んでいた。嘗て既に鷗外はハルトマンの鬌鬄を用いた。あの時は率直にハルトマンをハルトマンと、明瞭に断った例が近い過去にある以上、その実績に照らせば今回も方針は不変である筈、従って特に拠り所を明示せずに押し立てられた烏有先生を、鷗外その人と逍遥が初め錯覚したのも無理はない。すなわち相手の論理の発信基地を、ほかならぬ鷗外自身と認定した故に、逍遥は読解の鍵を鷗外の文章の内部に模索し、その理解困難に当惑を重ねた。三箇月前は正直にハルトマンの名を掲げた鷗外が、今回は敢て紛わしくも烏有先生なる者を立てたのも、対者に混乱と無能感と劣等意識を生じさせる為の、勝負勘に発する手管の試みであったろう。

出でてますます居丈高な烏有先生は、造化すなわち自然を没理想と見る逍遥に対し、自然の色彩の変化は一木一草ごとに異なると雖も、その相異なる色彩の合して渾身の紋理を為すは、これ「先天の理想にはあらざるか」と言い募る。あの小説三派論を叩き伏せようとした折、逍遥の念頭になかった「美術の奥義、幽玄の境界」を対置したのと同じく、今回もまた逍遥の構想にない「先天の理想」を一息に突きつける。喩えの好きな逍遥は「緒言」で、祇園精舎の鐘の音にも沙羅双樹の花の色にも、諸行無常を感得するのは、それを聴きそれを観る情念に基づくのみ、「造化の本意は人未だ之を得知らず」と言い切った。この不可知論が烏有先生には気に食わぬ。さあ耳をかっぽじくって逍遥よ聞け。この声この色をまことに美なりとは、耳ありて能く聞く為に感ずるに非ず、目ありて能く視る為に感ずるに非ず、「先天の理想はこの時暗中より躍り出でて、此の声美なり、此の色美なり、と叫ぶなり。これ感納性（レチエプチヰテエト）の上の理想に非ずや」。

逍遥の持説がどうやら大変な見幕の、反対弁論に出遭っている雲行きは確かながら、実際には逍遥の見解から錯誤や矛盾が、ひとかけらも摘発されたのではないし、逍遥の論理が一挙に破産したとも見えず、「先天の理想」論を組み込まぬ故に、逍遥の提言が無効だと証明されたわけではなく、また先天の理想という高飛車な概念に拠って、今まで思いも寄らなかった批評の新次元を、豁然と展開させる実演が行われたのでもない。鷗外は相手の論理に内在批判を加えているのではなく、勝手に自己流の対戦陣地を、一人芝居で設営したに過ぎなかった。

但し時代は明治二十四年である。術語にドイツ語を鏤めた山房論文には、西欧哲学の権威の余響が漂っていた。当時と雖も鷗外流の厭味な陣立てに、肚の底から誰も彼も心服していたのではない。千朶山房の稚気を嘲笑した例も、同時代の匿名月旦に珍しとせぬ。だが覆面の寸評ではない論戦の対峙ともなれば、鷗外の繰り出す初見参の輸入兵器を、一応は咀嚼した上での応戦という、建て前のルールに従うしかない。時代の雰囲気を楯に取る鷗外は、自分の御本尊は容易に開帳せぬ儘、我が論説に理解が行き届かぬのを、相手のすべて無学のせいに帰する。得体の知れぬ烏有先生の高が是れ式の御説教に、逍遙が最初は何故あれほど鞠躬如（きつきゆうじよ）と下手に出たか、逍遙の作戦を規制したのもまた時代相であろう。

　加えて不幸にも逍遙は、小林秀雄の言う光栄ある独身批評家ではなかった。彼は早稲田文科の建設者にして総帥、『早稲田文学』編集経営の主宰者である。立場上いやおうなく権威を保持すべく、逍遙は好むと好まざるに拘らず、厄介な鷗外にどう対応するか、無血の脱出法を考えねばならなかった。鷗外の逍遙批判に緊急問題は含まれておらず、スキャンダルを告発されているのでもないのに、逍遙が後にも先にも見られぬほど急き込むように慌しく、二箇月間に長短七篇合計約七百行を書き継ぎ、陣弁これ努めるに急だったのは、一刻も早く火の粉を払う目的も然る事ながら、且つは創刊直後の読者拡張キャンペーンにもと、『早稲田文学』が文壇の動脈を体現するとの印象を、此の機会に確立せんとの目論見だったろうか。

　それにしても逍遙の応答は謙遜の自省に過ぎ、仮初めにも反駁などと評し得べくもない。卑屈な迄に気を配った綿々たる釈明であり、九割五分がたは受身で逃げ腰の陣弁である。傍ら「何事にまれ、人に逆ふことを厭へるが」と述懐する通り、逍遙は相手の〝誤解〟を解いて対立を消滅させることのみを意図し、烏有先生の所説には御無理御尤もとばかり一指も触れず、万が一にも押し返しの気配など生じないよう、措辞の選び方は慎重そのものである。逍遙には一片の諍気さえないのだ。

　例えば語義に関する弁解に曰く、已れ用語例の濫りにして我ひとり解し、他人をして解せしむ能わざりしを覚れり、また自らの論の理に基づかずして、情に由来するところ多般なりしを覚れり。まあ、それはそうかも知れないけれど、へりくだりの美徳も相手によりけりであろう。しかし逍遙は一撈二撈、烏有先生だって用語例を示していないではないか、などと逆らう姿勢を此の段階では避けた。文藝評論の用語例に典拠をいちいち準備せよと要求されたら、その資格審査に合格する者、百年の評論史を通じて一人でもあろうか。逍遙の挨拶は丁寧に過ぎた。世に逍遙劣勢を長く噂されるに至るのは、程度を超えた逍遙のこの律儀さにも拠るであろう。

五

さて逍遙は没理想の語義を改めて懇ろに釈明したのち、烏有先生の御託宣と自説との間に、最終の「解を異にする論点」は、煎じ詰めれば次の二点ではないかと、控え目ながらくっきりと際立たせて整理する。第一、烏有先生は先天の理想というもの宇宙に満ち満ちたりと信じ、我は是を断ずる能わず。第二、烏有先生は戯曲作家の理想は結晶して無意識の辺より躍り出ずる個想なりと信じ、我は是を解する能わず。

　これは見事な敬遠の絶縁作戦である。逍遙は二箇月かけた試行錯誤の末、模範的な解嘲の自衛論法を組み立てた。自説を注釈し整頓し防衛しつつ、その間に七百行の説得を試みながら、しかも論敵には表向き一矢も放たず、実質では攻撃側の言い募りをその陣営の内側へ封じ込め、それ以上の交戦に向かう口実を絶つという、まことに紳士的な不拡大方策である。陣構えのみ大袈裟な没理想論争は、論理内容の交叉および相互の補強整備に関する限り、既に此処で終ってしまっている。以後は当初の論旨から逸脱、鷗外が虚構の優勢を誇示する為の、論理的術策が乱舞するのみであった。

　話題の連続を辿るべく敢て時間の経過を飛ぶなら、口切りとなった「早稲田文学の没理想」から三箇月目、明治二十五年三月の『草紙』第三十号に、鷗外は「逍遙子と烏有先生と」を掲げ、その冒頭第二段にしらばっくれ顔で、烏有先生とは誰ぞ、答えて曰く、独逸の人カルル、ロオベルト、エヅワルト、フォン、ハルトマンなりと、今頃おもむろに開き直って種明かしする。鷗外の宣言は明瞭至極だ。自分が山房論文を執筆するや、主にハルトマンの審美学に拠って言を立つ。逍遙子の没理想論ひとたび出でて、その勢いほとほと我が国の文学界を風靡せんとするを見て、つまり傾向よろしからず放置すべからずと憂え、病原菌の蔓延を阻止する心意気、我は現世紀を代表するハルトマンの「有理想論」を、鈔して世の文学者に示ししなり。要するに「鈔して」「示し」たのである。それならそうと始めから、何故ハルトマンの「鈔」だと明言せぬのか。鷗外にとってはどちらも同じこと、戦術は時に応じて我が胸にあり、俺様の勝手であろうというわけだ。

　すなわち鷗外は常に無謬の審判官、鷗外の説法は唯一筋の噴出であり、逍遙の立言はハルトマンの規格に合わぬゆえ、だから審美学として無効誤謬だという、まことに明快な断罪に過ぎない。尤も顧みて鷗外ひとりを、嘲って済ませるのは不当であろう。鷗外の血脈は末長く正系を成し、『ドイツ・イデオロギー』に照らして『実践論』に照らして、汝は非なり社会の敵なりと、呪言を輪唱するのみが批評活動と、信じた聖者は数知れず多彩、絶えず現今も変種を生み続けているのだから、御先祖を無みしては罰が当ろう。

　かくして御神体はハルトマンと判明した。恐れ入ったかと一息つく鷗外と反対に、逍遙は継続して『早稲田文学』誌上、更にもう十一篇合計千三百行弱を以て畳み掛ける。鷗外将軍は西の国なる哲学教本から、夥多の論材を駆り集め、軽き冷嘲、重き評論を以て攻めに攻め立てられたものの、それはそれとして拝聴つかまつりおこう。だがそれよりも何よりも、お教えを乞いたいのは次のことである。将軍は造化の理想見えたりと言う。確かに将軍はそう言ったのだ。そこで貴殿が見えたりと言うから、何が見えましたかと恭しく聞いても、将軍はそれを教えて呉れなかった。我が党がつくづく知りたいのは、理想見えたりという抽象の議論に非ず、どんな理想が見えたかという答え、将軍の目にだけ見えた理想の正体なのだ。分明なること画の如く、遂に見えたシェークスピアの理想なるものを、その解釈を今や我が鈍なる輩に賜わるべきなのだ。もし将軍の解釈がシェークスピアの本質を、見事に射抜いたものであれば、もとより我等は急ぎ没理想の破れ幟を引き下ろし、全世界に大音声で呼ばわろうではないか。いでや聞け彼の千魂万魄と言われたりし怪物、さしものシェークスピア翁も遂に今、我が日の本の鷗外将軍が審美の利剣に劈（つんざ）かれて、竟（つい）にこそ其が正体を現わしつれ。汝ら欧米の古今に漲れる幾万人のシェークスピアリアン、何の面目ありてか我が秋津洲の文客に見えんずるぞ、と。

かくして漸く力戦の逍遙は、鷗外を絶体絶命のコーナーに追い詰め、没理想論争は紆余曲折の末、論理に於いても戦略に於いても、遂に正念場を迎えたのであった。

四　鷗外の追撃を断ち切った逍遙

一

論争を仕掛けた森鷗外の時間表には、応酬を何時どこで切り上げるかの作戦がなかった。想定されている結末は相手の全面降伏だけ、その日まで対峙が果てしなく延長されるとも、絶対に妥協せず撤退しない決意のみが、鷗外にとっては論争戦略のすべてであった。最後の勝利は我に在り、自分は現代ヨーロッパの最高学説を、紹介し教諭しているのである以上、対者の屈伏は時間の問題に過ぎぬ。つまり相手が刀折れ矢尽きるまで、雪隠詰めの労を厭わねばよいのだ。たとえ論敵が辞に窮し、論題が堂々めぐりに陥るとも、当方が背に負う泰西の学理を、無尽蔵に繰り出せば途絶の心配はない。鷗外はお家藝の原書講読を、無限に続ける姿勢を誇示する。

その呼吸を感知したに違いない坪内逍遙は、対抗策として第一に論議の集中を狙った。当時の『早稲田文学』が月二回刊行である条件を活用、特に論争の山場に達した第十三号（明治

25年4月15日）では、かねて本拠とする「時文評論」欄のみならず「雑録」枠にも食み出し、この号だけでも六百行を越す大奮闘である。逍遙は売り言葉に買い言葉の徒労を避け、専ら我が没理想説の堅牢化に努めた。逍遙は最後に論点を要約、「根本の是非」に立ち戻れと問い掛け、美学術語の観客向け講釈に耽っている鷗外を、共通の土俵へ引き摺り込もうとする。

逍遙の見るところ正味の論争点、双方対立の根源は次の如し。第一、大自然および人間界の一般を観察するのに、方便として没理想の語を用いるのは絶対に不可であるのか。第二、シェークスピアの作品を解読し評価するのに、現代人の立場と視点から臨むに当って、没理想の語を用いるのは絶対に不可であるのか。もちろん争気に乏しい逍遙のことゆえ、没理想という語を用いることの「可と不可」とこそ、両者の「間に雌雄を決すべき問題なれ」と、語彙は中立的に整えてあるものの、実は出来るものなら論証してみよと、鷗外に詰め寄る語調の響きは明瞭であろう。

そして逍遙は論争の進行途上、早くから終結の機会と口実を、伏線として慎重に用意していた。当初の『早稲田文学』は各種講義録と「時文評論」の二本立て、第三号からは「雑録」が加わって三部構成、しかし古典の注釈を主体とする編集は一貫していた。そこで逍遙が論争に乗り出した第七号から数えて二箇月目以後、第十号、十二号、十三号と、毎号の如く巻末に断わり書きが現われ、「時文評論」の度重なる記事輻輳のため、講義の紙数が減ったのを詫びている。思えば巧妙な布石であった。もともと講義録の頁数は創刊以来一定せず、ほぼ四十頁前後の増減が常態であり、九号だけ最低の二十頁に留まったにせよ、論争真最中の十一号では逆に最高の五十頁を数えるなど、つまり紙数の減少を謝しても別に不自然ではないが、しかし編集部としてそれほど平身低頭する必要があったかどうか、どちらとも言えぬ程度であったろうと見て取れるのだが、しかし敢て米搗き飛蝗（ばった）を演じて見せたのは、逍遙の深慮遠謀であったと思われる。

この時点で予定した準備作業はすべて完了、逍遙は最後に鷗外へ詰問状を突き付け、鷗外が最初から呼号し続ける「理想」の内容を、その実質を解明せよと強く迫る。烏有先生すなわちハルトマンすなわち鷗外が、シェークスピアに見出したりと宣う「理想」とは何か。それは近来欧米の錚々たる解釈家幾十人が、見て以てシェークスピアの観念なりと把握した「理想」に結局は等しいのか。或いは画然と異なる新次元の洞察なのか。先ずは謂うところの「理想」の本躰を、審かに総論し分析せよ。次いではシェークスピアの作品の少なくとも六篇か七篇に渉って、「証（あかし）を挙げ拠（よりどころ）を示し」たその上で、我が没理想派の罪を責め立てるがよい。此処がロードスだ、さあ踊れ。逍遙は鷗外のアキレス腱を探り当て、鷗外にとって最も避けたい方角から攻め込む。

同時に間髪を入れず鷗外への申し入れ状を併せ掲げ、逍遙は今回を以て没理想論争を、一旦打ち止めとする所存だと言明、但し貴殿の正当防禦は、もちろん今後も御自由にと結んだ。毎号「時文評論」欄の場所塞ぎ、これ以上は雑誌に御迷惑という意を含む。

我が設問の範囲内で即答は不可能の筈、鷗外には言い逃れ強弁の余地も乏しく、辞を構えて話柄の拡散に走るであろうが、泥仕合への縺れ込みを予め封じておく、逍遙の見事な作戦構想である。既に自説の敷衍注解を終った逍遙は、これ以上は鷗外に戦線拡大を許さぬと決意した。鷗外の厨子に果して御本尊が奉祀されているのかどうか、甚だ疑わしい旨の疑念を婉曲に吐露したのち、逍遙は提案ではない宣言として、一方的に終止符を打つ賭に出たのである。

事の意外に鷗外は途惑ったであろう。逍遙を降伏させるのだけを目的の交戦に、中途半端な引き分けは全く無意味だ。当分は安心して橇を走らせる心積りが、予期せざる解氷予告で足場を失ない、鷗外は不本意な総括を強いられる。即ち今後に予定した得意の戦術を、すべて禁じ手に指定されたに等しい。まずは厖大なハルトマン審美学の、受け売りを無限に続ける口実を奪われ、更には次の反論でまた新しい論点を持ち出し、相手を応接に遑(いとま)なからしむる戦法を封じられ、いずれにせよ新たに積極的な逍遙攻撃の、見え透いた論点導入を避けざるを得ぬ、無形の道義的制約のなかに追いこまれた。逍遙の鮮かな見切りの効果である。

こうして逍遙が鷗外を突き放したのは、明治二十五年四月三十日『早稲田文学』第十四号、因みに以後の各号を通覧しても、講義録の頁数がさして増えたとも見えず、変化と言えば逍遙の「マクベス評註」が再開され、「時文評論」が報道的色彩に戻った程度であろうか。一方、最後通牒を突き付けられた鷗外の反応、翌月は連載の翻訳のみで論説は一行もなし、漸く二箇月後の『しがらみ草紙』第三十三号に、「早稲田文学の後没理想」二十六頁千六十六行を書いた。この長篇を以て論争は遂に終結を迎えるのだが、鷗外の最終答弁は今迄の論争文中もっとも精彩を欠き、逍遙の誘導作戦に結局は縛られ、逍遙の入念な線引きに封じ込められた観がある。鷗外の論陣は二部構成、前半は論争の経過を概説し、すべてを自分流の語彙に言い替える為の整理、後半は逍遙が投げて寄越した反問への返答、いずれにせよ消極的な弁明調に終始する。

では、さて問題の理想とは何か。先に烏有先生すなわち鷗外は喝破して曰く、「世界はひとり実(レアアル)なるのみならず、また想(イデエ)のみち〳〵たるあり」と。また鷗外は逍遙を真向から斥け駁し、「先天の理想はこの時暗中より躍り出でて、此の声美なり、此の色美なり、と叫ぶなり」と訓した。故に逍遙は威儀を正して、鷗外が造化一般のなかに、およびシェークスピアの主要作品のなかに、認めたりと称する「理想の本躰」を尋ねた。鷗外の一貫して強調する「理想」とは何か。今や遂に鷗外は「理想」の実体を明かす。「逍遙子、若し我に理想の何物たるかを問いたらましかば」、鷗外は率直に明瞭に答える。その時「我は唯々、その第十九基督世紀の形而上論の理想なりと答へしならむ」、これが鷗外の言う「理想」の釈義のすべてである。後にも先にも説明はこれだけである。神聖なる「第十九基督世紀の形而上論の理想」、それに拝跪せずして没理想などと、口走る不逞の輩を討伐すべく、立ち上がったのが鷗外の動機なのである。

さすがに少しは気が引けたのか、珍しく鷗外は弁明を重ねる。自分が理想を振り翳している間、逍遙は語義を訊ねなかったではないか。聞いてくれればもっと早くに、ハルトマンの無意識の哲学を読めと教えた筈だ。もともと「我が使ふ理想といふ語」は、「今の欧羅巴多数の審美学の用ひ慣れたる語」に過ぎない。なにを今ごろ癇たかぶらせて、鹿爪顔に聞いたり答えたりする必要があるのか。もっと詳しく知りたければ、直接にハルトマンを読めばいいのである。いやしくも現代に学者面して、哲学上の論戦に加わる以上、近世の主要な学説を会得している筈、幼稚な質問は規則違反ではないか。鷗外答えずと逍遙は非難するが、答えるにはハルトマンを講述せねばならぬ。しかしハルトマンの著作は広大であるから、その全容を小冊子『しがらみ草紙』に、抄出訳載している暇はない。ハルトマンを読めとの忠告だけでも、余程の親切だと思わねばならぬ。

また逍遙は七面倒くさく、鷗外がシェークスピアに見出した「理想」を、さあ示せなどと興醒めに言い募る。言って聞かせるが自分がシェークスピアを論じたのは、「大詩人の詩は斯くあるべしと推論し」て、審美学上の一般論を開陳したまでである。普遍の真理を教えた自分に向かって、シェークスピアの細部から根拠を挙げよと、個別例の論証を求めるのはお門違い、それは貴殿の如きシェークスピアの専門家に、自分が教えるべき筋合いの問題ではない。誰も知る通りシェークスピアは千魂万魄、一系の哲学なんてある筈もなく、故に無いものを見出すことなんて出来ぬのが道理だ。以上が鷗外の返答のほぼすべてである。逍遙ならずとも鷗外の論法に、納得し推服できる人ありと想像できようか。

二

鷗外は「先天の理想」や「結象理想」や、つまり学習し得た術語を華麗に連ね、ハルトマンを知らぬ誰彼が這い蹲るまで、講釈で圧伏する猛然たる陣立てを、批評行為であり我が天職であると思い定めていたらしい。鷗外にとって尊貴至上の審美学とは、原書の切り継ぎ朗誦を意味した。文壇の指導原理たるべき鷗外の談理批評とは、読者に復誦を強制するばかり、単調な授業にほかならなかった。そしてこの神聖おかすべからざる教導事業が、没理想という真向からの否認語彙を媒介に、逍遙から貶斥されていると直観した時、鷗外は叛逆者の撲滅を企図したのである。

加えて論争の進行途上、鷗外が主題旋律の如く繰り返したのは、『早稲田文学』の影響力に対する危惧であった。余人は知らず統領の地位にある逍遙が、異端邪説を弘法した場合の結果が恐ろしい。鷗外は例によって逍遙の思考を、自家製の調合だとは想像も出来ぬ。記憶を探って逍遙の下敷を案ずれば、それはあの怪しからぬゾライズムと推察される。それなら読者に改めて訴えよう。自分は我が国でゾラを批判した、最初の輝やかしい実績を持つのだ。

論争開始の翌月の『しがらみ草紙』に、鷗外が掲げた「エミル、ゾラが没理想」は、直接の逍遙批判ではない迂回作戦、つまり没理想論なるものが西欧では少しも珍しからぬ、陳腐な僻説である旨の弾劾である。しかしこの新稿を急いで起稿した真の狙いは、足掛け四年前の既発表小論文を、事の序でにと見せかけて再録する措置にあった。しかも原型通りではなく入念に斧鉞を加え、嘗ては明記した引用典拠をすべて削除、自前の立論を装う手筈に怠りなかった。神田孝夫および小堀桂一郎が考証したように、鷗外はゴットシャルの論旨を訳出したに過ぎず、しかも「〈文学と自然〉を読む」で縦横に引用した、フィッシャー、ツァイジング、カリエールの言説は、鷗外自身が各著書から摘出したのではなく、すべてゴットシャルの脚注に採られているのを、口を拭ってそのまま利用したのである。それから二十六年後の小説「魚玄機」でも、拠った参考書が掲げる多数の文献を、直接に閲読したかの如く列挙せずばおかぬ、性癖とも見るべき手口の第一例である。

明治二十二年当時の森鷗外は、孫引きの満艦飾で権威づけに努めた。だが一応の目的を果した満三年後、今度は化粧直しで自家製と思わせる建て前でゆく。再度の御用を務めさせるに当って、鷗外は昂然たる注記を付して曰く、右の二篇は明治文学批評史上、審美学の標準を以て、批評の本拠とした嚆矢であろう。そりゃあまあ美学論文の主旨を紹介したんだから、つまり最初の翻訳者という意味に留まるのではないかと、言い返す者がいないのを知っての広言である。但し小心な言訳趣味を忘れず、冗漫および非礼の部分は削ったと、書き添えた配慮が微笑ましくも慎重である。

それは扨て置き鷗外はこうして、没理想論争の前途をいろいろ予測しながら、古証文を洗い直して大見得を切った。第一に、ゾライズムは彼の地で既に批判済み、本邦では乃公が批判の口切りの栄を担っているのだ。思わず拍手したくなる言い立てではないか。ニイチェにせよダヌンツィオにせよブハーリンにせよ、本国では既に駄目なんだぞと口出しするだけで、ひとかど批評家面できる有難い伝統は、早くも鷗外によって確立されていたのだ。

そして第二の眼目は一番乗りの誇示。源平の昔に始まる切実な風習とは言い条、それにしても鷗外が特にしつこく、我こそ本邦審美学の濫觴なりと申し立て、のちのちまで強く頑なに拘わったのは、美学講座を念頭に置く本家争いであった。

東京帝国大学が明治十九年、西洋哲学から一本立ちさせた時の講義題目は審美学であったのに、没理想論争継続中の明治二十五年、早くも敢て美学と改称した措置が、面当てに感じられたのも一応無理はない。そして漸く独立の美学講座が、二十六年九月に創設されても、更に担当者の大塚保治(おおつかやすじ)が欧洲留学の間、専門外のケーベルが長く代講を務めていても、つまり鷗外を講師に聘(へい)する気配が全くなかったため、堪えかねた鷗外は改めて二十九年十一月、自分は本邦審美学の開祖であると、湿った苛立ちを洩らさねばならなかった。

　のち遂に男爵たり得なかった生涯の恨みを、駄々っ子風に記し留めた遺言状と同じく、『月草』の叙は鷗外の心性を率直に吐露する。まず否認すべきは『維氏美学(いしびがく)』の存在理由。この中江兆民訳本の刊行は明治十六年から翌年にかけてであるが、第一に原著者のヴェロンは「寧ろ非学問派」であり、第二に御苦労なこの訳業も、我が国の文学美術に殆ど何の影響をも及ぼさなかった。即ち『小説神髄』を貶価した時と同じ論法である。そして読者よ思い起こせ、現今の大学はじめ各方面の学校で、或いは審美学の講義に今迄にない重みを置くようになり、或いは初めて審美学の講座を置くことになり、今では専門の審美学者という人々さえ出て来たのは、少なくともその動因の一つを案ずるに、自分が明治二十二年から二十七年まで、二三の同志の友達と一緒に出した『しがらみ草紙』の中の、「極めて稚(おさな)い論文に促されたものだといっても過言ではあるまい」。構築し得た学問の実質如何という、発展過程に寄与した役割と優劣ではなく、専ら先取得点の功績にのみ固執する評価軸は、鷗外の顕著な信条のひとつであった。

　一方の逍遙は漸進主義者、晩年はお山の大将に傾いた嫌いなしとはせぬものの、本性は応病投薬を思考原則とする実際派である。美学理論は作品解釈の補助教材に過ぎないと、胸奥では確信しながらも御時勢の然らしむるところ、表向きは談理家にも会釈を忘れなかった。しかも直截の自己主張を厭う韜晦趣味から、最初は論争を激突や対決とは夢にも心得ず、近世文人風の定型語法に依拠した。何事に際しても一応は顧みて我が非をあげつらい、枕詞としての挨拶を一通り交わしてから、やおら本題に入る呼吸で、仕切りを始めたのが逍遙の失敗であった。鷗外はもちろん同時代の読者も、言葉の上だけでの自己卑下から始める譲り合い礼法を、感得するには既に時代が新し過ぎて朴念仁であった。没理想論争で必ず不審とされる逍遙の戯文調は、緒戦の作戦間違いであった慇懃調の、その延長線上で論理上は態勢を挽回する為の、苦肉の策という一面を有したのかも知れない。

　逍遙の過誤は無惨にも決定的、口切りの一文にあるまいことか、御丁寧にも「烏有先生に謝す」と題してしまった。そのうえ冒頭に「逍遙子三読して、自家が非を覚ること一にして足らず、就中その用語例の浪(みだり)にして、我ひとり解し他人をして解せしむる能はざりしことを覚れり」云々と、気軽に腰を屈めたのが運の尽き、以後は誰も彼もこの数行だけを瞥見し、逍遙劣勢との軍配が何時の間にか定着した。鷗外信者は言うも更なり、逍遙派もまた本論を読まずに親分の不利を嘆き、延いては肩入れの為の挿話を伝える者も現われた。

伊藤整が興に乗じて『日本文壇史』に引くところであるが、論争最中に逍遙が鷗外の家に立ち寄り、直後に会食の約束があるので出された蕎麦を断った。胃弱で小食の逍遙としては止むを得なかったのに、その一件を鷗外が根に持っているのを知った時、逍遙は論争の筆を絶ったのだという。よく出来た耳寄りなこの裏面談は、神代種亮（こうじろたねすけ）が逍遙の直話と称して発表しているものの、弟子や側近に人の多かった長命の逍遙が、一回だけ神代種亮ただひとりにしか語らなかったというあたり、さらりと受け取り難い印象を残す。問題のひと神代種亮は『濹東綺譚（ぼくとうきたん）』に、「帚葉翁（そうようおう）は眼鏡をはづし両眼を閉ぢて、伊澤蘭軒が伝の末節を唱へた」と描かれ、なかなか颯爽たるものがあるけれども、『断腸亭日乗（だんちょうていにちじょう）』巻十六には、「神代氏銀座遊歩記と題する草稿を余に示し余と二人合作の如き体裁となし、東京日日新聞に掲載したしと言ふ。是余に取りては実に迷惑千万の事なり、此夜をかぎり銀座にて神代氏に逢ふことは避けざる可らず」云々とあるのを見れば、神代種亮には逍遙や荷風と格別に昵懇なのだと、装う癖が度を過ぎて強かったのではないか。『断腸亭日乗』を鵜呑みには出来ぬにしても、神代種亮ただ一人の証言を採択するには、かなり慎重を要するであろう。逍遙の論争文を読み辿る限り、急に思い立っての中絶ではなく、老獪なまでの考え深い終息作戦が、予て練られていたとしか思えないのである。

では、鷗外の其の後は意気軒昂であったか。奇妙に鷗外は元気をなくした。肩透かしで蹈鞴（たたら）を踏んだわけでもあるまいのに、没理想論争の終結を最後として、「山房論文」欄それ自体が遂に姿を消した。のみならず終刊まで『しがらみ草紙』誌上、鷗外の謂わゆる「批評（クリチック）」が二度と現われない。明治二十五年六月の第三十三号、長大な「早稲田文学の後没理想」を契機に、嘗て『しがらみ草紙』に拠って「及ばずながらもこれに当る」と宣言した、その「批評の道（クリチック）」を鷗外は廃したのである。十一箇月後の「無名氏に答ふる書」では、審美問題とそれに基づく批評活動が、当今の新聞雑誌に激減した原因を、「早稲田派の所謂記実主義の勢力あるため」と憎々し気に断じ、早稲田派の方式は「真の批評に非ず」と、「この頃の世の風潮」を罵った。しかし夫子自身その枢要なるべき審美批評を、再開する姿勢を些かも示さない。ただ一層かたくなに冷ややかに、「批評は哲学的なるものに候。談理に候」と、我が信条を棒読みに繰り返すのみであった。心境の底流は推し測るべくもないが、外面から窺う限り結果として没理想論争は、鷗外の執念にしてお家藝なる「批評」活動を、文壇に於いては終了させる契機となったようである。

三

没理想論争のちょうど一年後、鷗外の批評衝動は最後の大噴火を見せ、今度は医事と医政をめぐる、生臭い傍観機関論争に突入した。普通に気易く、没理想論争と並称されているものの、鷗外にとっては医学問題の方が寧ろ切実、立場と進退への甚大な影響を、覚悟した上の決意であったろう。時間経過では前者の約九箇月に優って一年半、執筆量でも全集版で八十五頁に対する百四十四頁、鷗外の論争歴でも最大の事績であった。文学は公務と別乾坤の私的領域、だが陸軍二等軍医正にして軍医学校教官たる以上、同時代の医政と人事を直接に論評すれば、風波は広義の政治問題に達する。その及ぶであろうところを鷗外が平静に、どこまで予め計算してかかったのか、幾重にも疑いを残さざるを得ないのだが、いずれにせよ高を括って臨める戦場ではなかった。明治二十年代の鷗外は次々と論争を仕掛けたが、最もなりふり構わず身を乗り出し、最も執拗にあの手この手を休まず繰り出したのは、実にこの傍観機関論争に於いてであった。そして文学面では没理想論争を最後に、談理批評そのものを廃したのと軌を一にして、日清戦争の勃発により傍観機関論争を切りあげたのち、鷗外は再び医事評論の筆をとることがなかったのである。

そもそも鷗外の医界評論は、文学活動よりも早く帰国直後に始まる。なにしろ有美孫一宛て書簡の一節に、医事の批評談議それ自体、僕が帰朝して以後に出来たものなのだと、審美学と同じく自ら開祖を以て任じる程である。その活動をひとまず年表風に整理するなら、帰国後四箇月目の明治二十二年一月から、『東京医事新誌』の主筆となり、「緒論」欄を新設して毎週執筆、同年十一月に松本良順から譴責を受け、主筆を免ぜられるまで四十一篇に達した。並行して二十二年三月には『衛生新誌』を創刊、その巻頭言「衛生新誌の新面目」以下、翌二十三年八月まで執筆二十八篇を数える。

十箇月で『東京医事新誌』を追い出された鷗外は、迅速にも翌十二月に『医事新論』を創刊、その宣言「敢て天下の医士に告ぐ」以下、翌二十三年八月まで十九篇を畳みかける。この『医事新論』と『衛生新誌』を二十三年九月に合併、二十七年十一月まで続刊した『衛生療病志』には七十篇、別に本拠以外の各誌に寄せた九十篇前後を加え、六年七十箇月間に全く絶え間なく、約二百五十篇を機関銃の如く、即ち八日に一篇程度の密度で書き続けた計算となる。その精励は無類隔絶、何人も畏敬の念を禁じ得ぬであろう。

のちの談話「履歴の概略」で、『東京医事新誌』追放の理由を、統計学論争に託(かこ)つけてお茶を濁しているが、実際には第一回日本医学会への論難で、石黒忠悳(ただのり)ら医界実権派のすべてを敵にまわした、鷗外の見境いなき反噬(はんぜい)が真因であったろう。政治抗争に利を占める為に必須の、分裂工作は鷗外の企図し得ぬところ、正論必勝の思い込みだけが、唯一の発条であり信念であった。作戦不在の毅然たる大音声、鷗外の医事評論は見事に一貫して、上層下層を一括しての医界弾劾に突き進む。そして最終戦の傍観機関論争は、五年来の医界廓清立言を、集大成する不退転の論陣であった。

口火を切ったのはもちろん機を窺っていた鷗外である。嘗て『しがらみ草紙』の「山房論文」で、「文を論ずる」課題に着手した如く、『衛生療病志』明治二十六年五月号から、鷗外は「傍観機関」と題する時評欄を開設した。此処を意図的な前進基地として、医界の実権を握る反動勢力（乙酉会）、その統率者にして所詮は政客に過ぎざる一老策士（石黒忠悳）、彼等が主宰する反動祭（第一回および第二回日本医学会）、これを支援する少壮偽学者偽官吏、彼等を代弁する反動機関（『医界時報』のち改称『医海時報』）、以上の渾然一体に正面から、鷗外は一人で戦いを宣したのである。天晴れ男一匹の面構え凛然、平均級の胆力では思いも寄らぬ壮挙であった。負けてもともと嚙み付き揺さぶりだけが能の、在野から距離を置いての発砲とは異なる。組織の構造内に座を占めた自然体、当初から逸走や捨身を予定せぬ平常心で、鷗外ほど内部批判に徹底した例は見出し難いであろう。

ところで甚だ印象的な出走態勢として、文字通りの第一声である「反動者及傍観者」の締め括り、反撃を受ける以前の口切りに於いて既に鷗外は、文学方面では嘘にも吐いてみせたことのない、消極的で如何にも拗ねた口吻を洩らしている。

「見よや、かの偽学者は学問を仮面にせり」と、容赦なく極言しながらも続けて鷗外は言う。我等は傍観者たること久しい。もとより傍観者には所期の目的なく、故にことさら機関を要せず。然るに今や敢て「傍観機関」を設営する、これ即ち意識してのパラドクスなり。傍観機関は芝居の評判記の如くにして、実は冷淡なること評判記より甚しかるべし。評判記は演藝の改善を勧告すと雖も、傍観機関は敢て勧告などをば為さず。ただただ勝手に書いて見するのみなり。

鷗外は倨傲を持して先潜りの予想を洩らし、我が立言が現実に効果を齎さぬであろうこと、百も承知なりと相手の嘲笑に前もって酬いつつ、我が論評が教育的および政治的企図を第一義とはせぬ旨、いとも身綺麗に早や早やと宣言した。抽象理論ではない利害錯綜の泥沼、行政と人事を鞭打つという問題の性質上、鷗外は自分に野心がない旨、是非とも釈明しておきたかったのであろう。だが一応は潔癖と評し得るこの基本姿勢が、実際には鷗外の正純な論理を、いやがうえにも空転へと導くのである。

さて鷗外の論理は厳格に進行する。学問権は学問界の事態を左右する諸般の権利である。この権利は学者の手に帰すべきこと当然である。学者の資格は学問上のアルバイトの実績に基づく。アルバイトとは伝訳つまり紹介翻訳の業に非ず、国際的学問界にて承認された「真業」を意味する。然るに一老策士すなわち大ボス石黒忠悳に、真学問界での業績ありやと探れば、「その独逸文には、我が古医書の抄訳あるを聞くのみ。その国文には（細菌学未だ興らざりし時代の）教科書の纂訳あるを聞くのみ」、彼は医学研究者と呼ぶに値しないのだ。また第一回および第二回日本医学会は、真の学会に非ずして教育祭に過ぎず。真学者ならざる偽学者は政客として跳梁するのみ、政客が権柄を採るのは実相界の次元、学界に非ざる実相界の角逐に於いては、なるほど常に階級官等は強し、されど学問という理想界の基準は不変、それはアルバイトなり学力なり。学問の仮面を被りたる輩が、いかに実相界を壟断すと雖も、真学者を支配し尽くすこと能わぬであろう。千朶山房の孤燈下に刻み込まれた一言一句は、以後一一〇年を通じて繰り返される、学閥および学界批判をめぐる効果なき直接論法の、最も激烈な鋳型となった観がある。

　ところで此処に鷗外ならではの、顕著な特色は両成敗の論法であった。鷗外の批判は最初から同時に、我が国の医界の「真学者」連中にも向けられる。数少ない彼等「真学者」が反動者の掌中に、「簸弄(はろう)」せられて些かも「抗抵」する能わず、恰も「操人形」また「無知の小児」の如くなるを、鷗外はおおっぴらに声高く指弾する。鷗外が望みを託した東京医学会は、辛うじて「学問の輓推を以て目的となしたる、正当なる学会」として出発したのに、今や日本医学会に降ったのは「我国医学史の一大汚点」、よろしく全員を淘汰して再建すべきであるが、それも恐らくは不可能であろう。こうして鷗外の医界批判は、反動者には罵倒、真学者には憫笑、事態好転の徴候を何処にも見出さず、なんの希望も掲げず進行する。鷗外の描きだす状況はすべて絶望的である。

　しかしまた論理の建て前の上では、鷗外は未来を信じること強く固い。彼は黙示録的な予言を、昂然として敵陣営に投げ与えて言う。学問というものには、自己の生活あり、自己の隆替あり、自己の歴史あり。その勃然として起るや、火の原を焼くが如く、嚮(むか)い近づくべからず。

　喧嘩の啖呵に過ぎぬと言えば言えようが、それにしても鷗外の理想界信仰は一貫している。同時にまた鷗外の抜き難い性癖は、未来は未来、現状は現状、両者を独立に切り離し隔絶し、その間に論理の架橋を企図せぬ、徹底した拱手の静観主義である。反動勢力の政客どもから学問権を奪還し得る者は、真学者しかないこと自明の理、しかし鷗外はその真学者ひとりひとりを激励せず、また勢力としての可能性を信頼しないのである。

　鷗外の眼鏡に叶う真学者が、世に姿を見せていないのではない。「傍観機関」全篇を通じて鷗外は、北里柴三郎、隈川宗雄、小池正直、小金井良精の業績を賞揚する。また呉秀三、井上通泰らにも、望みを繋ぐ言葉を洩らす。更に鷗外が興した日本公衆医学会には、緒方正規、青山胤通、井上国嘉、中浜東一郎、隈川宗雄、賀古鶴所、高田耕安、宮本叔朝、夷真三、中西亀太郎、森篤次郎らが集っていた。これら真学者層の交流と成長が、医界の将来に新風を齎す唯一の萌芽であろう。

そうである筈なのに鷗外は、彼等を激励するどころか逆に憫笑する。問題は形而上学の演習ではないのだ。具体的な事実問題の論評として見た場合、鷗外はあまりにも現実に冷淡な、一箇の完璧な夢想家である。空前絶後に熾烈で冒険的な批評衝動と、現実状況には無為無策な閉ざされた精神との、完全に矛盾した不思議な結合。鷗外は己れの見透しが愚かに甘すぎたと、時すぎてうしろ指さされるみっともなさを強く強く嫌い、悲観論理に徹する意志力こそが、論理の厳密を保証すると錯覚したのであろうか。

更にまた現実策の全面棄却に、鷗外が安住し得たその大前提は、実は彼の立言ことごとくが、断じて実現不可能であると、始めから熟知していたに違いないという内幕である。理想を掲げて譲らぬ鷗外は、「教育素」ある医学士のみを以て学会を組織し、全国の開業医を発言権なき参与者とせよ、と妥協の余地なく唱えた。鷗外の言う「教育素」ある医学士とは、東京帝国大学医科大学の卒業生のみを指す。仮に四年を経た明治三十年を基準としても、開学以来その年までの卒業者総数は、僅か四百五十八名でしかない。それに対して全国の医師は三万九千二百十四名、比率は約一・二%という状態なのである。さてその「教育素」ある四百五十八名のうち、「国際的学問界に承認せられたる真業」を有する者、果して何人を数え得たであろうか。まあ仮に全く以て奇蹟的に、その恐らく未だ年若く極端に稀少な金の卵を、謂わゆる真学者ばかりを結集し得たとしても、彼等だけで立法および行政に関する、医学および衛生学上の問題を議定し、全国四万に及ぶ医師と三万を数える漢方医とを、政治的に統轄してゆけるかどうか。始めから絶対に出来ぬ話を、承知の上で鷗外は提唱したのだ。

鷗外の発想は純正至極である。理屈として筋が通ってさえいれば、その他の条件は顧慮するところではない。論理を組み立てる作業それ自体が、余人を以ては替え難い神聖な使命である。論理は至当に徹する為にこそ存在する。これが鷗外の信念だったろう。現実をわざと黙殺しているのではない。苦労を厭う故の投げ遣りでもない。論理の細糸を張り通すのだけが目的であって、主題の実現や適応は異次元の課題ではないか。鷗外は論理というスクリーンに、映ったもののみしか認めないのである。

嘗て「先天の理想」をただ論理として、即ち術語として言葉として掲げるだけが、彼の「批評の道」の目的であった。ではその「先天の理想」の内実は何ぞ、またシェークスピアの「理想」は何ぞ、そう改めて問い直されても、何故そんなことが問題になるのかと、鷗外は当惑して答え得なかった。

同じように今は「学問権」と「真学者」とを、論理で煮つめる労だけが問題である。と言うより打ち割った実際のところ、ドイツの原書に「理想」が謳われているから、だから確信を持ってその言葉を逍遙に突き付けたように、ドイツ社会に於ける「学問権」と「真学者」の処遇様式を、その建て前を字義通りに聞かされた鷗外は、だから確信を持ってその在るべき姿を、強情に経文の如く一本調子に朗誦してみせる。真学者が最低必要の人数に達していようといまいと、真学者が取り仕切るべきだという真理は不変、それが実現せず将来も心許ないとすれば、それはすべて日本の社会と医界の弊に過ぎぬ。我が国の現実条件などという俗界の事情は、始めから遠く論理の枠外にあり、鷗外の関知すべき問題ではないのである。現実と無関係な談理癖の自転は、プラモデルの如き理屈の組み立てを続けるが、論争相手には痛くも痒くもなかったであろう。鷗外は近代医学の使徒を以て自ら任じていたが、その論理志向は心情的な黙示録風の狂信であった。

傍観機関論争の実に四分の三以上は、『医界時報』の主筆たる楽堂山谷徳治郎(がくどうやまたにとくじろう)、及び反動派の下働き走狗輩の、常識では考えられぬ卑劣な中傷に対する、牛刀を以て虱を割く徒労な反駁の、いつ果てるともなき堂々めぐりである。鷗外は相手側の蜚語罵倒あてこすり皮肉冷嘲、あら探し揚げ足とり言い掛かりのひとつひとつを、明細に丹念に反撃してゆくが、政治的意図に基づく組織的な人身攻撃を、いくら熱心に論破しても効果は挙がらぬ。例えば鷗外が始め Igakusi（医学士）と書き、のちには Dr.med. と略記したのを指し、邪魔くさがって国を愛せざる鷗外の根性の現われだと、騒ぎ立てる誹謗に答える価値があろうか。それでも鷗外は些かたりとも倦まず、日清戦争が論争を自然消滅させるまで、論理としては確かに正当で綿密な反論を続け、また楽堂の鷗外論難文を『早稲田文学』が、雑報扱いに転載したのを遺憾なりと逍遥に嚙み付くなど、一歩も退かぬ論戦に専らであった。論争最終文「寄居子に諭す」に於いても、鷗外は足掛け六年の論理的尽瘁を誇示し、それ傍観者は争うことを好まず、而れどもその争うや、我が国の医学の為なり、我が国の医者の為なり、と強調している。

明治二十一年九月、ドイツ留学から帰国して以来、二十七年十月、日清戦争に出征する迄の六年間、鷗外の八面六臂の批評活動は、主観的には医界および文壇の、成長に寄与せんとの献身であった。しかし鷗外の閉鎖的な純粋論理主義が、人間の生きる道である医事および文学の世界に於いて、それぞれの当事者を適切に批判し鼓舞することにより、必ずしも単純合理的ではない人間的情熱に点火するという、本来の働きを為し得たか否かについては、他人事ならず顧みて検討し直す必要があるのではなかろうか。

五　樗牛が鷗外に罠を仕掛ける

一

伊藤整の謂わゆる文壇棲息者のなかで、一人前の文藝評論家に数えられる為には、どれ程の分野にわたる仕事をこなして行かねばならぬか。時代を戦後に限定してではあるが、丸谷(まるや)才一(さいいち)は平野(ひらの)謙(けん)との対談（『文學界』昭和47年10月）の冒頭、彼一流の鳥瞰図を試みて曰く、本式の批評は勿論ながら更に加えて、まず第一に文藝時評、次いでは座談会および対談、それから忘れてならぬのが論争、そして全集や叢書や文庫本の解説、以上の藝を身につけていなければならぬ。そこへ平野謙が書評とか帯の推薦文を追加すると、直ちに丸谷才一は平野謙が出したばかりの『於母影』を想起し、追悼文まで藝の内に入るとは思わなかったと斬り返したので、平野謙は「ひどいことを言うなあ」と苦笑した。

　この辛辣な数え上げは後に中島和夫（『短歌』昭和51年9月）が、昭和三十年代から四十年ぐらい迄を視界においた文壇状勢の、戯画化としてはなかなか巧みなもの、と感歎しているように、文壇批評家という微妙な存在の生態図素描として、記憶するに足る閃光的証言となっている。

　その後に出現した日本腰巻文学大賞や、昨今とかく月旦される文学賞の選評も加えて、現代の面倒な世智辛さに較ぶれば、明治三十年代の文壇と出版界に於いては、とうてい比較にならぬほど批評家の活動領域が狭く限られていた。

　菊池寛が発案する以前であるから、もちろん座談会の類いは行われていない。序文跋文は近世文人社会の慣行を受け継ぎ、いや寧ろ当時の方が盛んではあったが、古典復刻の解題ならいざ知らず、同時代の作品にまで解説をつけるお節介は想像の外にあった。書評は新聞雑誌の記者が無署名で書きなぐるもの、大なり小なり提燈持ちの埋め草記事に過ぎぬ。そして丸谷才一の言う本式の批評と、それから暫く後ほぼ大正初年以降に、独立の様式として意識され始める文藝時評とは、明治文壇では殆んどまだ分離していない。すなわち文学の原理論を講義風に述べ立てる抽象論と、同時代文藝に対する個別的な論評とが、評壇の通念では依然として一体化した儘であった。

　逆に、啓蒙主義の余風が根強い明治の風土にあっては、祖述に傾く原論風の枠組みと、個々の作家作品への評価鑑賞とを、常に何度も行ったり来たりする陣立てが、批評の本来の姿であると無意識のうちに認められていた。つまり原則論のお説教に近いのが本式の批評であり、それが同時に最初から時評を包みこんでいたのである。

従ってその種の侃々諤々に重ねて、批評家のレパートリーに数え得る決め玉は、結局ただひとつしか見出せなかった。言う迄もなく、これこそ天下の耳目を惹き雑報を生む批評の華、丁々発止の論争を巻き起こす火打ち石である。明治三十年代を通じて、高山樗牛が空前絶後と言ってよい程、論壇で威信を堅持し続けた要因の大部分は、彼の卓越した論争術そのものであったと回顧し得る。

高山樗牛は、明治二十八年七月、当時まだ東京だけにしかない帝国大学の、文科大学哲学科に在学中だった数え年二十五歳の時、博文館の総合雑誌『太陽』の「文学」欄の記者として執筆を開始して以来、その途中、仙台の第二高等学校教授に赴任するため、いちおう「文学」欄を退壇した二十九年十月から翌三十年四月までの、約半年間は例外的な小休止となったが、間もなく二高に辞表を出して東京に舞い戻り、今度は本式に『太陽』編集主幹に就任した明治三十年四月以降、三十五年八月六日、僅か三十二歳で死去する迄の通算五年間、我が評論壇に文字通り独行闊歩した高山樗牛の、誰を後継者に擬すべくもない華麗な文学歴は、常に各方面で様ざまな論争を次々と誘発し、それも必ず山場を作っては劇的に盛り上げて行く、論争企画者としての着眼の秀抜を、その動力源として展開された観がある。

そして樗牛は終始一貫、小物や雑魚の類いを相手にはせず、小事にかかずらわるの愚に堕さなかった。もっとも初期には多少の足慣らし、身近に論敵を求めた例もあるが、その場合にも樗牛は成り行きが線香花火に終らぬよう、論理の投網を広く打つ手筈が、既にしてなかなか堂に入ったものであった。この場合の相手は木村鷹太郎（きむらようたろう）、のち大正期にはキムタカと侮蔑的な略称を頂戴し、日本古代史をめぐって奇矯な大風呂敷を広げては狂犬と呼ばれ、戦後の安田徳太郎や大野晋の大先輩に当る名物男であるが、当時は樗牛より一歳だけ年長の駈け出し、特に狙い撃ちする必要もなかったであろうが、取り敢えずは降りかかる火の粉を払っておく必要もあったのであろう。

事の起りは、帝国大学哲学科の事実上の機関誌である『哲学雑誌』に、樗牛がデビュー論文に当る「道徳の理想を論ず」（明治28年6月〜9月）を連載したのに対し、木村鷹太郎が「思想界の雑感」（『教育時論』）で、暗に樗牛をあてこすった放言である。木村鷹太郎はひとかど兄貴分の説教風を吹かし、このほど大学に在学中の或る者が発表した倫理学説は、その傾向が甚だしく形而上学的、つまり理屈倒れにして浅薄なりと決めつけた。そこで樗牛は機会を逃さず、「島国的哲学思想を排す」（『哲学雑誌』11月）を書いて駁論、その刺激的な表題からして既にジャーナリスティックな姿勢を垣間見せ、単なる雪冤（せつえん）に終らぬよう、立論の主題を拡大しながら、同時に輪廓線の明確を期する。すなわち樗牛の主張を要約すれば、第一に、日本人の思想態度の特色は「実際的」と観取されるのであって、この特質が印度や欧羅巴の民族には認め得ない長所となっており、従って第二に、予想される趨勢として東洋のこの「実際的思想」が、将来は世界の諸思想にとって「恰好なる調和点となるべきもの」なのだという提唱である。もちろん論理は若書きの粗笨（そほん）を免れ得ぬながら、少なくとも構想の規模に於いては至って広大、しかも抽象的ではあっても論点が明確に設定してあり、従ってその是非をめぐる甲論乙駁が、四方八方へ各人各様に、敷衍し変奏し得るように仕向ける問題提起であったから、論争の材料としては丁度「恰好なる」餌となり、忽ち騒然たる百家争鳴の局面が出来した。のち桑木（くわき）厳翼（げんよく）は「文学者としての樗牛」（太田資順編『樗牛兄弟』）を回想して曰く、その当時に有名だったのは樗牛と木村鷹太郎との論争であり、始めはメタフィジックの用不用をめぐっての対立が、延（ひ）いては島国根性の判定如何となり、そこから遂には東西文明の比較という大問題に発展、一時はなかなかの賑わいを呈し、その過程で樗牛はますます文壇に雄飛したのであった――。結局、木村鷹太郎は軽くちょっかいを出した数行を存分に利用され、みずから意識せざる陽気なチンドン屋として、樗牛の効果的な売り出しに、一役も二役も買う始末となったのである。

二

さて自分から口火を切ったメタフィジック論争も、こういう場の古今を問わぬ通弊として、余波が消えぬうち一口加わるべく蝟集して来た、事あれかしの三流どもによる堂々巡りが始まるや否や、その連中が残肴を食い漁るのを他所に見て、「木村鷹太郎君の駁論に対して」と副題する「東西思想の比較一斑」（『哲学雑誌』明治29年2月）を掲げたのち、樗牛はもはやこの論争騒ぎに振り向きもせず、以上を論争術の軽い小手調べとして、いよいよ本格的に大物を標的とする勝負に挑む。もちろん目指す相手は森鷗外である。

　但しこの場合もまた例の調子で、先に批判の言を弄して進み出たのは、あとで難儀な局面を迎えるなどとは夢にも思わぬ、廓清家気取りで強気の鷗外の方だった。樗牛が「似て非なる観念小説」（『太陽』29年2月5日）を論ずるに当って、仮に小説を分類して三種を数え得ようと考え、第一、想あるもの（観念小説）、第二、想無きもの（無想小説）、第三、想に充てるもの（没想小説）と、列挙した試論風の殊更な命名に対して、鷗外は直ちに高飛車な咎め立て（『めさまし草』2月）に出た。二月五日発行の『太陽』を同じ二月二十五日発行の『めさまし草』で批判するという、相変らずお手のものの素早さである。だが鷗外の言うところは名辞の問題だけ、つまり樗牛が名付けた「没想」は、嘗て坪内逍遙が唱えた「没理想」と、同じではないか、という詰問に過ぎない。そして鷗外が何故に癇癪を起したかの理由は、そもそも逍遙が自分勝手に、「没理想」という名称を「造語」したのと同じく、樗牛がその上また「没想」などと「造語」した、その「造語癖」への摘発衝動である。

すなわち鷗外の発想は二段構えになっていた。第一には、樗牛の立言が逍遙の単なる言い替えに過ぎぬとの指摘を通じて、樗牛の分類に全く新味なしと貶価すると同時に、逍遙流没理想論が新しい衣裳で再登場せんとする、その出端を強く叩いておく措置である。第二には、樗牛が徒らな混乱を招くのみの「造語癖」を露呈しているのだと、衆目の前で厳しく指弾しておく訓誡である。帝国大学派が早稲田派の信者になったり、或いは両者が提携したりすれば一大事、故に鷗外は些々たる名称詮議にも、異常なほど神経を尖らしたのであろう。

さて、では言葉咎めを受けた樗牛としてはどう対応するか。戦術家の樗牛はわざと此処で一息つき、「没想」という「造語」が適切を欠くや否や、当面の問題をめぐって返答する前に、全く別な方角から鷗外その人への全面的な嘲笑を投げ掛ける。この作戦を恐らく樗牛は余裕綽々で楽しんでいたであろう。その次第はおおよそ次の如くである。

鷗外が樗牛を論難した『めさまし草』（明治29年2月25日）と殆んど同時に出た『太陽』（2月20日）には、既に「めさまし草出づ」と題する五行の評言が載っており、その簡単な紹介文の末尾には、「されど本誌を見て思ふた程にも無いと評する京童の口さがなきことよ」と軽く揶揄してあった。『めさまし草』創刊についての報知と批評は、一応この時あっさりと済ませてあったのだ。にも拘わらず胸に一物の樗牛は、実は此処に彼の並み並みならぬ工夫の妙が窺えるのだが、敢てこの記事を再度むし返す挙に出たのである。同じ材料の紹介批評を、内容は多少拡大してではあるにしても、半月後に出る次号に重ねて掲げるのは、当時でも雑誌記事の扱いとしては普通でない。それを臆せず敢行したところに、樗牛独自の思惑が秘められていた筈である。

問題の『太陽』次号（29年3月5日）で再度、「『めさまし草』」と題して今度は五十三行を費した樗牛は、雑誌そのものよりも主宰者に焦点を定め、日清戦争終了を契機として文壇に復帰した鷗外に、出足の迫力なく精気に欠け意欲が感じ取れないと、一貫して高飛車に嘲笑の声を響かせた。樗牛は新時代を体現する高姿勢を押し出し、本格的な論戦に突入する前に、まず、鷗外すでに老いたりと、誰にも聞き取れるよう鬨の声をあげたのである。

鷗外はこのとき数え年三十五歳、大佐相当官の陸軍軍医監として、陸軍軍医学校長兼陸軍大学教官である。日清戦争出征のため廃刊した『しがらみ草紙』の後継誌として、二十九年一月に『めさまし草』を創刊、初号には論文「洋画南派」を書き、同時に先程の樗牛批判をも含む時評欄「鷸翮搔」を開設したばかりであった。しかし、それら鷗外の執筆はいずれも短章断片、全体として些か顧みてもの言うの風があるという印象を、二十六歳の文科大学学生である樗牛は、当時すでに文壇の耆宿（きしゅく）と目されていた鷗外に対して、かなり意地悪く次のように直言する。

すなわち樗牛が露骨に曰く、『しがらみ草紙』の再興として久しく以前から噂されていた『めさまし草』を、その出現を読書界が待ち侘びていた有様は、さながら名優の舞台を憧れるに等しかった。とは言うものの考えてみれば、哀れこれ程の願望のうちに生まれ出た事は、果して『めさまし草』の幸福であったか、はたまた不幸と目すべきであろうか。この雑誌に拠る紅葉露伴鷗外の三君に対して、我等は十分の敬意を表したいと願うと雖も、しかし我等は遂に『めさまし草』を、雑誌の総体として賛美すること能わずと言いたい。見よ、『めさまし草』には特色ある「欄」なく、此処より入れとの眼目をなす「門」なく、雑誌の性格を明瞭にする「旗幟」なく、どこかの三流新聞が投書をその儘、なんの目論見もなく綴り合わせて、お茶を濁しているのと少しも変らぬ。この四十四頁で終る一冊に接して、昔の『しがらみ草紙』の影が薄れたと、呟いた読者があるのも無理からぬではないか。

こういう調子で侮蔑の情まるだしに、いともあっさり軽くいなされて、鷗外の心中はどうであったろうか。七年前の明治二十二年十月、『しがらみ草紙』創刊号の巻頭に意気揚々と、「『しがらみ草紙』の本領を論ず」全九十二行を掲げた鷗外が、いま九歳年下の学生批評家から、『めさまし草』は鷗外自身の言の如く殆ど本領なく、又懐抱無きの雑誌なり」、と決め付けられたのである。六年前の明治二十三年一月、『しがらみ草紙』第四号に書いた「明治二十二年批評家の詩眼」のなかで、「往年小説神髄を著して塵寰を一洗せんとせし春の屋主人は今、安くにか在る――」と、自信満々の口調で嘲笑した鷗外が、嘗て逍遙に与えた罵言ひとくさりをそっくりその儘、今度は自分が樗牛から投げ与えられる巡り合わせとなった。

しかも期するところあって準備に怠りなき樗牛は、雑誌への単なる皮肉に終らず、言葉を続けて内容の詮議に踏み込み、自他ともに許す審美学の第一人者鷗外に向かって、美学上の範疇論が曖昧で不十分だと難詰する。樗牛は自ら積極的に、鷗外の特許的な専門領域に槍をつけた。相手の土俵で相撲をとる方針を、樗牛はためらわず自ら表明したのである。

三

最初に樗牛が問題として採り上げたのは、鷗外が自己流の頑固な術語趣味を以て、他を全面的に制圧したがる独善の性癖である。「鴫翮搔（しぎのはねがき）」の第一回で鷗外は検察官の如く、ジャーナリズムが『早稲田文学』一派の用語に、馴染む習慣のあるのを叱った。文藝が「観相（所観）」つまりイデーを、尊重するのは美学の常識なのだから、「没理想」という考え方は背理である。また「性劇」すなわち性格劇に非ざる劇はすべて「情劇」と呼ぶべし。それを早稲田派は「夢幻劇」と言い慣らわす。『早稲田文学』だけが孤立的に使うのなら勝手だが、ジャーナリズム一般までもが同調するのは不審であると、鷗外は関守の姿勢で言葉の鑑札改めに乗り出した。その寸言を機敏に捉えて、樗牛は真正面から鷗外に詰め寄る。

その設問は簡潔明瞭、鷗外が常識の一語で通過した論点に立ちはだかった樗牛は、鷗外が自縄自縛に陥るであろう方向へ、素知らぬ顔で引き摺り込もうと企む。すなわち樗牛は問を発して曰く、鷗外によると文藝はイデーを尊ぶ由であるが、その論拠は鷗外によって未だ展開されてはいない。また性格劇に非ざるすべては果して情劇なりと一括し得るのか、そして鷗外の言う情劇と逍遙が呼び做す夢幻劇とは、果して鷗外が言い募る如き同一物なのか、その分類原則も鷗外によって未だ指示されてはいない。我等は鷗外から精細な議論を聴きたいのだ。徒らに文字面で名称を争う如きは、鷗外の名誉を成す所以ではなかろう。名付け親ごっこの綱引きなどは止めて、美学論理の内容で堂々と勝負せよ。この場合は逆に樗牛が試験官の座に着き、鷗外は学生扱いで答案の提出を要求された。その上に重ねて鷗外の「洋画南派」にも注文をつける。鷗外が印象主義の名称と起源を、略説した紹介者としての労は多とするものの、更に一歩を進めて印象主義の、現今美術界に於ける位置および価値に就いて、審美的評論をなすものあらむを望む。此処でもまた樗牛は出題者として臨んだ。

横文字で仕入れた抽象一般論を説教したり、邦人評論家の揚げ足とりに耽る閑があったら、印象派の実状に立ち入って具体的に、概論ではない評論の鑑賞眼を示せ。啓蒙の静止的な総論は聞き倦きた。現今の時点で藝術を論じるからには、眼前の現勢に密着した観察を基礎に置き、流派思潮の動態を個別に把握し、総論ではない各論を軸としなければ説得力がないのだ。こうして樗牛は評論の本旨を、改めて鷗外に教え訓したのである。

樗牛の寸評は一気呵成の十行足らずに過ぎないが、今まで常に抽象一般論の砦に立て籠ってばかり、文学藝術の現場を決して評論しなかった鷗外に対し、樗牛は鷗外の最も不得手とするであろう領域を見定め、個別論評へ誘い出す姿勢を誇示しながら、鷗外の立論態度が非現実的であるという印象を、衆目の前に際立たせようと試みたのである。

鷗外はさぞかし不愉快であったろう。自分が一途に腐心して来た抽象談理の尊厳を一向に認めず、頭ごなしに現場批評で勝負せよと、今迄とは勝手の違う方角から迫られて、鷗外は戸惑いの姿勢を隠せなかった。次号（『めさまし草』3月）の「鷸翮掻（しぎのはねがき）」で鷗外は、一応の返答を示さんとはするものの、それは反駁の熱気を殆んど含まぬ消極的な弁明である。まず雑誌に「懐抱無き」の詮議は見解の相違だ。次に「没理想」と「夢幻劇」の名称問題は、嘗て既に詳述してあるのだから、我が評論集『月草』が近く刊行されるのを待て。そして「現今美術界」を扱う「審美的評論」の要請については、一言も触れず完全に黙殺した。

この場合、樗牛が批判した当面の争点に関する限り、鷗外の態度は明らかに逃げ腰である。面目を保つ為の止むを得ぬ応急措置として、最小限の甚だ素っ気ない言い繕ろいに止どめた。鷗外は自分の庖丁で料理できぬ厄介な問題には、手出しせず回避し続けたかったであろう。こうして鷗外の出端をくじいて、予め相手の向う意気を殺(そ)いでおく措置、それが樗牛の意図する作戦構想だったようである。

こうして周到な準備が完了、今度は樗牛が更に正面から攻めに転ずる番である。「鷗外医博士に質す」以下三篇（『太陽』4月5日）を一挙に掲げた樗牛は、自分に加えた鷗外の批判を悉く撥ね返し、「没理想」という現に誤解を生んできたこと明白な逍遙の「造語」を、改めて「没想」と言い替えんとする我が配慮の妥当性を始めとして、自説の根拠をてきぱきと敷衍し再確認するだけでなく、別に『めさまし草』二月号に遡って、広津柳浪の「亀さん」を評した鷗外の発言にも矢を放ち、「医博士」鷗外が精神病学の術語を誤解していると難詰した。

こうなれば鷗外もまた再び答えざるを得ない。まず「没想」以下四篇（『めさまし草』4月）が直接の応答、別に「太陽の画論」以下四篇をも同時に掲載し、フィヒテ及びシェルリングに対する樗牛の論法は、「わが会得し難きところなり。願はくは記者再び詳(つまびらか)に教へよ」と挑戦した。此処に鷗外樗牛の理論的対決は、哲学を基礎として文学および藝術を中心に、精神病学にも波及する広大な分野での、ほぼ全面戦争の様相を呈するに至った。

言う迄もなく鷗外は明治二十年代、文壇に於ける審美学の自他ともに許す最高権威であり、比肩する者を見出し難い超越的な美学審問官の座にあった。この年も押し詰まった明治二十九年の十一月、結果として形勢ははなはだ不利であった対樗牛論戦での、不面目を一挙に挽回する意図をも恐らく籠めて、鷗外が刊行した菊判九百九十六頁の大冊論文集『月草』の、意識的にかなり高姿勢な「叙」の一節には、指導的な審美学者としての自負をこう記す。――「大学はじめ処々の学校で、或は審美学の講義に今までにない重みを置くやうになり、或は始めて審美学の講座を置くことになり、今では専門の審美学者といふ人々さへ出て来たのは、少くもその動因の一つとして已が明治二十二年から二十七年まで、二三の同志の友達と一しょに出した柵(しがらみ)草紙の中の、極めて穉い論文に促されたものだといっても過言ではあるまい」――。

これほど大御所気取りで見下している鷗外、その鷗外を彼自身が予てより本領とする圏域での論争へ、しかも相手に防備の色濃い姿勢を強いながら、あっという間に引き摺り込んだ樗牛のお手並みは、やはり鮮やかであったと言うほかない。「文学」欄記者の職に登壇して僅か半年余、『太陽』の論壇へ世の読書人の耳目を集める為には、これ以上の妙手はあり得なかったに違いない。

尤も実際に両者が目くじら立てて、甲論乙駁を繰り返した討論内容は、横文字の術語あれこれをどう読み取り、どう訳するのが正しいかという類い、つまりは教科書の訳読に等しい次元を、行きつ戻りつしていたに過ぎなかった。何時まで経っても独自な知見が披露されるわけではなく、鷗外は例によって具体的な実際問題に言及することを避け通したから、二人の相互批判が美学理論に、何等かの新展開を促す結果とはならなかった。鷗外は権威の失墜を来たさぬ為に、ひたすら防戦に腐心してまっとうには答えず、樗牛は特に防衛すべき既成の業績を持たぬ身軽さを活用して、鷗外の欠陥不備を鋭敏に嗅ぎ出しながら、ひとつひとつ効果的につつきまわせばよかったのである。

四

その上、この時期までの鷗外の評論活動には、ひとつの致命的な欠点があったと言える。啓蒙家を以て自ら任じている癖に、鷗外の用語と文脈は常に生硬で説明不足、拠りどころとするドイツ語原典を全く知らぬ読者には、理解不可能な箇所が甚だ多く、なかんずく術語と定義に類する部分には、特にその弊が顕著であった。審美学者としての鷗外は、誰しも鼻白むほど独善的だったのである。鷗外には、形而上学の公理や前提や定義など、本来は最も親切丁寧に嚙み砕いて、説明に言い添えを必要とする肝心の要所に来ると、これは審美家の常識なり、それは審美家が当然わきまえている筈の基礎知識なり、という風な専門家面の半ば脅し文句を並べ、説得ではない口封じの気合いを乱用する傾きがあった。福澤諭吉とは正反対に、同じく啓蒙を建て前とはしても、鷗外の姿勢は著しく衒学的と言わざるを得ない。

その点、樗牛は生粋のジャーナリスト精神に貫ぬかれていた。彼は一篇一篇の短い文章の埒内で、必要とする限りの論旨を常に言い尽くし、権威ある原典に下駄を預ける便法を潔しとせず、一般読者にその場で直ちに理解され得る平明調を志した。この両極端を行く対照が如実に現われているのが、「造語」問題に端を発した応酬であろう。

譬えば「没理想」という逍遙の「造語」が強くお気に召さなかった如く、鷗外は自分以外の誰かが外国語を翻訳して、新しく「造語」するのを極端に忌み嫌った。そこで「造語」なるもの一般を「排斥」する為に（『めさまし草』明治29年2月）、わざわざゲーテの言葉を持ち出し、御丁寧にもその一句をドイツ語で掲げたのに対して、この種の権威主義的訓誡などに決して辟易しない樗牛（『太陽』4月5日）は、当面の問題とゲーテの御託宣と、その間を繋ぐ寸毫の論証もなく、ゲーテが「造語」に批判的であったから、故に「造語」を「排斥」するのだと揚言する鷗外に、無意味な引用ごっこは止めよと忠告する。ゲーテと関わりなく当面の問題は、樗牛が「イデー」を「想」と訳し、「想」の程度によって、「無想」「没想」と表記した、この用語が適切であるか否かの判定である。ゲーテを顧みる前に「没想」という「造語」が、如何なる理由で妥当を欠くのか、引用に頼らず具体的に批判して見よ。こう畳みかけて樗牛はあからさまに、鷗外の引用癖と抽象癖とを嘲った。

ほんの数年前『しがらみ草紙』の時代であったら、不躾け千万なこの種の反論に、鷗外は一度もさらされずに済んだのである。我が論説に接して未だよく解らぬのは、無学な貴様の方が悪いのだと、無言で睨みつける姿勢を示せば、相手側はすごすごと引き下がったものである。今や知らぬ間に風向きが変って、樗牛は怖めず臆せず正面から、抽象論を具体例に適用する「用意及び理解」、それこそ論理のカナメであると主張し、その急所に関する鷗外の説明を、強く要求するに至った。

樗牛は続いて「情劇と夢幻劇」(『太陽』4月20日)の問題を蒸し返し、鷗外が既にその件に就いては、論じ尽くしたと自任しながら、指示した鷗外の嘗ての論文、それは「評劇者某の書に答ふ」(『しがらみ草紙』明治27年6月)を指すのだが、その一文だけで「詳説」が完了しているとは受け取れないからこそ、敢て「疑義」を呈しているのではないかと、鷗外の逃げ足をしっかと摑み、さてその上、「詮ずるところ」及び「帰する」という、ただこの二語だけのやりくり操作で、胡魔化し通そうと企んでも、そうは問屋が卸さぬぞと、改めての「精透なる議論」を強く求めた。

鷗外の拠る『めさまし草』が月刊であるのに対して、『太陽』は月二回の刊行であるから、樗牛には鷗外の返答が出る前でも、再度たたみかけてゆく機会が与えられている。そこで息つぐ閑もなく樗牛(『太陽』5月5日)は、鷗外のまた別な一面を新しく俎上にのぼせた。鷗外の最も鷗外らしい側面に、樗牛は実に効果的な照明を当てて見せるのである。

事柄はまことに喜劇的なのだが、ドン・キホーテをどう発音するかという問題から出発する。鈴木醇庵(すずきじゅんあん)の「西班牙文学の鼓吹」(『日本人』)をカモにした鷗外(『めさまし草』3月)は、「ドン、ギホテ」と読むべきを醇庵が、「ゾン、キホテ」と記した類いを指弾し、「いづくの国にもなかるべき発音法」と激しく論難した。この御苦労な鷗外の騒ぎ立てを、苦笑しながら採り上げた樗牛はこう論じる。我等は嘗てヨーロッパ大陸の文学史を読み、Lopez de la Vega と、Pedro Calderon de la Barca が、十七世紀に於ける西班牙の有名な詩人、戯曲家であったと知った。だがしかし、其れがロオプか、ロぺか、またロぺか。そしてまたバルガと読むべきか、バルカと読むべきか。そういう事は我等の問題とするところではなかった。何故なら発音が正しかったり誤っていたり、どちらであっても、この二人の文学に関する我等の知識内容が、それによって増減するわけではないと知っていたからである。こう指摘して樗牛は鷗外の詮索が、下らぬ枝葉末節に過ぎぬと嘲う。

そして単に鷗外を窘(たしな)めるに止どまらず、問題を発展させて原則的態度に及び、明治二十九年という現在の時点に於いて、外国文学に接する態度一般の、基本的な心得を一息に要約する。樗牛の論理は以下の如し。東海の涯に立国して遥かに西欧の文学を知ろうとする我等にとっては、事に為すべきの順序があり、途に行くべきの段階がある。作者の名前の発音を知ったからとて、その作品の享受という面で幾何(いくばく)のプラスありや。乞う試みに思いみよ。シナ文学を解する者のうち果して幾人が、シナ音を以て其の詩文を読み得るであろうか。もし日本語によって原音をその通りに表記せよと求むれば、その場合に予想される紛糾は、ゾン、キホテと、ドン、ギホテの、清濁をめぐるどころの騒ぎではあるまい。

樗牛の現実主義に立つ正論は、明治前期に通有であった専門家根性の、閉鎖的な自尊に起因する公衆への蔑視から、専門家ではない一般の読者層を、救い上げようとする意図に発している。鷗外が専ら畏怖させよう随従させようと、高飛車に見下している平均層、その一般的な通常の読書階級にとって、樗牛は守護神として立ち現われ、彼等が今まで強いられて来た劣等感を、一挙に解消させてくれる存在となった。

樗牛が登場する以前の論争者は、常にひたすら学識の深浅を競った。しかし樗牛は初めて意識的に、広く全国の文学的公衆に向かって、如何に平明率直に訴えかけるか、そこに狙いを定めて論を立てたのである。空前の規模で総合雑誌『太陽』が、明治二十八年一月五日を期して創刊されたのは、それが二十八万五千部に達したと、自ら謳うのを多少は割り引くとしても、現に第十刷と表紙に記した創刊号を見かける程であり、とにかく読書知識階級が明治二十年代を通じて、着々と増大してきた趨勢の現われにほかならぬ。その『太陽』の「文学」欄を司る記者として、若き樗牛は、読書界の新興中産階級に、語りかけるべき立場にあった。

文学論争の審判者は、既に一握りの特権的な専門家ではない。平均的な読書の一般人たる資格において、権威に頼らず自分の眼でひとりひとり、論争を理解し納得せんと努める読書人が、市民社会に階層をなして成長しつつあった。彼等の意識と矜持を拠りどころに、新しい世代を代表する樗牛は、学識で武装しない素手の良識を楯にとって、形骸的な専門家意識を容赦なく撃つことが出来た。鷗外に立ち向かう樗牛の論争態度は、我が論壇史上はじめて、平均的読書人が居並んで見守る、新設の競技場へ相手を誘導し、文学的公衆を観客とし審判とする、開かれた論争を演出する意図に発していたのである。

五

一手また一手と休む閑なく、攻め寄せる樗牛の追及に接して、すっかり受身に立たされた鷗外の表情は、まことに迷惑千万と言いたげである。取り敢えず鷗外（『めさまし草』5月）は自分が嘗て、「夢幻劇即情劇」と言ってのちまた「夢幻劇は詮ずるところ情劇に帰す」と、言い替えたのは決して「矛盾」ではなく、「議論の上より抽象的にいふとき」と「品評の上より具象的にいふとき」との違いに過ぎないと、辞を構えて殊更に弁解の言を弄し、そもそも樗牛が要求する詳論、即ち性格劇に非ざるすべては情劇なりとの、分類の原則を明白に示せと詰め寄る、その「われに求むるところはいかなる論ぞ」、このうえ一体なにを説明せよと言っているのか、自分には解らないと困惑の構えを見せる。戦術として知らぬ顔の半兵衛をきめこんだというより、鷗外には樗牛の急き立てる如き、分類の論理を組み立てる思案が、当初から不在だったのではあるまいか。

樗牛の論法が鷗外にとって、理解の外にあったと思える例証は、例の西班牙文学に関する頓珍漢な応答（『めさまし草』5月）である。樗牛が西欧文学の人名作品名の発音表記詮議など、文学鑑賞の本筋に非ずと敢て言い切った、樗牛にとって議論の骨子である真剣な提議を、鷗外はまた完全に黙殺する。そして驚くべきことに鷗外が再論した内容は、外国文学に接する主体的な態度の問題とは全く正反対、外国では何がどう評価されているかという、受身に徹した海外事情の紹介に過ぎない。鷗外が勢い込んで言うところは、ロペはシャック伯により「激賞」されており、カルデロンの劇は「我が独逸にありし間にても」これこれが興行されていたから、樗牛がこの「二家の作を僻書視することの甚きは妥ならざるべし」、実にただこれだけである。

樗牛が、ロペ或いはカルデロン等の、単に人名の「発音の正誤の如き」は、文学内容の享受にとって本質的な問題ではないと主張したところ、その発言は即ち樗牛が「二家の作を僻書視」した愚昧を意味する、と鷗外は解釈する。或いは少なくとも、そう読み取った振りをして見せる。その上で御丁寧にも、彼の地でこの「二家」がこれこれの評価を受けている事実を知らぬから、樗牛は理不尽にも「僻書視」するのであろうと、改めて海外情報を授ける労をとったわけである。鷗外には「発音の正誤」とは別な次元で、内容本位の読解が成り立ち得るとは考えられない。更に外国文学に対する日本の読者としての鑑賞が、作品を生んだ国での評価に盲従し、それを鵜呑みにする以外に、独自の方向を辿り得るとは、鷗外は考えてもみないのである。ひたすら学習と追随あるのみ、日本の風土と現状に立脚する問題意識の完全な不在、それが論争場裡に駒を進める鷗外の基本姿勢であった。

こうして外国書講読の教科書的な語彙並べ以外には、一歩も踏み出さぬ自閉的な鷗外の方針が、必然的に以後の経過を強く規制する。衆目の前で差し当り結着をつけねばならぬ樗牛は、ひとまず自分の問題意識を後回しに、佇立して前へ踏み出そうとせぬ鷗外の、立脚地点への斬り込みに集中せざるを得ない。「鷗外に答ふ」及び「鷗外に問ふ」の二篇（『太陽』6月5日）を、いつもは表題も本文と同じ五号活字を使っていた例を破って、今回は特に表題を三号活字で、押し出し大きく掲げた樗牛の論法もまた、ドイツ審美学のテキスト読解に終始するのだが、一旦その方針に切り替えたとなると、樗牛は鷗外以上の鷗外流を実演する。衒学退治には相手の上を行く、更に徹底した衒学を以てするのが、当面もっとも手っ取り早い。そうなれば勝負はまことに簡単、ドイツ学界の最新情報を、どちらが握っているかの競り合いであるから、帝国大学の研究室を兵站部とする、樗牛が絶大の自信を持って当然である。

　鷗外が「写生写意」（『めさまし草』4月）で言及したドイツ美学史の系譜観を、せせら笑いながら引用した樗牛は、独逸の美学史に精通している筈の学者鷗外が、なんと見当外れを言うものかなと、歎いて見せながら講義を始める。フリードリッヒ・シュレーゲルが、フィヒテの流れを汲んでいるとは尋常の見解、真実には此の二人が揃って共に、審美説に於いて第三者に負う所があったという事情は、輓近史家の斉しく唱うるところである。その第三者とは誰ぞや、実にシラその人なのだ。要するにフィヒテの審美説は、所詮シラの審美説を、自己の哲学に包容した結果にほかならない。

　こういう調子の講壇論法で、樗牛は鷗外の城内へ攻め入り、世を挙げて「審美学史に精しき」と喧伝される鷗外も、「ハルトマン以外に於ける歴史的知識」となれば、実は甚だ以てお寒い限りなのだと、樗牛は余裕綽々「輓近史家」を楯にとって、鷗外に教えを垂れて見せる。始めは若僧を懲らしめていた心算の鷗外が、今や逆に審美学そのものの、「歴史的知識」をめぐって試される羽目に陥り、お蔵に火がつく寸前の状勢を迎えたのである。残る牙城はハルトマンの堅塁、樗牛は遂に本丸を目指して、鷗外のハルトマン理解が正当なりや否や、その検証に取り掛かる秘策を練り始めていた。

六　評論から手を引く羽目になった鷗外

一

　森鷗外は梗概と要約の名手、寧ろその特技に淫する傾き顕著であり、「鷸翮掻（しぎのはねがき）」に採り上げる多数の小説も、批評の為ではなく梗概紹介の演習に過ぎぬ。泉鏡花の「化銀杏」に対した時（『めさまし草』明治29年2月）のみ、やや例外的に寸評を加えんとしたが、論旨はまたバルザック短篇の紹介に流れ、結論として「化銀杏」は或る「強迫写象（ツワングスフオルステルルング）を懐ける狂人」の物語、つまり文学ではない「一条の法医学的記事」だとの断罪に終る。

「化銀杏」に辛い点をつけるのは勝手だが、鷗外の説教は少なくとも文学批評に非ずと、放置しておれなかったであろう高山樗牛は、直ちに「化銀杏」の作品評（『太陽』3月5日）に乗り出し、おのずから鏡花論の素描に及ぶ。樗牛から見れば鏡花は観念小説家の見本、常によく骨髄を捉うると雖も、肝心な皮肉を附する能わず、その作品は殆んど理想化の極点に達する。鏡花の忘却して顧みぬ要点は、血肉なき精神の生きて活動し得ぬこと、恰も油なき燈火の燃ゆる能わざるが如きの機微だ。故に彼の諸作は余りにも簡截にして、また余りにも抽象的に走り過ぎるのである。

　樗牛もまた鏡花には酷であるにしても、兎に角この数言は簡約ながらも作家論であり、具体的な個性に対する識別の評語である。然るに鷗外は驚くべき反応を見せ、これを樗牛の集約的な世界観宣言、正面切っての信条告白であると解した。樗牛の本性ここに見えたりと、鷗外は安んじて居丈高に弾劾（『めさまし草』3月）を始める。

　ほれ見ろ樗牛は鏡花を評して、理想化の極点に達せりと認めた。この一言に拠って樗牛の奉ずる理想が、実は抽象理想であると即座に読み取れる。なんと愚かな非常識であろう。言うて聞かせるが文学藝術に於いて、当初から抽象理想は厳に排すべきなのだ。それも極点に達するに至りて、初めて抽象理想が難ぜられるのではない。理想化の価値は具象理想化に在る。抽象理想化への志向は根本的な錯誤なのだ。

　このように鷗外は大上段に構えて、抽象理想は排すべきなりという教科書風訓誡を、抽象理論に徹して一席ぶった。鷗外には個別例から遊離した原理原論の知識あるのみ、ひとりの作家の素質を鑑別しようとする、樗牛の問題意識には馬耳東風、ただ相手とする論者の原理論的立場を、検察官の眼で一瞬に査定するだけだが、鷗外にとっての聖なる使命であったらしい。

　あまりにも硬直した公式暗記主義者の、無茶で初歩的な誤読に呆れて、樗牛（『太陽』6月5日）は怒りを抑えながら窘める。自分は鏡花の作中人物を、理想的なりと評するに際して、毫も推奨の意を籠めなかったのみならず、その正反対に批判的な姿勢を表示した。鷗外は我が言説の何処をどう読んだのか。もちろん自分は通俗つまり一般向けの文藝に対して、仰々しく術語を用いなかったけれども、いま敢て審美学の語に置き直せば、自分が具象理想また個躰理想を、推奨した論理志向が明々白々ではないか。なぜ鷗外は素直に文脈を辿って、我が言うところの本筋を読み取れなかったのか。

　樗牛は鷗外の転倒した言い掛かりを、簡潔に暴いて理非曲直を正し、さすが今回は肚に据えかねたのか、鷗外への軽侮を露骨に示す。見渡せば世には一寸ハルトマンだけを読み、さてもそれは是れ具象理想派なりと、御神輿を担いで回る学者もいるようだが、我等はそういう単純な御披露目屋とは違うのだ。樗牛は鷗外の足許を見透かし、さあハルトマンを土俵に勝負してみよと、退っ引きならぬ雰囲気を醸成しにかかる。

　この揶揄と当て擦りで搦め捕るべく、簡単な筈の駁論を恐らくは意図的に遅らせ、その間に樗牛は鷗外を逃さぬよう、予め本格的な陣地の構築を始めていた。鷗外の「化銀杏」評には間髪を入れず、我が「化銀杏」評を対峙させた樗牛が、全く労を要せぬ筈の単純な雪冤に、三箇月も時間をかける必要はなかった筈、ここに実は樗牛の遠大な作戦が、秘められていたとしか思えぬのである。自分が早速に答えるのみでは、例によってまた水掛け論に終り、論争が拡大せぬ恐れは十二分に考慮される。そこで簡明に済ませ得る応答は後回し、その前に鳥黐（とりもち）を用意し霞網を張りめぐらし、鷗外が絶対に引き下がれないよう、逆に自分から飛び込んで来て、暴れ出さざるを得ないように仕向ける。その準備に樗牛は約二箇月、逸る心を抑えて武器を取り揃えたのであろう。その苦心の結晶が駁論の一号前に、押し出し堂々と掲げられた美学論文、「現今我邦に於ける審美学に就いて」ならびに「美学史及び美術史」の二篇（『太陽』5月20日）であり、挙げてハルトマン美学の批判に焦点を絞る。そして漸くその次号に至って、樗牛は軽く鷗外を斥け、同時に主戦場への御来臨を、懇切に要請する運びとなった。「化銀杏」をめぐって児戯に類した、なんでもない枝葉末節の小競り合いを、今こそ好機と大会戦の演出へ運ぶ、樗牛の勝負勘は冴え渡っていたと看取し得よう。

　さて樗牛はおもむろに論を進める。現今はややもすればハルトマンを招請し叩頭するが、その悪習慣を我等は深く疑いとせざるを得ぬ。そもそも哲学および審美学の、歴史的発達を研究していない人、つまり学問としての生成と展開の過程を、つぶさに検討するという勉強をしていない者に、どうしてハルトマンの真価が内側から理解し得ようか。単に最新の学派であるとの理由だけで、一も二もなくハルトマンを尊崇倚信(いしん)するが如きは、一人前に達せぬ小児の幼稚な思い込みに過ぎない。

まず序論でハルトマン一本槍を、樗牛は声高らかに子供扱いして嘲笑、美学に限らぬ哲学の研究法が、歴史的発達に即するべきであると強調、改めて原則の確認から出発する。続いて西欧審美学の理論水準が、未だ満足すべき域には達せず、学として熟するに至らぬ現状を指摘してのち、お目当ての結論は本邦の課題、我が国に於いて審美学者たる者の心得に説き及ぶ。

樗牛の見るところ審美学が独立して、一科の学問たる体裁を採り得たのは新しく、僅々百年の歳月を経由したに過ぎない。従って審美学史も不備にして透徹に達せず、本家本元の学者による述作も少ない。今より三十八年前に成ったチムメルマンの美学史を始めとして、斯学の全系を評叙した業績は限られている。樗牛は順次それらを点検し、一長一短に短評を加えた揚句、現存の包括的な美学史すべてに較べ、寧ろチムメルマンこそ最良なりと断じた。以上ひたひたと論じきたった末、最後に念を押すべきはハルトマンの欠陥である。

樗牛の比較考察によればハルトマンは、カントを以てドイツ美学の発足点と、そう見做して十分なりと考量し、カント以前の美学発達史を、すべて蔑視し抛却しているのであり、この視座観点には断じて同意し難い。樗牛はハルトマンを普遍の学とは認めず、局地に立つ偏向と独善の論理と見做す。サリーもクーザンもロッツェもハルトマンも、その観察は或る特殊の時代、もしくは御当人の本国に限られていて、審美学の全体の発達に尽くすという課題、つまり普遍的な美学としての綜合には達していない。

このような情勢を直視する時、我が国の審美学者は差し当り何を為すべきか。第一には翻訳ないし編述から始めるにしても、邦人の手による偏らない総体的な、日本語で書かれた美学史が必要、そして自家独立の研究に基づくことこそ望ましいが、いずれにせよ斯学の広汎な見渡しが肝要、部分的な摘み食いの取り込みは弘通に適さぬ。そして第二には美術史の研究。美学史の研究は美術史の研究に伴い、具体的な実例に立脚しなければならない。故に我等は教える者も学ぶ者も、共に「審美的意識の歴史」という名儀の下に、美術史と美学史の両者を包括せんことを望む。以上が樗牛による問題提起、美学現状への批判的分析に立脚した、我が国の審美学者が挺身すべき課題の指示と要請である。

二

樗牛の提唱は表向きあくまで正論、しかし同時に底意地の悪さに於いても徹底している。しとやかに一般論としての形式を採りつつ、狙いは悉く有機的に集中、鷗外の拠って立つ基盤を掘り崩し、鷗外の為す能わざる目標を押しつけ、果てしなき防戦に遑なからしむる作戦と見受けられる。まず鷗外が唯一の本尊として祖述するハルトマン、それが実は審美学の全系を評叙した総合に非ずと喝破した。次には他者の論説を批判する場合にだけ、ハルトマンを小出しに祖述してきた鷗外に、全貌の翻訳または自家独立の研究を勧めた。そして抽象論の説教で事足れりとする鷗外に、本当の美学史は空理空論でなく、美術史の研究に立脚しなければならぬと教える。

至って計画的な樗牛の立論は、鷗外の審美学が由来から根柢から、どの方面から見てもホンモノではないと、読者が自得できる方向へ集中している。しかも樗牛の少なくとも提唱論理が、悉く正論に聞こえるのは否定できない。そして鷗外を狙い撃ちする、照準の確かさもまた未曾有である。同時に一応はドイツ美学をあげつらいながらも、樗牛の評議は現状に処する時論として、当面の課題を見出そうとする発想に貫かれ、展望に基づく指針の提示に絞られている。そのうえ自ら積極的に揚言する如く、仰々しい術語を援用せず平明を志し、広汎な読者に平服で語りかけながら、論理の水準と品位を中庸に保つべく、新時代にふさわしい通俗論調の、創出を目指す工夫に支えられている。当初から単なる美学者として振舞わず、あくまで総合雑誌の文藝欄を担当する評論家として、話題を一般化して提供せねばならぬ覚悟が、樗牛の筆調には歴然と窺えるのである。

しかし此処まで畳み込まれても、例によって鷗外は樗牛の問題意識を、それはそれとして正面から受けとめる姿勢を、矢張り従前どおり決して示さない。我が審美学の説き聞かせ押し付け吹聴のみを、天与の使命と心得る鷗外は、説教師の姿勢にこりかたまって不屈である。「太陽記者とハルトマンと」以下（『めさまし草』6月）を一挙に掲げた鷗外は、〝左手にコーラン〟の要領でハルトマンを高々とかざし、それに基づいてのみ樗牛に論駁を加えて行く。

鷗外にとって言い立てるべき論点は、ハルトマンの権威を弁護するだけ、それ以外の話題には一言も触れず、そして材料はこれまたハルトマンの序文のみである。鷗外の反論は簡単明瞭、ハルトマンが著わしたカント以来の独逸審美学という一巻は、現に筆をカントに起してはいるものの、元来この著作の執筆目的は、先人が書いた審美学史の補遺である。カント以前の審美学史は既に有り、カント以後の審美学史は未だ有らざりしを、ハルトマン書き継ぎしものなること、其の序文中に反覆弁明せるところに就いて見るべし。

以上で終り、これで鷗外の返答は完了、まことに見事な論理志向の不在である。樗牛は批判の刃を論理の構成に向け、ハルトマンの論述内容に取材の偏向と、系統的網羅の不足が看取される故に、全き美学史とは見做し得ぬと論じたのだ。争点は余りにも明白であって、ハルトマンを全き美学史と認めるか否か、ただ此の一点に絞られている。その簡単きわまる要目を鷗外は理解しない。少なくとも理解した様子を見せない。序文によるとハルトマンの意図は、カント以後の審美学史を書き継ぐ営為であったのだ。ただこれだけの機械的な引用だけを以て、樗牛の評言を全面的に破砕し得ると、そう信じた鷗外には思考力が欠如している。

衷心からハルトマンを擁護する弁明として、例えばの話で多少は無理でも、確かに取り扱った時代はカント以後ではあるが、理論的課題の総括としては、美学の全領域を掩っていると、内容に即して自分は判断するから、故にハルトマンもまた全き美学史なのだと、内証的な解明を自力で展開するのであれば、その労を多として耳を傾けるべきであろう。しかし鷗外は一歩も動かず、一指の労を払おうともしない。ハルトマンの威信を認めぬ樗牛には、序文を読み聞かせるだけで十分、それだけで相手は恐れ入る筈であると、鷗外は納まり返って通す心算である。

況んや他ならぬ審美学の領域で、先人による審美学史が扱わなかった後続の時代を、別人であるハルトマンが書き継いだところで、両者を通じて問題意識と論理構造が、一貫するなんていう奇蹟が実現しているかどうか、此の大問題もまた鷗外の関知せぬところだ。そしてチムメルマンを持ち上げた樗牛に対しては、また「化銀杏」の場合と同じ人別改めを行う。つまり鷗外の典範であるハルトマンの序文には、チムメルマンの審美学史を指して、抽象形式主義と評してあるので、だから樗牛にも恐らく抽象形式主義の傾向があるのだろう。こう論じきたって一切は解決、能事畢れりと鷗外は澄まし顔である。鷗外にはハルトマンを客観視して、自分の判断を立てようとする意志が片鱗もないのだ。

この一件に関する樗牛の反論もまた、有無を言わせず鮮やかであった。「鷗外とハルトマン」（『太陽』8月5日）で樗牛はまず、鷗外が依拠するハルトマンの序文そのもの、その要所を特に原文との対訳形式で掲げる。そして鷗外が摘出した部分に引き続く、次の興味深い一節を引用した。そこではハルトマン自身が、最終的には次の如く述懐している。即ち樗牛の訳文によれば、ハルトマン曰く、「是等美学者の研究を遂げたる後、予は遂に彼等の説の起源を以てカントに帰し、科学的美学の始祖として彼を吾著の巻頭に置くことを以て満足するに至れり云々」。

証拠を叩きつけた樗牛の得意や思うべし、事態は急変して些か厄介な局面を迎えた。ハルトマンは単なる補遺の執筆者に非ず、一家の見識を以て美学史を裁断し、カントを始祖と認定する論拠を用意して、意識的に敢てカントから始めたのだと、ハルトマン自身が満足を以て記しているのだ。従ってハルトマンがカント以前の歴史を、抛却していると見た樗牛の評語こそ、ハルトマンの御意に叶う認定となり、カント以後の空白を埋めるべく、虚心坦懐に書き継いだのみと強弁した鷗外は、ハルトマンの真意を解せぬ見当違いであったとなる。ハルトマンが掲げた表向きの建て前を、文字の上からのみ解釈する限り、鷗外の失敗は目も当てられぬ結果となった。

もちろん事柄の内実は別、ハルトマンの殊更な満足顔は、不備の誇りに備えての予防策、体裁を繕う為の口実に過ぎなかったであろう。浮かれてばかりもいない樗牛は、その間の推察を逸早く明記する。曲者は「科学的」という遁辞、この一語に注目した樗牛は畳み掛けて、美学の上に殊更に科学的という形容詞を附したのは、ハルトマンにとってひとつの弁解であろうと推定した。要するにカント以前を故なく省略したと、難ぜられぬよう先手を打ったに決まっているが、いずれにせよ此の一語が挿まれている以上、樗牛の評語は認定として当然に成立する。

　そこで樗牛は鷗外を嘲笑う。ハルトマンがカント以前の美学史を、軽蔑抛却したと見て何処がいけないか。鷗外は師匠を弁護せんと欲して、却って誤解を天下に晒した。ハルトマンから一喝棒を喫せずに済めば幸いと思え。見よ、鷗外にとって唯一の論拠は、実はハルトマンの本文に非ずして序文だった。しかも哀れなるかな使徒鷗外は、その序文をだに正解し得なかったのである。ここぞと樗牛は鳴り物入りで、鷗外の失敗を効果的に浮き上がらせた。

　もとより問題はハルトマン論の以前、その門口での争論に留まるとは雖も、これを以て鷗外の軽率な擁護論が、雲散霧消した成り行きは決定的である。鷗外が当初に此の後半部分を持ち出し、問題の科学的という語に執して、合理化に奮闘これ努めていたのであれば、議論の筋道が表面上は通じたであろう。だがハルトマン自身による最も大切な証言が、樗牛の手に握られて責め道具に使われた以上、論戦という次元での勝敗は明らかである。

　引き続いて樗牛は威儀を正し、チムメルマン問題をめぐる鷗外の、言い掛かり論法を存分に嘲笑する。鷗外は自ら評を下さず、ハルトマンのチムメルマン評を金科玉条とした。いったい鷗外は如何なる証拠から、ハルトマンを絶対に無謬と確かめ得たのか。御師匠様の言はすべて是れ真理なりとするのは、せいぜいのところ小学時代の信仰にして、独立せる学者の屑しとせざるべき処ではないか。吾等は我が畏敬する鷗外に於いて、かほどの卑屈なる思想家を見出そうとは思いもかけなかったのである。

　左様、まさに樗牛の言う通りなのだ。チムメルマン一件に限られてはいない。『しがらみ草紙』創刊の時から一貫して、鷗外は審美学者としての第一歩から、全く同じ調子で押し通してきた。今や虚仮威しには目を眩まされぬ、冷静で検証的な新しい世代によって、鷗外の内冑が的確辛辣に、見透かされる時期が到来したのである。

三

　そこで暫く話を戻して、鷗外が列挙した樗牛批判（『めさまし草』6月）の、勢い猛なる後半へ立ち返ろう。ハルトマンの序文という堅塁に拠って、樗牛の怪しからぬ非礼な横槍を、すべて撃退し尽くした心算の鷗外は、ますます嵩にかかって樗牛征伐を続ける。鷗外によれば樗牛が形而上学者、つまり哲学者であり殊に美学者である存在は、今や世に隠れなき事実である。既にして形而上学者である以上は、必ずや拠って立つ所以の理想、すなわち主義主張の立場が登録済みでなければならぬ。鷗外の断定は峻厳そのもの、学問系統の戸籍が明確でない者には、形而上学者たるの資格を認めないのである。然るに樗牛は鷗外に反噬し、樗牛を抽象理想派であると決めつけたのは、鷗外の早計な誤認であると、折角の鑑札を投げ返して寄越した。そこで鷗外は憤然として詰問する。樗牛は鏡花の諸作を評した時、鏡花が殆んど理想化の極点に達し、即ち抽象的だと論じたではないか。故に樗牛は抽象的人物を理想と考えたのだ。従って樗牛は具象理想の否定を含蓄する。だから樗牛は抽象理想派であると見て何処が悪いのか。

　鷗外の言い募りは正気の沙汰でない。樗牛が用いた理想化および抽象的の語は、すべて鏡花に否定的な評価を下すべく、批判の論理として連ねられている。その文脈が鷗外には理解できない。否定を肯定に読み違える錯覚は、鷗外が文章の流れを辿り得ず、単語のみを拾い出して短絡した結果であろう。呆れ果てて迷惑顔の樗牛（『太陽』８月５日）はそれでも、鷗外の曲論が如何に無理無体であるかを、皮肉りつつも噛んで聞かせるように説き進める。そして最後には軽蔑を抑え兼ね、以上の次第を見届けた天下の具眼者、何人か鷗外の判断力と批評眼の如何に明晰に、如何に穎敏なるかを驚嘆せざらむや、と結んだ。

　こうして鷗外の理不尽な極め付けを、忍耐強く重ねて一蹴した樗牛は、斯くの如き讒誣（ざんぶ）を加えるに至った、鷗外そのひとの基本姿勢にこそ、問題の根元が潜んでいるのだと見定める。そもそも鷗外は哲学の各派を、識別し得ない抽象一元論者なのか。他人の主義に勝手な貼札するに当って、対者の述作を果して読み込んだのか。一般に学者の主義主張を、断定するのは非常な大事なのである。須（すべから）く其の人に対する当然の礼儀として、弥（いや）が上にも慎重厳密でなければならない。樗牛は改めて学者の礼儀を、鷗外に教え訓す役回りとなった。なんとも奇妙な情景と言えよう。争気のみ先走って論難に急、猜疑臆測を超えて無茶なのが、学者としての経歴に長じた鷗外、その彼に初歩の心得を訓示し、窘めているのが新進二十六歳の樗牛、事態は本来あるべき姿の逆である。

　鷗外にとっては樗牛の論理が、批評として妥当適切であるかどうか、鏡花論としての有効性ありや否やは、一貫して関心の埒外にあった。いったい樗牛は何主義者であるのか、それだけを鷗外は一筋に追究する。その某々主義だけを取り出して批判するのだが、その批判の拠り所となる尺度は、もちろん鷗外の内なる思考を経由せぬ、鷗外の外なる既成の権威であるから、鷗外が挺身している批評の内実は、認可状の下附発行の決定を意味する。鷗外は家元を気取っていたのだ。

そこで尺度に合わぬ者は罪人、速やかに追放の手続きが必要だ。主義や流派に拘泥せぬ樗牛（『太陽』6月5日）は、我等は自ら学説上に、こちたく何々派とか何々主義なりと、公言するを好まぬのだと言い放った。これが鷗外から見て甚だ気に食わぬ。そこで鷗外（『めさまし草』6月）は直ちに声高らか、樗牛は折衷主義者であると一気に断定した。どうしても樗牛を何かの主義者に、見立てなければ鷗外の気分が収まらない。しかも程よく樗牛が進んで、どの派どの主義でもないと白状した。今こそ遂に正体が割れたのである。よし解った樗牛は折衷主義者なのだ。そうと決まれば段取りは簡単、いざ勇躍して折衷主義を退治してくれん。だが此処で鷗外が下した判定もまた、これ以上の簡潔は絶対に有り得ぬ程の、誤解の余地なく明快な一刀両断である。即ち鷗外の気合いは冴えて、「哲学史上には、折衷主義（エクレクチスムス）ほど信用薄きものはあらじ」、以上、数えて二十二文字、実に唯これだけの論断である。これにて鷗外の批判は完了する。樗牛の存在理由は消滅したのである。勝負あった、と鷗外は深く信じたに違いない。

児戯に類する愚劣な此の揚言が、樗牛憎しの発作に狂っての、或いは自棄糞の切り抜けに執する余りの、本心とは別箇な当座の戦術であったとは、前後に照らしてそうは絶対に受け取れない。鷗外は本気なのだ。徹頭徹尾、鷗外は本心から発言している。鷗外は間に合わせの出任せ屋ではなかった。鷗外は真剣そのものなのである。鷗外は対者の問題意識や、論理構造の内面に関心を向けない。ただ相手の片言隻語を捉えて、その人物が何派の何主義者であるかを、全く一方的かつ性急に評定した上で、その主義その流派その学説が、最新至高なるハルトマンに照らして、或いは権威ある哲学書の記載に鑑み、如何に度し難く時代遅れであり、或いは如何に彼の地で貶価されているかを、ぶっきらぼうに重々しく峻厳に宣告する。これが審美学者を以て自任する鷗外の、その評論研究活動のすべてであった。

鷗外は明治二十年代を通じて、こののち長く我が論壇を貫流する、論争態度の原型を演じた。これほど無茶苦茶な鷗外の論法が、次第に多くの崇拝者を集めたのは、同類人種の微妙な交感に基づくのであろう。時代が転じても心性は変らず、但し御本尊だけは目まぐるしく交替し、或いはトルストイを担ぎ、またはコミンテルンに拝跪し、シェストフやフロベールを振り回して、論争に決着をつけようとする小鷗外の、華やかな系列が連綿と続くのである。

四

「太陽記者とハルトマンと」以下八篇（『めさまし草』6月）、集中的な樗牛批判を掲げたのを最後に、創刊以来の常設「鷸翮搔（しぎのはねがき）」、即ち時評論争欄を鷗外は廃した。以後も『めさまし草』は着実に月刊を続けるが、従って鷗外は何を書いても直ちに発表し得るものの、論争文を載せる欄がなくなったという口実を、予め用意する措置であったかも知れぬ。そして実際に鷗外は論争場裡から退去し、樗牛から痛烈な打撃を蒙った（『太陽』8月5日）後も、決して直接には答えようとしない。樗牛からの猛攻を受ける以前に、風雲の急なるを予想した鷗外は、陣地の形式的な撤去を企んだ。これ以上は答えずに済む方途を、恐らくは模索し始めたのであろう。

本来なら沈黙を続けた筈の鷗外が、例外的に掲げた「又太陽記者とハルトマンと」（『めさまし草』10月）には、特に「旧稿」と断り書きを付す。樗牛の辛辣な批判から二箇月半、新稿であれば当然に答えねばならぬ故、敢て「旧稿」と注記して逃げを打ち、ハルトマンの序文一件には知らぬ顔、それ以前の応答に話題を遡らせ、相も変らぬ樗牛への講義を繰り返す。鷗外の説教調は次の如くである。

ハルトマンはカント以後に漸く、審美学が「真個科学的」となったと認めた。これで問題はすべて解決する。カント以前の審美学が「真個科学的ならざることにして事実なる以上は」、ハルトマンがカント以前を蔑視したと、樗牛が難じるのは当らぬのである。鷗外が厳粛に保証する論法には、断乎として些かの変化も認められない。他ならぬハルトマンが断言したのだから、「事実」はハルトマンの指示する通り、ハルトマンが判断を下した以上、疑いなくそれは「事実」だとの確信である。

誰しも耳に胼胝（たこ）が出来ていよう。ハルトマンが「真個科学的」とその反対と、審美学の流れを画然と区別した、その判定の基準は明確なりや、学理の上で首肯し得るや否や、肝心の点検が鷗外には問題にもならぬ。続けて鷗外は尚もしつこい。ハルトマンは其の審美学の序に於いて、プラトオ以後を通観したシヤスレルの、審美学史を「推薦」しているではないか。故にハルトマンはカント以前の審美学史を、抛却しているとの非難は当らぬ。これが鷗外の言わんとするすべてである。「鷗外が唯一の論拠は、ハルトマンの序文にあり」と、つい先だって嘲笑した樗牛に、それでも繰り返して其の「序文」のみを持ち出す、鷗外の神経は蓋し人間離れしている。但し鷗外が此の一篇だけを、時期遅れではあるが恐らく急いで掲げたのは、樗牛が近く『太陽』を去ると聞き込み、意を安んじて最後っ屁を試みたのであろう。

さて鷗外が自称旧稿を掲載したのは、明治二十九年の十月であった。一方、此の年七月六日に哲学科を卒業、大学院に入学していた樗牛は、九月九日に至って、仙台の第二高等学校教授を拝命、東京を去らねばならぬ故、意を決して『太陽』文藝欄記者を辞し、「退壇に臨みて吾等の懐抱を白す」（『太陽』10月20日）を掲げた。簡潔に筆を進める約二百五十行、まず明治文藝評論史を大局的に一瞥し、明治二十八年七月に始まる我が批評活動の、要約を試みた樗牛は自ら省みて、それ文学の審美的評論に関しては、懐抱する処を十分に述ぶるの機なくして已みぬと、丁重に遺憾の意を表した。しかしと語を継いだ樗牛は念を押し、或る学者の如く最近の学統である故を以て、ひたすらハルトマンを株守（しゅしゅ）するの迂闊なるは、既に敢て公言するを憚らず、論じ続けた通りであって、此の断案にはもとより然るべき根拠あり、更にその精細なる論理展開を、遠からずして発表する予定なのだと、注記するのを怠らなかった。

樗牛は鷗外批判の主旨を改めて宣明し、此の論争が自分にとって仮初めの余技ではなく、「文学の審美的評論」の水準向上を願う、積極的意図に発した経緯を確認し、我が責任に於いて「精細なる意見を発表する」と公約するなど、真摯な態度で論争に一応の終止符を打った。鷗外が沈黙と「旧稿」で逃げ腰なのに対し、樗牛は休憩を宣して延長を予告したのである。

此の第一次ハルトマン論争は、一方の鷗外にとっては生涯の大きな転機となった。「鷸翮掻」を廃した措置に象徴される如く、鷗外はこれ以後「雲中語」（9月2日刊『めさまし草』8月号以降）の作品合評に閉じ籠もり、二度と審美学的評論には手を出さなかった。鷗外は今迄の身上であった審美学的評論を、遂に自ら打ち止めにしたのである。世に喧伝された審美評論家鷗外、隠れもなき論争家鷗外は、明治二十九年十月、三十五歳を以て事実上の隠退に入った。

そして同年十二月十八日上梓の、『月草』に付した十一月付けの「叙」は、終始ほとんど樗牛への論駁を主眼とするが、此処でも積極的な弁明や反批判には及ばず、僅かに自分の立場を防衛するのみである。明治二十二年から七年半、自分が続けてきた「我国の藝術的批評」には、「一貫する標準的審美学の脈絡」があったのだと、強調しながらも態度は明白に回顧的である。

しかも弁明に続く予想展望は、鷗外が遂に初めて洩らした軌道修正論として、非常に印象的な嘗て見ない文体を示す。鷗外が多少とも弱音を吐いた最初であろうか。――「さて今から後の審美学の進歩は、どの方面から来るかといふに、要するに藝術史上の事実が積つて来て、学問上の解釈を促すのであらう。即ち経験の方面であらう。若し第十九世紀の自然主義に根ざした藝術を包容するために、昔の抽象理想的審美学が不足になつたやうに、後の藝術を包容するために今の具象理想的審美学が不足になることがあつたら、己は喜んで今の藝術観をその方角に拡めもし、又ずつと土台から変へもする積だ。己はこの意味で、前途の進歩を望んで居る」――。基本姿勢の激変は驚くばかり、樗牛からの訓誡を殆んど採り入れ、「経験の方面」に小手をかざすあたり、鷗外はよほど骨身に応えて懲りたのであろう。

こうして樗牛による第一次鷗外批判は、鷗外の行路に甚大な影響を与えた。第一に審美学的評論家としての活動を終息させた。第二に新時代の審美学、経験美学実証美学への肯定加担を公約せしめた。第三に評論ではない狭義の審美学、結局は翻訳ながらも研究方面へ、大きく針路を転換させた。

フォルケルトの訳述「審美新説」（『めさまし草』明治31年2月～32年9月）を皮切りに、自己の「審美仮象論」（『めさまし草』34年12月以降）をも含めて、審美学者鷗外の主要業績は悉く、樗牛の第一次批判が打ち切られた後に始まる。そして小倉時代を経て明治三十五年三月十四日、第一師団軍医部長として東京に帰任する迄、その数年間に集中して産み出されて行く。

研究とは言え時代の然らしむるところ、殆んどは翻訳と編述であり、特に誰を批判するのではないのだから、事態は平静に推移すると、鷗外ならずとも高を括っていて当然であろう。しかし鷗外には更に次なる、より大きい災厄が待ち受けていた。

樗牛にすれば嘗て故なく罵られ、精根をこめた批判は不当に黙殺され、鷗外とは未だオトシマエをつけていない。しかしその樗牛が第二高等学校教授という、当時としては非常な栄職に機嫌よく甘んじ、遠く仙台に去っている間は無難であった。その樗牛が大橋新太郎の懇請もだし難く、再び東京に舞い戻ってくるとは、誰も予想しなかったであろう。仙台に在る間も樗牛は鷗外を忘れず、ましてや『太陽』に復帰した以上、手を束ねて晏如（あんじょ）たる彼ではなかった。高い賠償金を支払わされる日が、鷗外の目前に待ち受けていたのである。

七　対決を回避して遁走する鷗外

一

高山樗牛は在任半歳余にして第二高等学校教授を辞し、明治三十年五月に上京して博文館に入社、二十七歳にして『太陽』の編輯主幹に就任するや、直ちに「我邦現今の文藝界に於ける批評家の本務」（6月5日）を掲げて「発道の辞」とした。同時に『太陽』の呼びものとして衆目を集める「時評」、のち「時事論評」と改称されて常に話題を呼んだ支柱記事の、必ず劈頭に位置する「文藝界」欄の専任担当者を兼ね、評論史上に例を見ぬ一人舞台の、満三年に及ぶ樗牛時代の開幕となる。

月二回発行で毎号二百数十頁、スエズ以東最大の発行部数を誇る総合雑誌の、編輯と執筆に極度の多忙が続く傍ら、それでも樗牛は律義に予（かね）ての公約を果たすべく、本領とする専門的な美学論文にも着手した。明治三十一年二月から六月まで五回に亘って、『哲学雑誌』に連載した「ハルトマン氏の美学及其批評」合計七十六頁は、翻訳や編述や抄出や紹介とは次元を異にする、自家製の論理で構築した研究であり批判である。樗牛の問題意識は一人立ちして鮮明そのもの、冒頭に予定する論点を三箇条に整理して示す。まずハルトマンを美学史上の一契点として観察し、彼の美的仮象論が由来する学説史を溯り、どの程度に彼が発展と独創を加え得たか点検しよう。次いではハルトマンの論理構造それ自体に注目、内面的な矛盾の有りや無きやを審査しつつ、学説としての整合性と独自性を測定したい。最後に至ってハルトマン説の絶対的当否を客観的に批判し、吾人の美的意識を真に解明し得て満足を与えるか否かの断案を下そう。

樗牛が設定した研究法の論理課題は、少なくとも抱負としては飽くまで堂々と正統的である。但し実際には樗牛の論述は第一部の終了を以て擱筆され、文末にひとまず「歴史的批評完」と注記せざるを得ず、肝心の続篇は遂に書き継がれぬ儘に終った。それゆえ樗牛は当初から計画的に虚仮威しを企み、第二部に当る「狭義に謂ふ所の包有的批評」、更には第三部の「広義に所謂超絶的批評」を、遂行する用意も実力も欠くのに虚勢を張ったに違いないと、樗牛の思惑を深く猜疑する見方もあり得よう。だが仮に成就されなかった広言をすべて抹殺するとして、問題をハルトマン審美学の「歴史的批評」に限ったところで、樗牛の立論は独立の一家言として完結しているのみならず、本来の目的である森鷗外への批判として有効な起爆力たり得ている。

ハルトマンに対する樗牛の「歴史的批評」は峻烈をきわめ、美学者としてのハルトマンには何等の「創見」なしとの断定に至った。そもそもハルトマンが前人未発の説なりと強調する部分は、精査すると悉く前人の説を踏襲し、多少の補綴を加えたに過ぎぬ小細工ばかりである。例えば自己の異説がキルヒマンとは相容れずと豪語するものの、末梢的な部分での差異を大袈裟に言い触らすのみ、根本の大筋では素知らぬ顔で継承しているのを見れば、ハルトマンの態度は決して公平とは認められぬ。要するにハルトマンの審美学を形成する三段構えのうち、第一段を為す仮象の概念は理想派の美学、つまりカント、シルレル、ヘーゲル以下の所説その儘、第二段を為す仮感の概念は殆ど全く、キルヒマンに依拠して一歩も出ない。僅かに残るところの第三段、美的快楽論のみは辛うじて、ハルトマンの創見に属すると雖も、此の部分にこそ実はハルトマン審美学の、最大の欠点があって理論としては成立しないのである。

以上の如く樗牛は力を尽くして、ハルトマンは美学の典範として仰ぐに足らぬのだと、学説史の個別対比に基づく展望図を描き出す。もちろん問題提起から行論の各段階すべてに亘って、直接の論敵に想定して反応を期待したのは、今までハルトマン一本槍で通してきた鷗外であるが、此のとき『めさまし草』はなお続刊中で発表場所に事欠かず、その身はまだ東京にいて「審美新説」の連載中であった鷗外は、樗牛の力作に一言の評も加えずに終った。樗牛の狙いは外れて挑発は効を奏しなかったのである。

しかし次の機会は間もなく翌年に訪れた。鷗外の謂わゆる審美評論ではない学問としての審美学、此の領域では彼にとって最初の単行書である『審美綱領』が、美術史家である大村(おおむら)西崖(せいがい)との共編というかたちで、明治三十二年六月に刊行される。内容は「凡例」に記す如く問題のハルトマンを、樗牛が嘗て慫慂したように日本語でお目見得させるべく、『美の哲学』の「大綱を編述」した縮約であるが、此の「凡例」に於いて初めて鷗外は、樗牛の名を挙げずに樗牛の説を一蹴する挙に出た。即ち其の後半で切り口上に嘯(うそぶ)いて曰く、「四、編者は原著の既成の審美学系統中相待上最完全なるものなることを信ず。世或は此系統を以て多く踏襲に出づとなすものありと雖も、其立証は編述者の認めて薄弱となす所なり。五、編者は別に審美史綱を著して、希臘諸家よりしてハルトマンに至るまでの審美論の沿革を明にせんと欲し、其稿半ば成りたり。他日読者二書を併せ読まば、彼のハルトマン踏襲説の非を知り易かるべし」。樗牛の名を挙げるのも避けたい嫌悪感が先に立ってはいるものの、此の数行が真向から樗牛への反撃であるのは自明であろう。そして『審美史綱』の「稿半ば成りたり」は勿論ハッタリ、此の書は遂に刊行されず、鷗外自筆のメモに類する未定稿が残っているものの、これまた「原本」を抄録した「編述」に過ぎない。全集の後記によれば鷗外の口授であるらしい「訳稿」が、西崖の筆録で、大村家に蔵されている由ながら、いずれにせよ鷗外は最後まで恬然と、「原本」を「編述」さえしたら「踏襲」問題でも何でも、一挙に勝負がつくと確信していたのかも知れない。

漸くにして鷗外も数行ながら噛みついてきた以上、樗牛が空しく手を拱いている筈がない。まず紹介的短評として「『審美綱領』」(『太陽』明治32年8月5日)を書き、第一に、明治十六年十一月から十七年三月にかけて刊行された『維氏美学』以来、美学に関する著述は此の書を以て初めとすること、第二に、訳文の精厳と訳語の核実とは、大体に於いて吾人の認むる所なること、取り敢えず以上二箇条の推賞を以て一拶したのち、しかし学問的述作としての内容に立ち入った総合判定としては、率直に申すなら此の書は意味が十分に通じないし、議論の筋道が明瞭でないのみならず、原書の勘所を見逃して取捨の宜しきを失い、所詮は博学なる鷗外の著述とも思えず、決して賞賛するに値せぬ出来損いであると、つまり学術書としての存在理由を否認する、決定的な貶価を以て結論とした上、本書に対する精細なる批評は、今月十日刊行の『哲学雑誌』に掲載せらるべし、と正面切って挑戦的に予告した。六月二十九日付けで発行された『審美綱領』の紹介記事を、八月五日まで遅らせたのも嘗てと同じ、「精細なる批評」を殆んど同時に、掲載する為の時間稼ぎであったろう。今回こそは以前の一回目および二回目のように、黙殺の頬被りで通すわけには参らぬぞと、樗牛は相手の陣地深くに攻め込む構えである。

二

樗牛の力作「『審美綱領』を評す」三百二十八行は予告の通り、哲学研究の専門雑誌としては当時唯一の存在であった『哲学雑誌』の、明治三十二年八月号の「批評」欄に現われた。ところで此処に特筆すべき異例の出来事として、並行して刊行された同じ八月号の『帝国文学』もまた、樗牛の全く同文を同時に掲載する措置に出たのである。印刷物の非常に少ない当時にあっては、矢張り眼を見張るに足る現象であったろう。『帝国文学』掲載文の冒頭には、「是の批評は哲学雑誌の為に草せるものなり、されど同日の発行なればとて本誌記者の切に掲載を望まるゝに任せぬ」、と事情説明の但し書きが付せられており、句頭や段落や強調符号などの一部に、組版および校正の時に生じたかと思える若干の異同は認め得るものの、全体として全くの同文である事実に間違いはない。

樗牛の最も力を籠めた鷗外批判論文の処遇をめぐって、帝国大学の文科を地盤とする二大雑誌が、同文の同時掲載という異例の編輯を敢てしたのであるから、誰の眼にも印象的な熱意の入れ方を以て、赤門系の若手学究たちがアンチ鷗外の旗印を掲げ、チームワークを示した結果であると感じ取る向きがあっても、一概に牽強付会とは斥け得ぬであろう。少なくとも鷗外にとって甚だ快からず、対応に慎重を要したであろうこと推察に難くない。

さて樗牛の「『審美綱領』を評す」一篇の構成は、もとより単なる儀礼的な新刊書評の域に留まらず、明治三十年代という未だ輸入専一の我が学界に於いて、西欧学術理論書の翻訳的編述を企図した場合、どうしても打破せねばならなかった難局の数々に焦点を絞り、決して傍観的な一迎一送の論評家としてではなく、課題の解決を目指して身を挺する者の積極的な姿勢を持し、逐条的に要所要所の具体に徹した分析となっている。此の書のなかには語意ともに明透、真に及び易からざる部分もあるとは認めながらも、しかし原書は八百余頁に及ぶ、浩瀚な大冊であるのを、たかだか四号活字で上下通算百丁余の小冊子に縮めた、「義を取りて編述せるのみ」と称する基本方針が、至る所に読解不可能な箇所を生じさせているではないかと、樗牛は「簡単主義の弊」を致命的な欠陥なりと指摘する。

その上で「難解の文字」を代表する八箇所を具体例として引き、此の種の何人が読んでも意味が全く通じない条々は、それでも強いて読解したいと切に願うなら、ハルトマンの原文を参照する以外に手立ては全くないのだが、しかし原書を読み下し得る程の人にとっては、初めから本書の如きを必要とせぬ筈だから、編述者は其の間の矛盾を如何に弁駁する心算かと詰め寄った。更にはまた『審美綱領』が敢て従来の用語例に背き、殊更に新造の訳語を押し立て、一例を挙げるなら幾何学を特に亟術と言い替え、Teleologie の訳語として使い慣れた究意見を志学と改めるなど、余りにも奇に走って物好きに耽った点を遺憾とする。そして多くの事例を個別に挙げながら、そもそも概念、主観、客観の如きは、其の語意が絶対に妥当なりや否や、究極的な適不適の論議は暫く措き、今日では本邦哲学界が普ねく用い来った経過もあるものを、然るに本書の編者が敢て異を立て、わざわざ詮義、能変、所変と訳したのは、如何なる理由に基づくのかと疑義を呈する。

最後に『審美綱領』の根柢的な一大欠点として、ハルトマン美学の純理哲学上の根拠を解明する、肝心の論理的立脚点を省略した手抜きを難じ、ハルトマンの美学から純理哲学の根拠を取り去るなら、即ち理論の拠って成り立つ所以をすべて除去して、論拠なき宙に浮いた言い立ての口移しに、終るではないかと指摘した上で、ハルトマン美学の根底をなす最も重要な条項、即ち絶対精神と美の関係を論ずる一段に於いては、遂に全然ハルトマンの説を誤解していると指弾し、此処では鷗外の訳述文と原文とを並記しつつ、加えて樗牛自身による読解を対照して見せた。鷗外の編述によればハルトマンの言うところ、「美は脱実せるが故に意志なく、ただ意志の影図を存するのみ。而してその影図自性を代表す」るとなる。しかし樗牛が原文を掲げて並置した口語訳によれば、「又美の中に現はれる観念は、又同時に意志の影像を表はすので、只自らを表はすのみならず、同時に他の属性を、即ち絶対精神を、その統一ある全体理想としても代表する」と読み取れる。明治大正年間のあつかましい請け負い翻訳家が、少し混み入った原文は遠慮なく飛ばして進み、気合で自己流の訳文を捏ね上げたので、世に豪傑訳と称される珍妙な遺産を残すが、思えば既に鷗外が先鞭をつけたのだと頌し得よう。

終りに臨んで樗牛は前掲の「凡例」に言及、鷗外と西崖の連名となってはいるものの、内容文体から鷗外の執筆と受け取れる一節を受けて立ち、依然として高飛車にハルトマンの「最完全」を、振り翳して止まぬ鷗外の独善を嘲笑する。本書の編者はキルヒマンとハルトマンとを、比較的に研究した事が一度でもあるのか。自説の公平を期する為に着手を望むも、若し未だなれば遅蒔きながら今からでも、自説の公平を期する為に着手を望む。キルヒマンだけでなく本書の編者は、マーシャル、ギヨー、近くはサンタヤーナ等々の研究と、ハルトマン美学とを対比した事があるのか。謂わゆる完全とは比較を経た上で、初めて可能な評語ではないのか。鷗外が比較研究の委曲を尽くしたのち、我が蒙を啓かん事態を望むや切と、樗牛は語気を強めて結んだ。

ちょうど一年前に「ハルトマン氏の美学及其批評」、前後七十六頁を費した樗牛の美学史論には敢て答えず、一言半句の説明なき「薄弱」との斥語のみ、黙殺と放言で逃げ切ろうとする鷗外に、重ねて樗牛は「比較研究」を要請しつつ、鷗外が解嘲の辞を弄さざるを得ぬよう仕向けたのである。だが鷗外は正面作戦を忌避した。当時の学界では他に全く例を見ぬ程、これだけ精細綿密に容赦なく、徹底した内在的批判のメスを加えられても、それでも鷗外は応答反論を避け通した。学問の内容に即した討論という次元では、鷗外は遂に一言も発言しなかった。勿論また樗牛の提起した一般的な問題、編述の方法論や比較研究の意義についても、鷗外は終始一貫して触れなかった。

それなら鷗外は樗牛を相手にせずと、固く沈黙を守り通したか。いや、そうではない。今回の鷗外は独特の奇手を案じ、意想外の方面から素早く打って出た。論争史上に稀な奇観が演じられるのである。老獪も極まれりと言うべきであろうか。鷗外は書簡を樗牛ならざる別人へ、共編者の大村西崖に宛ててしたため、それが新聞に掲載されるよう取り計らったのである。我は樗牛を直接には相手にせずと、下界を見下す大家ぶった姿勢を天下に顕示し、論争場裡には踏み込まず構えて身を反らしながら、最小限の面子（メンツ）だけは保とうとする防衛策なのであろう。

三

『哲学雑誌』および『帝国文学』の、刊行日付けは共に八月十日である。そして早くも九月一日の『時事新報』には、△△生なる署名で「美術通信」と題する短章が載った。△△生が執筆したという建て前での、解題部分の全文は次の如くである。――「△美学綱領はハルトマンが所説の要を摘録したるものにして、邦語にて美学を研究せむものには此上なき好著なるべし、曩（さき）に高山林次郎氏が二三の雑誌に掲げたる同書の難駁につき、編者森鷗外氏よりおなじ編者の一人なる大村西崖氏にあてたる書簡は左の如し、鷗外氏が真面目に弁論するの意（こころ）なきは文中にも明かなれど、また自ら難に答へて自家の志を述べたる所なきにあらず」。以上の前置きを掲載理由の釈明として、以下に八月二十二日付けの鷗外書簡が掲げられているのである。

鷗外の此の大村西崖宛て書簡は、現在『鷗外全集』の書簡集に編入されると共に、美学論集の後記にも重ねて掲載されているが、『時事新報』からの転載である旨ことわってあり、全集編纂者は実物を確認する機を得なかったようである。そして更に△△生名儀の前書きに於いても、受取人である大村西崖から如何なる経緯で、此の書簡が△△生および『時事新報』に提供されたのか、具体的な次第をめぐっては特に語るところがない。もし此の書簡一通だけが単独で、此の時期に全く例外的に掲載されたのであれば、或いは西崖と『時事新報』記者との昵懇に基づく、偶発の現象と解し得る余地があるかも知れぬ。仮にそう軽く受け取る場合にも大村西崖が、発信人である鷗外に無断で私信を公表するという、非常識を何故に敢てしたのかという疑問が残る。もちろん鷗外が公表に関知しなかった筈はない。

まして実際の成り行きは更に手が込んでいて、此の西崖宛て書簡が『時事新報』に載った同じ九月一日と翌二日に亘り、今度は『読売新聞』にもまたまた、「審美綱領の批評に対する森鷗外氏の書翰」と題し、今度は五日後の八月二十七日付けで、『読売新聞』に宛てた鷗外の書簡が載ったのである。しかも書簡という体裁の両文を併せ見れば、内容と論法の上で前後の脈絡が、自然に浮かび上がるよう意図的に構成されている。最初の『時事新報』掲載書簡の執筆時点は、『太陽』（8月5日）に於ける樗牛の紹介短評だけを読み、従って本論が近日中に出る旨の予告は寓目しての上で、しかし肝心の『哲学雑誌』も『帝国文学』も、未だ手にしていない段階であると明記されている。そして只今ようやく東京の友人から、『帝国文学』に出た樗牛論文の切抜きが届いたので、今度はそれを一覧した後に書いたのが、『読売新聞』宛て書簡であるとの建て前である。おのずから両書簡は前篇後篇の関係を成し、内容が重複する不手際は認められない。前者は西崖宛てという建て前なので高山君と書き、後者は新聞社宛てにて公表を前提とするから高山氏、辻褄の合うよう呼称の使い分けがあるのみで、樗牛ではない一般読者への公開状という、暗黙の基本的な文体の姿勢に於いて、特に異和感を覚える差異も見当らぬ。更に鷗外の性格を語る周知の逸話だが、談話を求めて来た若い探訪記者に替って、指定された話題に即する口述体の文章を、目前で書き与える場合さえあった程、鷗外は臨機応変に筆まめで速筆だった。『時事新報』に載った△△生名儀の前書きが、実は鷗外の執筆または口述であったとしても、一向に不思議でも意外でもないだろうし、内容と調子の無駄なき簡潔から推して、鷗外とは無関係なりと考える方が難しかろう。

嘗て『しがらみ草紙』時代の鷗外は、若し一言の粗忽をして先生の御機嫌を損ずる事あれば、忽ち二三十頁のお世話を掛くる恐れありと、内田魯庵をして苦笑の諧謔を弄せしめた程、如何なる卑小な論敵にも全装備を以て出撃、かなり些末な主題に対してさえ滔々数万言を費して倦まず、正面突破作戦を敢行するのが常であった。しかし今や以前は正攻法のみを愛用した鷗外の、誇り高き驀進の面影は失われて既にない。鼻祖を以て自ら任じる大切な審美学の領域で、自発的に初めて世に問うた我が主要業績を、真向から細部に及んで批判された鷗外が、此のとき即座に選んだ防衛の戦法は、直接の批判者を相手にせずという声明、それも内輪話の書簡体による捩じくれた迂回語法であった。それでは樗牛による『審美綱領』批判なるものが、黙殺を以て遇するしかないほど低劣な次元の、単なる言い掛かりに過ぎぬという鷗外の断罪は、一般読者をして瞬時に同感諒解させるに足る、有無を言わせぬ核心の平明な剔抉によって、二通の書簡中に立証されているだろうか。

まず大村西崖宛ての『時事新報』書簡。樗牛による本論は未だ読んでいないという前提で、鷗外が弁じ立てた奇妙奇天烈な論法の、要点はほぼ次の如くである。鷗外の言うところによれば高山君がハルトマンを、真に難駁せんとするなら二つの条件を満たせ。第一にはハルトマン御本人が、直接に読み得るよう独文か英文で書き、第二には発表場所として大学の紀要が至当である。高山君は『哲学雑誌』や『帝国文学』等に書いた由だが、それでは当のハルトマンが読むこと能わず、従って反駁できないのだから気の毒に思われる。更にまた日本人でハルトマンを、熟読した者は殆んど皆無なのだから、如何に巧妙な駁論を企てたところで誰にも解らず通じまい。高山君は『審美綱領』を誰の為に書いたか、編述者の気が知れぬと言ったが、『審美綱領』は二箇月で初版を売り尽くしたのだから、著述が無用でなかったこと明瞭である。逆に誰の為に書いているのか解らぬのは高山君の難駁であって、若しハルトマンが小生に愛読された故に、高山君から批判されているのなら一層お気の毒である。そこで御相談申し上げたいのは、高山君の『審美綱領』に対する評語や、それに伴うハルトマン反対説は、お互い真面目に反駁などせぬ事に致したい。それよりもお互いに一日は一日だけの功を積むこと肝要、新聞雑誌など見物人の多い馬埒に於いてよりも、自由自在に学問の荒漠たる大野に馳せて研讃しよう。

　鷗外が新聞雑誌を下目に見ているとは初めて承るが、新聞や雑誌に執筆する者への軽蔑と排斥を、新聞に載せて言い触らそうとする矛盾については、差し当り気に懸けぬ方針であるらしい。それは兎も角として鷗外の信念によれば、ハルトマンを日本語で難駁する立論には、初めから存在理由がないのであって、外国人の現存哲学者に対する批判は、御当人が読み得る外国語を以てせねばならぬ。ハルトマンならハルトマンを日本人同士で、読解を深める為に議論する必要は全く認めない。驚くべき硬直した絶対の聖典崇拝主義であるが、鷗外に限らず時として我が仏尊しの問答無用が、或る種の局面で信徒を金縛りにする例は、以後も再三ならず我が論壇に出没するようである。最も喜劇的な例を座興とするなら、戦後の厄介な新制度である大学院課程では、日本文学に関する論文を外国語で書けないと、国際化時代に処する一人前の研究者ではないという、変痴気論さえ素面で罷り通った程なのだから、鷗外はその神聖な元祖として位置する。そして鷗外はその独文か英文での論考を、「少なくも大学紀要位」に載せるべきであるというのだ。

　紀要とは何時の頃からか我が国で、大学や研究所が研究論文を載せる定期刊行物を指す。『東京帝国大学学術大観』が記録しているように、帝国大学では創立されて間もなく順次に、まず医科大学・理科大学・農科大学が、そして明治三十一年に至って工科大学が、それぞれ独立の紀要を発刊したが、法科大学および文科大学に於いてだけは、「研究は夫々学会の雑誌に載せられて紀要は発刊されなかつた」のであり、明治二十年にチェンバレンの著作が一回だけ、紀要を名乗った例はあるものの逐次刊行とはならず、結局「文科大学では大正年間に入つてから特殊の研究が紀要として発表され出した」に留まる。そして国文学系の紀要に替る『学藝志林』も、明治十八年十一月の第百冊を以て夙く終刊していた。即ち事実に於いて『哲学雑誌』『史学雑誌』『帝国文学』は、文科大学紀要の果すべき職能を分担していたのである。

鷗外は学界周知の此の実状を掩い隠し、紀要の存否を知らぬ一般読者つまり「見物人」に向かって、刊行されてもいない帝国大学文科大学紀要という、幻の出版物を自明の如く宙空に指し示し、その厳粛な聖壇に欧文で載せたのでない限り、ハルトマン批判は意味を持たないと断言した。しかも建て前としては樗牛の論文を、一瞥する以前に於いての判決である。或いは鷗外は正式に紀要と名乗る逐次刊行物を、未だ持っていない文科大学はそれだけの理由でも、真性の大学たり得ていない未熟児であると決め付け、『哲学雑誌』『帝国文学』は紀要ではないのだから、故に両誌とも断じて学術雑誌に非ずという、「見物人」向けの詭弁を用意していたのかも知れぬ。いずれにしても鷗外は樗牛の論理を、相手にせずと先回りして討論は回避し、同時に樗牛の論考は真性の学問業績に非ずと、読まぬ前という建て前で自家製の形式論を並べ、樗牛の立場そのものを貶しめる為の放言を試みたのである。

四

次いで鷗外は重ねて背理の論法を振り回す。現下の「日本にはハルトマンを熟読せし人だに殆皆無なれば」、そのハルトマンを我が国で論評すること自体が無意味、「如何に巧妙なる駁論にても其価は一向分らず」と断言するのだが、此の場合に鷗外自身は「ハルトマンを熟読せし人」のなかに数えてあるのかどうか。他人は扨て置き少くとも夫子自身が、ハルトマンを「熟読せし人」であるなら、そして自ら「愛読」者と名乗り出た沽券にかけて、樗牛によるハルトマン批判の「其価」を、先駆けてじっくり検討し判定すればよいわけだ。しかも繰り返すが此の『時事新報』書簡は、樗牛の本論を閲読する前に執筆されたという建て前なのだから、いちおう儀礼的にも速断に走るべき時期ではなく、樗牛のハルトマン「熟読」程度は未知数とせねばならぬ。従って樗牛の本論を虚心坦懐に読み辿った上で、樗牛のハルトマン読解が未熟であると極めが付けば、どの点が誤読であるかを後輩の為に教示すればよい。もしまた樗牛のハルトマン咀嚼が合格点に達していれば、此処に「ハルトマンを熟読せし人」が最低限に見て二人は揃ったのだから、龍虎相撃つ高度に真剣な論争を、展開する条件が満たされて遠慮の必要はなかろう。鷗外の発言はどの方角から押しても筋道が立たない。

鷗外の本旨は一貫して簡単明瞭、要するにハルトマンを「難駁」するのはケシカランと、樗牛の不心得に当惑と怒りを表明するのみである。ハルトマンは「最完全なる」「標準的審美学」なのだから、即ち編訳し祖述し要約し解説し、以て一切の準拠とすべき経典なのである。鷗外にとっては絶対に論評の対象とはなり得ぬ、審美学そのものであり論理の基軸なのだ。『月草』の「敍」に言う如くハルトマンは、鷗外に於ける「批評の根拠」それ自体である。従って「根拠」の「批評」は反逆を意味する。鷗外の樗牛に対する科白は、只の一句に縮約できる。つまり鷗外はこう唱えているだけ、曰く、これは審美学に対する反逆行為だ！

明治二十二年一月以来、ひたすら「新聞雑誌」に健筆を振るってきた鷗外が、風向き利あらずと感ずるや今度は別人の如く、「新聞雑誌などいふ見物人多き馬埒」を貶斥する。それも実は用心深く特定の文脈に包み込み、西崖に学術の研鑽を勧める餞の言葉に託って置く。時至って再び自分が発表場所を求める場合は、あの折に言及した「新聞雑誌」貶斥の本旨は、学術研究の掲載に適切ならざる事の謂であったと、弁明できる余地を残して置く配慮であったろうか。『時事新報』書簡を戦術的な序論とすれば、『帝国文学』の切り抜きを一覧した後と断わって、今度は直接に編輯部宛ての形式、九月一日と二日の『読売新聞』に掲載の、「審美綱領の批評に対する森鷗外氏の書翰」では、当然その本論が展開される筈なのだが、此処でも重ねて鷗外は「たとへ駁論は致さざるにせよ」と、今回は自発的な投稿である旨を明示した書簡でも、矢張り樗牛に対する「駁論」ではないと念を押した上、「審美綱領を読む者の為に一言いたし置き度き事これ有り」、つまり読者にだけ語りかける意図なのだと宣言する。そして鷗外が読者に訴えかけた唯一の問題は、樗牛が『審美綱領』の「誤脱」すなわち誤植に気づかず、印刷上に「誤脱ある文章」を根拠に、見当違いの批判に走ったのだという指摘である。鷗外はハルトマン理解および論評の争点を、ただ一字の誤植を点検する次元にすべて解消し、『綱領』と樗牛論文とを読み較べるとは限らぬ読者の前に、樗牛像をケチ臭いアラ捜し屋として描き出し、以て自己の権威を保持しようと企てた。

しかも其の言い立ては極く末梢の部分、樗牛によって誤解と決め付けられた内の第七例、「影図自性を代表す」と続いているのは「誤脱」であって、正しくは「影図と自性を代表す」とあるべきところ、その証拠には次の頁に一行を隔てて、「純理想は自性を代表して余すところなきなり」と記されているではないか、実に此の一点だけが鷗外による反撃のすべてである。凡そ無茶苦茶な言い掛かりと言うべきであろう。

明治時代の多少とも論理的な構成の文章は、近世期に錬磨された漢文の訓読調を、殆んど常に骨格としていたから、語彙の列挙にいちいち助詞を挿入するとは限らず、寧ろ読み下しの調子を優先させる場合が多かった。「影図自性」が「影図と自性」の誤植であったにしても、「影図と自性」の如き並置を「影図自性」と、助詞の省略で繋げるのは当時の通例であり、樗牛が「影図自性」等という不可解な言い回しを、一語と受け取っている例証は見出し難く、樗牛の文章には「絶対精神（本書の所謂る自性）」と明記してあり、樗牛が誤植に基づく誤解を冒したとは認められない。此の場合に誤植問題は樗牛の理解を、一向に左右してはいないこと明瞭である。

仮に千歩も万歩も譲って、此の一語に限り樗牛が思い違いに傾いたとしても、『審美綱領』の批判検討という中原の会戦は、緒戦にも至らず未だ決着がついていない。樗牛はハルトマンの原文を訳し直して、真正面から自己流の理解を示しているのに、それを容認するか否かの内容詮議へ、鷗外は決して近寄らず顔を背けるのみ、全戦線に亘る対決を飽くまで忌避し、樗牛による批判は一字の誤植による揚げ足取りに、すべてが終始しているかの如く強弁する。鷗外の曰くに樗牛のダンビラは、上下二冊百十五丁のうちの只一行にのみ基づく。此の一行を見付け物にして編者の理解力に、疑いを挟んだのは返す返すも軽率、もし軽率でないとすれば悪意の中傷に過ぎぬであろう。

これで樗牛を鎧袖一触した気取りの鷗外は、そのあと「新訳語」をめぐって自己弁護を試み、続けて「審美綱領の批評に対する森鷗外氏の第二書」を、更に九月十日の『読売新聞』に掲げ、しかし内容は同じ誤植問題の再説、今度は図に乗ってか喧嘩口調の音程を高め、我が文章には些かも不明の点なく、それでも解らぬのなら哲学を理解する能力がないのか、或いは故意に解らぬ振りをしているのだろうと、此の捨て科白を最後に鷗外は沈黙、そして樗牛も鷗外の戦術的な他所向き姿勢に、闘志を削がれたのか追撃を試みず、『審美綱領』論争はまたまた不発、尻切れとんぼのままに終った。鷗外は当初の慎重な計画通り、「軽率」で「悪意」ある「中傷」を受けた、罪なき受難者の悲愴な相貌を演出し、論争ならざる論争の幕を引く手管に成功したのである。

樗牛の正攻法から体をかわす為に、鷗外が工夫し採用した防衛戦術は、こののち長く我が国の各界で、既成の社会的威信および名声を頼りに、実質的な論争を回避する張り子の虎たちが、常に愛用した虚仮威し様式の原型となっている。まず提起された問題が本質的な重要性を持たぬと、有無を言わせず劈頭から貶価する格好を示し、従って真っ当に相手と渡り合う意志がないと早い目に公言して置き、その上で自分に都合の好い些末事を捉えては、観衆目当てに身振り大きく独善的な陳弁を試み、最後の仕上げとして相手側の動機に、嫉妬や怨恨や権勢欲など悪意に満ちた、卑劣な情念の蟠り（わだかま）が潜むらしいと仄めかしつつ、自分は争気を去った太っ吐の静謐な諦念に住して、小人の客気を憐みつつ静観する旨を鷹揚に呟いてみせる。論争相手の面貌を獰猛で理不尽な下克上に仕立て上げ、対立が生じた原因を何から何まで、論敵の内に秘められた鄙吝（ひりん）賤劣な動機に見出し、論理とは無関係な次元で鳧をつける術策が、鷗外の奥の手として模範的に演じられたのである。

だが如何に当面の場当りに執して、面子を保つべく精一杯の見下し傲慢で、突張り通そうとしても虚勢には自ら限度があり、もともと無理な硬直に長持ちは期し難い。好学の気風と物珍しさに乗じて、成る程『審美綱領』の初版は売り尽くしたにしても、読者が理解の満足を味わい得たかどうか、現代から振り返って甚だ疑わしいとも察し得よう。読み辿って恐らく難渋した困惑の末、樗牛が最初に断言した根柢的な批判、つまりハルトマンの原文を参照する以外に、『審美綱領』に即くだけでは腑に落ちる筈がないとの、匙を投げた一言がおもむろに想起されたに違いない。鷗外を城下の盟にまで追い込むには至らなかったにしても、樗牛の毒は時間をかけて良く効いた筈である。

その後も鷗外は翌三十三年に、フォルケルトを約述した『審美新説』、三十五年にはリイプマンの抄訳『審美極致論』を刊行するが、神田孝夫（『比較文学論攷』所収「鷗外と美学」）による歴史的評価に従えば、各書とも「およそ世間の評判になることがなかったばかりか、わが国のその後の美学の発展にもほとんど何ら寄与することなく、社会的歴史的には、まことに目立たぬ影のうすい論著」に過ぎなかった。それもその筈で読者を顧慮せぬ、自己満足の衒学に終始したのだから、誰が読んでも解らぬ遍照金剛が、学問的系譜に寄与せぬのは当然である。樗牛の一撃はよく鷗外の致命的な欠陥を衝き、審美学者として触れ込み大きかった鷗外を、完全に浮き上がらせる結果を招いたのである。

しかし樗牛は樗牛で切歯扼腕したであろう。鷗外に止めを刺す方途を失い、批判が不毛な膠着へ凝固した、紛議の過程を苦々しく顧みながら、恐らく反省するところ少なくなかった樗牛は、ほぼ同時に規模も大きく進行中だった坪内逍遙との、相譲らず四つに組んでの論争に於いては、陰湿な感情の渦を生じないよう、立論の内容それ自体を中心とする応答へ、討論の舵取りに慎重を期して臨みつつあった。

第三章　作品・作家論

『小説神髄』の文学意識

一

「小説神髄」[1]については、数多くの研究が発表されている。文献的・書誌的考証、すなわち、執筆の動機・態度、起稿・成稿・発表・刊行の時期、およびその成立の前提・背景・発条となった諸条件などについては、神代種亮[2]・木村毅[3]・柳田泉[4]・稲垣達郎[5]・関良一[6]・今井卓爾[7]諸氏による資料的調査がある。

同時代の文学者たちに与えた感銘については、幸田露伴[8]・森鷗外[9]・正岡子規[10]らが回想している。

文学史的評価・位置づけとしては、高山樗牛[11]が最初に概括的な見解を発表し、岩城準太郎氏[12]以下、ほとんどの文学史研究家たちが原則的にそれを踏襲し、本間久雄[13]・柳田泉・久松潜一[14]・大久保利謙[15]・吉田精一[16]・成瀬正勝[17]諸氏による定式化に至っている。

ところで一方、「小説神髄」の出現が、当時にあっては画期的な意義を持ち、同時代の文学意識を前進させるという役割を果したことを認めると同時に、逍遙の議論が不徹底であったことを指摘することにより、日本近代文学の出発点を「小説神髄」以外の理論或いは作品に求める見方が現われた。このような立場からの批判は、土方定一[18]・近藤忠義[19]諸氏に端を発し、小田切秀雄氏[20]の定式化を経て、広橋一男[21]・岩上順一[22]・榊原美文[23]・猪野謙二[24]諸氏により、その敷衍・展開が試みられている。

かくして、吉田精一氏の言うように、「小説神髄」が、「とも角はつきりと写実主義理論を演繹した点で、文学意識上の自覚と反省を促した功は争ふことが出来ぬ」が、その役割・意義が「啓蒙的、臨床的価値」にウエイトをおいたものであったことは、否定できないところである。「小説神髄」がこのような限界を持った理由として、小田切秀雄氏は、逍遙における「人情」の概念内容が、「それが『もののあわれ』のきわめて制限的なものであつて、近代的人間観に至るにはまだまだ道遠いものであること」、また、逍遙による写実主義の提唱が、「写実主義の批判性に向つて深められる代りに写実主義の技術的側面の追求の中に『詳細化』されて行」ったこと、これらの点を挙げている。

「小説神髄」が、このような根本的欠陥をはらんでいたのは、もとより時代の文学的現実が真の問題提起を可能にするほどには成熟していなかった事情にも拠るであろう。しかしまたそれと共に、ほかならぬ逍遙の、問題のとりあげ方・考えの進め方、総じて彼の思考態度全体の内部に、厳密で適確な思考の追求を妨げる因子が潜在していた筈である。

「小説神髄」が近代文藝理論としては半端で不徹底な性格を帯びるようになった最も中心的な理由を、逍遙の思考態度・論理構造の特徴のなかに探し求めること、その試みが本稿の主題である。

二

「小説神髄」は、多分に客寄せ的な口調の「緒言」を以てはじまる。当代における小説のさかんな流行と、その質的低下を指摘したのち、逍遙はその原因を次のように説明する。

> 其故はいかにとなれば古来我国のならはしとして小説をもて教育の一方便のやうに思ひてしきりに奨誡勧懲をば其主眼なりと唱へながらなほ実際の場合に於てはひたすら殺伐惨酷なる若くは頗る猥褻なる物語をのみでよろこび他のかたくるしき筋の事は目を住めてだに見る人稀なりしかして作者の見識なき総じて輿論の奴隷にして流行の犬ならざるなければ競ふて時好に媚むとして彼の残忍なる稗史をあみ彼の陋猥なる情史を綴り世の流行にしたがふものから勧懲といふおもてむきの名義もさすがに拋棄がたさにしひて勧懲の主旨を加へて人情をまげ世態をたわめて無理なる脚色をなすことなりけり此に於てか拙劣なる趣向はますます拙くして大人学者の眼をもつてはほとほと読むにたへがたかり

ここで逍遙は、江戸後期以来の物語類に共通した性格を特徴づける要素として、「しきりに奨誡勧懲をば其主眼なりと唱へ」たことを挙げている。と同時に、「勧懲」ということは、当時の合言葉であったが、それは表向きの看板にすぎないのであって、実状はそうでなかったことを指摘している。そして、「勧懲」という看板が、第一義的に掲げられていなければならなかった本当の理由をはっきり衝いている。最後に、そういう事態は間違っているのであって、有害無益であると非難している。逍遙の議論は、このような段階を追って述べられているのである。「小説の裨益」の章で、「凡事物を批判するにはまず其事物を解剖して其結構をも知りたる上にてさて評判を下しつべし」と言っているように、この指摘は、事物の上っ面に迷わされず、実状をよく調べることから考えをはじめようとする態度に基づいている。すなわち逍遙は、表向きの看板だけを見てその看板を非難しているのではない。看板と実状との差に目をつけ、それを問題にしているのである。逍遙の非難の鉾先が向けられているのは、イデオロギーとしての「勧懲」なのではなく、合言葉・看板・スローガンとしての「勧懲」であることがあきらかである。

しかし、言うまでもなく、イデオロギーとしての「勧懲」を、逍遙が肯定しているのでは決してない。イデオロギーとしての「勧懲」は、文学改良主義者のすべてによって、激しく批判された。逍遙も勿論その例外ではない。只、逍遙の見解が、イデオロギー批判というかたちをとらず、もっと具体的・現実的な、事に臨んでの対策の発案という性格を帯びていたことを、見逃すことはできない。

元来、イデオロギーとしての「勧懲」思想の無意味さ・背理性は、江戸時代といえども、まったく感じられず知られずにいたわけではなかった。しかし「勧懲」思想は、政策として政治権力によって支えられ保証されていた思想であった。従って、それを口に出してはっきり非難することは、多かれ少なかれ、支配権力に対する反抗を意味した。そこで、身の安全を保とうと思えば、物語作者たちは、自分が内心欲すると否とにかかわらず、その思想に服従し同調しないわけにはいかなかった。と同時に、表向き「勧懲」思想に服従し同調してさえおれば、免罪符を携えているような効果が生れた。それは利用することのできる便利な偽装となり、パス・ポートとなった。支配権力に対してそうであるだけでなく、作者と読者との取引きの際にも、それが大義名分の役割を演じた。例えば、為永春水が「春色梅児誉美」のなかで、ところどころに「作者伏し申す」と断り書きをして、自分の作品が「勧懲」の具であることを、どれだけ熱心に主張していようとも、彼が本心からまじめに勧善懲悪思想を信奉し、その宣伝の為にと志して物語を書いていたとは、どうしても考えることができない。そしてそれは、なにも為永春水ひとりだけのことではなかった筈である。

さて、明治維新の権力再編の或る過程において、江戸時代以来の封建的政治権力は、それ自体としても急速に甚だしく弱化し、権力構成体の内部においても画期的に低位化した。従って、嘗てのように勧善懲悪思想に従順である必要はほとんどなくなった。しかし、このような政治的支配権力の性格が著しく推移したことに、或る者は気がつき、或る者は気がつかなかった。又、政策として信奉させられていた「勧懲」思想が、社会的習慣となって自動的に働き、すでに抜き難い心的遺制となってしまってもいた。すでに名をなしていた古い戯作者たちには、そのような心的遺制が比較的強く、且つ、彼らには時代の動向を探知する能力が比較的乏しかった。それに較べて、若く新しい世代に属する人たちは、その青年期の知性の目覚めを、彼らに先行する人たちとは非常に異なった環境と条件のもとに送ることができた。その為に、「小説をもて教育の一方便のやうに思ひてしきりに奨誡勧懲をば其主眼なりと唱へ」ることの、不合理・無意味・非時代的であることが、彼らの間で大体一般的に、たとえ漠然とではあったにもせよ、一種の疑いとして感じとられていた。そして、そういう時、そういうなかで、その不合理であることを、逍遙が一番早くはっきり言葉に出して、わかり易く解説したということなのである。同時代の若い世代が「小説神髄」から受けた感銘というものは、要するに、漠然と考えていたことに、明快な言葉を与えられたことによる、我が意を得た喜びなのであった。彼らとても、勧善懲悪思想を信奉していたのではない。信奉していなかったからこそ、「小説神髄」がよく理解できたのである。もし、本心からの固陋な勧善懲悪思想の信奉者が、「小説神髄」を読んだとしても、第一、理解することさえできなかった筈である。そして、人間のものの考え方を、根本的に変えてしまうことができるような強い感化力・影響力を、「小説神髄」の言語表現が持っていないことは、誰の目にもあきらかなことである。

以上のようなわけであるから、古い戯作者たちと「小説神髄」との違いは、本質的なイデオロギー的対立に根ざしているのではなく、時代感覚とそれに基づく処世方針の差に原因しているのである。「小説神髄」全篇を通じて、逍遙は「勧懲」というものの考え方そのものの、成立・存続の条件、歴史的・社会的役割などについては、全く触れていない。逍遙は、「勧懲」イデオロギーそのものを、直接には批判の対象としていない。それを論理的に追究していないのである。

「小説の変遷」の章では、次のように書いている。

されど所謂亜ルレゴリイ（寓意小説）と勧懲主義の小説とは其源淵は相おなじく浮へイブルよりいでたれども其性質は大にたがへり其故はいかにとなれば寓意小説は勧懲をもて主眼となし物語をもて方便とせりしかるに勧懲小説には物語をもて本尊とし勧懲をもて粧飾とせり故に寓意の小説にはいかなる不条理の脚色ありとも何等の荒唐なる話ありとも寓意の塩梅妙なりせば之をそしるに及ばざれども若し勧懲の小説にして其本尊たる物語に咄々奇怪の脚色ありなば勧懲の主旨は通ずるとも之を巧妙の小説とは決して称へがたかるべし我東洋の勧懲作者は此変遷の次第をしらねばひたすら勧善懲悪をば小説稗史の主眼とこゝろえ彼の本尊たる人情をば疎漏に写すはをかしからずや是しかしながら亜ルレゴリイと勧懲主眼の小説との差別をしらぬに出たることにて物にたとへて之を譏らば我軒下を借うけつゝ勧懲といふ主義を売れる辻商人の風にならひてわれまた軒下に店をいだして人情といふ品物をば其本店にてひさぎながらかたはら勧懲をもあきないつゝいつしか店売の本務をおこたりひたすら勧懲をば売らまくほりして竟には店を閉すにいたりし嗚呼あきびとにひとしといはなむ

「勧懲といふ主義」にもとづいて書かれた物語が、「巧妙の小説とは決して称へがた」い出来栄えになるのは、物語の「本尊たる人情をば疎漏に写す」からである。「勧懲」が物語の「本尊」を「疎漏」にし、歪めるからである。すなわちここにおいても、逍遙の主要攻撃目標は、「勧懲といふ主義」の、小説における非合理さである。彼の選んだ「たとへ」は、彼の目的がそうであることをよく示している。そして彼の言及はそれだけにとどまっている。決してピッタリあてはまっているとは言えない「たとえ」を以て、自分の言うことの効果を強めようとしているのは、わかり易く書くという目的の為ではあるが、又「たとへ」を借りないでもすませられるほど十分には論理的に議論を展開することができなかったのであることを、物語っている。

更に、「小説の裨益」の章には、その「裨益」の第二番目に、「人を勧奨懲誡なす事」を挙げて、次のように書いている。

> 小説の勧善懲悪に裨益する所である由は先人已にしば〱説きつ世人もまた之を口にする者おほし殊に東洋の小説作者は医鬱排悶の効能と勧善懲悪の裨益をもて小説稗史の目的と心得専ら勧懲を主眼として稗史を編む者比々是なり奨善誡悪を主髄として小説稗史をものするときには其勧懲に裨益すべきはもとより其筈の事なりかしよしや勧懲を主眼として脚色趣向を結構せずとも其妙神に入るにいたらば暗に読者を奨誡して反省せしむることあるべしおのれが奨誡の一条をば裨益の中へ加へたりしは全く此意にいでたることにて敢て世上にもてはやせる勧懲小説の裨益をしも事あたらしう説くにはあらねどいま退いて考ふれば世の活眼なき輩にありては勧懲小説の勧懲をさへに効能なきやと疑ふものあり否小説を罵り譏して誨淫導慾といふ者あり為に一言をこゝに贅して勧懲作者の冤をもときあはせて勧懲の益あるよしをばいさゝか説明なさまくほりす

これは、「小説の裨益」の章のなかに「人を勧奨懲誡なす事」という項を設けた理由の記述であり、同時に、この項の全体にわたって述べている内容の結論的な要約である。ここで逍遙の言っていることは、大体二つに分類できる。第一には、「専ら勧懲を主眼として」小説を書くことの、不合理さ・無意味さ・不必要なことの再説である。第二には、小説の合法的な存在理由・存在価値を全く認めないような人たちに対する反駁である。そのどちらも、すでにこの項に至るまでに、再三繰り返して説かれたことであるが、この項においては、論じ方の角度が少し変えてある。すなわち、どうしても小説は「専ら勧懲を主眼として」書かれなければいけないと考える人や、又どうしても小説の「効能」ということにこだわる人にも、なんとかして自分の説をわからせようという意図から出た試みとして、書かれているわけである。元来、一つのことに強く固執し、こだわり、或る固定観念から離れることができない型の人は、よく調べてみれば、幾つかの比較的僅少なボキャブラリーに対する偏執にすぎない場合が多い。逍遙は、そういう人たちにも、真正面から対立することにならぬように、相手の固定観念に逆らわないように、それを内側からほぐして、自説を納得させようと努めている。こういうやり方は、

「小説神髄」の全体にゆきわたった逍遙の論法の大きな特徴である。しかし、逍遙のそういう努力の仕方は、たとえそれはそれとしての型と効果を持っていたにしても、「勧懲」という考え方そのものの批判に向って、彼を駆り立てるバネにはならなかった。

以上に見てきたように、結局「小説神髄」全体を通じて、逍遙は「勧懲」イデオロギーそのものを、論理的に追究していない。勿論、「緒言」で逍遙がはっきり言っているように、「勧懲」は看板にすぎなかったのであり、看板であったということは、誰も本心からそれを信奉していたのではなかったことを意味する。従って、実状をよく見れば、看板だけを向きになって非難することは、愚かであると考えられた。それはほとんど自明の理であったから、逍遙も自分の議論の力点をそこへはおかなかった。もし、逍遙が「勧懲」という看板だけを責めていたら、随分空疎な議論になっていたことであろう。そうではなく、眼の前の実状をよく見てその対策を考えようとする態度から逍遙が出発した為に、その議論は一応的を射ることができた。けれども、「勧懲」が看板であったことがよく知られていたからといって、その理由までが皆に納得されていたわけではない。看板だけにしか眼をくれず食ってかかることが愚かであったということは、だからといって、看板が看板として強い力を持って長く存続することのできた理由をよく調べることが、不必要であることを意味しない。それどころか、そういう調査・研究こそ、たとえ急場の間に合わなくても、問題の根本的な解決策として、非常に必要なことである。又、現実的な必要・不必要ということを一応考慮にいれないとしても、こういう課題にまで考えを進めてこなければ、ものごとをよく考えたとは言えないであろう。ものごとについて、いつも究極まで考えを進めなければ気のすまない人であれば、必ずこの根本的な課題にまで、考えをのばした筈であり、そして、これこそ問題の核心であることに、気がついた筈である。

しかし、逍遙はそういう風には考えを進めなかった。彼は当面の実状を判断して、その急場の間に合うような対策を工夫したことにとどまった。なぜ自分がそういう対策を発案しなければならぬようになったか、その必要はなぜ起ったか、ということまでは考えなかった。対象を定立する根源的な諸条件を、分析しようとはしなかった。この点に、「小説神髄」に現われた逍遙のものの考え方の顕著な特徴が認められる。そして、彼の才能と努力とは、それとは別な方面に発揮されることになったのであった。

三

上巻の最初の章は「小説総論」と題する。目次の内容説明に、「美術とは如何なるものなりやといふ事につきての論」及び「小説は美術なりといふ理由」と注してあり、又、小説の美術たる由を明らめまくせばまづ美術の何たるをば知らざる可らずさはあれ美術の何たる明らめまくほりせば世の謬説を排斥して美術の本義を定むるをばまづ第一に必要なりとす

と書きはじめられていることを以てもうかがえるように、ここでは逍遙は、問題をできるだけ思弁的に提出し、展開し、解説しようとしている。そして結局その意図は、逍遙自身の文章による理論的記述としてではなく、その内容の主要な部分をほとんど他書からの引用に求め、しかるのちそれを批判しながら解説することによって、一章を構成する結果になった。彼の言いたいことのポイントは次の如くである。

げに両某氏の言のごとく美術に人文発育の機用あるは敢て疑ふにおよばざれどもまた退いて考ふれば或は美術の本義に関して論理の謬誤なきを保たずいまひと通り其理を論じて予が疑団を表しつべし夫れ美術といへる者はもとより実用の技にあらねば只管人の心目を娯しましめて其妙神に入らんことを其「目的」とはなすべき筈なり其妙神に入りたらんには観る者をのづから感動して彼の貧吝なる慾をわすれ彼の刻薄なる情を脱して他の高尚なる妙想をば楽むやうにもなりゆくべけれどこは是自然の影響にて美術の「目的」とはいふべからずいはゆる偶然の結果にして本来の主旨とはいひ難かり

この一節を、文学にその世俗的な効用を要求する態度に対する全面的否定と評価することは少し困難である。もしそうであれば、上巻の最後に「小説の裨益」という相当長い章が設けられていることとの矛盾や、世俗的効用を否定する議論の不徹底が難ぜられるだろう。しかし、逍遙がここで言っていることは、果してそうであろうか。この問題をはっきりさせる為には、今引用した文章にすぐ続く次の文章を見なければならない。

もし此説をもて非なりとせば世の美術家といはるゝ輩は彫像師にまれ画工にまれまづ其工をなすにあたりて「人文発育」といふ模型をつくりて其範囲内に意匠を限りてしかして工をなさゞるべからずこれはなはだしきひがごとならずや彼の実用技術家の小刀を造るを見るに只管実用に適せむことを目的とするが故に「よくきれる」といふ事を標準として其小刀を造ることとなり美術家もまた之におなじくもし其目的とする所が人文発育といふことなりせば禽獣の像を彫刻するにも山水草木を画く折にも常に人文発育をば其標準となさゞるべからずこれ豈至難ならざらむや只管神に入らまくほりして工風を尽して写してだに名画をなすことといと〳〵難きに別にかやうの械いできて其意匠をして束縛なしなば精妙完美の画をなすことますますかたくいよ〳〵むづかしされば美術といへるものは他の実用技と其質異にてはじめよりして規矩をまうけて之を造るべうもあらざるなり

この箇所は、さっきの議論を具体的に例を引いてわかり易く砕いて言い直したという体裁をとっている。又事実そうには違いない。只この場合大切なことは、それがどのようなかたちに言い替えられているかということである。或る一つのイデーは、それを言い表わした一定の言葉を本質している。一つのイデーを幾つもの違った言葉で等質に言い表わすことは、絶対にできない。言い表わす言葉をほんの一寸でも変えれば、その内容としては、何物かが減り、何物かが新しく加わって、つまり全体として異なったものになってしまう。それはどうしても仕方のないことである。逍遙のこの場合の言い替え方においても、事情は同じである。逍遙が具体例として何を選んだか、どういう角度から言い替えているか、それらを見れば、さっきの議論がどういう思考過程の結果として現われてきたのであるかがよくわかる。それは自分で間接に白状しているようなものである。

　ではその特徴は何か。問題を、「美術」を実際に作るときの心得に還元してしまっていることである。「美術」の「目的」として、「人文発育」を考えてはいけない理由は何かと言えば、「別にかやうの械いできて其意匠をして束縛なしなば精妙完美の画をなすことますますかたくいよ〳〵むづかし」いからである。そして、実作者がそういう目的意識を持つと持たないとにかかわらず、客観的には「美術」に「人文発育」という世俗的効用のあることを認め、「げに両某氏の言のごとく美術に人文発育の機用あるは敢て疑ふにおよばざれども」と、はじめにちゃんと断ってある。例によって逍遙は、「両某氏の言」と真正面から対立しないように、自分の意見を「両某氏の言」に対する補訂のかたちをとって提出した。このような配慮が、逍遙の思考を規制した。そこで逍遙は、「両某氏の言」を批判するに当たって、問題をその性質上二つにわけた。第一に、作者の主観的意図の如何にかかわらず「美術」が現実社会において発揮する「機用」と、第二に「美術」を製作する際の作者の心構えとに。そして、第一の「機用」については、多くを言わずにそれを認めた。後章に「小説の裨益」が登場する所以である。そこで、彼は議論の力点を第二の問題に向けた。「人文発育」を「美術」の「目的」であると考えて製作することの、その不合理・無意味・有害無益を説明し排斥した。逍遙の立言は、それだけである。あくまでも、「美術」を実際に作るときの心得だけをしか、問題にしていない。そして、「美術」の「目的」に「人文発育」というようなことを持ちだす、そういう思考の様式そのものの意義・役割には全然言及せず、又批判もしていない。それに対しては、あまり強い関心を寄せていない。彼はもっと具体的な、卑近な、実作者の心的態度に目を向けていた。「両某氏の言」が、全面的にそうであったのでは決してない。むしろこれは、逍遙の「両某氏の言」の受けとり方を、特徴づけているのである。

　逍遙は、この条の議論を次のようにしめくくっている。

されば美術の本義の如きも目的といふ二字を除きて美術は人の心目を悦ばしめ且其気格を高尚にするものなりといへばすなはち可しもし否ざればすなはち違へりこは是些細の論に似たれどいさゝか疑ふ所を陳じて世の有識者に質すなりけり

逍遙の批判したのが、決して功利思想そのものではなかったことは、彼の発言を自分で要約したこの箇所を見ても、あきらかである。当時の政策的時代思潮であった功利思想を、文学にも適用するその仕方について、少々修正しようとしたのにすぎない。彼が「いささか疑」ったのは、「両某氏の言」の性急さであり、又公式の機械的な適用の仕方であった。彼はむしろ、公式を本来の妥当なあり方に戻そうとしたのである。彼がその点を特に力説したのは、時代思潮の要請に基づいて、その合理的貫徹の手伝いをしたのであって、時代思潮そのものに反対しなければならぬ理由はなかった筈である。従って、彼の意見には別に矛盾というに足る部分は認められない。彼は、抽象的思惟の問題として、純理論的な課題として、「美術」の世俗的「目的」の否定を上提したのではない。そういう客観的な観点に立って問題を考えているのではない。「勧懲」思想の場合と同じように、当面の実状の判断と、急場の対策という改良主義的態度をとって、それ以上には考えを進めていないのである。

さて、以上に述べたような逍遙の態度が、次の章「小説の変遷」を書かせた。この章は他の章のように時事的なテーマではなく、広義の文学史を扱っている。そして、このような歴史的事実の把握方法の研究は、それ以後一般に急速に発展したから、時代の経つにつれて、この章は最も早く古びた。この章の矛盾撞着を見つける為には、評者の批評能力がそれほど高くある必要もなく、西欧の新しい研究書を機械的に照合するだけでよかったから、高山樗牛以来、ほとんどの文学史研究家が彼に倣って、この章から「小説神髄」の理論的欠点を拾いあげた。たしかにこの章は、そうした非難を受けただけのことはあって、至る所に変梃な議論が並べられ、こじつけ・ごまかし・ハッタリ・思いつきなどが大変多い。しかし又これも誰でもが認めるように、今日から見れば荒唐無稽ではあっても、当時としては、仕方のないことであった。只この場合の問題は、そういう致し方のない時代にあって、逍遙がどういうこじつけ方をしているか、どんな思いつきをしているか、ということなのである。

代表的な一例を挙げよう。「鬼神史（魔イソロジイ）神代記」が成立した事情について、彼は次のよう説明している。

今こゝろみに之を思ふに其原因となりたるものをよそ三条ありしと思はる譬ば酋族次第にさかえて勢強大になるにいたれば人の心をのづから傲りて些々たる事をも巨大にいひなし他の酋族に誇るものなりかゝれば祖先の履歴の如きは故意に附会の談を加へていと大業にいひなすべ

> し是第一の原因なり又人間はうまれながらに奇異を好むに切なるものなり斯かれば別に其要なくとも仮作の談話をつくりまうけて史伝を誤ることあるべし是第二条の原因なりしかして国歩ようやく進みて稍文明の世界となりなば其国君といはる丶やからは下賤匹夫のなりあがりを我太祖なりといはる丶をば快からぬことに思ひて附会の説をつくりまうけて太祖の事蹟を粧はむとす況んやこれらの時代に於ては敬信の念深かるから故意に物語を仮作せずとも自然に祖先を神といひなし天孫なりしと思へるをや是なん諸国に信じがたき神代史などいふものある第三条の原因なりかし

こうした理由づけが、徹頭徹尾間違っているかと言えば、決してそうではない。しかし元来、こういう問題について考えることは、多少の具体的なデータがあったにしても、自然科学における実験操作のようなことは不可能なのであるから、結局推論の域を脱することができない。推論の仕方、すなわち方法論が、問題を最後的に決定する。逍遙の場合はどうか。その特徴は、方法意識がないことである。「鬼神史（魔イソロジイ）神代記」が成立した事情を推論するには、どういう風に考えを進めたらよいかということを、全然考えていないことである。

　逍遙の推論は、世態・人情・風俗に対する彼の処世人としての常識的観察を基にしているが、同時にそれを一歩も出ていない。彼の議論の大前提は、「勢強大になるにいたれば人の心おのづから傲」ること、「人間はうまれながらに奇異を好むに切なる」こと、「下賤匹夫のなりあがりを我太祖なりといはる丶をば快からぬことに思」うこと、これらである。以上は、処世の時間的な経験が教える人情判断の一般的な公式である。そういう風に考えておれば、大抵の場合にまず間違いはないという、最小公倍数的な知識である。これを覚える為には、ひとつひとつの実際に当たって体験し実感することを、必ずしも必要としない。個別な具体例の非常に多様な差異に、あまり多くの考慮を払わずに、できるだけ法則化した要約である。すなわちこれは、規定としての適確さよりも、信条としての実際的効果の方を、より重んじた見方なのである。これに安住してしまっては、その人のものの考え方が更に深まることはない。こういう常識的判断を支えるものは、主として経験による信憑である。そして、経験ばかりを重視して他を軽んじる経験主義をできるだけ克服しようと努めるのが、思考の自己深化の出発である。人が何事かについて考えるとき、すでに自分のなかにできあがっている信条や観念の範囲内を出ることができなかったら、それによって考え方が深まることもないし、又、対象のなかから自分に都合のよい因子ばかりを摘出する結果になり易く、判断も誤り易い。それにひきかえ、物事について考えるとき、いつの場合でも、自分の考え方そのものを絶えず反省し懐疑し批判し深化しようと努めれば、たとえそのときの急場の間に合うまとまった結論をたやすく生むことができなくても、最後的には対象の核心により迫った判断をくだすことができ、又考え方そのものが少しでも深くなるものである。こういう態度を持てば、必然的に、自分の考え方そのものについて、いつも考えをめぐらしていなければならぬようになる。これが方法意識と言われているものである。方法という公式があって、その使い方に熟練すればよいのではない。そのような公式や熟練をたえず否定してゆくのが、方法意識なのである。

逍遙の思考態度には方法意識がない。「鬼神史（魔イソロジイ）神代記」が成立した事情を解説するに際し、辻褄の合った答えを出すことにだけ、ひたすら努めている。自分の既成の常識だけを頼りにして、推論を試みている。そして、自分の常識や又人情観察が、こうした問題の解明に適当であるか否か、自分の常識や又人情観察がそのものとしても果してこれでよいのか、そういうことについては、疑っていない。このような逍遙の考え方は、差当たっての急場の間に合う辻褄の合った解答を出すことができ、又それが一応そのときには妥当な見解であると一般に承認されることがあっても、それを機会に考え方そのものが深くなるわけではないから、問題がより複雑になってゆくにつれて、役に立つ率が少なくなってゆく。逍遙の思考態度は、以上に述べたような限界を持っているのである。

四

「小説の主眼」の章は、同時に又「小説神髄」全篇の「主眼」を述べた章である。逍遙はここで、「小説の主脳」すなわち本質を規定し、日本文学が改良されるべき規範を宣揚している。現在までの小説がどういう性格であったかを帰納的に客観的に規定しているのではなく、彼が結論的に考え抱いている小説の理想的なあり方を規範として解説し、その規範に照らして、「八犬伝」的な小説を非難している。従って、小説の本質規定を過不足なく理論的に冷静に構成することよりも、アンチ・テーゼとして当面に最も必要な要点を、特に力説するという態度がとられている。このような反措定意識が、彼の議論の性格を決定しているのである。

小説の主脳は人情なり世態風俗これに次ぐ人情とはいかなる者をいふや曰く人情とは人間の情慾にて所謂百八煩悩是なりそれ人間は情慾の動物なるからいかなる賢人善者なりとていまだ情慾を有ぬは稀なり賢不肖の弁別なく必ず情慾を抱けるものから賢者の小人に異なる所以善人の悪人に異なる所以は一に道理の力を以て若くは良心の力に頼りて其情慾を抑へ制め煩悩の犬を攘ふに因るのみされども智力大に進みて気格高尚なる人に在りては常に劣情を包みかくして苟にも外面に顕さゞるからさながら

其人煩悩をば全く脱せしごとくなれども彼また有情の人
たるからにはなどて情慾のなからざるべき

ここで近代小説の一般的概念を言い表わそうとして、逍遙が使っている「人情」という言葉は、新時代の社会風潮が生んだ言葉ではなく、江戸時代の封建的な社会構成下において使われていたままの語感を持っている。しかし、只それだけの理由で、逍遙の考えがそれ自身新時代には妥当でない性質を帯びていたと考えることはできない。「人情」という言葉の意味内容を固定的に合点して、それが「小説神髄」の言語表現・文章構成の内部で、どういう使い方がされているかをよく見なければ、それは所詮単語の解釈にすぎず、文章の理解とは言えないだろう。

では、「人情」とは何か。「曰く人情とは人間の情慾にて所謂百八煩悩是なり」、次いで、「いかなる賢人善者なりとていまだ情慾を有ぬは稀なり賢不肖の弁別なく必ず情慾を抱けるものから」と言う。すなわちここにおいては、「人情」「情慾」「煩悩」が、「賢人」「善者」とは、一応対立する概念として取扱われている。「人情」「情慾」「煩悩」を表向きに認めることを避け、それを「抑へ制め」「攘ふ」ことによって、「賢人」「善者」のタイトルが成り立つ。けれども、どのように表向きは知らぬ顔でつくろっていても、決して消えてなくならず、「賢人」「善者」もそうでないと見られている人も同じように「必ず」「抱ける」ものとして、「人情」「情慾」「煩悩」が考えられる。これらの言葉は皆、この対立する二つの心象を湧起させる為に使われているから、それぞれ相対立する言葉と対照されることによって、はじめて意味内容があきらかになる。だからこれらの言葉は、意味内容の輪郭を必ずしもはっきりさせることなしに、やや漠然とした気分的なものの指示であるにとどまる。すなわち、逍遙が言い表わそうとしているのは、人間でありさえすれば、それがどんな人であっても、彼が生きているかぎり、決して消滅することなく、人間のそれに対する主観的な評価の如何にかかわらず、人間の生活意識の基本的な根幹をなしているもの、そういうものであると考えられる。ではその本質は何かということについて、逍遙は分析を進めない。逍遙の思考は、以上のような気分的な憶測の指示にとどまっているのである。

これに較べて、例えば田山花袋[25]はずっとのちに次のように書いている。

人間の心の底まで入つて行くやうなもの、人間の魂をもうごかさずに置かないやうなもの、いくら年月が経つても、人間が矢張やつてゐるやうなもの、もつと詳しく言へば、不易なもの——その時だけ流行つて、時が経てば、すぐ変つて了ふやうなものでないもの、例へて見れば、男女のこととか、心理的のこととか、その作品の中にその時代が見えるばかりでなしに、生きた人間が覗かれて見えるやうなことだとか、そういうものをつかんで書いた傑作は、いつまで経っても古くならないのではないか。

花袋が、「人間の心の底」「人間の魂」「生きた人間」などの言葉を使って言い表わそうとした意味内容と、逍遙の「人情」「情慾」「煩悩」とは、決して本質的に異なってはいない。西欧文学の教養はボキャブラリーを一変させたが、花袋の考え方が逍遙に較べて、巧緻であるとも複雑であるとも言うことはできないであろう。二人の差は、別な点にある。花袋は、実現への意慾を、自分の決意として語っている。この場合、彼がそれに成功したか否かは話が別である。花袋は、自分としてはどうしてもこうとしか考えることができないのだという態度を、表白しようとしている。思いつきではない。解説でもない。花袋にとって、これは人に賛成して貰う為に喋る理窟ではない。しかし逍遙は違う。逍遙は解説する。人にわからせようとする。普通、自分の考えを信念として吐露する場合とは違って、人にわからせる為に解説しようとするときは、どういう態度が要請されるか。あまりに個性的な言葉、独特な言い廻し、一般化していない語法、それらを避けることが必要となる。相手のものの考え方とあまりにかけはなれた論法は、理解される率が少ない。これは制約であると同時に手段である。逍遙の議論は終始一貫、このような性格を持っている。これが例えば花袋のような人との著しい差なのである。

さて、ではそのような「小説の主脳」は、どのようにしたら描くことができるのか。逍遙は続けて言う。

それ稗官者流は心理学者のごとし宜しく心理学の道理に基づき其人物をば仮作るべきなり苟にもおのれが意匠を以て強て人情に悖戻せる否心理学の理に戻れる人物なんどを仮作りいださば其人物は已に既に人間世界の者にあらで作者が想像の人物なるから其脚色は巧なりとも其譚は奇なりといふとも之を小説とはいふべからず

そして、「彼の曲亭の傑作なりける『八犬伝』」を、この提言に照らして非難し、更に次のように言葉をつぐ。

されば小説の作者たる者は専ら其意を心理に注ぎて我仮作りたる人物なりとも一度篇中にいでたる以上は之を活世界の人と見做して其感情を写しいだすに敢ておのれの意匠をもて善悪邪正の情感をば作設くることをばなさず只傍観してありのまゝに模写する心得にてあるべきなり

「心理学者」「心理学の道理」「心理」といふ言葉で言い表わそうとされているのは何であるか。「専ら其意を心理に注」ぐという態度は、具体的にはどうすることなのか。すなわち、「敢ておのれの意匠をもて善悪邪正の情感をば作設くることをばなさ」ないことである。「傍観」も、「ありのまゝに模写する」ことも、その意味を繰り返して強める為に言い替えた言葉である。「善悪邪正」は言うまでもなく常套語であって、細かい指定ではない。従って結局一番中心になる言葉は、「おのれの意匠」に対する貶価・否定・排撃である。これが、「心理学の道理」に従うことの具体的な意味内容である。

では逍遙の言う「おのれの意匠」は何を意味するか。それについて彼は、論理の言葉によってではなく、次のような譬えを以て説明する。

譬ば人間の心をもて象棋の棊子と見做すときには其直きこと飛車の如き情も尠からざるべく行く道常によこさまなる心の角も多かるべし桂馬の剽軽なる香車の了見なき或は王将の才に冨て機に臨み変に応ずる縦横無尽の行あればたゞ進むべき前あるをしりて左右に避くべき道をしらざる匹歩庸歩も尠からずおのがじゝなる挙動をして此世局を渡るものから直なる飛車も生長なればむかしの飛車におなじからず角も世故に長ずるにいたれば直なる道をも行くことあるべし或は王将も匹歩の手にかゝり或は慮なき香車にして金銀を得ることもありなん囲棊者は造化の翁にして棊子は即ち人間なり造化の配剤の不可思議なる傍観で観るとは大に異なり「彼金ほどなく彼方へなりこみ進むで王手となるべからん」と思ふに違ひて一匹歩にたちまち道をふたがれつゝ避退くべきひまだになうして桂馬の餌食となることありされば人間もこれにおなじく栄達落魄必ずしも人間の性質に伴はざるから或は才子にして業をなさゞるあり或は庸人にして志を得るあり千状万態千変万化因果の関係の駁雑なる予め図定むべからず故に小説を綴るに当りてよく人情の奥を穿ち世態の真を得まくほりせば宜しく他人の象棋を観て其局面の成行をば人に語るが如くになすべし若し一言一句たりとも傍観の助言を下すときには象棋は已に作者の象棋となりて他人の某々等が囲したる象棋とはいふ可らず「あな此所はいと拙しもし予なりせば斯なすべし箇様々々に行ふべきに」と思はるゝ廉も改めずして只ありのまゝに写してこそはじめて小説ともいはるゝなれ

この「譬へ」は、逍遙がさきに抽象的に言いあらわそうとしたことを、言葉を替えて具体的に述べている。第一に、小説を作るに際し、「敢ておのれの意匠をもて善悪邪正の情感をば作設くることをばなさず」に書かねばならない理由は、その小説を、「よく人情の奥を穿ち世態の真を得」た作品にする為である。第二に、なぜそうすることが「よく人情の奥を穿ち世態の真を得」る結果になるかと言えば、「千状万態千変万化因果の関係の駁雑なる予め図定む」ることのできないのが、この世の中だからである。第一は、逍遙の考えた小説の究極目標であり、第二は、逍遙の社会観である。そして、逍遙の小説観は、その社会観から導き出されているわけである。

逍遙は、現実の社会を右に引用した言葉で表現されているようなものと考え、このような見方を以て世の中に臨むことが、「よく人情の奥を穿ち世態の真を得」る方法であると認めた。だから、彼が排斥した「善悪邪正の情感をば作設くること」は、このような社会観に対立すると見做される。そして、「敢ておのれの意匠をもて善悪邪正の情感をば作設くることをばなさず」に小説を書くことは、すなわち逍遙によれば、この世の中は「千状万態千変万化因果の関係の駁雑なる予め図定む」ることができないものだと判断する立場を守ることを意味しているのである。又、小説の中に出て来る人物を、「活世界の人と見做」す必要があると言って、「世態」から人の感じとる印象と、小説に描かれた世界から感じとる印象とが、両者の諸条件・諸特徴が、同質・同規模であることを、逍遙は希望している。彼によれば、両者は辻褄があっていなければならないのである。

以上のような主旨を説明するに際して、逍遙は、こうあってはならないという否定ばかりを、禁止ばかりを述べている。比較的フランクに書かれている「譬へ」の箇所は、特にそうである。どういう風に努めれば、その希望する結果に多少なりとも近づき得るかという具体的な対策は、何一つ示されていない。「只ありのまゝに写してこそ」という、どうにでも受けとれる曖昧な言葉が、心得ともつかず結果論ともつかず、繰り返されているだけである。「ありのまゝ」という言葉の意味内容が、具体的に意図・行為・効果・条件などの問題として、分析されているのではない。彼の議論は、この箇所では、もはや急場の間に合う対策としての役割を果し得るほどの具体性をも持っていない。

彼の小説観は、彼の社会観のその儘の適用である。そして、彼の世の中に対する見方は、「人情」に対する理解と同じように、処世人としての常識的観察である。それは、処世経験に受動的に身構えた儘、幾らかの時間さえ経てば、知らぬ間に培われる知識である。あらゆる場合に通用することを一番の目的とする要約である。世の中を「千状万態千変万化」と見ておれば、どんな場合にもあてはまり、例外は滅多に見当たることがない。個々の場合の個別な差は、すべて捨象されている。だから、あらゆる場合にあてはまる概括は、個々の具体的局面においては、必ずそこに幾らかのずれを生む。そのずれをどう克服するかと考えることによって、はじめて問題は具体的になる。その解決のされ方によって、最初の一般的な見方そのものが、絶えず変質されてゆく。そうでなくて、概括された知識としての常識的観察に忠実であることだけが機械的に求められたら、問題は具体化せず、態度は固定し、進歩はあり得ない。逍遙の考える「ありのまゝ」は、その基礎である世の中の見方・考え方の固定した応用として提出された。従って、彼の考えは、対策としての具体性をも、持つことができなくなったのである。

「小説の主眼」の章における記述の「主眼」は、彼の社会観への同調の慫慂と、「ありのまゝ」というスローガンの掲揚と、これだけである。そしてそのスローガンも、小説の本質や方法に対する沈思・洞察・分析に基づくのではなく、彼の社会観の直線的な小説への適用として発案されている。彼の小説観は、その社会観の一面にすぎない。

「象棋」の「譬へ」は、只自分の言いたいことを通俗的な印象として強める為に選ばれた手段である。このような通俗的啓蒙としての説きあかし方に、逍遙は力を入れる。下巻の現象的な技術論を、なるべく具体的に、辻褄を合わせて書こうと努力する。しかし結果は当然、大変常識的な図式になってしまったのであった。

注

（1）坪内逍遙「小説神髄」各版。
イ　初版　松月堂　明治18年9月―19年3月　半紙判仮綴和本九冊。
ロ　合本上巻　稗史出版社　明治18年3月。
ハ　合本　松月堂　明治19年5月　菊判和装二冊　上巻四〇枚下巻四九枚正誤付き。
ニ　「太陽」第一三巻第九号創業廿周年記念臨時増刊「明治名著集」（博文館・明治46年6月）掲載―振仮名を省く。
ホ　明治文学名著全集第三篇神代亮種校訂「小説神髄」（東京堂・大正15年2月）―重要な振仮名を残す。
ヘ　「逍遙選集別篇第三」（春陽堂・昭和2年11月）収録―著者補訂。
ト　柳田泉校訂「小説神髄」（岩波文庫・昭和11年10月）―初版と補訂版との異同概略を対照。
（2）神代種亮「『小説神髄』『書生気質』解題」―「早稲田文学」第二三二号大正14年6月明治文学号胎生期の研究。
神代種亮「解説」―明治文学名著全集第三篇「小説神髄」。
（3）木村毅「『小説神髄』の小研究」―「早稲田文学」第二四四号大正15年5月坪内逍遙論特集号、のち「『小説神髄』小論」と改題し「明治文学展望」（改造社昭和3年6月）に収む。
（4）柳田泉「『小説神髄』の成立」―「明治文学研究」第二号昭和9年2月、のち「随筆明治文学」（春秋社・昭和13年8月）に収む。
柳田泉「春の屋主人とその政治小説」―明治文学双刊第三巻「政治小説研究中巻」（春秋社・昭和10年10月）。

柳田泉「政治小説と『小説神髄』」―同書。

柳田泉「解説」―柳出泉校訂「小説神髄」（岩波文庫）。

柳田泉「明治初期文学思想とヘーゲル美学」―「明治文学研究」第六輯（昭和13年12月）。

河竹繁俊・柳田泉「坪内逍遙」（冨山房・昭和14年5月）。
（5）稲垣達郎「坪内逍遙―「第一期」評価のための一二のノート―」―「文学」昭和23年9月。
（6）関良一「小説神髄の成立―特に先行文献との交渉について―」―「国語・国文」昭和15年8月。
関良一「有賀長雄の文学論について」―「国語と国文学」昭和16年2月。

関良一「小説神髄と書生気質」―「日本文学教室」昭和25年10月。

関良一「小説神髄と先行文献―主として新体詩抄および玉の小櫛との関連について―」―「山形大学紀要（人文科学）」第四号（昭和26年8月）。

（7）今井卓爾「『小説神髄』と『源氏物語』」―「源氏物語批評史の研究」（鮎沢書店・昭和23年9月）。

（8）幸田露伴「明治二十年前後の二文星」―「早稲田文学」第二三二号（前掲）。

「幸田露伴氏に物を訊く座談会」（千葉亀雄・小島政二郎・菊池寛・鈴木氏亨・佐佐木茂索）―「文藝春秋」昭和8年2月、のち塩谷賛編「露伴翁座談」（角川文庫・昭和26年1月）。

（9）森鷗外「柵草紙の本領を論ず」―「しがらみ草紙」第一号（明治22年10月）。

（10）正岡子規「天王寺畔の蝸牛廬」―発表誌紙未詳、全集第九巻（改造社・昭和4年8月）に収む。

（11）高山樗牛「明治の小説」―「太陽」明治30年6月。

（12）岩城準太郎「明治文学史」（明治歴史全集第一篇・育英社・明治39年1月、増補版明治42年、改訂増補版修文館書店・昭和2年10月）第二期第三章第二節「文学思想の革新」）。

尚この書以前に左記の二書が刊行されているが言うに足りない。

大和田建樹「明治文学史」（国民文庫第拾篇・博文館・明治27年10月）。

高橋淡水「時代文学史」（開発社・明治39年8月）。

（13）本間久雄「坪内逍遙」―「岩波講座日本文学」、のち「明治文学作家論」（早稲田大学出版部・昭和26年10月）。

本間久雄「明治文学史上巻」（日本文学全史巻十、東京堂・昭和10年7月、新訂版昭和23年10月）第二篇第一章第二節「『小説神髄』」。

本間久雄「小説神髄と玉の小櫛」―「五十嵐力博士記念論集・日本古典新攷」（東京堂・昭和19年10月）。

（14）久松潜一「坪内逍遙の文学評論」―「国語と国文学」昭和7年4月特別号明治文豪論。

久松潜一「日本文学評論史近世・最近世篇」（至文堂・昭和11年10月、改題改訂「近世近代篇」昭和27年5月）第四篇第二章第一節「小説神髄を中心とした写実主義」。

（15）大久保利謙「日本近代文藝」（三笠書房・昭和14年5月）。

（16）吉田精一「明治大正文学史」（東京修文館・昭和16年3月）第一篇第五章「写実主義文学論」。

（17）成瀬正勝「明治大正昭和評論」―日本文学教養講座第八巻共著「随筆・日記・評論」（至文堂・昭和26年5月）。

（18）土方定一「明治の文藝評論」―日本文学講座第一二巻「明治大正篇」（改造社・昭和9年4月）、のち「明治文学評論史」と改題して「近代日本文学評論史」（西東書林・昭和11年6月、補訂再版思潮文庫Ⅲ・昭森社・昭和23年9月）に収む。

（19）藤村作・近藤忠義「日本文学原論」（同文書院・昭和12年2月、改版河出書房・昭和21年11月、河出文庫収録）第六章「近代市民文学の展望」。

(20) 小田切秀雄「『小説神髄』の問題」―「日本の近代文学」(真光社・昭和23年2月)―「日本近代文学研究」(東大協同合組出版部・昭和25年4月)。
(21) 広橋一男「『小説神髄』と『小説総論』」―「文学」昭和23年7月。
(22) 岩上順一「近代文学の理論遺産」―日本著作家組合編「近代文化の系譜」(日本読書組合・昭和23年5月)。
(23) 榊原美文「文学評論」―風巻景次郎監修「現代日本文学手帖散文篇」(創元手帖文庫・創元社・昭和26年4月)。
(24) 猪野謙二「評論」―塙書房編集部編「文学読本・人と作品現代日本文学篇」(塙書房・昭和26年11月)。
(25) 田山花袋「東京の三十年」(博文館大正6年6月)「その時分の文壇」。

広津和郎

一

大正五年、茅原華山の主宰する雑誌『洪水以後』に文藝評論を寄せるようになって以来、四十数年におよぶ批評活動を記念して、昭和三十三年四月に中央公論社が刊行した広津和郎の評論選集は、そのなかの一篇の題名をとって、『自由と責任とについての考察』と名づけられている。同書にもちろん収められた、大正期文芸評論の金字塔とも言うべき名篇「怒れるトルストイ」[1]や「志賀直哉論」[2]に較べるとき、「自由と責任とについての考察」[3]一篇は、量において比較にならぬわずか六ページの随想にすぎない。扱われている主題も特定の文学的問題ではなく、なんらかの意味での理論と呼ぶには構築の不十分な、一種の独白であるために、作家論と作品論を中心として編集した『作者の感想』[4]にも収められなかったのであろう。しかしいま、広津和郎の文学批評態度の特質を見極めようとするとき、このたった数ページの短い感想文が、彼の批評的発想の根柢を明断に語っている意味において、実は非常に重要なエッセイであると私は考える。従来どの単行本にも洩れていたこの短章を選びだして、評論選集の総題に掲げた編集者の識見に、まず謝意を表しなければならないであろう。

「自由と責任とについての考察」は、大正六年七月号の『新潮』に掲げられた。そして、この年の『中央公論』十月号に「神経病時代」を発表することにより、それまで文芸評論家と目されていた彼が、はじめて作家としての相貌をあらわすことになる。翌七年「師崎行」他十数篇、八年「やもり」[5]「二人の不幸者」他十数篇、九年「波の上」[6]「死児を抱いて」他数篇と、旺盛な作品発表が継続される傍ら、従来からの延長である批評活動にもますます油が乗り、九年三月、評論集『作者の感想』がまとめられた。ところで、二十歳代の後半にこれだけ充実した仕事を示し、生涯の主題を表現し尽した観のある広津和郎は、大正十年に入ると、創作意欲に目立って衰えを示した。自筆年譜に「創作に興味を失ひ、間に合せの作のみを書く」[7]と記しているように、大体大正十年から十一年にかけての頃を以て、広津和郎第一期の文学活動がほぼ終ったという印象を禁じ得ない。それどころか、彼が「作家・批評家として充実した仕事をした期間は大正五年からせいぜい大正九年あまりまで[8]」と平野謙は断定する。こうして、大正六年から九年にかけての短い期間が、ひとりの作家批評家広津和郎の文学歴に占める意義の重大さに留意するとき、「自由と責任とについての考察」が、彼の生涯でもっとも高い価値を持つ作品群がいま現われでようとする寸前に書かれた独白であることに、注目されるのである。広津自身も選集の「あとがき」に、

> この題は相当重々しい題なので、私としては少し忸怩たるものを感ずるのであるが、併し「自由」と「責任」という二つの観念は、長い間始終私の心の中に動いていて、私の物の考え方の中で主要な役割をしていたとは云えると思う。

と認めているように、この一篇に表白された作者の思念は、広津文学の純粋結晶とも言うべき「やもり」「波の上」の発想に密接に連なっているのである。

広津和郎が自由と責任というふたつの観念をめぐって自らの思考を掘りさげるきっかけとなったのは、「人間には総ての事が許されている」という思想、そのもっとも尖鋭な主張者であるアルツィバーシェフに対して、彼が自覚した反撥の心情であった。

> 私は思う。人間は絶対に自由である。人間は如何なる事をもゆるされている。神はそれをみんな人間にゆるしている。神は神を呪う事さえも人間にゆるしている。この絶対自由を与えられているからこそ、人間は責任を感じなければならないのである。（中略）絶対の自由を感ずるという事は、やがて絶対の責任を自覚する事ではないか。何故かというと、自分がどんな傾向に行こうと、進もうと退こうと、昇ろうと下ろうと、それをほんとに見守るものは自分を除いてはこの世の中に誰もないからである。（中略）我々が自由であるがゆえに、総ての我々の生活に対する責任は我々自身にあるのではないか。

詮じつめれば只これだけの、どう見てもひとり合点の域を出ないせっかちな主張に、広津はなぜ畳みかけるような熱意ある語調を示さなければならなかったのであろうか。

この文章にさきだって同年五月、広津はかなり長い「アルツィバアシェフ論[9]」を書いている。カミュの『異邦人』をめぐる論争[10]では、中村光夫が、幾分喧嘩口調のいたすところもあって、アルツィバーシェフをロシア帝政末期の「末流作家[11]」と嘲んで捨てるように貶称したが、今日たとえ文学史上に高い位置を認めることはできないにしても、この時代の若く真摯な作家たちに、アルツィバーシェフが真剣な問題を投げかける役割を果したことは否定できない。そして、「トルストイはevery thingである」と頭から思いこんで「崇拝の的」としている「一つの思想に囚はれてゐる民衆」に対し、「他の幾つかの思想が共に人生に貢献しつつあると云ふ事を説き聞か

せる」「難い仕事」のひとつとして、「サーニン」の作者が「トルストイを人道主義者と呼ぶ意味とそっくりそのままの意味で、人道主義者であること」を語ろうとした一篇のモチーフは、アルツィバーシェフその人の価値評価如何をはなれた、評者自身の問題意識の切実さによって、無視できない意味を持っている。広津が文中でアルツィバーシェフの「作者の感想」を引用しているところから察すれば、彼は自分の評論集の題名にアルツィバーシェフが使った標題を借りたのであろう。

彼はまず、アルツィバーシェフの思考態度が「丁度時計の振子のやう」に「極端と極端との間を振動して、決して中間に立止る事」をせず、「露西亜人の持ってゐるあの融通の利かない論理家的面目を発揮」していることを認める。従って、彼の幾多の結論が「恐ろしく抽象的」であり、「人間の実際に、アルツィバアシェフの実際に当てはまらない」こともよく知っている。しかし、思想家としてのこうした偏頗にもかかわらず、尚アルツィバーシェフが他に類例の乏しい容貌顕著な思念を育てあげ得た思考の生理こそ、広津を強く惹きつけるのである。トルストイの立場とは正反対の思念を極端にまで辿ることによって、遂には「嘗て此世に存在した中で最も恐ろしい思想と云はなければならぬ人類絶滅の思想ナウモフィズム」に達したアルツィバーシェフの思考径路のなかに、尚自分を惹きつける思念の潜在を認め、その実質をあきらかにしようと努めること、その努力を通じて、この徹底した人間蹂躙の発想のなかから、人間世界への復帰に導かれる思考の緒口を見出そうとすること、広津の問題意識はこの一点に集中される。

広津にとって、トルストイとアルツィバーシェフの思想の差異は、まず死の問題をめぐる思念の対立となってあらわれる。トルストイが「死の福音」を説いたのに対し、アルツィバーシェフの発想は、「死に対する恐怖と生に対する執着と」に根ざしている。一見、博大な人類愛と向日的な生命の尊重に貫かれているかのように見えるトルストイの論理が、実は死を喜ばしい救いと見做す仮定から出発しているのに対し、自然に打克つため自殺することによる自由意志の謳歌を描いたアルツィバーシェフの思考の根柢には、不死への狂おしい願望があった。このように、二人の相反する人間観を生んだ思考土壌の成分構成に、死と生をめぐる対極的な二つの図式を見出した広津は、そのいずれもが肯定しがたい迷路であると断罪する。

トルストイが生をして死の準備たらしめようとした時彼は我々と没交渉になった。恰度それと同じやうに死を以て生たらしめんとしてゐる瞬間のアルツィバーシェフは我々とは縁が薄い。

では、その主体的真実性においては、決して疑いをさしはさむことのできない彼らの人間追求が辿った方向を、「没交渉」と斥ける広津自身の生の意識を、彼はどう自覚するか。

我々は早晩死ぬると承知してゐながら、之を信じない、宜なり、我々は死ぬるものではない。――さうだ、そして此処に生の初まりがある。

生命というこの人間が生きている状態の実質を、生理学的認識の対象としてのみ考えず、現実に生きている個人の自覚内容の軸として、広津は認めようとする。この前提に立ってもう一度、アルツィバーシェフの思考がそれ以後に歩んだ道筋をふりかえるとき、はじめは自由意志の勝利の確証を自殺という行為に求めたアルツィバーシェフ自身ですら、結局やはり生への希求に達した姿が日に映る。

　彼の論理は最も合理的な事実――死を出発点とした。だから彼は死を説いた。けれども論理的ならざる、生を欲する心は、もっと他のものを望んでゐる。非論理的の彼は死を忘れる。非論理的の彼は生へ向ってのすさまじい驀進を企てる。

アルツィバーシェフは、一方においては、「彼に取って絶対価値であるところの彼の生命を、彼が出来得る限り大きく強く成長させせよう」と企図し、他方においては、「今の人間の不幸はみな彼等が一種の抽象的な影に囚はれて、彼等の慾望を隠し、みづから彼等の慾望を恐れてゐる」のだという事情を暴露しようとする。生命は貴重であり尊び守らなければならぬ、と彼は考えるが、しかしまた、人間群の自ら囚はれた卑小を眼前に見ては、彼らに唾したい心情をかくすことができない。そこで、アルツィバーシェフは「自己を持たざるいろ〱の人間の心理の解剖者」として、「驚嘆に値する」分析と表現の冴えを示す。「サーニン」の形象は、こうして、作者の分裂した心情を表現することになる。

　サニンは人間を蹂躙した、で、彼は人間界を逃れやうとした。が、彼は逃れる事は出来ない。人間界を除いて人間には生活するところがない。――サニンがカルサギナに語ったやうなユウトピアが、いつ実現されるか、それは解らないであらう。

アルツィバーシェフがこのように「死の論理」から「生の貴重」へと模索を続け、偶像破壊と倫理的反抗と衆俗蔑視に異状なほど徹底した極端な主張を掲げ、「自己を持たざるいろ〱の人間の心理の解剖者」として人を惹きつける小説構成を示したことに、広津は密着した理解を寄せ、共感を表明する。しかし、それでは、「総ての人間の弱さと愚劣さとに絶望し」、「人間を捨て、サニンは何処に行くのだらう」と問いかけることによって、広津はアルツィバーシェフの思考の延長を期待する。

　蟻の世界を捨てた蟻はやはり蟻の世界に立戻らなければならない。そこに蟻の悲哀がある。人間の世界を捨てた人間は又人間の世界に立戻らなければならない。そこに人間の悲哀がある。

この「人間の悲哀」の直視と自覚を踏み台に、自我主義者や利己主義者や反社会的個人主義者でも、その儘「人間の世界に立戻」ることが可能になるための思考の道筋を切開くこと、それを広津は夢想する。すなわち、既成のモラルや社会の習俗や凡俗の怯懦に対する批判精神を自ら制圧して権威に服従するのではなく、自我衝動の火を絶やすことなくして、個人意識の伸張と拡充によって社会との連帯感を復活する努力、それを個人の自覚的な人生態度として把握したい、と彼は考える。アルツィバーシェフの文学的遍歴を調査し追究することから、広津がひきだしてきた問題意識の核心は、実にこの点にあったのである。

二

しかし、「総ての人間の弱さと愚劣さとに絶望し」て、「自由な広い曠野の中に歩いて行った」サーニンの行方は遂に知れない。アルツィバーシェフは問題の糸口を示すのみに終り、積極的な解決への見透しを持つことができなかった。広津もまたこの地点まで彼の航跡を辿ってきた筆を措き、「私は未だ此処で結論に急ぐわけには行かない」と立止ることによって一篇の論旨を終えている。「アルツィバアシェフ論」は、広津にとって、個人と社会との関係を、個人の生きかたのなかでどのように調律すべきかという問いかけにはじまり、そして答えを得ることができなかった内発的問題設定の試みであった。従って、この長い「アルツィバアシェフ論」のすぐあとに書かれた「自由と責任とについての考察」は、彼が自らに課したこの宿題に対して、論理の階梯を一気にとびこしても、是が非でも割りだそうとした解答を意味していたのである。

このように広津の足どりの前後を見渡すとき、「自由と責任とについての考察」一篇が前屈みになって早口でものを言うような発想の性急さにもとづき、前提の説明不足や論理のギャップにお構いなく、自分のテーゼを言い切ることだけに熱中している言葉運びも、それはそれとして納得することができよう。「自由と責任とについての考察」で、アルツィバーシェフのテーゼに向かって真向こうから自分のテーゼを対置することに急なあまり、アルツィバーシェフがなぜそのような主張にたてこもらなければならなかったのか、つまり彼の発想の条件については一言半句を費やすことなく、ただ一行にまとめられた彼の「絶叫」を直ちに贖罪羊として引き出した広津の態度は、一見片手落ちのようでもあるが、広津としては問題の骨組みをすでに「アルツィバアシェフ論」で展開済みなのである以上、いまは彼の思念をストレートに噴出させることだけが目的であったのだ。

「アルツィバアシェフ論」の筆者である広津が疑いもなく知悉しているように、「人間には総ての事が許されている」と主張することに異様な情熱を注いだアルツィバーシェフにとっては、「一種の抽象的な影に囚はれて」「彼等の慾望を恐れてゐる」俗衆の自己呪縛と卑屈と盲目を暴露することによって自我に目覚めさせることが、論理表現の動機であり目的であった。「責任」という観念は、偶像破壊と自我覚醒を目指す彼の戦闘のさなかには、思考の因子として介入する余地がない。アルツィバーシェフにとって「責任」という観念は、政治と思想の支配者がその統治のテクニックとして俗衆に投げ与える幻影の一種としか考えられなかった筈である。「責任」を個人の思考の要素として認め組み入れること、それは直ちに既成倫理の人間呪縛に我れから進んで降伏する敗北にほかならない。反抗と戦闘の姿勢を一貫して堅持するアルツィバーシェフにとって、「責任」の観念は敵の武器を意味する。従って、アルツィバーシェフが当初から全面的に斥けた「責任」の意識を、人間の自由との関連において主体的に意味づけようとする「自由と責任とについての考察」の筆者の発想は、アルツィバーシェフの論理志向から離脱しなければ成り立たない。

もともと、アルツィバーシェフの思考は、旧套の思考定型と既成の倫理規制に対する全面的な反抗と戦闘の姿勢に貫かれているから、論理の構築はそのまま武器の精錬を意味し、概念の形成は弾薬の装塡として意識されている。このように、具体的な破砕目標に向けられた布陣としての論理の足場から、その概念のみを引き抜き、論理の着眼点と推進の方向とを戦闘の場から抽象的思考の領域へ転移すること、その操作なくしては、広津の問題展開は不可能であった。彼がアルツィバーシェフの論理に施こした加工は、アルツィバーシェフの発想の基盤をなす特定の政治的社会的情勢から、その出来上がった論理構成だけを抜き出して抽象的な命題として扱おうとする変質操作、すなわち、アルツィバーシェフが提出した概念の意味内容を、個人が社会に処する生き方の自覚一般として解釈し、問題の焦点を個人の精神態度の内部調律に限定する計らいであった。自由と責任との相関関係について、広津が自分の論理をくりひろげるためには、その足場となるアルツィバーシェフの論理を抽象化し、思弁的命題として取り扱うことが必要であった。従って、アルツィバーシェフによる人間の自由の確認と、広津における責任の意識とは、概念定立の次元を異にしている。広津によるアルツィバーシェフ批判は、アルツィバーシェフの論理志向とは異質な思考径路を対立的に設定することから出発し、両者の発想は結局相交ることがなく、二者択一的争点を現出する可能性がない。

本来、広津がここで提示しようと計ったテーゼは、アルツィバーシェフ批判として成立することが予想できないような、単なる独白にすぎないし、広津がその事情に盲目であったとは考え難い。アルツィバーシェフの論理をアルツィバーシェフ自身に密着して辿ることによって、はたして責任の意識に到達することができるか否かは問わぬにしても、すくなくとも広津の提示する責任の概念がアルツィバーシェフの論理構成の延長として導きだされたものでないことは自明である。このように、論敵の論理と次元を異にする自分の思考を、論敵とは決して二者択一的争点をかたちづくらない関係に対置しながら、しかもなぜ広津は、自分の主張の提示にあたって、殊更にアルツィバーシェフ批判という体裁に固執しなければならなかったのであるか。その理由は、広津が「アルツィバアシェフ論」において、社会の制圧と既成倫理とに対する反抗、および俗衆侮蔑の熾烈な戦闘の論理から、人間社会の暖かい連帯感へ復帰する方法を模索すること、それがほかならぬアルツィバーシェフの希求であったと自分は敢て見做すのだと述べた、一篇の論旨そのものに潜んでいる。すなわち、広津はアルツィバーシェフが単に希求の心情を表白するにとどまった宿題を、アルツィバーシェフからバトンをひきつぎ、自分の問題として解決しようと望んだのである。このような前提といきさつがあってはじめて、広津は責任の論理の提示を以て尚アルツィバーシェフの論理の課題に対する自分なりの解答であり、同時にその解答そのものが、アルツィバーシェフに対するもっとも根本的な批判であると、意義づけることができたのである。この場合、アルツィバーシェフの反抗と破壊と侮蔑の論理から、人間社会の連帯感の自覚へという道筋を辿ろうとした広津の思考は、アルツィバーシェフが提唱した概念の社会的機能を切り捨てて、それを個人の抽象的思弁に還元する手続きに導かれていた。広津においては、アルツィバーシェフにおけるような、反抗と批判の論理を組み立てる意欲の源泉が与えられていなかったのである。しかし、こうして成立した広津の思念とアルツィバーシェフの論理との打ち消し難い落差、その前提となっている発想の絶縁関係を、広津は論理展開上必然の結果であり不可避の道筋であると見做した。そのため、発想の全く異なったふたつの考え方を、広津は問題からその解決への論理的連鎖であると評価して憚らなかったのである。

しかしそれにしても、広津における責任の意識が、彼の思考構造においてどれだけ執って動かすべからざる出発点をなしているのであるにせよ、あまりに唐突に提出されているという事実は否定できない。人がなんと言おうと私自身は責任の意識を行動の発条にしているのだという信条告白であるなら、前提も論理も不要であろうが、責任の意識をもつことが、普遍的な人間の義務であると主張する広津の考え方には、不可欠である筈の論証が一切欠如している。「この絶対自由を与えられているからこそ、人間は責任を感じなければならないのである」と規定する広津の表現においては、責任の自覚を必然的に要請する論理上の前提が、絶対自由の概念そのものの内部に当初から包含されていると見做すような語調を示しているが、広津がいくら「からこそ」「なければならない」と力みかえろうとも、この断定が妥当であると納得させるに足るなんらの根拠もないことはあきらかである。しかし広津は、念のためにもう一度引用するが、次のように性急に畳みかけてくる。

さて、自由を感ずるという事は、やがて責任を自覚する事ではないか。絶対の自由を感ずるという事は、やがて絶対の責任を自覚する事ではないか。何故かというと、自分がどんな傾向に行こうと、進もうと退こうと、昇ろうと下ろうと、それをほんとに見守るものは自分を除いてはこの世の中に誰もないからである。

この認識は、アルツィバーシェフが提出した「絶対の自由」のテーゼから、いままで外に向いていた眼球を内側に向くようひっくり返すことによって、引き出された思弁的推論である。すなわち、「生活に対する責任」という広津の主張は、アルツィバーシェフにおいて行動の原理であったものを、反省の論理に転移した操作の結果にほかならぬ。こうして、「真の個人主義者は最も責任感の強い人間でなければならない」とする彼の理想像が掲げられるのである。

ところで、「自由と責任とについての考察」が、もし、以上に摘出したような性急な主張の素描にのみ終わっていたとしたら、もちろんこのような論理以前の独白によってでもなんとか宿題の解答を割りだそうと計った彼自身の問題意識に対する一徹な忠実さに或る程度の共感は寄せ得ても、広津の提出した自由と責任をめぐる思考そのものは、苦しまぎれの言い繕いであるとしか、考えることはできなかった筈である。しかし彼は、この文章の後半において、それまでの性急で押っかぶせるような口調とはガラリと変って、自分個人の気質についての独白をはじめる。ここにいたって、責任の問題をめぐる広津の認識が、実はほかならぬ彼自身の気質の自覚に対する処方箋として把握されたのであるという、特殊な発生理由が明らかにされる。庭に迷いこんできたどこかの猫が、口に釣針をかけられて苦しんでいると聞いただけで「全身に悪寒を感じ」るような、「虫一匹殺す事が出来な」い自分の感情が、近来ますます募ってきたその苦しさを持てあまし、この「ちょっとした事から直ぐこうした心臓の圧迫を感」じる性癖の感情を「善い感情」「正当なもの」「人間的な感情」だなどと是認しようものなら、一生苦痛にひきずられるであろうと広津は警戒せざるを得ない。

私は、この感情を圧伏する事に修養しなければならないであろう。人は各々その性格の中に、うっかりするとその性格を喰い尽してしまうところの毒素を持っている。私が若しこの感情をあおり立てたならば、それは私の個性の完成を乱す最大の毒素となるに違いない。

全然そういう感情の欠如してしまう事は、これは又余りにこの人間世界に対して無責任になってしまう事である。そうなってはいけない。けれども今の私のように、その感情によって始終ハアトを痛められ、始終焦燥に駆られているのも、決して道徳的であるとは云えない。

こうして、「一方に傾けば無責任になり、一方に傾けば又自滅となる」自身の感情生活にどうして平衡を実現するか、広津の思考態度を貫く自己規制の課題は、実にこのような心情の処理という点にかかっていたのだ。「毒素」と自から呼ぶこの感情に苛まれる苦痛と、その圧迫を逃れようと計る自己防衛の衝動と、一方そのような感情そのものもモデレートされ得るならば人間精神の生産的な基軸であるにちがいないと評価する理性と、このような意識のからみあいのなかで落着く所を得ない「焦燥」にのみ駆られている広津にとって、「私自身だけの問題として」でも、応急の処方が必要であった。そして、苦痛と圧迫を彼自身に常に与え続け、それが「個性の完成を乱す程度」にまで非合理な否定的な力をふるっている事実に恐怖を感じ、程度をこすその跳梁を圧殺しようと努めてはいても、問題のその感情それ自体を人間道徳の最低与件として肯定的に評価する彼の根本態度は崩れない。彼が欲しているのは「この感情」をその極端で病的な発作から平均水準における健康な機能回復へモデレートする方法であって、「そういう感情の欠如してしまう事」ではない。現実に自分が感じている苦痛がどれほど耐えがたくても、今は「毒素」になっているその感情の正常な流露の状態を想定し、それを理論的に肯定する彼の第一前提は不動である。本来、眼前矚目の動物の不幸にささやかな同情を感じる仏心の自己満足、これほど実は広津の意識状態から遠いものはなかった。もし広津が、そのような懐手した遊俳のふやけた自己満足にもとづいて、アルツィバーシェフに対抗するために責任の概念を対峙したのであったら、それは夜郎自大のカリカチュアにすぎなかったであろう。しかし、広津の場合はその正反対であった。彼が実際に自分の身内に感じているのは、ぬるま湯のようなモデレートされた同情心の感傷ではない。感情が沸騰点に達して精神を蝕む苦痛の意識であり、そのために失った平静をとりもどそうとする焦燥であった。彼にはまだモデレートされた平均的な同情の感傷に身をひたらせた経験はないのであって、猫や虫の苦痛を見聞きすることがそのまま直ちに心臓を圧迫する病的な苦痛の反応しか、彼には実感されていないのだ。従って、このような苦痛を惹きおこす原因である極端な同情衝動をどうして制御するかという脱出口の模索が、彼にとっては焦眉の問題である。

しかるに、ふりかかる火の粉をまず払いのける反射運動のようなこの衝動に駆られながらも、広津がその思考の第一前提に据えるのは、推論による仮定としての、モデレートされた同情衝動の平均的状態に対する理想視である。すなわち、彼がもっとも警戒したのは、自分の「この感情を圧伏する事に修養」するのあまり、振子が逆に走って、同情衝動そのものの全般的否定に自分をつきやる破目になることであった。もとより、現実の苦痛からは脱出しなければならぬ。しかしその努力の過程において、自分を正反対の極端にまで追いやることがあってはならぬ。この自戒を抱いた広津の眼に、アルツィバーシェフの理論が、ほかならぬ彼が目下恐れ警戒する極端の論理の典型として映ったのではあるまいか。すなわち広津は、アルツィバーシェフの立っているまさにその地点へ自分を追いやるに足る要因と動機が、おのれの心情のなかに潜在することを認めたために、精神の不随意筋に意識的に滑り止めを施そうとした。その計らいが、自分にとって好ましくない前方の地点の立地条件をあらかじめ批判するという姿勢を導いたのである。論証の精密などに力を尽くすいとまもなく、他者に対して十分な説得の効果を発揮することができるか否かを予測する余裕もなく、あのように性急な独白的主張を表白しなければならなかったのは、広津自身がおのれの感情の病巣につき動かされて、思考の廃棄および感情の消滅としての「無責任」の状態におちこむことを警戒する結果、おのずから強引な自己調律を急いだからであったのだ。

以上に覗き見た如く、「自由と責任とについての考察」一篇は、自分の内部にわだかまる或る種の厄介な精神の衝動を評価し処理するに際して、広津が辿る思考径路の特徴を、この上なくあきらかに示している。彼は自分の精神衝動を構成する諸要素のどの部分に対しても、all or nothing の態度をとらない。「虫一匹殺す事が出来な」い自分の性情にヤニさがることが決してないように、同時に又、それが自分に苦痛を与えるからとて、全面的に圧殺しようとは望まない。それが今のところはどれほど自分に苦痛を与えているにしても、その原因は、当該感情衝動があまりにも熾烈であるという現象そのものにすぎないのであることを彼は確認しておく。そして、その衝動の発現体である当の感情の原質それ自体は、モデレートされて平均的静謐状態にあるかぎり、すぐれて人間的な肯定的特質であるのだと、論理的に評価することを忘れなかった。衝動にしめつけられる苦痛から脱却したがるのあまり、当の感情の湧出そのものを根柢的に否定し圧殺するの極端を避け、解毒剤の濫用による体質の破壊を自戒し、心的状況の平均的正常化をだけ希求した。かくて、「毒素」ともなりかねまじき「この感情」の処理にあたって示した戒律僧的思考態度の普遍的意義をひそかに信じ、それを人生に処する全人間的態度一般に拡充する観点に立って、彼は自分の文学的主題を摑みとろうとする。すなわち、「自由と責任とについての考察」に表白された思念にあくまで忠実に生きようと決意した個人にとって、おのれをとりまく社会的連累との間にどのような人間関係が生じるか、それを追究することをテーマとして構想されたのが、ほかならぬ「やもり」「波の上」一連の作品である。作品の構成と批評の論理とにまたがって一貫する広津の発想の個性は、ここにはじめてその精髄を示すことになるのである。

三

大正六年から九年に至る足かけ五年間、この広津和郎創作力の真の燃焼時代における作品数は、大正期作家たちの平均生産高に較べるとき、決して少ない方ではない。しかしそのなかには編集者の催促につられてかなり安易に、手慣れた話術によって書き流されたと見られる作品も多く、大正期特有の嘱物感遇的にさらっと仕上げられたその場かぎりの短篇がほとんどで、本当に彼が抜きさしならぬモティーフを生かして、今日尚読むに堪えるだけの個性的沈潜に達している佳作は、平野謙の指摘するようにごく僅かにすぎぬ。この時期の彼の文学意欲を本当に結晶し得たのは、後年自筆年譜のなかで「愉快ならざる結婚生活」「数年間悩みたる結婚生活」と呼んでいる大正四年から九年にかけての暗い生活の苦悩に取材した「やもり」「波の上」などに尽きるのである。それ以外の作品は、たとえば「死児を抱いて」などが典型的にそうであるように、「やもり」系列のモティーフを水に薄めた話術の演習にすぎなかった。

「やもり」は、愛することのできない女に男の子を産ませ、彼女とのこれからの生活が決して幸福をもたらさぬにちがいないという予想と、子への制しきれない愛情とにひきさかれてその処置にまどい、「何の統一も、何の光明も、何の目標」もない「不決断の憂欝な日」を送る男の暗い生活記録である。この一篇のモティーフは、ほぼ次の件りに要約されている。

——正直に云ふと、私の本心は、彼女と結婚しようとする解決とは、全然反対の方へ走ってゐたのである。余りに明瞭に、彼女と別れたいと云ふ一念に燃えてゐたのである。そしてそれが余りに明瞭であり過ぎたがために、私はその本心を真正面から見つめる事を回避した。その本心の思ってゐるがままに行動するのは、何ぼ何でも余りに勝手気儘に過ぎるやうに思はれた。そこで、私は自分に向って意地を張って、その本心の通りに振舞ひたがる自分を、一生県命に抑へつけてゐたのである。（中略）感情には予定がつけられない。そのつけられない筈の予定を、私は無理につけやうと思ってゐたのである。そしてそれが、自分の人間としての責任だと思ってゐたのである。

「やもり」の主人公の意識がおちこんだ苦悩の核心を、これ以上簡潔に分析することはおそらく不可能である。そしてこのように、作者自身による主人公の心理構成の定式化が作品の冒頭部分に据えられていることがあきらかに示すように、「やもり」系列の作品群は、主人公がなぜこのような思考の泥沼に落ちこんだか、そのいきさつを辿ることをテーマとはしていない。一篇の構成は、こうして提示されたような心的態度を既成の前提として、一旦その悩みに足をとられてしまった人間の苦悩そのものを描くことである。すなわち、広津のテーマは、なぜ悲劇が生まれたかという発生経過の分析ではなく、すでに蹉跌した人間の姿の追究であった。蹉跌と苦悩、これは広津が作品を組み立てるにあたっての前提条件だったのである。

さて、彼女を愛していない、また愛することができないという自覚が明瞭であるにもかかわらず、その「本心」に従って行動することが「やもり」の主人公にとって、なぜ「何ぼ何でも余りに勝手気儘に過ぎる」と自責されるのか。その思考径路について、「やもり」の続篇ともいうべき「波の上」では、次のように告白している。

併しそこが僕の心の不思議な病気なのだ。妻を愛してゐないと云ふ事が、どうしても自分の罪と思はれてならないからだ。勿論進一の事もある。――けれども、愛してゐなくとも妻と罪を犯したと云ふ事が、どんな苦痛が生じても、やっぱりそれを受けてゐなければならないと云ふ気を、僕に起させるのだ。――いや、もっと打ちまけて云へば、彼女に対して僕の心内に溢れてゐるイゴイズム、それが僕に恐ろしいのだ。その恐ろしいイゴイズムを正視する事が堪へられないために、却ってそれと反対なものを持って来て、無理やりに自分の上に、おっ被せようとしてゐるのだ。

「自由と責任とについての考察」の後半で、猫や虫けらの苦痛をそのまま自分の苦痛にひき直して心臓の圧迫を感じる特殊な心情、終始焦燥にしか導かれない「毒素」として描きだされた広津の「不思議な病気」が、実は、このような自分の行為と志向に対する自責の思念の、日常生活感情への波及反映であったことが、これらの言葉によってときあかされたわけである。

「やもり」「波の上」一系の作品群を生んだ広津のモティーフが、みずから「罪」と呼ぶ行為を避けることができなかった成り行きについての陳状や弁解、または自責の身振りによる後悔、或いはその感傷的哀訴を通じて理解と同情を求める真情の吐露、そのような哀傷の表白を以て、いわゆる人間性の一面をかすめようという下心などと、まったく無縁であることは、誰の目にも明らかである。広津が要約した問題意識はただ一点、すでに生じて動かすことのできない事態にたちいたった自分と彼女との関係の処置について、自分自身がギリ〳〵のところいかに判断し何を欲しているのか、そして、この問題をめぐる思念にあらわれた自分の思考態度を我れとみずからどう評価すべきか、この錐でもみこむような自己分析に集中している。広津は、自分がおちいった窮境の苦痛をそのものとして訴えることや、やむを得なかった事情を弁解することを、決して作品の構成のなかに組みいれなかった。彼が描こうとしたテーマは一貫して、窮境からの脱出口を求めて苦悩する姿、地獄から這い上がるための足掻きを、自分の意識内部の劇として定着することであった。「やもり」「波の上」の主人公の意識と苦悩に、この作者独特のリアリティを附与することができたのは、彼の自己分析をその出発から帰結まで規定している一種の力学、すなわち一切の自己合理化に潔癖な警戒心を針のように尖らすその斥力の緊張によってなのである。

女との関係を「罪」と呼び、その発条を「イゴイズム」と名づけてはいるものの、この主人公がそれらを単純に〝悪〟であると恐れ戦く懺悔宗の虜でないことは言うまでもない。人間の行為を誰に向かって罪と呼ぶのか、ひとつの行為を罪であると評価するためには、評価軸を体現する或るなにものかが必要である。そのような意味における〝神〟が彼の意識に塵ほどの位置をも占めていないことは明らかである。「罪」とか「イゴイズム」とかいう言葉はことごとく、主人公の精神の劇、その自己回転の渦がはねあげた飛沫であるにすぎず、それは、自分の衝動や行為を、敢えて「罪」と呼び「イゴイズム」と呼ぼうとする主人公の自ら課した戒律の反映にすぎない。すなわち、彼は自ら求めて自分の行為を罪であり悪であると見立てて、自己処罰による倒錯の快感を貪るの愚を演ずる輩ではない。自己合理化に赴くことを避けようとする警戒心のあまり、対極に走って偽悪による救済を求める安易、それはもとより彼の肯う方向ではなかった。広津自身が、「自由と責任とについての考察」を、

一方に傾けば無責任になり、一方に傾けば又自滅となる。——人間のこの感情は不思議な作用を我々の生活にしているものであると思う。

と感慨をこめてしめくくっているように、「やもり」の主人公の思念は、一方の極端に走ることを以て真摯さの証しとする自己欺瞞とは無縁である。彼の問題意識は、罪悪感と贖罪衝動への牽引によってではなく、ただ自己合理化への斥力によってのみ、支えられているのである。

では、罪の自責と贖罪の涙に苦悩を解消する方向を辿ることなく、そして自己合理化を鋭く斥ける戒律に添って、彼が苦悩の泥沼から脱する方法は一体なんであろうか。「やもり」「波の上」の作者は遂にこの問に答えることができない。広津はただ、彼をとらえて離さない苦悩のリアリティを、それに全人間的にとりくむ主人公の力技の持続を、描きだすことにとどまらざるを得なかった。大正八年に彼は『ストリンドベルグ評伝』[12]を書いているが、おそらく生活費の足しにと仕方なく引き受けた翻案的やっつけ仕事にすぎなかったであろうこの書の、無味乾燥な梗概の羅列の途中に、ふと挿入された次の言葉が思い出される。

彼の劇が性の葛藤の他に多く出でないことは真実であるが、彼は自分の苦悩で裏打ちして描いた。

広津自身、「やもり」「波の上」のテーマそのものに、なんらかの斬新な意味を認めていたわけではなかろう。彼が固執したのは、おそらくこの作品群を、「自分の苦悩で裏打ちして描いた」ことに寄せるほろ苦い自恃であったのだ。そして、「やもり」「波の上」の世界からの脱出方向に、目下のところなんの目安もなかったにしても、もし偶然の訪れのように解決の糸口が見出される場合があるとしたら、それは、この事態の紛糾に苛まれている主人公の独自な心情、妻から「——あなたは責任をのがれて、逃げ出さうといふ事など出来ない人な

のよ」と言われるような「私の心の底にひそんでゐる或物柔かさ」の固執と延長の上にしかあり得ないであろうという見込みだけを、主人公はかすかに信じているのである。

こうして、「アルツィバアシェフ論」から「自由と責任とについての考察」へと続くエッセイと、「やもり」「波の上」らの一連の作品系列とに底流する広津文学の発想の基本形態が、おのずから浮かび上がってくる。ひとりの人間がおちいった窮境と苦悩を、生活者としての面と思考者としての面とないあわせた視角から、その破滅的で自己蚕食的な状態からの脱出を求める意識の焦燥に焦点を合わせて描きとること、事態の重みを情緒で薄めることなく現状を現状として把握すること、これが広津の狙いであった。そして、魂の病いのなかから、自己合理化への斥力を軸に、救済の微光を模索するいとなみを辿ることにおいて、彼は自分自身にとってのっぴきならぬ個性的な性格形象の端緒を把み、自己の文学的課題を設定し得たのである。

四

その文学的出発にあたって、自分の文学的課題を以上のように集約した広津は、この観点から、トルストイの「クロイツェルソナタ」のテーマを、「波の上」のなかで、次のように批判することとなる。

そっちに行くと、溝に落ちるぞ、かう云って、此人生の危険区域の入口に立札をしてゐるのだと云ふ事だけはよく解る。併し危険区域に陥ってゐる者に対しては、救ひにも何にもならない。危険区域に入り込んでしまった者に対して、どう云ふ処置を取り、どう云ふ同情を表し、どう云ふ愛を示さうと云ふやうな考は、あの作を書いた時のトルストイの頭には少しもない。唯陥ってゐるものに向っては、彼等の陥ってゐるところが、如何に恐ろしいかと云ふ事を、詳細に、根気よく示して見せただけの事だ。偉大な精力を以て、それを明瞭に描いて見せただけの事だ。何の愛もありはしない。

広津が同時代のトルストイ熱に抗して書いた数篇のトルストイ論、なかでも、相馬御風への反撥にもとづく「トルストイとツルゲエネフの決闘」[13]、それから「怒れるトルストイ」、およびその続篇「如何なる点から杜翁を見るか」[14]と書き進められてきた彼のトルストイ批判の帰結が、遂にここまで煮つめられた定式化となってあらわれたのである。

広津が「怒れるトルストイ」を書いたとき、当時の思想界および文学界が、トルストイ崇拝熱にどれだけ浮かれていたか、今からでは想像に絶するほどであったようである。丁度そのとき、その気運を代表するかのような雑誌『トルストイ研究』に掲載されたこの論考が、そのような地に足のついていない風潮に対するもっとも着実な批判であったこと、その歴史的意義のゆえに、「怒れるトルストイ」は感銘深い問題作となっている。と同時に、冷静に自分自身の問題意識に照らしてトルストイを読み解こうと身構えることなく、頭から神聖視していた多くの読者の雷同的意識水準を予想しなければならなかったために、「怒れるトルストイ」は、この時代の広津の他の評論群に較べるとき、段違いに堅苦しい論証的な身繕いを示し、自分の肉声をおしころしてできるだけトルストイのボキャブラリイを使って議論を運ぼうと努めているその姿勢の無理が随所にあらわれて、論旨のかなり生硬でまた迂回的になっていることが、力作であるだけに惜しまれるのである。

トルストイ宗徒に対してなによりもまず説得的であろうとする広津は、自分の問題意識や思考態度のプリンシプルを表に出すことを終始避け、トルストイ自身の具体的な言葉のひとつひとつに控え目な不審紙を貼りつけてゆくため、勢い議論は長くなっているが、彼の論旨そのものは、陣構えの大きさに比して、かなり簡単である。殊に、アルツィバーシェフが「トルストイ論」のなかに書きつけたトルストイの臨終の一言をめぐる分析は、トルストイを盲目的に理想化する傾向を切り崩す一助にもと力をこめて説き続けている広津の熱意だけが浮き上がって、話柄自身が枝葉の部分にまぎれこんでいるとの印象を禁じ得ない。トルストイが、五誡のうち「悪に依って悪に抗する勿れ」を最重要視して、そこから「怒る勿れ」の解釈に向かった論理の筋道に、広津は問題の所在を見出す。そして、トルストイが社会悪に対して「憤激」と「呪詛」を自ら禁じることができず、その「discord」が自己完成の障害となった事情を指摘する。「その動機において愛なるものが」、「憎しみとして表現され」ざるを得なかったトルストイの心情にひそむ「呪咀の毒気」が、「イワン・イリイッチの死」や「クロイツェルソナタ」を「傷に塩」のごとき作品としてしまった錯誤の源泉であると彼は考える。広津の論旨はほぼ次の章句に要約されている。

誡むべき小乗の怒の上に、更に讃美すべき大乗の怒のある事を説く事によって、トルストイの怒を弁護しやうとする論者も、トルストイの怒が大乗どころか、認識不足から生ずるヒステリイ性のものに過ぎない事を、これを見たら否定するわけには行かないであらう。

また、

トルストイに取っては、真の芸術家は、此世の不幸、悪の跳梁を憤る事によって、絶えず苛々し憔悴してゐなければならなかったのである。此思想は終に生涯彼を去らなかった。彼は肉体を苦しめる実感の外、此世の生活に意味を見出す事が出来なかった。彼は恐ろしい苦行派的肉的リアリストである。

こうして、同時代のトルストイ宗徒が我が仏尊しの熱狂のあまり、トルストイを後光の射すような円満具足の人道主義者や、また愛と苦悩の権化のような求道者という風に、神格化偶像化していたそのさなかに、広津はトルストイ像のなかから、「認識不足から生ずるヒステリイ性」をあばきたてたのである。明治から大正中期にかけて、海外の思想家また芸術家の誰彼を、常に見境いなく美辞麗句を以て偶像に仕立てあげる習慣から、ジャーナリズムがまだ脱しきれなかった時代に、隅から隅まで自分のリズールとしての実感に裏打ちされた広津のこの歯に衣着せぬ周到な批判は、日本の思想界文学界が、思想に対する主体的な理解の態度を徐々に我がものとしてきた過程に、もっとも早くその模範的実例を打ち立てた貴重な業績であると言わねばならぬ。

ところで、トルストイの「ヒステリイ性」の根源を探ってゆく広津の分析は、トルストイ自身の語録から証拠となる部分を丹念に拾いだす操作を中心としているため、広津の批評志向を直截に語る部分が見当たらず、彼のモティーフはこまごました論証の行程に埋没したうらみがある。従って、「怒れるトルストイ」が、広津としては自分の批評的能力を十全に発揮した意欲的なエッセイであったことに疑いを容れないけれども、トルストイその人をなぜ彼が批評の問題としてとりあげたのか、トルストイに対する自身の究極の評価はどうか、という批評構成の精髄の部分は、遂に表現されることなく終わってしまった。そのため「怒れるトルストイ」には、広津らしくない一種のポーズがつきまとっている。そして、論理の内容においても、トルストイのうちなる「毒素」はなるほどあざやかに摘出されたが、その「毒素」が広津にとってどのような問題を意味しているかは、遂に語られることがない。「怒れるトルストイ」は、広津の読者に対する表現上の遠慮と、問題をあくまで客観的分析のための議論たらしめようとする熱意が逆に災いして、トルストイをただトルストイの問題として論じるという態度から一歩も出ることができなかった。そして、トルストイ問題についての広津自身の批評的志向の肉声による表白は、同じ『トルストイ研究』に半年後、さきの論考がまきおこした読者および批評家の反響に答える意味をかねて、「怒れるトルストイ」を書いた自分の意図を随想風に語った「如何なる点から杜翁を見るか」を俟たねばならなかった。

「如何なる点から杜翁を見るか」は、「或批評家達に与ふ」[15]と並んで、批評家広津和郎の方法叙説をなしている。この二篇を一読する人は誰でも、たとえば後年小林秀雄が、「様々なる意匠」[16]を皮切りとする一連のショッキングな文章において声高に説いた近代批評の諸原理が、なんのケレンもないさりげない口調で、しかし確信を以て語り尽くされている事実に目を見張るであろう。批評とはなにかという問が、いくらかの期間をおいてはジャーナリズムの話題としてとりあげられるたびに、議論の堂々めぐりが最後に落ち着くことを常とする批評理念の根幹を、広津はすでに「如何なる点から杜翁を見るか」の序論の部分で、執って動かざる自分の批評原理として宣明している。同じように、文芸批評はこれでよいのかと、ジャーナリズムが時に立止って反省の論理を誘発するたびに蒸し返される批評精神の精錬への希求が、すでにもっとも厳しい言葉で、「或批評家達に与ふ」に論じ尽くされている。近代日本の批評史を通じて、文芸批評という一個独自の文学ジャンルを、類似する他のもの一切から切離し、その自律的方法意識をはじめて結晶した名誉は、広津和郎にこそ認められるべきなのである。

「如何なる点から杜翁を見るか」は、無理解な護教衝動に凝り固まっている読者群に対し、彼らが投げつけてきた見当ちがいの非難の幾つかを例にひきながら、「怒れるトルストイ」を書いた自分の意図を説明することを本旨とする。広津がトルストイを批評し得るのは、「僅ばかりでも持ってゐるその経験によって、私が知り得た人生と云ふもの」の把握が前提となっているからこそである。「トルストイと私と何故意見が違ふか、それを見るのが何よりも一番私には重大な事に思はれたのである」と言い切って、広津は自分の批評概念について語る。

　トルストイを観察し批評して行く事は、直ちに又私自身を観察し批評して行く事になるのである。

そこで広津は、「トルストイの熱情、トルストイの意思の力、トルストイの厳粛さには限りない尊敬を払はずにはゐられない」けれども、それで話がかたづくのではなく、問題はそこから始まらなければならないのだ、と考える。トルストイは「その熱情、その意思の力、その厳粛さを如何に導いたか」、その点に彼の目が注がれる。

「怒れるトルストイ」のなかで、トルストイのうちなる「毒素」を摘出し、そこにトルストイの不幸を見出した理由について、広津はこう語る。

　私は此やうにすれば、もっとトルストイは幸福になりはしなかったか、此やうにすれば、彼が彼の終りなき苦痛から救はれはしなかったか、と云ふ事をいろいろに考察しながらトルストイを見て行った。

従って、トルストイの discord を宿命と見做す視点を、彼は肯定することができない。

　実際トルストイは彼自身が背負って生れた毒素を変へる事は出来なかった。だがそれは彼の修養の方向が違ってゐたからではないか。

性格の基底がどれほど根深いものであろうと、自己修正を加えることの絶対不可能なほど、それが宿命的であるとは広津は考えない。いや、考えたくないのだ。

　人は自分の持って生れた性格の色合を、全然変化させてしまふ事は出来ないかも知れない。白から黒を作り出す事は出来ないかも知れない。けれども、人は自分の性格の毒素となり欠陥となるべき要素の発現の度を減少し、成長を助ける薬となるべき要素の度を増大する事は出来る。此処に人は自己の持って生れたものを修養する余地と自由とを残されてゐるのである。これは私の信念である。

広津がトルストイの「毒素」になぜあれほど根深い問題性を探知したのか、その理由は、彼が人間のうちなる「毒素」を、自覚と修養とによってモデレートすることの可能を信念として把持していたかったからにほかならぬ。そして、彼がそのような信念を発酵させたのは、ほかならぬ彼自身の性格についての反省と苦痛とのせいであった。

　私が焦燥が如何に人生に害があるかを説かうとするのは、私自身が始終此焦燥に苦しめられてゐるからである。此焦燥が私の生命を害して行く事を、私は始終経験してゐる。私はこの経験を説かうとするのである。

こうして、トルストイを論じるにあたって広津の辿った問題意識のスケールが、彼自身によって今度こそ直截に描きだされることになった。そして、これこそまさに「やもり」「波の上」一系の作品群のモティーフそのものであり、またいわゆる性格破産者の形象に実感の裏づけを与えることのできた広津の思念の基本性格であったのだ。

「怒れるトルストイ」から「如何なる点から杜翁を見るか」を通じて、トルストイの思考の分析に比肩する者のない冴えを示した広津の思念が、自分の性格によって苦しめられ傷つけられている広津自身の自己救済への願望と決意に基づいていることは、彼が自ら語るところである。「持って生れたものを修養する」ことへのこのような凝縮された希求があってこそ、彼のトルストイ批判が単なる思想問題の論議にとどまらず、独立した感銘深い批評にまで高められたのであることは論をまたない。が、さらに重要な問題は、広津の自己把握自身が、危機の予測と恐怖、信管に火はついても「毒素」がまだ爆発しない前という段階での予備衛生の意識に発しているのではなく、すでに自分の性格の「毒素」の犠牲となっているという自認に根ざしていることである。従って、広津文学におけるいわゆる性格破産者の影像は、潜在的毒素を観念操作によって電極に集結するという表現方法の問題ではなく、そこからの脱出意欲をカギとしてようやく客観視することのできた自己現実の危機の様相にほかならなかった。従って彼にとっては、おのれのうちなる性格の毒素をいかにしてモデレートするかという課題は、人生の危機にたちいたった我が身をどうしてそこから脱出させるかという苦闘と、ひとつであってふたつではなかった。「怒れるトルストイ」における批判をさらに隈どりするような、「波の上」で「クロイツェルソナタ」の発想を斥けたあの一節は、トルストイに対する批判がそのまま広津の問題意識のくっきりした定着となっているが、あの煮つめた言葉を、トルストイ問題についての彼の思考の総決算たらしめた理由は、広津の発想が、実におのれの人生の危機意識に根ざしていた事実そのものにほかならぬ。

　こうして、「怒れるトルストイ」から「波の上」へと、広津の思念は次第に凝結してゆくが、その文学的追究の過程において、自分の発想を固執する彼の目に、彼とは対極に立つ生活者および作家としての理想像が時とともにその姿を明確にしてゆく。それがすなわち志賀直哉である。細かい無数の鋭敏な触手を対象の全組織にくりのばすように行き届いた理解と、それによって焦点をあわせた作家像に寄せる真摯直截なオマージュの清潔さとにおいて、日本近代文学がはじめて持ち得た真正の作家論たる「志賀直哉論」が、広津の言わば解毒剤として構築されることになるのである。

五

大正八年に書かれたこの「志賀直哉論」が、その日付を疑わせるに足る斬新と精錬を見せ、文芸批評だけにしか求めることのできない類いの発想と表現を確立した記念碑的業蹟であることは、十年後小林秀雄が、「様々なる意匠」における同時代文学現象の撫斬りを裏づける肯定的理想像として、「世の若く新しい人々へ」宛てて書いた「志賀直哉」[17]も、論の骨格において広津のこの一文をぬけでることができなかったこと、広津が志賀の周りにはりめぐらした足場をとり払って、別個独自の志賀批判を構成する仕事が、昭和二十八年の中村光夫の『志賀直哉論』[18]にいたるまでほとんど不可能であったこと、これらの批評史的事実を挙げるだけで足りるであろう。

広津が志賀のなかに見出した精神の傾性は、「抽象よりは具体、綜合よりは個々」へと進む、「かなり徹底した立派なリアリスト」である。このリアリストを支えているものは、「鋭い理智と正しきものを愛する熱情に燃えた心」であり、それはまた「些細なものによって全体を活躍させる驚くべき技巧」となってあらわれる。ところで、問題の中心は、志賀の「冷徹で鋭敏」な眼光が、彼を傍観的な認識者に終わらせなかったという点にある。

> 氏はさうした冷徹な鋭敏な眼を持つ人のややもすると陥るあの冷笑的、嘲弄的な分子を少しも持ってゐない。その代りにかなり色濃い憂鬱があり哀憐がある。それは氏の心がむきで、清浄で、そして常にその指針の狂はない証拠である。

広津の目は志賀文学の根柢に「常にその指針の狂はない」性格基調を発見する。「やもり」の作者が、志賀のこのような精神状況にどんな気持で相対しているか、いまさら言うまでもないであろう。

> ——若しかうした氏の性格の奥底に、結局は正しきものに向っての指針の狂はない氏の飽くまで清純な心がなかったならば、或はそれ等の強情我儘は、氏の人格を毒害してしまふところの毒素となるかも知れない。

志賀の性格のなかにひそむ否定的傾向が彼を損う「毒素」となって結晶することを妨げた抵抗素はなにか。広津にとってこの間の事情は最大の関心事である。

若し志賀氏があのように鋭い神経と感覚、殆んど病的でさへある鋭い神経と感覚とを持ちながら、それに相応した強い性格を欠いてゐたならば、氏は恐らく氏自身の神経や感覚の重荷を背負ひ切れずに、敏感によって意思の力を圧伏し去られたあの近代病者の一人になったであらう。

こうして広津は、志賀直哉のリアリズムを支える作家精神の構成要素に「清純な心」と「強い性格」とを見出し、「近代病者」に対する反措定としての意義を認める。以後三十数年を通じて文壇が志賀に寄せた羨望的肯定の評価軸が、ほかならぬ広津によってここに設定されたわけである。

もとより、「清純な心」と「強い性格」という二面から広津の把えた志賀の性格傾性が、志賀文学の青春期をみのり豊かにした要因であった事情は否定できないにしても、そのような志賀の心性が、真に近代的な自力による自己形成の試錬から産みだされた思想的文学的パン種と言うに値いしないものであったことは、中村光夫の周到な追究によって、今日もはやあきらかになったところである。しかし、志賀文学の内実を、日本文学がこのように理解するには、昭和期三十年の文学歴が必要であったという事実を忘れてはならぬ。この期間、頭上に志賀文学の投げかける影を感じないで自分の仕事を進めることのできた作家が数少なかった経緯は、夙に中野好夫[19]・小田切秀雄[20]・中村光夫[18]らによって指摘された通りであった。このような疑うべからざる文学史的事実の重みと意味内容とを、大正八年頃にほぼ完全に把握し表現した広津の批評意識は、やはり卓越していたと言わなければならない。そして、時流を抜いたこの予言的把握を可能にした要因は、「神経病時代」[21]を処女作としてその文学的キャリアを始めた作家批評家広津和郎の、自己のうちなる近代病疾患との対決意欲にほかならなかった。

広津にとって、志賀の文学に寄せる自分の理解と共感がどれほど真実であっても、それは結局理想像に寄せる憧憬にとどまらざるを得なかった。志賀文学が近代病に対する反措定ではあり得ても、遂にその超克者となって進みでることのできなかったその光源の弱まりを、広津は痛惜の念を以て追究する。

いや、氏の性格は、単に強さと云ふやうなものではない。或場合には、殆んど爆発性さへもその中に光らせて来る。若しひと度それが爆発してしまったならば、それこそ氏自身にも手がつけられない。「感情には予定がつけられない」と「和解」の中で氏は云ってゐる。此事は氏が此爆発性をみづから意識して、それに対して如何に用意周到の警戒をしてゐるかを示してゐる。若し此世の醜悪、凡庸と妥協すまいとする氏の警戒性を、第一段の警戒性と名づけるならば、この自己の爆発性に対する氏の警戒性は、それよりももっと複雑な、第二段の警戒性と云ふべきである。

志賀のなかには「事物の必然性を乱すまいとする用意周到の警戒の念」があって、この心的態度が彼に「独得の風格と強みと」を与えていることを指摘しながら、同時に広津は、志賀におけるそのような「用意周到の警戒性」が、彼の「のびのびとした感情の成長を、多少阻害」し、彼が「次第に引込み思案になって来た」傾きを生んだのではないかと注意する。

醜でなくて美、不調和でなくて調和、不自然でなくて自然、戦でなくて平和、動でなくて静……そして此要求から、氏には一種のセンチメンタリズム、複雑を通り越して単純を求める一種独得の志賀氏のセンチメンタリズムが湧いて来たのである。

結局、志賀は「此世の刺戟から遠ざ」かって行くことになるのではないか、と危惧を表明することによって、「志賀直哉論」一篇は終る。広津は、志賀文学が近代病疾患の超克者ではなく、近代病疾患をうつしだす鏡としての存在に終るよりほかないことを、その衷心からの讃嘆の果てに、自覚せざるを得なかったのである。

こうして、自由に対する「責任」の観念に固執し、トルストイにおける愛の欠如を剔抉し、志賀直哉の強い個性に羨望の眼を注ぐなど、多くの批評的課題において、常に自己の内なる危機の意識を軸とすることにより、広津はよく近代批評の一範例をうちたてることができた。と同時に、彼が誠実な苦悩を以て追究した思想上文学上の課題は、所詮この時代にあっては解決も脱出も不可能な袋小路であったから、次第に彼は動きがとれなくなり、その第一期の作家および批評家としての活動を閉じることになっていったのである。

注

(1) 広津和郎「怒れるトルストイ」(雑誌『トルストイ研究』第二巻第二号・大正六年二月号・と、第二巻第三号・同年三月号・との二回に連載完結。文末に「大正五年十二月二十九日」と日付けが附記されている。のち『作者の感想』、『わが文学論』、『現代文学論大系』第三巻、『現代日本文学全集』第三十二巻『自由と責任とについての考察』、『現代知性全集』第四十四巻、などに収む)。

(2) 広津和郎「志賀直哉論」(『新潮』大正八年四月号・未見、のち『作者の感想』、『わが文学論』、『現代日本文学全集』第二十巻、『現代文学論大系』第六巻、『昭和文学全集』第四十八巻『自由と責任とについての考察』、『現代知性全集』第四十四巻、などに収む)。

(3) 広津和郎「自由と責任とについての考察」(『新潮』大正六年七月号・未見、『自由と責任とについての考察』にだけ収む)。

(4) 広津和郎『作者の感想』(大正九年三月・聚英閣)。

(5) 広津和郎「やもり」(『新潮』大正八年一月号)。

(6) 広津和郎「波の上」(『文章世界』大正八年四月号)。

（7）『現代日本文学全集』第四十八篇（昭和四年十一月・改造社）の「年譜」では、大正十年（三十一歳）の項に、「創作に興味を失ひ、間に合せの作のみを書く。『隠れ家』『ひとりの部屋』やや見るに足る。」とだけ書かれてあった。しかし、「ひとりの部屋」は『中央公論』大正十一年五月号に、「隠れ家」は『改造』同年六月号に、それぞれ掲載されている。また『現代日本文学全集』第三十二巻（昭和三十年十二月・筑摩書房）の「広津和郎年譜」は、前の「年譜」および「各種文藝年鑑を参照し、更に著者の口述を合せて、山本容朗氏の作製に成る。」と注記されており、この年譜には大正十年の項自体がなく、引用した言葉は十一年の項に移されている。前の年譜でこの言葉と一つらなりのような恰好で挙げてあった二作品が、実は大正十一年の発表であるから、それに従って山本容朗が移したのか、広津自身が思い違いを確認したのか、その点は不明である。

（8）平野謙「広津和郎論」（雑誌『群像』昭和二十七年一月号、のち「広津和郎Ⅱ」として評論集『現代の作家』・三十一年五月・青木書店・に収む。この本はのち『現代作家』と改題して角川文庫に編入）。

（9）広津和郎「アルツィバアシェフ論」（『早稲田文学』大正六年五月号・未見、のち『作者の感想』に収む）。

（10）粂川光樹「『異邦人』論争」（雑誌『国文学解釈と鑑賞』昭和三十六年七月号・特集「近代文学論争事典」）参照。

（11）中村光夫「カミュの『異邦人』について—広津和郎氏に答ふ—」（『群像』昭和二十六年十二月号、のち「異邦人論Ⅱ」として評論集『異邦人論』・二十七年七月・創元社・に収む）。

（12）広津和郎『ストリンドベルグ評伝』（「泰西文豪評伝叢書」第三篇・大正八年三月・春陽堂）。

（13）広津和郎「トルストイとツルゲエネフの決闘」（文末に「四年十二月」と注記あれど初出未詳、『作者の感想』に収む）。

（14）広津和郎「如何なる点から杜翁を見るか」（『トルストイ研究』大正六年七月号、のち『作者の感想』に収む）。雑誌の目次には「トルストイに対する私の立場」とある。

（15）広津和郎「或批評家達に与ふ」（文末に「七年十一月」とあれど初出未詳、『作者の感想』に収む）。

（16）小林秀雄「様々なる意匠」（『改造』昭和四年九月号・未見、のち『文藝評論』、『様々なる意匠』・「文藝復興叢書」・九年五月・改造社、旧全集第一巻、新全集第一巻、などに収む）。

（17）小林秀雄「志賀直哉（世の若く新しい人々へ）」（雑誌『思想』昭和四年十二月号、のち『文藝評論』、『様々なる意匠』、『作家論』・二十三年六月・民友社、旧全集第三巻、新全集第一巻、などに収む）。

（18）中村光夫『志賀直哉論』（はじめ雑誌『文学界』昭和二十八年一月号・四月号・七月号・九月号・十一月号・十二月号の六回に連載完結、のち「年譜」を加え、二十九年四月・文藝春秋新社より刊行、のち「現代作家論集」5・三十三年九月・五月書房、として再刊、また「年譜」をのぞいて『中村光夫作家論集』第一巻・三十二年一月・講談社ミリオンブックス・に収む）。

（19）　中野好夫「志賀直哉と太宰治」（雑誌『文藝』昭和二十三年八月号の「文藝時評」）。

（20）　小田切秀雄「太宰にたいしての志賀―文学上の対立の問題について―」（『文藝』二十三年十一月号の「文藝時評」、のち「太宰治」の第三部として『作家論』・二十四年九月・世界評論社、『続近代日本の作家たち』・二十九年八月・厚文社、に収む）。

（21）　広津和郎「神経病時代」（『中央公論』大正六年十月号）。

谷崎潤一郎『鍵』私注

「鍵」の執筆経緯について、伊藤整は、『谷崎潤一郎全集』第二十八巻（昭和32年12月・中央公論社）の「解説」で、次のように記している。

この作品の㈠は、昭和三十一年一月に、「中央公論」に掲げられた。その時の㈠は本文の一月廿八日までの分である。（中略）小説は全部完結してから発表するのが、昭和時代に入ってからの作者の習慣らしいが、「鍵」は書きながらの発表のやうであつた。（中略）「鍵」は第一回のあと三ケ月中絶した。そして、その㈡は、㈠を併載して五月号に現はれた。そのあとは、「鴨東綺譚」の中絶、「幼少時代」の完結もあつて、順調に「鍵」は書き進められ、十二月㈨をもつて完結した。

しかし、その間にも、一般世人の間にはこの作品の内容の露骨さを非難する声があり、議会で文藝作品一般の露骨な描写について注意すべしと発言する者なども出たため、作者はかなり悩まされたのではないかと推定される。

この、「書きながらの発表のやうであつた」という忖度の前提となったであろう証言のひとつに、「中央公論嶋中編集長と一問一答」（『週刊朝日』昭和31年4月29日号）における次のような応答がある。

問「鍵」が掲載されるまでのイキサツは？

嶋中　谷崎先生は、昭和二十六年から三年間、「潤一郎新訳源氏物語」の仕事にかかられたが、その途中から、「源氏」の仕事にあかれたらしく、なにか本格的な小説を書いてみたい、といっておられた。昨年夏ごろから、話が具体化して、十月の中ごろに、新年号用「鍵」第一回分、三十枚をいただいた。（中略）

問　どのくらい連載する予定か？

嶋中　二百枚ぐらいの作品になるはずである。第二回目は二十八枚だった。だいたい、三十枚ぐらいずつ秋ごろまで連載する予定。

問　谷崎氏はなにを書こうとしているのか。

嶋中　先生は、そういうことを、まったく、いわれないので見当がつかない。このあいだ、「卍」のようになりますか、と聞いたら、そうはならぬ、といっておられた。

そして、「作者はかなり悩まされたのではないかと推定される」

問題をめぐっては、既に、『群像』昭和三十二年一月号の「創作合評」における次のような討議があった。

丹羽文雄　結局ぼくの感じでは、これが第一回第二回と出たときに、あまり世評が騒がしくて、噂によれば文化勲章までとり上げるというような変なデマまで飛ぶほどだったので（笑声）作者としてもそういうことに対して神経質にならざるを得なかったと思うんですよ。谷崎さんは初めからああいう結末、つまり女がああいうことになって性によって結局男に勝つ、これは谷崎さんの昔から持ち前の藝で、「富美子の足」にしろ「刺青」にしろそうです。あるいはそれを考えていたのかもしれないけれども、しかしそうじゃなくて、これは非常に好意的な解釈だけれども、あくまで一回目、二回目のような調子で通したかったのじゃないか。またそれで通してもらったほうがぼくらもありがたい。ところがこれは最後まで読むと、何だ、これは普通の小説じゃないかという感じで、ちょっとガッカリした。今まで潤一郎が扱ってきた、男が女にやっつけられるという小説になってしまったが、それが初めからの目的であったのか、それとも世評を気にしてそういうふうに持って行ったのか、そこのところはちょっとわからないけどね。

阿部知二　なるほど、そうも考えられる。

丹羽　途中で世評があまりうるさいので、殺すことによって作者は解決しようとしているようだけれども、殺すなんて卑怯だという匿名のコラムが出ていた。しかしこれはどっちかが死ななければ始末がつかぬ小説で、殺すということは初めから考えていたろうけれども、果してこういう形を初めから考えていたかどうか。男は当然死ななくちゃならないのだけれども、女が「木村」と結ばれるというところなど見たら、何だ、これはただの小説じゃないかという感じでガッカリしちゃった。一回、二回は非常にちがった調子で出ているでしょう。だからこれは前人未踏のえらい小説になるぞという期待を持っていたが……。

阿部　そうかね、ぼくは丹羽君といわば反対のようなふうになるがね。君のいわれるように、谷崎さんが一回、二回と、この調子で押されると前人未踏のものができるということは認めるよ。しかししまいのほうで探偵小説――とは少しいいすぎだろうが――心理小説みたいなものを感じた。それは真正面から取り組むのを少し方向転換したためにその結果論として出たもので、初めからそういう意図で構成されたものでないかもしれないけれども、何かそういうおもしろさが出ているように思った。（後略）

丹羽　（前略）この男女の心理だって健康な心理じゃないけれども、そうすれば一つの心理小説ができたのじゃないか。それが一番おしまいになってああいうふうにひっくり返っちゃうと、結局ただの小説じゃないかという気がする。これは非常におもしろかったですよ。なるほど潤一郎でなければ書けないような世界だ。しかし今までもこういう小説はたくさん書いてきているのでね。初めのうちは、それの総決算みたいな、ほんとうに巧緻な技巧のうんと入った素晴らしいものができるのじゃないかと思った。思想がないとか宗教がないとかいうことは全然度外視して、そういう意味で前人未踏の小説ができるのじゃないかと思った。それは非常にむずかしいと思うけれども、やり甲斐があったのじゃないかと思うんだがな。

（中略）

阿部　（前略）――そうかな、二つにわかれるかねえ。性生活というものをひたむきに真正面から書いてゆこうということが途中から屈折して心理小説になったというふうに……。

（中略）

丹羽　この小説をずっと読み返してみて、なるほどこういうところが快楽主義のエピキュリアンといわれている作家と自分とのちがいだなということを痛切に感じるね。つまりこれは今日的な社会感覚というか生活感覚というか、精神的不安とか、そういうものと全然切り離された世界で書いて、それだけに徹底しているね。だからそれをおもしろがる人からはこれはおもしろいといわれるけれども、そうでない人からは嫌われる小説だね。

丹羽文雄のこの見解は、一方では、「鍵」の包懐する問題点を内面的に探った動態的な着眼として、同時に他方では、喧しい「鍵」論義の型に嵌まった安易な視座設定を切り返した批判として、まことに傾聴に値する、と私は思う。

「鍵」の第一回が発表されたとき、臼井吉見は『朝日新聞』の「文藝時評」（東京版では昭和30年12月17日朝刊）において、「ぼくには気にかかる作品である」、「これは谷崎潤一郎という作家にとって、大事な意味をもつ作品になるのではないかという気がする」、として、

今度の「鍵」は、その「卍」に直接つづくもの、この作家が再び近代作家としての仕事に戻って「卍」に残っている趣味的なものをふり捨て、ロレンスを思わせるごときモラリストとして立ち現れたのではないかという気がしてならない。すくなくとも「蓼喰ふ虫」から「細雪」にいたる系統のものとは質的にちがったものになりそうである。

と述べた。尚、臼井吉見はこの文中に、「性の奥底から人間存在をとらえた画期的な作品」という言い方をしており、河村政敏は「『鍵』をめぐる論争」（『解釈と鑑賞』昭和36年7月号）で、この言葉を「鍵」に対する評語のように誤読しているが、実は「卍」についての言である。

平野謙は、『毎日新聞』の「今月の小説ベスト・スリー」（東

京阪では昭和30年12月22日朝刊）のなかで、「新年号の問題作としてまず第一に注目すべきはなんといっても谷崎潤一郎の「鍵」（中央公論）だろう」、として、

> 五十六歳の亭主と四十五歳の細君が主人公らしく、亭主の方は欲望の衰えを痛感する年齢となったけれど、細君の方はまだなかなかおう盛な体力の所有者である。この夫婦にはひとり娘があって娘の求婚者という資格で青年が登場するが、どうやらこの青年は娘よりも母親の方にひかれているあんばいである。これが第一回に現われた限りでのこの長編のシチュエーションである。
>
> 中心は夫婦間の生理的違和感にあるようだが、単純な生理的な違和感ではなくて、亭主の方は一種のフェティシズム的倒錯もあるらしく、細君の方はまたそのような倒錯を忌みきらっているからその違和感は、いわば二重構造を持っているわけだ。恐らくここを軸としてこんごこの長編は回転して行くことだろう。生理的な面から人間存在の不安、恐怖をとらえて行く方法はむかしからこの作者の独壇場である。「卍」（まんじ）はその方法を駆使して一個の思想小説にまでにつめられた傑作だった。戦後の谷崎潤一郎の業績としては「少将滋幹の母」が最高のものだが、この「鍵」が「卍」や「少将滋幹の母」を抜く秀作となることを私は願わずにはいられない。

と書いた。臼井吉見も平野謙も、のちに二人ともこの予想的評価を撤回した。だが、「鍵」の第一回は、すくなくともこの二人の時評担当者をして、決して時評子の単なる儀礼的会釈としてではなく、このように緊張した期待の辞を記せしめたのである。「鍵」第一回には、粛然とした読後感を湧起させるに足る迫力があった。それは、実に、なかなかのことである。この打ち消し難い事実を、まず確認しておこう。

その原因は、もとより明白である。作家が、人間の性の問題を、確かに空前のものと痛感せざるを得ない果敢な姿勢で取り上げたこと、その紛れもない強烈な印象が、理由である。直ちに批判の声を揚げた亀井勝一郎や中村光夫にしても、性に対決する態度についての疑義を呈したのであって、作者の抱負と企図そのものを軽視し非難し否定したのではないのだ。中村光夫は、「志賀直哉と谷崎潤一郎」（『日本評論』昭和31年2月）で、

> 小説家とは多忙な人間の異名のやうになり、作家の才能とは速筆の代名詞になつたやうな現代に、このやうな作品をよむと、たんに念を入れ工夫をこらした小説に接する機会がどれほど稀れになつたかが今さらのやうに感じられます。

と嘆じた。丹羽文雄が言及した「世評」の「騒がし」さを論外とすれば、期待する者も批判する者も、均しくその語調には真剣な気魄がこもっていた。「鍵」第一回の出現は、ひとつの大きな文学的事件であった。

井伏鱒二は、新版『風貌・姿勢』（昭和42年10月・講談社）のなかで、正宗白鳥の次のような言葉を伝えている。

河盛好蔵氏から聞いた話だが、谷崎さんの「鍵」が中央公論に連載されだして、第三回目が発表された月の某日のこと。三越劇場の名人会の招待席で、河盛さんの隣の席に正宗さんがゐた。中入りのとき、河盛さんが「先生、中央公論の『鍵』をお読みになりましたか」と聞くと、「うん、読んだ」と言つた。そのころ「鍵」はたいへんな問題作とされてゐた。「あの作品を、先生はどうお考へになりますか」と聞くと、言下に「うん、ジャーナリズムを騒がせるのは、いいことだよ」と言つた。

いきなり結論を言ふ人だと、河盛さんも言つてゐた。

これを単純な悪口と解する者は、文学の読者ではない。正宗白鳥は、作家根性のなにものたるかについて語ったのだ。彼が指し示したような鬱勃たる滾ちなくして、小説などというものは、到底、書けまい。

だがしかし、世に決して少なしとせぬその隆々たる作家根性の勃起を以てしても、性との対決は、最も困難を極め、且つ甚だ稀少である。菅原通済は、『週刊朝日』前掲号で、

谷崎さんが「鍵」を書いたことについては、私は、よくぞ思い切ってああ書いたと感心する一人だ。谷崎さんは、もう少し踏みこんで書きたかったのではないかと思う。女の描きかたなど、もう少し……と私なども感ずるが、よくぞあそこまで正直にされた。

と語った。「正直」という用語は「アケスケ」とでも言い直した方が、誤解を生じなくてよかろう、とも思うが、確かに、作者は、丹羽文雄の言う「前人未踏の小説」を狙ったに違いないのだ。七十歳の谷崎潤一郎は、自らの力の限り、行けるところまで行こう、と勇を鼓して踏み出したのだ。壮なるかな、と私は言おう。

結果は、どうであったか。――壮挙は、挫折した。阿部知二が言うように、「真正面から取り組むのを少し方向転換した」ため、「性生活というものをひたむきに真正面から書いてゆこうということが途中から屈折して心理小説になった」のである。書き終えられた「鍵」一篇には、性そのものへの肉迫が、もはや見られない。作者は、諦め、放棄した。性の深みに探りを入れてその底なしの溝泥を浚う冒険を中止し、性のソトヅラを、その現われを、それをただ描くにとどめた。「鍵」になんとか収拾をつけた作者は、数年後、更に引き返して、「瘋癲老人日記」（『中央公論』昭和36年11月～37年5月）を書く。これは、お家藝の仕上げ品であった。この作品を、瀬沼茂樹は、「谷崎潤一郎入門」（『日本現代文学全集』44・昭和38年4月・講談社）で、「『鍵』において、ややもすると、〈痴人の死〉という主題について無自覚だとされた批判をはねかえして、老醜と妄執との極限を」狙ったもの、と評している。「瘋癲老人日記」は、瀬沼の言う「老年の性の妄執」を、その現われの面にお

いてのみ、珍奇な人間風俗の一種として、恰も拓本をとる際のように、丹念に、しかし悠然と写し取った手練の工藝品である。性の内部へ奥底へ踏み込もうという企図は、惜しいことだが、「鍵」の書き始め部分においてのみ見受けられるにとどまったようである。

書き終えられた結果としての「鍵」全体の、その存在理由を言い立てるとするなら、結局、伊藤整が前掲「解説」で要約した、次の如くおおまかに包みこむ一般論の次元での分類整理に、落ち着かざるを得ないであろう。

この作において、作者は、その出発点から世に示したのと同じ系統の思想を執拗に追つてゐるやうである。即ち性は、人生にとつていかなる意味を持つているか？　人格や道徳といふものは、性の完全な支配を可能にするものであるか？　また性を通しての人間の幸福追求は、人間の存在の意識と、どのように組み合はされてゐるか？　一般に幸福と称されてゐるものが果して本当の幸福であらうか？　さういふ疑問を真剣な気持で抱いたことのある人は、この小説の中で、道徳と反道徳、幸福と不幸がしばしば意味が逆転するのを見出すであらう。我々が幸福と思つてゐるものは索漠たる不毛の人生であり、我々が頽廃と思つてゐることの中に人の生きる意義があるのではないか？　また性は人間を破壊する大きな力ではないか、等々の疑問を投げかける所に、思想小説としてのこの作品の実質がある。

更にまた伊藤整は、「作品解説」（『日本現代文学全集』44・昭和38年4月・講談社）においても、ほぼ同じ趣旨を再説し、

この作品が性そのものを中心として人間を描いたことは事実であるが、この場合、性と死との対比において陰と陽との関係で、強烈に生そのものの象徴として使はれてゐることが分る。作者の旧作を取つて比較すれば、性と死と対比させた点において、また女性の人格が性の開発と相伴つて崩壊するといふ認識をもつて描いてゐる点において、「鍵」は、昭和三年の「卍」にかなり似てゐる。この作品の方がより暗く、また厳しい思想を持つてゐる。

と認めた。

それはそうである。そうであるがしかし、単に、「疑問を投げかける」という程度の所謂「思想小説」に留まるのなら、「鍵」第一回における如き、小説を組み立てる上でのなりふり構わぬお膳立てが必須であったろうか。谷崎潤一郎は、もっと徹底してやってのける気であったのだ、と私は考えたい。伊藤整は、前掲「解説」で、「鍵」にあっては結局は「具体的な性の描写はほとんど目立たない」ことを指摘した。作者は、「具体的な性の描写」を、心に決して為すあることを望みつつ、思いを屈して、「事件の運びがショッキング」であるという構成のみを残し、描き尽したかった正味のところは、「ほとんど目立たない」ように、抑えてしまったのではないのか。中村光

夫は、「『鍵』を論ず」（『文藝』昭和32年2月号）において、

『鍵』は始めの部分に、夫婦の性生活のあけすけな叙述があり、それが世評を呼んだやうですが、終りまで読んでみると、さういふ新奇さはまだ外見だけであり、この小説がこれまで谷崎氏がいくども扱つてきた型のくりかえしであることが明らかになります。

と述べた。残念ながら、それが結果としての姿である。だが、「始めの部分」のその「性生活のあけすけな叙述」は、なあに、ほんの口切りだけである。その「叙述」が、龍頭蛇尾、と言いたいところだが、実際は、肝心の龍の気配と姿を出現させる以前の時点で断念された為に、作者は、自ら知りつつ敢て「くりかへし」の次元に後退せざるを得なかったのではないか。「あけすけな叙述」なるものは、次第にヨリ暗くして眼を向け難い形影定かならぬ朦朧たる深みへとほんの僅かずつでも歩を進め降り行く気概に導かれてなんらかの「叙述」上の展開が提示されないかぎり、ただのスナップ・ショットであれば、直ちにそれこそ「外見だけ」の「新奇さ」に堕する筈なのだ。「鍵」第一回の「あけすけな叙述」が、のちの展開深化を全く予定せぬ単なる人気取りの見せ場であるとは私には思えないのである。「鍵」第一回と第二回との読後感における落差については、早く、福永武彦が「私の〈今月の問題作五選〉」（『文学界』昭和31年6月号）において、次のように論じている。

『鍵』はまだ第二回目で、終つてもゐない長篇を云々するのは、終つた長篇をさへ取り上げてゐない手前気恥しいが、これが野心作であることは疑ひを容れない。僕は戦後の谷崎氏の作品には格別の野心を感じたことはなく、『少将滋幹の母』にしても、仕上げの甘美なのには全く感嘆したが、特に作者の気魄を感じさせるほどの新しい冒険ではないと思つた。そこへ行くと『鍵』の方は、『卍』以来の作者得意の愛慾小説と言えばそれまでだが、男と女との性感覚の相違を、比較的に描き出さうとする主題と構成とは、作者として一歩前へ出たものだ。今迄のマゾヒズムとか、同性愛とか、フェティシスムとかいつた飾りだけのものから離れて（勿論今度の作でも、飾りはいろいろつくだらうが）、正面から性の心理を描き出さうといふところが見える。確に野心的である。

ところで第二回目を読んで、この程度ならまだ野心ばかり大きくて実質は伴はないと感じた。フランスの半通俗作家マルタン・モーリスの『愛、この未知なる土地』なんかと較べてみても、似たようなモチイフで格段驚くには当らない。といつても断言するのは早計だから、この作品が「生理小説」として前人未踏の境地に進出されんことを、一愛読者として願つてやまない。

尚、同じ欄に載った十返肇の次の如き短評も、予想的批評として、なかなかのものである。

私はこの作者が七十歳にしてなおかつ、このような肉

体描写にうちこんでいる若さに敬意を表するが、同時にその描写の巧みさに感心せざるを得ない。ことに良人が、眼鏡を妻の肉体に落とすなどというのは実に心憎い巧さだ。つまらぬことに感心するというひともあろうが、小説とは、つまりはそういう巧さによって成り立つものだ。
　この長篇には幾多の伏線が張ってあるように私には思われる。この夫妻の性関係が現状のままで最後まで継続してゆくのだとは私には思われない。おそらく最後には逆転して妻が露出愛好家となるのではないかとも想像される。また木村という男と妻や娘の関係もいまのところ明らかにされていない。更に、この良人と娘は本当の父娘ではないのではないかと思われる点があるが、それも作者はあきらかにしていない。すべては、まだ謎につつまれているから、最後の結末までみなくては断定はできないが、やはり谷崎一流の思想は確かにこの作品の底に脈打っているであろう。

　さて、こうして、一方においては、期待或いは信憑を裏切られたが故の心外さをぶちまけた失望論、中村光夫の言う「敗戦の原因の探究」としての批判があり、同時に他方では、作者の企図、即ち、文学の場で性と対決すること、この課題に対して、その営為の意味と価値を低く見積る論がある。林達夫は、彼の本音をその輪郭通りに伝える表現であるか否かは断じ難いが、『週刊朝日』前掲号で、言葉の上ではとにかく次のように語っている。

　わたしは、むかしから谷崎ファンの一人だが、「鍵」は小説として決していいものではない。醗酵不足で作品以前の感じもある。
　性の問題にだけ焦点を合わせれば、こうなるのは当然だ。元来、性の問題は複雑にみえて、じつは、案外かんたんないくつかの型に分けることもできるような気がする。ロレンスの「チャタレー夫人の恋人」にしても、どこか幼稚な感じがあるのはそのせいだろう。谷崎潤一郎という作家を解き明かす重要なひとつの〝鍵〟にはなろうが、それ以上のものではない。

林達夫の論法を、私は、レフェリーの論理であると考える。ファイターであり博奕打である作家には、また別個の衝動と勃起があろうではないか。「性の問題は」「案外かんたんないくつかの型に分けることもできるような気がする」、と理解観念するのは易しいかも知れぬが、仮に百歩譲って「いくつかの型」に過ぎぬと認めたとしても、その「いくつかの型」あるが為に、人間はその生涯を通じて精神の恐らく最も深く悲しい奥底の部分において他になぞらえ難い生き死にの苦を嘗め、その苦しみを胡魔化す為に更に新しい別種の苦を作り出して自らに課し続けるのだ。これは、すぐれて文学の課題である。雄心ある作家がそれに体当りする。笑う資格は誰にもない。「性の問題」のその取り扱い方が「いくつかの型に分け」

得るものだとする発言は、その定型習慣伝統を過去完了形的に指すわけだが、従来だったら、「案外かんたん」に浅く粗く疎く、戦々兢々右顧左眄しつつしか近づき触れ得なかった問題に対しても、実は「かんたん」でなく複雑な未踏の密林なのだと思い知り、覚悟を定めて探査に乗り出さざるを得なくさせられる、という未来形的新局面も、容易に想定できるわけだ。

林達夫の言う「いくつかの型」とは、一応は全く次元を異にする問題であるとは言い得るものの、しかし所詮はその基底をなす諍い難い実相を見据えて、山本周五郎は、「白い人たち―青べか物語―」（『文藝春秋』昭和35年4月号）の「土堤の冬」に、

――私は浦島物語のパロディをこころみていたのだ。共産主義のドグマに挑んだ主題で、最少限度にでも脳髄と胃袋と生殖器の能力が均一でなければ、公平なる分配と所得はあり得ない、ということを、五幕の喜劇に組立てたものであった。

と書きつけている。この韜晦の語調は憎らしい。ロバート・L・ディッキンソンが『人体性解剖学図説』改訂版（金子栄寿・宮川秋共訳・昭和35年10月・久保書店、河出書房新社版はヨリ省略が多い）第五章において洩らしている真摯な溜息を、今更引くまでもないであろう。人間において、他のすべての要素がそうであるように、生殖器の能力は均一ではない。その個人差は甚だしい。人間は、その事実を、想像することによって、教えられることによって、確かめ得ないことによって、確かめることによって、確かめ足りないことによって、錯覚することによって、自己の優位を信じることによって、自己の劣位を思い知らされることによって、即ち、その認識或いは妄想が推移する一齣ずつの悲喜両様の各段階ごとに、どの条件によってでも必ず結局は限りなく鬱屈し傷つく。精神の、この無意味で非生産的で不幸な無限の徒労と消耗を解消する為に、人間の文化は嘗て何を齎らし得ただろうか。この分野においては、文学もまた、無能且つ怯懦であった。「鍵」第一回が、もし、この問題に狙いをつけていたと認め得るならば、それは天晴れなことではないか。

高見順は、「創作合評」で、

むしろ下品な感じがしてしようがなかった。もっと猥せつ感を漂わしてもらいたかったが、彼女は世にも稀なる器具の所有者だとか……（笑声）

と評した。即ち、「鍵」冒頭、一月一日の夫の日記の次の箇所を指す。

コ、デ僕ハ、イヨイヨ彼女ノ忌避ニ触レル一点ヲ発カネバナラナイガ、彼女ニハ彼女自身全ク気ガ付イテヰナイトコロノ或ル独得ナ長所ガアル。僕ガモシ過去ニ、彼女以外ノ種々ノ女ト交渉ヲ持ツタ経験ガナカツタナラバ、彼女ダケニ備ハツテヰルアノ長所ヲ長所ト知ラズニヰルデ

モアラウガ、若カリシ頃ニ遊ビヲシタヿノアル僕ハ、彼女ガ多クノ女性ノ中デモ極メテ稀ニシカナイ器具ノ所有者デアルヿヲ知ッテヰル。彼女ガモシ昔ノ島原ノヤウナ妓樓ニ売ラレテヰタトシタラ、必ズヤ世間ノ評判ニナリ、無数ノ嫖客ガ競ッテ彼女ノ周囲ニ集マリ、天下ノ男子ハ悉ク彼女ニ悩殺サレタカモ知レナイ。(僕ハコンナヿヲ彼女ニ知ラセナイ方ガヨイカモ知レナイ。彼女ニサウ云フ自覚ヲ与ヘルヿハ、少クトモ僕自身ノタメニ不利カモ知レナイ。シカシ彼女ハコレヲ聞イテ、果シテ自ラ喜ブデアラウカ恥ヂルデアラウカ、或ハ又侮辱ヲ感ジルデアラウカ。多分表面ハ怒ッテ見セナガラ、内心ハ得意ニ感ジルヿヲ禁ジ得ナイノデハナカラウカ) 僕は彼女ノアノ長所ヲヘタヾケデモ嫉妬ヲ感ズル。モシモ僕以外ノ男性ガ彼女ノアノ長所ヲ知ッタナラバ、ソシテ僕ガソノ天与ノ幸運ニ十分酬イテヰナイヿヲ知ッタナラバ、ドンナヿガ起ルデアラウカ。僕ハソレヲ考ヘルト不安デモアリ、彼女ニ罪深イヿヲシテヰルトモ思ヒ、自責ノ念ニ堪ヘラレナクナル。

これほどに書き込まれてありながら、然るに、「鍵」の後続部分においては、この「器具」の「自覚」をめぐる事態の変化が再び取り扱われ追跡されることとなく、そのまま、何の事もなく消え去っている。妻の「自覚」或いは無自覚、いずれにせよ、妻がこの件りを読んだのちに生起した筈の正負両様の影響が、「鍵」の展開軸に組み込まれず、なんら寄与しない。この辞句だけが、宙に浮いてしまった。結果としては、合評者の「笑声」でイナされても仕方のない弱味となった。この点に、私は、不審を感じる。

この問題をめぐって、想像し得る製作事情は、二通りの情況を数え得る。第一は、連載第一回の客寄せ用の惹句として、全体の構想とはさほどの関係なく書き込まれた営業政策上の措置という場合。第二は、自分が「多クノ女性ノ中デモ極メテ稀ニシカナイ器具ノ所有者デアルヿ」についての「自覚ヲ与ヘ」られた妻の示す反応が要因となって惹き起される有形無形の諸事件の波紋、それを辿ることが「鍵」一篇の展開軸の主要部分として予定されていたのに、作者が、その計画を放棄せざるを得なかった、という場合。書き上げられた結果としての「鍵」の現状形態からのみ判定すれば、言い方がやや極端に過ぎるかも知れぬが結局は第一の場合が実状であったと見做されてしまわざるを得まい。事実、高見順を筆頭に、殆ど全員の評者は、暗黙のうちに、この立場をとっている。だが、果してそう考えるのみで済まし得ることだろうか。

所詮、明証はない。それを心得た上で尚且つ私は、後者の場合であったかも知れぬ、と想定したい。この仮説を採って、実現を断念し放棄された後続部分のテーマ設定として、ここでもまた、次の二通りの可能性を予想し得る。第一は、妻に「或ル独得ナ長所ガアル」ことを本当に夫が実感していてそれを正直に記すことにより彼女に文字通りの「自覚ヲ与ヘ」ようと計ったのである場合。第二は、「彼女ガ多クノ女性ノ中デモ極メテ稀ニシカナイ器具ノ所有者デアル」などとは少なくとも夫の実感において真赤なウソで、そういう傍目には滑稽で興醒めこの上ない偽りの「自覚」を妻に抱かせることから生じるであろう今後の事態を夫が独得な意図で操作し弄びつつ自ら興じようと企んでいるのである場合。言うまでもなく、夫は、この日記を、一言一句すべて、妻に読ませる為に書いている。それが「鍵」のストーリーの進行を可能にする大前提である。人が、自分以外の者に読ませるべく、それによって何等かの効果を期待しつつ記した文言である以上、ウソかマコトかどれもこれも決して保証し難いのが当然であり、その条件を活用して組み立てられているのであるところから、この日記文の構造の独自な面白さが生じるのではなかろうか。

そして、両者いずれの場合であったとしても、単に「極メテ稀ニシカナイ器具ノ所有者」という抽象的な言葉だけでは、それだけの表現に終始するなら、その「器具」をめぐるドラマは描かれ難い筈である。中村光夫は、

> つまりこれは人間の劇といふより性器の劇であり、男女間の問題は、結局ここに帰着するといふのが、おそらく谷崎氏の人生観なのです。この夫婦の間で最大の問題は性器と性慾の不調和であり、彼等の他の部分はそれに従属した存在なのです。

と評した。「谷崎氏の人生観」という言い方はやや拡大解釈であって、ヨリ限定的に、「男女間の問題は」「結局」「性器の劇に」「帰着する」と「観」ずる立場を設定することにより始めて「鍵」の世界が成った、と言い替えてみたらどうか、と私は思う。が、それはさておき、中村光夫の言う通り、「鍵」は、あきらかに、「性器の劇」なのだ。いや、「性器の劇」たるべく企画された作品なのだ。しかし、後続部分においては、遂に「性器」は「性器」として立ち現われずに終った。「性器の劇」という評語は、従って、「鍵」の骨格の予定構図をよく透視した規定であり、しかし、残念ながら結果としては、過褒の言となったのである。

既に、『医心方』巻第廿八「房内」（翻刻訓読本・昭和42年11月・至文堂）においては、少なくとも女性性機関の個人差に対処する法が真剣に考えられている。降って、『色道禁秘抄』（高橋鉄評釈・伏見沖敬校註・あまとりあ社刊本などがある）に至れば、経験的分類評価の論が見え、人間の性生活の遙かに長い歴史そのものが深い溜息をつくのを聞く思いがするではないか。しかも、人類というこの不幸な臆病な動物は、まだこの問題に対して科学のメスを振るわない。「性器の劇」は、依然として、まこと人間の劇そのものであり続けているのだ。

だからこそ、谷崎潤一郎は、四十五歳という年齢になって自分が「多クノ女性ノ中デモ極メテ稀ニシカナイ器具ノ所有者デアル」という「自覚ヲ与ヘ」られて「ソノ天与ノ幸運」

を「得意ニ感ジル」に至った女、或いは、欺されて錯覚して愚劣に思い上がった女、その無理からぬ当然至極のしかし常識世界からは逸脱するであろう思念と行動、及び彼女に意識的に点火して自己及び身辺の予定候補者を生体実験の被験者に供しつつ事態の不可測な転変を期待する夫の感情に生じる反応、それらを描いてみたかったのだ、と私は想像する。小説構図のこの条件設定には、人間を取り扱う上での不自然な観念的歪曲が認められない。臼井吉見は、「耽美主義の限界」(『中央公論』昭和32年1月号)で、「この小説」の「テーマ自体が常識的に割り出されたものであ」る、と言った。臼井の言わんとしたところとは勿論少しずれることを知った上で敢てその評語を借用するのだが、「鍵」の夫の精神態度自体は大変「常識的」なのであり、ただ、決意して立ち上がり行動に訴えたことのみが、常識人の目からは、普通なら為し得ない行為に突き進んだが故に「異常」に映るというだけであろう。十返肇はまた、「〈思想〉を徹底化する」(『中央公論』昭和32年1月号)において、「谷崎氏の描く痴人」が、「その根柢は極めて常識的な人間性の上に形成されている」ことを指摘している。

　ただ、筋立て工夫上の止むを得ぬ詐術としてであろうか、作者は、妻を教唆するという決断の要る行動を夫に起させる必要上、夫が「僕ハ夫トシテ、彼女ニ十分ノ義務ヲ果タシ得ナイノハ申シワケガナイ」と考える、或いは少なくともそう言うてみせることになった原因を、性交の回数不足そのことのみに限定したがっているかに受け取り得る。回数不足だけ、という原因設定は、夫の動機構成としては、それこそ不十分である。読者が直ちに受けるであろうこの原因不十分の印象をできるだけ少なく抑えるべく作者は、妻の性癖をもこの事態に相応はしないよう予め封じ込めておかねばならなくなった。夫をして、「連レ添フテ二十何年ニモナリ、嫁入り前ノ娘サヘアル身デアリナガラ、寝床ニ這入ッテモ未ダニタヾ黙々ト事ヲ行フダケデ、ツヒゾシンミリトシタ睦言ヲ取リ交ソウトシナイノハ、ソレデモ夫婦ト云ヘルデアラウカ」、と語らせているのは、その為であろう。

　更に、この夫は、対他的認識として、妻に対して「タヾ僕ハ生理的ニ彼女ノヤウニアノ方ノ慾望ガ旺盛デナク」、と述べるだけでなく、一方、対自的認識においてもまた、「ドウ云フ訳カ僕ハアノヿニハ疲レ易クナツテヰル。正直ニ云ツテ、現在ノ僕ハ週ニ一回クラヰ、――ムシロ十日ニ一回クラヰガ適当ナノダ」、と同じ角度からのみ、訴えている。即ち、「鍵」においては、一貫して、高年男性における、性心理的慾求と神経生理的管理機能とのギャップから生じる内実的衰退自覚症状が、実は、全く登場していないのだ。作者は、当初からその問題を慎重に除去している。一月十三日の日記においても、「元来僕ハ嫉妬ヲ感ジルトアノ方ノ衝動ガ起ルノデアル」、と記して、「元来」の一句を忘れていない。所謂マスターズ報告『人間の性反応』(邦訳・昭和41年12月・池田書店)第十六章が要約している諸問題と、「鍵」の世界とは、良い意味でも悪い意味でも、無縁である。

さて、夫と妻との両者の側における右のように限定した条件設定は、当然、これを基点とする以後の作品世界を、飛沫はげしい急流にも穏やかな緩流にもどちらにでも導き得る性質のものだ。結果として、この発端は、後者の方式で語り終えるのに役立った。妻の性反応に体質変化を生じさせてその過程を追跡する課題を作者は放棄した。仮に、真実、回避し放棄したのであるとすれば、その屈折が目立たぬよう弥縫的に作品を終結させるのに、この基点は見事に役立った。また仮に、当初から、人間の性の、性反応の推移そのものを取り扱わず、それに手さえ触れぬ予定の安易な出発であったのなら、その場合は、計算通りになったわけだ。臼井吉見は『小説の味わい方』（昭和37年6月・新潮社）のなかで、

> 谷崎が、『鍵』において、この純粋実験小説の方法を採用しながら、かんじんの作者自身が性についての思想からでなく、せいぜいのところ、女体についての魅力と探求という、昔ながらの異常な趣味的立場からの照明だったところに、『鍵』における方法と結果との、大きなくいちがいを見出すことができるように思います。

と語っている。私は、「性についての思想」なるものが字義通りのものとして果して真にあり得るか否か懐疑的であるし、谷崎潤一郎の「趣味的立場」が「強烈」ではあっても「異常」であるとは思わないので、それらの点はさておくけれども、出来上った「鍵」が、「女体についての魅力と探求」というような次元に重点がかかりすぎてしまった実状は、全く否めない。そして、その原因が「方法と結果との、大きなくいちがい」ではあるにしても、その「くいちがい」を齎らした要素は、なかなか複雑多様であった筈だと考えられる。

「鍵」は、繰り返して福永武彦の言葉を借りるなら、その第一回においては「正面から性の心理を描き出そうというところが見える」作品であったが、遂に、みなひとの期待した如き「生理小説」として「前人未踏の境地」に達することができなかった。結果として残された作品をトータルに眺めるとき、その評価としては、今迄に引いた以外にも、高橋義孝「俗物主義の功罪」（『中央公論』昭和31年1月号）、亀井勝一郎「快楽と求道」（『群像』昭和31年12月号）、福田恆存「『鍵』と石川達三」（『新潮』昭和32年3月号）、大江健三郎「暗黒小説『鍵』」（『日本現代文学全集月報』31・昭和38年4月）など、それぞれの批評が成り立ち得よう。それはそれとして、だが、私には、「鍵」は、その企画発想において前人未踏の境地を望んだ作家根性のギラギラする見事な壮挙であり、残された結果としては、人間の性を正面から小説に描き出すことがどれほど極端に困難であるかを強烈に思い知らせる非常に意味深く貴重で感動的な挫折作である、と思える。従って、私の考えでは、「鍵」の批判は、これを葬る歌であってはならない。谷崎潤一

郎が遂に果し得なかった課題の再興に思いを潜める者の言葉こそ、それでなくてはならない。従って、伊藤整が「石川達三の説に対する感想」(『群像』昭和32年3月号)のなかに書き記した次の言葉を、この私注の最後に引くのが至当であると、私は考える。

私自身は、生きてゐるうちは発表しないかも知れないが、性的なことを、今の諸家の程度どころか、全然もつとソツチヨクに、ロレンスやミラーがやつたよりもつと露骨に書きたいと長年考へてゐる。発表してから世人が驚くことや、私の死後に家の者たちが当惑することなど構はずに、その種のものを私は書き残したいと思つてゐる。売る売らないは別である。私は生きて人生を知つたのだから、それを書きたい。

いまの世人がどう思はうが、本が売れようが、そんなことは何も大した問題ではない。人間はかくあり、かく欲し、そしてかく生きてゐるのである。いつ変るかも知れないお道徳や秩序などといふ世間のオバサンのやうな考へは、私たちはただ俗物として生きる都合上守つてゐるだけであって、それ等のもの皆のニセモノ性をあばき立てずに死ぬことができるものか、といふのが私の本心である。

高見順『いやな感じ』私注

高見順の「いやな感じ」は、『文学界』昭和三十五年一月号から三十八年五月号まで、三十五回にわたって断続連載、完結後も加除訂補のうえ、三十八年七月に文藝春秋新社から刊行された。当時、高見順近来の力作として、おおいに迎えられた長篇小説である。

「俺」という一人称で語る加柴四郎という男は、大正末期アナキストグループの生き残りとして現われる。大正十三年九月一日、一年前の震災当時に東京戒厳令司令官であった陸軍大将福田雅太郎を、大杉栄の仇として暗殺せんとし、未遂に終った和田久太郎等の仲間、時に加柴は十九歳だった。中学を卒業しているため、当時の用語でいう「インテレ」と見なされ、機関誌要員として実行から外されていたので、助かったのである。ギロチン社のメンバーが刑死し、アナキストの運動が沈滞した昭和二年、いわゆる金融恐慌の年から物語は始まる。北一輝を思わせる中国浪人、西田税らしき陰謀的蹶起主義者、それに、たとえば末松太平の『私の昭和史』（昭和38年2月・みすず書房）に生き生きと描き出されているような青年将校の群像から作者が作り上げた北槻中尉など、昭和期の激動に生き甲斐を求めた多彩な人物達が、加柴の周辺に出没する。三月事件、十月事件、二・二六事件、そして支那事変と進んで行く情勢下、かつてのアナキズム詩人玉塚英信は、時局便乗の流行作家となってモダン住宅に住み、以前の同志砂間慷一は、女優を女房とし、統制派に取り入り、阿片密売商人として、上海に根拠を構えている。自分の周囲の誰も彼もが、明日は突然にどうはげしく変って行くことか見当もつかず、したがって油断も隙もならぬ、あの浮き足立った昭和十年代なのだ。

時代のこうした厭わしい移り行きのなかで、加柴四郎だけは、自分の意志や企図から発したのではない奇妙な偶然の事情にいつも引き摺られて、イザという時には必ずその問題の現場に居合せていない回り合せになり、ということはすなわちどの事件の結果をも我が身に引っ被らずに免れ得た免疫の身として命永らえながら、今はすっかり生得的と見受けられるほどの気質となって定着したアナキズム的生活感情にたてこもり、転変する時代および人間群の、立会人的観察者としての役割を果す。だが、最後には、徐州作戦頃の上海に赴き、身辺の危険に追われて出掛けた前線で、発作的に中国人捕虜の処刑を買って出て、その結果、発狂する。加柴四郎が無傷で生き延び得たのも、最後に唐突な行為を選ぶのも、彼の内的必然とは別の次元で、ストーリー構成の必要上、作者が便宜的に予定した構図に基づく筋書きであること、言うまでもない。

連載が終ったとき、平野謙は『毎日新聞』の文藝時評（いま『文藝時評（下）』収、昭和38年5月の章）で、「なにを書こうとしたのか、よくわからぬままに、やはり私にはおもしろかった、というしかない」、と書いた。これは流石に動かし難い名批評で、「いやな感じ」の基本性格が、実にピッタリと捉えられている。事実、平野を口切りに、幾つか出たこの小説への批評は、言い合わせたように、平野が指摘したこの二ケ条の特徴を、パラフレーズすることに終っていたと私は思う。そもそも平野謙は最初から、この長篇の企図そのものに、既に危懼の念を抱いていたようである。その間の事情を、彼はいかにも彼らしい独得の「翫賞家の批評」の筆致を用いて、次のように記した。引用の前に急いで注しておくと、この「翫賞家の批評」という言葉は、平野謙が『文藝』昭和二十三年三月号から「文藝時評」を担当することになったとき、その第一回の標題に起用したマニフェスト的な旗印であった。彼はその導入部において、「むかしから私も翫賞家といふものがあっていいと思ってゐた。さういふ商売がなりたつものなら、早速その方に転業したい。炬燵にあたりながら、南京豆でもかぢって小説本を読む、それでオマンマがいただけりゃ私はいっそ満足だ。しかし、骨董の鑑定家はなりたつかしらぬが、小説の翫賞家はまだなりたたぬ。しがない作品月評なぞといふ代物を書かねばならぬゆゑんである。ただし、できるだけ翫賞家の心意気でゆきたい」、と述べ、四月の第二回を「翫賞と批評の間」、五月の第三回を「翫賞家失格」と題するほどの執念を示した。そこには、当時肩肘張ってかまびすしかった各種の硬派文学論争のなかに置いて観察するだけでは、この平野謙という批評家の面貌を捉え損うに違いないであろうことを明確に指示するなにものかがうかがえた。——閑話休題、平野は「いやな感じ」という題名を問題にすることから始めた。

むかしから高見順は長篇に破格の題名をつける名手である。「故旧忘れ得べき」、「如何なる星の下に」、「わが胸の底のここには」などなど。それにくらべると「いやな感じ」という俗語調の題名は、千枚の長篇の題名としては軽い。なんとなく仮題といった感じである。ということは、落筆の当初、この長篇に対する作者の腰がきまっていなかったのじゃないか、あんまり明瞭な見透しをもっていなかったのじゃないか、という推定の余地を残している、ということである。

この卓見と見做すべき前口上を、あとで批判にも擁護にも両様に使い得るように微妙な息遣いで述べたのち、その批判のポイントをめぐって、平野は主として次のような評価を下した。

> しかし、作者の主眼がテロリストたる主人公の運命にあったか、急激な時代の変転にあったか、一読者としてはちょっと迷わざるを得なかった。作者にきけば両方さというにきまっているが、人と時代が渾然一体となっているとはいいかねるところがある。（中略）しかし、テロリズムを媒介として、アナーキズムとファシズムあるいはナショナリズムが無造作に癒着する過程を、作者自身はなんとみているか、その点が明瞭でない。

作者の根底的な論理思考の面と、作品構成の配剤の面と、その両面における御都合主義を、平野は的確に衝いたわけである。

さて、こんなにまで言われて、黙って引っ込んでいる高見順ではない。いつの時代にも、自分の作品を他人が批評する場合の態度の決め方を、予め先潜りして暗示的に誘導する技術に長けた、或いは自己陶酔の甚だしい為に結果的には御託宣で世評を或る程度は牽引する、そういう作家のタイプがあるものだ。高見順は、その方角での勘の冴えでも、有数の存在であった。最初のエッセイ集（或いはエッセイを主眼とする本）である『描写のうしろに寝てゐられない』（昭和12年1月・信正社）の巻頭に置かれた二篇、「描写のうしろに寝てゐられない」（昭和11年5月）、「このモダモダや如何にせん」（昭和10年7月）、これらが、その当時の彼の作品にとって、どれだけ狡猾で有効な自歌自注であったかは、一瞥するのみでよく頷けよう。平野謙の評に接するや、高見順は早速、「いやな感じ」のさりげない注解を始めた。「現代史と小説」（『東京新聞』夕刊、昭和38年6月20日・21日・22日、3回完結）および「『いやな感じ』を終って」（『文学界』昭和38年9月号）がそれである。殊に前者はよく企まれた前捌きの鮮やかさを見せ、肝心のそこを言いたい、そこを強く印象に残したいと願う要点を、すべて思わざる話の弾み、予期せざる事のついで、この一文の当初の執筆意図にとっては全く副次的で偶発的な舌の滑り、であるかのように組み立てた工夫など、文士渡世の酸いも甘いも知悉して小心翼々たる著作家気質の恰好のサンプルを為す。「現代史と小説」一篇において、盗用問題や私小説論議やらの賑々しい御膳立てに身を潜めながら、高見順がこれをこそ読者の脳裡に刻みつけたいと願った筈だと私が見て取るポイントは、次のように繰り返し説きめぐらされた条々である。

> 私は私の生きてきた昭和時代というものを書きたかったのであり、書きたいのである。（中略）私の生きてきた昭和時代とはどういう時代であったか、それを私は小説に書き残しておきたいのである。そのためには、私の人生だけでなく、私の人生とは違う人生をも書かなくてはならない。（中略）私は私の知らない人生、私の生きられなかった人生を小説で生きてみたいと思っている。そうして昭和時代というものを、その結果として書いたという仕事をしてみたい。現代史としての小説なんどと口はばったいことは言わないが、昭和時代を私たちはどう生

きたかを小説として、私なりに書き残しておきたいのである。

そして、方法としては勿論「無性格な記録小説」を排し、「個性に即しながら私に即してはいない小説」を目指すと言う。更に、この一文の受け取られ方をそれとなく手応えで確かめたのちの執筆と、日時の上から推定し得る続編「『いやな感じ』を終って」では、語調から思いなしか遠慮の気配が前回より少し薄らぎ、「いや、はっきり言えば、加柴四郎は私自身なのである。（中略）彼の人生と私の人生は具体的には違っていても、彼の運命は私の運命でもあり、昭和時代の日本人の運命でもあったのだ」、とまで断言されるに至る。こうまで言われると、人の好い読者はつい、自分の内なる昭和時代をめぐってのイメージを総動員し、諸断片を繋ぎ合わせ、それらをすべてこの小説に投げ込み、全部併せて呑み下してしまう破目になり易い。事実、久保田正文による書評（『朝日ジャーナル』昭和38年8月25日号）には、どうもそうした傾きが強かったようだ。

現代史としての昭和時代、という言葉だけを聞いたのみでも、幸か不幸か、私はあの昭和史論争を思い出す。思い出さざるを得ないのである。この膚剝け感覚のように感度過剰に陥っている反射連想の習癖化は、決して私一人のみの病弊でなく、昭和史論争を共に通過した世代の或る幅を持った広がりに、多かれ少なかれ共通の現象ではなかろうか。そして、鋭敏なる高見順は、その間の事情を十二分に把握していた筈だ。「いやな感じ」は、高見順一流の思惑で、昭和史論争の本歌取りを狙った作品、とまずそう受け取られるべく企図されたに違いない。遠山茂樹・今井清一・藤原彰共著『昭和史』（昭和30年11月・岩波新書）に対し、亀井勝一郎の「現代歴史家への疑問」（『文藝春秋』昭和31年3月号）を先頭として加えられた諸批判については、荻久保泰幸「昭和史論争」（長谷川泉編『近代文学論争事典』）に列挙整理されているが、俗流公式主義左翼史家の不毛な記述に愛想を尽かした者達にとって、高見順の口から語られる右のような昭和史への熱意は、ひとしお魅力的に響く。ましてその前に、『図書』昭和三十五年十二月号の「書斎・研究室—高見順氏—」には、「広い書庫」に「必要な資料が、それぞれ選びだされて一まとめになってい」て、「来年岩波新書に書きおろされるはずの『風俗からみた昭和史』のためにも、かなりのスペースがさかれていた」、と伝えられていたのだから、高見順描くところの昭和史への期待は、その下地が十分用意されてあったわけである。そして事実、「激流」（『世界』昭和34年1月号以降）および「大いなる手の影」（『朝日ジャーナル』昭和38年10月6日号から連載、二回目で作者病気のため中絶）が並行して書き進められているのを見れば、「いやな感じ」をも、つい昭和時代を描こうとした小説だと、きめてしまいたくもなるであろう。

しかし、ちょっと立ちどまって考えてみれば、事柄はそう安易に扱ってすませ得るたちのものではない。昭和という時代を、単に題材として取り上げた小説、とだけ言うなら、問題は簡単だし、話は別だ。そうではなくて、現代史としての昭和時代を、この時期を他ときっかり区別してその特徴を浮き上がらせる独得の雰囲気を、大なり小なり、実体に即して描いてあると認定するについては、或る程度の論証が必要な筈である。極端な例だが、このような場合には、当然、すくなくともこの小説が昭和時代をどう描き得たかをあげつらう論点についてだけは、発言する資格に乏しい。あらかじめ昭和時代に関する知識とイメージを持ち、しかるのち「いやな感じ」を読んだ者だけが、この小説と昭和時代との関係をめぐって、何かを発言し得るわけだ。と同時に、ごく一般的な昭和史概念に「いやな感じ」がもし過不足なく一致するのなら、この小説は通俗の歴史解説書にすぎないだろう。この小説が文学と呼ぶに値するなら、ここには、高見順によるなんらかの新しい分析と発見、それを荷う人間像の魅力的な定着が、実現されていなければならない。「いやな感じ」を、ほかならぬ昭和時代を主題とした文学と見做す評者は、以上の意味で、この小説ならではの分析と発見の部分を、指示する義務がある。今まで、誰もそれを為し得ていないのは、思えば不思議な話ではないか。

時代を描くと言えば、「いやな感じ」の、たとえば第一章その六に、次のような箇所がある。少し長くなるが、あまりにも代表的な部分なので、敢て引用する。

「今度のパニックは、相当こたえたろうな」

と医者は言った。

「すごいね。クビ切り、賃下げで大変だ。操短ぐらいでは切り抜けられないで、工場閉鎖があちこち出てきてる」

と大学生崩れは言った。

「組織も、のびたろう」

と医者は言った。医者のくせに、こんなことを言うのは、ボル派の大学生崩れと同じ穴のムジナであることを俺に告げる。

「民心は険悪化してるね」

とも医者は言った。

「それを外へそらせるために、今度の内閣はおそらく支那へ手を出すだろう」

と大学生崩れが言った。何を、しゃらくせと俺が口のなかで罵ったとき、医者が、

「対支非干渉のスローガンで、無産政党は共同闘争に出ているが、スローガンや声明だけじゃ駄目だな。大衆闘争に盛りあげなくちゃ……」

「そうなんだ。俺たちのほうも、アジ、プロ活動を一生懸命やってるがね。今の様子では、どうかな。相手が軍刀を持った内閣じゃ、とても、おさえ切れないだろう」

「居留民保護の名目で、出兵か」

「その名目でとどまればいいが……」

「いやねえ」

　と看護婦が――こいつまでがボル派の口調で、

「不景気の打開を外国侵略で解決しようというのね」

「帝国主義の当然の方法だな」

と言いながら、医者はブウジイを抜きに俺のところへ来た。


もちろん作者は、仮にいま『昭和史』学派とでも呼んでおこうかと思う一派の決まり文句と月並み論法を気軽にからかっているのだが、そしてその冷やかしはそれとして工夫をしのばせた面白さを滲み出してはいるものの、しかし結局はその嬲り弄ぶ興に泥み淫して、時代を見詰め描くという課題を、単なる俗見批判ないしは嘲笑に置き換え、その限りでの活潑な諷刺表現の言葉のお手玉に陥っている憾みがある。しかも、全篇を通じて、時代を描く為に設けた章節部分としては、右の件りなどがおそらく最も粘りが利いている部類に属する。

　他は、まず、弁士の解説ほどにさえなっていない年表抜き書き的で単調な説明の挿入、たとえば、第一章その一の、

　テロリストとして俺たちが死にぞこなったのは、三年前のことだ。テロリストの一派が（この辺のことはいずれあとで語らねばならない。）ピストルで福井大将を狙撃した。その一派はつかまって死刑になった。俺たちが死にぞこなったというのは、これである。

　俺たちは爆弾でやっつける計画を立てていたのだ。その威力をためすためにペンキ（共同便所）を爆破したりした。その爆破事件も狙撃一派の仕業ということになって――というより彼等がそうした余罪全部をひっかぶって、そして俺たちに沈黙を命じて死んで行った。俺たちがハッパ（ダイナマイト）を作っていたことは幸いばれなかった。ばれていたら、俺たちもそのとき死刑になっていたのだ。

というような箇所、また、

　第一次世界大戦――これを欧州大戦と当時言っていたが、それに参戦して青島攻略と南洋群島の占領に成功した日本は、その頃、急激に工業力を膨脹させ、そして近代的な工業国となった。日本中に、東京中に、工場ができた。四の橋のあたりにも、芝浦辺の大工場の下請け工場がいっぱいできた。川沿いに、きたない小工場が疥癬みたいに蔓延した。これが俺の眼に映じた現実である。日本が近代的な工業国になったということが、俺の眼に与えた現実的な姿は、これだった。（第一章その七）

　軍の内部にいろいろ派閥のあることが、俺にも具体的に分ってきた。清軍派、統制派、皇道派、国体原理派と、のちに名づけられた派閥である。これはどういうのか、ここでは話がややこしくなるから省くが、派閥の醜い争いも俺を腐らせた。（第二章その五）

　その年の二月と三月に血盟団事件があって、井上準之助と団琢磨が射殺された。五月には犬養首相が暗殺された。この五・一五事件は前の二件とちがって、大規模な集

団行動として世間を震撼させた。それだけに真相は極秘にされて、詳細が新聞に発表されたのは一年後のことだったから、根室の俺はただ、

「やっとるな」

と遠い東京の空を睨むほかはなかった。不発に終った三月事件、十月事件が、東京から俺が去るとともに遂に実現されたかのようだった。（第三章その一）

張作霖の乗っていた特別軍用列車が奉天城外の瀋陽の手前で爆破された事件は昭和三年のことである。張作霖を爆殺した犯人は支那の便衣隊だと日本軍は発表した。しかしあれは日本の特務機関によって企てられた挑発事件らしいという噂は暗々裡に伝わっていた。（第三章その三）

このように一本調子で新聞の切り抜き的な字幕説明で片付ける。次いでは、気脈を通じた味方同志の会話、すなわち対立や転調を生まない平板なセリフの受け渡しへの書き替えが、さしあたり便利である。

「北槻中尉は錦の御旗をぶっ立てて革命をおこそうと言うんだな。黒旗や赤旗じゃなくて……」

物騒な話も、まわりがまわりだから、平気でできる。

「そこが、ちょっとちがうんだがね」

慎重な語調で言って、砂馬は箸を鍋に向けて、

「ボルとは絶対、俺たちは手を結べないが……」

錦の御旗と黒旗の同盟は可能であるかのようなその口ぶりに、

「砂馬さん。それは、ちょっとちがうどころか、根本的にちがうね」

「軍を、しかし、抱きこんだら強いからな」

「だからって、ツアーを中心に推し戴くなんて……。ロシアだってテロリストの究極の敵はツアーだったんだ」（第一章その七）

「悲堂先生の話を聞くと、現在の右翼の大物のほとんどは支那革命の援助者だ。面白いもんだな」

「面白い……？」

「自由民権論者が国家主義者になっている。日本とはそういう国なんだ。今に見てろ、今度は社会主義者が国家主義者になる」

「俺のことを言ってるのか」

砂馬は聞き流して、

「悲堂先生は自由民権運動に挫折して、支那革命に身を投じた。自分の主義主張を支那革命のなかに生かそうとしたんだ。その支那革命が成就して、やっと今日のような形になったと思うと、やれ排日だ、打倒日本帝国主義……」（第二章その四）

また、第三章その四では、同志間の気を許した談合の形を借りて、見えすいた結果論を挿入し、それら会話の主たちが、恰も歴史の舞台廻し役であったかの如き錯覚を生じさせ、薄

手な登場人物達に重みを持たせようと企てる。

「支那本土へ日本軍がはいって行くのは考えもんだな。矢萩大蔵は欣喜雀躍かもしれんが、わしは不賛成、反対だ。あの大陸へ手を出したら、泥沼にずるずるとひきこまれるようなもんじゃ」

相手は一応、抗戦してくるだろうが、きっと退却戦法を取るにちがいない。日本軍は進撃また進撃、勝利がつづいて大喜びだろうが、その実、占領地域がふえて大変な負担だ。向うはそれをねらっているのだ。日本の武力や財力をそうして消耗させる寸法なのだ。ずるいというか、利口というか。

「それに英米がかならず出てくる。出てくるように支那はしむける。そうなると、せっかく満洲をおさえたのに、元も子もなくなってしまう恐れがある」

「英米もともに討ったらいいでしょう」

と若い将校は肩を怒らせた。（第三章その四）

更に、運動家としての決意の披瀝という文脈に構成することにより辛うじて情意的アクセントをつけた部分、

ヤチモロだろうとなんだろうと（ヤチモロとはど助平というより、ほんとは淫乱の意味だが）情熱を傾けての助平は、大杉栄の論文の題名を借りれば、「生の拡充」なのだ。たとえ相手がど淫売だろうとなんだろうと、情熱を傾けての淫売買いは自我の拡充だ。俺はすこしもそれを恥ずべき醜行とは考えなかった。（第一章その二）

実に痛快きわまりない。血湧き肉踊るとは正にこのことだ。尾垣大将ひとりを狙撃するということだけでも俺はこおどりしたもんだが、一人だけの暗殺ではなく大臣どもをタバにしてぶっ殺そうというんだから、愉快である。こんな愉快なことがまたとあろうか。

権力の座にヌクヌクとおさまっている大臣どもが、白刃の前でどんな正体をさらすか。権力に守られているからこそ、大臣の椅子に傲然とふんぞりかえっている奴らも、いざとなったら、おそらく、いや、さぞかし、だらしがないことだろう。からきし、いくじがないにきまっている。

「話せば分る」

なんて泣きごとを言うのは、まだいいほうで、

「カンベンしてくれ」

と土下座もしかねないだろう。そんなことを想像すると、全く胸がわくわくする。（第二章その五）

以上が、直接に昭和時代の描写にかかわる主要な部分であり、その手法の類別である。つまり、誰が見たって、どうという程のものではない。情勢観測的書き入れにしても、先に引いた部分に見たような組み立てのなかへ流し込んであればまだしもだが、第三章その二における如き、

満洲を占領して満洲国を作った日本軍は、山海関に手

をつけたと思ったら、万里の長城を越えて華北に侵入した。今度は支那にはいって行くつもりか。

こんな無神経な挿入に接しては、鼻白む思いをせぬ方が不思議である。そして、多少とも筆致が動態的になり得るのは、第一章その五において主人公がおふくろを、その六において斎田慷堂が「波瀾の歴史を」、など、それぞれ、むしろ昭和時代以前に属する過去の歴史を――それにみずからも参加している過去を回想する場合に限られているように思える。

そして結局、残るところ、印象あざやかなのは、エログロナンセンス時代の風俗描写である。その点についても、平野謙の最初の時評が既に鉄案となっていた。そこに縦横無尽に発揮された、平野謙言うところの「作者一流の作家根性」の見事さは、また格別である。第四章その二、支那事変勃発後の上海で、コカコーラが「可口可楽」と広告板に書かれている、というあたりなど、そこに醸し出されてくるものは、過去の或る時代をなんとか描き出さんものと、必死になっている作者の力技に直接触れる思いのする、小説読み独得の感興である。だが、その鮮明な効果は、風俗についての場合にのみ限られる。昭和時代を描くことと、風俗点描に示された腕の冴えとは、やはり似て非なるものではないのか。

こう言うと、いや加柴四郎というアナキストの性格を構成し、その彼の視座を昭和史把握のテコに起用した工夫こそ、昭和時代を描くという課題への最も基本的な挑戦であり着手であると、反論する向きがあるかも知れない。確かに、これも平野謙が夙に指摘したように、同じくアナキストを主人公に設定した立野信之の「黒い花」(『小説新潮』昭和29年8月〜30年6月)や石川淳の「白頭吟」(『中央公論』昭和32年4月〜10月)に較べて、「いやな感じ」には、際立った特色がいくつかあり、そのひとつは、昭和期を通じて常に反体制運動の謂わば日陰者であったアナキストの生活感情に対する、作者の異常なまでの激しい共感である。時として照れ臭そうな表情を垣間見せるほど高見順は、加柴四郎の、無方針だが生理的に執拗な反抗姿勢に愛着する。良きにつけ悪しきにつけ、作者のこうした没入が一貫しているために、この小説は「おもしろく」読めるのだ、と思う。

但し、今さっき、アナキストの〝生活感情〟、と念を押しておいたように、アナキストの〝思想〟に立ち入ることを、作者は徹底的に回避している。僅かに、クロポトキン、バクーニン、プルウドン、大杉栄などを引き出しても、まさにそれは〝説明〟の便宜のための〝引用〟以外のなにものでもなく、色どりを添えるスローガンの域を脱しない。たとえば、第一章その二で『パンの略取』を引用しても、そこに「直接行動」の合理化論拠を求める、というよりはいっそ論拠一切のこちたき論理を一括して預けてある「聖典とも言うべきもの」としてであり、すぐ続いて大杉栄に言及しても、「生の拡充」という大杉の論文の題名をキャッチフレーズとして借用するためである、という調子だ。この面でもむしろ張り扇に熱のこもるのは、第三章その二における如き、アナキストの思想ではないテロリストの心情、つまり啄木が「我は知る、テロリストの、かなしき心を――」、とうたった、その心情描写への耽溺である。当然、不満の意を表明したいところだが、しかし、作者としては、やはり止むを得ぬ賢明な方策であったろう。元来、テロリストとは違うアナキストの像や思想を立体的に生き生きと描き出すことは至難の業に属するらしく、E・H・カー初期の評伝四部作でも、バクーニン伝がいちばん見劣りするように思うのは私の僻目だろうか。大杉栄にしてから、『東京新聞』昭和三十四年二月二十一日夕刊「大波小波」が引いていたと記憶する神近市子の談話によれば、真冬に素裸で寝ても体がカッカしていたと伝えられるほどの思い切って男性的な大杉独得の人間像への尽きない興趣を別にするなら、大杉の真価として残るところは、文士としての着眼や対処における勘の鋭さとメリハリの面白さだけ、大杉自身の思想に独創性は殆どなかった、と私は思う。まして、そのエピゴーネンに至っては、平野謙の名篇「日本のテロリスト」（『群像』昭和33年7月号）に活写された如く、思想的には幼児でしかなかった。彼等の思考や論理に立ち入る試みは、所謂、徒労に終るべきものであったかも知れぬ。彼等は、あまりにも心情的な人間達であった。

そして、高見順は、まさにこの事情をこそ、逆に最も効果的に利用しようと思いついたわけである。日本の反体制諸運動を毒してきた教条主義・テーゼ絶対主義とは正反対の、非組織的でパッショネートな激情に発する反抗精神の姿を、それを、反体制運動中の排他的な正統派を自任する独善的官僚組織に対するその限りでは正当な反撥と批判を情意的テコとして描き出し、かくして構築された懲らしめ見せつけ用の虚像を嵌め込むのに、思想的に空白なアナキストは、全くうってつけの容れ物であった。すなわち、作者は、歴史的存在としてのアナキストを描いているのではない。平野謙は、森長英三郎の「朴烈・金子文子事件」（『法律時報』昭和38年3月〜4月号）を引きながら、「朴烈がアナーキズムから自己を区別していたこと」、「ギロチン社の古田大次郎や中浜哲が、みずからをアナキストと区別していたこと」に触れ、「殺し屋とテロリストとを質的に区別する作家の批判が、ふくらみをもって全体にうきでていない」ことを不満としたが、こうした歴史的規定にかかわる問題は、恐らく高見順のそもそも着想の当初から既に捨てて顧みないところであったろう。高見順には、彼を彼たらしめた核とも言うべき驚くべき物見高さの才能があり、同時に、それがもし存在すれば彼の才能の十全な発露を悲劇的に阻んだかも知れぬところの、史眼というものの幸せな欠如、があった。過去を過去として把握することは、彼の関心事ではなかった。過去の日本の反体制運動、或いはもっと広く反抗運動一般が保有し得なかった欠落要素について、既にスターリン批判以後である故にこの小説の起筆時点ではとっくに常識化していた批判論理志向の定型、小林秀雄の言う〝公式主義批判の公式〟を、小説化して見せること、それが作者の企図だった。その狙いと執筆および完結年代の組み合わせが、早かったとはお義理にも言えないにしても、少なくとも遅きに失しはせぬだけの機敏さを示し得たところに、この小説の所謂アクチュアリティがあり、誰にも頷かれる安全な面白さの根があった。その意味で「いやな感じ」は、独り狼を気取る日本の自由左派にとって最も快適な季節であった昭和三十年代後半にお誂え向きの、そして、「作家根性」の或る面では健全な発露とも見做すべき真剣な御時世便乗企図に基づく小説、と言えよう。『群像』昭和三十八年十月号の無署名書評は、以上の如き現実的な成立事情を没却しているために、甚だ抽象的な過褒となっている。

ところで、高見順によるその既往反対制運動批判の論点なるものは甚だ単純素朴明快、すなわちアナ派の立場、そこには「現実派」と「観念派」の別はあるのだが、兎に角それら両者にも共通するアナ派の理論に拠り、「ボル派」に対して、終始一貫毒づくこと、ただそれだけである。その主なセリフは第一章その二にすっかり出揃っていて、第一に、「強権的共産主義者が労働者というものをどう見ているか、どう見下しているか」の暴露、第二に、「ボル派の運動は」「労働者をただ単に階級闘争へと動員し、政権奪取へと徴兵して、共産主義という強権の下に、階級戦の兵卒としての絶対服従を命ずるものだった」とする反撥、第三に、「俺たち」の論理としては、バクーニンと大杉栄に拠って「自己の獲得、自主的生活の獲得」の主張、第四に、「俺たちアナーキストはボル派にこうして罵られ、嘲られ、さげすまれ、呪われて、そうして労働者たちから裂かれ、遠ざけられ、〈仇敵〉のごとく追いまくられた」その回想と怨恨、これがすべてである。まさに型通りというしかない。自由左派の主張だなどと評すべくもなき、思い切って通俗的な、反体制運動批判の最低公式テーマメロディー、一見自由左派風が懐手をしてくちずさむ鼻唄だ。そして勿論、この発想と主張には、最後まで一抹の変化さえ生じない。これは、論理としての展開や深化とは無縁の心情として固定しており、加柴四郎はこの心情にひたすら忠実であるが故に美しいとされる。更に、彼等「俺たち」のグループには、情勢の分析と判断が欠けている。たとえば、第二章その五および第三章その五に「軍の内部」の事情が顔を出すけれども、それらはすべて「派閥の醜い争い」であり、「俺」の気を「腐らせ」るだけのものである。「派閥の醜い争い」への反撥の固執、その心情は立派だが、同時にこの数語より成る簡明なキャッチフレーズは、人間行為の過去現在未来全世界におけるすべてをひとしなみに「派閥の醜い争い」と断じて指弾するのみを以て能事畢れりとする居直りを一応合理化し、現実様相の微細な識別という課題を免除する。再び繰り返すが、この作品の何処に一体、作家の眼で昭和時代を描いたと評価すべき部分があるのだろうか。

　こうして、着眼は巧みだが視座は型通りである「いやな感じ」一篇は、勢い、中間小説的手法によってかなり毒される始末となった。「読者についての私見」（『新日本文学』昭和30年6月号）で得々と高見順が述べた「売り絵」の説は、誰だって一読直ちに、そうは問屋が卸さない、と感じるであろうように、必ずしも彼の意図通りに結実はしなかったようだ。本多秋五が文藝時評「大疑アレバ大信アラン」（『文藝』昭和38年10月号）のなかで、控え目ながらキッパリとした疑問を提出しているのを重視したい。本多の発言は余りに慎重だが、『群像』昭和三十八年十一月号の「侃侃諤諤」子が痛烈に暴いている「いやな感じ」の小説構成上の御都合主義は、やはりこの一篇の致命傷ではあるまいか。

　実を言うと、「いやな感じ」に対する最も有効適切な批評とは、以上の如き蕪辞を弄することではない。それは、ひとつのささやかな行為を以て足れりとする。その行為とは、「いやな感じ」に索引を、それも作中の隠語と人名と理屈部分とだけでよいのだが、その簡単な索引を作って付することである。時代受けを狙った世の夥しい小説のなかには、印刷にして五頁足らずの索引を片端から付して行く消閑の業により、容易にその文学的粉飾を剝奪して世相史資料のなかにファイリングし得る類いの作品が多い筈である。

付記。むかし宮武外骨が『川柳語彙』（大正12年11月・半狂堂）巻末に「難解百句」を掲げ、博雅の士の協力を訴えた例を浅薄に真似て、私はここに首都圏在住の研究者へのお願いを記しておきたい。『図書』昭和三十五年十二月号の署名Aの「書斎・研究室―高見順氏―」を再び引けば、高見順の蔵書は「どんなものでも全部とってある」由である。今は日本近代文学館に存するこの高見順蔵書の書目を、余計な入念さは不用で、一冊に一行を充てる程度のごく基本的な書き出しのみで結構なのだが、と言うことは、或る未見の本の正体をその書目の記載に求めねばならぬような稀覯書は多分乏しい筈で、なるほど此の本があったのかと解ればそれでよいのであるから、そういう簡単な高見順蔵書目録を作成し、更に出来ればそれを『高見順全集』に附していただきたいのである。この仕事はごく近い将来必ずものを言う筈である。

　再付記。『日本近代文学館』19号（昭和49年5月15日）に、「高見順文庫目録」の「整理を急いで」いる旨、報じられている。

正論家坂口安吾

坂口安吾は己が半生の批評活動を一巻に集結した愛着深い評論集『堕落論』（昭和22年6月）の後記に、「私はいわば『日本文化私観』によって私の生き方を確立したのであったが」（引用はすべて『坂口安吾評論全集』に拠る）、と認め、それを中心とする主要作品を「いわばこれは作者の文学を生き方そのものに於て語っている主流的な評論」と位置づけ、同時にそれらを「私がいわば思想の星雲状態から現在に至る生き方を思想的に定着させた作品」と回顧しているが、「日本文化私観」（昭和17年3月）に至る短しとせぬ発酵期の坂口安吾には、成程その個性的に十全な音色を響き出すに足る歌口を探し求めての止むを得ぬ眼高手低の惑乱が或る程度は見られるにしても、その焦燥に殆どの場合は表裏をなして随伴する筈の論理追求における試行錯誤と前提逸脱と重心喪失と自己陶酔と末端肥大と等々の、もし目に入ったとしても見て見ぬふりをしておくべきが至当である自己凝集期独得の取り乱した発熱現象が、断簡零墨をも博捜これ努めた全集を通覧しても、全く絶えて見られない。思考者としての坂口安吾は、その表現活動の最も早い時期から全生涯を通じて、言うなれば鼻白むほど徹底的に一貫して脇目も振らず我が信条を固執し、それをひたすら果てしなく掘り下げつつ凛々と倦まず弛まず退かず手練手管に意を用うる余裕もなく呼号し続ける熱塊であった。しかもその主張においてたるや、現在発見されている限りでは最初のエッセイと見做し得る雑誌『言葉』創刊号（昭和5年11月）の「編輯後記」の冒頭口切りにおいて、「最近文学の傾向は各人が各様に一曲あることをのみ言わんとして、いきおい奇矯に走り藝術の正しい姿は何処にも求めて之を見出し得ぬ如き有様を呈した。我々は白紙に立ち返って全てを冷静に見直すべきだと考えた」と、対他的に身を繕った姿勢をつい必要以上に堅持しての宣言文たらざるを得ぬ当該欄筆者としての暗黙の要請にいかにも律儀に従順であった故か彼としては唯一の例外と思えるほど威儀を正して声高な口調によってではあるが、開口一番、「一曲あることをのみ言わんと」する物欲し気な卑しい気構えを排し、「奇矯」を弾劾し、「白紙に立ち返って全てを冷静に見直すべきだ」、と揚言したこの処女発言の中核に驚くほど忠実に、少なくとも私の見るところでは掛け値なく一度たりとも奇矯の言を弄さず論理の飛び道具に手を出さず、坂口安吾は愚直なまでに堂々たる寧ろ堂々たり過ぎる程のけれん味なき正論家として終始する結果となった。そして、のちに彼みずから「私は、小説も、評論も、区別はない」(「『白痴』後記」昭和22年5月)、と記して、自分の評論が、我が身の内部における分業的営為の所産ではなく、分割分離し難い一個の文学的磊塊が自転運動の途次に結晶させる等質の分泌物の一種であると認知し、また夙く「自己の文学を主張し、また理解してもらいたいと欲している作家にとって、他人の作品を道具に使って自己の所論を明にする機会に恵まれることは予々幸運だと思っていた」(「文藝時評」昭和11年9月〜10月)と、もちろん八割がたは時評のマクラとしての会釈に発する外交辞令ではあろうけれども同時にしかし辞儀の外装に覆われ尽され得ずに響き来たる微かな地鳴りの如き、己れが彌が上にも理解されん事を祈念する作家としてのそれは当然至極である強靭な悲願の発条を考え併せ、更にまた、「僕には、僕の性格と共に身についた発想法というものがあって、どうしてもその特別の発想法によらなければ論旨をつくし難いという定めがある」(「青春論」昭和17年11〜12月)、と公言する程の我が語り口をめぐる自恃をそれに重ねて遠望するとき、そこに結ばれ映し出される巍々たる映像は、不逞な迄に根性の据わった気宇壮大な作家魂が不断に噴出する典型的な〝小説家の批評〟〝作者の感想〟であり、坂口安吾による〝作者の批評〟は、やはり昭和文壇の一偉観たるを失わぬと評価すべきであろう。

けれども一方、彼に先行する川端康成および中野重治のそれぞれ戦前期における評論作品が、対象の真髄を射抜く稲光の一閃と同時に隠微繊細の局所にも分け入る和気の戦ぎを併せ持ち、それによって作家論・作品論・時評等の個別な〝各論〟の領域で無限に拡散する理解の魔力を発揮したのに対比するとき、坂口安吾は剛直な自家製文学概念をひたすら純化集中結晶させるべく目的地なき彷徨者として没頭しつつ、現実・人間・人生・社会・文学の各諸問題の基底を一気の念力で縦断する究極の論理の追求のみに沈潜した〝総論〟の領域での巡礼者に属する。そして坂口安吾を評論の世界における〝総論〟の修験道に幽閉した資性上の特質は、文藝評論というものが兎にも角にも文藝のひとつのジャンルとして棲息しているその生物学的存立形態に対する理解の拒否であり、すなわち、消費者である評論読者と供給者である評論家とが相渉る磁場の磁気作用によって左右されざるを得ない独得な文藝評論的表現を各時代ごと各党派ごとに生み育てて行く職業的呼吸への無関心であり、つまるところ坂口安吾は生まれつき文藝評論家の文藝評論が肌に合わなかったと言うしかない。「文藝時評はない方がよい」(「感想家の生れでるために」昭和23年1月)、と喝破したこの一句に続くのは、「下品で、不潔俗悪で、百害あるのみだからである。文藝時評というものの性質が百害あるわけじゃなく、これを手がける作家の態度が卑屈俗悪だからである」、という指弾であり、さしあたり評論家は眼中にないと見える。「毎々平野謙を引合いにして恐縮だが」（「デカダン文学論」昭和21年10月）と時には珍らしく仁義を切って見せる事もあったほど心安だてにいつも例に引き出す平野謙をダシにして、「平野謙などという良く考える批評家まで」、「僕が三行読んで投げ出すものを彼は三千万語の終りまで無理に読み、無理に幽霊をでっちあげ、そして自分の本当の心と真に争う、自分の幽霊と命を賭しても争うという大切なたった一つのことが忘れられているのだ」、と説き、「平野名人の如く、系列だの分類というものが生れついて身についている特異体質の悪童」（「私の探偵小説」昭和22年6月）とか「平野謙の如くに一人の作家を論ずるに必ず系列というものをデッチあげて、御丁寧に党派を組ましてくれるのもある」（「感想家の生れでるために」昭和23年1月）、などと毒づき、『新生』の読解をめぐって真向から異議を唱える（「デカダン文学論」）など、舌鋒鋭く寸語で躊躇なく些かの留保条件も考慮せず切って捨てる坂口安吾の果敢な断罪は爽快無比であり、文学の根本義に思いを潜めるに当たって系列だの分類だの党派だのいう道中双六まがいのお膳立てに一顧の要なきは論を俟たず、平野謙が『新生』を自己流に分析した帰結を、メディタシオンでもないパンセでもないコンフェッシオンでもないメモワールでもない独自な首尾を持つ一篇の文藝評論に鋳込むべく、発端および結語部分において採用した論理的鋳型の、やや年代を経過ぎている甘さについては既に自明であって、島崎藤村が「実際は大いに不誠実な作家」であること言う迄もなく、坂口安吾の弾劾と立言はすべてあまりにも真当であり真実そのものを衝いている。ただ欠如しているのは、坂口安吾の目には怪談噺の小道具や道中双六仕立てや幾分年代ものの鋳型やその他およそ胡散臭く映じるに違いない諸々の舞台装置を駆使して、いつも必らずとは決して請け合えないが時として出現し得る文藝評論ならではの演技の花を待ち受ける辛抱強さと好奇心である。坂口安吾の如何にも作家であることに徹した剛直徹底一貫して正攻法を崩さぬ批評精神には、批評の論理を文藝評論の論法に仕立て直し装う意慾と志向が先天的に脱落しており、あまりにも直截真当で時と場所を選ばずなりふり構わぬ発言様式が、一方では無用で非生産的な摩擦を生み、同時に他方では本来なら故なき筈の不毛な喝采を博し、その真意が文学上の遺産として未だ正当に測定されず放置されているという文壇では別に珍しくもない不幸な事態を生む原因となったのかも知れぬ。

文藝評論の技法的枠組に常用される論理表現上の韜晦や譲歩妥協や洗い張り心張り膝り縫いなど如何なる包装手続にも文学の第一義を忘れた虚偽を嗅ぎ出して癇癪玉を破裂させる坂口安吾が、文藝評論ではない文学批判はかくあるべしとばかりに遠慮会釈なく身も蓋もない彼の心算ではこれ以外に言い替え説き改め不可能な究極言を吐くことによって批判対決の相手に取り上げた作家のうち、彼にとって最も切実な批評主題を孕む絶好の敵は夏目漱石であった、と私は認める。坂口安吾が以下に引く如く畳みかけ捲し立てた漱石批判のなかに、一言たりとも読み損い藪睨み見当違い考え足らず勘狂いの部分があるだろうか。漱石について始めて書いたのはこの部分ではないかと思える箇所において彼は、「私はこの春、漱石の長篇を一通り読んだ。ちょうど同居している人が漱石全集を持っていたからである。私は漱石の作品が全然肉体を生活していないので驚いた。すべてが男女の人間関係でありながら、肉体というものが全くない。痒いところへ手が届くとは漱石の知と理のことで、人間関係のあらゆる外部の枝葉末節に実にまんべんなく思惟が行きとどいているのだが、肉体というものだけがないのである。そして、人間関係を人間関係自体に於て解決しようとせずに、自殺をしたり、宗教の門をたたいたりする。そして、宗教の門をたたいても別に悟らしいものもなかったというので、自殺だの、宗教の門をたたくことが、苦悩の誠実なる姿だと思いこんでいるのだ。（改行）私はこういう軽薄な知的のイミテーションが深きもの誠実なるものと信ぜられ、第一級の文学と目されて怪しまれぬことに、非常なる憤りをもった」（「戯作者文学論」昭和22年1月、その7・8の項）、と真向から斬り下げ、更に重ねて、「夏目漱石という人は、彼のあらゆる知と理を傾けて、こういう家庭の陰欝さを合理化しようと不思議な努力をした人で、そして彼はただ一つ、その本来の不合理を疑ることを忘れていたのである。つまり彼は人間を忘れていたのである。かゆい所に手がとどくとは漱石の知と理のことで、よくもまァこんなことまで一々気がつくものだと思うばかり、家庭の封建的習性というもののあらゆる枝葉末節のつながりへ万べんなく思惟がのびて行く。（中略）自殺などというものは悔恨の手段としてはナンセンスで、三文の値打もないものだ。より良く生きぬくために現実の習性的道徳からふみ外れる方が遙かに誠実なものであるのに、彼は自殺という不誠実なものを誠意あるものと思い、離婚という誠意ある行為を不誠実と思い、このナンセンスな錯覚を全然疑ることがなかった。（中略）日本一般の生活態度が元来こういうフザけたもので、漱石はただその中で衒学的な形ばかりの知と理を働かせてかゆいところを掻いてみただけで、自我の誠実な追求はなかった」（「デカダン文学論」昭和21年10月）、とその文学失格の所以を問詰し、「夏目漱石も、その博識にも拘らず、その思惟の根は、わが周囲を肯定し、それを合理化して安定をもとめる以上に深まることが出来なかった」（「志賀直哉に文学の問題はない」昭和23年9月）、と思考欠落の限界を難じ、「島崎藤村や夏目漱石がロマンだなどとは大間違いです。彼らは、理想の女を書こうともしていないではないか。理想の女をもとめる魂、はげしい意慾のないロマンなどがあるものか」（「理想の女」昭和22年9月）、と断じている。夏目漱石を単に解釈し解説し説明し測定計量するのみに自己限定した頌辞詠唱の旋律は時代によって限りなく多様に新種を生み続けるであろうけれども、それとは関係なく、漱石がそれと自覚せず閉じ込められた思考圏域の見えざる縄張りを透視して彼が為す能わず歩み出し得なかった故に未だ存在せぬ未来形の文学的桟道を虚空に思い描く念力の発揮をこそ批判と呼ぶならば、夏目漱石への文学的批判の核心においては今迄のところ坂口安吾が最も肉迫し得ていると鑑定すべきではないか。そして、言う迄もなく文藝評論および文学史研究がそれぞれの職域において育成定着させた不可欠特有のシンタックスに嵌め込み組み入れ得ぬ立言は拡大再生産され得ぬ個別散在の独白として放置看過に任せられる宿命を想起すればそれで十分である。寧ろ以上の如き漱石批判を分泌した経緯の中に坂口安吾独自の作家魂を観取し、その機関構造の内面を探る考察こそ、夫子みずから莞爾として受け入れるところではあるまいか。

坂口安吾が漱石文学の扇の要と見抜いて一気に衝いたのは、「痒いところへ手が届くとは漱石の知と理のことで」と繰り返した一節であり、のち彼はそれを敷衍して、「しかし、元来、傑作といふものは、目がとどかない作品なのである。かゆいところへみんな手がとどくといふのは、実生活には大そう便利であろうが、藝術の傑作にはならない。（中略）そして藝術といふものは、人間が落着きはらって、かゆいところへマンベンなく手がとどくやうな快適な実生活に実用品として役立つものではなく、目のとどかない不具の半面に夢や慰めを与へてくれる魔術のオモチャにすぎないものだ」（「我が人生観」七「芥川賞殺人犯人」昭和25年12月）、と説き、この場合においては主として「実生活」と「藝術」との次元の落差を梃子として解明しようと図るのだが、右の文中で今さっき敢て中略した一節を改めて此処に取り出して引けば、それは、「人間は、男女いずれを問わず、惚れると目がとどかなくなる。そして人間の一生のうちで、最も香気の度が高いのは、さういふバカな状態の時なのである」、と訴えるやや気楽に持ち出した譬え話であって、即ち坂口安吾言うところの「痒いところへ手が届く」とは、「実生活」の次元で「現実の習性的道徳」の埒内において「人間関係のあらゆる外部の枝葉末節」へ「知と理」を働かせる「思惟」の、その世俗的に「便利」な生態と機能に懐疑を一切さしはさまぬ「実生活」追随の文学精神に向けた貶称であり、更にのち大岡昇平と三島由紀夫に触れて、「御両所に共通してゐることは、心理描写が行き届いて明快であるが、それは御両所のつかみだしてきた事柄についてのことで、その事柄として明快に心理をつかみとつて描いてみせてゐるけれども、その事柄でない方には目をふさいでゐる。一方に行き届いて明快であることが、他には全然行き届かぬという畸形を生じております」（「戦後文章論」昭和26年9月）、と不満を洩らした発言をも照合するとき、「痒いところへ手が届く」傾向の小説表現に対してこれ程まで執拗に反撥する坂口安吾の根本信条は、「肉体を生活してゐない」単なる「心理描写」で恴をつける小説技法を頭から贋物視する根底的な不信の念によって定礎されていたのだ、と読み取れる。坂口安吾はその極く初期から「人間の心」の説明不可能性を躊躇いなく自明の理と確信していて、「私は、小説に於て、説明といふものを好まない。行動は常に厳然たる事実であつて、行動から行動への連鎖の中に人物の躍如たる面目があるのだと思つてゐる。人間の心には無限の可能が隠されてゐる。人間は常に無限の数の中から一の行動を起してゆくのであつて、之を説明することは、何等かの点に於て必ず誤魔化しを必要とする。決して説明しきれるものとは思へない」（「ドストエフスキーとバルザック」昭和8年11月）、と容赦なく突き放し、更に「私は文章を書いてゐて、断定的な言ひ方をするのが甚だ気がかりの場合が多い。心理の説明などの場合が殊にさうで、断定的に言ひきつてしまふと、忽ち真実を攫みそこねたやうな疑いに落ちこんでしまふ。そこで私は、彼はかう考へた、と書くかわりに、かう考へたやうであつた、とか、こう考へたらしいと言ふ風に書くのである。つまり読者と協力して、共々言外のところに新たな意味を感じ当てたいといふ考へであるが、これは未熟を弥縫する卑怯な手段のやうにも見えるが、私としては自分の文学に課せられた避くべからざる問題をそこに見出さずにいられない気持である」（「文章の一形式」昭和10年9月）、とまで強調して直押しに押している飽くまで内発的な牢乎たる信条の吐露は、そのまま後年の坂口安吾が遮二無二辿った文学的軌跡の的確な予言となっており、そこには後年ふと洩らしたように、「私の心理の表現に、カナリだとか、イクラカだとか、数量的にこだはるタチがあるのだが、持つて生れた根性で、どうしても、さうなる。心理の数量上の微妙さが頭にからみついてゐるのである。時々、それを全部払ひ落したくなる。この方法で、気持の一端を満足させるが、他の気持をギセイにした不満によつて、苦しむ。これは私の職業上の秘密の一つだ」（「我が人生観」一「生れなかった子供」昭和25年5月）と、反芻している生得の資質に基づくところ大きいのであろうが、それは兎に角、前掲文に続けて彼は、「意識内容の歪み、襞、からみ、そういふものは断定の数をどれほど重ねても言ひきれないやうに思われる」（「文章の一形式」）、と同時代に気勢をあげて魅惑的に華美颯爽たりし文学思潮の新風に些かも動かされぬ無表情で屹立しつつ、このように不退転な信条の淵源をなす思考上の原点を指し示すかの如く、「言葉をいくら費して万遍なく説明しても、藝術とは成り難いものである。何よりも先ず、言葉を駆使するところの、高い藝術精神を必要とする」（「FARCEに就て」昭和7年3月）、と一息に言い切り、今は未到不詳不可説な或る「高い藝術精神」への生身成仏を期する峻厳孤独な祈念者の相貌を自画像として提示して憚らない。その「藝術精神」を構成する要素を多角的にアングルを徐々にずらしつつ観取すれば、まず、「小説家の観念は言葉の形に於てのみ結晶するが、問題はあくまで〈観念〉であつて、言葉そのものではない。言葉、音、色彩etc.は藝術家にとつて単に当然な基本的条件であつて、観念そのものの必然性に動かされぬ単なる言葉や形式は藝術活動以前に属する」（「新らしき文学」昭和8年5月）、と説くその「観念そのものの必然性」の内発的な発動であり、また「だいたい、現実をありのままに書いたつて何のたしにもなりやしない。ありのままの現実を書くことによつて、それを藝術と呼ばしめるものは一に思想の〈光〉にほかならない。光の救ひと感激のないところには、単なる観察や表現はごみの醜悪でしかない」（「谷丹三の静かな小説」昭和9年3月）、と希求する「思想の光」の照射であり、更に、「私はいつたいに、小説の文章はどんなギコチない悪文であろうと構はない、要は高い精神（洞察）から出発していればいいといふ考えであるが」（「文章その他」昭和9年4月）、と強調する如く、「高い精神」の核は「洞察」の透徹に求められ、そして、「小説としての散文は、人間観察の方法、態度、深浅等に由つて文章が決定づけられ」（「ドストエフスキーとバルザック」昭和8年11月）ると断じて「人間観察」を小説の基軸に置く確信のかたちをとり、「部分部分の観察が的確であつても、小説全体の価値は又別であらうと思ふ」（同上）、と、峻別する評価軸、以後の坂口安吾が個々の作家・作品を相手取って文学的評価を下す場合に終生一貫して執って譲ることのなかった基準原則が提示され、或いは、「私はやはり、人間の感情に対する新らしい批判の確立、憎しみや愛や悲しみ怒りを最も厳格に追求することによつて、神によつて許さるるとも我によつては許されず、神によつて許されじとも我によつては許される底の、生命の道徳を確立するためのほかに、小説を書く勇気はありません」（「無題」昭和9年9月）、と、小説を書くわざへ駆り立てる唯一のモティーフが宣言され、若き日のこれらの思いの籠る一言一言を辿り行けば、坂口安吾の祈念する「高い藝術精神」とは、脇目も振らず只一筋に人間洞察へ沈潜しつつ微かに「生命の道徳」を夢想する苦業を意味していた経緯が理解される。坂口安吾はその作家としての自覚と企図においては全くの当初から驚くべく一貫して時代思潮の染色作用を一刷毛も受けつけず終始した人間学の使徒、千九百三十年代に有り得たとは納得しかねる程にその純血種の典型的存在であったのだ。

同時に言う迄もなく、坂口安吾の庶幾する人間洞察は所謂人間通の世界とは対蹠的な方向を目指しており、「芥川にしても、太宰にしても、彼らの小説は、心理通、人間通の作品で、思想性は殆どない」（「不良少年とキリスト」昭和23年7月）、と一刀両断に批判して、「人間通の裏付は自我の省察で保たれるもの」（「教祖の文学」昭和22年6月）だ、と念を押し、重ねて太宰治を捉え、「然し、そのたびに、語り方が巧くなり、よい語り手になつゐいる。文学の内容は変つてゐない。それは彼が人間通の文学で、人間性の原本的な問題のみ取り扱つてゐるから、思想的な生成変化が見られないのである」(「不良少年とキリスト」)、と指摘する彼は、「虚無といふものは、思想ではないのである、人間そのものに附属した生理的な精神内容」(同上)に過ぎぬ、と指弾しつつ、「思想とは、個人が、ともかく、自分の一生を大切に、より良く生きやうとして、工夫をこらし、必死にあみだした答である」(同上)と想定し、「自分といふ人間が見えなければ、人間がどんなに見えすぎたつて何も見てゐやしないのだ。自分の人生への理想と悲願と努力といふものが見えなければ」(「教祖の文学」)、と言い切り、人間洞察は自我の省察であって即ち我が人生と誠実な格闘を意味する、と宣言する。そしてもとより、処方箋としてはあまりにも常識的に真当で健康な語彙で偏りもなく編成された坂口安吾のこの模範答案みたいな文学理念が、彼の身内で徐ろに生育しつつあった時期の、察するに難くない苦渋については、のちに、「当時私のこれらの短篇小説が一貫してシャニムニ追いもとめ、くひさがつてゐることは、孤独といふこと、虚無といふこと、そして淫楽に対する絶望だ。すべての作品が最後にもらしている呟きは、すべてただ、孤独、人間は最後にそれ以外の何ものでもないといふ一語につきる」(「『逃げたい心』序」昭和22年4月)、と回顧しているように、また事実ここに追懐されているまさにその時期の心境として、「この三つの物語が、私達に伝へてくれる宝石の冷めたさのやうなものは、なにか、絶対の孤独——生存それ自体が孕んでゐる絶対の孤独、そのやうなものではないでせうか」(「文学のふるさと」昭和16年8月)、と吐露されているように、「絶対の孤独」の一語がすべてを物語っている。だが彼は一方において当初から、「文学とは、告白のせつない愛撫に溺れないこと、その告白を書かないこと、その告白を抑えつけ、さうして漉しく出発するところから漸くはじまるのであらう。作家は誰しも孤独であらう。自らの孤独をいたはることは文学ではない」(「文藝時評」昭和11年9月~10月)、との厳しい自戒を堅持しており、この告白禁忌の国是に誓従する延長線上、「生存の孤独」に呪縛された如く幾度も立ち帰って「私は文学のふるさとを、ここに見ます。文学はここから始まる——私は、さうも思ひます」、と未練深く執着しながら、しかも頭を振い起こして、「アモラルな、この突き放した物語だけが文学だといふのではありません。否、私はむしろ、このやうな物語を、それほど高く評価しません。なぜなら、ふるさとは我々のゆりかごではあるけれども、大人の仕事は、決してふるさとへ帰ることではないから。……」、と意志的に斥け、斥ける姿勢に踏んばりつつも間髪を入れず、「だが、このふるさとの意識・自覚のないところに文学があらうとは思はれない。文学のモラルも、その社会も、このふるさとの上に生育したものでなければ、私は決して信用しない。そして、文学の批評も。私はそのやうに信じています」(「文学のふるさと」)、と、又更に立ちかえって原点を確認する思考の螺旋行路を辿ることにより、「告白」という回路を予め遮断した上で、「生存の孤独」と仮に呼ぶこの「文学のふるさと」からの出発を模索せざるを得ない。この場合、坂口安吾が殆ど一瞬の間に選び取ったであろう態度決定は、既に非常に早く、「ファルスとは、人間の全てを、全的に、一つ残さず肯定しようとするものである。（中略）人間ありのままの混沌を永遠に肯定し続けて止まない所の根気の程を、呆れ果てたる根気の程を、白熱し、一人熱狂して持ちつづけるだけのことである」（「FARCEに就て」昭和7年3月）、と揚言し、また、「正しい道化は人間の存在自体が孕んでいる不合理や矛盾の肯定からはじまる」（「茶番に寄せて」昭和14年4月）、と断定しているなど、これら正面切った我から早手廻しの宣言文に贅肉を剝ぎ取った簡明勁直の心弾みを以て要約されているように、「全てを、全的に、一つ残さず肯定しよう」と肚を決めた覚悟と熱意と根気であり、その「肯定」の対象は単なる〝人間〟や〝現実〟一般ではなく、「人間の存在自体が孕んでいる不合理や矛盾」そのものであって、敢て付言しておくならば、此処で起用されている「ファルス」や「道化」など穿鑿好きから見れば限定された文藝理論上の特定様式を指示するとも受け取れる類いの主語が、実は自己の「藝術精神」を声高らかに唱い上げる響きの好さのみを主眼とする彼にしては折目正して些か気恥ずかしい述部を組み立てる為に便法として取り出した論理的脚榻に過ぎぬ事情は、後年の御本人が「ファルス」や「道化」などわざとらしい主語限定を未練なく省き去ったまま我が「藝術精神」の核としてこの述部に訴えた志向を倦まず編曲変奏し続けた事実に照らして自明であろう。早い時期に正宗白鳥を好餌として、「肉体を始めから醜なりと断定し、その過つた断定にとらはれて、そこから逃げ出し目を掩ふべく悩みつづける、さういふ空虚な悩み方」（「枯淡の風格を排す」昭和10年5月）を罵った坂口安吾は、「人間の存在自体が孕んでゐる不合理や矛盾の肯定」を〝方法叙説〟とする動揺を知らぬ質朴強靱な原則主義者として窃かに自己の思念を鍛え上げつつあり、時至るや「堕落論」（昭和21年4月）一篇を咆哮し、彼の身にすれば当然至極の正論を熱誠こめて一息に要約し捲し立て、「人間。戦争がどんなすさまじい破壊と運命をもつて向ふにしても人間自体をどう為し得るものでもない。（中略）人間は変りはしない。ただ人間へ戻つてきたのだ。人間は堕落する。義士も聖女も堕落する。それを防ぐことによつて人を救ふことはできない。人間は生き、人間は堕ちる。そのこと以外の中に人間を救ふ便利な近道はない」、と確信に満ちた予言者の語調を以て肉迫し、「戦争」によっても何によっても「変りはしない」その「人間」の真底を割った実体として彼にあっては自明である「人間の存在自体が孕んでゐる不合理や矛盾」を想定しつつ自己欺瞞の呪縛に宙吊りされた〝人間〟がその迷妄から覚めて本来の「不合理や矛盾」の塊りとしての「人間の存在自体」の姿に「戻つてきた」こと乃至は実際に否も応もなく戻りつつある現前の事実を秀れてジャーナリスティックな感覚により「堕落」の一語で呼んで時代の耳目を集める鮮かな手腕を発揮したのであった。

このように自恃昂然たる坂口安吾が日本近代文学に飽き足らぬとして批判追究の矢を射続ける的をしぼれば、「日本の現代文学は日本人の生活から出発したものではなくて、西洋文学や理論から出発したものである。むろん古今東西を問はず、そのやうなアカデミズムが文学の正当な母胎であることに文句はないが、もつと俗な、自分の生活や周囲を見つめるだけで育つた文学といふものもありうるだらう」（「文藝時評」２「俗物」昭和28年6月）、と要約するように、本然の「文学」は「生活」の「俗」にこそ根をおくべきだと要求する理念に照らしての弾劾であり、続けて彼は、「アカデミックな方法で真理探究を志しても、結局俗人の俗に即した真理に狙ひが向いて行くやうになるものだ」、と感慨に耽りつつ、「その最もよい例が伊藤整である」（同上）、と指示して見せ、「文学などといふものは大いに俗悪な仕事である。人間自体が俗悪だからで、その人間を専一に扱ひ狙ふのだから、俗悪にきまつてゐる」（「私は誰？」昭和22年2月）、と一気に裁断したその上で、嘗て「俗なる人は俗に、小なる人は小に、俗なるまま小なるままの各々の悲願を、まつたうに生きた姿がなつかしい。藝術も亦さうである」（「日本文化私観」昭和17年3月）、と言い切った志向を一直線に繰り広げ、「サルトルの生に対する消極的態度からは、私は一流の文学は生まれる筈はないと信ずるもので、そういう意味では、文学はともかく生存の讃歌、生存自体を全的に肯定し、慾念を積極的に有用善意の実用品にしようとする人生加工の態度なしに、文学の偉大なる意味は有り得ない」（「観念的その他」昭和22年8月）、と作家態度の評価選別基準を提示し、その浄玻璃に照らして島崎藤村と横光利一を把え、「要するに彼等はある型によつて思考しており、肉体的な論理によつて思考してはいないことを意味してゐる。彼等の論理の主点はそれ自らの合理性といふことで、論理自体が自己破壊を行ふことも、盲目的な自己展開を行ふことも有り得ないのである。（中略）本当の倫理は健全ではないものだ。そこには必ず倫理自体の自己破壊が行はれており、現実に対する反逆が精神の基調をなしてゐるからである」（「デカダン文学論」（昭和21年10月）、と、対決および反逆を回避した「健全な」文学精神を罵る一方、「藝術といふものは、その実際のハタラキは藝といふ魔法的なものではなくて、生活でなければならぬ」（「現代とは？」昭和23年1月）、と訴え、「本当に人の心を動かすものは、毒に当てられた奴、罰の当つた奴でなければ、書けないものだ」（「教祖の文学」昭和22年6月）、と言い放つこれらの発言には、言わば真正の信仰告白たる地熱が深く籠っている。坂口安吾は最後まで「人間性」を光源として文学の存在理由を照らし出す思考経路を固執し、「文学といふものは常に現実に満足せざるところから出発し、いはば現実と常識に対する反骨をもつて柱とし、より高き理想をもつて屋根とする。政治と妥協する文学は一応は有り得ても、その政治が実現したとき、文学は更にその政治の敵となつて前進すべきものである。（中略）政治の敵であることによつて、政治の真実の友となるのであつて、政治は文学によつてその欠点を内省すべきものである。なぜなら社会制度によつて割りきれない人間性を文学はみつめ、いはば制度の穴の中に文学の問題があるからだ」（「咢堂小論」推定昭和21年）、と珍らしくやや講壇風に流れるのも厭わず文学について生真面目な定位を試み、堀田善衛の「広場の孤独」に対しては、「日本の左翼文学がさうであつたと同じやうに、自分の側でない者に対する感情的な軽々しいきめつけ方は、特に感心できません。つまり、この作者が人間全体に対している心構への低さ、思想の根の浅さ、低さだらうと思います。文学はいつもただ〈人間〉の側に立つべきで、特定の誰の側に立つべきものでもありません」（「選後感」昭和27年3月）、と、恐らく作者の身にすれば其処だけはそんな方角から触れて欲しくなかったであろう急所を剔抉し（ついでながら松本清張と五味康祐に対する予言的鑑定批評の冴えも見事である）、「作家は（中略）他の何物を怖れるよりも、自我自らを偽ることを怖れるものであり、すべてが厳たる自我の責任のもとに書き表されていること、元より言ふまでもない。社会的責任の如き屁の河童ではないですか」（「余はベンメイす」昭和22年3月）、と改めてキッパリ開き直る倨傲の根底には、「人間と人間、個の対立というものは永遠に失わるべきものではなく、しかして、人間の真実の生活とは、常にただ個の対立の生活の中に存してお」（「続堕落論」昭和21年12月）り、「人間の本性は葛藤の場にあらはれ」（「『火』作者の言葉」昭和25年5月）、「文化の進むにつれて家庭の姿は明確となり、個の対立は激化し、尖鋭化する一方なのである。（改行）この人間の対立、この基本的な、最大の深淵を忘れて対立感情を論じ、世界聯邦論を唱へ、人間の幸福を論じて、それが何のマジナイになるといふのか。家庭の対立、個人の対立、これを忘れて人間の幸福を論ずるなどとは馬鹿げきつた話であり」（「続堕落論」昭和21年12月）、「社会組織の変革といへども、徹底的なエゴイズムを土台にしたものでない限り、所詮いい加減なものに極つていると私は思ふ。本音を割り出せば誰だつて自分一人だ、自分一人の声を空虚な理想や社会的関心なぞといふものに先廻りの邪魔をされることなく耳を澄まして正しく聞きわけるべきである。自分の本音を雑音なしに聞きだすことさへ、今日の我々には甚だ至難な業だと思」（「枯淡の風格を排す」昭和10年5月）われ、「人間に必然がない如く、歴史の必然などといふものは、どこにもな」（「教祖の文学」昭和22年6月）く、「自分と人は違ふものだ。人間関係も環境も、まつたく人によつて別々なのが人間といふものの在り方で、したがつて人間関係を解く公式といふものは永遠に在り得ない。めいめいが自分の一生を自分で独自に切り拓くべきものである」（「我が人生観」八「安吾風流譚」昭和26年1月）、と透視する一歩も退かぬ根本理念が反芻の末の決然として且つ融通無礙な精髄として据えられていて、そこからたとえば、「男女という性別が存在し、異性への思慕が人生の根幹をなしているのに、異性へ与える魅力といふものを考へることを知らない女は、もしもそれが頭の悪さのせいとすれば、この頭の悪さは問題の外だ」（「悪妻論」昭和22年7月）、とする一見奇矯に見えて実は最も現実的な観察や、「はじめから主や親に加担した法律などといふものは、文明開化の世に在りうべきものではないのに」「法律ですら、まだ親殺しという特罪が残つてゐるやうな実状」（「我が人生観」八「安吾風流譚」）を衝く、論の当否は仮に一応さて措くとしても甚だ早い時期における問題提起の鋭敏さなどが生まれた。私は、坂口安吾の一代の評論活動を通観して、その中に改めて言うも今更めくほど畏敬の念を誘う一貫徹底した現実的正論家の梃子でも動かぬ逞しい面魂と、批評表現の領域を侵し浸し易い虚飾と饒舌をこそげ落し切った真摯直截な推重すべき類い稀れな範例を、矢張り最初からの印象に間違いなく確認し得た喜びを禁じ得ない。

太宰治『人間失格』の構成

「人間失格」は、短い「はしがき」と「あとがき」をのぞき、すべて主人公大庭葉蔵の手記という体裁をとり、手記は三部にわかれる。「第一の手記」の冒頭は、次のように書きはじめられる。

恥の多い生涯を送つて来ました。
自分には、人間の生活といふものが、見当つかないのです。

そして「第一の手記」全体は、葉蔵のこのような自己規定が指示する意識内容を、具体的に描きだすためのエピソード、そのいくつかを紹介することにあてられている。

では、「自分には、人間の生活といふものが、見当つかないのです」、という言葉によって、どのような意味内容の伝達を、作者は予定しているのであろうか。まず、このひとつらなりの言葉が示す発想それ自体には、〝人間の生活といふもの〟を〝見当つかない〟と考えたり言ったりしようとはしない立場、つまり、現前する人間生活の諸相を当然の成り行きであると理解し、程度の差こそあれ結局は容認する立場、そのような思考経路とは、相容れない志向が含まれている。〝人間の生活〟の現状に満足している立場に対して、それを支えている評価の基準が〝わからない〟と言い放つこと、それは、否定の論理をくりひろげるのに効果のある前提をかたちづくることになる。この言葉は、胸に一物ある批判者が、慎重に選んで置いた巧妙な第一石という、論理の技術を意味する。すなわち、この言葉を吐いた本人が、〝人間の生活といふもの〟を心から〝わからない〟でいる必要はないわけである。むしろ、普通このような性質の言葉を吐くとき、本人の心のなかには、論理の必然的な帰結または事実の法則に照らして、結論は正反対であるべきだという信念が、かくされている筈である。〝わからない〟というのは、これから述べようと予定している自分の反対意見の提出に、最初から不必要な摩擦が生じないための、技術的配慮にもとづく導入部にすぎない。この言葉の役割は、或る考えかたへ人を導く発想の動機を指示し、ひとつの論理がここから展開され得るという出発点を提供することであるにとどまる。この言葉は、言葉それ自体が或る程度それ自身で完結した思想を伝えることによってではなく、そのあとに続くことが当然予想され得る追求力、その気配がかもしだすエネルギーの潜在によって、人に感銘を与えることができる、そのような種類の言葉である。従って、この言葉を吐いた本人が、実際にそう考えているのかどうか、その思考構造の内実の詮索は、かならずしも必要ではないのである。

しかるに、「人間失格」の冒頭に置かれたとき、この言葉は、批判者の第一石という論理の技術としての機能を要求されているのではない。「人間失格」においては、この言葉を大庭葉蔵が本気で吐いたのであるという認定が、絶対の建前となっている。従って作者は以下において、幼年時代の葉蔵が経験した心の動きを、いくつかのエピソードに託して描き、「人間の生活といふものが、見当つかない」という言葉が、大向う目当ての単なるセリフなのではなく、葉蔵その人の性格を言いあらわしているのであることを、読者に納得させようとする。こうして、冒頭の言葉が、独立した警句、すなわちこれからはじまる批判のあしだまりとしてではなく、葉蔵の性格を描きだす一連のエピソードの口切りというかたちをとっているのである以上、この言葉の意味内容を把握するには、それに続く部分を参照しなければならない。すくなくとも「人間失格」を理解するためには、「人間の生活といふものが、見当つかない」という言葉を、辞書による詮索や、または一般思想類型へ公式通りに拡大する操作によって、能事畢れりとすることができない。葉蔵の自己規定、冒頭のこの集約した表現の実質を、具体的に探り尽すためには、作者がその裏づけとして、どのようなデータや描写を起用しているかを、見渡す必要がある。冒頭に集約された葉蔵の自己規定を、一箇独立の警句として扱う理解は、「人間失格」の建前に忠実な態度ではないだろう。

さて、「人間の生活といふものが、見当つかない」と葉蔵が考えるようになった経過を具体化するために、作者が描いているエピソードは、二種類に分類することができる。第一は、停車場のブリッヂや地下鉄道や敷布や枕カバーの用途を知って、「人間のつましさに暗然とし、悲しい思いをした」こと。第二は、「空腹感から、ものを食べた記憶」がほとんどなく、「最も苦痛な時刻は、実に、自分の家の食事の時間」であったことなどからひきだされる、「つまり自分には、人間の営みといふものが未だに何もわかつてゐない、といふ事になりさうです」、という感想である。

第一の印象は、感受性が幾分鋭くて夢見る習慣が一時あった人であれば、幼年時代に多かれ少なかれほとんどが覚えのある経験であり、また、この年齢の子供を扱うことを職業とする人たちによって、数多く報告されている事例である。かつては、幼年時代のこうした傾向が、世のなかにもまれない間の子供には、生得的に備わっているのだという讃歌も行われた。しかし、このような珍重意識の組みたてをほぐせば、彼らが幼児のなかに見出した反実利的感受性と反現実的夢想癖とは、むしろ、大人が知っている実利というものや現実というものの最小公倍数的なおきまりの型に、丁度雄ネジと雌ネジのようにピッタリ対抗するようにできあがっていることが自明であろう。生まれた儘の、まだ現実の諸相と接触していない幼児が、将来接触する筈の或る種の現実を狂いなく予知し、それに対抗する素質を持っていると見做す信仰に、誰が説得されるであろうか。言うまでもなく、この想定は逆である。子供が生まれつき備えていると一部の大人たちが推定する反実利的感受性と反現実的夢想癖とこそは、こうした虹の美徳を憧れるポーズに耽る大人たちが、寄ってたかって、子供が生まれて以来絶え間なく、教えこもうと努めてきた教化目標なのだ。大人たちは、自分らの現実観を基にして、子供たちに非実利的な心性や反現実的な嗜好をおしつけてきたのである。

　停車場のブリッヂや地下鉄道や敷布や枕カバーなどが、「実利的」であり「実用品」であることに、葉蔵が気づいたのは、作者もことわっているように、「永い間さう思つてゐた」あとであり、「二十歳ちかくになつて」からであった。こうして作者は、本来は「実利的」で「実用品」であるものを、「垢抜けのした遊戯」、「風がはりで面白い遊び」と葉蔵が感じて疑わなかった期間、それが「永い間」であったことを以て、葉蔵が「人間の生活といふものが、見当つかない」人間になった原因のひとつに数える。この場合、「遊戯」「遊び」という概念が、「実利的」「実用品」という概念に対するアンチテーゼとして成り立っているのであることに注意しよう。世のなかに、「実利的」「実用品」がたしかに存在すること、いやむしろ世の中にあるもののほとんどがそうであること、そして、多くの人がそれにとりかこまれて別に不自然とも思っていないこと、そのような事実を知覚し、それに反撥してこそ、はじめて「遊戯」「遊び」というカテゴリイが反射的に形成され、それに一種特別の価値が附与される。そこで、或るものを「遊戯」「遊び」と認定するためには、それにさきだって、世のなかが大体において「実利的」とか「実用品」とかのシンボルをその価値評価の基準とする一定の法則によって運用されていることを、事実として知覚し、且つ、その事態に対する反撥の意識が、たとえ無意識的にもせよ、形成されていなければならない。従って、あらゆるものを「実利的」とか「実用品」とかに見做すことのできない立場からは、当然、あらゆるものを「遊戯」「遊び」と考えることもまたできない。或る種のものを、「遊戯」また「遊び」と見做すためには、それ以外の多くのものが、「実利的」であり「実用品」であることを知り、そこから、自分が「遊戯」であり「遊び」であると認めたものだけを、特に区別することを可能にした一定の選択が、先行している筈である。そして、自分がひとたびはこれこそ「遊戯」「遊び」であると考えたものが、やはり「実利的」「実用品」に属することを思い知らされたとき、本人のうける打撃は、自分の選択が当らなかったわけであるから、現実認識に落第した劣等感である。人間は多くの場合、自分の能力の不足による失敗を、あからさまに認めることを無意識のうちに排除するから、大抵、失敗の原因を外界の不可抗力のせいに帰する傾きがある。多くの月並な失敗が、外界による被害の感覚にキャナライズされる。

葉蔵が、停車場のブリッヂや地下鉄道などが「実用品」であることに気づいて「にはかに興が覚め」た失落感を、最初にそう思いこんだ自分の選択と評価の間違いとして自責する方向へは導かず、現実からの一種の被害感覚として価値づけ、その被害の実感を基礎として、社会に向っての不適格意識へ流しこむためには、事前に選択があったことを無視しなければならず、そのためには、葉蔵だって他の局面では、子供なりに現実の実利的法則性に目覚めていた筈であることも、また黙殺しなければならない。従って、幼年期における葉蔵の精神年齢を、彼なりに発達させていった筈のなにほどかの現実適応能力をも、なかったことにする必要があったのだ。

こうして、葉蔵が幼年時代に外界から受けた印象を描くに際して、作者の採った方法の、ひとつの特徴があきらかになる。葉蔵が、「人間の生活」の「実利的」であることに失望し、そこから、現実に対する自分の不適格感を醸成していった外界の印象は、彼がその当時、かなりの程度に「人間の生活」の実利性を知っていなければ、決して経験することができなかった筈であるのに、その間のいきさつを一切伏せ、そのためのはからいとして、葉蔵の現実認識の基礎をなす環境適応能力をゼロに近く引き下げてしまうこと、これが、作者によって慎重に配慮された方法である。以上の操作によってはじめて、「人間の生活といふものが、見当つかない」人間の描写が、成立しているのであることに、注意しよう。

作者がとりあげた第二のエピソードは、「空腹感」と「食事の時間」とをめぐる経験である。これらの経験の報告は、結局、次の文章を導きだすための材料という意味を持つ。

人間は、めしを食べなければ死ぬから、そのために働いて、めしを食べなければならぬ、といふ言葉ほど自分にとつて難解で晦渋で、さうして脅迫めいた響きを感じさせる言葉は、無かつたのです。

こうして葉蔵の思念は、「人間の営み」というものが不可避的にしばりつけられている日常生活の、型にはまった些末で平凡な繰り返しを支えている原理に対して、自分は不適格だという自覚に到達する。

こうして提出された日常性に対する不適格感は、或る努力またはなんらかの試みに失敗した諦観というような、行動の結果としてではなく、ひとつの働きかけもこちら側からは起さず、ただ、立ち止まって疑うという姿勢からのみ形成されている事情が特徴的である。葉蔵は、現実に〝めしを食べる〟ことに失敗したのではない。〝めしを食べること〟を、〝幸福〟とも〝喜び〟とも感じることができないことを、訴えているだけである。もし〝めしを食べる〟ことに失敗したあとで、

〝めしを食べる〟ことの〝喜び〟や意味に疑いの言葉を投げつけたのなら、〝めしを食べる〟ことに〝喜び〟と意義とを感じている人々から、負け惜しみだと軽蔑されることを、避けるのはむつかしい。人間生活の日常をかたちづくるものに対する疑いや批判が、一応もっともであるとして広く受けとられるためには、批判者自身が、日常の必要を充たすことに不自由していないという保証が要求される。葉蔵は、作者のはからいによって、こうした資格を十分に与えられている。従って、葉蔵の疑いは、負け惜しみや自暴自棄や逆恨みなどを下地に持たない、まざりけのない内発的な精神行為であることが保証される。

こうして提出された葉蔵の疑いは、当然のこととして、〝めしを食べる〟ことに〝喜び〟を感じ、それを〝幸福〟と考えている人が大多数であるという事実を前提している。葉蔵は、多くの人が〝喜び〟としているものに対して、群れを脱して疑いをさしはさむ少数者を代表する。少数者が疑いの目をむけているようなものに、〝喜び〟と〝幸福〟を感じる多数者は、少数者によって、至らざる者と貶価される。彼らの〝喜び〟、彼らの〝幸福〟の実質は、充実しておらず、次元の低い、一種の錯覚であるとして、少数者により軽蔑される。少数者による疑いは、同じものを疑わない多数者に対する知的優越の意識を基礎にしなければ成立しないのである。

もとより、作者によって描かれた葉蔵は、決して自分の疑いを、優越の意識に立脚しているとは自覚していない。けれども、疑いの気持そのものは、その成立の条件から必然的に優越の意識を前提しているのであって、ただ作者がそれをあからさまにする愚直を避けたということにすぎない。「人間のつましさに暗然とし、悲しい思ひをしました」という風な言葉のなかに、「人間」を「つましさ」として見ることの意味する視点の位置を、かすかに示しているにとどまる。作者は逆に、葉蔵がその疑いから出発して、「自分の幸福の観念と、世のすべての人たちの幸福の観点とが、まるで食ひちがつてゐるやうな不安」を感じ、「その不安のために夜々、輾転し、呻吟し、発狂しかけ」さえした葉蔵の苦しみを描こうとする。葉蔵が「地獄の思ひ」に住む人間であること、それがここで作者の強調したいポイントであったのだ。

しかし、葉蔵の精神状況の基底部へ、錘として作者が沈めた「地獄の思ひ」は、失敗し見捨てられた無能な人間の終着点としてではなく、それとは正反対の、知的優越の意識に裏づけられた思考能力と感受性の働きの結果という構造を持つ。それは、敗残や屈辱を意味せず、認識と思考における一定のスタイルとなってあらわれ、ただ、作者は意識して、そのような構造を露出しないよう、努めているだけなのである。従って、作品のおもてでは、葉蔵がどれほどいためつけられていようとも、「人間の生活」に対して葉蔵が示すこのような疑いそれ自身は、作品の組みたてや成りゆきから独立した思考の一定のスタイルとして、その価値を保証される。この疑いが帯びる思想としての価値が、ひとたび保証されるや否や、作中人物である葉蔵のシチュエイション、そのいためつけられた精神の傷痕は、この価値意識の隠れ蓑として作用する。

こうして、葉蔵が幼年時代に外界から受けた印象を描く作者の方法の、もうひとつの特徴があきらかになる。「人間の営みといふものが未だに何もわかつてゐない」と、葉蔵が感じるに至ったのは、「食事」によって代表されるような人間生活の日常のくりかえしに対して、疑いをさしはさむことができたからである。その結果、葉蔵は社会的不適格性にもとづく苦悩におちいるが、その疑い、その苦悩は、認識思考能力の一定のスタイルを身につけ得た個性の、それ自身で価値を持ったひとつの〃思想〃に昇華される。そして、この思想の持主がおちいった現実との違和感は、その個性の無能また怠惰のせいではないのであるから、思想が現実から受ける迫害として意味づけられ、その思想の主体的真実性を裏づけることになる。こうして、葉蔵がそのために「夜々、輾転し、呻吟し、発狂しかけた」というその「不安」の原因を、葉蔵自身の無能や失敗に求め得るような一切の条件を事前に慎重に除去することにより、この「不安」が内発的に湧き出て結晶した〃思想〃であることを保証し、彼の「呻吟」を以て、主体的真実性の裏づけとする。従って、この〃思想〃が生まれた原因としては、認識と思考と感受性の次元における葉蔵の、優越した天賦の才しか認め得ないように構成し、この優越の意識を暗黙の前提として伏せる。かくして、葉蔵の「不安」に読者が共感するに当っては、快い優越意識の満足感を、わかちあうことができるのである。

さて、幼年時代の葉蔵が外界から受けた経験と印象をこのように描いた作者は、その結果として葉蔵が選んだ生きかたのスタイルを、「そこで考へ出したのは、道化でした」、と表現する。この一句を境にして、作者の筆は目に見えてのびやかとなる。この一句を導きだすために置かれた幼年時代の経験報告には、描写としての対人関係があらわれず、葉蔵が受けた印象の記述だけに限定されていたが、ひとたび「道化」の描写にうつると、人々の間にたち交った葉蔵の姿が描かれるようになり、その点綴の間をつなぐものは、「道化」を何故演じたかという動機の説明である。

ところで、葉蔵の「道化」を描くに際して、作者はまたひとつの前提を設ける。それは、葉蔵が「既に道化の上手になつて」いたことである。葉蔵は「道化」を演じるだけでなく、その「道化」はかならず「上手」でなければならない。彼は「道化」において、決してぶざまを示さない。葉蔵はのちに、「あれと、これと、二つ、自分の生涯に於ける演技の大失敗の記録です」、と数えるが、この二回とも、葉蔵は「道化」の技能において劣っていたのではなく、相手に見破られたのであった。それはやりすぎの結果であって、彼が下手であったことを意味しない。作者は葉蔵にあらかじめ、「道化」を立派に実行し得る能力を与えた。現実に「不安」を感じて「発狂しかけた」揚句、わずかに「道化」によって、「人間に対する最後の求愛」を試みようとしながらも、その「道化」を演じようとしても演じることのできない無能には、葉蔵をおとしいれなかった。「求愛」としての「道化」を演じる藝の力を持たない苦しみに、葉蔵をおいやることを、作者は慎重に避けた。葉蔵の「道化」は、彼の有能を基礎にしなければ、成立し得なかったのである。

かつて、幼年時代の葉蔵の経験と印象を構成するために、作者が持ちだした葉蔵の反実利的感受性と反現実的夢想癖とは、葉蔵の現実適応能力のなにほどにかの発揮、およびその結果としての一通りの現実認識が前提されなければ、形成されることのできない心理習慣であるのに、作者は、結果として養成された葉蔵の反現実的傾向のみを描いて、その原因をなす筈の葉蔵の諸能力をゼロに換算するというトリックを行った。それと同じように作者はここにおいても、葉蔵が「道化」という生きかたを選んだのは、彼が「人間の営みといふもの」をなにも理解できず、「隣人の苦しみの性質、程度が、まるで見当つか」ず、「隣人と、ほとんど会話が出来」ないほど、社会的適応能力を欠如していることを理由とするが、その「隣人」たちに向って演じる「道化」の能力だけは不足なくはじめから与える、という準備をほどこしたのである。

こうして、葉蔵の「道化」は好調を示す。彼の「道化」が「隣人」たちに通じることによって有効であり得たのは、彼がそれら「隣人」たちの心理の動きを、まず間違いなく把握できていたからにほかならぬ。また、たとえ最初は五里霧中であったとしても、第一の成功が第二の道化の指針となり、こうして経験が蓄積されるに従って、次第に「隣人」の心理、ひいては「人間の営みといふもの」の実相が、のみこめていった筈である。葉蔵が、もし「人間の営みといふもの」をはじめからすこしでも知っていたら、また「隣人」の心理の動きに次第に通じるようになったら、彼の「不安と恐怖」が減少または解消する筈であり、従って、葉蔵の「道化」は、誠実な「最後の求愛」としての資格を失う。それでは、葉蔵が単なる藝達者に終ることになる。

しかし作者は、葉蔵の次のような告白を、真実の声であると、保証し続けなければならない。

人間に対して、いつも恐怖に震ひをののき、また、人間としての自分の言動に、みじんも自信を持てず、さうして自分ひとりの懊悩は胸の中の小箱に秘め、その憂鬱、ナアヴアスネスを、ひたかくしに隠して、ひたすら無邪気の楽天性を装ひ、自分はお道化たお変人として、次第に完成されて行きました。

そのために作者は、葉蔵を常に現実不適応症の状態に、経験からほとんど学ばないという性癖に、釘づけしなければならない。葉蔵の「不安と恐怖」は、現実不適応症の心理的反映であるのに、その結果である「道化」の行為を成立させるには、本質的にはかなり正確な現実把握を前提する筈の優秀な演技能力を、基礎に置かざるを得ない。現実に対する敗北を表象する筈の行為を描くために、優越した現実処理能力を裏づけに持ちだす作者の手法が、ここでも作品成立の支柱をなしているのである。

こうしてすべりだした「道化」の描写は、いくつかのエピソードを連ねてゆく。それらは、無能または誤算にもとづく拙劣や失敗を一度も記録せず、精彩ある技術的上達が、成功を生み続ける。しかし、葉蔵の「道化」が成功を重ねるだけであったら、ことは単に藝の遍歴に終る。外にあらわれた行為としての「道化」は、かならず成功し続けるように描いても、その成功が葉蔵をただ得意に導くだけであったら、「道化」の動機が失われる。葉蔵に「道化」を演じ続けさせるためには、葉蔵を絶えず「道化」におもむかせる要因を、彼の心中に設定しなければならない。彼が「道化」の藝において決して失敗せず、成功を続けながら、やはり現実に対する不適格の自覚、その被害意識にもとづく「道化」への衝動を絶やさないこと、そのために作者は、葉蔵が「道化」を見破られる機会を二回設定する。その場合にも、見破る二人は、その確認を葉蔵の周辺に吹聴することによって彼の「道化」そのものが成立しなくなるような致命的打撃を加える可能性を、とりのぞかれている。見破られたという事実は、葉蔵の心中に、「世界が一瞬にして地獄の業火に包まれて燃え上るのを眼前に見るような心地」、「冷汗三斗、いいえ、いま思ひ出しても、きりきり舞ひをしたくな」る気持を残すだけにとどめられる。見破られたために、葉蔵の周囲が彼を見る目を変えることがないよう、作者は配慮したのである。そして、見破られた二回の経験は、彼をますます「道化」へかりたてるための敗北と屈辱の意識を、あおりたてることにのみ役立ったと見做される。恐怖と差恥の発作が、道化意慾を再生産するための条件を提供するように仕組まれる。

葉蔵を「道化」へかりたてる発条と持続の条件、それをこうして設定した作者は、彼が演じる「道化」の成功を描き続ける。この場合、葉蔵の「道化」は、計算にもとづく意図が、いつもはっきりしている。すなわち、彼の演技が「道化」である以上、常凡の型にはまっていては効果が乏しいから、多かれ少なかれ、人の意表をつくことになる。そこで、葉蔵の「道化」の描写には、彼の意図を説明する必要がおきる。

本来、「道化」が成功するためには、技術面での有能はもちろん不可欠だが、同時に、意図がはっきりとしており、狙いが正確でなければならない。そこで作者は、葉蔵の意図を説明するために、彼が狙いを定めた的である人間心理の動向、それをほぼあやまたず把握していたことについて、保証せざるを得なくなる。葉蔵の「道化」が上手になるにつれて、不可避的に作者は、彼を人間心理の分析家に仕立てあげてゆかざるを得ない。結果として、「人間失格」に描かれた大庭葉蔵は、隅におけない老成した訳知りの風貌をあらわすにいたるのである。

はじめ、父が「獅子舞ひの獅子」を買って与えたがっているのだと見抜く例などは、比較的単純な場合であるが、このような洞察が嵩じると、次の如くいくつかの月並なウガチに変化する。

いつたいに、女は、男よりも快楽をよけいに頻張る事が出来るやうです。

だが、自分は、女があんなに急に泣き出したりした場合、何か甘いものを手渡してやると、それを食べて機嫌を直すといふ事だけは、幼い時から、自分の経験に依つて知つてゐました。

用を言ひつけるといふのは、決して女をしよげさせる事ではなく、かへつて女は、男に用事をたのまれると喜ぶものだといふ事も、自分はちやんと知つてゐるのでした。

こうして、葉蔵のウガチは、ほとんどが女性の心理に関する範囲に限定される。そして一般に、葉蔵の「道化」は、女性を、しかも個々に扱うときにのみ、効果を発揮する。そこで作者は、葉蔵が男たちと交渉する局面を、ギリギリの必要度以外は、慎重に避ける。そのために用意された葉蔵の言いわけは、次の如くである。

自分には、団体生活といふものが、どうしても出来ません。それにまた、青春の感激だとか、若人の誇りだとかいふ言葉は、聞いて寒気がして来て、とても、あの、ハイスクール・スピリットとかいふものには、ついて行けなかつたのです。教室も寮も、ゆがめられた性慾の、はきだめみたいな気さへして、自分の完璧に近いお道化も、そこでは何の役にも立ちませんでした。

すなわち、高等学校の寮生に対して「道化」が成功しなかったのは、団体生活とハイスクール・スピリットに対する反撥のせいに帰せられる。「道化」がうまくゆかない理由もまた、葉蔵が人間社会にうまく適応してゆけない症状に拠る、という仕組みである。

こうして、葉蔵が女性の気持の動きについてはいつもうがった観察を続けている傾向の紹介は、彼が演じる「道化」の意図および狙いの説明として提示される。つまり、「道化」は常にウガチによって裏うちされている。この結果、葉蔵は「女の修業」にめっきり腕をあげ、「女達者」になる。葉蔵が「女達者」になったという説明に辿りつくと同時に、彼の「道化」の描写はかげをひそめる。以後、「人間失格」の筋書きは、葉蔵が「女達者」であることを大前提として展開する。

最初、「人間の営みといふものが未だに何もわかつてゐない」という、現実に対する恐怖と違和感から出発し、「人間に対する最後の求愛」としての「道化」を、「千番に一番の兼ね合ひとでもいふべき危機一髪」の思いで演じていた葉蔵は、ほかならぬその違和感、その「道化」が原因となって、「女達者」に達した、という構成が、ここでまとまる。従って、葉蔵の「女達者」、彼の「何か女に夢を見させる雰囲気」そのものが、葉蔵の懐疑と孤独と違和感と不適格症と「道化」とのせいだということになる。こうしておけば、これからあとに描かれる葉蔵の女性遍歴には、その動機および原因として、作者がいままで描いてきた葉蔵の性格形成そのものが、前提となっているかの如き印象を、読者に与える可能性がある。これ以後にくりひろげられる葉蔵の女性遍歴に、あらかじめ、人間社会に対する批判精神を中核とする〝思想〃を以て裏うちしておくこと、ここに作者の手法の眼目があったのだ。

それでは、このようなトリックにもとづいて継起する葉蔵の女性遍歴、それを組みたてている作者の構成プランには、どのような特色が認められるか、ということが、次の問題となる。

最初の女ツネ子は、のちに葉蔵も、「生れてこの時はじめて、われから積極的に、微弱ながら恋の心の動くのを自覚」することになるが、はじめは、「思いがけぬ恩を受け」たことに端を発する。二人目のシズ子、さらに京橋のスタンドバァのマダム、そしてヨシ子も、すべての女が、先方からひとりでに葉蔵に近づいてくる。それぞれの女たちに対する葉蔵の感想が、一応書きわけられてあることは、筋書きの進行が要求するところである。しかし、彼女たちが葉蔵を選んだ理由としては、さきに挙げた葉蔵の発散する「何か女に夢を見させる雰囲気」というきまり文句があるきりで、個別には一言の解明もない事実を、記憶しておこう。この配慮は、ヨシ子との同棲生活がひきおこした「凄惨と言つても足りないくらゐ」の「悲哀（かなしみ）」を構成するのに、不可欠の前提であったと考えられる。

「人間失格」全篇を通じて、大庭葉蔵にもっとも「決定的」な打撃を与えた事件は、「むし暑い夏の夜」の出来事である。葉蔵が、「これは自分もひよつとしたら、いまにだんだん人間らしいものになる事が出来て、悲惨な死に方などせずにすむのではなからうか」、と考えるようになれたのは、ヨシ子という、葉蔵を「しんから信頼してくれてゐるこの小さい花嫁」があらわれたためであった。こうして形成されかけた葉蔵の「甘い思ひ」が砕かれたとき、作者は葉蔵の意識を次のように描く。

> 自分は、ひとり逃げるやうにまた屋上に駈け上り、寝ころび、雨を含んだ夏の夜空を仰ぎ、そのとき自分を襲つた感情は、怒りでも無く、嫌悪でも無く、また、悲しみでも無く、もの凄まじい恐怖でした。それも、墓地の幽霊などに対する恐怖ではなく、神社の杉木立で白衣の御神体に逢つた時に感ずるかも知れないやうな、四の五の言はさぬ古代の荒々しい恐怖感でした。自分の若白髪は、その夜からはじまり、いよいよ、すべてに自信を失ひ、いよいよ、ひとを底知れず疑ひ、この世の営みに対

する一さいの期待、よろこび、共鳴などから永遠にはなれるやうになりました。実に、それは自分の生涯に於いて、決定的な事件でした。自分は、まつかうから眉間を割られ、さうしてそれ以来その傷は、どんな人間にでも接近する毎に痛むのでした。

そして、「むし暑い夏の夜」の出来事が、葉蔵をこれほどまでにうちのめした理由を、作者は次のようにときあかす。

　ゆるすも、ゆるさぬもありません。ヨシ子は信頼の天才なのです。ひとを疑ふ事を知らなかつたのです。しかし、それゆゑの悲惨。

　神に問ふ。信頼は罪なりや。

　ヨシ子が汚されたといふ事よりも、ヨシ子の信頼が汚されたといふ事が、自分にとつてそののち永く、生きてをられないほどの苦悩の種になりました。自分のやうな、いやらしくおどおどして、ひとの顔いろばかり伺ひ、人を信じる能力が、ひび割れてしまつてゐるものにとつて、ヨシ子の無垢の信頼心は、それこそ青葉の瀧のやうにすがすがしく思はれてゐたのです。それが一夜で、黄色い汚水に変つてしまひました。見よ、ヨシ子は、その夜から自分の一顰一笑にさへ気を遣ふやうになりました。

葉蔵がうけた打撃は、単にヨシ子が汚されたという事態そのものに拠るのではない。葉蔵が「唯一のたのみの美質」としていた「無垢の信頼心」が、「罪の源泉」になったのか、という「恐怖」の感情、これが、彼のうけた「傷」の内実である。作者はこのあとで、葉蔵の口を借り、「暗夜行路」後篇をそれとなくひきあいにだして、葉蔵のうけた打撃と、普通の夫の立場における「ショック」とを、言葉を尽くして区別している。「むし暑い夏の夜」の出来事は、「神に問ふ。信頼は罪なりや」、という問いを、葉蔵がそこからひきだすために、そのために設定された事件なのだ。事件そのものではなく、事件の意味、その解釈が、問題とされているのである。

　葉蔵から見たヨシ子の価値は、彼女持ち前の「無垢の信頼心」に起因する。ここで作者は、「信頼」という言葉によって言いあらわそうとしている人間の気持のひとつの動きを、「ひとを疑ふ事を知らな」いことである、と言いかえている。すなわち、作者にとって、「信頼」と「ひとを疑ふ事を知らな」いこととは、同じ意味を伝達する表現であると認定される。そして、ヨシ子が犯されたのは、「ひとを疑ふ事を知らなかつた」からであり、これは、ヨシ子が相手を「信頼」したからだ、というのが、葉蔵の考えかたである。ヨシ子の対人態度のプリンシプルを、「無垢の信頼心」のあらわれと見做すこと、この判定が、「むし暑い夏の夜」の事件についての解釈の、大前提をなすわけである。

　しかし一方、葉蔵は、この事件があって以来、ヨシ子に対する疑いを大きくしてゆく。

　いつも自分から視線をはづしておろおろしてゐるヨシ子

を見ると、こいつは全く警戒を知らぬ女だつたから、あの商人といちどだけでは無かつたのではなからうか。また、堀木は？　いや、或ひは自分の知らない人とも？

と疑惑は疑惑を生み、
葉蔵の「疑惑」は、ヨシ子が今日まで誰とどんな交渉を持ったか、わかったものではないという不信にいたる。

　このような「疑惑」が、葉蔵の心中に成立する前提は、ヨシ子持ち前の「無垢の信頼心」なるものが、実は、「ひとを疑ふ事を知ら」ず、身を守ることができないという精神傾向のあらわれだ、という推定である。すなわち、ヨシ子の「信頼心」は、判断と選択にもとづく意志的行為ではない、ということにもとづく。もしヨシ子が、相手が信頼するに足る人間であるかどうかを判断し、信頼し得る人間だけを、信頼できない人間の群れから選り抜き区別して、その人たちだけを別扱いにして信頼するというタイプの女であったら、葉蔵の「疑惑」と「苦悩」は、成り立たなかった筈である。だから、「人間失格」のもっとも「決定的」なテーマとしての、「神に問ふ。信頼は罪なりや」、という問い、この問いをめぐる葉蔵の「疑惑」と「苦悩」を作品展開の促した結果として導きだすためには、ヨシ子の「信頼心」から、あらかじめ、判断・選択・意志などと呼ばれる精神の行為をすべて除去し「信頼心」の内実を、単に「ひとを疑ふ事を知ら」ぬ態度というだけの意味内容にとどめておくことが、作品の構成上、絶対に必要であったのだ。こうして、ヨシ子が人を「信頼」する場合に、判断と選択を先行させず、行きあたりばったり相手かまわず「信頼」する女としておくためには、必然的に、彼女が葉蔵を「信頼」した理由を、作品の内部に交付することができない。彼女が別にこれという理由なく葉蔵を「信頼」するのでなければ、当然矛盾が生じる。女たちが葉蔵を選んだわけを、彼が発散する「何か女に夢を見させる雰囲気」というきまり文句以外に、決して書きこまれなかったのは、このようにして、作品構成上ふみはずすことのできない段取りとしての意味を荷っていたのである。

　さて、葉蔵が、「神に問ふ。信頼は罪なりや」、と叫ぶとき、この思想的苦悩のキメ手となっている「信頼」という言葉が、単に、「人を疑ふ事を知らな」いというだけの意味にすぎなかったら、この問いは思想的苦悩としての性格を持つ筈もなく、コッケイな哀訴に終る。このキャッチフレーズが思想上の苦悩の表現としてうけとられるためには、「信頼」という言葉の意味が、人間精神のひとつの決意、精神が他の精神と結びつくことができるための努力を、指示しているのでなければならない。この場合、「信頼」と呼ばれている精神の行為が、それ自身の無能や未熟や錯誤のために「罪」におちいったのではなく、「信頼」という自己調律には露ほどの責められるべき点もないのに、しかも不可抗力的にそれが「罪」の唯一の原因になった例を前提しているのでなければ、この表現はナンセンスである。そして事実、葉蔵が叫ぶキャッチフレーズの言葉自体は、このような指示機能を予想して、提出されているのである。

しかし一方、このキャッチフレーズがそこからみちびきだされた筈の「むし暑い夏の夜」の出来事は、判断と選択にもとづく精神の決意および努力としての「信頼心」、そのような「信頼心」のせいではまったくなかったこと、すでに見た通りである。ヨシ子は単に、「ひとを疑ふ事を知ら」なかっただけにすぎない。小説のなかでおきる事件として、現に描かれてあるものは、つまりそれだけのことである。ただ、その事実を、作者が「信頼」という意味で覆い、それ以後は、「信頼」という言葉の語義そのものの力に頼って、キャッチフレーズを作りだしたのである。同じ「信頼」という言葉をつかってあっても、それが事件の性質を言いあらわすためにつかわれたときと、キャッチフレーズのなかの指示機能を発揮しているときとでは、内包する意味がくいちがってくる。そして、「人間失格」が多少とも、〝人間存在〟についての〝思想〟をテーマとしているかのような印象を与えるのは、「信頼」という単語一語のつかいわけにおける、このようなトリックに立脚しているのである。

こうして、「人間失格」のもっとも中心的なテーマである「信頼」と「罪」をめぐる〝思想〟が作品のなかでおこった事件から必然的にひきだされたイデェではなく、キャッチフレーズそれ自身の、言葉の指示機能だけをアテにしたつけたりにすぎないことをあきらかにした上で、この作品のなかに散らばっている多少とも〝思想〟的な言葉に注意すれば、それらはすべて、作品のなかの事件と、本質的な関連のほとんどない持ちこみとして、書かれているにすぎないことに、気づかざるを得ないであろう。

たとえば、人間が「お互ひの不信の中で」、しかも「清く明るく朗らかに」生きている「難解」さ、また、「人間は決して人間に服従しない、奴隷でさへ奴隷らしい卑屈なシッペがへしをするものだ」、それから、「神に問ふ、無抵抗は罪なりや？」という訴え、最後の「ただ、一さいは過ぎて行きます」という感慨にいたるまで、すべては、作品のなかからその章句だけが遊離して、アフォリズムとなっている。そして、随所に点綴される、いかにも人情通らしいウガチは、このような〝思想〟的アフォリズムと、本当はほとんど関係なく、人情風俗の気の利いた観察にすぎないのである。

さらに、葉蔵がそのようにウガった見方を何時、身につけたかは、作者にとって問題とはならない。「道化」に達する道筋を見る際に触れたように、葉蔵は経験から学ばない人間という建前であり、そのため、作品の進行がそのまま葉蔵の認識の継起を連続的に導くことにはならない。にもかかわらず、部分々々で作者が主としてとりあげる問題は変化するから、葉蔵の心的状況にも変化がおこる必要がある。進展の姿そのものを描くことなく、しかも変化をあらわそうとすれば、記述をいくつかに切断して、文体その他によって違ったトーンをだすことが、さしあたり便利である。手記を四つの部分に区切った配慮もまた、以上のような構成上の必要を物語っていると考えられるのである。

文学研究の前提となる性知識の問題

森本治吉は、「万葉集における『性（セックス）』」（学燈社『国文学』昭和三十三年一月・特集「万葉集の第二総合探求」）の冒頭に、

　古事記・日本書紀の中に相当の性愛的記事や歌謡が含まれていることは周知の通りで、時折それを問題にする研究家がある。最近では昨年の中央公論に吉田精一氏が目ざましい才筆をふるって、古事記のエロ面を総ざらえに並べ立てて、世の耳目を集めると同時に多額の稿料をせしめたが、所説概ね正当と読まれた。

と言及している。しかし、彼の挙示した吉田精一の「古事記は肉体文学か―前人未踏の新研究？　村山節氏の『古事記解読・神と性と暗号』の紹介と批判―」（『文藝春秋』昭和三十二年一月）は、副題に示す如く、村山節の「神と性と暗号―古事記解読―」（昭和三十一年十一月・朋文社）における珍説を、真正面から取り上げては余りに大人気ないと見た故であろうか、わざと揶揄的語脈を弄しつつ、けれども基底には学問上の原則を固守して逐条的に駁論し、「著者の何事にも性にひきつける異常感覚と聯想能力には感心するが、原始日本語は現代日本語のまちがいじゃないかといいたくなる」と、軽くたしなめただけの文章であり、吉田自身、古事記の「性」的〝解釈〟をめぐるこじつけや思いつきのアクロバットに堕してはおらず、同時に又その方面における新見の呈示を意図しているのでもない。逆に、この軽妙な「紹介と批判」の短文を指して、「古事記のエロ面を総ざらえに並べ立て」たと評する森本の一文こそ、盲蛇に怖じざる珍文の標本であって、「古代人に取って、性や陰」は「むしろ仰いで讃嘆すべき存在である」などと原始民族学の聞き齧りに基づく拡大解釈に興じたり、「柿本朝臣人麿、従石見国別妻上来時歌二首幷短歌」（『万葉集』巻二・一三一）の「玉藻成依宿之妹乎」なる句を採り上げ、「こういう藻草はフロイド流の精神分析によれば陰毛を意味する由である。つまり作者は潜在意識下に在っては陰毛を表わそうと望んで居つつ、実際作品には藻草となって表現するものだ、と解釈している」という調子で、一知半解のフロイドをふりまわしたり、精一杯のこじつけに汲々としている始末である。勿論、古代人の性観念が現代人におけるそれと全く異質であること、また、文学表現に潜在意識が強く作用している筈だという推測、それらの見通しや仮説が原則的に妥当性を持つとしても、その間

の事情を、森本の如く些かの証明をも媒介とせず、一方的に断言して憚らない蛮勇は、非学問的と言うも愚かである。もっとも森本の場合、吉田精一の文章の掲載誌をさえ誤って記し、ただそれが「多額の稿料」を支払う筈の雑誌であったという感銘だけしか記憶に残っていない状態であったのだから、その軽率も無理なしとせねばなるまいが、彼に劣らず、一般に文学研究者が、こと性の問題に接するとき、一方においては、腫物に触る如く心底から臆病になって、出来るだけ当面の対象を性と無関係に解釈しようと努め、そのための資料を血眼に探し求める人たちがあり、同時に片方では、その裏返しとしての向う見ずな跳ねっ返りが出て来て、内心びくびくものであるが故に却って逆に大功名樹立であるかの如き妄想に駆られつつ、ボロ切れのような資料を土台に、何の論証もなく性関係の結論へ飛びついてみせるスタンドプレイを行なっているのが、愚かしい現状であると言えよう。

たとえば、古事記歌謡の3、高志国(こしの)の沼河比売(ぬなかはひめ)の歌の一句、(1)

　青山に　日が隠らば　ぬばたまの　夜は出でなむ　朝日の　笑み栄え来て　栲綱(たくづの)の　白き腕(ただむき)　沫雪の　若やる胸を　曽陀多岐(そだたき)　多多岐麻那賀理(たたきまながり)　真玉手　玉手さし枕(ま)き　百長(ももなが)に　寝(い)は寝(な)さむを　あやに　な恋ひ聞こし　八千矛の　神の命　事の　語言(かたりごと)も　是(こ)をば

とあるこの「ソダタキ」について、春日政治は「『曽陀多岐』考」(2)（『文学研究』第七輯）を、「私としては近来の発見のつもり」と自認して書き、石山寺蔵経天安二年加点大智度論巻二に、「刮」の字を「ソタタキ」及び「ナズ」ると訓んでいると認定した上で、「ソダタクといふ国語は、ナデル又はサスル・ナスル義、若しくはそれに類する動作と解すべく、こゝに拘ク説は成立たない」、と主張し、「語彙雑考」(3)（『国語学』第十七輯・昭和二十九年八月）でも繰り返して述べ、この「発見」によって「従来考え試みていた諸説が雲散してしまった」、と強調した。しかし、大坪併治は「春日博士著『古訓点の研究』について」（『国語学』第二十八輯・昭和三十二年三月）で、自分の調査結果を報告し、「どうもこれは博士の見誤り」であって、「刮」につけた訓は「ハタケ」と読むべきで、「わたしの理解が正しければ、古事記のソダ、クとは何の関係もない語であり、ソダ、クは依然として不明のまま残されることになるだろう」と駁している。土橋寛は、「古事記歌謡」の校注（『日本古典文学大系』3・昭和三十二年七月・岩波書店）で、「素手(そだ)抱き手(ただ)抱き抜(まな)がり」と訓み、「素手で抱くこと、撫でる意とする説もある」と頭注に記し、補注では、春日政治の説を引いたのち、

　しかし次の「真玉手　玉手さし纏き」と比較してみると、対句であるこの句のソダタキはタタキと同語と考えねばならぬから、タタキも撫でる意であるということが説明されないと、十分でない。そしてそれは困難ではないかと思われるので、現在のところでは「素手抱き　手抱き」（言別）とする説に従いたい。

ところで、以下にその論証を試みている。太田善磨も、神田秀夫・太田善磨校註『古事記』上（「日本古典全書」第百回配本・昭和三十七年五月・朝日新聞社）の註釈を担当して、「そだたき　たたきまながり」を「愛撫し、いつくしみ」と訳し、補註で春日政治の説に言及しているが、大坪併治の異議を考察に加えていない。この場合、「刮」の訓について春日と大坪とどちらの読解に与するかを自身赴いて責任ある態度を決定して来なかった怠慢を、私は注釈者としての落度であると考えるが、いずれにしろ、春日の読解が歌謡全体の意味内容にすらりと適合しないことは、素人目にもすぐ気付く無理であり、このギャップを春日が自ら不審と振り返り得なかった心理的要因は何か。私はそこに、まずこの語句を出来るだけ性交と離れた意味に解しようと無意識に努めた春日の律儀な堅物根性、言い替えれば性問題に対する彼の臆病さを、想定せざるを得ない。

　春日の例とはやや異質であるが、『炭俵』下、「天野氏興行」と題する歌仙の付合、

　台所けふは綺麗にはき立て　野坡
　　分にならるゝ嫁の仕合　利牛
　はんなりと細工に染る紅うこん　桃鄰
　　鑓持ちばかり戻る夕月　野坡

この部分を取り上げて柳田国男が「木綿以前の事」[4]（『女性』大正十三年十月）に、「まことに艶麗な句柄である。近いうちに分家をする筈の二番息子の処へ、初々しい花嫁さんが来た。紅をぼかしたうこん染めの、袷か何かをけふは着て居ると云ふので、もう日数も経って居るらしいから、これは不断着の新らしい木綿着物であらう」と、柳田持有の読者にしっとり滲み入る美しい雰囲気把握を描き上げたその根拠をなす「分（ぶん）」の訓みと語義について、山田孝雄が「俳諧語談㈥」[5]（『俳句』昭和二十八年十一月）を書いて異議を唱え、その曲解が前田金五郎の「俳諧用語考」（『連歌俳諧研究』第二十号・「おくのほそ道・芭蕉特集」・昭和三十五年十月）によって正されたあの例を想起しよう。山田がそのとき、「分」の用語例を探す作業にのみ没頭して付合の把握を甚だ疎かにしていた態度は誰の目にも明らかな事実であるが、そのなかで彼が特に「これも尾籠な話だから、ここに掲ぐることは躊躇せらるゝけれど、他にかはる例が無いから敢へて示した」といかにも勿体振って引用した『寒川入道筆記』（『続群書類従』第三十三輯上）の「愚癡文盲口状之事」と題する記事の一節、

　さてあはうはつきぬことじゃ。有（アル）家の六尺に風呂をたけといひ付たれば風呂はたかれぬと申。なぜにと問へば「それにかみ様の御座有ほどに分は申すまひ」「なぜに、――くるしからぬ、申せ」とせつかれたれば、「さらば申さうか、かまがわれまうした」「それがかみ様にかまふか」「中々かまひまうする」「なぜに」「たつに五六寸ほどわれまうした」といふた。

驚くべきことに山田はこれを読んで、「ここにいふ『分は申すまひ』といふのは『委しくは申すまい』といふことに当るのであると思ふ」と解釈したのであって、この誤読に呆れ果てた前田が、反駁考証の文末に、「分は訳（理由）の宛字である事を蛇足ながら付記しておく」と、敢えて「蛇足」の語を用いて記したときの表情を推察し、私は笑うに笑えなかった記憶がある。「尾籠」とか「躊躇」とか鹿爪らしい言葉を弄しつつ、山田がその「尾籠」な件りの読解能力を如何に欠如していたことか。即ち、頭からこれを「尾籠」な話であると怖気震えつつ、しかも好奇心に駆られる余り、表現内容を必要以上に深読みせねば気のすまなかった心理の経緯が、明白に示されている。一代の国語学者が、ひとたびこのような「尾籠」な筆録に接した場合、遂にその表現語法の些細な表記を読み取り得なかった事実は、彼が一寸した人間生活の機微をも察知出来ないほど硬直した態度に終始した内状を、はからずも露呈していると言えよう。尚又、山田はこの文中で、幸田露伴が「『分』は音でよむべきを示してゐるのは一の異彩である」と評価しているが、「露伴全集」第二十三巻（昭和二十七年二月・岩波書店）の「後記」によれば、『炭俵・続猿蓑抄』は昭和五年一月の刊行で、それ以前に雑誌には掲載されなかった模様である。一方、「木綿以前の事」の創元選書所収本文には「分（ぶん）」と振り仮名がつけてあり、もしこの文章の初出『女性』大正十三年十月号掲載本文にも振り仮名が既にあったとすれば（こういう問題を明白に示し得ていない故に私は『定本柳田国男集』における校訂のなおざりを不満とするが）、「一の異彩」という頌辞は柳田にこそ捧げられるべきであり、それを山田が敢て黙殺（但しこれは仮定推測の次元に属するが）した点にも、吉田精一が「折口さんについて」（『折口信夫全集月報』第三十一号・昭和三十二年四月）及び座談会「釈迢空の人および文学・学問[6]——大正期の『アララギ』—」（『短歌研究』昭和三十七年九月・座談会「現代短歌の源流をさぐる」9）で伝えているような山田の柳田に対する敵意と蔑視が伏在しているのではなかろうか。

さて、春日政治と同じように、こと性の問題をめぐっては、あくまで臆病且つ無知でありながら、それが為に却って逆の方向を採り、おっかなびっくりの跳ねっ返りを演じ、性の問題を扱いさえすれば、ただそれだけでひとかどの新説が成るかの如く思い込んで盲信するタイプに属する側として、必然的に矮小な例を引かざるを得ないのだが、吉永登の場合がある。たとえば「巫女の嘆き[7]—上代説話と歌謡とのある場合—」（『万葉』第六号・昭和二十八年一月）に於いて、彼は古事記下巻雄略天皇の条、引田部の赤猪子の歌二首を取り上げ、そこから「神に奉仕する精神と人間愛との相剋に悩む声」を聞き取ることに努めている。彼の言わんとするのは、未婚の儘老いるべく強いられた自らの運命に対する巫女の悲劇という筋立てであるらしいが、男性との結合を欲する女性の本能的希求を、「人間愛」という言葉で表現し得たと自認する勇気には、思想用語と性愛用語に関する余程徹底した無知と鈍感が必要である。ましてそこへ比較の為に、アベラールとエロイーズを持ち出す時代錯誤に至っては、沙汰の限りでない。この盲進型が到り着いた最近の例が、「間人皇女—天智天皇の即位をはばむもの—」（日本文学協会『日本文学』昭和三十八年二月号）であり、「同母の兄弟（ママ）」である中大兄皇子と間人皇女とが、彼女がまだ天皇孝徳の皇后であった時からその死に至るまで、実質上の夫婦であったのではないかという想像それ自体は、私も十分成立し得ると考えるし、吉永の自讃する如きそれほど「大胆な推定」だとは思わない。現に彼が「私の周囲にも賛否両論があって」と断っている如く、その可能性に対して最も積極的に賛意を表明したのは恐らく私である。しかし学問上の問題としては、想像としてのこの可能性について、まず、それ以外の一切の可能性が成立し得ない旨、論理的に納得させ得る傍証を予め堅く張りめぐらし、次いでは、人間の歴史における同父母兄妹（姉弟）相姦の事例に関する広範な察知と推測に基づく性問題の調査研究成果を十二分に咀嚼し、更に、当時の特定の社会構成内部に生きた人間の意識状態を、その道徳観念・婚姻観念、煎じつめれば人間生活の中で性交という行為をどのような評価軸で裁定していたか、以上の如き次元に属する問題を可能な限り測定したその上で、始めて論じ得る段階に辿り着き得る筈である。これらの論理的前提をすべて省略し、「中大兄には間人皇女をおいて他の女性を皇后にする気持など少しもなかったことであろう」などと、いくらリバイバルブームだとはいえ「愛染かつら」調の泣きを入れた上で更にまだ気が済まず、「君と寝ようか五千石とろか」と畳みかけるに及んでは、正気の程が疑いたくなる。論理的手続きを欠如したこのような歌謡浪曲を恭しく巻頭に据えた『日本文学』編集部の前衛的意欲には脱帽のほかないが、吉永の如く、一人合点と軽率と不勉強に基づいて、何んでもよいから思いつきの新説らしいものを出そうと焦り足掻く醜態は、遂に、田辺正男が「いすくはし　くぢら」（『古事記大成』言語文字篇・昭和三十二年十二月・平凡社）で謙虚に控え目な疑問符をつけて提出した調査報告を参照もしないで、「いすくはしくぢらさやる」（『関西大学東西学術研究所論叢』五十七・昭和三十八年三月）の如き説得性を欠いた独断を捏（こ）ねくるまで堕ちて行くのである。尚、間人皇女の問題については、最近、神堀忍が「間人皇后考—中大兄皇子と孝徳帝をめぐる諸問題—」（関西大学『国文学』第三十六号・昭和三十九年六月）に、周到包括的な考察を展開している。

それはさておき、いずれにしても、文学研究の道程に於いて、性の問題を全く避けて通ることは不可能である。文学表現には、多かれ少なかれ性の問題が含まれているのだから、真面目な研究者は、性をめぐって生じるすべての諸問題に対し、最も真剣に取り組む必要がある。その徹底的な意欲と基礎的知識を欠いたまま、しかもひとかどのパイオニア気取りで、文学的性表現の周辺をへっぴり腰でうろついた連中が示した非学問的媚態は、その一、二例を挙げただけでも、以上の如き為体なのである。

いや、文学研究者だけではない。宮城音弥は『愛と憎しみ―その心理と病理―』（「岩波新書」青版四八三・昭和三十八年四月・岩波書店）に於いて、おそらく万事承知の上であるくせに、一応字面の上では、「クンニリングスという異常性欲」などと事も無げに言い放っているが、クンニリングスのどこが一体アブノーマルであるのか。マスターベイションを驚き知ったばかりの子供じゃあるまいし、ペニスをヴァギナに挿入して摩擦作業の末に射精する行為のみを正常性欲と考えるのなら、結果としては、女性の性反応の到達し得る奥深い可能性のすべてを、異常性欲という一片の隻語によって生涯阻止する悲劇に終るであろう。人間と生まれた者が、最低限に考え且つ為すべき、そして事実為し得ることは、男性及び女性の生得の性機関を、生理的に許容された最大限にまで開発し、生物としての人間存在が到達し得る性反応の極限を、一滴も余さず味到する為の工夫と努力である。極言すれば、性欲に異常と正常の区別など存しない。ただ、性反応における何人もまだ究め尽くし得ていない広大な個人差と、それを生み出す条件の測り知れぬ多様性が現実に繰り広げられている事実があるのみである。性交を、男性と女性との組み合せだけの形式で遂行すべきだと規定する考え方もまた、性機関の構造と機能とから帰納した絶対的テーゼではなく、ひとつの天降り的な観念であるにすぎない。アンドレ・ジイドの「コリドン」及び「コリドン増補」を、嘗て誰が完璧に論破し得たか。必要なのは、何が正常な性交かという命題ではなく、性機関の可能性と個人差の驚くべき多様性を、事実の問題、現実の姿の中から、出来るだけ的確に探究し、その具体的知識を技術として生かす計らいである。この工夫と努力なくして、代替的に何事を為そうとも、真に人間的な生き方はあり得ない筈である。

そして、男性の性感たるや、所詮、女性の性反応とは比較を絶して微弱且つ低次元に留まる運命を、生理構造的に如何とも避け難い現実が自明である以上、性に関する問題の焦点は、女性の性感帯及び性反応の実態を、生きた技能的知識として、どれほど真実に即して把握し得るか、という課題に存する。然るに、その点をめぐっては、いわゆるキンゼイ報告女性篇『人間女性における性行動』[8]（邦訳上下二巻・昭和二十九年十一月・コスモポリタン社）や、それをもとにした福岡武男の『キンゼイ報告と日本女性の性行動―福岡レポートNo.1―』（昭和二十九年三月・春陽堂書店）、また、日本人の手になる文献としては最近比較的出色と思える吉田宏の『女性の性的反応』（昭和三十六年十月・昭和出版社）も、過去に積み重ねられて来た性体験報告の全容を摂取し得ておらず、女性のオルガスムスをめぐる吉田の認識など、現実の豊富多様な奥行きと可能性とを充分捉え得ていない憾みがある。従って、文学表現に大きなパーセンテージを占める性表現の読解と分析に当っては、すべての研究者が、今後、キンゼイや吉田宏などの提供しているデータと視角を更に乗り越えて、性知識の獲得と深化に、個々自ら努めて行かねばならぬ。この責務の自覚が充分でない実状のために、たとえば、勝本清一郎の如き、中途半端な夜郎自大を横行させる始末となっている。

勝本は嘗て「『舞姫』と『普請中』―私の文学的一演習―」（『文庫』昭和二十六年一月号）を書き、「西洋の小説では金髪とブリュネット、青い目と褐色の目の違いは、非常に大きな意味の差を示す。日本の一般読者のそういうことに対する把握力は弱いにしても、作者の鷗外はその意味の差を自分のからだで知っていたであろう」と述べ、この指摘を立論の唯一の証左としながら、その「差」の具体的意味内容については一言も触れなかった。勝本が「西洋」の女性とどれほど深い性交渉を持って来たのかは別として、自分の性体験だけを何も聞かずにただ信用せよと高飛車に要求を突き付けるだけで一切の論証を省いたこの教祖的御託宣を、一体誰が真面目に受け取り得るか。事細かに言葉で説明する手続きが仮に不可能であるとしても、せめて文献の書名を挙げる位の用意は心がけるべきであって、それさえ欠いたこの一文は、日本文学研究分野に於いては結局一片の反古に等しい。読者を白痴に見立てたこのような一人合点の発言を勝本が臆面もなく公表したその心理的前提は、明らかに、自分だけが性の知識に勝れていると思い上った慢心であり、同時にまた、彼をそこまで心驕らせるに任せた要因こそ、日本文学研究者層一般を占める性知識の貧困さそのものである。

そして、では勝本自身が一体どの程度の研究を重ねているのかと見れば、座談会（勝本清一郎・吉田精一・小田切秀雄）「現文壇に」（『群像』昭和三十八年六月号）の中で、「性の実際的方面の研究者」として、僅かに高橋鉄と細江静男、それに数冊の外国書を挙げるに留まっている程度にすぎない。このように不勉強な生兵法の無責任極まる放言を根絶する為にも、以下、日本における「性の実際的方面の研究者」の系譜を、せめて管見に入った部分だけでも、狭く乏しいながら、紹介しておきたいと考える。

さきの座談で勝本が、高橋鉄の著書の中から数えあげているのは、『高橋鉄コレクション―SEXO LOGOCAL MUSEUM―』（昭和三十七年八月・展望社内高橋鉄コレクション刊行会）、『本朝艶本艶画の分析鑑賞』[9]（昭和三十五年六月・有光書房）、『紅閨秘筺[10]―A Psychoanalytic Study of Pre-coital Techniques―』（昭和二十八年五月・あまとりあ社）、『りんが・よに[11]―男女両性器の精神肉体学的探奥分析―』（昭和三十年五月・あまとりあ社）の四冊だけであるが、高橋の最も重要な貢献は、『人性記―日本インテリゲンチャ一千名の懺悔録―』第一巻（昭和二十七年二月・あまとりあ社、一巻にて中絶）であり、次いでは、『性典 研究（性愛術篇）』[12]（昭和二十二年三月・性科学資料刊行会）、『性愛五十年[13]—実例・文献・統計による—』（昭和二十四年五月・千代田社）、『あるす・あまとりあ[14]— 性交態位62型の分析—』（昭和二十四年十一月・あまとりあ社）、『続・あるす・あまとりあ—性愛雰囲気86法の分析—』（昭和二十五年九月・あまとりあ社）、その合本改版『秘蔵版あるす・あまとりあ』（昭和二十八年十一月・あまとりあ社）、『交悦（コイツス）の心理—ヴェルデ学説の精神分析的批判—』（昭和二十五年二月・アクメ社）、『精神分析から観た変態性欲論[15]』（昭和二十五年三月・千代田社）、『補冊あるす・あまとりあ—新態位三六八型の分析（天の巻）—』（昭和二十七年二月・あまとりあ社）、『新・あるす・あまとりあ—全世界の性典による態位の研究—』（昭和三十七年十二月・あまとりあ社）、『えろす福音書— The Gospel of Love and Heart —』（昭和二十八年十月・あまとりあ社）、『女（おみな）とは……?』（「あまとりあ選書」第六集・昭和二十七年八月）、『続高橋鉄コレクション』（昭和三十八年十二月・展望社内高橋鉄コレクション刊行会）その他夥しい著作がある。勝本が指摘している如く、近来、高橋に「マンネリズムの傾向が出て来」ているのを遺憾ながら否定しにくいが、その原因の大きな部分をなすのは、所謂〝高橋裁判〟によって彼が著しく活動の自由を制限され、同時に、不可避的な裁判費用調達の為の二次的著作を強いられている窮境であることをも、考慮しなければならない。そして、彼を会長とする日本生活心理学会が、特定少数会員の共同制作者保管用私家版として緊密な組織のもとに、あらゆる悪条件と戦いながら刊行している『SEISHIN REPORT[16]』及び『りんがよに参考資料図譜[17]』こそ、現代日本唯一の赤裸々な性体験報告研究資料文献となっているのであり、『REPORT』の前身として高橋が世に送った日本生活心理学会研究所編刊『人性体験記録』及び『新小岩娼街に於て売笑生活体験を訊く』正篇及び補遺（共に刊記なし）等をも併せて、これらの貴重な積み重ねを忘れて現代日本の性問題を考察することは不可能である。『明治大正性風俗あるばむ[18]』全五巻も、重要な参考資料となろう。

更に、戦後の一般市販誌として刊行された『人間探求[19]』（昭和二十五年五月創刊・二十八年八月で停刊と推定、全三十六冊か）及び『あまとりあ[20]』（昭和二十六年三月創刊、三十年八月終刊、あまとりあ社、全五十六冊）には、或る程度、真面目な記録や報告も散見するし、日本性学会編集『性問題の研究』（昭和三十年十二月創刊、三十一年十一月終刊、久保書店、全十二冊）も刊行された。そして、より貴重なのは、この時期、特定少数会員に頒布された『雅俗』（昭和二十三年十月創刊、二十三年十二月の第三号まで所見、終刊未詳）、第一組合稀観文献研究会編集『稀書』（昭和二十七年一月創刊、二十八年八月第十号を以て停刊、芋小屋山房）、『奇書』（昭和二十七年五月創刊、十一号以後刊記なく、十六号を以て停刊）、『生活文化』（昭和二十八年二月創刊、二十九年五月第十四号を以て停刊、生活文化資料研究会）、それに接続する『造化』（昭和二十九年七月創刊、三十年四月第十号を以て停刊、造化研究会）、その後身である『新生』（刊記なし、『造化』停刊直後創刊、第五号を以て停刊、新生活研究会）等の特殊雑誌や、『風俗資料』[21]（全三冊・造化研究会内風俗資料刊行会）等であり、貴重な性体験記録がこれらの中に横溢している。『生活文化』第十三号（昭和二十九年四月）は、全誌を挙げて、武野藤介の「態位別近代文学性愛描写研究と鑑賞」を特集した。「敗戦後の文学における「エロチシズムの氾濫」を記録しようと努めたとその「序」に言う現代文学研究会編『アプレ・エロチスム—頽廃世相と文学の記録—』（昭和二十六年十一月菊書房）には、吉田精一が「文学史的に見た愛欲描写」を寄せている。杵屋五叟の「邦楽のリズムと性交描写」（『あまとりあ』昭和二十六年十月）その他を再録した中田雅久編『こいとろじあ—態位及びテムポ・リズムに関する十八の意見—』（昭和三十年四月・あまとりあ社）のような異色編も刊行された。近世文学研究により密着した分野では、岡田甫が主宰する近世庶民文化研究所から『近世庶民文化』[22]（昭和二十五年十月創刊、三十九年八月第九十号まで刊行）が続刊中である。

そして、日本生活心理学会の『SEISHIN REPORT』の先蹤をなすより真剣な性体験記録の集成と研究に、世界でも類を見ない空前の大事業を為し遂げた日本の誇るべき偉人に、かの小倉清三郎がある。昭和十六年一月十四月、脳溢血のため五十九歳を以て世を去った小倉の遺志を継ぎ、その研究成果が完全なかたちで発表出来る自由を獲得するべく現在尚戦い続けている未亡人小倉ミチヨが、『相対会の栞』（昭和二十七年六月・故小倉清三郎研究報告顕彰会第一組合相対会）に、清三郎の剛毅純潔な苦闘の生涯を回顧した「挨拶」によれば、神田の国民英学会を卒業して宮崎県立中学校に英語教師として赴任した小倉清三郎は、二十六歳の春帰京して以降五年間、東京大学文学部哲学科に専科生として在籍し、大正二年春、三十一歳のとき、「相対会」を起して叢書『相対』の刊行を始め、ハヴロック・エリスのすぐれた抄訳である『性的特徴』[23]（大正二年十二月・丁未出版社）を出版し、以来、絶え間ない弾圧に寸毫も屈せず抗しつつ、生涯を貧困の極に送りながら、遂にその素志を貫きとおしたのであった。生前唯一の著書としては、『思想の爆破—「純粋理性批判」の吟味—』（昭和十五年八月・書物展望社）がある。彼の執筆した性問題をめぐる論文と、厳密に選んで集成した社会各層にわたる厖大な性体験記録とは、戦後、『相対会研究報告』全三十四号（昭和二十七年九月から三十年十二月まで）として複刻されたが、七号以下の残部は押収されたまま、現在もなお裁判抗争中である。第三十四号巻末に「相対会第一組合特別会員と恩人」として掲げられている多くの人名の中から任意に拾い出せば、富士川游・坪内逍遙・岡田三郎助・芥川龍之介・内田魯庵・木下利玄・薄田泣菫・金子光晴・堺利彦・渡辺政之輔・大杉栄・伊藤野枝・和田久太郎・辻潤・平塚雷鳥・市村羽左衛門・中村歌右衛門・中村吉右衛門・御橋公・斎藤昌三その他多彩なメムバーを、会員・後援者として見出し得る。これを以てもその一斑が推察出来るように、『相対会研究報告』は、日本近代文化史思想史に測り知れぬ大きな役割を果した不可欠の貴重な資料であり、その全貌を一般研究者が、容易に披見し得る状態を実現する為に、この文献の頒布の自由を戦い取ることが、先決の急務であることを、私は声を大にして強調したい。

また、瀬沼茂樹が、荒正人編『昭和文学十二講』[24]（昭和二十五年十二月・改造社）の第二講「新感覚派」[25]の「註」で、

梅原北明の『変態資料』[26]（大正一五年九月）を初め、『奇書』[27]（昭和二月一一月）、『桃色草紙』[28]（昭和三年六月）、『変態黄表紙』（昭和三年一〇月）、『グロテスク』（昭和三年一一月）、『猟奇画報』（昭和四年一二月）、『犯罪科学』（昭和五年六月）、『犯罪公論』（昭和六年一〇月）等、この時期に無数に現れたことを看過できないであろう。第二次大戦後のカストリ雑誌に似た傾向とも考えられるが、これとは異った意義もある豪華秘密出版であったりした。今手許に十分な資料がないので、注意するにとどめる。

と訴えているように、大正中期から満洲事変頃までに多く現われた性関係の逐次刊行物及び非合法的出版物の果した多様な役割も無視できない。その間の事情を推測するに足る書誌も勿論まだ編纂されておらず、相当詳しいと伝えられる集古洞人（中野栄三）編『奇書輯覧』（昭和十二年三月）が、孔版和綴半紙判二冊の稿本、十五部程度の限定私家版であるため、容易には入手し難い現在、さしあたっては、『談奇党』第三号「好色文学受難録」[29]（昭和六年十二月・洛成館）掲載の、耽好同人「珍書屋征伐」、志摩房之助「最近軟派出版史」、談奇党編輯部「エロ出版捕物綺談」及び「最近珍書手帖覚書」、「現代猟奇作家版元人名録」、『匂へる園』[30]（日本愛書家協会）第一輯（昭和六年七月）の原浩三「日本性欲美術史参考書目」、第二集（七年八月）の全誌を挙げての特集「現代軟派文献大年表」の、「軟派出版略史」「軟派出版所と其書目」「軟派全集、叢書類書目」「軟派及特殊雑誌書目」「邦訳軟派書目」「軟派風俗関係発禁書目」「軟派及特殊参考書目」「発禁書目掲載参考書目」、艶本研究刊行会監修『日本艶本大集成』（昭和二十八年十二月・風俗資料出版社）、文芸資料研究会編刊『稀書集覧』上巻（昭和三十二年三月・下巻未見）等を一応の頼りに、そして、斎藤昌三編『現代筆禍文献大年表』（昭和七年十一月・粋古堂書店）、図書週報編輯部編『明治大正発売禁止書目』（昭和七年七月・〈沼津市〉古典社）、古典社編輯部編「昭和9箇年間発売禁止書目」（『古本年鑑―第3年版・一九三五年版』・昭和十年十一月・〈沼津市〉古典社）等を補いとして、今後の探索を待たねばならない。

座談会（荒正人・大江健三郎・堀田善衛・安岡章太郎・佐々木基一）「戦中から戦後へ―戦後文学の内面的出発点―」（『世界』昭和三十九年八月・特集「占領時代―戦後史の出発を顧みる―」）では、プロレタリア文学とセックスの問題に関し、『犯罪科学』に言

及されている。また、服部之総の「ジョゼフ・フーシエ[31]—ある革命的ブルジョア政治家の映像—」は、最初、『犯罪公論』に連載されたのである。『文藝市場』[32]も、「文藝市場宣言」に、「文藝市場はしりを迎へる。ダダ、表現主義、新感覚派、プロレタリア文学、新人生派いづれも結構である。(中略)文芸市場は混濁せる資本主義社会から真珠を見出すために生れたものだ」と謳い、ほぼ文戦系の文藝雑誌であったのが、第三巻第六号(昭和二年六月)から、「梅原北明編輯」の「内容改革」により、いわゆる軟派雑誌に定着するという経路を辿ったのであり、この種の雑誌が果した役割は、予想外に複雑である。尚、「戦後のカストリ雑誌」についての調査着手として、斎藤夜居『カストリ考—肉体小説と生活風俗より見た戦後のカストリ雑誌—』(昭和三十九年七月・此見亭書屋)が出た。

尚、「軟派及特殊雑誌書目」は昭和期から始めたために逸しているけれども、大正期の真面目な研究雑誌として、中村古峡主幹の『変態心理』(大正六年十月創刊・十五年十月第百六冊目で終刊・日本精神医学会)、沢田順次郎主幹の『性』(大正九年一月創刊・天下堂書店・終刊未詳)、田中香涯個人雑誌『変態性慾』(大正十二年一月創刊・日本精神医学会・終刊未詳)等が残した足跡を始め、日本近代の性思考史の詳細については後日を期し、現在では、製薬会社の医師薬局向けPR誌、なかでも『中外医薬』『Medical News』『SCOPE』等にSEXOLOGY関係記事が散見し、『大法輪』がその方面の論考をも取り上げていることなどを付記するにとどめたい。

注

(1)「日本古典文学大系」1(昭和三十三年六月・岩波書店)の倉野憲司校注「古事記」に拠る。

(2)初出未見、原題未詳。のち『国語叢考』(昭和二十二年九月・新日本図書株式会社)収。文末に「昭和九年一月二十日稿」と注記。

(3)のち『古訓点の研究』(昭和三十一年六月・風間書房)収。

(4)初出未見。のち『木綿以前の事』(「創元選書」15・昭和十四年五月・創元社)、『木綿以前の事』(「創元文庫」・二十七年十一月・創元社)、『木綿以前の事』(「角川文庫」三十年九月)、『定本柳田国男集』第十四巻(三十七年五月・筑摩書房)収。

(5)のち『俳諧語談』(昭和三十七年十月角川書店)収。

(6)のち勝木清一郎・吉田精一・木俣修編『現代短歌の源流—座談会形式による近代短歌史—』(昭和三十八年六月・短歌研究社)収。尚、座談会のこの回におけるレギュラーメンバーの発言に対する何か含むところのある半畳としては、大波小波「釈迢空批判」(『東京新聞』昭和三十七年九月十三日夕刊)がある。また、この座談会の第六回(六月号)で、吉田精一が、杉森久英に対し、「君はぼくの『自然主義の研究』をよく読まないからいかんよ」と、言ったことなどに起因するらしい報復的ゴシップ記述として、杉森久英が、「絶大なる自信」(「変った人たち」シリーズ・『オール讀物』昭和三十八年二月）を書いた。
（7） のち『万葉―その異伝発生をめぐって―』（昭和三十年一月・万葉学会）収。
（8） 縮刷版・昭和三十年十一月・コスモポリタン社。
（9） 限定私家版にのみ別冊附録として『本朝艶本艶画史年表』近刊の予定。
（10） 日本生活心理学会会員用版には別冊『紅閨秘篋資料図譜』を附す。
（11） 私家版に、別冊『りんがよに参考資料図譜』を附し、のちそれを第一輯と追称。
（12） 同じ日付の異装版がある。表紙の著者名の上に「日本生活心理学会」と書き加えた版は定価四十円で、恐らく再版、定価二十五円の方が初版であろう。「あとがき」に、これを「第一巻」と呼んだが、二巻以後は出なかった。
（13） のち増補し、『性愛50年―人間一生の性生活の指導書―』（「あまとりあ選書」第一集・昭和二十六年一月・あまとりあ社）として再刊。
（14） 綴込「62型一覧図」を附す。この本の特装版（昭和二十五年二月）の初版以降各版に附した引換券により、『あるす・あまとりあ図鑑』一帙を配布。
（15） のち『異常性愛36相の分析』（「あまとりあ選書」第二集・昭和二十五年十二月・あまとりあ社）、更に、『アブノルム―異常性愛の心理と行動の分析―』（昭和三十五年九月・あまとりあ社）として復刊。
（16） 刊記なし。第一輯の「本輯について―会員諸賢へ―」に、「本会は設立以来十二年を閲し、終戦後も既に八年になりました」とある。第二十輯巻末に、第一輯から第十九輯までの「総目録」を附す。第三十五集（昭和三十九年八月）まで刊行。
（17） 刊記なし。第一輯については註（11）参照。第十八輯までと、別に「特輯」第三までとを刊行。
（18） 刊記なし。始め『明治開化期艶画アルバム』、次いで『明治風俗あるばむ』を出し、第三巻以降、表記の標題に統一し、巻数を追称した。
（19） 増刊「秘版艶本の研究」第二輯（昭和二十七年九月）が第二十九号に該当すると仮定すれば全三十六冊の計算になる。発行所は始め、第一出版社、復刊した昭和二十八年五月号から探求社。
（20） 別冊付録が通算十回添附された。昭和三十年七月号の付録が、斎藤昌三編『日本発禁文藝考』である。
（21） 刊記なし。『生活文化』第十号（昭和二十九年二月）以降掲載の、第三次木曜会同人蒐集「高資料」を収録したものなので、この本を「高資料」と通称。
（22） 通巻第五十号（昭和三十二年二月）に、「通巻五十号総目次」を掲載。
（23） Man and Woman. A study of Human Secondary Sexual Characters. の抄訳。

(24) のち荒正人編『昭和文学研究』(昭和二十七年六月・塙書房)として、「昭和文学年表」を削り、同紙型により復刊。
(25) のち『近代日本文学のなりたち』(昭和二十六年三月・河出書房)、『近代日本文学のなりたち』(「河出文庫」19Ａ・二十九年七月・河出書房)収。
(26) 表紙には『変態。資料』とある。昭和三年六月廃刊、文芸資料編輯部、全二十一冊。
(27) 昭和三年六月創刊か。
(28) 『古今桃色草紙』のことか。
(29) 同時に、表紙の色を変えた単行本仕立ての本も出ている。
(30) 昭和八年一月、第五輯・臨時特大号を以て終刊。
(31) 私の見た第三節だけの掲載号(昭和八年二月)では、副題が「あるブルジョア政治家の映像」となっている。のち『黒船前後』(昭和八年九月・大畑書店・未見)収。この本は昭和十年八月に清和書店より再刊。のち『黒船前後―維新史夜話―』(昭和二十一年七月・三和書房)として復刊、また副題を削り、「角川文庫」六七七(昭和二十八年十二月)に編入。各版の異同については角川文庫版に附した松島栄一の「解説」参照。
(32) 大正十四年十一月創刊、第三巻第九号「世界デカメロン号」(昭和二年十月)を以て恐らく終刊か。この号に挿入したと推定される梅原北明署名のチラシ「重要雑記」には、次号から、誌面の改良・水準の低い会員の整理・会費の値上げ等を断行すると謳い、「殆んど凡てのかたが、本号合本倍大号を以って前金切れとなります」、と書いており、自然に一区切りの時期が来ていたように思われる。一方、梅原は、『カーマシャストラ』を、昭和二年の十一月か十二月かに創刊しているらしい。以上に拠り、この号を以て終刊かと推定する。そうとすれば、全二十三冊である。

第四章　文章読本

まえがき

良い本があれば左程でもない本がある。感心する小説があれば詰らない小説もある。世の中はさまざまであるから、一般にピンからキリまでと称する。

しかし、良い文章と悪い文章を区別するのは甚だ難しい。露骨に言うなら真正面から読むに値する文章と、時間潰しだから一刻も早く捨てるべき愚鈍の文と、格差があまりにもひどすぎるからである。

男前ということ以外に何の取柄もない人があるように、名文というだけで何の栄養素もない糟粕の文もある。

志賀直哉の小説は名文であると早くから決まっていて、私も一向に異存はないけれども、あれはすなわち名文なのであって、お義理にも良い文章と讃えるわけにはいかない。あの名文は要するに技術であり細工であり藝である。熟練した角兵衛獅子が余裕たっぷりに見せてくれる手練手管のようなものである。

しかし、あの率直で滑らかで上品な文章に接して、仮にほんの僅かであったにしても、人の世に生命果てるまで生きて行くすべを、胸の奥底に応えるような暗示が、直截に与えられるであろうか。私は外面のよい気分で組み立てた文を、アンコの入っていない上質の饅頭皮に譬えたい。志賀直哉を読めば、誰でも上手いなあ上品だなあと感心はするであろうけれども、人間として敬愛し深く感動する人がいるだろうか。少なくとも文学の世界においてに限るのだが、感心と感動との間には百里の距離がある。

例えば名作と言われる『暗夜行路』を例にとるのが適当であろう。作品の後篇第四の五、時任謙作の妻直子が、不可抗力で従兄妹の要と過ちを犯す。それからあとに謙作が、とやかく思い煩う精神内容がほとんど無意味そのものなのである。

> 翌日謙作は一條通を東へ急足に歩いていた。南風は生暖かく、肌はじめじめし、頭は重かった。天候の故もあり、勿論寝不足の故もあったが、その割りには気分が冴え、気持は悪くなかった。つまり彼はしんで亢奮して居た。只、落ちついて物が考えられなかった。断片的に色々な事が恰もそれが回転しているもののようにチラチラと頭にひらめくばかりだった。
>
> 「直子を憎もうとは思わない。自分は赦す事が美徳だと思って赦したのではない。直子が憎めないから赦したのだ。又、その事に拘泥する結果が二重の不幸を生む事を

知っているからだ」彼は前夜直子に云った事を又頭の中で繰返していた。

「赦す事はいい。実際それより仕方がない。……然し結局馬鹿を見たのは自分だけだ」

下(した)の森(もり)から京電に乗る習慣で、その方へ行ったが、丁度北野天神の縁日で、その辺は大変な人出だった。

このように愚かしい文章を礼讃する人の神経が不可解である。このとき謙作は少なくとも三十歳は越しているであろう。もはや女の扱い方に戸惑って右往左往する青二才ではない。それなら発作的に街をうろつくまでもなく、熟慮して自分に納得のいく結論を、すっきりとしたかたちで出すべきである。選択肢はふたつしかない。直子と離婚するかしないかである。冷静に考慮するなら、直子の過ちは彼女の意図した計画的な裏切り行為ではなかった。また、夫を蔑(さげす)んだ揚句、積極的な享楽を求めての不倫ではない。情況は珍しい突発事件(アクシデント)であることを明示している。事態が然りであれば直子を許すしかないではないか。ところが謙作の思案は次のように進む。すなわち、「直子を憎もうとは思わない。自分は赦(ゆる)す事が美徳だと思って赦したのではない。直子が憎めないから赦したのだ。又、その事に拘泥する結果が二重の不幸を生む事を知っているからだ」。何と幾重にもひねくれた自分勝手の強い自負心と、ひたすら世間体に神経を費やす面子(メンツ)意識の固まりではないか。謙作の念慮は自分を美化する方策に集中している。妻を赦すか赦さないかは後回しである。赦すという自分の決断が、事情を知る周囲の者から、美談であると褒めそやされることが目標となっている。然りであるから、裏返しの想像が先に立つ。すなわち「赦す事はいい。実際それより仕方がない。……然し結局馬鹿を見たのは自分だけだ」と、己れが恥辱を蒙った旨の被害感情に囚われる。それからさまざまな感情問題の揺(よう)曳(えい)する経緯は省略しよう。

謙作は伯耆(ほうき)の大山(だいせん)神社で一種奇妙な心境のなかに埋没する。

疲れきってはいるが、それが不思議な陶酔感となって彼に感ぜられた。彼は自分の精神も肉体も、今、この大きな自然の中に溶込んで行くのを感じた。その自然というのは芥子(けし)粒程に小さい彼を無限の大きさで包んでいる気体のような眼に感ぜられないものであるが、その中に溶けて行く、――それに還元される感じが言葉に表現出来ない程の快さであった。何の不安もなく、睡い時、睡(ねむり)に落ちて行く感じにも多少似ていた。一方、彼は実際半分睡ったような状態でもあった。大きな自然に溶け込むこの感じは彼にとって必ずしも初めての経験ではないが、この陶酔感は初めての経験であった。これまでの場合では溶込むというよりも、それに吸い込まれる感じで、或る快感はあっても、同時にそれに抵抗しようとする意志も自然に起るような性質もあるものだった。しかも抵抗し難い感じから不安をも感ずるのであったが、今のは全くそれとは別だった。彼にはそれに抵抗しようとする気持は全くなかった、そしてなるがままに溶け込んで行く快感だけが、何の不安もなく感ぜられるのであった。

謙作にとってはまことに都合のよい晴朗な夢想によって、これまでのさまざまな妄念が雪解けのように解消された。彼は神仏に救われたかの如く、悩みが消え失せる静謐(せいひつ)のなかに、心安らかな落ち着きを得ることができた。彼は清らかな山の空気のなかで救われた。少なくとも救われた喜びを味わっている。

けれどもここに決定的な問題がある。救われたのは謙作ひとりだけなのである。直子は一体どうなったのであるか。『暗夜行路』には直子の苦悩と煩悶と後悔と詫事と傷跡とが一切描かれていない。直子は恥ずかしく申し訳なく自らを責め、精神的にのたうちまわっているはずである。取り返しのつかない不意打ちに、心弱く負けて屈した恥ずかしさを、取り繕(つくろ)う手段も見出せず、ただひたすら夫の許しを待つより他ない辛さは、みずから解決の方途を見出せない責苦である。救われる必要が切実であるのは直子である。

しかるに謙作は直子を慰撫する態度に出ようとは一度も試みない。これは非情冷酷としか言いようがない。作品の結末に到っては、直子はあたかも召使のような扱いである。直子が何を考えていると描かれているか、彼女の心情は次の如くである。

「兎に角、自分はこの人を離れず、何所までもこの人に随いて行くのだ」というような事を切(しきり)に思いつづけた。

このように自分のすべてを捨てて、一言の慰めも与えてくれない夫に、その夫の言うまま気儘(きまま)にすがりついてゆかねばならぬ直子は、前科者としての引け目から、いつまでも解き放たれることがないであろう。

謙作は救われた。しかし直子は一片の同情をも得られず放置されている。これはひとりの悩みを持つ女性に接する態度ではない。極言するなら謙作は一人前の人間として生きていない。『暗夜行路』には人間らしい人間が登場しない。それゆえに私は『暗夜行路』における表現を、良い文章ではない、秀れた文章ではない、模範とすべきでない、基本的な要素の欠落した、非人間的な文章である、と固く信じる次第である。

では、どんな文章が良い文章なのか、それを選りすぐって本文に提示した心算である。したがって以下を読んでいただければ気は済むのであるが、とにかく文章の可否をあげつらった以上、名文の例証を挙げてみなければなんとも淋しい。そこでなるべく短い文章を探して、中村幸彦の「契沖讃」を取り出してみよう。

世の博覧達識の士で、どなたか近世学問史と称するようなものを書いて下さらないものかと、度々学生諸君と話し合うことである。一つの時代を選ぶとして、その時代の、神、儒、仏の思想界は勿論、諸々の文化科学、自然科学をも含めた学界を一つにする、その全学界を、その時代で支配し指導した思想は如何なるもので、その支配の実情は如何であったか。時代の学界を特徴づけた方法論は如何なるものであったか。そのことと当然関連して、時代に共通し、その中心的傾向と違和した方法論も存在したとすれば、如何に相違していたか。最も切実に希望されるのが、その時代の学問的知識は、全学界又それぞれの小学界で、如何なる書物群で構成されていたかであり、そして又、種々の意味で時代の学界を代表する著述は何々かということである。そうした一時代の傾向が、次の時代に如何に継承され、批判され、否定されて、新しい学界の風潮が成立して、学問が推移して来たかを知りたいのである。最も簡単な一例を挙げても、日本近世朱子学そのものの歴史でなくて、全学問史の時代時代で朱子学が如何にあったか。恐らく諸々の文化科学や自然科学にも、根本的な物の考え方として、否定的肯定的に参画しているはずであるが、その様子は如何であるかなどのわかるような歴史である。もっと簡単な例は、最も日常的な漢字の字書、『玉篇』『字彙』『康熙字典』『正字通』等々の、学界日常のあり方もわかる歴史である。僅か文学の一隅を研究対象としている筆者らも、そうした歴史に関係ある事実の必要の前に、ハタと立止まらざるを得ないことが多い。そして当面の研究を暫時中止して、その方に時間をついやすこととなる。そうした時の学生諸君との歎息が、何時も其処に帰着する。欲張ったそんな希望は兎も角として、上述した日本近世学問史が完成した暁には、一人の学者や、その著述の評価なども、半ば計量的に出て来るのではないか。彼は前代の学問を、どの程度に批判し進歩させたか、彼の影響は、どれ程長く後世に及んだか。どうした性質で当代を代表するかで、歴史的評価が定まる。何か偏窟な一風変った学者が、不当に評価されるなども、自然少なくなったりするかも知れない。

もしそうした学問史が出来上ったとして、当面の契沖阿闍梨の位置は如何なるものであろうか。筆者の乏しい知識で、しかも思い出すまま、ぼんやりと想像して見ようか。

確か『玉勝間』で、宣長は、契沖を初めとする国学は、伊藤仁斎、荻生徂徠の古学に先んじ、その影響を受けていないと述べていたが、契沖と殆ど同時代のその仁斎と比較して見る。彼も激しい情熱をもって、古来の説を批判し、人間を信頼し、文化科学の方法論の、重要なものを萌芽的であるが示している。彼の『四書古義』に示した「血脈」「文法」などの語は、文献学や書誌学（ここでは、これらの語を、文献学者は文学がわからぬ、書誌学者は内容に通じぬと批難されるような、低次元の意味で使用しているのではない）に通じる。仁斎の一子東涯は少年時から語学や歴史に甚しく関心を持ち、後年学者有用の著述をなすのであるが、これは仁斎の指導によると思われる。『四書古義』の為に、仁斎はその方面で、如何なる努力をしたかは、彼の蔵書と著述の殆どが延宝元年の火事で焼失して、知るべくもなく、当時の儒書の性質上、彼の苦心の考察も、その結論のみ述べたものが多い。これを契沖の『代匠記』や『正濫鈔』と比較すると、その充実さは決しておとるものでないが、その古典研究態度を如実に示す点で、契沖の方が、批判的で科学的で人文主義的（これも最近のか細いヒューマニズムとは、およそ縁遠いものである）な元禄の古典研究の代表とすべきであろう。

少しく時代は下って、本居宣長の国学は、堀景山塾で、契沖の著述に接したことを開眼とするのは有名なことである。その前後、宣長は徂徠や東涯の著述をも見、賀茂真淵を師としたが、宣長の学問の根幹をなすものは、契沖の学と、これは生のままでないけれども恐らくは景山に学んだ朱子学ではないかと思われる。朱子学の方は想像の域を出ないが、契沖については、彼の言辞に現われている。

やまとだましひなる人は、法師ながら、かくこそ有けれ

「やまとだましひ」とは、契沖の「元禄的ヒューマニズム」を、宣長が理解した言葉である。

学問は申すにをよばず古今独歩なり。歌の道の味をしること、又凡人の及ばざる所、歌道のまことの処をみつけたるは契沖也

と、その学問的方法と、文学理解力に敬服している。宣長のこの傾倒は、そのまま自己の研究の血肉となって行ったもので、宣長のこの一言は、凡百の人々の称讃には、かえがたい契沖の評価であった。

宣長と、その方法論と結論が相違して、若干の論争を交えた上田秋成の国学も亦、小島重家を通じて契沖の学問にふれたことに始まる。その後秋成は、加藤宇万伎を通して、賀茂真淵の影響を大きく蒙る。しかし彼も、学の根幹は契沖の影響下にあると思われる。秋成は真淵の『伊勢物語古意』を、わざわざ校刊した時、自説を『よしやあしや』一冊にまとめて出した。そこには、契沖の門、父持軒の学統を伝え、契沖の墓碑銘を書いた五井蘭洲の『勢語通』を通してであろうが、契沖説につらなるものが、寓意説として現われている。そしてこの物語寓意説は、秋成の研究と共に、創作の態度をもなすものであっ

た。秋成の著『金砂』の甚だ特徴的な『万葉集』の評釈にも、時に歴史の中に作品を捕らえ、時に真向から作者の心情を叩く処、歴々として契沖的態度を認めるのである。この二人の秀才が、古代の言語や歴史、思想を論じて、文献的態度や感覚的判断が相反して、それぞれにくみ合わない争の背後に、遥に契沖の姿を想起するのは、私のみであろうか。こうした相反した意見を生む母胎である処にも、契沖のいわゆる学問史的大きさを思うべきである（久松先生の『契沖伝』の「学説の系統的研究」には、後輩への影響を様々に述べられていること、いうまでもない）。

現代の人に言及するのは、一寸心苦しいが、小島憲之氏の『上代日本文学と中国文学』の業績は、いわれて見れば当然のことであり、その操作も、事程大した労苦でもないという評は、或はあたっているかも知れぬ。しかしそれはコロンブスの卵である。あの書は、日本上代文学に対する数百年の国粋的溟濛を打破したその態度に、最高の価値を認めるべきである。氏の発表は戦後の空気の中にあった故に自由であったのと逆に、近世であっただけに、大陸的なものを、日本古典の上から国粋的に拒んだ論は否定され、真淵や宣長すらも、打破される中に入ったのである。その中で契沖のみは、一々の説はともかくとして、その態度に於いては、氏も否定できなかったであろう。彼は敬虔な真言僧であった。広く、漢籍の知識の持主であった。理由は色々あったとしても、日本の上代とその風雅を高く評価しつつ、契沖は他国を貶めない。彼の評論の処々に、中国古典の引用を見ること少しとしない。ここにも契沖の学問の本質的なことをうかがいうる。かく若干たどって見ると、その光芒の長さ、その態度の明確さ、契沖はいわゆる学問史の上でも、最も高い評価を得る一人と思われて来るのである。

以前の『契沖全集』は、その優れた編集をもって、学界を大いに裨益して来たが、既に四十星霜、ここに、その後に出現した多くの資料を合せて新版成る。最近の出版界は故人全集ブームといわれる。今日の学界で花やかに採上げられる人々のものの中で、この全集は誠ににじみである。しかし見て来た如く本質的なものを持つ契沖の学業である。筆者は、今度の新版を機会に、彼を一箇の国学者として、一々の知識を得るよりも、契沖の学問そのものにふれることに努めて、学問にたずさわる者としての自分の襟をこの辺で正すことにしたいと考えている。

これは新しく編輯された『契沖全集』の推薦文であるが、僅かこれだけの文章によって、近代学問史の大筋が描き出されている。

本居宣長は他の学者を貶（けな）すこと多い嫉妬心の強い人柄であったことが、さりげなく伊藤仁斎との比較によって示されている。仁斎こそ文献学書誌学の開拓者であって、彼以後の学問は、その厳密な方法の会得によって、ひとり残らず仁斎の影響を受けたのである。

ただし仁斎は考証学者ではなく、注釈に力を入れたわけではないので、『代匠記』や『正濫鈔』とは、おのずから別の道を行ったのである。宣長が、

やまとだましひなる人は、法師ながら、かくこそ有けれ

と言ったときの「やまとだましひ」は、実は契沖の「元禄的ヒューマニズム」を、宣長が理解した言葉である、という指摘は、すなわち宣長の独創ではない、との裁断である。ついでながら、小島憲之の『上代日本文学と中国文学』全三巻に対する頌辞（しょうじ）は美わしい。一般に学者は他者の業績を褒めないのを常とするが、中村幸彦だけは例外であった。

戦後の上代文学研究では小島憲之と神田秀夫、平安朝では清水好子と片桐洋一、中世では小西甚一、国語学では小松英雄が傑出し、最も高い水準に達したのは、『中村幸彦著述集』十五巻であり、そこへ私の趣味で安東次男の『新註芭蕉七部集評釈』五巻を加えたい。

なぜこのような業績表を並記したかと言えば、以上いずれ劣らぬ俊秀のなかでも、中村幸彦の文体が最も清楚で含蓄豊かであることを申したかったからである。少なくとも学者においては、中村幸彦の文章を以て範例とすべきであると私は考える。

山本周五郎の偉業

(一)

日本女性史の機微を照らしだした名作

理想の女性を清潔に豊かな立ち居振る舞いを通じて描きあげたい。作家なら必ず心に念じる。「松の花」は、周五郎が長い努力の末に漸く達成したひとつの到達点である。

彼が小説を書き始めたのは大正十五年、二十三歳のときである。「松の花」は昭和十七年。それまで長い歳月が流れている。十七年もの間、休みなく多くの小説を書いてきた。しかし世評を得ることができない。当初の周五郎は不器用であった。のちに天下の喝采を得た『青べか物語』では、若き日の精進を回顧しているが、その終結近くに、当時の作者が愛読していた一冊の書から、心に刻みこんだ章句を反芻する。

「巡礼だ、巡礼だ」暗い大堤を家のほうへ歩きながら、私は昂奮をしずめるために、声にだして呟いた、「——苦しみつつはたらけ」それはそのころ私の絶望や失意を救ってくれた唯一の本、ストリンドベリイの「青巻」に書かれている章句の一句であった。「苦しみつつ、なおはたらけ、安住を求めるな、この世は巡礼である」

山本周五郎の作品を通覧すれば、営々として書き続けられた範囲の広い取材の途次、昭和十五年四月、「城中の霜」一篇が、突如として光を放つのに注目される。相撲取りが急に強くなるのを化けると言うが、山本周五郎は、このとき突然化けたのだ。それからは一瀉千里である。どの作品も一度読んだら忘れられない感銘作が続く。

しかし、ちょうどそのころ、夫人が病を得て急逝した。「松の花」は、苦労をかけた亡き方に手向けた供養であり、周五郎が思いのたけを書きこんだ記念の作品である。世には人に秀れた人格の女性を描いた作品は少なくないが、今や物言わぬ亡骸であるから姿を現わさず、奥の間に葬送を静かに待つ身でありながら、一篇の小説を成り立たせる主人公として、作品世界のすべてを支配する女性の、何人をも敬虔に合掌させる厳粛な空間を提示する、このような感銘深い女性があったであろうか。山本周五郎は日本人における典型的な女性を描くのに成功したのである。

　私は日本史のなかで活躍する女性の列伝を書こうと企てた。探せば平安朝の宮廷に、思いがけなく多数を見出せる。しかし近世期に入ると灯が消えたように女傑がいない。そのとき私は直ちに「松の花」を想起して肯いた。元和偃武に始まる武士道の時代は、日本史の華として頌揚されると決まっているが、武士階層にとって、武士道は苦しく辛い痩せ我慢であったに違いない。それはほとんど報いられることのない奉仕であった。貧困にして栄達に恵まれない意地っ張りの武士道を支えたのは、不如意な生活のやりくりに務めた妻であった。絶対に然りであったに違いない。彼女たちは女傑と囃されることなんか金輪際なかった。しかし彼女たちこそ女傑であった。「松の花」は日本女性史の機微を照らしだした名作である。

　この「松の花」を巻頭に置いて『小説日本婦道記』が刊行されたとき、直木賞の受賞が決まったところ、山本周五郎は即座に辞退して関係者を驚かせた。その不逞な行為は忽ち文壇の大御所として君臨する菊池寛の激怒を買った。周五郎はかねて曲軒と号し、臍まがりを以て聞こえていたが、自分は作品を読んでくれる読者から、いつも目に見えない賞をいただいているから、それ以上に余計な賞は要らない、というのが一切気兼ねすることのない申し分であった。

　昭和十五年を契機として、周五郎の作品は階段を上るように上昇していった。昭和二十六年の長篇『栄花物語』は、収賄の権化として悪名高い老中田沼主殿守意次の影像を、いかなる証拠物件をも持たず、ただ空想のみによって百八十度転換し、近代的な経済感覚を以て幕府の建て直しを図る清廉謹直な政治家として描きあげた。一篇の小説を以て歴史を引っくりかえそうと企んだ未曾有の作品である。

　その後、大石慎三郎によって、田沼の収賄を証する文献はすべて捏造にすぎない事実が証明された。私は現行一般の歴史書よりも、山本周五郎のほうが正しいと一貫して信じている。

　女性を描く腕はますます冴えわたる。一方では陽光燦々たる『おたふく物語』、他方では筋の通った恨みを晴らす『五弁の椿』、その他あらゆる境遇の女性が登場し、最後には性を主題とする『おさん』が現われる。

　遡って昭和十五年の『城中の霜』から昭和三十六年の『青べか物語』まで、この間が他の追随を許さぬ山周の時代であったのではなかろうか。かつて昭和三十八年、講談社から第一回の全集十三巻が刊行されたとき、月報の執筆を依頼された池島信平は、自分よりも愛読者である女房に書いてもらいます、と理を立てて肩代わりした。夫人の書かれた文章は優しく厳しく見事であったが、その月報が阪神大震災で行方不明となったため、私の記憶で記すことを許されたい。夫人いわく、自分は早くから山本さんに目をつけ、次第に上達されてゆくのを見るのが大いなる楽しみであった。幾多の名作を読ませていただいてありがとう。しかし、あえて言わせていただくならば、現在のように一世を掩う大家になられる前の、そのちょっと前の作品が、いちばん身にしみて懐かしく思われます。

以上が池島信平夫人の要旨である。これを読んだとき、私は膝を叩いて全面的に同感した。作家というものは修練の士であるものの、うまくなり、文壇的地位にふさわしい名作を書こうと意気込むとき、かえってその人の精髄が発揮されないという現象もあるのではなかろうか。流行歌手が賞をもらってあんまり巧くなると、かえって売れなくなると言われる。『虚空遍歴』は油のにじみでる力作ではあっても、所詮は堂々めぐりで主人公の成長が描かれていない。『ながい坂』の登場人物は型に嵌まっており、世間の匂いがせぬ憾みがある。

かつての『しじみ河岸』や『将監さまの細みち』や『町奉行日記』などに較べて、作家がうまくなりすぎて書けなくなる作品というものがあるように思われる。

周五郎が書き続けた政治主題小説

以下はあえて試みるところの余談である。

文学作品のなかで政治を扱うのは、音楽会の最中に拳銃をぶっぱなすようなものだ、とスタンダールが言ったとか伝えられる。もっとも当の御本人が、宮廷政治を描いた名著の作者であるのだから、文藝に関する真面目くさった発言は、それが信用されている人であっても、どこまで本当か保証の限りではない。

しかし少なくとも政治と文学に関してのみは、古今東西の作家のすべてが、スタンダールの警告を拳拳服膺しているかの如く見える。政治家を描いた作品なら見渡して珍しくはないが、政治という人間行為そのものを主題とする小説は、鉄の草鞋で探しても見当たらぬであろう。ことに我が国の謙虚と言うか用心深いと言うか、冒険を好まない行き方を重んじる作家たちは、政治を化物の世界であると観じてきた。日本近代文学史に、主題としての政治ばかりは、見事に欠落して不在なのである。

誰もが当たり前だと気にもかけずに過ごしてきたこの難題に、意地か誘惑か野心か冒険か、政治とは何かを真正面から真剣に問いかけ、昭和十五年から三十八年まで、手を替え品を替え多方面からひたひたと迫り、政治とは志願しての世を救うに足る有効な自己犠牲であると信じる命題を書き続けたのが山本周五郎であった。

周五郎が選んで書いた主人公の政治家に、終わりを全うした成功者はひとりもいない。すべての結末は悲劇に終わる。それが政治家の宿命であると周五郎は固く信じているかの如くである。政治的行為に進み出る悲愴な個性に、初めて筆を染めたのは「土佐の国柱」（昭和15年10月）である。遠州掛川五万石から土佐二十四万石に遷った山内家は、かつて長曾我部氏に仕えた叛乱分子の処置に手を焼く。身分が高くはない主人公は、誰にも知らせず反山内派と広く親しむ。安心した不平分子の頭をごっそり集め、華やかに大勢の相撲大会を開き、かねて言い含めてあった鉄砲隊により危険分子のすべてを討ち取らせ、自分も死ぬ。以後の山内家は案ずるべきことなく安泰であった。あまりにも卑怯であること言うまでもない。しかし政治には目標がある。それを達成するためには手段を選んでおれない。政治に人道主義はないのである。そしてこの主人公は息絶えて、いかなる褒賞にもあずからない。彼は死を以て目標を達成した。山内家の安泰に己れを捧げたのである。周五郎にとっての政治は悲劇であった。

政治とは己れを殺して組織を生かす行為

その次に書かれた政治主題小説「晩秋」は、日本文学史に例を見ない画期的な独創である。正保二年、三河吉田四万五千石より、岡崎藩五万石へ転封となった水野忠善は、東海道の要衝にあって経費に苦しんだ。その難局に藩主の忠善は、すべてを用人の進藤主計に委任した。柳沢吉保を筆頭とする将軍の側用人は、絶大な権力を握って賄賂を楽しむことができるであろう。しかし五万石しかない小藩の用人には、苛酷な運命が待っていた。彼は藩のどこからも怨まれ憎まれたのである。江戸時代の各藩が秩序正しく修身の教科書みたいに運営されていたと考えるのは絵空事である。地位と権力のある者に、嫉妬が発動せぬなんてありえない。周五郎は次のように描く。

　進藤主計は冷酷な人間として定評があった。奸譎な佞臣とさえ云われた。岡崎藩主、水野忠善の用人として、二十年ちかく藩政の実権を握っていたが、常に専断、頑迷、暴戻などと云われ、殊に最近の十年あまりは領内の寺院に対する圧迫と年貢の重課とで、非常な怨嗟の的となっていたうえに、もし彼の秕政を指摘して起つような者があれば、主君の権威にかくれて仮借なくその役を逐い罪におとした。……都留の父、浜野新兵衛もその犠牲者のひとりだった。新兵衛はもと勘定役所に勤めていたが、主計の重税政策をみかねてしばしば上申書を呈出し、その肯かれざるを怒って城中にこれを刺そうとした。然し不幸にも邪魔がはいって失敗した、そして切腹を命ぜられて死んだのである。

世間によくある通常の用人なら、藩を挙げて憎まれるような目立った所作なんかしない。けれども進藤主計は当初から我が身を棄ててかかっていた。藩の運営のため死ぬ覚悟である。

二年前に藩主の監物忠善が死に、右衛門太夫忠春が家督した。主計は故主の庇護を失い、用人の職を解かれた。世継のまわりには次の時代を背負うべく取り巻きが党を組んでいる。先代の主が寵愛した家臣は、芥塵を捨てるように排斥される。今や進藤主計は、藩政改革の第一着手として、累年秕政の責を問われ、裁きの座に据えられている。

　主計は自ら進んで己れを犠牲にするため先手を打った。自分を罪するため調書を己れが主となって作成し、それは酷薄きわまる内容であった。それは理不尽で不公平です、と正義派の若侍が抗議する。主計はその内心を初めて口に出して言い聞かす。

「今になって弱いことを申す」主計のしずかな声がそれに答えた、「……そこもとにできなくて誰にできるか、そんな弱音は聞きたくない、事はもう定まっているのだ」

「然しここまでやる必要があるでしょうか、御老職に伺います。果してここまでやる必要があるとお思いですか」

　声が途絶えた。主馬に問いかけられた水野外記はなかなか返辞をしなかった。然しやがて主計に向ってこう云うのが聞えた。

「主馬の申すことは尤もだと思います、これではまるで自殺をするも同然ではございませんか」

「そうです自殺です」主馬が追いかけるように云った、「……こなたさまはご自分でご自分を殺そうとしておいでなさる、これは御裁きではございません」

「いやこれが裁きだ」主計の声はやはりしずかだった、「……進藤主計を裁くにはここまでやる必要があるのだ、彼を容赦してはならぬ、有ゆる行蔵を糺明し、為した事の隅ずみを剔抉して徹底的に断罪しなければならぬのだ」

　都留にはこれらの言葉の意味がわからなかった、主計が自ら自分を「彼」と呼び、「容赦してはならぬ」と云う。いったいかれらはなにを争っているのだろう。謎を聞くような気持で、都留は知らず識らず襖際へすり寄っていた。

「岡崎へ御就封このかた、御政治むきでは非常の手段を多く必要とした」主計はそのように語を継いだ、「……なによりも藩の基礎を確立することがさきだった、家中の者にも、諸民にも、ずいぶん無理な、時には過酷だと思う政治をさえ執った、それは必要だったのだ、藩礎が固まるまでは、どうしてもそういう時期を通過しなくてはならなかったのだ。……自分は冷酷な情を知らぬ人間だと云われた、専制、暴戻と罵られたが、おかげで却って仕事はしよかった、そういう名が付けば付くだけ無理が押せるし、責任を他の者に分担させる必要がなかったから、……だがもはや岡崎藩の基礎は確立した、領民にも耐え忍んで貰ったものを返す時が来た、新しい政治が始まるのだ、そしてそれは進藤主計の秕政を余すところなく剔抉することから始まるのだ」

「お言葉ではございますが」と主馬が声をはげまして云った、「……藩礎確立のためにどうしても無くてはならなかった御政治でしたら、それを秕政として罪する法はないと思います」

「ばかなことを申すな」主計の声がにわかに烈しい力を帯びた、「この場合、藩礎確立ということは一つの理由だ、極端に云えば申訳にすぎない、それがいかにぬきさしならぬものだったにせよ、理由に依っておこなわれた政治の過誤がゆるされる道理はないのだ」

「然し、然し、果してこれが過誤だったでしょうか」

「苛斂誅求は政治の最悪なるものだ、その一つだけでも責任の価はきわめて大きい、これだけでも進藤主計の罪は死に当るだろう、そしてこれは、……これは初めから覚悟していたことなのだ、今日あることは……」

　そこで言葉が切れた、少しまえから風が出たとみえ、庭の櫟林がひょうひょうと枝を鳴らしている、それは夜の暗さとはげしい寒気を思わせ、聞く者の膚を粟立たせるような響きをもっていた。


政治とは己れを殺して組織あるいは皆の衆を生かす行為である。己れを抹殺する覚悟のない者は政治にうかうかと手を出すな。これが周五郎の強い固い信念であった。この思い決して揺るがぬ人間観が確立しておればこそ、『栄花物語』『樅ノ木は残った』の二大名作が書かれたのであった。

（二）

日本近代文学の「この一篇」

『樅ノ木は残った』は山本周五郎の代表傑作である。長編なので、作者の筆致が最もよくうかがえる箇所を二項採った。

「忍緒」は、第三部第三章。

「鏡の中の顔」は、第三部第五章。

『樅ノ木は残った』は最初『日本経済新聞』に断続的に連載された。第一期は昭和二十九年七月十三日から三十年四月二十一日まで、このときは「樅ノ木は残った」の標題であったらしい。第二期は、三十一年三月十日から九月三十日まで。このときの標題は「原田甲斐」、副題に「続・樅ノ木は残った」と記す。前後九百七十七回である。そのうえさらに三百五十枚を書き加え、『樅ノ木は残った』上下巻（昭和33年1月10日、9月10日・講談社）として刊行された。

　かつて文藝雑誌『新潮』が、「近代文学この一篇」という特集をしたことがある。日本近代文学のうちからただ一篇だけ推すべし、というちょっとした難題だった。創刊一千号を記念する企画で、問いに応じて作家評論家の六十八人がそれぞれ一篇ずつを挙げている。昭和六十三年の五月号であった。私もそのうちのひとりに選ばれたので、いろいろ考えた末、これならほかの何方も決して選ばないであろうという変な思惑が先に立って、山本周五郎の『樅ノ木は残った』を推した。雑誌が届いて通覧したところ、こんな意固地な変わり者はやはり私だけであった。それぞれ四百字ほどのコメントをつけることになっていて、私の言わんとするところは次の如くであった。

> 本来ならあり得ない筈の窮境に、自分の失錯ではない運命の力学によって、一人の男が立場上の理由から止むを得ず追い込まれる。それは抵抗できない時代の枠組と、容易には除去できない野心家の画策とに基づく。これら二つの絶対的な条件と理由を、文学史上もっとも鮮やかに解析してゆく構想が壮大である。
>
> その男にとっては逃避の工夫も、決して不可能ではないのだが、彼は当初から一貫して迷わず、自分の死を代償に難題を真正面から引き受け、巧妙な韜晦を以て急がずに工夫を重ね、相手の野望を砕き尽くした替りに殺され、真実を知らぬ後世の記録者から、悲愴にも覚悟した通りの汚名を蒙る。
>
> 宮廷政治の構造を直視して、これ以上の域に達した例は想起できない。さらに藩を護るために身を捨てて、政治の暗闇のなかで苦痛の限りに耐え、陰惨な闘争に生涯を賭けた人物を、ここまで描いた作品は他にない。

私としては要点を言い尽したつもりではあったが、これだけでは早口の言い切りにとどまるので、思いの存するところ意のあるところを、改めて、幾分なりともつまびらかに説き進めてみたい。

その前に私がおおいに迷った次第を述べておく。本当はこのとき真っ先に思い浮かべたのは司馬遼太郎だったのである。近代日本文学から作家をひとり選びだすとする場合、余人は知らず、私なら司馬遼太郎を推す、というのが躊いのない信念の結論である。しかし考えてみれば私の見るところ、司馬遼太郎の作品は小説であってなおかつ小説以上の存在である。赤手空拳、一作家の身を以て時代思潮の偏向を正すという驚くべき壮挙をなしとげたのだから。戦後のいわゆる進歩的文化人が、日本の過去を隅から隅まで暗く黒く塗りつぶし、暗黒史観、罪悪史観をはびこらしたのに対し、敢然として立ってその暗雲を吹き飛ばしたのである。以前『人間通でなければ生きられない』（昭和56年11月24日・PHP研究所）で略述したように、それは普通に小説なるものが世に及ぼすおだやかな波動とは全く異質な、それを超えた甚大な劇的な影響力であった。思潮史的画期であり社会的事件であった。もちろん空前の出来事である。

そして司馬遼太郎の作品は近代日本文学に一貫する約束事を遠慮会釈なく突き破っている。第一に、この現実社会に深く関わる英雄豪傑を、単なる異数の成功者としてではなく、人間味と人間力の発露として、つまり人間性が凝縮された人間的なるものの代表と測り見て描いた。破滅型でもなく調和型でもなく、今まで誰ひとり手を着けなかった燃焼型の創造である。第二に、人の世に生きる智恵を正面から広範に掬いあげて小説の主題に据えた。第三に、世の運行を促す動力の核心は人間の情念であると見定め、人の心を描きだす表現語法に空前の豊かな広がりと奥行きを実現した。以上は日本の小説世界にかつてなかった強力な打開と進出であり、記念すべき画期的な達成である。従前の文学史を飾る伝統的な様式の埒内にある表現志向を小説と呼ぶなら、司馬遼太郎はその埒外に躍り出たのだから、小説以上と言いたくもなるではないか。比較にならないという思いである。それゆえあえて司馬遼太郎を除外してかかろうと決めた。

とはいえ、それ以外の錚々たる多様な近代日本の作品群に、頭からやすやすと順位をつけるなど思いも寄らない。そんな不可能に近い難問に引きこまれるのを避けて、何か我流の基準を設けようと思い立った。そこで考えたのが、小説という長い歴史を持つ表現様式はかなり自在で気儘が許されているようではあるものの、それでもおのずからなる制約や限界があるのではないか。それをくぐりぬけることが難しい難関が潜んでいるのではあるまいか。もしそうであるとするなら、その障害をあえて乗りこえようと眦を決してとりかかった企てを見かけた場合、まずはその意気を壮として嘉すべきであろう。いわんやその手立てが成功の域に達しているなら、それは格別に天晴と評価されねばならぬ。そういう意味で未踏の山嶺に立ち向かった登攀者を見渡すとき、私には山本周五郎の姿が思い浮かぶ。彼は型どおりの小説作法に自足しない志すところのある清涼な野心家であった。必ずしも最初から仕上がっていた手練れではない。次第次第に工夫を重ね新しい試みを繰り返し繰り返ししながら驚くべき熟成を示した人である。選んだ材料を温めることじっくりと気が永く、少しずつ絶え間なく新しい手法を案じて練り鍛え、いつも遥かに遠い彼方を見つめていたに違いない。そのなかでも醸して熟成させる手筈に最も手数をかけ、思うところをほとんど完璧に成し遂げたのが『樅ノ木は残った』である。これは意を用いること深い最高の実験文学でありながら、実験につきものの危さや揺れや偏りの跡を少しも残さぬ磨きあげた出来栄えである。小説形式に内在する難関を突破する方法、その手立てを無理なく実演した成功作、そう見なしてつくづく感服する評価に基づき、『樅ノ木は残った』を推したわけである。

小説の内なる宿命の難関

そこでとりあえずは話の順序として、小説の内なる宿命の難関とは何か、それについて私の独断と偏見を述べよう。当節、入学試験や入社銓衡（せんこう）に話題が及ぶや、必ずと言っていいほど、一藝一能、という言葉が飛びかう。この流行（はや）り言葉は気分だけ先行する曲物（くせもの）で、入学や入社などの若い年頃にまことの藝や能が有るか無いかなど見抜けるわけがない。それはともかく小説の少なくとも主人公には、一藝一能の保持者であることが、暗黙の前提として求められるのではないだろうか。ついでに補って言うなら、近代以前の社会では何を措いても、身分、である。その場合では身分が万事に先行するから無能でもよい。しかし近代になると身分は決定的な条件ではなくなる。短く言えば一藝一能、つまりその人物に特有の内側から発揮される能力である。こう言っただけではなんでもないことのようで、至って当たり前ではないかと思われそうだが、実はここからまことに厄介な問題が生じるのである。

もちろんいつの世にも必ず例外はあるものだから、登場人物の能力になど全く意を用いないで、ひたすら平凡人の地道な日常生活だけを描き続けた作家もいる。徳田秋声がそうである。近代小説は世に顕（あら）われた傑出人よりも一市民の姿を写しだすのを主軸とするものだという考えにいささかこだわるとするなら、秋声は我が国における近代小説を代表する存在かもしれない。ただしその凡人志向があまりにも徹底していたため、文藝読者の主流をなす気取り屋（スノッブ）からは振り向かれず、ついに大向う受けはしなかった。文藝の世界ではあまりに煮詰めた純粋は好まれず、多少は猥雑であることが必須条件であるかとも見られる。

しかし秋声、あるいは秋声流は例外である。ほとんどの小説では主人公がなにか能力を秘めていることが前提となっているのではないだろうか。そうでないと話がうまく成り立ってくれない。落ちつくところへ落ちつかない。つまり身も蓋もない結果となる。だから主人公になんらかの才能を付与する。ここにちょっとした矛盾が生じる。繰り返しになるが、近代小説は帝王や英傑を描くための頌辞（しょうじ）の作法とは異質である。世に顕われているのではない一市民一庶民の風貌姿勢を描きわけることを使命とする。近代小説は平凡主義である。抜きんでているのではない通常の男女を描く。ゆえに彼等は正味のところ多能ではない。傑物ではない。しかしその通常人の群れから誰かを拉（らっ）しきたって主人公の座に据えるとき、その人物には他人に見られぬ一種の取り柄がなければならない。建て前としてはあくまでも平凡人でありながら、いざというときには非凡な腕前を発揮する。それが小説を組み立てるのに不可欠の条件ではないだろうか。平凡は結構だが無能は困る。小説は結局のところ有能人の世界である。

しかし社会の群像を描く普通の小説展開では、この矛盾はさまざまな事件の底にかくれてあまり露出せずにすむけれど、我が国で尊ばれてきた破滅型を描く場合には矛盾が大きく前面に出てしまう。破滅型へと収斂してゆくその源流としての私小説の主人公、これまた社会人として無能であることを度が過ぎるほど誇示するが、しかし彼または彼女は痩せても枯れても小説家である。小説を書くという特別な技能の持ち主である。すなわちこの人は小説家であるという裏打ちがあるからこそ、私小説の主人公は一人前の近代人として納得できる存在となる。葛西善蔵がどれほど寡作であるにしろとにもかくにも小説家であるから彼の作品が成立しているのであって、もし彼が小説家でなかったら一介の放浪人にすぎないから、無能な浮浪人の行き当たりばったりの漂浪は小説にもなんにもならない。私小説の主人公はつまりは選ばれたる人なのである。

　私小説から破滅型へと流れが加速度をおびてゆく時期に嘉村儀多（かむらいそた）が現われた。この嘉村儀多の存在理由を、福田恆存（つねあり）がまるで精巧な昆虫標本に仕立てたかの如く鮮やかに判定したのは周知の通りである。次の箇所は文藝評論史上の一事件であったと言えよう。いわく「その『神前結婚』を読んだものはだれでも、自分の出世作（『途上』）が中央公論に掲載されたという報告を故郷で受けとった主人公が、〈日本一になった！〉と叫んで人事不省に陥ってしまう場面の描写をおそらく忘れることはできまい。かつてどんな作家がその世間的成功を、そしてそれにともなう小世俗的な喜悦と興奮とを、あれほど虚栄も気取りもなく、羞恥の衒気もなしに書きえたであろうか」（全集1巻）。またいわく「じつに嘉村儀多は自我の愚劣醜悪の描写において他の何人も追随し能わぬ筆をもっていた」と。まことに然り、どんぴしゃりの認定である。ところでここに問題がある。この至って人間臭い痴愚の描写は、作家としての成功という前提がなければ意味をなさない。たしかに愚劣醜悪には違いないけれど、それは世に認められた華やぎがあっての発露である。なるほど小説は人間の痴愚を写し伝えることのできる手段であり、それこそ文藝のみが為し得るのかもしれない表現機能であろうが、しかしまことに難儀な事情ながら、なんの取り柄もない無能な愚人の醜悪は、描こうにも描きようがないのではなかろうか。それは表現として成り立たない。小説は痴愚を描写する。それは結構である。しかし小説の世界で痴愚が浮き彫りされるためには、その痴愚を演じる本人に成功の実績がなければならない。有能の裏打ちあってこそ表現としての痴愚が成り立つ。これが文藝の宿命ではないだろうか。無法松は当時の言葉で言うしがない稼業の俥曳（くるまひ）きである。それだけではどう捻（ひね）っても小説にはならない。しかし彼は音に聞えた祇園太鼓の名手である。乱れ打ちの撥（ばち）さばきで小倉の町のひとびとを酔わせる。この腕前あればこそ一篇の小説が見事にできあがる。これまた能力あってこその物語ではないだろうか。

この間の事情に私が漸く気がついたのは、『人間失格』を分析するのに思案投げ首のときであった。大庭葉蔵は破滅型の典型である。一人前（いっちょまえ）に世に立ちゆくこと能わぬ無為無能の人という触れこみである。しかしそれは表向きの建て前であって、裏にはちゃんと仕掛けがある。無能、それは要するに嘘である。単なる無能だけなら話は前へ進まない。実のところ彼は道化（どうけ）の名手なのである。道化によって人の心を摑んで引き寄せる。道化の網を投じて人間関係を構成し調節する。だから世に捨てられるには至らない。道化を演じて次々と成功を重ねる。紙一重の差で失敗するはずのところなのに決して勘所を踏みはずさない。人間心理のしたたかな観察家である。隅におけない人間通（にんげんつう）である。だから筋書が展開する。お話がお話として進行する。これまた能力の裏打ちあっての無能という矛盾した構成である。

　能力、才能、技能、特技、腕前、つまりは主人公に奥の手がかくされていてこそ小説が成り立つ。それに加えて我が国の文壇小説の主流は感受性の洗練であろう。主要な登場人物の神経にかこつけて作者が感受性の深化に全力を注ぐ。つまりは上品で繊細な感受性のおとなしやかな誇示である。どれだけ控え目であっても詰まるところ感受性の見せびらかしであろう。清純な感受性の練磨と言ったところで、要するに月並みでない新鮮な言いまわしの念入りな工夫にすぎない。日本の純文学は人間性を見つめてなにかを見出すという方向を採らなかった。また社会がどう組み立てられているかの機微をこじあけるという労多くして功少なきであろう難儀な思案も御免蒙るという姿勢であった。そこまで突き進む奮闘は文藝の任とするところに非ずと見極めをつけたのであろう。そこで感受性の研ぎ澄ましによる清雅な語法の表現を目指す。それによって新しい上品な気分をかもしだす工夫に耽（ふけ）った。題材に固執してはならない。事柄に即応してはいけない。つまりは人の世の姿に密着するのは野暮な拘わりである。描くところは須（すべから）く気分の揺曳（ようえい）にとどめるべし。それなら幾重にも変奏が可能である。雲の姿と動きがほとんど無限の変化を見せるように、気分ならいかようにも微妙な色合の差をつけることができる。純文学の主流は新しい気分の提示をめぐっての腕競べであった。感受性の見せびらかしは気分の示威を意味する。新しい気分の描出が決め手となるから、つまりは人並でない独得な気分を感応し得る能力が文藝の根幹となった。社会的弱者である作中人物が新鮮な感受性の体得者であるという一筋の道によって人間的強者となる。こうして、文藝作品を構成するためには主人公あるいは主要人物がなんらかの意味において有能であらねばならぬという一種の法則が貫徹されるのである。

　わかりきった当たり前の実態ではないか、と言われるかもしれない。しかしちょっと考えてみるならば、そこには小説作法の得手勝手が見え透く。デウス・エクス・マキナ（事件を解決する機械仕掛けの神）とまでは言わないが、えらい調子よくうまいこと仕組んであるんだなあと、野次ってみたくもなるではないか。そんな意地の悪い見方をするのは性根が曲っているからではないかと笑われるのは覚悟の上である。代表的な例証としては古今東西の芝居を見よ。みんなそれこそ御都合主義の産物ではないか。元来、藝術とは匠の技あってこその虚構である、それをお互い納得ずくで受け入れるのが見巧者というものではないか。そう言われればそれまでである。しかし今の私は従来の仕来りをいちおう考慮の外におきたい。殿中の作法に気兼ねせず、何も弁えないひとりの田舎者として、見るもの聞くものみな珍しく不思議でたまらず、ただもうきょろきょろ見回しているという心境である。その眼に映るものを無遠慮に身を乗りだして覗きこみたいというお上りさんの姿勢である。

　と見得を切るほどのことでもないが、小説技法の宿命的な矛盾を別に非難するわけではなく、余儀ない矛盾としてそれはそれとして認定しておこうと提案したい。その矛盾なるものは外なる建て前と内なるお膳立てとの二律背反である。社会的弱者であるはずの主人公が実は隅におけぬ優れた技能をかくし持っている。愚劣醜悪な振る舞いをする情けない人物は実は非常破格な成功の証しを握っている。無為無能と見なされている作中人物が実は世にも稀な讃嘆に値する感受性の持主である。癇癪持ちで家族に当たり散らす厄介な青年が実は驚くにたるほどの家族愛に包まれ不自由ない生活を保証されている。世に立ち行くこと能わぬ世間的不適応者が実は鋭敏で的確な人間心理洞察の名手である。最も賤しい遊女の巣を逍遥する嫖客は単なる放蕩者ではなく実は学識の深い高度の教養人である。老夫婦の性生活を描いて平凡な図柄となるかと思いきや実は妻がいわゆる名器の人であると夫が認めている。とまあこういう工合いにそれぞれなんらかの仕掛けがかくされている。いずれにせよこの人たちには衆に抜きんでた能力がある。取り柄がある。秀れている。つまりは傑出した有能の人である。そしてそもそも能力とは何か、それはこの人生において本人が他人と比べて得をすることになる条件である。だから素直に読み進む場合、なかなかうまいことやっとるなあ、なんとも得な奴やなあ、という羨望の念が湧きおこるのではないかと思われる。弱者、落ちこぼれ、不適応症、敗残の人、無為無能、厄介者、そういう類いの人物であるという押し出しは本当は嘘やないか、とひそかに呟きたくもなるではないか。ありふれた人ではなくどこかに格別な利点を持っている。もし読者が謙虚に自分を平凡人であると自認しているとするなら、彼ら作中人物は並みの人ではなくどこか優位に立っていると認め、やっぱりちょっと違うなあと首を振って溜め息をつくことになる。たとえ僅かながらもかすかに嫉妬心が生じるだろう。そういうふうに見えるのは理不尽で邪で間違っているだろうか。虚構ときまっている小説の登場人物にまで嫉妬するとは、よほど嫉妬心の強い生まれつきだと嘲られ蔑まれるかもしれない。しかしそう居丈高に人格者ぶって反っくり返る前に、心を静めて胸に手を当てて思いめぐらせてもらいたい。人間は実在の人物に対してだけでなく架空の優秀な虚像に対してもまた嫉妬する。それが人間に普遍の本性ではないだろうか。万物に嫉妬の情を持たぬ者はいない。ただ自分は嫉妬していないと言い張る厚顔しい嘘つきが少なからず居るだけだ。私はそう信じる。だから作中人物の有能がおのずから嫉妬の対象になる。いわんやその有能は当然のこと本人の利得につながっているのだから、なんや勢いに乗じてなんとも調子が宜しいやおまへんかと、ごく単純に羨望の念を禁じえないだろう。もちろんいつの世にも可憐な憧れ屋という人種がいて、作中人物を素直に讃仰し畏敬して、その嘆賞の念によって自分が向上したかの如く心得て意を安んずる人もいる。つまりは文学中毒である。それはそれで衛生無害な自己満足だが、もう少し醒めた一般読者にとっては多少の痼りが避けられないはずである。私が嫉妬だの羨望だのという厭わしい言葉を持ちだしたのは、事柄を際立たせて話に輪郭をつけるための誇張なのであって、普通はそこまで極端に感情は昂進しないだろう。しかし最低限のところ、作品と読者の間になにほどかの隔てが生じるという事情は否めない。作中人物の有能や利得や成功は、読者の作品に対する感情移入が十全の域に達することを妨げる。そこにかすかな隙間風が生じる。読者は作中人物に自分を一体化させたいと念じているのに、ちょっと違うなあと感じる躊いと立ちどまりと後退りを余儀なくされる。もう一歩のところに越えがたい溝がある。欲求不満が残る。そこに小説という作り話のやむをえぬ限界があると私はつくづく思う。

小説の宿命と限界を打破する試み

しかし人間の願いとするところはあらゆる領域にわたって果てしない。まして志ある作家は新しい未開の境地を求めてそれぞれ心胆を練ってきた。そのなかから思いを凝らし狙いを定めて、小説の宿命と限界を打破する試みが生まれたのも当然であろう。その究極的な課題はこうだ。小説の作中人物はほとんど必ず抜きんでた能力の持ち主でなければならない。能力を保持しているというだけなら工藝品を賞でる如く無心に褒めそやしたらそれで済む。しかし能力は秘められているだけではなく現実に発揮されなければならない。能力が発動しなければ小説のなかの人間関係は作動しない。そこでようやく話が展開して流れとなり小説が成り立つ。その場合、作中人物の能力は成功をもたらさなければならない。嘆賞される見事な死に方や高揚の果てなる情死もまた人間としての達成ではないだろうか。成功は最も広い意味での利得である。要するに彼らは得をする。そこのところでかすかながらちょっとひっかかるだろう。隔てをおく気持ちが生まれるだろう。

しかし、全く利得を生まない方向で人間的能力が毅然と発揮されるという情況がもし描きだされるとするなら、そこで初めて読者は我を忘れて作中人物に自分を一体化させることができるのではないか。嫉妬や羨望に近い反撥が微塵も介在する余地のない同情同感を通じて主人公に自分を乗り移す混じり気のない共感が可能となる。有能を描きながら有能がいささかも嫌味とならない。逆に能力の輝きがひたすら美しく受けとられる。読者をそこまで隔てのない共鳴へ引きよせる技がありうるだろうか。この問いに答えることのできた稀有な作品が山本周五郎の『樅ノ木は残った』であると私は考える。その一点に決定的な特色を見出したゆえに、意を以て「この一篇」に選んだわけなのである。為し得ないはずの難題に挑んだ業腹と腕力に対する感傷のせいであることは率直に認めよう。

『樅ノ木は残った』で原田甲斐が置かれている状況の概略はこうだ。局面の核心は亡国の危機である。強力無比の権力によって国が潰されようとしている。その恐るべき権力は超越的な存在であるから面と向かって戦う対決など思いもよらない。ただその強圧力にどこか弛みが生じて隙ができるまで、その貴重な一瞬を捉えて押し返す機を摑めるまで、ひたすら待つしかほか対策は考えられない。そのため甲斐はただひとり敵の腹中に飛びこみ、その一派に与する者としての立場をとる。はじめ信じてくれていたはずの味方のすべては甲斐を疑い時に糺すが甲斐は沈黙を守って答えない。本来の同志が悉く甲斐を敵視する。誰からも信じられず誰からも理解されない、人の世のあらゆる絆を絶ちきられた孤立無援、最後に捨身の反撃を以て国の安泰を確保するが、それが最高権力と鍔迫り合いに及ぶ死闘であったという、世に聞こえてはのちのち強圧側の不利となる実状を秘匿するため、事実とは全く反対な逆臣の汚名を自ら望んで引っ被って死ぬ。この人物の運命にはいかなる救いも訪れない。一門一家は根絶やしにされ原田家は跡形もなく滅び、甲斐は極悪人として憎まれ続ける。これほど惨酷悲痛な結末が世にまたとあるか。しかもこの破局は甲斐が失敗して躓いたゆえの破綻ではない。すべては甲斐がやむをえぬとあらかじめ決意して、そうなるように計らった世にも異常な覚悟の結果である。人間の艱難として最も悲惨な情況が描きだされる。悲劇の究極をゆく保留条件のない純粋な構成ではないだろうか。

この間、事件の進行を通じて、時間の流れは息のつまるような緊迫感をたたえてゆるゆると推移する。操られて亡国への道を急ぐ擾乱派は次々と紛争の種を蒔く。そのたびに甲斐はおだやかな対処の手を講じて鎮めにかかる。甲斐の政治力には凄味がある。間然するところなき政治力を以て事件を目立たぬよう滑らかに処理してゆく。甲斐は抜きんでた能力を秘めている。しかしその卓越した有能は絶対に彼の利得を生まない。一身上の名誉栄達につながらない、評価評判をすらもたらさない。すべて世の裏に隠されたまま消えてゆく。

本人の利得にならぬこと必定である能力。ここに初めて主人公に対する限りない同情が生まれるのではないだろうか。なんの隔てなくいささかの猜みもない胸腔を一杯に広げての慈しみにみちた同情と一体感。類いなき能力を保有する傑出した主人公を描いて、なおかつ読者に一抹の違和感をも余念をも抱かせず、小説に密着した隙間のない真率な気持ちの通い合い方を誘発するに足る構成。山本周五郎はかねて深く思いをひそめるところのあった奥の手をくりだして今や見事に成し遂げたのだと思う。

政治的人間の究極の姿

近世期、まだ日本という国家は成立していなかった。政治形態の根幹はそれぞれの藩である。藩が国家であった。藩を超越する国民国家などこの世にまだありえない時代である。仙台藩伊達家六十万石、これが原田甲斐にとって最高の価値を体現する国家そのものである。藩士が国民である。国民は国家の存立を守らなければならない。それが倫理の至上なる徳目としての忠である。ゆえに甲斐は人間における絶対至上の価値に身を捧げることをごく自然に決意した。国の存否なんか他人事やから放っとけという拗ね僻みは人間廃業を意味する。甲斐は人間として最も立派な愛国者としての道を直進する。この一点に共感しないような人にとっては『樅ノ木は残った』は一束の紙屑にすぎない。

ところで甲斐が直面する国家防衛の戦いでは、正面きって戈をまじえるべく討ってでる激突の闘争とはならない。幕府が総力をあげて襲いかかってくるのなら決戦の様相となるだろうが、そういうあからさまな暴力の発動ではない。老中筆頭の厩橋侯酒井雅楽頭の内に秘めた内密の策謀であって、表向きには何事も起こっていないのだから厄介だ。川越の侍従松平信綱の遺志を体しているらしい雅楽頭は、伊達家に内紛が生じるようひそかに仕向け、それが嵩じて紛争が起こり擾乱に転じるのを期待し、その機をとらえて六十万石の取り潰しを狙っている。幕藩体制における最高権力者の隠密な意向である以上、その非道を訴えて裁決を待つ機関がない。まさに寄る辺なき不法無規則の荒野である。対策としては敵の手に乗らぬ自重しかない。あらゆる配慮をめぐらして藩内にまきおこる騒擾の芽を摘みとるという消極的な手段。焦れてはならない。徒労に倦んではならない。そして敵の破綻を待つ。雅楽頭に躍らされて六十万石を真っ二つに割ろうと企んでいる伊達兵部の側の衰弱と自滅を招き寄せるべく時間を稼ぐしかない。甲斐にとっての選択肢はそれだけに限定されている。戦いは耐え忍ぶ強靭な意志力の問題に集約される。甲斐は言う、「耐え忍び、耐えぬくことだ」「耐え忍び、耐えぬくということを忘れないでくれ」「決して、刃向かったり、対抗したりしてはいけない、それはかれらの思う壺にはまることだ、火を放たれたら手で揉み消そう、石を投げられたら軀で受けよう、斬られたら傷の手当をするだけ、——どんな場合にもかれらの挑戦に応じてはならない、ある限りの力で耐え忍び、耐えぬくのだ」（「千本杉」）。これが甲斐にとって政治力を行使する唯一の方式となる。

なんと辛く空しく功なく果敢(はか)ない労苦であることか。手足を縛られ動きを封じられ口出しを遮られているようなもどかしさ。しかし今やそれしか許されないのだと逸(はや)る心を押さえて気を鎮めてかからねばならぬ。そして隠忍(いんにん)と韜晦(とうかい)の方策に気を弛めず、綿密な努力に怠りなきこと。この痛ましさを慰さめ医(なお)す方途は絶対にないであろう。

政治を自分の本領と自覚し政治に全力を尽くす真剣な性格を肯定的に政治的人間と呼ぶとするなら、山本周五郎はついに政治的人間の究極の姿を描いたと言える。考えうる限り最も悲痛で窮迫した絶体絶命の場で寸毫(すんごう)も酬われる当てのないお先真っ暗な条件のもとに全智全能をふりしぼって圧倒的に巨大な敵と長い年月をかけて対峙する血涙滴(したた)る如き政治的意志力の権化。美しく生きる、などという甘い感傷を超越した冷徹な使命感が悽愴に照らしだされている。政治的人間の最も純粋な形象と言えるのではないか。

山本周五郎はかなり早くから、政治的人間とは何か、という問題意識をじっくり暖めていたと見られる。その主導調は政治的人間の悲劇性に的を絞る認識だった。第一に、真っ当な政治家は適切な政策を施こそうと努めても同僚同輩からは理解されない。第二に、世の為になる成果をあげたところで上層下層の評価を得ることは至難である。第三に、政治家は政策の可否を問われることなく嫉妬によって倒される。第四に、身を誤らないためには引き際の心得が肝要である。第五に、そしてこれが山本周五郎に特有の信念なのだが、政治家が誠実であればあるほど進んで自己犠牲に赴かなければならない。以上がこの人の諸作品に見え隠れする理念であるが、時間をかけて反芻したこれらの思案を、漸く時至って十全に結晶させたのが原田甲斐の映像であったと思われる。

繰り返しになるが、山本周五郎は政治的人間を描きたいという宿題を長く胸に抱いていた。彼は近代日本の小説に扱われていない型破りの人間像を登場させたかった。そのための工夫に時間をかけ想を練ったと思う。明治以来、存在としての身分としての立場としての政治家は作品の彩りとして何人も顔を見せただろう。しかしなるほど政治家の外面(そとづら)は姿を見せたけれど、肝心の政治力が照らしだされ見わけられ描写された例はない。山本周五郎は政治家をではなく政治力を小説の主題にとりあげたかった。その点に『樅ノ木は残った』における前人未踏の達成があった。

ところで政治家は評論家と決定的に違う。謀(はかりごと)は密なるを以て善しとする。政治の当事者は寡黙になるか、または顧みて他を言うしかない。一般の政治家でも然りであるのに、原田甲斐の立場は極端に入り組んでいて難しい。甲斐は信頼できる同志と深く慮(おもんぱか)って計画を練り、騒動の元兇である伊達兵部のふところへ飛びこむ。彼らの企図を探り、それを密かに味方へ知らせ、事を未然に防ぐのを目的とする捨身の策。この場合の眼目は相手側に疑われぬよう先方の与党になりすます神妙な出処進退の自重である。甲斐の重厚な立ち居振る舞いによってこれは一応の成果を挙げた。逆に、厄介なのは実は味方の陣営に属する人びとである。迷惑千万なことに、この人たちは甲斐に本心をあかせと迫ってくるのだから始末におえない。一徹な伊東新左衛門が「私は貴方の本心をうかがいたいのです」と詰め寄る（「青根秋色」）。甲斐の態度に不満な彼は甲斐の母を訪ねて更に聞き質す（「茱萸(ぐみ)の実」）。正義漢の伊東七十郎が「原田さん、貴方の本心を聞かせて下さい」と切りこむ（「手裏のもの」）。実に難儀な局面である。甲斐が自分の役割を率直に説明すれば二人は深く喜びとするだろう。表面ではお家のために恭悦(きょうえつ)と安堵し、同時に心の奥では秘密を打ちあけられた嬉しさに酔う。そのうち自尊心の満足が頭をもたげて堪えきれず、自分がそれほど信用されていることを誰かに仄(ほの)めかしたくなるだろう。たちまち秘密は露顕し甲斐の潜(もぐ)りこみ努力は水泡に帰する。すなわち警戒すべきは敵ではなく逆に味方であるといういかにも理に合わぬ法則がひそかに作用する。ゆえに甲斐は釈明せず理解を求めず隙を見せないで相手を近寄らせずはぐらかす。その結果として甲斐を信ずること篤かった七十郎でさえ「原田甲斐はもうだめです」と見切りをつけるに至る（「忍緒」）。この慮りが油断のない甲斐の身上だが、味方の悉くを冷たく遠ざけ失望させ立ち去らせて彼は正真正銘のひとりぼっちになる。それほどまで孤独に徹しなければ本来の政治は遂行できないのだと覚悟を定めている。

　山本周五郎が焦点を定めて睨み据えている政治の核心は、突き詰めれば非情と冷酷を余儀なくされる勇猛の決断であり、冷徹な見切りにたじろがぬ感傷の扼殺(やくさつ)であろう。いつ果てるかもわからぬ和やかな談合で真っ当な政治が遂行されるはずはない。問答無用で断行しなければならぬ場合もある。だから政治が十全に理解されるなんてありえない。幸福な政治家など無為無能の象徴かもしれない。政治という社会的行為の究極をゆく役割としての裁断は、当人の政治家に栄えや喜びをもたらさない悲痛な捨身を意味する。繰り返すが、政治はそれが本物であるかぎり理解されることも評価されることも決してありえない。作者はそう見極めていると読みとれる。

直叙される人の世の姿

だが必ずしも政治だけが悲痛なのではない。そもそも政治は人の世の成り行きを煮詰めた結晶体である。元来、人間社会に心と心が遺憾なく通いあう申し分のない理解は成り立つのだろうか。新左衛門が本心をあかせと迫るのに対して、「〈言葉が役に立つか〉と甲斐は云った、〈小野が求めるとおりのことを、私がここで誓言したとして、それで小野が満足するか、満足できると思うか〉」。言葉は言葉であるにすぎない。「〈死んで、たましいになれば、なにもかも見とおすことができる、小野もやがて、すべてを見とおすだろう、——ゆくところは同じだ、死ねばみな同じところへゆく、私もあとから追いつくだろう〉」（「琴の空音」）。疑いは人間（じんかん）に在り、という。「〈人はみな、誰にも理解されない絵を、心のなかに持っているのではないか〉」（「みちのおく」）。その絵を絶えず描き続けているのではないか。「人は誰でも、他人に理解されないものを持っている。もっとはっきり云えば、人間は決して他の人間に理解されることはないのだ。親と子、良人（おっと）と妻、どんなに親しい友達にでも、——人間はつねに独りだ」（「みちのおく」）。こういうふうに人の世の姿を直接に指さして言い募る姿勢を日本の文壇は極度に嫌ってきた。そんな事情は熟知の上で、しかし山本周五郎は申し述べたかった。仄めかしではないこのような直叙を組みこんでも違和感のない構成を以て小説を展開する自信があったのだと思われる。

　ところで原田甲斐は当初から本来の政治家ではない。自ら望んで為すところあらんと野心にかられて政治の世界に分けいった志願者とは違う。できることなら事件に巻きこまれたくない。「〈私はどちらでもいい〉と甲斐は云った、〈なんども云うとおり、私はこういうことは好かない、一ノ関さま〈伊達兵部〉の陰謀にしても、その陰謀に対抗する、こんどの計画にしても、私にとっては興味もなし、むしろ迷惑なくらいだ、私は誰にもかかわりなしに、そっとしておいてもらいたいのだ〉」（「菊」）。甲斐には腕を振るいたいという山気（やまき）がない。「〈私は役に立たぬかもしれない。幾たびも云うとおり、私はこういう事には向かない人間だ、私にできるのはほんの僅かなことだけだと思う〉」（「あやめもわかず」）。分をわきまえて生きてゆきたい。甲斐は浮世の人間関係に進んで興じる性格とは異なる。「自分は〈独り〉でありたい、と甲斐は思った」（「ながれの中」）。さりとてひたすら引っこみ思案なのではなく、自然体を以て事に処したい。「〈私は船岡の館主として、当然しなければならないことをするだけだ、家名や一命を賭けて、などという悲壮な決意もないし、自分の能力以上のことをやろうとするわけでもない〉」（「闇夜の匂い」）。自分のおかれている境遇に即して過不足なく進退する。それが当時の武家に課せられた当然の使命であろう。

　しかしまた甲斐は枯木でなく男としての燃焼力を秘めている。「自分は人よりも激しい情熱をもっている、人よりもはるかに激しく、強い情熱をもっていることを知っている。——また、決して自分は冷酷ではない。自分が誰よりも感じやすく、情に脆（もろ）いことを、自分はよく知っている」（「鏡の中の顔」）、情熱が底に潜んでいるゆえ制御に努める。情に脆いゆえ心を整える。そのため里見十左衛門に「〈こなたさまは誰に対しても御寛容すぎます〉」（「女客」）と言われる。意志の堅固な自制力の強い磨かれた人格。「甲斐には敵がなかった。彼は自分ではあまり口をきかず、人の話をよく聞くほうであった。いつも穏やかで、感情を表にあらわさないし、乱暴な動作や、高い声をだすようなことも稀（まれ）にしかなかった」（「朝粥の会」）。それゆえ最後まで伊達兵部の懐に飛びこんで遂に疑われることなく欺（あざむ）き続け得て素志（そし）を貫くに至る。

その間、薄氷を踏むような道程がいつになったら終わるのか見当がつかないし、果たして事態を克服できるかどうかなんらの保証もない。あらゆる手を尽くして表向き何事もないよう取り繕って堪える緊張だけである。「〈この堤（つつみ）は、いつ切れるかわからない〉と甲斐が静かに云った。〈これまではどうやら保（も）って来た、しかしこの堤は、押して来る濁流を防ぐだけで、ほかにどうする手だてもない、もうひと押し、流れが強くなれば、堤は切れてしまう、いつそのときが来るかわからないし、そのときが来れば、私はこっぱ微塵（みじん）に押し流されてしまう〉」（「宮本節」）。むしろその可能性が大きいと覚悟していなければならぬ。勇壮な戦いよりもはるかに気骨の折れる隠れた持ち支え仕事であるが、それこそ世間を成り立たせるため絶対に必要な奉仕であろう。「〈——意地や面目を立てとおすことはいさましい、人の眼にも壮烈にみえるだろう、しかし、侍の本分というものは堪忍（かんにん）や辛抱の中にある、生きられる限り生きて御奉公することだ、これは侍に限らない、およそ人間の生きかたとはそういうものだ、いつの世でも、しんじつ国家を支え護立（もりた）てているのは、こういう堪忍や辛抱、——人の眼につかず名もあらわれないところに動いている力なのだ〉」（「闇夜の匂い」）。そこに生き甲斐を見出す質朴（しつぼく）な念力が人間を支えて精神に張りを持たせるであろう。「〈人間はもともと弱いものだし、力のあらわれは一様ではない、鉄石の強さも強さ、雪に折れない竹の撓（たわ）みも強さだ。ここで剛毅（ごうき）心をふるい起こすよりは、この虚しいもの淋しさを認めるほうが、おれにとっては強さであるかもしれない〉」（「籃中の魚」）。甲斐は人間の弱さを認める諦めを梃子（てこ）にして生きようと努める。なんらかの執着なくして諸人（もろびと）の人生はありえないにしても、執着の裏地に見切りの心得を添えるべきであろう。「〈誰にしても、やりたいことを全部やって、こころ残りなしに死ぬ、というわけにはいくまいと思う〉と甲斐が穏やかに、ゆっくりと云った」（「琴の空音」）。人生に完結はないであろう。それを望みとするのは妄執であろうか。「人は〈つかのまの〉そして頼みがたいよろこびの代りに、絶えまのない努力や、苦しみや悲しみを背負い、それらに耐えながら、やがて、すべてが〈空しい〉ということに気がつくのだ」（「雪」）。人は生きることの意味を尋ね惑（まど）いながら所詮は空しい思いを堪（こら）えながらなおかつ自分の生きる主題を探し求めるしかないであろう。「甲斐は幾たびも深い溜息をついた。眼に見えない時の動きと、人の心のどうしようもない変化。その二つのものが、じかに、肌（はだ）へ触れるほど鮮やかに感じられた。時の勢いの動きには、人間の意志を超(こ)えたなにかの力が作用しているようだ。人の心はその動きにつれて変化する、わかりきったことだ。歴史はそういうことを繰り返して来たし、これからも同じような繰り返しを続けてゆくだろう」（「籃中の魚」）。甲斐は人間を超えた力の作用を深く畏れる慎しみを持して事に当たる。

小説史上最も傑出した独創の達成

『樅ノ木は残った』の原田甲斐は武家政治の次元で国家を累卵(るいらん)の危きからついに守り通す。そのために事態の奥底で至らざるなき政治力を発揮し、時に奸佞(かんねい)な伊達兵部の弱味をついて翻弄する（「いちじく」）のだから辣腕と評してもよいだろう。しかしそのすべては自ら望むところに発していない。原田甲斐の特色はほぼ以下の如くである。

　第一に、甲斐は天から降ってきたような国難に際会してやむをえず政治の場に進みでた。いやいやながら強いられ押しだされた不本意の政治家である。手に唾して為すところあらんと歩みだした志願しての政治家ではない。大袈裟に言うと、人類の文明が発生して以来、政治が好感を以て迎えられたためしはない。人間社会に考えを潜めたすべての思想にはなにほどか無政府主義の要素が含まれている。したがってまた政治家の存在が喜ばれた例もない。政治家は必ず嫉妬され白眼を以て遇される。そういう嫌悪の対象とはならぬ位置に作者は主人公の座を設(しつら)えた。甲斐は擯斥(ひんせき)されることのない清潔な政治家として登場する。

　第二に、甲斐は能動的な政治力の発揮を封じられている。いわゆる遣り手であることができない。思う存分に腕を振るって勢い当たるべからざる大活躍の政治家は見るからに嫌味であろう。甲斐は土俵にあがって大向こう目当ての勝負を挑むわけにはいかない。積極的な指す手も打つ手も封じられている控えの姿勢。好意的に期待の眼を向けられるのに適(ふさ)わしい存在である。

　第三に、しかも甲斐には端倪すべからざる政治的能力が備わっている。政治の眼目は事の大小を見抜くにありという。放っておけば大騒動に発展する小さな出来事の危険性を察知して未然に火を消す甲斐の俊敏な対処。微妙な呼吸で相手の鼻先を咄嗟(とっさ)に押さえて蠢動(しゅんどう)させない。この鮮やかな手捌(てさば)きは嘆賞に値する。名人の藝に見とれるような快さを覚える。

　第四に、だがそれは作者が種明かしの労をとってくれているから理解できるのであって、この政治舞台を右往左往している登場人物の眼には甲斐は座して何もしていない無為の人物と映る。そう見える韜晦が実は政治の極意なのだが、結果としては効あって功なしである。注目されず認められず褒められない。嫉みを受けることなくそれだけ自由に振る舞える。

　第五に、甲斐は政治を厭(いと)うべき情ない技であると心得ている。できることなら退いて避けて済ませたい。藝能やら学術の道なら没頭は文句なく美徳であるのに、不思議なことに政治家の場合に限っては形振り構わぬ専念を格好いいとは誰も思わない。甲斐は政治に耽る型ではない。致し方なく慊焉の気持を抱きながら立ち向かっている。そこに同情される余地がある。

第六に、真摯に怠りなく政治的行為を大切に押し進めながら、一方、甲斐は人間の努めるところ執着するところが所詮は空しいと観じている。あらゆる人の心は常に移ろいやすく、広大な世には明日にも何事が生じるか人智を以ては測り難く、念じて工作するところあってもそれが水泡に帰する無駄のあまりに多いことを嘆じている。人間の成すところに確実な成果は期し難いと覚悟している。それでも国を守るという大義には逡巡のいとまなく挺身せねばならぬ。徒労を覚悟の尽瘁。それは心ある人の胸にこたえる姿であろう。

第七に、甲斐の奇手が功を奏して国は救われた。六十万石の安泰は確保できた。その代償として甲斐自身が刺客の刃に倒れたのみならず、一族殺戮、家門断絶、後世に逆臣の汚名が残る。この惨酷な結末には評する言葉がない。小説史上に空前の自己犠牲である。国を守る誠実の究極に、ただ瞑目するしかない。

『樅ノ木は残った』を以て山本周五郎の隔絶した代表作であると私は評価したい。その卓越を仰ぎ見て幾重にも讃嘆する。日本近代文学史上に類似の作品を見出し得ない傑出した独創の達成ではないだろうか。縮約して述べたい要点が二箇条ある。

その第一は、小説という表現形式に避けることのできない通弊を打破した挑戦である。一般に人間社会で他人の有能は嫉妬の的である。虚構である小説の場合でも主人公の有能はやはり嫌味であろう。山本周五郎は絶対に嫉妬の対象にならない人間像の描出に成功した。純粋に隔意なく共感できる愛おしい傑物を創出したと認めることができるであろう。

その第二は、政治的人間、すなわち政治的能力の発揮を本領とする人間像の描写である。明治以来、作品のなかに登場した政治家はすべて俗物だった。素晴しいと思える人物は皆無である。その根強い惰性に抗して山本周五郎は、清らかで美しい人間味に溢れた政治家像を刻みあげた。この二箇条にわたる貢献を格別な達成と認めて、私は『樅ノ木は残った』をあえて「この一篇」に挙げた次第である。

江戸川乱歩「悪人志願」

内容のスゴさゆえの名文

　名文を書こうなどと思い立つことは、それ自体まったく無意味である。あまり人の知らない珍しい言葉を探し出してきたり、読む人が思わず首を傾げるような、変わった言いまわしをどのように用いたところで、所詮サーカスのアクロバットみたいな、そんな無理に捻った見せかけの藝当は、少なくとも文章の世界では何の値打ちもない。誰でも知っているごくありふれた言葉、皆の衆が日常の何気ない会話のなかで、無意識に言い慣わしている自然な語法で、つまり工夫せず凝らず練らずして、人を驚倒させるほどの文章を書くことが確かにできるのである。その典型的な例証として、私はいろいろ考えた末、「悪人志願」こそが、この場合まことにピッタリしていると思い出した。世界中のあらゆる方々に、ぜひ読んでいただきたい名文である。

　なぜ名文なのか。内容がスゴイからである。そもそも文章は内容である。内容がより新鮮であるか、または俗説に較べてより真実であるか、そういう場合はやはり名文と言ってよいだろう。

　しかしそれらはまだ並大抵の条件である。「悪人志願」のような超弩級の爆裂弾を秘めているのにかかっては、あらゆる文章が顔色を失う。もはや文体だ、語彙だのと言ってはおれない。この文章はただもう結論の迫力で持っている。私も文章を書いて日常を過ごしている身であるから、こんな刺戟力の強いネタがあったら、どんなに心強いかと、幾重にも羨ましく思う。乱歩は世界でただ一人が一回しか言えない秘密の暴露を、なんの惜し気もなく平然と公開しているのである。表現の仕方など、どうでもよい切羽詰った話題である。

　乱歩の結論はハッキリしている。推理小説にホンモノはありえない。小説のなかで真っ当な推理を行うなんて不可能である。推理小説とは推理の気配を楽しませるオモチャにすぎない。要するにコシラエモノである。だから、従前通り探偵小説と呼ぶのが妥当であろう。

　誰もがうすうす感じていたことなのである。それを乱歩が有無を言わせぬ口調で断言した。推理小説と呼びたければそう呼んでもよい。乱歩が念を押して言う如く、たくさんの擬似推理小説のあれこれにも、作者の苦心が幾重にも籠められているのだから、その工夫と仕掛けを面白く味わうのも、決して悪い趣味ではない。

乱歩のこの名言を偶像破壊というふうには受け取らず、現行探偵小説を楽しむための手引、そう割り切って考えることが、感覚を狭くしないですむ心理的処置であろうか。乱歩にこう言われたからとて、私の『Yの悲劇』（ハヤカワ・ミステリ）に対する畏敬の念は変わらない。

楽しみをより楽しむために

推理小説を楽しもうという方は、まず『ハヤカワ・ミステリ総解説目録』（早川書房）と「創元推理文庫解説目録」（東京創元社）を取り寄せるべきである。

こうして見ると、前者は千六百冊、この分野には名作傑作がひしめいており、どれから手を着けたらよいのか迷う。「すこしのことにも、先達はあらまほしき事なり」と『徒然草』に言う。楽しみをより楽しむためには先達がいてくれたほうがよいと私は思う。

㈠読み巧者の感銘録

井上良夫『探偵小説のプロフィル』（図書刊行会）
H・ヘイクラフト編『推理小説の美学』（研究社）
ロナルド・ノックス編『探偵小説十戒』（晶文社）
江戸川乱歩『日本探偵小説事典』（河出書房新社）
各務三郎『赤い鰊のいる海』（読売新聞社）
権田萬治編『趣味としての殺人』（蝸牛社）
福永武彦・中村真一郎・丸谷才一『深夜の散歩』（講談社）
由良三郎『ミステリーの泣きどころ』（KKベストセラーズ）

㈡ガイドブック

森英俊編『世界ミステリ作家事典（本格派篇）』（国書刊行会）
郷原宏・各務三郎『東西ベストミステリーガイド』（産経新聞社）
H・R・F・キーティング『海外ミステリ名作100選』（早川書房）
郷原宏『名探偵事典海外編』（東京書籍）
郷原宏『名探偵事典日本編』（東京書籍）
山村正夫『名探偵紳士録』（ゴマ・ブックス）
中島河太郎『ミステリ・ハンドブック』（講談社）
間羊太郎『ミステリ百科事典』（教養文庫）
日影丈吉『名探偵WHO'S WHO』（朝日新聞社）
チャンドラー他『推理小説をどう読むか』（三一書房）
デリス・ウィン編『ミステリー雑学読本』（集英社）
権田萬治編『教養としての殺人』（蝸牛社）
鈴木幸夫『英米の推理作家たち』（評論社）
各務三郎『推理小説の整理学』（かんき出版）
小鷹信光『ハードボイルド以前』（草思社）

小鷹信光『アメリカン・ハードボイルド！』（双葉社）
泡坂妻夫『ミステリーでも奇術でも』（文藝春秋）
牛島秀彦『夢の放浪者江戸川乱歩』（毎日新聞社）
小野孝二『われらは乱歩探偵団』（勉誠社）
安間隆次『清張ミステリーの本質』（光文社）
トマ・ナルスジャック『読ませる機械＝推理小説』（東京創元社）
木村申二『シャーロック・ホームズもうひとつの読み方』（日本実業出版社）
石川喬司『極楽の鬼』（講談社）

㈢歴史
中島河太郎『日本推理小説史』既刊三巻（東京創元社）
伊藤秀雄『明治・大正・昭和の探偵小説』全三巻（三一書房）
山村正夫『推理文壇戦後史』全四巻（双葉社）
長谷部史親『欧米推理小説翻訳史』（本の雑誌社）
古賀正義『推理小説の誤訳』（サイマル出版会）

㈣エッセイ
松本泰『炉辺と樹蔭』（岡倉書房）
中島河太郎『推理小説ノート』（教養文庫）
佐野洋『推理日記』（潮出版社）
各務三郎『わたしのミステリー・ノート』（読売新聞社）
佐野洋『新推理日記』（光文社）
長谷部史親『探偵小説談林』（六興出版）
長谷部史親『推理小説に見る古書趣味』（図書新聞社）
鮎川哲也『本格ミステリーを楽しむ法』（晶文社）
城昌幸『随筆えぴきゅりあん』（牧神社）

㈤江戸川乱歩評論集
『悪人志願』（昭和4年6月21日・博文館）
『鬼の言葉』（昭和11年5月20日・春秋社）
『幻影の城主』（昭和22年2月11日・かもめ書房）
『随筆探偵小説』（昭和22年8月1日・清流社）
『幻影城』（昭和26年5月10日・岩谷書店）
『続・幻影城』（昭和32年6月25日・早川書房）
『わが夢と真実』（昭和32年8月25日・東京創元社）
『乱歩随筆』（昭和35年7月15日・青蛙房）
『探偵小説四十年』上下（昭和45年『江戸川乱歩全集』13、14・講談社）
『幻影城』正続（昭和45年『江戸川乱歩全集』15）
『幻影の城主』（昭和54年『江戸川乱歩全集』17）
『幻影城』（昭和54年『江戸川乱歩全集』18）
『海外の探偵小説　作家と作品』（昭和32年・早川書房）

このようにざっと見渡したところで、ミステリーの数は余りにも多い。雑踏のなかに立ちすくむような困惑である。

　そこで自分の好みに合った作家を見出して足場を固めるという方法もある。御参考までに、と言ってもお役には立つまいが、私が蒐集している贔屓筋を御披露しよう。

　第一路線は安楽椅子探偵（アームチエアデイテクテイヴ）の系列である。探偵が現場へ赴かない。ただ思考力のみで犯人をピタリと当てる。まことにカッコいい。私は病みつきになった。シリーズとしては「シャーロック・ホームズのライヴァルたち」と名づけ、『ソーンダイク博士の事件簿』を筆頭に刊行されている。新しいところでは、アイザック・アシモフの「黒後家蜘蛛の会」シリーズ、我が国では都筑道夫の「退職刑事」シリーズがある。この分野では、E・S・ガードナーの「レスターリースの冒険」シリーズが出色であると思うがどうであろうか。

　第二路線は、そのガードナーものである。ペリー・メイスンものは、戦前に一度だけ、『義眼殺人事件』（昭和11年・荻原星文館）として訳されたが受けなかった。戦後、『ビロードの爪』で始まるペリー・メイスンシリーズ、『屠所の羊』からのドナルド・ラムもの、ともに歓迎されている。

　第三路線はウィリアム・アイリッシュ。『幻の女』『黒衣の天使』（ともに昭和25年・汎書房および新樹社）がはじめて訳されたときは衝撃であった。読者を中毒にするだけの魔力を持っている。

　読者各位それぞれご自分のコースを見出されるよう期待する。

文藝評論家江戸川乱歩

　宇野浩二の文体を注視して、「浩二的な文章」なるものは、「同じ事柄でも、あの文章で書くと、ぐっと大人らしく見える」のだ、と指摘する江戸川乱歩の眼力はまことにお見事であった。一瞬の閃光を以て前期宇野浩二の文学的特質を射抜いたこの「宇野浩二式」（『探偵趣味』大正15年2月）一篇を、いままで誰も宇野浩二論評文献のなかに数えなかったのは、偏狭な扱いと言うべきだろう。若き乱歩の批評眼には、なかなか隅におけぬ明察が秘められていたのだ。

　一方、「最近の感想」（『新青年』昭和3年11月）において黒岩涙香の分析に乗りだし、「だが僕の思うのに、涙香の第一の魅力は、文章の特異性よりは、筋の運び方の一種甘味のある論理的な点ではなかったか。一つの事柄を語るのに普通の直截な云い方をしないで、態（わざ）と持って廻って、それが又とても甘味のある持って廻り方なのだが、よく学者の使う迂回的な物の説き方に似ていた。無駄が一つもなくて、どんな小さな事でも凡て筋ばかりでいて、しかも文章は長くなるのである。その妙に必然的な説話法が誠に探偵小説的であったと思うのだ。涙香物がある意味で原作より面白い場合があるのは、一にこの説話法にあったのではなかろうか」と涙香の秘法を浮き彫りにしてみせたお手並みも印象的だ。

また、「浅草故の東京住い」の心情を語る「浅草趣味」（『新青年』大正15年9月）では、「浅草公園のある小屋に限られている」言わば〝浅草の安来節〟の魅力を「ネジレ趣味」に見出し、「ネジレというのはどこかの方言で、いやみと訳せば稍当る。いやみたっぷりなものを見ると、こう身体がネジレて来る。そのネジレを名詞に使ったのだ。我々は一応ネジレなるものを厭に思う。だがそのネジレさ加減があるレベルを越すと、今度はそれが云うに云われぬ魅力になる。外の例で云うならば、愚痴というものは、普通ならば聞きたくもない厭なものに相違ない。だが、それがあるレベルを越すと、つまり一方に徹すると、非常な魅力を持って来る。紅葉の『多情多恨』だとか、秋江の『黒髪』なんてもののよさは、半ばこの点にありはしないかと思う」と簡潔な論法で文学的技巧のある基底部を衝く。これら潑剌たる諸篇を含む第一評論集『悪人志願』（昭和4年6月21日・博文館）には、おのずから溢れ出た乱歩の批評的感興が躍動している。「少年ルヴェル」（『新青年』昭和3年8月）において田中早苗の訳業に注目し、「田中さんの訳筆は誠に流麗である。私は現代の翻訳者の中でも、田中さんの様に、文章が正確で、文字が妥当で、我々年配の日本人にしっくりするリズムを持っている人は稀だと思う」と感歎し、「二人ぼっち」という言葉を「田中さんの訳文から」発見したと語っているのなども、記憶するに足る証言だろう。「探偵小説の骨は、恐ろしい、或は風変りな、犯罪を創造することであります」と説く「悪人志願」（『文藝春秋』大正14年11月）は、まさに乱歩の方法叙説で、「推理的だと云われるドイルのシャーロック・ホームズ物語を見ますと、一見如何にも推理的で、探偵径路の描写に力を注いでいる様でありますが、よくよく分析して見れば、やっぱり犯罪の方法が風変りであったり、独創的であったりするので、その為に探偵の方が引立てられて、さも推理的に見えるのであります。換言すれば、ホームズ物には殆ど推理はないのであります」と喝破した一節は、批評対象の肺腑をつきながら同時に自己の方法意識を語った稀有の名言であろう。

長沼弘毅が「乱歩小論」（『江戸川乱歩先生華甲記念文集』昭和29年10月30日）で、乱歩の評論研究活動は「〈公共に奉仕する〉という精神」に支えられている、と評したその特色は、第二評論集『鬼の言葉』（昭和11年5月20日）から目立って顕著になるが、その種の使命感に基づく啓蒙意識の表皮をときには破って、生地のままの批評衝動が以後も間歇的に噴出する機会があった。第三評論集『幻影の城主』（昭和22年2月11日・かもめ書房）に収めた「郷愁としてのグロテスク」（『読売新聞』昭和10年8月18日）、「槐多『二少年図』」（『文体』昭和9年6月）において、グロテスクの文学史系譜を案じ、「明治以後の日本文学では広津柳浪、泉鏡花氏のある作にグロテスクを感じ得るし、谷崎潤一郎氏の初期の作品や芥川龍之介の一、二の作品からもその濃厚な匂を嗅ぐことが出来る」が、「私は寧ろ畑違いの洋画家村山槐多を日本グロテスク派と名付けたい」と評した如き彼自身の実感に発する史的構図が、断片的ながら吐露される。

四番目の『随筆探偵小説』（昭和22年8月1日・清流社）には「鬼の言葉」（『ぷろふいる』昭和10年9月以降）の抜粋であるらしい短章「不可能説に関連して」が収められ、「私の好きな作家」を「日本現代で云えば、谷崎潤一郎の前に泉鏡花があり、谷崎潤一郎ののちに佐藤春夫があり、それから少し違った意味で横光利一があ」った、彼らを貫く「脈絡」としては、「藝術派であり、非日常派であり、技巧派であること」だと論じている。この結語部分のみから覗えば、乱歩の嗜好に抜き難い傾向性ありと判定されやすいが、この選択を支えている彼の文学的信条は、前掲「最近の感想」に要約している如く、「一箇の林檎は面白くないが、静物画になると面白い。日常茶飯事は面白くないが、日常茶飯事小説となると、書き手によっては面白い」のだ、と機微を穿（うが）つ洞察であった。

島田謹二が「文献愛など」（『別冊宝石』42号「江戸川乱歩還暦記念号」昭和29年11月10日）で歎賞する「探偵作家としてのエドガー・ポー」や歴史的な名篇「本陣殺人事件」評など一見学匠的な研究批評も、実は乱歩生得の鋭敏な批評的触覚であったと私は考える。

石川喬司「袋小路に陥ったスパイ小説」

心躍りを誘う読み巧者の評論

宝塚少女歌劇団から日活京都撮影所へ移った轟夕起子は、一世を風靡した吉川英治の『宮本武蔵』を尾崎純監督が映画化するに及び、全国民注視のもとに、片岡千恵蔵の若き武蔵を慕うお通の役を演じ、時代劇にはじめて現われた眩いばかりの美貌が評判を呼んだ。

その轟夕起子は、のち監督の島耕二と再婚して琴瑟相和した。御両人とも病的なほどの読書家であったが、とりわけ探偵小説には目がなかった。競争のように読み漁るのだが、どうしても耕二のほうが忙しく遅れがちになる。夕起子は閑にまかせて、耕二のまだ読んでいない作品を先立って読んでゆく。そのうち夕起子は亭主の頭を押さえつける方法を発見した。

耕二が疲労の揚句帰宅して、夕起子の気に入らぬ愚痴など言って、気分を悪くするようにアタッたりすると、夕起子は一冊の耕二未読とわかっている探偵小説を手にかざし、この小説の犯人の名前、今ここで言っちゃうわよ、と叫ぶのである。

これには不機嫌でぼやいていた耕二もあわてて態度を改め機嫌を直し、夕起子の軍門に下るしかなかったという。

この微苦笑を誘う挿話にあきらかな如く、探偵小説の評論家には絶対厳守すべき戒律がある。つまり、いかに切羽詰まった局面に遭遇しようとも、犯人の名をばらしてしまってはいけないのである。また、何かある一語を不用意に用いることによって、読者がピンとくるような言い回しを使ってはならぬ。犯人は絶対に素性が知れぬよう隠しておく気遣いが求められる。

しかし、そんなに警戒ばかりしていたら話が陰気になる。探偵小説は日常の繁忙からようやく逃れ、のびのびと寛いだ晴朗な気分で読むものだ。したがって批評の話運びもまた陽気であるべきだ。そこで石川喬司は、同類のスパイ小説を何種か挙げて、その比較を進めて巧みに分類する。この仕分けの細やかな手続きによって、スパイ小説論議の分野が大きく広がってゆく。探偵小説の愛読者にとっては、まだまだ多数の名作が控えておりますぞという告知ほど耳に楽しいものはないのである。

石川喬司が読み巧者として楽しませてくれる所以は、サマセット・モームの『アシェンデン』を重く見る判定にも現われている。この小説はモームのなかでも翻訳が多く、東城忠男・青山雄作訳『私はこうしてスパイした』（昭和16年5月12日・婦女界社）、日高八郎訳『スパイ物語』（昭和25年12月14日・月曜書房）、河野一郎訳『アシェンデン』（昭和30年9月30日・新潮社『サマセット・モーム全集』17、昭和38年12月5日・新潮文庫）、滝口直太郎訳『秘密諜報部員』（昭和35年7月20日・東京創元社『世界名作推理小説大系』13）、他に三笠書房版『モーム選集』にも収録か未確認である。このように必ずしもモームの代表作と唱えられてはいないが、見逃すべからざる逸品に光を当てるのも、また話題に活気を呼びだす手法である。探偵小説の評論解説は、当該作品になんらかの関連ありと認められる古今の名作に言及することによって、陽気で賑やかな心躍りを誘うのである。

文筆会の巨人チェスタートン

そして石川喬司は究極のスパイ小説として、G・K・チェスタートンの『木曜日の男』を特筆大書する。この作品も訳されること多く、藤原時三郎訳『木曜日の人』（大正15年7月10日・紅玉堂書店）、吉田健一訳『木曜の男』（昭和31年9月25日・東京創元社）、福本福夫訳『木曜日の男』（昭和31年1月31日・早川書房）、大西尹明訳『木曜日の男』（昭和38年6月20日・東都書房『世界推理小説体系』10）を数える。

なにゆえにチェスタートンは高く評価されるのか。G・Kにとっては探偵小説作家は副業である。本職の高尚な評論家として鬱然たる大家でありながら、探偵小説においても超一流の巨人であった。まさに圧倒される巨人なのである。江戸川乱歩は次の如く簡潔に記している。

深夜、純粋な気持になって、探偵小説史上最も優れた作家は誰かと考えて見ると、私にはポーとチェスタートンの姿が浮かんでくる。この二人の作品が、あらゆる作家と作品を超えて、最高のものと感じられるのである。この二人のほかの作家はいずれも、どこかに不満がある。突飛なことを書いても根底が平俗であるか、気取っていても薄っぺらであるか、滋味はあっても廉っぽいか、文学的に優れていても探偵小説味が希薄であるか、なにかしら満足しないものがある。

G・K・チェスタートンはイギリス第一流の文藝評論家、社会評論家であった。新聞の寄稿家として大をなしたのだが、文筆界の巨人という観があった。彼の死後今日に至るまで、続々彼についての評論が書かれ、立派な伝記書も一つならず出版された。バーナード・ショウなどもそうだが、チェスタートンもGKCというイニシアルで呼ばれたり、書かれたりしている。そんなところにも彼の巨人性が感じられる。彼はブラウン探偵譚のほかにも十数冊の小説を書いているが、それらの凡てがカソリシズムの人生観と辛辣異常の逆説によって構成されていたように、彼の評論にもこの二つのものが際立っていた。しかもそれが巨人の人生観であり、巨人の逆説であった。

邦訳に『G・K・チェスタトン著作集』全十五巻（春秋社）、ブラウン神父シリーズ全五冊（創元推理文庫）その他がある。

そこで最初に戻って振り返るに、探偵小説評論の秀逸は意外に少ない。そのなかで現役の傑出しているのは、福永武彦・中村真一郎・丸谷才一の『深夜の散歩』（昭和38年、決定版昭和53年）と、石川喬司『極楽の鬼』（昭和41年・早川書房、昭和56年・講談社）および『SFの時代』（昭和52年・奇想天外社、平成8年・双葉文庫）が双璧であろう。そして斯界の開拓者である井上良夫の『探偵小説のプロフィル』（平成6年・国書刊行会）を、懐かしい世界的名作の展覧図会として、その緻密な精励に慰労と感謝の意を表したい。

佐藤春夫「田園の憂鬱」

小説というもの

『田園の憂鬱』が加筆訂正を終えて漸く刊行されたのは、大正八年六月二十日付けであり、版元は文藝書の刊行では権威ある新潮社であった。この一冊を出版社が大切に扱っていることは、本文に薄いコットン紙を用いている心配りにもうかがえる。書物の本体はタテ一八センチヨコ一一センチ厚さ一・八センチ、渋茶クロス装カバー付き、本文二一四ページ、カバーには次の如き異例の著者メッセージを記す。

著者跋文の一節に曰く、『先ず可なり多くの誤字脱字を改訂する傍ら、別に約二万二千の字数を加えた。二つの新らしい断章をも設けた。それは殆んど各頁に行き渉っての増補で、或は単に字句の削正であり、併しより多くの場所は更に的確精細な描写と、内容的なリズムの整調とを期し努めたつもりである。……作者は以後本書を以って定本とする』

実に三年の月日をかけた粒々辛苦、鏤骨の作品が遂に成ったのである。

私がこの小説を読んだのは中学一年のときであった。それまでプルターク英雄伝や三国志など、総じて歴史物語や詩集やコラムしか読んでいなかったところへ、佐藤春夫は文藝というものの、微妙な味わいをはじめて教えてくれた。『田園の憂鬱』は、私の精神の底に潜んでいた和毛のような感受性を震わせた。口に出して他人に言うことのできない感銘を自覚させた。そこには孤独な人間における神経の戦ぎが描きだされている。私のなかに大きな変化が生じた。考える私から感じる私への転換である。また、自分の心が大きく広がる思いである。

今までの日常生活で何気なく見過ごしてきたさまざまな事象に、ひとつひとつ異なった印象を抱くようになって、世界の何もかもが細やかに関心を呼ぶ。単調なモノクロであった外界が、色彩あざやかに奥行きが深くなる。これが小説というものなのだと私は悟った気になった。

このような作品は学校の教科書に用いるもの、つまり集団で朗読したりできるものか。これは自分ひとりきりで読まねばならぬ。この小説をめぐって他人（ひと）と話し合うことなんか不可能である。それは公衆の前で裸体になるに等しい。人に隠しておきたい心の奥底へ、風一陣の如く吹きこんでくるものがある。それに吹かれて全身が震（ふる）え戦（おのの）くのである。この迫力はいったい何だろう。

人の心のなかに鋭く踏みこんでくるこの小説は、決して自然発生的な偶然に成ったものではない。読者にこのような衝撃（インパクト）を与えるというのは、この小説が十分に計算したうえで、そのような効果を生むことができるように構成し組み立てられているからに相違ない。その手口、その手法は何だろう。長い時間をかけて考え続けた私は、老年に及んで漸く解きほぐしの糸口を摑んだように思う。

小説は建築と同じく、言葉を以て構築された構造物である。その築造原理を見抜かなければ、その小説を本当に知ったとは言えないのである。

田山花袋の評価

佐藤春夫の『田園の憂鬱　或は病（や）める薔薇（そうび）』が文学史上に画期的な出現であるという嘆賞については評価が定まっている。そういう定評を生みだすことに成功したこの作品の構成の細部というか、この小説の作りあげ方、要するに表現の手法について考えてみたい。したがってここでは表現論とか文体論とかで用いられるような難しい学問上の定義や詮索については一切考えない。考えるいとまがないというよりその道についてはまったく関心がないので、それゆえ、要するに作者がこの作品を作りあげるに際して、どのような構成の仕方を考えたかという推測だけに絞って考えたいと思う。

繰り返しになるが、『田園の憂鬱』が日本近代文学史上とにかく甚だ画期的な意味を持つという位置づけについてはすでに定評があり、たとえば井村君江は次のように伝えている。すなわち「『田園の憂鬱』が出ると田山花袋が〈始めてヤンガー、ゼネレーションが現われた〉と激賞したといわれ」（有斐閣選書『近代文学』4「佐藤春夫の憂鬱」昭和52年9月30日）という次第で、残念ながら出典が明記されていないけれど、花袋のこの認定は文学史上に残しておくべき意義深い名句であると思われる。

また井村の引用によれば江口渙（かん）は「謂わば全篇悉く、憂鬱な田園の自然と人事に関する優秀な散文詩の連続」であり、「この種の田園生活の記録として、日本に現われたものの中では最初の優秀な藝術品らしい藝術品であろう」（『雄弁』大正8年1月）と評した。ただし江口渙のこの評語から、日本で最初に現われた、とか、優秀な、という判定は取りあげて肯定することができるが、しかし、田園の自然と人事に関する、という読み取り方には不審紙を貼りたくなる。また、田園生活の記録という判定も正確な読解ではないと思う。この作品において田園生活の記録が主眼となっていないのではないか。いわゆる田園生活の記録なら過去に幾らも先例があるから、それらと均し並みに扱うわけにはまいらぬ作品ではないかと思う。

それよりも田山花袋のまことに優れた評論がある。井村が引用した花袋の寸言は書き記されたのかどこかで口にした発言の伝聞かはっきりしないが、今ここで問題にするのは実際に執筆した文章である。この時期、花袋は『文章世界』に毎月ではないが寛いだ筆法で一種の文壇時評を断続的に書いていた。そのうちの一篇「秋海棠」（『文章世界』大正7年10月）の一節における言及で、『田園の憂鬱』に関する纏まった評論として現在までのおそらく最高ではないかと思える表現を書き記している。

花袋いわく「それから、私は『中外』に出た『田園の憂鬱』という作に心を惹かれた。佐藤氏のものはこの前にも二三読んだことがあったが、こうしたものを書く作者とは思わなかった。いかにも新しい表現の方法である。画に譬えて言うなら、細かい複雑な色彩を縦横に駆使したというような作である。また、何も目ざしたものがなくて、しかもその中からいろいろな気分の漲るように出て来る作である。尠くとも内容小説などからぐっと浮び上った立派な作品である。但し、最後の誇張はいくらか絵具を使いすぎたような気がした」。簡潔に核心を衝いた照射である。『田園の憂鬱』の総評としてはこれだけで尽きているのではないだろうか。そのあと、この、内容小説、という言い方が多少不十分であったかと思ったのであろうか、段落を置いて、次のように付け加えている。

「従って藝術にあっては、その思想、内容は自からにしてあって、探せば探すほど出て来るというようなものでなくてはならないと共に、思想、内容ばかりを探って来て批評し尽さるべきものであってはならない。藝術はあらゆる影も、襞も、濃淡も持っておらなければならない。『田園の憂鬱』には、確かにそうした好いところがあった」。以上であるが、さきほどの最後の誇張、そこに問題があるという批判は、広津和郎も別の角度から指摘（「『田園の憂鬱』の作者」大正7年11月）したところである。

佐藤春夫は生涯を通じて、作品の全体的な有機的な構成という仕上げで成功したためしがない人であるから、作品の進行途上に自棄っぱちみたいな部分が混じる。『田園の憂鬱』でも、なぜここにこうした部分が入りこまねばならないのかと問い詰めたら作者も答えに窮するであろうと思われる個所が見出せる。佐藤春夫はどうもそういう性格の人であって、だから中村真一郎も小説の形態を成しておらないとどこかで批評していたように記憶する。それはそれとしてかかずらわず気にせず、小説の形態を成そうが成すまいが、もし努めたら型を整えることができようができまいが、そんな思案は考慮の外においてやりたいことをやるというような姿勢であればこそ、さまざまな条件を悉く無視して我が手の動く儘に作品を捏ねあげるという自在な工夫が可能になったのだと思う。

「内容小説」からの脱却

それからもうひとつ留意すべき問題は、ここで花袋が、内容小説という名辞を、明治大正文学史上かつて存在していたところの、あるいは当時においても存続していたと見られる小説のひとつの型態を指し示す呼称として用いていることである。

私は調査不十分にしてこの文壇術語がどの程度に一般化して言い交わされていたか見当がつかないし、花袋自身も詳しい説明は試みていないが、やはり文学史上に光を当てるべき宿題のひとつであろう。詳細な『文藝用語の基礎知識』にも載っていないが、しかしなにしろこの時期の花袋が否定的に斥けるというかたちで強く意識していたのだから軽く見過ごしてはならないだろう。今後、広義の文藝用語とともに狭義の文壇用語を史的探索の課題として照らしだしてゆかねばならぬと思う。思弁的な表向きの公式表現としての文藝用語ではなく文壇の内部では以心伝心の呼吸を以て囁き交わされた業界内通用語としての文壇術語。文学史ではなく文壇史を構想するなら、この神殿に参入するための鍵は文壇術語の的確な語義の測定であろう。

ちょっと横道に逸れるが、ここで田山花袋という存在を簡単に振り返ってみたい。残念にも長いこと忘れられたままであるが、花袋はまことに重要な影響力の大きい巨匠であった。彼は『文章世界』創刊直後の明治四十年四月から終刊直前の大正九年十二月まで、足かけ十五年にわたって評論活動を続ける。先ほど述べたようにいろいろな筆法で、二カ月おきぐらいに随筆体の文藝時評を書くのだが、それが悉く活きて躍って文壇に浸透したと思われる、他に比肩する者のない独壇場であった。スエズ以東最大の出版社と謳われた博文館の刊行する『文章世界』は、第一に文壇の傑出した代表的機関誌であり、第二に全国津々浦々の文学青年に迎えられて文壇予備軍を育成した。この『文章世界』の主幹である花袋の時評が世を動かしたのは当然であろう。

肯定否定の好き嫌いはさておき、赤裸々な現実の問題として、近代日本においてはあきらかに文壇という特別な社会があった。そしていつの時代にもその文壇の中心にあって、作品の価値を判断し各種の傾向を見わける裁判官が君臨していた。洒落て捻ってアルビテル・エレティアールム、趣味の審判者、粋判官と言えようか。その役割を果たすこと明治から大正にかけて十五年、田山花袋は文壇の牽引車であった。しかもその踏みだしの最初期において、文壇の視点から明治文学史観の骨組みをひとりで作りあげ提示している。『文章世界』第一臨時増刊『文と詩』(明治40年4月1日)の鼇頭に掲げられた「明治名作解題」がそれである。影響力の甚大であった効果から見て明治最大の文学史家は実は田山花袋であって、しかも決定的な事実として、その花袋が作った明治文学史の階等評価の枠組みはいまだにそのまま生きている。われわれは実は花袋の眼鏡で明治文学を鳥瞰する習慣から今なお脱けでていない。必要なのはもういちど花袋に帰って根本から検討しなおし頭を切り替えることではないだろうか。花袋は一流の小説家にして一流の批評家にして一流の編集者であるという近代日本文学史上に空前絶後の存在であった。

その彼が強く斥けた内容小説とはなにか。察するところ、小説の発想、主題、構成、話を進める段取りの方向、そういう要素を人間の精神の世界の外にある何かの条件に求めて、社会的な事件とまでは言わないが、家族生活をも含めて世の中の事柄に依存する小説、というほどの意味かも知れない。

もともと小説とは人の世を描く眼で成り立つ観測方法であるから、御多分に洩れず明治文学でもその方法が潮流の中心であった。世に生きる人間の悲しみを掬いあげる思い入れである。この手法は自在に通用する奥の手として一般的に活用されたと見てよいだろう。そこで私は昭和三十九年であったか「日本近代文学の存立条件」という試論を書いて、要するに近代日本の小説は恨みつらみの文学であるという旨のことを述べた。それ以後、そのことについて詳しい論証はしていないけれど、私がそういう見方を出したからではなかろうが、期せずして同じような観点が流行る結果となった。

私は広く心情的な恨みつらみを問題にしたのだが、それでは市が栄えないというわけだろう、実際に流行ったのは反体制の筋道を行く不満と反抗であった。明治大正文学のなかからなんとか反体制志向をほじくりだす。どうしても見つからなければ強引な拡大解釈として持ちこむ。そして漸く引きだした反体制理念の強さに点数をつけて賞状を出す。この社会的怨念というものは広大なホテル全部の部屋にすべて通用するマスターキーみたいなものである。したがって私は日本近代文学の研究史には怨念探し、怨念持ちあげの時代があったというふうに考えている。

さて私の言う恨みつらみに帰ると、この恨みつらみを中軸とする小説展開の手法を完成したのが自然主義文学であった。これを捻ってもっと底にある情念の葛藤を照らそうとしたのが夏目漱石であろう。それをまた振子が元へ戻るように自分の個人的な神経の、本当に自分勝手な不平不満の世界に凝縮したのが志賀直哉ではないかと思う。

要するに社会に対する不平から生活環境への不満に至るまで、心の動きを誘いだし引き起こす原因を個人の内面ではない外なる条件に求めた構図を内容小説であると判定して否定的に見る志向が花袋にあったと見做そう。「秋海棠」の翌月、花袋は「娟々細々」（『文章世界』大正7年11月）に、「今年の作品で私の感心したものは唯一つ曰く、佐藤春夫の『田園の憂鬱』」と念を押し、それに続けて「谷崎君のものは、益々進境が著しいのが眼に着く。『嘆きの門』とその自由濶達な書き方を見ると、殊にそれがよくわかる」と記している。こういうふうに春夫と潤一郎を積極的に推す視座から、新傾向とは対(たい)蹠(しょ)的な方向として内容小説という行き方が思い浮かべられているのであろう。

したがって逆に言えば、花袋によってもうお役目は済んだと冷ややかに見送られている内容小説なるものから完全に脱却して、人間の個人の精神に潜む内部の劇を軸芯に小説を構成しようと企てたのが谷崎潤一郎と佐藤春夫であり、そこから近代文学の新しい時代に入る。あえて一言で要約するなら、要するに内容ではなくて表現のみで勝負する新しい準則、少なくともその胎動であろう。小説に用いられているひとつひとつの語彙が、ある重大な社会的抑圧とかそれへの不満反抗とかを指しているという受け取り方、つまり世間に存在するなんらかの実物との照合を通じてはじめて理解されるという類いの言葉ではなく、小説に埋めこまれている語彙がそれ自体の磁力を発揮して、読者の胸奥に今までとは異なる新鮮な感覚を呼び起こすという、そういう自律的な表現力の照り輝きを潤一郎と春夫が新しく作りだそうとし、その企図を、文壇の美的審判者であった田山花袋が進んで評価したという成り行きであったろうかと思う。

後年の作者自身の証言は眉唾もの

そういう経過から言うと、文学史上の画期的存在としては大正八年版の「改作」とことわった『田園の憂鬱』が当然のこと問題であろうが、いま私が述べた意味でのアンチ内容小説、当時としてはそれこそ新感覚と言ってもいいと思うのであるが、その新感覚路線を行く小説の発想と手法を最初に提示したのは、むしろ「改作」以前の『病める薔薇』（大正7年11月28日・天佑社）に入っている原型「病める薔薇 或は「田園の憂鬱」」であるから、この原(ウル)『憂鬱』を取りあげて分析の対象とするほうが、これをいっぺん世に出してからいろいろ考えたりあるいは世評に鑑みるところあって、そこにいろいろな思惑が入って整えた改作『田園の憂鬱』を考えるよりも、佐藤春夫が為し遂げようと計った企て、独自の発想と手法の胎生(たいせい)を測定するのに有効ではないかと考える。したがって文学史的にはもちろん『田園の憂鬱』の持つ意味を考えたいわけであるが、その内容を具体的に点検するための底本としては、あえて「病める薔薇」を用いたいと思う。

そこでひとつふたつ問題となる作者の発言があるので先に整理しておく。昭和二十六年に『田園の憂鬱』が岩波文庫に入ったとき、その「あとがき」を作者自身が書いた。そのなかに首をかしげたくなるところが二箇所ある。その第一は、「これはわが弱年の散文作品のうち量的に一番まとまったもので、大正四年十二月故郷新宮市（当時なお町制）の父の家で執筆した」と書いてあるその日付であって、これは本当かなと疑問符をつけておかなければならないと思う。時間的にちょっと早すぎるのではないか。文藝思想の雰囲気からして、この時期に果たして「病める薔薇」の原型ができていたであろうかどうも疑わしい。これは佐藤老人、少し胸をそらしたのではないかと思う。

それから第二、「田園の憂鬱」の手法について傲語（ごうご）しているが、こういう気張ったことを言うから、のちの文学史家はついその口真似をする結果になる。佐藤春夫いわく「東洋古来の文学の伝統的主題となったところのものを近代欧州文学の手法で表現してみたいという試みによって書かれたこの田園雑記、なまの若い隠遁者の手記は僥倖にも文壇の珍重するところとなって所謂出世作というものになった」云々。ちょっと閉口しますねえ。あんまり大袈裟なこと言わんといてえな、と呟きたくもなるが、思うに自分はいわゆる東洋古来の文学に詳しいのだと言い触らしたいのが佐藤春夫の生涯を通じての痼疾（こしつ）であったから、まあそうですかといちおう聞きおくにとどめよう。あまりに時間を経てからの証言には多少は眉唾ものの傾きがあるのを常とする。

むしろやはりこの『田園の憂鬱』が構想されたのは大正五、六年頃であろうと考えている河上徹太郎のほうが、文壇の当時の流れを勘案した推定として最も妥当ではないかと思われる。昭和十三年の「詩人・佐藤春夫」（全集3巻・著作集2巻）のなかで河上徹太郎がこう書いている。いわく「佐藤氏がその出世作であり且つ今日尚氏の代表作として推奨し得る『田園の憂鬱』」、ちょっと言葉を挟むなら、これは徹太郎流のかなり婉曲（えんきょく）な言い方のようで、ぶっちゃけて言うなら佐藤春夫は生涯に『田園の憂鬱』しか書かなかったのではないかという意味だと思うのだが、それはさておき元へ戻って続けると、「『田園の憂鬱』の腹案を練っていたのは大正五六年頃であり、その時は文壇では自然主義運動も勢を失って、新しい現実や技巧や心理や美を求めて菊池、久米、芥川、谷崎、志賀、里見の俊才が輩出しつつあった頃である。従って佐藤氏の精神も明治の自然主義の灰色な人生観に反撥して、大に西洋の近代的生活感情を取り入れた世界を表現しようとしたものだ」と見ているのである。

つまり文壇の趨勢としては佐藤春夫の思考法と感受性を支持する条件が当時すでに進行した。その流れを最も意欲的に採りいれたのが『田園の憂鬱』ではないかというこの河上の見方が妥当なところだと思う。それからまた河上徹太郎が「近代藝術家の感受性の多様と、ニヒルの底にある絶望的な美への憧れに満ちたもの」と彼が考えるそれまで見られなかった近代藝術家の本領、それを映しだすことを主眼とした田園都会「憂鬱」二篇は「これこそわが文壇で真の近代文学の黎明を告げるものである」という測定は、大まかな見方として動かし難いと思う。同じような判定を江口渙が「最近文壇に於ける新人四氏」（『新藝術と新人』収）においてもう少し口籠（くちごも）った口調で述べているが、それを洗練された語調に置き直すと河上流になるわけであろう。

それからさきほど田山花袋が「最後の誇張」はどうかと首をかしげた一節を引用したが、同じ観点からの疑問が出ている。広津和郎が大正七年に書いた有名な「『田園の憂鬱』の作者」（『作者の感想』収）のなかでもちろん積極的に評価しながらも一言強く迫っているのだ。すなわち「此作の最後に於いて持出している病める薔薇の象徴が、恐らく此作を彼に企てしめた意識的の動機であるであろう。ところが、此意識的の目標は、此作全体の象徴としては、余りに小さく、余りに狭く、そして余りにお粗末である。『おお、薔薇、汝病めり』まで達する前に、読者はそのしめくくりの小さな言葉の窮屈さに、折角の感興を殺がれてしまう程の或感動を胸に受けている。近代的な鋭敏な感覚と神経と感情との奏でる茫漠とした、大きな、一種云うに云われぬ憂鬱の世界の魅力にひたっている読者の頭が、『おお、薔薇、汝病めり』まで来ると、『何の事ったい』と云ったようなつまらなさを感ずる」。これも言い尽くした名言で、何人をも首肯（しゅこう）させるのではないだろうか。

それから、余談の最後として、さきほど田山花袋が『田園の憂鬱』を逸早く認めた、欠点を指摘しながらも積極的に強く推したことも文学史事件であると考えた、そのあたりの事情をめぐって述べたいのだが、わが国においてはほとんど例外なく、新しい開拓気風の作品が、同輩および後輩より、むしろ先輩から率先して認められるという奇妙に優しい習慣がある。欧州の文学史によく見られるように、権威ある大先輩や従来の様式に拠って芽を出しかけている中型小型の先輩から大いに攻撃され、一方まだ強くなっていない頭を抬（もた）げかけている読者享受者から押され支持され、そこに一幕の争闘が演じられるエルナニ事件のような騒動が日本の文壇にはほとんどなかったように思う。

日本の大人は昔も今もまことに物分かりがよく、と言えば綺麗事になるが、新進の若い俊秀を見る眼が優しいという姿勢を示さないと自分の存在が危くなるという心配が無意識のうちに作用するのではないだろうか。実際、アンチ自然主義の尖兵とも言うべき『田園の憂鬱』を率先して認め評価した田山花袋は言うまでもなく自然主義の驍将（ぎょうしょう）であった。新鋭の進出を押さえようとした意地悪（いけず）な小父（おじ）さんは横光利一くらいではないだろうか。

理由づけ抜きで提示される思念

さて、この作品の構成について本論に入る。短篇集『病める薔薇』の目次では、「病める薔薇」が十七頁から、「田園の憂鬱」も十七頁から、というちょっと例のない掲出（けいしゅつ）法になっている。どちらを正式の標題とするか、作者にはまだ揺れがあったのではないだろうか。つまり、田園、を強く押しだすのにいささか躊（ためら）いがあったのかもしれない。田園対都会の構図が必ずしも十分に描かれていないと自覚されていたかとも考えられる。そしてその危懼は確かに正当であった。この作品の滑りだしは都会というものに対する嫌悪、反撥、その心情が大前提として写しだされる。しかしその描出は甚だ一方的で相対的な観察とはなっていない。

早々に現われる一節、「〈帰れる放蕩息子〉に自分自身をたとえた彼は、息苦しい都会の真中にあって、柔かに優しいそれ故に平凡な自然のなかへ、溶け込んで了いたいという切願を、可なり久しい以前から持つようになって居た。おお！　そこにはクラシックのような平静な幸福と喜びとが人を待って居るに違いない」。この述懐があらかじめ奏でられる。都会に対する決定的な反撥、その思念が今の作者すなわち主人公の人生態度として提示されるわけである。

しかしではなぜ都会というものは主人公にとって逃げださねばならぬ否定されるべき存在なのか、つまり都会がなぜ嫌なのかというその理由については一言も触れていない。理由を抜きにしての反撥、それがこの作品の主導調である。

作品の流れ全体に一貫して現われる特徴であるが、まず最初に相当極端な思いこみ、簡略化して言うならテーゼ、それをかなり性急に掲げる。ただしその思念を生んだ条件と理由については説明の労をとらない。くどくどとした釈明の一切を省く。解ってもらおうとは欲しない。究極の思念だけをテーゼとして一気に持ちだす。理由づけなどしない。その気合いで勢いをつけた言い切りの表現によって読者に一種の衝撃を与えるというのが佐藤春夫の手口である。

つまり、烈しく転回する都会生活に適応できないほど自分は気が小さいのだなどと言ってしまったら、それは単なる弱虫やないかと蔑まれるだけで身も蓋もなくなる。もう少しちゃんとした理由をつけなければならないだろう。と言って都会というものをもし全面的に否定するなら、それは近代社会の、現代生活の根底的否認になるわけだから、そんな無茶な打ち壊しは口にできない。また都会を貧困と悪徳の巣と罵るなら、それはありふれた社会問題に関する思い入れの口真似になり、虐げられた人びとをどうのこうのというドストエフスキーの流儀にしたがい、結局は花袋の言う内容小説に落ちついてしまう。だから、都会の内容、構成、存在理由については何も言わない。何も言わないでただそれに対する反撥のみを放射する。

その次に打つ手が巧妙なので、「ただ都会のただ中では息が屏った。人間の重さで圧しつぶされるのを感じた。其処に置かれるには彼はあまりに鋭敏な機械だ」と、主人公が堂々と自分を鋭敏であると自称するわけである。

こういうしゃあしゃあとした自己認定は、控え目で自虐的な自然主義作家の思いもよらぬところで、これこそ大正文学の特産物とでも言えようか。のちの世の伊藤整になれば、「だが、若しも、私の卑屈にして懦弱な心の働きを、若しもである、若しも〈敏感〉という美しい形容的文学で呼ぶことができるのならば」（「青春について」全集17巻四二八頁）と気遣い細やかに記すところである。

そのあたりの呼吸を佐藤春夫は正面切って自分を「あまりにも鋭敏な」と規定するわけだが、しかしそれによって読者に無用な反撥を覚えさせないよう合理的な裏づけを怠らない。間髪を入れず「其処」つまり都会が「彼をいやが上にも鋭敏にする」と念入りにことわる。自分を鋭敏と自認している本人のその鋭敏な心の働きは、実は近代社会に都会生活というものが出現したから、しかもそのなかに身を投じて日を送ることができたから、そこで自分の鋭敏な感受性が養われたのであって、その結果としての鋭敏がバネとなって、鋭敏を養った都会のある面か全面かに対する反噬としての嫌悪感を抱くに至ったのだという心理構造が明記される。

それからまた、この都会なるものはもちろん具体的には東京を指すわけだが、その東京のどこがいけないのか、なぜ嫌悪するのかという理由については一言も述べられていない。しかもそのうちだんだんと話が進んでゆき、主人公の妻は否応なく仕方なしについてきたわけだから、内心では実は都会生活にノスタルジアを抱いているという気配を忖度するかたちで、実は一種の都会賛美がちゃんと書かれている。すなわち「汽車のひびき、電車の軋る音、活動写真の囃子、見知らぬしかし東京の何処かである街。それ等の幻影は、すべて彼の妻の都会に対する思いつめたノスタルジヤが、恐らくかの女の無意識のうちに、或る妖術的な作用をもって、眠れない彼の眼や耳に形となり声となって現われるのではなかろうか」という調子で、つまり彼女の思いは無理ではない、東京はノスタルジアに値するということは認めている。

したがって、この作品展開における都会つまり東京は、まず主人公の感受性を鋭敏に仕立てあげてくれたところの必要にして大切な存在である。そして妻がこらえきれないほど都会にノスタルジアを抱いていることに対して主人公が嫌な気分を持たず、これを当然と見做すおだやかな感情を持って肯定しているという構成になっている。

だから、まず冒頭に決定的な都会嫌悪の思念を理由抜きに定言命題として提示するが、直ちにそのあとからそれほど嫌悪している都会という存在について、その機能も魅力も十分に認めているのだと保証する。主人公は都会を実は知悉しており、都会のもたらす喜ばしきものに感応する素質を有しているのであることが明らかになる。その上で一時的にあえて都会を逃げだして田園にやってきたんだという経緯が判るようになっている。つまりこれは田園への恒常的な移住ではなく、自分の精神を養うための一時的な身の処し方なのであるという事情が、読者にいちいち説得しなくても、おのずから浮かびあがるようになっているのだ。

「鋭敏」の正体とその効能

さらには御本人が自覚している鋭敏な感受性なるものの正体であるが、この鋭敏というのは近代の都会生活によってはじめて育成されえた洗練の結果であるにもかかわらず、それがますます尖鋭化した末、逆に都会への嫌悪反撥になった。だからこそ鋭敏とは都会生活によってしか醸しだされることのできない人間感情の一種の在り方であるということが、つまり鋭敏という性格の出生理由、発生経緯、発育形態が確認されている。

しかしまた鋭敏だけがこの人の身上なのではない。大正前期ならではの、よくも抜け抜けとおっしゃいますねえというところだが、「彼は老人のような理智と青年らしい感情と、それに子供ほどな意志力をもった青年であった」という件りがある。ちっとも忸怩としないこういう語法が当時は新鮮だったのである。この場合、理智をいちばん先においてあるところがミソであって、彼は単なる感情鋭敏、感受性で保っているというふうに見られたくないし、そう限定的に自認しているのではないという自己意識を、まず理智という素質を先頭におくこの言葉の並べ具合いによって示したのではないだろうか。いちいち細かいことにこだわるようだが、作者には慮るところがあったはずだと私は勘ぐっている。

さらには、これは妻が夫をそう見ているという角度からであるが、「風のように捕捉し難い海のように敏感すぎるこの人の心持」という形容があって、これはどうも、風のように海のようになどと、投書雑誌などに見かける文学青年臭の対句であるが、とにかくそういう敏感という素質に対する肯定的評価を匂わせる。妻からそう観察されている主人公の特性を美質と見る作者の眼が背後にあると感じられる。

しかもそれだけではなく、その鋭敏さ敏感さという繊細な感受性は一種の機能であり、効果的な役割があるのだという珍重の評価へと進む。妻の見るところ「この人は、ほんとうに何か非常に寂しいのであろう」としみじみ同情の気持ちが湧く。そう、彼は鋭敏であるゆえに人生の寂しさに悟入することができる。鋭敏が人生態度を高尚にする。また妻は夫の可能性を信じており、「あれほど深い自信のあるらしい藝術上の仕事」というふうに思いを馳せる。

ここで主人公は自己形成の途上にある藝術家であると規定される。大正期においては、小説を書く、創作活動をする、という行為をひとくちに、藝術、と呼ぶのが普通であった。また、作をする、とも言った。ここでは鋭敏が藝術の基礎であるとの気配が示されている。主人公は作家としての働きをまだ実現していないけれども、いずれはその仕事を果たそうという志向を抱いている。その意欲が、この鋭敏という資質の裏づけとして支えているわけで、つまり彼は単なる鋭敏屋さんだけではないという資格が、まずここで念押しに仄めかされている。

それから進んでまた、「彼は、ちょうど草や木や風や雲のように、それほど敏感に、自然の影響を身に感得して居ることを知るのが、一種の愉快で、誇りにさえ思われた」とある。つまりその敏感さをそなえているから、それほど鋭敏に自然の影響を身に感得している。敏感あってこそ自然を自分の養分にすることができる。自然との微妙な精神的会話ができるのだという自己認定がここに謳われている。

さらにはもっと踏みこんで、今度はその鋭敏な資質は普通人の感知する能わぬような感覚の世界の豊饒さ、研ぎ澄ました感受性の異様に輝く魅力となるのである旨が認定される。「奇妙な、繊細な、無駄なほど微小な形の美の世界が、何となく今の彼の神経には親しみが多かった」。これはほかならぬ神経の謳歌である。

志賀直哉は神経を病む、神経に響く、というふうにやや否定的な表現を用いるし、また明治から大正にかけては、神経衰弱、という多少の自尊心を混入した呼称が、一種の時代病を意味する嘆きとしてしきりに用いられるが、その傾向を佐藤春夫は肯定的に転換して、その神経が鋭敏であればこそ人間の精神が豊かになるのだと評価する。白樺派における神経の取り扱い方の時代とは異なる新しい風潮を作りだそうという野心的な志向であろうか。

そして鋭敏と同じく感情が豊かであるということ、この素質がまた作品世界の大きな支柱となっている。その豊かである感情についても、いちばん始めにまた至って厚顔(あつかま)しい台詞を吐く。こういう良(え)え格好(かっこ)しいが大向こうに受ける時代だったのであろうか。妻に対して主人公が突然こう言う。

「俺には優しい感情がないのではない。俺はただそれを言い現すのが恥しいのだ。俺はそういう性分に生れついたのだ」。名調子である。これは誰でも若いとき一遍は唱えてみたい台詞であるけれども、それをしみじみとした心情の述懐としてではなく、胸を反らしたかのような気分の高揚した宣言として持ちだすのが作者の手法である。

普通なら照れ臭そうな口調で、感情というものは露出せずに秘するものであって、つまり秘するという自然な自己制御が働いて、要するに羞恥心が先に立って、そこではじめて内なる感情が本当に人間らしく伝えられるものなのだというふうに言えば穏当であるところを、あえてそれをぶしつけな放言として提示する。ならばこの人は自分は情が深いのだと自分勝手に思いこむだけで、終始それを外に現わさない性格なのかとひとまずそう思わせてから、それからやおら、これは犬と猫を引っ張りだしての話であるが、彼は実は溺愛型であることが示される。

「彼の家庭には犬がいる。猫がいる。一たん愛するとなると程度を忘れて溺愛せずにはいられない彼の性質が、やがて彼等の家庭の習慣になって」と語られる。つまり、さきほどのいささか倨傲(きょごう)な言い放ちの裏に、実は情に溺れる性格がかくされていたのだと説きあかされる構図になっているのだ。最初にひとひねりひねった情に強(こわ)い旨の自己表現が掲げられ、そのあとに本当は情に脆いのだという内実が照らしだされるという仕組みである。

それから標題にもなっている憂鬱のこの鬱であるが、鬱の効用、とでも言うべき時代があった。この鬱の心情なるものが、人生を裏から底から下から見る、人間観察上の実りあるからくりになるのだと、志賀直哉をはじめとする白樺派が考えた。そういう手法を発明したわけであるが、当然、佐藤春夫もそれを踏襲する。

しかしながらこの場合に佐藤春夫は、その鬱なるものを甚だ宜しくない沈みこみ、頭を病んでいる面白くない状態とは考えない。彼は鬱を外側から見る。鬱に惑溺(わくでき)しないで原因を探る。そのあたりはなかなか科学的であって、「それに運動の不足のために、暫(しばら)く忘れていた慢性の胃病が、彼を先ず体から陰鬱(いんうつ)にした。それがやがて心を陰鬱にした。毎日毎日の全く同じ食卓が、彼の食慾を不振にした。その毎日同一の食物が彼の血液を腐らせそうにしていると、感じないではいられなかった」。なかなか生理学的医学的な検討であって、鬱のなかを気分としてのみ彷徨(ほうこう)せず、それを克服する方法に思いを馳せる合理的思考をも示す。

と同時に、鬱の気分を強く醸しだすのが作品の主導調であるから、鬱の描写を怠りなく畳みかけてゆく。その結果、これはどうやら窮余の新手であろうか、犬の蚤(のみ)が人間に移るというささか特殊な幻覚におちいる。「そうして彼は自分自身の背中にも、脇腹にも、襟首にも頭の毛のなかにも、蚤(のみ)が無数にうごめき出すのを感じた……」。このあたりで感受性の蠕動(ぜんどう)から感覚の脳乱へと進む。「それは悉(ことごと)く憂鬱な厭世(えんせい)的なものになった」。憂鬱は単なる気分の域をこえた恐ろしい力を以て精神に浸透する。こうして憂鬱が進行し心を蝕(むしば)む過程を辿った末、もうこのあたりでよかろうと、決め手の一節へ辿りつく。「間歇(かんけつ)的な雨は何日まででも降る。幾日でも、幾日でも降る……。彼の心身を腐らせようとして降る……。世界そのものを腐らせようとして降る……」。こんな節回しを最初から持ちだしたら読者は鼻白むだろうが、さきほどからあらゆる手を尽くして話を運んできた結果、ささやかな感受性の謳歌からはじまって最終的に至りついた憂鬱の極致として、遂に「世界そのもの」外界のすべてが主人公を腐蝕させようとする。ここまで営々として押し進めてきた畳みかけの積み重ねと見るべきだろう。

そのあと、「憂鬱の世界、呻吟(しんぎん)の世界、霊が彷徨(ほうこう)する世界。俺の目はそんな世界のためにつくられたのか……」との嘆き節に辿りつく。しかし主人公は憂鬱に陶酔していない。憂鬱を憂鬱として認めながら、そしてその裏には憂鬱が鋭敏の究極であると考える自恃(じじ)を秘めながら、しかしその憂鬱を冷静に明晰に注視する眼、そのなかに埋没してしまわない醒めた意識が暗示されている。

　自分が甚だしい憂鬱の状態にある旨の大見得を切るけれど、それは自分にとってひとつの過程をなす危機であり、危機はいずれ必ず克服されるはずであり、強度な中毒患者のような沈没ではないのだという旨の見透しが秘められている。憂鬱はいずれ新しい次元における活眼に導かれるのだという祈りがあり願いがある。すなわち憂鬱は人間を台無しにする不治の病ではなく、人間を高めて深める試練なのだという、一言に尽くすなら人生における憂鬱感情の認知が底にある。

『田園の憂鬱』の手法

　すなわち佐藤春夫の手法はこうだ。はじめ最初に、一見変わった人間が現われる。しかし実のところ彼は通常の性格をそなえた社会的健康人である。また、男は至って自分勝手な高言を吐く。しかし本当のところは情に脆い多感な人である。さらに、彼は桁違いに神経質な扱いにくい型である。しかし志すところ藝術家なのだから鋭敏は効能を発揮するはずだ。そして彼は憂鬱に脳乱する。しかし本人はそれを冷静に自覚して詩嚢を肥やそうとしている。

　以上に略説した如く、最初にアブノーマルな人物あるいは状態を提示する。いささか変わった光景を描写する。しかしそのあと話を進めて、その人物も状態も根源においてノーマルな心配のない型である旨を保証する。当初に多少のショックを与え、そのあとでは案ずるに及ばぬと安堵を与える。このあたりの呼吸が壺にはまっていてお見事なのである。

　それから、単に感受性に沈み鬱に籠り、自分の腸からだけ世界を見るのではなく、ちゃんと客観描写のできる装置を考える。たとえば有名な蝉の描写があり、この描写自体だけでも表現力として抜群なのだが、そのあと自然についてこう書いている。「自然そのものには何の法則もないかも知れぬ。けれども少くもそれから、人はそれぞれの法則を、自分の好きなように看取することが出来るのであった」。なかなか訳知りであり、自然と人間との関係に思いを潜めている。しかしこれをモラリスト風の人間智として持ちだしたのでは浮いてしまうから、主人公の気質を表現するための素材という建て前で埋めこむ。このあたりは小説技法として情緒的な流れと理智的な思い入れとの微妙な架橋と言えようか。ただしさすがの作者もつい調子に乗ったか、「蝉ははかない。けれども人間の雄弁な代議士の一生が蝉ではないと、誰か言おうぞ」と、余計な一句を加えている。

　それから、この小説をめぐっていつも言われる藝術家意識の問題であるが、大抵の今までの評価が『田園の憂鬱』を藝術家小説であるというふうに捉えている。果たしてそうだろうか。そもそも藝術家を描きあげるとすれば二通りの方法がある。ひとつめは、隔絶した感性なり表現力を持っている、すでにできあがった偉大なる個性の藝術家を仰ぎ見ながら写しとるという姿勢。ふたつめには、ひとりの藝術家が営々として自己を築きあげてゆく、藝術家の形成過程を丹念に追うという方法がある。そういう工合に考えた場合、『田園の憂鬱』はそのどちらでもない。この主人公は藝術家であると自認しているが、作品をまだ世に送ってはいないから一応の型としては後者である。そして確かに藝術家でありたいと願っている。しかしその努力を具体的に追跡するという視点は押しださない。むしろ藝術家たらんとして藝術家たりえない苦しみ悩みを主とする構成をとる。そのあたりの構図をいささか調べてみたい。

　例によって出だしのあたりは大上段である。さきにも引用したように、藝術上の仕事に深い自信のあるらしい旨が妻の見るところによって伝えられる。続いて薔薇を描いた漢詩についての蘊蓄が披露される。そしていわく「彼の性格のなかにはこうした一般の藝術的因襲が非常に根深く心に根を張っているのであった」。この因襲というのはおそらく伝統の意で、多少は肯定的に解釈してもよかろうかと思う。これは藝術的教養についての大宣伝である。そして「彼が自分の事業として藝術を択ぶようになったのもこの心からであろう」とことわっている。しかも「彼の藝術的な才分はこんな因襲から生れて、非常に早く目覚めていた」と回想する。大鼓判を捺すような言い方である。

　しかし同時に妻の眼からは「象牙の塔に夢みながら、見えもしない人生を俯瞰した積りで生きている夫」と見做される。女房は世間の代表者と言われるが、一緒に棲んでいる人から見ても至って頼りない存在に映る、というふうに冷たく描いておく。また主人公自身も「馬鹿な、俺はいい気持に詩人のように泣けている。花にか？　自分の空想にか？」と自嘲する。藝術的感受性を恃みとして藝術家意識にやや溺れている旨の戯画化を忘れていない。

　その自己省察が次第に強まると、自分は藝術家であると自認しているのではなくて、藝術家でありたいのだという意味合いの言葉が出てくる。「透明な心を！　透明な心を！」と自分に言い聞かせて精神的に自己を鞭打つ祈るような姿勢。さらに進んで「俺には天分もなければ、もう何の自信もない……」と呟く。この主人公は藝術家意識にこりかたまっているのではなく、溺れているわけでもなく、思い上がってもいない。まことに冷静である。自分はいささか教養を身につけたから、それによって文学的な感受性が培われているかも知れないけれど、結局それはそれだけのことにすぎない。ただ、今の自分はそれを養い育て発展させるためにどんな手段を講じたらいいのか判らないから、そこでこの田園生活のなかで懊悩しているのであるという、事の次第の意味づけが最終的に示される。今のところこの男はめきめきと成長しているのではなく、つまり逞しく萌え出る季節にあるのではなく、まだほとんど並みの人にすぎないのだと読者に訴える。そのあたりの呼吸を作者は十分に心得ている。したがってこの作品は藝術家小説でもなく自己形成ふう教養小説でもないという建て前が貫かれる。

つまりさきほど要約したのと同じ手口が用いられているわけである。いちばん初めには至って自惚れの強い男であるような印象を押しだす。ところが実はこの御本人は自分をよく知っているのだという気配が描かれてゆく。自恃の人ではなく祈りの人であり自分を鞭打つ人である。最後には天分がないのではあるまいかという嘆きへ持ってゆく。これなら誰でもこの主人公に対して貴方(あんた)と友達になろうという気になる。読者の側へ次第次第に降りて行って、皆さんと私は実は同じ平凡人であるという連帯感情を抱かせる。このように読者の方へじりじりと近寄って行く呼吸の加減はしたたかなものである。相当な訳知りでないとこうはいかない。いわゆるノンシャラン的な気質の作家では、とてもこれだけ手の込んだ幾重にも計算され尽くした進行展開は叶うまいと思う。

また「忍辱(にんにく)の薔薇の木の上に日光の恩恵を浴びさせてやりたい」というところで、自分の気持ちを「そんな事をするのが今の彼自身に適(ふさ)わしいといふ風な〈態度〉に充ちた心」と反省している。この「態度」という言葉を鍵括弧にくるんでいるのもお見事。その言わんとするところはこうだろう。つまり自分はやはり無意識のうちに藝術家ぶっている。それが鍵括弧つきの態度だ。と同時にそれが鍵括弧つきの態度であるということを自分は知っているのです、という思いを読者に伝えたい。私は多少ぶっているが、同時にぶっていることを自覚しておりますというサインだろう。

そしてこの「〈態度〉に充ちた心」についてさらに言葉を費し、「この心が常に、如何なる場合でも彼の誠実を多少ずつ裏切るような事が多かった」と注記する。藝術家意識と人間的誠実は両立しうるかという古くからの問題に自分は意を用いているのだという暗示である。

このように、構成の手法から考えて、この小説は、「憂鬱の世界、呻吟の世界、霊が彷徨する世界」云々の、このあたりで実際は終わっている。しかし、それだけではなんとも格好がつかないから、田山花袋以来、広津和郎以来、いろいろ言われているところの「おお、薔薇、汝(なんじ)病めり！」という取ってつけたような結びになったわけであろう。

時代の気運のなかから産みだされた作品

以上述べてきたところは、文体論でも表現論でもない。ただ、ひとりの素朴な読者として興味深く読んでみて、こういうことを感じたというだけの単なる読後感であるが、さてこの作品の位置づけについて思いをめぐらす場合、『田園の憂鬱』はやはり近代日本文学史上もっとも画期的な作品であったと言えよう。この作品は決して偶発的な出現ではなく、それまで明治大正文学が積み重ねてきたものを十分に考量したうえ、今や時代が変わりつつある、これからは新しい時代が来ると感じとり、時代が新しい感覚を渇望していると信じ、またそれを理解してくれる新しい読者階層が育ちつつあると見込みをつけて、そういう気運のなかから産みだされたのであると思う。

第一に時代が国民の知的水準を引きあげた。言いかえるなら民度の成熟である。それを象徴するのが学制の改革であった。大正七年十一月五日に原敬が遂に内閣を組織する。当時の政治家がどれほど敏速であったかというと、十一月五日が組閣の日であるが、その翌月の十二月六日、たった一ヵ月後に、文部大臣の中橋徳五郎、つまり原敬が期するところあって信頼するこの人を文相に据えたのであるが、この文部大臣が一挙に大学令および高等学校令を布いた。それまで法律上は真正の大学でなかった早稲田や慶応を筆頭とする私立大学を一遍に正規の大学に昇格させる。それから高等学校はナンバースクール八校しかなかったのだが、そのほかに松本高等学校など地名スクールを一斉に開校させた。高等教育機関の大幅な拡大充実である。それを組閣後一カ月めに断行した。それを必要とする時代だったわけで、それだけ国民の質的向上が顕著であったことを意味する。新しい文学が誕生するのにふさわしい時期であった。これを社会的条件と考えよう。

第二は文藝史的条件である。個人精神の劇を主題とする小説の出現というふうに言えようか。つまり田山花袋の言う内容小説を、人間の外なる事件に起因する問題小説の傾向に即する行き方と解するなら、それとは逆の、内面的な思念と心情に軸芯をおく小説作法が模索され、多くの試作品が継起し、その純粋結晶として『田園の憂鬱』が現われたと見るべきではないだろうか。

第三に、この作品は特別人ではない普通人を描く清純な文学として成功している。この小説の主人公は根底において性格が真剣である。常に深く反省し望むところあり願うところあり志すところあり努めるところのある真面目人間である。自己鞭撻小説とでも言えようか。ここには藝術家の特権意識に酔っているような独善的な箇所はない。

第四に作家が読者に近寄ってゆく、または作家が読者を引き寄せる、その呼吸において模範的な達成を示した。その手法については既に述べたとおりである。以上がこの作品を位置づけするに当たっての要点である。

最後に、人間には人徳といういわく言い難い要素があって、そういう型の人は少々のことなら大目に見てもらえる。同じようにこの『田園の憂鬱』には文徳とでも言うべき艶(つや)があって、その輝きにはとても分析できない照り栄えが感じられるという溜息を残してこの一文を終わらせたい。

開高健「越前ガニ」

難しい題材を求める表現欲

開高健は、背丈に合わない大望を抱く性質(たち)ではなかったが、『日本三文オペラ』を連載し、『流亡記』を書き終えたその前後から、いつとも知らず腕がむずむずしはじめたようである。先人が為し得なかった分野の材料を、自分の筆によって描きあげたいという表現欲である。『日本人の遊び場』がそうであり、『ずばり東京』がそうであった。

当時はまだ文壇が垣根に囲まれていて、いわゆる純文学作家が、週刊誌に連載物などを書く習慣がなかった。したがって開高が『週刊朝日』に右に掲げたルポルタージュを、気安く書いてくれたことを、編集部は深く喜びとした。大好評だったからである。もっとも具眼の士が思わぬところにいた。戦後の『文藝春秋』を国民雑誌に仕立て上げた、名編集者の池島信平である。何かの用件で開高健が、文藝春秋の応接サロンに立ち寄ったのを見かけるなり、池島信平は大きな声で呼びかけ、おい開高、お前は小説なんかやめにして、ルポルタージュ一本で行け、と言ったものだから、開高は実に嫌そうな顔をしたと伝えられる。池島はさすがに炯眼(けいがん)であって、後年の開高はますます釣魚(ちょうぎょ)旅行に驥足(きそく)を伸ばすことになる。

それはさておき『週刊朝日』の編集部は、感謝の意を籠めて記念品を贈ることになり、何が欲しいか打診してきた。そのとき開高の全身を貫くような閃きが走ったらしい。途方もない発想である。彼は生まれてはじめての売り込みをした。記念品の代わりに俺をヴェトナムへ遣ってくれ。この申し入れが彼の後半生を決定した。昭和三十九年十一月十五日、朝日新聞社臨時海外特派員としてヴェトナムへ出発、四十年二月、ヴェトコンに包囲され、救援部隊の援護で死地を脱出、二月二十四日、無事帰国した。

開高の表現力は年を加えるにつれて、幾何級数的に充実してゆく。するとなるべく難しい題材を探すようになる。決して速筆ではない。適切な表現を求めて難渋するのであるが、漠然と狙って予期した語彙を摑んだときの、達成感はまた格別であろうと想像される。

若いころの開高は、食べ物についてとやかく言える境遇ではなかった。お互い最もひどい時代の波をくぐっている。彼は中年以後、端倪すべからざる食通になったが、それは誰に仕込まれたわけでもなく、持ち前の探究心でひとつひとつ身につけていった独学である。食欲が旺盛であるという基盤のうえに、レパートリーを増やしたいという願望がある。東南アジアでは日本人なら驚倒するはずの、相当なイカモノを片っ端から試食したらしい。

彼はその一部始終を熱心に語り聞かせた。彼の場合は料理を賞味するだけでなく、その味わいはもちろん姿かたちの特徴まで、すべてをいかに表現すべきか、常に工夫が渦巻いている。それだけではおさまらず、あらかじめ私にとっくり聞かせ、その反応を参考に修正を重ねるのであった。

淡白のなかに生きる一箇所の凝縮

食味の表現にあって心すべきは詳しすぎないことである。世のいわゆる食通の談義が敬遠されるのは、要点を押さえずに冗漫にわたり、聞く者をウンザリさせる傾きがあるからであろう。実際に食べていない食品については、当の食材をほのかに想像させるだけでよい。いくら真実であっても、押しつけがましいのはいけない。

「越前ガニ」一篇は開高が全力を挙げて取りかかった力作であるが、仕上がりは思いのほか淡白に切りあげてしまう。

音楽で大切なのは前奏である。映画の決め手となるのは、字幕が終わって流れがはじまるときの、誘いの気迫をもったショットである。これからはじまる本筋へ、如何にして期待の念を高めてゆくか。食について語る場合も呼吸は同じである。

座についた途端に料理が出てくるようでは味気ない。これから間をおいて供せられる御馳走について板前やお女将に、ひとしきり講釈してもらう、その間に気分が盛りあがる。そのなごやかなゆとりが大切である。開高健はまず前奏に十二分の意を用いる。

それから勢いよく話は味覚に突き進む。問題は食べ方であって、ひとまずそこで大いにこだわる。そこに表現の企みがあるようだ。酢につけるのもよろしいし、ショウガ醤油につけるのもよろしいと、あえて調味料へいちど寄り道し、一拍おいて、そのまま、それがいちばんだ、とくる。調味料は、そのまま、を際立たせるための小道具だったのだ。

次いではカニをどう扱うか。専ら食べ方の工夫に集中する。そこで開高は奥の手を出す。まずさきほどはホカホカで試してみた。

ホカホカ湯気のたつカニの足をポキポキと折り、やにわにかぶりついてみた。

海の果汁がいっぱいにほとばしり、顎をぬらし、胸をぬらす。ついで左手のゴロハチ茶碗に市場のオンさんから辛口の酒をたっぷり注いでもらい、チクリとすする。カニをひとくちやり、酒をひとくちやる。カニはそのまま頬張るのがいちばんだが、酢につけるのもよろしいし、ショウガ醤油につけるのもよろしいよ。だけど、そのままでいいんだ。それがいちばんだ。

これで第一ラウンドが済んだ。次はどうする。

　湯につけるまえの、とれたてのままのカニはどうであるか。これは透明そのものであって、味といえるほどのものは何もない。あまりに純粋すぎて〝味〟がとどまっていられないらしいのである。ためしにその状態にあるのをヤマメの水で〝洗い〟にしてみると、新鮮であればあるだけ、身が冷めたさのあまり米粒大にハジけてしまう。それはじつに貴重なものではあるけれど、味がなにもないので、足一本分だけを食べて、よしにする。

開高が思案してたどりついた結論は無味の味であった。一切の形容詞を追っ払ってしまう。そして最後にとっておきの劇(ドラマ)を演出する。

　殻をパチンと割ると、白い豊満な肉置(しし)きの長い腿があらわれる。淡赤色の霜降りになっていて、そこにほのかに甘い脂と海の冷めたい果汁がこぼれそうになっている。それをお箸でズイーッとこそぎ、むっくりおきあがってくるのをどんぶり鉢へ落す。そう。どんぶり鉢である。食べたくて食べたくてウズウズしてくるのを生ツバ呑んでこらえ、一本また一本と落していく。やがてどんぶり鉢いっぱいになる。そこですわりなおすのである。そしてお箸をいっぱいに開き、ムズとつっこみ

「アア」

と口をあけて頬ばり

「ウン」

といって口を閉じる。

　雄のカニは足を食べるが、雌のほうは甲羅の中身を食べる。それはさながら海の宝石箱である。

描写の中心は一箇所に凝縮して決め手とする。殻をパチンと割ると、以下数行が山場であって、ほのかにピチピチと反応する女体のようなそうでないような、一抹の連想を誘うところが隠し味である。

　何事につけみっちりと隙間なく書き込むのは素人の徒労である。文章の理想は淡白である。白地のような淡白の一部に清潔な脂っ気を一匙加えてこそ全体が生き生きする。

　昭和五十二年十二月二日、故辻静雄主宰の朝餐昼餐晩餐会、つまり終日ぶっとおしの仏蘭西料理の会が開かれた。会するは東都関西の文人十数名である。開高健の提唱によると、真にして貴なる料理であれば、美味をいくら賞味しても有効に消化され、嗚呼もう食べられないと弱音を吐くに至らぬはず

であるから、そのような理想の料理を実現する気はないか。

　この挑戦を受けて立ち、辻調理師専門学校の総力を挙げたのがこの日であった。開高が『諸君！』に連載中の「最後の晩餐」、その来月号に本日の盛事がどのように書かれるか、実際に終日を美味美酒に酔ったわれわれが読むのですから、今回の採点はきびしいですぞと誰かが発破（はっぱ）をかけると、開高は悠然と笑って自信の程を見せた。参会した和服姿の女性は、ひそかに帯の一巻きごとにタオルを挿み、順次抜き取っていかれた。何しろ長丁場のことで、全行程を終わったのは夜の十一時であった。散会のときの情景を、開高はユーモラスに締め括る。

　銀鞍公子、公女、一同、頬が紅潮し、眼がうるんで輝き、誰一人として眠そうにしているものがなかった。これだけぶっつづけにすわりこんだままで食べて飲んだのに私はアップェルストルーデルと、カルディナルシュニッテンとチーズのタルト、辻夫妻に声をそろえてすすめられるので、おそるおそる手をだしたら、三片ともするすると咽喉をすべって消えてしまい、茫然となってしまった。辻学説によると、どんなにおなかが料理でいっぱいになっても、もしまっとうに手をぬかずに上手につくったお菓子であるなら、つるりと入るものである。それはまるで舞台が変るようなことなのだとのことであった。いくつとなく味わった今日の驚愕の一つがこれである。これが最後かと思ったが、ホテルへもどってみたら、しきりにウドンかお茶漬を自分が食べたがっていることを発見し、最大の驚愕を味わった。飽食のあとの空腹をなだめなだめシートンの動物記を二頁読んで寝た。（『最後の晩餐』文藝春秋）

林達夫「新しき幕明」

失われゆく日本への挽歌

林達夫は時代の風潮が根幹のところで欠落している勘所を、最も鮮明に摘発する洞察に徹した警世家であった。彼が指し示す同時代人の浮薄ないわゆる常識は、鋭く暴きたてられてようやく愕然とする苦い真実だった。Occupied Japan ――ただわずかこの二語を以て、戦後五年間を夢遊病者のように精神的な武装解除のまま、事態を甘く見て暢気に過ごした国民を、せめて些かなりとも覚醒させようと努めたのである。

昭和二十五年に至ってようやく発表されたこの痛切な文章は、そのなかに繰り返して終戦の日を思いだすように仕向け、林達夫がその日にどれほど深く嘆いたかを伝えている。己れの個人的な情念を書き表わさないのを常とする林達夫が、自分の流した涙をここまで念入りに記したのは、短かからぬ著作生活のなかでも異例のことである。雑誌が着くや直ちに読み進んだ私は、林達夫が赤裸々に語る涙、涙にことのほか衝撃を受けた。

あのよく晴れた昭和二十年八月十五日、終戦を悲しんだ人は多かったが、また喜びを以て迎えた人も少なからずいたはずである。林達夫はおそらく後者を念頭に置き、その人たちに再思再考を促す意図を秘めていたのであろう。

戦争が終わって空襲のない点燈の夜を過ごせるのは何より も有難い。私はもうちょっとで学徒動員に引っかかるのを辛うじて免れた。心の底から安堵したのも無理はなかろう。林達夫が国民の素朴な心情を理解しなかったわけはない。

しかし林達夫はもっと長いスパンで世の行く末を考えたのである。敗れて自滅したとはいえ、大日本帝国は明治以来、われわれの父祖が辛苦を重ねて築きあげた成果である。不幸な戦争がはじまるまで、われわれは心安らかにその賜物を享受していたではないか。最後が無惨な悲劇に終わったとはいえ、われわれは大日本帝国の国民であることに間違いない。祖国の命運に涙するのは当然ではないか。

そして来たるべきはアメリカ軍による占領である。日本歴史はじまって以来の苦痛であろう。アメリカは日本の乳母ではない。アメリカはアメリカの国益を目標として振る舞うであろう。日本は変質を強いられる。しかし日本人は自主性を失ってはならない。林達夫は占領政策を緻密に検討し、日本人から愛国心を抜き取ろうとしている企図を見抜いた。それゆえに失われゆく日本への挽歌ともいうべき言辞を記したのである。

林達夫の涙が意味するもの

アメリカ軍には通常兵器より遥かに優る支配方式があった。それは徹底的な検閲である。それも検閲が行われた痕跡の一切残らぬ手口であった。抹殺された箇所が空白にならぬよう一字の不足もないよう文を繋ぎ、完全な整版に直してこいと命令する。その手間たるや果てしなく辛い。

　そこで全日本のジャーナリズムは全面敗北を意味する自衛策を講じた。厳しい検閲の網に引っかからぬよう、禁止事項に抵触する恐れのあるような記事は、はじめから決して書かぬのを目標に、事前検閲係を社内に設ける。かくして恐るべき事態が到来した。ある記事が危険であるかどうかを、検閲の眼を通さぬ前に揣摩臆測（しまおくそく）するのであるから、誤たざらんとすればするほど過剰防衛となる。進駐軍が許容するつもりである分野まで、あれもこれもあらかじめ削ってしまう。こうして肩をすくめ腰をかがめた新聞が通常となった。

　さらにはもっと寒心すべき状況が生じる。占領が終わっても、この退嬰的な自己検閲が続いた。朝鮮戦争の体験によって、現実政治の力学を思い知ったマッカーサーは、アメリカの議会で、日清・日露の戦役は、日本にとってやむをえない自衛の戦争であった、と証言した。もちろん外電で日本に入る。ところが、我が国の新聞は一紙残らず、この、自衛、という、要点（キーポイント）になる一語をはずして報道した。東京裁判の判決に抵触するのを恐れたのである。東京裁判なんていまや影も形もない。その東京裁判の開廷を命じた当のマッカーサーが、アメリカの議会で訂正発言したのだ。何を恐れることがあるのか。しかし日本の新聞記者はいまもまだ東京裁判の判決と食い違う記事を書くのを嫌がる。占領の後遺症がいまなお癒されていないのである。

　林達夫があえて涙、涙に言及したのは、敗れたりとはいえ、我が国には誇るべき過去の歴史があることを、念頭に置いてほしいという意味の伝達（メッセージ）である。東京裁判と世界共産党組織（コミンテルン）によって、栄光の日本歴史が真っ暗に塗りつぶされるのを林達夫は嘆きを以て熟視した。そんな罵詈雑言はいっときの政治工作にすぎない。日本国民の性根さえ据わっておれば無効である。林達夫は歴史の真実をことごとしく言い立てる争論的立言を好まない。最小限度の簡潔な表現を以て、過去現在未来にわたる世の成り行きの要（かなめ）のみを語る。そして十年から数十年後に改めて読み返される著作家なのである。

司馬遼太郎「軽薄へのエネルギー」

イデオロギーを必要としない民族

司馬遼太郎の指摘するところに一厘一毛の誤差もない。では、その、軽薄、を可能にした条件は何か。問題の根源は、そこにあると思う。

軽薄の代表的な型は、裏切り、である。この慎重を要する行為の決め手は、先方が受け入れてくれるかどうかである。すなわち、裏切りがさかんに行われたということは、受け入れる側が深刻な猜疑心を抱かず、味方のなかに組みこんでくれる習慣があったからである。この寛容が先か、そこへ身を投じた軽薄が先か、これは鶏と卵の問題であるかもしれない。

しかしごく常識的に考えるとするなら、相手が寛容であるか否か全く予測がつかないのに、軽薄な裏切りに出ることは至難であろう。いかに軽薄であろうとも、一切なんの保証もない場合には踏みきれまい。必ずやすでに遊説(ゆうぜい)がきて、しかるべく誘いがあったはずである。とすれば、すべての原因は寛容にある、と考えざるを得ない。寛容が原因で軽薄は結果であるのではないか。

そして、その前提か結実かわからないけれども、なにが正義か、なにが美か、という思考の停止、という問題がある。私の見るところ、この両者は全く次元を異にするので、すっぱりふたつに分けて考えたい。

なにが美かということについて、日本人は昔から十分に敏感である。ただし、重要な前提のもとにおいてのことなのだ。つまり、もはや最期、もはや滅亡というとき、日本人は美しく死ぬことを考える。壇ノ浦の平家にせよ武田勝頼にせよ柴田勝家にせよ、この期に及んでというとき、日本人の挙動は決して醜くない。しかし、一抹の生き延びる可能性がある場合は、早とちりせずギリギリまで粘る。それを未練と感じる見方もあろうが、人間の生命に対する執着心はそのようなものだと、肯定することも不可能ではなかろう。

なにが正義かということについては、二千年の歴史を通じて、日本国民のほとんどすべてが正義に殉ずるというような、生命にかかわる合意に達したことは一度もなかった。つまり、日本人はイデオロギーを必要とする民族ではないのである。梅棹忠夫は「宗教の比較文明論への試論」(『梅棹忠夫著作集』5、中央公論新社)において、かねての持論である分類、すなわち世界を第一地域としての西ヨーロッパおよび日本、それと異なる第二地域としての全ユーラシア大陸、この対比のうえに立って、第一地域型の特徴を考える。この第一地域においては聖と俗とが分離して、世俗の運営能力が優位に立ち、聖なる信仰は個人の内面にある問題というかたちをとる。この趨勢を展望するとき、日本が最も進んでいると見做されるであろう。宗教による調教を必要とするほど日本民族は獰猛ではなかったのである。

国家総動員法に始まる集団の軽薄

現実の問題として、仏教にせよ切支丹にせよ、宗教が人間倫理の基準となることは、ついに我が国では実現しなかった。イデオロギーには容易に感染しない抵抗素が、日本列島には瀰漫（びまん）しているのかもしれない。

ことに元亀天正の戦国時代にあって、変節や裏切りは単なる所属変更として、武略として戦術として評価された。野州（やしゅう）小山（おやま）の天下を決する重要な会議で、真っ先に豊臣家を離脱した山内一豊は、裏切り宣言の先頭を切った功を買われ、遠州掛川五万石から、一躍土佐二十四万石に移された。この論功行賞を以て見ても、この時代すでに裏切りが出世の道であったことがわかる。

明治日本の建設に最も功あった政治家が、伊藤博文であることにおそらく異議はなかろう。彼が生粋の長州閥であることは天下周知である。しかし長州には真の経綸家を欠くと見た彼は、ひとり薩摩の大久保利通に接近して認められた。それゆえ大久保の暗殺を機に急速な出世の道を歩く。さりとて長州閥から決して離れない。次いでは張りめぐらされた長州閥の網を利用して、明治十四年、政敵大隈重信を政府から叩き出す。同時に藩閥の時代が長くは続かぬと見て取るや、身を翻して立憲政友会の党首となる。この選択が妥当であったことは事実が証明している。少なくとも我が国での政治行動は、融通無碍の取り扱いが最も適しているのではないか。

軽薄と言えば好もしくないように受けとられるが、臨機応変と言い換えれば如何であろう。その間の隔差には微妙な開きがあるだろう。集団における軽薄と個人における軽薄とを較べてみるのもまたよろしいかもしれぬ。

昭和十三年四月一日、国家総動員法が公布されるや否や、バスに乗りおくれるな、という標語（スローガン）まで生まれて、国民の大多数がどっとばかりに駈けだしたときの、われ先勝ちの便乗は目にあまるものがあった。小林勇の『蝸牛庵訪問記』（講談社文藝文庫）によれば、そのころ、幸田露伴は二階の書斎で、次のように歌って聞かせた。

大川を大根が三本流れゆく
先なる大根は流れゆく
つぎなる大根はもちろん流れゆく

いっちあとなる大根はかぶりぶりぶりやっぱり流れゆく
大川を大根が三本流れゆく流れゆく流れゆく

これまた日本人がせんだって示した軽薄の競争であった。しかし日本人はもともとそれほど軽薄なのではなかった。少なくとも歴史は意志強固な傑物を多く記録しているが、軽薄を以て評される如き人影を写し出さない。軽薄が幅を利かすようになったのは昭和に入ってからである。尤(もっと)も議会政治が順調に運行されている時期にはゆとりがあった。それに対して国家総動員法は、議会の権限をほとんど無に帰し、革新官僚が全権を握ったのであるから、これから先いったいどうなるのかさっぱりわからず、国民全体が不安に駆られたあまり、お先真っ暗のなかを突っ走って軽薄の至りとなったのである。個人としては鈍重より軽薄のほうが、何事かを為し得る率が高いのではないだろうか。

河盛好蔵「イヤなやつ」

頼りになる伯父さん

河盛好蔵は文化勲章を受け、寿を全うし、先年、亡くなった。専門はフランス文学、そのほうでも業績は多い。しかし、河盛好蔵の本領が真に発揮されたのは、この『人とつき合う法』（新潮文庫）を筆頭に、次の如き一連の人生論人間論である。

『新釈女大学』（昭和18年10月1日・文体社）
『女の学校』（昭和22年10月5日・玄理社）
『新しい女性』（昭和24年1月15日・文化書院）
『愛と幸福』（昭和32年10月15日・実業之日本社）
『現代恋愛作法』（昭和32年10月25日・新潮社）
『新エチケット読本』（昭和34年6月25日・六興出版部）
『人間読本』（昭和41年6月20日・番町書房）
『愛と友情の青春』（昭和47年2月20日・日本文藝社）
『人生を楽しむ方法』（平成9年8月25日・海竜社）
『愛・自由・幸福』（新潮文庫）

これらは内容が豊かで潑溂としている。親身に教わるところが多い。まことに自由な雰囲気が好もしい。何故か。文壇を意識していないからである。それゆえ戦前戦後に出た四冊のフランス文学論集も素晴らしい。その時分は文壇が視野に入っていないからである。であるから、初期の河盛好蔵は、明治以後における外国文学研究者のうち、最も清純な存在であったと思う。前期の代表作は次の通り。

『仏蘭西文学随想』（昭和16年）
『ふらんす手帖』（昭和18年）
『フランス歳時記』（昭和23年）
『新ふらんす手帖』（昭和24年）

日本の外国文学研究者が書いたイギリス文学、アメリカ文学、フランス文学、ドイツ文学の研究書で、現在も古書価格の高い本はほとんどない。ごく僅かである。日本の文化全体を向上させるのに寄与せず、本国の学問水準からすればもちろん資するに足らず、しかも読者はいないということで、もう十把（じっぱ）一からげである。その類いの本を専門とする古本屋もあるが、いたって気やすい値段で、ずらりと並べてくれる。

一般受けしないし、その道の研究家でも、必読の文献というのは少ない。渡辺一夫といえども、これからのフランス文学研究者が、絶対に読まねばならぬ本ではないと思う。渡辺一夫といえば、当時は華やかで、何か総大将、トップランナー、スターであったが、今となっては、『渡辺一夫著作集』（筑摩書房）はほとんど読むに価しない。

その中で唯一、外国文学をやりながら日本の読者に確実に食い込み、多方面の読者に多く訴えかける本を書き得た人は、河盛好蔵だけである。梅檀（せんだん）は二葉より芳しで、戦争中に出た第一評論集の『仏蘭西文学随想』と『ふらんす手帖』を私は終戦直後に買ったが、それを読んで「この人は一味違う」と思った。

実に明晰で、単なる紹介ではない。もっとも、フランス文学をやって明晰でないというのも、おかしなものである。フランス文学に限らず、外国文学をやれば、勢い紹介になりがちで、それは仕方がないのだが、紹介でありながら、日本の文藝雑誌に載っても少しも恥ずかしくないものを、河盛好蔵は最初から書けた人であった。

しかもこの人は、歳をとるほど筆が立つようになった。天性の名文家ではない。初め、この人には何かあると思ったが、噛みしめて味わおう、というほどのものではなかった。ところが、順を追って見ていくと、しだいに発展していく。厚みを出し、甘みが出てきて、『フランス文壇史』（文藝春秋）をひとつの頂点として、『パリの憂愁——ボードレールとその時代』（河出書房新社）、それから最近では『藤村のパリ』（新潮社）と、いい意味でのジャーナリスティックな筆を、完全に身につけてくる。

この人に天性のものがあるとすれば、当代のジャーナリズムが何を要求しているのかを、確実に読み取ることができる才覚だ。その点では、端倪（たんげい）すべからざる人物である。

戦争中に一世を風靡したベストセラーに、『キュリー夫人伝』（白水社）という本がある。これは河盛好蔵が、この本を翻訳して出したら当たると予言して、共訳したものである。とにかく、彼が「これは」と言って翻訳したもの、あるいは翻訳を勧めた本は、ことごとく当たる。もう、ジャーナリズムにとっては神様のような存在である。

人はみんなイヤなやつ

その河盛好蔵が、今度はユマニスト（ヒューマニスト）になる。モラリテというか、人間関係のほうに進出する。そのひとつの頂点が、ここに取り上げた『人とつき合う法』である。『週刊朝日』に連載された文章で、これを書かせたのは、もちろん扇谷正造、初版は昭和三十三年十月三十日。この本が新潮文庫に入ったのが昭和四十二年で、昭和六十一年には第四十三刷になっている。その後も、版を重ねているだろうから、実に息の長い本である。

河盛好蔵の全著作の中でも、この本は苦心の跡が歴然としている。よくよく考え、よくよく計画を立て、工夫をこらして書いた本だということが、明らかに分かる。自分の人生体験を、ただ思いつくままに書いたという本ではない。そのときの自分のありったけを、すべて出して見せるという、そんな強硬な姿勢で書かれた本である。だから、ピーンと張りつめている。特に、第一章の「イヤなやつ」は絶妙。これだけで、いかにジャーナリスティックな感覚があるかということが分かる。最初が、次のように始まる。

　人とつき合う法についておしゃべりをするに当って、まず「イヤなやつ」から始めるのは、多少の理由がある。いうまでもないことだが、「イヤなやつ」という言葉は、決してひとをほめた言葉ではない。われわれが、なるべく人づき合いをよくしようと努力するのは、他人から「イヤなやつ」といわれたくないからである。しかし、世のなかで、多少とも頭角を現わしている人間で、「イヤなやつ」と批評されなかった人がかつてあったろうか。

それで、いくつかの例を挙げて、最後に泣かせる。なるほど、本とはこう書くものかという見本のようなものである。最後に「河盛好蔵という男」という小見出しがある。

　私自身のことを考えてみると、私はまず人に快感を与える容貌の持主ではない。性質についていえば、他人の幸福よりも不幸を喜ぶ根性の悪さがある。自分はできるだけ怠けて、人を働かせ、その功を自分だけでひとり占めしたいというズルさと、欲の深さがある。権力者にはなるべく逆らわないで、時としては進んでその権力に媚びようとするいやしさがある。絶えず世のなかの動きを眺めていて、できるだけバスに乗りおくれまいとする、こすっからいところがある。他人にはきびしくて、自分には寛大な、エゴイストの部分が非常に多い。ケチで、勘定高くて、他人の不幸にはそ知らぬ顔をし、自分の不幸は十倍ぐらい誇張して、いつも不平不満でいる。考えてみると、「イヤなやつ」の条件をことごとく具えている。
　そして、こんなことを、あけすけに書いた方が、かえって得になるとひそかに計算しているのであるから、われながら嫌悪にたえない。

これだけで、あなた方はイヤなやつだけれども、そのイヤなやつであることを引け目に感じる必要はありません、と言っている。誰からもイヤなやつと言われない人は、絶対にあり得ない。みんな、イヤなやつなのだ。そこから始まって、その人とつき合う法について、具体例を示しながら懇々と説いていく。この文章の駆け引きは、まさにあっぱれである。

京都学派の東京支店長的存在

河盛好蔵は京都帝国大学の出身である。話のついでに言うと、昔は、全国の旧制高校の定員と帝国大学の定員とが同じだった。旧制高校を出れば、どこかの帝国大学に入ることができた。太宰治はこうして、フランス語の素養なくして、東大のフランス文学科に入った。東大フランス文学科の主任教授だった辰野隆は、入ってきた学生に、まず第一にこう言ったという話がある。

「諸君、フランス文学では飯が食えないから、今からでも遅くない。他の科へ転科するなら、今すぐやりなさい。どうしても転科できない人だけ残りなさい」

だから太宰治は、旧制弘前高校から無試験で東大仏文科に入っている。こうして、フランス語がほとんどできないまま、中退している。

話が横道にそれたが、河盛家というのは、大阪府堺市の旧家である。若いころ、河盛好蔵は私費で、数年間フランスに留学している。このように、出発点である仕込みの時期に、大変恵まれていたということは言えるだろう。

帰国して京都帝国大学のフランス文学科を卒業するのだが、どこにも落ちつく椅子がない。そこで関西大学とか、いろいろと私立大学の講師などをしている。それから、どんな理由か分からないが、東京に出て、立教大学の教授になる。

一口に教授と言っても、現在なら一人前の月給をもらえるちゃんとした地位だが、当時の私立大学の教授というのは、半ば非常勤講師という場合が多かった。給料は非常勤講師だが、文部省に届け出るときだけ教授の称号になっている。

その河盛好蔵の体験談を、林達夫が書いているところによると、何しろ立教大学だから、腕白がそろっていた。教室の後ろで、バイオリンを弾いたヤツがいたという。河盛好蔵はそういう苦労をしながら、営々と勉強したのである。

したがって、中年のころの生活は、かなり厳しかったと思う。そうした中でジャーナリズムとの関係ができた。後に京都学派の桑原武夫を筆頭とする吉川幸次郎や貝塚茂樹といった人々があれほど東京のジャーナリズムに進出できたのは、実は河盛好蔵の紹介なのである。彼は期せずして、京都学派の東京支店長になっていた。

河盛好蔵にとっては、母校の同輩、後輩に、あれだけ優れた人間がいるということが支えになっただろうし、桑原武夫を始めとする京都学派の人々にとっては、河盛好蔵という絶妙の東京支店長がいたことになる。

その意味で、河盛好蔵は京都学派に貢献するところ大だったと思うのだが、そんなことはおくびにも出さない。これは私が前後の関係をいろいろと推察して、こうだったにちがいないと書いてみたシナリオである。

後に河盛好蔵は東京教育大学の教授になる。ここでようやく一人前の教授になったのである。そして毎年飽きることなく、『悪の華』の講読を行った。

外国文学の教授の中には、講義はできるが演習ができないという人が珍しくない。つまり英文学史なら英文学史で、ノートを読み上げることはできても、ある一つの作品を徹底的に逐語的に読んで、いちいち膨大な注をつけるぐらいの密度で解釈できる人となると、半分以下になってしまう。もっと少ないかも知れない。

　そういう概説屋外国文学研究者は、今でも全国の大学にごまんといる。ところが河盛好蔵は『悪の華』の一字一句を吟味させながら、それを毎年やっていくという苦労をしている。

　その一方で、アンドレ・モーロアを深く読んだにちがいない。モーロアはジャーナリズムにうける、何でもこいのベストセラー作家であったが、河盛好蔵はその呼吸をよく体得している。

　辻静雄が、後に戦後の有名なアナール学派に興味を抱くが、その細部をおろそかにしないアナール学派的な発想が、河盛好蔵には初めからある。だから、『フランス文壇史』にしろ『パリの憂愁』にしろ、文学論をぶってはいない。

　もうひとつ注目すべきは、『フランス文壇史』の書き方である。伊藤整の生涯の大失敗は、『日本文壇史』をあまり緻密に書きはじめたため、ついに明治も終わらないうちに亡くなってしまったことだ。ところが河盛好蔵はちょうど一冊分になるように、『フランス文壇史』を書いている。独得の目のつけどころというか、あの本が出たときは、「なるほど、この人は……」と感心したものである。

　それが、まず連載していた『文學界』の編集者を喜ばせ、『文學界』の読者に来月号を楽しみにさせ、それから本にして賞をもらい、今でもあの本は生きている。私が思うに、文学史というものの究極は、文壇史にある。文学は文壇から生まれるという言葉があるように、やはり文学者仲間の連帯というか、その雰囲気が絶対に大事なのである。河盛好蔵は、それをつかみ取ることの名人であった。

重大なことをさらりと書く呼吸

この『人とつき合う法』には、次のような文章がある。

> 自分に友達のできないのは、口が重く、しゃべることが下手で、相手を引きつけたり、悦ばせたりできないからだと思っている人も少なくない。しかしこの種の人も、人間というものは、こちらの言うことなどをそんなに注意してきいているものではないと考えることによって、気持が楽にならないだろうか。

このように、読者の気持ちを楽にさせるという、本質的な意味でのサービス精神がある。この人は、やはり大変な人間好きなのである。うがった見方などというものを、あまりしない。堂々と正面から行く。しかも、その言い方が平易である。

　友達のできないことを嘆く人に次に問いたいことは、あなたは自分の周囲に何か冷たい空気をいつも流していないだろうかということである。私がこれまでくり返し書いてきたように、友情というものは、まずこちらから何かを、しかも何らの報酬を期待することなしに与えることによって成り立つ。与えることが、無際限に与えること自体が悦びであるのが真の友情というものである。したがってわれわれはすべての人間と友達になることはできない。われわれの与えるものには限度があるからである。そこに友人の選択が起るのであるが、自分の選んだ人で、その人のために何を与えても惜しくないという友人をもつことは人生の至福ではないだろうか。

こういうことを、さらりと書いているが、これは重大なことである。同じことをちょっと堅苦しく言うと、それがあまりにも人生の真実なので、近寄りがたくなる。それを近寄りがたくさせない、その微妙な呼吸こそが、河盛好蔵の河盛好蔵たるゆえんなのである。

一口に人生論ものというが、これのいちばん陥りやすい罠は、自分がこれだけ苦労して思い至ったことであるという、そんな雰囲気を漂わせてしまうことである。また、それだけの苦労の体験がなければ、人生論は書けない。けれども河盛好蔵は、その苦労をすべてこそげ落として、あくまでも向日（こうじつ）性（せい）の本に仕立てあげた。

ほとんどの人生論は、読んでみて、「これは、ちょっとええかっこしすぎや」とか、「ここはちょっと異論がありますなあ」などと、読者に多少の反感を呼び起こすところがある。つまりわずかでも気を緩めると、お説教になってしまう。その辺りの微妙な崖っぷちを歩きながら、決して踏み外さない呼吸、それが、こういうものを書く人の勉強次第、ということになるのであろう。

この本の絶妙な小見出しのつけ方は、扇谷正造の知恵も多少入っているかも知れないが、おそらくほとんどは本人がつけたものだと思う。また、仮に編集者の側から、「こういう角度で一章、いかがでしょうか」というサジェスチョンがあったとしても、それを受け止めるだけの能力が、河盛好蔵にはあったはずだ。

それが今も古くならないというのは、まったく驚きである。今ほど、誰もが人間付き合いに閉口している時代はない。昔のように貧しければ、貧しい者同士の慰め合いとか、牽引力とか、親愛感などというものがあった。貧しいがゆえに、人と人とが仲よくできるところがあった。ところが今は、そういう媒介するものが、まったくなくなった。人間関係は一から十まで、自分の意欲と努力によって築き上げなければならない。その意味では、きわめて生きにくい時代である。

子供たちが変な行動に走るのは、すべて自分の居場所がないからである。自分はここにいると安心立命できる、という場所がない。自分は一体、誰とどう付き合ったらいいのか、何をしたらいいのか、将来は何が待っているのか、努力目標は何なのかなどということが、不透明な時代である。

この本は、今になってますます光を放つ本ではないかと思う。

寺田透「春は馬車に乗って」

文学史に例を見ない野心家、横光利一

横光利一の葬儀に際して、川端康成は「弔辞」の一節に、「君の名に傍えて僕の名が呼ばれる習わしも、かえりみればすでに二十五年を越えた」と回想している。まことに異議なくその通りであった。昭和文学史は横光と川端が手綱を握る二頭馬車を思わせる。しかし実際の二人は雪と炭ほど違っていた。川端は弔辞の後半でその間の機微を語る。

　君の業績閲歴を今君に対って言うには僕はさびし過ぎる。ただ僕の安佚の歩みが、あるいは君に険難を攀じさせる一つの無形の鞭とはならなかったかと、君が孤高に仆れた今、遥かな憂えと悔いとへ僕を誘う。君と僕との文学は著しく異って現れたけれども、君の生来は僕とさほど離れた人ではなく、君の生れつかぬものが僕に恵まれているわけではなかった。君は時に僕を羨んでいた。僕が君の古里に安居して、君を他郷に追放した匂もないではなかった。開発者として遍歴者としての君の便りのなかに、僕は君の懐郷の調べも聞いていた。なつかしい、あたたかい、ういういしい人の、高い雅びの歌も聞いていた。感覚、心理、思索、そのような触手を閃めかせて霊智の切線を描きながら、しかし君は東方の自然の慈悲に足を濡らしていた。君の目差は痛ましく清いばかりでなく、大らかに和んでもいて、東方の無をも望み、東方の死をも窺っていた。

　君は日輪の出現の初めから問題の人、毀誉褒貶の嵐に立ち、検討と解剖とを八方より受けつつ、流派を興し、時代を劃し、歴史を成したが、却ってそういう人が宿命の誤解と訛伝とは君もまぬがれず、君の孤影をいよいよ深めて、君を魂の秘密の底に沈めていった。西方と戦った新しい東方の受難者、東方の伝統の新しい悲劇の先駆者、君はそのような宿命を負い、天に微笑を浮かべて去った。君は終始頭を上げて正面に立ち、鋭角を進んだが、野望も覇図も君が本性ではなく、君は稚純敦厚の性、謹廉温慈の人、生涯土の落ちぬ璞であった。君の仁沢が多く後進を育み、君の高風が広く世人に亘り、君が文学者として稀に浄潔和暖の生を貫いたのは、また君の作品中の精神の試案であり設計であるような若干にも、清冽の泉に稲妻立ち、高韻の詩に天の産声あったのは、君の人の美しさであった。これは君のなき後も僕の生の限り僕を導く。

控えめにではあるが明確に描かれている如く、横光は文学史にほとんど例を見ないほどの野心家であった。彼の生涯にはほどほどという自制が見られない。如何なるときにも文壇の耳目を惹き、何が何でも話題の中心となり、文藝界の広野を蹄の音高く疾走し、第一人者にして親分たろうと心がけた。人並みはずれた心労の甲斐あって、昭和十年前後、小説の神様、と言われるようになったとき、今度は神様にふさわしい荘厳な小説を書こうと努めた。最後になった長篇小説『旅愁』の破綻があきらかになるまえ、若くして世を去ったのも天寵であったかもしれない。

初期横光の新感覚表現

何を措いても新奇であること驚かせること、初期の横光は思いきって奇矯な文体を選んだ。

おもむろに木枯が忍び寄った。まっさきに山の頂から痩せさせると、次に山腹の栗の林を掃ぎ流し、いつの間にか、野の立木の頭を剃り落して農家の障子の破め目を悲しそうに泣かしている。（「馬に乗る馬」）

真昼である。特別急行列車は全速力で馳けていた。沿線の小駅は石のように黙殺された。（「頭ならびに腹」）

歩道の敷石が曲って来た。寒い。建物の影の中へ踏み込んだのだ。馬車が通る。鞭の革が蔓のように閃いた。硝石の中でひとり娘が笑っている。街路樹の葉が邪魔だ。空では建物の石線が斬り結んでいた。（「表現派の役者」）

その白昼私は東京で手拭を振り廻して歩いていた。すると倒れた。石に躓いたのだ。臑から血が出ていた。臑を傷つけた青い小さな石を拾って湯へ入った。私は湯の中へまる裸体で浸りながらしきりに人生に腹を立てていた。（「青い石を拾ってから」）

月蝕の夜が廻ってきた。婦女の月経が乱れて来た。浜に打ち寄せる波足が狂い出した。その夜、彼妹の霊魂が速力を出し始めた。（「園」）

Q川はその幼年期の水勢をもって鋭く山壁を浸蝕した。雲は濃霧となって渓谷を蔽っていた。

山壁の成層岩は時々濃霧の中から墨汁のように現れた。濃霧は川の水面に纏りながら渓から渓を蛇行した。そうして、層々と連る岩壁の裂け目に浸潤し、空間が輝くと濃霧は水蒸気となって膨脹した。

Q川を挟む山々は、此の水勢と濃霧のために動かねばならなかった。

その山巓の屹立した岩の上では夜毎に北斗が傲然と輝いた。だが、その傲奢を誇る北斗はペルセウスの星が、刻々にその王位を掠奪しようとして近づきつつあることには気附かなかった。その下で、Q川は隣接するS川と終日終夜分水界の争奪に孜々としていた。(「静かなる羅列」)


ナポレオンの腹の上では、今や田虫の版図は径六寸を越して拡っていた。その圭角をなくした円やかな地図の輪廓は、長閑な雲のように美妙な線を張って歪んでいた。侵略された内部の皮膚は乾燥した白い細粉を全面に張らせ、荒された茫茫たる砂漠のような色の中で、僅かに貧しい細毛が所どころ昔の激烈な争いを物語りながら枯れかかって生えていた。だが、その版図の前線一円に渡っては数千万の田虫の列が紫色の塹壕を築いていた。塹壕の中には膿を浮べた分泌物が溜っていた。そこで田虫の群団は、鞭毛を振りながら、雑然と縦横に重なり合い、各々横に分裂しつつ二倍の群団となって、脂の漲った細毛の森林の中を食い破っていった。

フリードランドの平原では、朝日が昇ると、ナポレオンの主力の大軍がニエメン河を横断してロシアの陣営へ向っていった。しかし、今や彼らは連戦連勝の栄光の頂点で、尽く彼らの過去に殺戮した血色のために気が狂っていた。

ナポレオンは河岸の丘の上からそれらの軍兵を眺めていた。騎兵と歩兵と砲兵と、服色燦爛たる数十万の狂人の大軍が林の中から、三色の雲となって層々と進軍した。砲車の轍の連続は響を立てた河原のようであった。朝日に輝いた剣銃の波頭は空中に虹を撒いた。栗毛の馬の平原は狂人を載せてうねりながら、黒い地平線を造って潮のように没落へと溢れていった。(「ナポレオンと田虫」)


以上が初期横光が辛苦した新感覚表現であり、寺田透はこれらをひっくるめて批評しているのである。

横光は早々に新感覚一本槍を切り上げ、感覚のための感覚ではない社会小説「上海」を書いた。プロレタリア文学の陣営に向かって、君たちにはこれだけスケールの大きい描写はできまいと、敵愾心を露呈した挑戦状である。そしてたちまち身を翻して、若い世代が吹聴している新心理主義を勘で理解し、意識の流れの手法を取り入れて「機械」を書く。小林秀雄が熱狂的評論で持ちあげた。以後も横光は豹変を重ね、第一人者の地位を保つのだが、ひとまずここで終わるとしよう。

学問の香気に包まれた評論家

寺田透は戦後に出現した個性的な文藝評論家である。『日本現代文学全集』（昭和41年）には一冊の五分の一を割りあてられているのに、『現代日本文学大系』（昭和48年）ではふるいおとされているなど、文壇での地位はうまく定まらなかったように思われる。そう言えば前者に収録された諸論文はいずれも古典論で、ジャーナリズムとは少し隔たりがあるように見えた。つまり寺田透の批評は自分の問題意識に執するのあまり、ジャーナリズムの波に乗りにくいという事情があるのではないか。要するに無粋な学者ではないが、学問の香気に包まれていて、言うなれば学匠評論家と見ていいだろう。

処女作『作家私論』以来の愛読者として言えば、作品論より寧ろ作家論、その行程を見渡すとき、独得のしみじみとした味わいが出るのではなかろうか。たとえば多くの論考から私が選び出すのは「秋声の私小説」（昭和26年）である。その文末に寺田透は次の如く言う。

> 情念が情念のまま純化されて、一つの思想の姿を帯びた場合、と言ったらいいのであろうか。これは実証主義などというものによって批判されるより、仏教的精神現象学とでもいうべきものによって解明された方がいい何かである。

こういう難しい言葉を使うから敬遠されるのであろうが、要するに秋声はいかなる被り物をも身につけず、あるがままの歩き方をしているという意味である。

私は日本近代文学を支えている二本の柱に思いを馳せる。谷崎潤一郎と徳田秋声、相反するこの二人を理解するかどうかが、文藝読解力の要（かなめ）であろう。寺田透は秋声に甘く潤一郎に辛い。資質の問題であろうが残念である。

それはさておき、寺田透の全集に相当する『評論』全十五巻のなかに、ひときわ纏まっているゆえに目を惹くのが、

第Ⅱ期Ⅲ『バルザック論集成』
Ⅶ『ランボー着色版画集私解』
Ⅷ『道元論集』

の三巻であり、このように大きな仕事があることを紹介しておきたい。その一端をうかがうためにバルザックの『プチ・ブルジョア』を論じた一節を引こう。

> たしかにバルザックは、そういう卑しい、ちっぽけな欲念にとりつかれた人間をいじりまわすのに、やみがたい嗜欲を感ずる一面を持ってはいた。ただ僕らは彼の同時代の批評家のように、それを不道徳呼ばわりしようと考えないのである。サイヤールのかみさんがどんなに生々とした筆遣いで描かれているかを見給え。ラブールダン一家の生活が、概念的に説明されているだけなのとは違っ

て、サイヤール一家の生活はさも面白そうに描かれる。あの正統王政主義の大貴族ショーリユーの家庭を描くときのように無理に調子を張る必要もなく、その他誰々という貴婦人の閨房を描写するときのように綺羅を飾る必要もないのである。バルザックは余りに壮麗すぎる社交界から家に帰った人間のように、エリザベットたちを描くのが嬉しいのだ。ともかくここでバルザックが批判的にものを見ていないことはたしかである。

もう一箇所『道元論集』から。

今はからずも道元の文章に関して声調のことに触れたが、道元も平家物語の成立した時代の文章家として、その散文に、弾んだ、あるいは朗唱に適する調子をつけ、さらに漢語によって和文に模様をつけるとともに、耳新しい響きを添え、等々の労苦をいたく払っている個所が見出され、『随聞記』にしるされているように本当に文筆のわざを詮ないことと思っていたのかどうか、疑わしくさえ思わせる。

このように見てゆくと、批評家としての寺田透は、小太刀によってひとつひとつ捌いてゆく手法を、生来の身上とするのではないかと思われるのである。

三好達治「伊藤整詩集『雪明りの路』」

島崎藤村が詩集四冊を残して作家となったように、若き伊藤整は二冊の詩集から方向を変えて小説と評論に赴いた。彼が青春の形見に遺していった二百有余篇の詩作品には、これらは伊藤整でなければつくれない彼の刻印が捺されている。

言　葉

友よ　何も話し合はないことだ。
もうなにもね
こんな不確かな　信用のならない
ともすれば
皮肉や　嘘になつてしまふ
そんな神経質な
化物みたいな言葉を使はないことだ。
そして我々の
自分の言葉にさへ欺かれ易い考を、
お互に傷け合ふまい。
みんな自分自身の沈黙と孤独に帰ることだ。

小説へ向かわざるを得なかった詩人

清楚にして心を打つ優れた詩集を、詩の批評に堪能な第一級の詩人が書いた評論文を、さらに評論するのは絶望的に難しい。これまた批評の名手である中野重治が、森鷗外を論じた一節に、次の如く厳しい文言を記している。

たしかに彼には学者および詩人の魂があった。けれども、他のすべてがなくてただ一つそれあるために人を学者・研究者に追いやってしまったところのもの、他のすべてがなくてただ一つそれあるために、あらゆる抵抗の甲斐なく人が泣く泣く詩人となるほかなかったところのもの、かかるものとしての学者の魂、詩人の魂はついに鷗外の魂ではなかったのである。

そして伊藤整および三好達治は、幸か不幸か、あらゆる抵抗の甲斐なく、詩人、作家、評論家とならざるを得なかった人びとのひとりであると評しても的はずれにはなるまいと思われる。

抒情詩ではない思惟（デンケン）の詩とでも言おうか、これほど思いを凝らした論理展開を、揺るぎなく端正な詩の型に嵌めるまでには、この詩人は自分の内なる真剣で沈痛な要素を、洗い清めて整える必要があったろう。人間関係において誠実たらんと願う執念は、美しく貴いけれども息苦しいに違いない。もう少しお気楽にと勧められても、その通りにはできないのが伊藤整であったろう。この詩「言葉」一篇に接するのみでも、この作者は近い将来に小説へ向かわざるを得なかったであろうと察せられる。

魔術のようにきわどい評言

その間の呼吸を呑みこんだ三好達治は、「病む父」一篇を引き出し、

> こういう作品にのみ特有の、殆んど道徳的美感に近い詩感としてそれがそこに生かされているのを見る。その単純な、素直な、或は幼稚なようにさえ見える、その感動の深さはどうだろう。

と率直な嘆声を発している。これは「幼稚なようにさえ見える」詩を書くことが、いかに難しいかを知る人の言である。

　その感銘をさらに強調すべく、三好達治は繰り返し言い及ぶ。

> 当時の作者とは既に年齢の遥かに隔たった私のような読者にも、もう一度彼のいうその、まだ幼くて頼りなげな若者らしい感想を感慨ふかく思い起させるではないか。詩のある深さには、必ずしも老齢の魂が達するのではなく、反ってある頼りなげな、まだ幼くて手さぐりをする魂があるときそこに到達する、その最も深部に達する、その単純なたしかさはどうだろう。

詩を評するのに、「まだ幼くて手さぐりをするとき」とは、危うく成り立つ語法であり、一字一句動かすことのできない巧みさの極（きわ）である。魔術のようにきわどい評言である。

　伊藤はそれにふさわしい魂のよい時期に感銘ふかい彼の作品を、それもふんだんに数多く書き残しておいたものである。今日の詩壇の流儀から見ると、既にたいへん古風に見える彼の二冊の詩集には、そういう種類の忘れがたい感銘が、ほとんどそれのみが、いっぱい充満している。詩の批評とはかくの如くあるべしと訓（おし）えられる行文ではあるまいか。

三好達治の詩一篇

このように鮮やかな批評を書く三好達治の詩作は如何に。
私の好みに偏して一篇を引こう。

草の上

★

野原に出て坐つてゐると、
私はあなたを待つてゐる。
それはさうではないのだが、

たしかな約束でもしたやうに、
私はあなたを待つてゐる。
それはさうではないのだが、

野原に出て坐つてゐると、
私はあなたを待つてゐる。
さうして日影は移るのだが――

★

かなかなはどこで啼いてゐる？
林の中で、霧の中で
ダリアは私の腰に
向日葵（ひまはり）は肩の上に

お寺で鐘が鳴る。
乞食が通る。

かなかなはどこで啼いてゐる？
あちらの方で、こちらの方で。

★

池のほとりの黄昏（たそがれ）は
手ぶくろ白きひと時なり

草を藉（し）き
静かにもまた坐るべし

古き言葉をさぐれども
遠き心は知りがたし

我が身を惜しと思ふべく

人をかなしと言ふ勿れ

★

鵞鳥は小径を走る。
彼女の影も小径を走る。
鵞鳥は芝生を走る。
彼女の影も芝生を走る。

白い鵞鳥と彼女の影と
走る走る――走る

ああ、鵞鳥は水に身を投げる！

詩作を終えて以後、伊藤整の活躍は目覚ましかった。『若い詩人の肖像』に描かれている時期はちょうど詩作の季節と重なりあっている。『伊藤整全集』二十四巻、『日本文壇史』十八巻。また『三好達治全集』十二巻。

伊藤整「近代日本における『愛』の虚偽」

明治以後最も重大な問題を扱った評論

伊藤整は、短歌、詩、小説、随筆、評論、翻訳を以て出発した。最初の詩集は昭和元年の『雪明りの路』である。昭和四年から小説ならびに評論へと自然に移行した。それから昭和四十四年十一月十五日に逝去するまで四十年間、数えきれないほどの評論を書いている。『小説の方法』など、どの評論も含蓄のある論法を以て、文学概念をゆったり変革してゆく功績は大きかった。伊藤整は、福田恆存および山崎正和と並んで、日本近代文学史の評価軸に、清新な衝撃を与えたと言えよう。

その伊藤整が、これだけは断じて書き残さずして死ねるものかと、自分の生涯を圧縮した論鋒を精練し、書かずにおれない衝迫に駈られて、考えること思うこと感じることのすべてを、書き尽くして自ら代表作とひそかに認めたのが、この「近代日本における『愛』の虚偽」一篇であり、昭和三十三年七月『思想』に掲載された。

この僅か七頁の論文を、私は本人の意見を聞く機会を逸したが、私の独断で、伊藤整の代表作と思い定めている。のみならず、明治以後の我が国で、最も重大な問題を扱った記念碑であると考える。したがって『昭和批評大系』や『近代日本の百冊を選ぶ』など、どの詩華集（アンソロジー）からも、この貴重な短い文章が排除されているたびに、今度もやっぱり駄目か、仕方がないなあと、おとなしく諦めることに決めている。

現在だけの現象ではないだろう。来年も再来年もその翌年も、近代日本名文集という類いの本が出るたびに、この「近代日本における『愛』の虚偽」という論文だけは、そっと目につかぬよう隠されるであろう。

仕方がないから本書におけるこの一章として、一切の削除もない全文を載せてみたい。そして、何故この論文が忌避されるのか、その理由を探って、読者と理解を同じうしたいと思うのである。

できないことを命令する絶対者

伊藤整は西欧と日本とで人間社会観が異質であることを認めよと迫る。まったく以て当然の話であろう。しかし、実はここに近代日本を揺り動かす難問がある。日本と外国とでは、人間の生き方が違うのだ、と理解した人の将来は何も問題がない。しかし日本も外国と同じように行動しなければならないと信じた日本人がいたら、どちらかがより正しいのであるから、両者が人間社会についての考え方を合致させるまでは、いやでも軋轢が続くであろう。

他人を自己と同じように考えて、差別を完璧に設けないということは理想である。はっきり言えばウソである。しかし西欧人は建前を押し通す。けれども我々日本人は、「あなたの隣人をあなた自身のように愛せよ」と言われたところで、「その通りに実行することはできない」と笑うしかない。伊藤整の見るところ、西欧人の考え方では、他者との組み合わせがしっくりと安定していなければ気が済まない。ところが日本人の人間観では、いくら親しくても他者との間には隙間がある。その差異は消去できない。それを埋めるために道徳がある。伊藤仁斎は人間関係の極意として、譲（ゆずり）に如くは無し、と言った。これは積極的な救済行為ではない。相手の自我に寛大であることである。このように儒学では出しゃばりのお節介を旨としない。孔子は「現世」の秩序が健在であることを望んだ。自分と他者の関係を「仁」という言葉でゆとりのある態度を設定した。最終的な結論として、自分が他人からして欲しくないことを他人に施すなかれと言った。これ以上に妥当な人間関係はないだろう。孔子を代表とする儒学の考え方は、最も安隠をもたらして安定している。何も思い煩うことはない。儒学は最も人間性の自然に即しているだろう。

しかるにそこへ余計な引っ掻き廻し棒が現われた。神という名の悪魔である。なぜ悪魔であるのか理由を述べよう。この神たちは絶対者であるから、究極にまで他者を愛せよと命じる。孔子と違って、「他者を自己と同じレベルまで愛せよ」と要求する。しかし、人間と人間との間に介在する冷酷な人間の区別感を解消するのは不可能である。ここが要点（ポイント）である。できないことを命令されてもできないのだから。凡人は絶対者に罪を負う。生きとし生ける者はすべて罪人である。そこで人間は神に祈り懺悔して許しを乞い願うが無駄である。

西欧における信仰の本質は、悔い改めと祈りである。そこからキリスト教における愛というものが知らぬ間にできる。汝等は愛し合え、と牧師が壇上から命令調で二人を結び合わせる。我が国における男女関係の伝統は、世話する者があって婚礼が行われるが、二人の間に、愛、なんて言葉は交わされないし、誓約も祈りもない。誓う相手がないのだから、殊更に約束することなんてありえない。別れるときには三下り半を渡せばよい。

一部の高級武士家庭は別格として、花嫁が処女であるなんて珍しい。源氏物語、帚木の巻、雨夜の品定め、女性の美点はたくさん数えあげられているが、貞操、だけは欠落して問題にもされない。我が国に処女崇拝の伝統はないのである。しかるに突然ヨーロッパ思想が現われて、我々はもともと「愛」

なんて無関心だったのに「愛」を誓って祈らなければならない。我々日本人は知り合いの紹介または惚れた腫れたでくっつくのであり、結婚するのではなく一緒になるのである。

　伊藤整は関係代名詞の機能を位置づけて、日本人の人間関係を総浚いする。

> 　男女の結びつきを翻訳語の「愛」で考える習慣が日本の知識階級の間に出来てから、いかに多くの女性が、そのために絶望を感じなければならなかったろう？　人間の男女が自由に交際し、他者と触れることに生き甲斐を感ずるキリスト教系の思考法による交際社会のない日本では、多くの男女は「愛」のない見合結婚をしなければならず、それを彼等は不満に感じた。また恋をし合って結婚した女は、それを「愛」という言葉で錯覚するために、人間の交際は独立の男と男の間にのみあり、その席に出る女は本質上娼婦に過ぎないという日本の社会で、確実にやって来る男性の娼婦買いに直面して、「愛」という永遠なものが失われたことを、大きな絶望とともに味わわねばならない。

「愛」という言葉が入ってくるまで、日本の女性は男女問題を観念的に思い悩む必要はなかった。ウルサイのは北条政子だけであった。もっとも愛という言葉を聞いたところであれは異国の人じゃものと、相手にしなかった賢明な人も少なくなかったろう。しかし一方、この細菌に感染した愚か者もいた。その代表は北村透谷である。この男の愚は如何とも救い難いのである。

　以下は先に透谷の文章を掲げ、その文に対する谷沢のコメントを付与するかたちである。

『透谷全集』書き入れ

馬鹿らしく

▽透谷いわく「余は儀式的、機械的に日本語が英語よりも冗長に馬鹿らしく発達し居るを知るのみ」と。（1巻二三一頁）
□透谷は敬語の機能を理解せず、婉曲叙法の妙味を感得せず、実名敬避俗の社会規範が齎す人間関係調整法に思い至らず、平安朝仮名表現文化の奥行きを味読し得ず、直接の名指しよりも複雑に情を籠めた間接指示の合意に感応せず、日本語の伝統的な独自の語法を「儀式的、機械」的と舐めて受け取り、微細に別け入る理解力を欠如するゆえに「冗長」と蔑み、自己の無学を棚に上げ増長した揚句の果て「馬鹿らしく」という最大の罵倒語を発したのであろう。

紀念碑

▽透谷いわく「文学は空漠たる想像より成れるにあらず、実は〈時代〉なる者の精勉して鋳作せる紀念碑なり」と。（1巻二四五頁）

□どうせ誰か泰西論者の口真似であろうが、文学独尊患者の自家中毒症状である。ある文学作品が真に時代の紀念碑であるか否かを検証するには、その作品とは別個に分離した無関係の手段に拠って時代の真相を照明し、そうして得られた把握の結論と当該文学作品とを突き合わせて、両者が符節を合する如く寸分違わぬと認定せねばならぬはずだが、そういう格好の便利な手段が発見されていない以上、文学は時代の紀念碑であるなどとは文学者の傲慢で根拠のない自己宣伝の触れ込みに過ぎない。

大活眼

▽透谷いわく「要するに歴史の最純なる者は、是を文学史に求め得べし、而して文学史を編む者は、此の大活眼あるにあらずんば能はず」（1巻二四六頁）

□文学者を以て自認する夜郎自大が思い上がったらどれほど甚だしい妄想に達するかの見本である。歴史の記述という難題に立ち向かった真摯な先人たちが、ヘロドトスにしてもツキディデスにしてもプルタルコスにしても司馬遷にしてもヨセフスにしても、どれほどの辛酸を嘗めて広く各地を踏破し、信頼できると思われる資料の探索に努めたことか。彼等はいずれも生涯を捧げて人間世界を敬虔に観察した。然るに透谷は一巻の文学史を以て世界の「歴史の最純なる者」であると豪語する。思うに「最純」なる唯一語の頌辞（しょうじ）が奸智に長けた用意の逃口上であろう。世のあらゆる史書は雑にして妄にして茫（ぼう）にして粗にして取るに足らず、文学史こそ「最純」なりと一切の史書を押し除け蹴散らし踏み潰して突進する我が仏尊しの揚言であろう。つまりは無法独善の虚仮威（こけおど）しである。

恋愛

▽透谷いわく「恋愛は人世の秘鑰（ひやく）なり、恋愛ありて後人世あり、恋愛を抽き去りたらむには人生何の色味かあらむ」と。（1巻二五四頁）

□秘鑰は秘密の庫を開ける鍵。また、秘密を明らかにする手引き。秘鍵。以下では意を汲んで鍵の文字を略語として用いる。人世は人の世の中、世間、浮世を指すのであろう。恋愛が人世を理解する鍵であると透谷は宣（のたま）う。恋愛しなければ死ぬまで人世は解らぬのだそうである。それなら是非とも恋愛しなければなるまい。それも遅からぬに越したことはなかろう。近頃は初潮が早いので小学生も妊娠する。妊娠は性交の結果であり、性交は恋愛の帰結であろうから、彼女はすでに人世の鍵を手にしたのだと認定して親が喜ぶか。その事態を愚かしいと呆れて罵るとするなら、彼女は真っ当な恋愛をしたのでないと貶しめなければならず、そのように蔑むためには真正の恋愛とは何か判断の基準を立てなければならぬ。するとこの世には本物(ほんまもん)の恋愛に突進する天晴れな賢者と偽物(ばちもん)の恋愛に遊泳する愚者(つまらんちん)と恋愛の機会に遭遇しない無能者(あかんたれ)との三種が並存していると見做さなければならぬ。この微妙で厄介な判定を神のように誤りなくてきぱきとやってのける者は誰か。それとも劇場の座席みたいに恋愛を一等二等三等と区別して認定票でも発行するかね。恋愛の真偽や高低や純度を客観的に見分ける方法はない。恋愛とは要するに本人が自分は恋愛しているのだと逆上(のぼ)せあがっている主観的で瞬間的な心理現象を指す。その恋愛が長続きするという保証はないし、いわんやその恋愛が偕老同穴に至るか否か予測は不可能であることぐらい誰でも知っている。恋愛は虹の如く果敢なしとも言えようか。もっとも自分こそ神聖なる恋愛の当事者なりと自惚れるのは勝手である。それにしても思い上がりが嵩じて恋愛に灼熱した我こそ人世の鍵を手に入れたるなりと自認する僭越は滑稽の限りであろう。根拠なく他人を冷酷に見下す傲慢な選民根性である。

　しかしひとり勝手に舞い上がっている限りにおいては噴飯物ながら罪はないと笑って済ませようものの、「恋愛を抽き去りたらむには人生何の色味があらむ」と、容(かたち)を改めて凄(すご)んでみせるに至っては、これはもはや悪質で逃げ道のない脅迫の役割を果たす。透谷の勢いこんだ発言は幼稚な恫喝であり、その極端な虚勢(はったり)で自分を売り出そうとする香具師(てきや)根性に発しているのだ。そもそも世には人の気持ちを和らげ落ち着かせ幸せにする論理が一方にある。それとはまったく逆に人の精神をそそけ立て沈み込ませ悲嘆に暮れさせ不幸に陥れる理屈がある。どちらを嘉(よみ)して歓迎すべきか言うまでもあるまい。恋愛は人世の鍵であるとの言い立ては寸毫の疑いもなく後者に属する。人を嘆かせ悲しませ劣等感に追いやって快とする悪魔の囁きである。

　一般に世の男女は適齢期に達するやなんらかの縁あって結ばれる。その経路を三種に分類しようか。第一種は先日まで赤の他人であった男女が然るべき人に引き合わされて好意を抱き夫婦となる場合。昔から一般に見合いと称するが、紹介結婚と呼ぶのが妥当であろう。第二種は従兄弟従姉妹(いとこはとこ)や近所に育った筒井筒(つついづつ)の幼な馴染みや友人の兄弟姉妹などかねて気易く交際(つきあ)ってきた二人が別に惚れた腫れたというほどの騒ぎもなく自然の成り行きで夫婦となる場合。いちおう縁故結婚と呼ぼうか。第三種は当事者が熱烈な恋愛関係にあると自認しながら勇躍して夫婦となる場合、いわゆる恋愛結婚である。透谷の恫喝によれば、第一種と第二種の男女は永遠に人世の鍵を手に入れることができず、彼等の生活は生涯を通じて無味乾燥の索漠たる生きて甲斐なき惨めな愚かしく果敢ない月日に終わるのだそうな。聞く者の骨も凍るようなこの冷酷な軽蔑は現実に反する。世には第一種第二種の経路を経た夫婦が仲睦まじく互いに敬愛の情を持し生涯を幸福に送る例が圧倒的に多い。それでも彼等は不幸であり一人前の人間に非ずと貶しめられ蔑まれねばならぬのか、一方また世には灼熱の恋愛が日ならずして醒め憎みあい破境に達する例また少なしとせぬ。しかし彼等はすでに人世の鍵を握ったのだから、以後の右往左往も含めて感嘆すべき見事な素晴らしい人生であると崇め尊び礼拝せねばならぬのか。

　もう要約していいだろう。透谷が掲げて振り廻す恋愛至上主義は人生の現実とはなんの関係もない愚劣な戯言に過ぎないのである。ただ甚だしく不幸な嘆かわしい傾向であるのだが、この恋愛至上主義が近代日本におけるかなり多くの男女に強迫観念となって植えつけられてしまった。この恋愛尊崇主義は限りなく多くの男女を不幸に突き落としたのである。いますでに適齢期であって誰が見てもお似合いの異性がそこに見当たっているのに、ところがいわゆる恋愛感情が燃えあがらぬのは自分が致らぬゆえであると卑下して良縁を逃がし、空しく無意味に齢を重ねる不幸な例がどれほど多く見られたことか。また紹介結婚や縁故結婚をして琴瑟相和し幸福な家庭を築き、本来なら良き伴侶を得た身の幸せを寿ぐべき境遇にありながら、自分たち二人は熱烈な恋愛を経ていないのだから真っ当な人生を送っていないのだと、自らをあえて虐げ思い鬱屈し嘆き悲しみ悩みを深くする、まことに気の毒な救いようのない不幸な場合が、現実にこれまた決して少なくなかったのである。すべては観念の悪戯であった。恋愛至上主義などという人間性に悖る愚かしい強迫観念が、数えきれないほどの罪もない男女を不幸に陥れたのである。恋愛尊崇主義などという憎むべき悪魔の囁きが、美わしく幸福な明るい家庭に暗く悲しく心を腐らせる情念を吹きこんだのである。

　透谷は言葉を尽くして重ねて強調する。すなわち「各人各個に人生の奥義の一端に入るを得るは、恋愛の時期を通過しての後なるべし」と（1巻二五五頁）。透谷は全人類を二種類に分類できる大権を握ったつもりでいる。つまり「恋愛の時期を通過」したゆえに「人生の奥義の一端に入る」を得た人、これは御立派な肯定的人間像である。それに反して「恋愛の時期を通過して」いないゆえに「人生の奥義の一端に入る」を得ない人、これは愚かな否定的人間像である。そもそもこの世の人すべてを唯ひとつの基準によって二通りに分類し、片方には勇ましく恭しく軍配をあげ、残る片方を見下し斥け蔑み貶しめる権利が誰にあるのか。透谷は最高至上の裁判官を以て自ら任じている。この謂われなき非人間的な傲慢が、実は我が国における左翼思考法の原型なのである。日本の左翼人が挙って透谷を礼讃する理由は、透谷が提示した二分法へ擦り寄る熱烈な共感なのだ。左翼人は己れを智能に秀でた未来を司る共産主義者、すなわち肯定的人間像として深く嘉(よみ)する。一方、非共産主義者は愚昧愚鈍の否定的人間像として冷く軽蔑する。透谷における観念の軸芯であった恋愛を、これまた観念としての共産主義に入れ替えるだけで、両者の思考法は完全に一致する。そしてその根本に横たわる自慰の論理は愚民論である。民は愚かなりと見下す冷眼視である。透谷が「恋愛の時期を通過」せざる者を一人前の人間と認めず犬猫扱いしたように、左翼人には共産主義に入信せざる者を智能不足な愚物と蔑んだ。両者の思考方法はそっくり同じ型に属する。他人を限りなく軽蔑し己れのみを高しとする論法を発明した思い上がりの傲慢によって、透谷は我が国におけるいわゆる進歩的文化人の純粋な原型たるの光栄を有するのである。

伊藤整は彼が最も心を籠めたであろうと思われる論文「近代日本における『愛』の虚偽」において、「男女の結びつきを翻訳語の『愛』で考える習慣が日本の知識階級の間に出来てから、いかに多くの女性が、そのために絶望を感じなければならなかったろう?」と嘆いた。多くの人の身の不幸に思いを馳せ、その痛みを我が身に体する心の優しさこそ、論を立て人に説く者に求められる資質ではないだろうか。伊藤整の見るところ「その実質において征服と被征服の関係であり、相互利用の関係であり、又は肉体の強力な結びつきにおいて、対象を取り変えないことを道徳的に拘束するこの関係を、神の存在を前提としてのみ成立し得る『愛』によって説明して来たこの百年間に、異教徒の日本人の間に多くの悲劇が生れた」のである。それは人を脅して快とする者が発した強迫観念(イデオロギー)の悲劇であった。松田道雄は『恋愛なんかやめておけ』(昭和45年5月23日・筑摩書房)において若者に語りかける。「精神的恋愛は、長もちしないんだ」「精神的恋愛ってのは結局は夢なんだ」と。人生の真実を地道な語法でおだやかに説く心配りに聞き入るべきではないか。そして透谷が同時代人を恫喝するより二百年以上も前、すでにラ・ロシュフーコーがその箴言(しんげん)集においてこの問題にしっかり留めを刺している。すなわち「真の恋愛は幽霊の如し。すべての人是を語り、是を見たる者 尠(すくな)し」と(斎藤磯雄訳文)。

好色

▽透谷いわく「思へ、好色と恋愛と文学上に幾許の懸隔あるを、好色は人類の最下等の獣性を縦(ほしいまま)にしたるもの、恋愛は、人類の霊性の美妙を発暢すべき者なる事を、好色を写す、即ち人類を自堕落の獣界に追ふ者にして、真(まこと)の恋愛を写す、即ち人間をして美を備へ、霊を具する者となす事を」(1巻二七七頁)。

□透谷の言う好色は限定して遊郭における性交渉を指すらしいが、広く婚外性交をも含むと解してよかろうか。そして彼の思い描く恋愛は遊里とは関係のない一般人の間に湧き起こる感情のみを意味し、遊里に恋愛は絶対にありえないとの前提に立つらしい。事実を無視した一方的な侮辱の論理である。近世期に遊女と客との相対死は珍しくなかった。心中は命を滅する行為である。情死を決心するほどの思い入れは異性愛の極致であろう。それをも恋愛と認めないのは遊里を「獣界」と見做し遊女を人間のうちに数まえないからであろう。まことに決然たる差別意識である。透谷は好色と恋愛とを両極に対比させる。しかし恋愛は必然的に性交へ赴く。

村上元三の『上総風土記』は願うところあって性交を絶つ夫婦の物語だが、これはほとんど世にありえぬ例外であって、愛し合う男女の性交は当然であろう。性交はいやいやながらのお勤めではないのだから、健康な性欲の自然な発動は至って人間的な好色である。婚外性交を好色と罵る透谷は夫婦性交を儀式や礼拝の如く心得ているのであろうか。遊女との交渉は獣性で、夫婦性交のみが人間性の行為であるというわけか。つまり人間は慎ましく一穴動物に終始すれば「獣性」に陥らぬのであるらしい。要するに透谷は遊郭を罵り遊女を蔑み嫖客を憎み、それを理屈の上で撲滅するために好色という貼札を考案し、その好色は卑しむべき獣性なりと判定したいのであるらしい。それほど遊里が嫌いなら足を踏み入れず女房一筋に黙って励んでいたらよいのだ。なぜ「獣性」など極端な罵倒語を動員してまで他人の行為を罵る必要があるのか。

榎一雄が『東洋文庫の六十年』（昭和52年11月19日・東洋文庫）に伝えるところによれば、岩崎弥太郎の長男久弥の妻寧子は、病いを得て逝去するに当たり特に余人を退け夫を病室に招き、久弥が終始家庭を清潔に保ったことに感謝したという。人も羨やむ三菱財閥の御曹司に生まれたのであるから、至るところ折花攀柳は意の儘であるのみならず、別宅を各所に構えても世人は異としなかったはずである。そして恐らく夫人もそうなるであろうことを覚悟の上であったから、世を去るに臨んで衷心よりの謝辞を述べたのであろう。岩崎久弥は自ら選んで潔癖な生活を選んだ。それを誇らず言い触らさず沈黙を守った。そして自分の嗜好と方針を楯にとって、他人に「獣性」などという聞くだに厭わしい罵言を発しなかったようである。それに反して透谷は国民を攻撃し罵倒し侮蔑し、他の人間を評するに「獣性」なる筆にすべからざるの語を投げつけた。自分が生まれた国の同胞を撃って叩いて罵って自ら快しとするのが透谷の嫌らしい性根であった。

平和

▽透谷いわく「平和主義を抱ける洋人某、曾つて余と〈八犬伝〉を読む。我が巻中に入れたる挿絵、腥ぐさき血を見せざる者甚だ尠なり。平和家泣を啜つて曰く、往昔の日本は実に無量の罪悪を犯せり、われ幸にして、当時貴邦に遊ばず、若し遊びしならば、我は為に懊悩して死せしならむと。言甚だ

謔に近しと雖、以て文明と戦争の関係を知るに足れり、戦争の精神、年を遂ふて減じ行き、いつかは戦争なき時代を見るを得んか」と。（1巻二八四頁）

□ここに出て来る洋人が架空か実在かは定かでないが、いかにも欧人らしく見事に毅然と実在感がある。この欧人は愛国心と自尊心と虚栄心に充ちているから、自分が生まれた国や所属する文明圏の恥になることは口が裂けても言わない。己れの国が為たことは悉く棚に上げて知らん顔を決めこみ、その代わり他国に向かっては容赦なく非難攻撃侮蔑の鞭を振るう。洋人の祖国が二千年以上の歴史を通じて内戦および外戦に一兵たりとも動かさなかったなど歴史の常識に照らしてありえないのに、都合の悪いことにはすべて思いを致さず言葉に出さない。そして宇宙が生じてこのかた戦争をしたのは世界中で日本のみであったかの如く糾弾する。この鉄面皮で恥知らずな嘘吐きの厚顔しい攻撃型が洋人の実態である。いや彼のみが例外なのではなく他国の人間はすべてこのように得手勝手なのである。その言うところは腹に一物の誇大妄想に発する曲解の故事付けである。『八犬伝』百六冊を以て「往昔の日本は実に無量の罪悪を犯せり」と断定する証拠に用いるなど、正気の沙汰ではない。洋人は理も非もなく日本を貶しめ卑しめ見下し蔑み弾劾し罵り叩き伏せたいのであり、それはあらゆる国の誰もが他国を論らうときの平均的な態度であって異とするに当たらない。その意味で洋人は通常の普遍的な型に属する。そして嘆かわしくも奇妙なのは、洋人の理不尽な論評に一言の抗う意欲もなく、頭を垂れて這い蹲るかのような透谷の萎縮しきった姿勢である。

　透谷が痴呆でないとすれば、世界史が数えきれない戦争の記録であることを知らぬわけがない。透谷が愚昧でないとすれば、日本が明けても暮れても戦争ばかりしていたと信じていたはずがない。洋人の囈言は一から十まで悪意に満ち敵意に溢れた言い掛かりである。にもかかわらず透谷はその論難を無条件に肯定している。一体そもそも何故であろうか。そこに透谷なるものの心性の本体が露呈していると見ることができよう。透谷は洋人某から理由もなく根拠もなく有史以来の日本国民が、すなわち世界中で唯一例外的に日本国民だけが、実に無量の罪悪を犯してばかりであったのだと罵られて同感の意を表している。透谷は同胞のすべてを罪悪の犯人と見做す判定に賛意を示している。しかし当人の自分だけは罪悪を犯しているのではないから、晴れて清らかに無罪なのであろう。自分を生んだ国の長い歴史を作ってきた国民の悉くを罪人扱いして、同胞のすべてを悪人と見下して、そうでない自分ひとりの潔白にして厳粛な視座を誇っている。己れを遥かな高みに置くため自分だけ反っくり返るために国民の歴史を闇雲に攻撃する論法の先駆である。戦後の我が国に跳梁を極めた暗黒史観罪悪史観の原型である。自分だけ秀れて偉く高尚で立派なのだと胸を張りたいのは人情の自然であろうが、その思い上がりを支えてくれる可能にしてくれる方法として、我が同胞を一元的に理も非もなく糾弾して快しとするのが透谷の冷酷で残忍で卑劣な論法である。透谷は国民たる者の最低限の資格である愛国心をひとかけらも持たない獅子身中の虫であり非国民であり祖国を売る輩なのである。

処　女

▽透谷いわく「天地愛好すべき者多し、而して尤も愛好すべきものは処女の純潔なるかな。（中略）処女の純潔(チャスチチイ)は人界に於ける黄金、瑠璃、真珠なり。（中略）処女の純粋は燈明の暗牢に向ふが如しと言はむ」と。（2巻二五頁）

□あえて繰り返すが、世には素晴らしくも人を幸福に導く論理があり、それとは逆に人を不幸に陥れ悲嘆に投げこむ論理がある。どちらを嘉(よみ)すべきは言うまでもない。透谷の処女愛好論は人から幸せを奪い嘆きを与え辛い思いに沈ませ悲しみに突き落とす悪魔の教説である。明治の世になるや、透谷などが声を高くして一方的に唱えたゆえ、処女愛好処女尊重処女崇拝が社会的に普(あまね)く広まり、それが幾多の故なき無意味で気の毒な不幸を生んだ。根拠も理由もない滑稽なこの固定観念(イデオロギー)がどれほど多くの犠牲者を生んだか測り知れない。愚かしくも悲惨にして嘆かわしい事態であった。透谷の錯覚はある女が処女であるか否かを正確に鮮明に弁別できるという嘲(わら)うべき思いこみに発している。しかし専門医の間では夙(と)く常識になっているのだが、経験の豊かな診察医でもこの判定だけはほとんど確言できないと言う。

笠井寛治が『名器の研究』（平成4年3月30日・ポケットブック社）に説くところはこうである。一般に処女膜が破れると表現するのは妥当でない。性交によって処女膜が破れるのではなく亀裂がはいるのだから男根を抜くと亀裂は元に戻る。処女のときと異なるのは割れ目がつくということだけで形状はほとんど変わらない。そして割れ目といったところでガラスの罅(ひび)のように誰が見てもはっきり判るほどに露出しない。見ても容易に判らない。したがって一回や二回のあっさりした性交の経験があったかどうかを処女膜の検定だけで見抜くわけにはゆかぬ。すでに早く式場隆三郎は「処女膜の存否が処女の決定に役立たないことは、もう誰でも知っている」（昭和13年1月1日『主婦之友』附録『結婚秘典』）と記し留めている。また初交で必ず出血するとは限らず、処女なのに出血しない女もかなり多く、あらぬ疑いをかけられる場合も少なくない。結局のところ処女か否かを判定する決め手はないのだ。要するに処女とは何か。処女には二種類あると言えよう。第一種は自分は処女であると言い張っている女である。第二種はある男によって彼女は処女であると信じこまれているところの女である。いずれの場合も真偽のほどは確かめようがない。世に処女がたくさんいることは確かであるにしても、ある特定の女が処女であるか否かを確定する方法は今のところ発見されていないのである。だから透谷が言い立てている処女愛好とは、根拠のない証明されていない一方的な思いこみによる歓喜であり尊崇であり自己満足であり、処女を得たという見せびらかしであり言い触らしであり、自尊心を精一杯にふくらませた宝物獲得の勝利宣言である。御本人がそう思いこんではるんやったら至って結構やおまへんかと、笑いながら祝ってあげたら済むことであり、誰も損をしたり被害を蒙ったわけではないから目出度し目出度しである。しかしそうとばかり囃し賞（そや）してばかりもおれない。この処女信仰が明治以来どれほどの悲劇を生んできたことであろう。不幸にも強姦されて自分に女としての価値はなくなったと、嘆き悲しんで世を儚（はかな）み、身を持ちくずして一生を台なしにした女がどれほどあったか。暴漢に凌辱されて自殺した女の例は新聞記事にいくらも見出せる。女は処女でなければ価値が零だとの故なき強迫観念（イデオロギー）のせいであった。愚かしい処女信仰の雁字搦（がんじがら）めになっていなければ命を絶つには至らなかったであろう。暴行されたところで医者に洗浄してもらえば済むことだ。

　司馬遼太郎は『国盗り物語』の一節（全集10巻四〇七頁）に鮮やかな情景を描きだしている。暴徒の集団に幽閉され輪姦の苦しみに人事不省となった奈良屋のお万阿（まあ）が意識をとりもどしたとき、庄九郎は狐六匹の死骸を庭にころがし、そなたは狐に騙されて身は清浄なまま幻覚のなかに眠っていたのだと言い聞かす。なんと奥深い人間愛の智恵であろうか。

　ところで話を元に戻して、いわゆる処女の価値なるものを再考したい。確かに処女の純潔な清浄には男を惹きつける魅力があるだろう。しかし一般にほとんどの男が処女を求める動機の奥には、実は潜在的な劣等感と、さらにあえて言うなら恐怖心が、かすかにひそやかに底流しているのではないか。そもそも男が子供から大人に生育してゆくのは、次第に諦めを重ね続ける経過であろう。第一に自分が藝能界から声がかかるほどの魅力的な容貌ではないと諦める。第二に自分はオリンピック選手になれるほどの体力を持たぬと諦める。第三に自分の智力が我が国で最も入学困難な大学に首席合格確実というほどではないと諦める。成長とは自分の限度を自覚する過程であろう。こうして男は分別を身につけてゆくのだが、唯ひとつどうしても観念しきれぬ問題が最後まで残る。それは自分が性能力において他人より劣るのではないかという恐れである。それゆえ他のあらゆる条件で自分が最優秀ではないと認めるにしても、性能力を女から他人と較べられたくない。伊藤整の『火の鳥』に、「敬ちゃんのものごしは決して女が初めてではなかった。私は明らかに比較されて味われていた」（全集5巻三七八頁）という一節がある。大抵の男は女より遥かに小心であるから、女によって自分が他の男に「比較され」評価され窃（ひそ）かに採点されるのを怖気をふるって嫌がる。ゆえに生涯を通じて配偶者が自分以外の男を知らぬ初心（うぶ）であって欲しい。すなわち処女尊重は男の得手勝手が生みだした夢想にすぎないのである。女がもし本当に純潔であれば、男は恰も絶対者の如く君臨できた気持ちになり得てまことに有難い。透谷が至上の価値として推奨措く能わざる処女の純潔は、男として他と比較されない支配者としての自己満足へ導いてくれる安穏なる条件である故に尊いのである。処女とは、つまり処女であると信じられている女は、男が意を安んじて駆けこみ得る安全地帯を意味するであろう。男の通弊である臆病にとって何物にも替え難いこの安堵が、処女という触れこみで現われる女の値を高くする第一の条件である。

次なる第二の条件は結婚相手が処女であったと思いこんだ場合に得られる自尊心の満足である。逆から見るならすなわち彼奴の女房は処女ではなかったんだそうだと噂されることへの凍りつくような恐怖である。つまりは世間体を気に病む精一杯の虚勢に発した憂悶である。嘉村礒多の「業苦」では圭一郎が妻に「咲子、お前は処女だったろうな?」(南雲堂桜楓社版全集上巻17頁以下)と問い詰める。つまり彼女が処女であるか否か彼には全く見当がつかなかったのであるゆえ、彼等の性交に支障を来したわけでもなく堪え難い不満足に苛まれたわけでもなかろう。ただ、もし処女でなかったとしたら誰かがその間の事情を知っているはずだからいずれ世間の嘲い者になるであろうと想像して震えがくるのであり、処女であると偽わられ瞞され馬鹿にされたのが腹立たしいのである。そして彼女がある男と「二年の間も醜関係を結んでいたのだ」と知らされ「憤り」「恨み」「口惜しさ」「激昂」「惘然」「銷沈」に達する。その結果「弱い身体と弱い心とを二十三歳の年まで潔く支えて来た」千登世、つまり処女であると信じうる女を得てようやく圭一郎は満足する。すべては自尊心と世間体をめぐる自己悶着の問題であり、この方向が極まり行き着く地点に成ったのが横溝正史の『本陣殺人事件』(角川文庫・双葉文庫)である。すべては男の果敢なき虚栄心がもたらす無意味で滑稽な騒動なのだ。

冷静に考えてみようではないか。世には未だ若く分別がつくに至らぬとき男の値打ちがよく判らずして性交渉に入ったのち、われ過てりと後悔し目覚めて人生経験を積み、賢く毅然と秀れた人格に成長した女が少なくない。逆に正真正銘の処女であったところで性質が愚昧であり愚鈍である例もまた限りなく多かろう。女の価値を処女か非処女かという肉体上の唯一点のみによって截然と峻別する評価軸は、人間の正味を判断する智恵として賢明であろうか。

三度び繰り返すが、透谷の論理は女を不幸に追いこむ冷酷な基準の脅迫的提示である。ひとたびの過ちのみによって女の人格を容赦なく全否定する無惨な裁定である。弁護を拒否して反対訊問を許さぬ宗教裁判の魔女狩りに酷似している。透谷の説法は限りなく人を排撃する侮蔑の論理である。処女でない女をそれだけの理由で決定的に蔑み、処女でない女を娶った男を最大限に卑しみ、本来は処女非処女の判定のみに拠らない人格価値の認定を一顧だにしない。この理屈は人の世に果てしなく不幸を招くのみならず、透谷の基準に合わぬ世の諸人を濫りに罵り蔑み貶しめる気風を醸成する。透谷は人間世界に他人を排斥する論理構造を導入すべく努めたのである。人の世に温い平和を齎すのではなく、人の世に惨たらしい抗争をひきおこす侮蔑の煽動である。他人を貶しめて自らを高しとするべしの優越願望の連中が、挙って透谷信仰になるのは昔も今もまことに自然な趨勢である。透谷はよほど残忍な性格の人であったらしい。田辺聖子の『休暇は終った』（新潮文庫）に次の一節が見られる。いわく「人を責めることが大好きな人があるね、正義の味方の中には」。

鬼神

▽透谷いわく「欧洲諸国に行はる、詩想は日本に求むべからず、善美なるものに対する観念も醜悪なるものに対する観念も、中心を有せず焦点を有せざるが故に、遠大高深なる鬼神を詩想中に産み出す事を得ざるなり」と。（2巻三九頁）

□欧洲は欧洲、日本は日本、それぞれの詩想はそれぞれの伝統に基づき独自に形成されてきたのであるとは考えず、欧洲にあるものが日本に見当たらないゆえ日本は劣っていると即断する小児的発想である。出身地を異にする隣りの家の児が珍しい玩具を持っているのに、それが我が家にないのは怪しからんと駄々をこねる弁えのない没分暁漢の喚き声である。その「遠大高深なる鬼神」を描いた名作とは何ぞや。それは「ハムレット」「マンフレッド」「フォウスト」であると言うに至っては笑わせる。要するに泰西の有名な代表作を指して似たような作品が我が国にないと叫ぶだけで一篇の論が成るという安直な時代思潮への反省心なき便乗である。それらのいわゆる名作の何処がどういうふうに「遠大高深」なるかについては口を閉ざして論じようともせぬ。薄っぺらい泰西名作梗概案内を瞥見しただけでも言えるお決まりの定型ではないか。「我文学の他界に対する観念に乏しきこと」は肯定し得るとしても、何故「他界に対する観念」が必要であるのか、その論拠を示そうとする気配もない。世界は均質でなく多様である。他界観念を産み出す文化圏もあれば、我が国の如く他界観念を必要とせぬ文化伝統もある。要はそれだけの差異である。然るに事情もよく解らぬ遥か遠くの欧洲に憧れ、彼方にはある、此方にはない。嗚呼、此方にはない、無い無い無い無い、と泣き叫ぶ、無い無い尽し即席簡便論法の先駆である。

晏逸

▽透谷いわく「国としての誇負、いづくにかある。人種としての尊大、何くにかある。民としての栄誉、何くにかある。（中

略）彼等の中に一国としての共通の感情あらず。彼等の中に一民としての共有の花園あらず。彼等の中に一人種としての共同の意志あらず。晏逸は彼等の宝なり。遊惰は彼等の糧なり。思想の如き、彼等は今日に於て渇望する所にあらざるなり」と。（2巻三二五頁）

□発表は明治二十六年十月である。翌二十七年八月一日日清開戦、勝利は決定的であった。当面の敵は清国に非ずしてロシアの南下であった。白色人種の勢力拡張を黄色人種が実力を以て阻止した世界史上最初の快挙である。予想を絶する空前の成果であった。それを為し得た者こそ日本国民である。事実がすべてを完璧に証明するであろう。戦争はもとより総力戦である。「晏逸（あんいつ）」と「遊惰（ゆうだ）」を以て大清帝国に勝てるか。透谷の罵倒は当たっていたか否か、改めて論議するまでもあるまい。透谷の放言は果たして現実に即していたか、論評する必要もなかろうではないか。この八つ当たりは嘲笑のための嘲笑であり軽蔑のための軽蔑である。自分が生を享けたほかならぬ祖国の、自分以外の国民同胞すべてを故なく罵って自ら快しとする異常な思い上がりの典型である。それゆえ同じ型に属する尊大で粗暴な自己肥大症の後続者が、この「漫罵（まんば）」一篇を読むに及んで自分も透谷と同じ気分に舞い上がり浮かれ楽しんだ。中村光夫は透谷に便乗して日本国民を見下しながら颯爽と日本近代史の経過を裁いて言う。――「この古風な文章を、現代（昭和31年）の世相と対比して読んで見ると事態の本質はむかしもいまもまったく同じであることがわかります。ただ六十年の歳月が、〈晏逸〉と〈遊惰〉とを、少なくとも社会の表面から駆逐し、生活の不安と表裏した精神の不安が、〈思想〉への〈渇望〉を現実化している以外は」（全集12巻六一六頁）。動物園の檻の中へ食物を投げこんでやる親切な人たちのように、中村光夫は精神の貧しい国民に「思想」を投げ与える救いの神であるのだろうか。明治の透谷はそこまで厚顔しくはなく、ただひたすら国民を蔑み貶しめ卑しむのみにとどまったようである。

同情

▽透谷いわく「慈悲は恵与のみを意味せず、同情を以て真目的となすなり、願はくは志ある者、赤心の涙を以て貧者を訪らへ、願はくは社界をして此の温情によりて文明の進路を過（あやま）たざらしめよ」と。（2巻三四八頁）

□まだ健在であった福澤諭吉の眼にもしこの一文が触れたら如何に嘆いたことであろうか。国力の基礎は国民の独立自尊にありと説き続けた老翁の主旨が透谷にはまったく理解されていない。貧者の生活を向上させる方法は経済の進展により自活の道を拡大させる手立てであると思い至らぬ透谷は、貧者への同情に籍口（しゃこう）して実は貧者を侮蔑している。機会さえ与えられれば我が国が如何に潜在的能力を発揮し得るか、その可能性に期待を寄せる心事が欠如している。同情や憐憫や慰問が役に立った例はない。懦夫をも起たしめる条件を作り整える工夫が人間を生かす方途であると、人間尊重の手立てを透谷は思いめぐらすに至らなかったのである。

向井敏「殺し文句の功罪」

小林秀雄のお家藝

殺し文句とは何か。『日本国語大辞典』は、「男女間で、相手を魅了し悩殺するような巧みな文句。また、一般に、相手の気持ちを迷わせひきつけるような言葉」と訳している。

大体においてそのような意味であろうが、向井敏の用いている意味合いはもう少し踏み込んでいるように思われる。あえて解きほぐすなら、論証を経由せずに相手の胸奥に飛びこみ、理性的な判断に至る手続きを忘れさせ、深い実相に直面し得たと思わせてしまう気合に満ちた言葉の浸透力、とでも言いかえることができようか。

幾分おだやかな一例を挙げるとしよう。小林秀雄最後の大著となった『本居宣長』（昭和52年・新潮社）を冒頭から読み進むと、まず折口信夫（おりくちしのぶ）との会見が語られる。そこで小林秀雄が、「宣長の仕事は、批評や非難を承知の上のものだったのではないでしょうか」と問いかける。なぜそのように小林が考えたのか、その理由は示されていない。このように理由の一切を飛びこして、結論だけを唐突に持ちだすのが、小林のいうならばお家藝である。確かに宣長は敵の多い人だった。上田秋成も橘守部（たちばなもりべ）も、まるで天敵であるかのようにもっぱら宣長を批判した。当時は公刊されていなかったにしろ、山片蟠桃（やまがたばんとう）も宣長を全面的に批判していた。そのような包囲網のなかから宣長を救いだすために、小林が考えついた弁護論なのであろうけれど、そのように考えたかろうとは理解できるものの証拠がない。宣長自身かあるいはまた周囲の弟子たちが、宣長における悲愴な覚悟を語っているだろうか。いや、その種の証言は一切見当たらない。すべては小林のなかに宿った独断の想念にすぎないのである。

案の定、折口は黙して答えなかった。答えないということは、すなわち否定を意味している。『折口信夫全集』全四十一巻のどこにも、宣長についての言及はないようである。折口学にとって、宣長との接触は必要なかったのかもしれない。そして別れしなに一言不意に、「小林さん、本居さんはね、やはり源氏ですよ、では、さよなら」と折口は言い捨てる。すなわち、「源氏物語玉の小櫛」（『本居宣長全集』4）を中心とする源氏物語の評釈研究には価値を認めるが、『古事記伝』は眼中にないという意味の発言を、古代学に最も重きを置く折口信夫が小林に聞かせたのである。しかし話はそのままに終わって小林は動じない。小林にとって他人の意見は、自分に賛同してくれる方向の立言しか聞く耳持たぬかの如くである。

読者に衝撃を与える手練手管

それから小林の文章は、宣長の遺言状をめぐって、その詳しい紹介が延々と続く。それがようやく終わったかと思ったら、これまた突然に次のような章句が現われる。

> この誠実な思想家は、言わば、自分の身丈に、しっくり合った思想しか、決して語らなかった。その思想は、知的に構成されてはいるが、又、生活感情に染められた文体でしか表現出来ぬものでもあった。

呆気にとられるとは、こういう場合のことであろう。宣長について、小林はまだ一言も語っていない。彼が思想家と呼ぶに足るほどの論理を展開し得ているのか否か、その人柄が誠実であったかどうか、すべては論証されていない。ただ、誠実な思想家という決め手言葉が突出しているだけなのだ。

この呼吸である。この断言である。これがすなわち殺し文句なのである。荘重に構えて粛々と墓について語り続け、何事かが秘められているかの如き厳粛な雰囲気を醸しだし、宣長をいやがうえにも神秘的存在に持ちあげておき、頃合を見はからって一息に独断を言いくだす。読者は半ば催眠術にかかっているから、小林ほどの人がこのように断言する以上、宣長は別格なのだと思いこむようになる。つまり論証を超越した断言、これが小林における殺し文句なのである。

この段階では、誠実とか思想家とか、言葉としては常識で理解できる用語で我慢しているが、その次の幕が開くと、いよいよ地金が現われる。

> 自分の身丈に、しっくり合った思想しか、決して語らなかった。

これは一体どういう意味か、どんな辞書を引いても解釈は見当たらぬであろう。この謎めいた言い方は、次の章句と通じあっていると思われる。

> 生活感情に染められた文体でしか表現出来ぬものでもあった。

また見慣れぬ形容で驚かされるが、言わんとするところはほぼ見当がつく。反対の例としては最近、羽入辰郎の『マックス・ヴェーバーの犯罪』(平成14年・ミネルヴァ書房)が出て、問題のこの学者が自説を立てるために、ルター聖書やフランクリン自伝からの引用文を勝手に捻じ曲げていたことが暴露され、一世を風靡した論文「プロテスタンティズムと資本主義の精神」の、その論拠が無惨に崩壊したばかりである。

　羽入辰郎のこの労作と合わせ鏡にして見ると、小林の言わんとするところが自然と浮かびあがる。つまり、宣長は己れが知悉している領域においてのみ論を進め、己れの実感が籠もっている語彙文脈でのみ表現することに努めた、というほどの意味であろう。それならそうと手短に言えばよいのに、それでは平凡すぎて頼りないから、あえて奇矯な言いまわしを用いて、読者に衝撃（ショック）を与える手練手管、それを殺し文句と言うのである。

中野重治「短歌写生の説」

理解困難な文体が持つ独自の魅力

中野重治の文章は難解である。表現に用いてある言いまわしを素直に受け入れて、すらすらと内容のすべてが頭に入ってくるという具合にはゆかない。筆者は一体どういうことを読者に伝えようとしているのか、頭をひねって推し測る必要を強いられる。しかしその理解困難な文体には、この人以外の誰にも真似のできない魅力がある。

そこで私はあえて冒険に踏み込んで、難解な文章から滲み出る感銘を、可能な限り平易に解きほぐしたいと思い立った。この一章はもともと難解な文章を、常識の次元で評釈してみようという、身の程知らずの厚顔(あつかま)しい試みとして理解していただきたい。

中野重治は自分の文章を謙遜して、雑文、と呼ぶ。この言葉は明治から大正時代へかけて、評論よりかなり砕けた戯文や風俗描写などを意味していた。しかるにかなり遠目から見てほぼ昭和三年前後、「問題の捩じもどしとそれについての意見」などを書いたころから、中野重治の自称雑文は、雑文どころか甚だ個性的な、独特な磁場に立つ文藝評論に昇華した。

それから昭和二十年まで、中野重治は一貫して我が国の一流文藝評論家であった。「『暗夜行路』雑談」や「しげ女の文体」のように、対象とする作品の肺腑(はいふ)を衝く鋭利な論を書くことのできたのは、明治大正昭和を通して、他には平野謙の「新生」論あるのみと私は評価する。そして中野重治にとっては黄金の約十六年間、その間における作品活動のピークをなしたのは、衆目の見るところ誰も異議なく『斎藤茂吉ノート』であると賛同するであろう。忌憚なく言うなれば結局のところ、この一冊が中野重治生涯の代表作なのである。

『斎藤茂吉ノート』は、出版を始めたばかりの筑摩書房から刊行された。四六判紙装函入、本文四九二頁、昭和十六年六月三十日発行、初版三千部、再版のあと新版が三千部、当時の出版状況はその程度であった。

この『斎藤茂吉ノート』は、全十三章と序と附録十四章を以て成る。あらかじめ構想を立ててから執筆したのではないから、話が多少行きつ戻りつするのもやむをえない。本書に引き出してきたのは、ノート九「短歌写生の説」の章である。この時期におけるアララギ派は、写生、写生と言い募っていたが、その写生なるものの意味内容が一向にはっきりしていなかった。それには次のようにややこしい事情があったのである。『アララギ』における事実上の主宰者である斎藤茂吉が、「短歌写生の説」と題する論文を、『アララギ』にかなりの分量を費やして連載し、単行本『短歌写生の説』を刊行した。本書に収めた文章は、茂吉の新説が発表されたことに、中野重治が、この問題を曖昧にしてはならぬと、究明を始めようとしたところから出発する。

茂吉を直接批判しづらい空気

最初の一行からして難しいのを中野流と見よう。中野は歌の作り方を二通りに分ける。一方では、歌を作るに際して、たとえば「写生とは」という如き理論的な手続きを介在させる。他方では、理屈や枠を設けず、歌おうとする事柄に密着して思いのたけを歌う。作歌の態度をこのように分類すれば、どこから押しても誤解の余地はない。真の作歌は密着型である。介在型は正しくない。これが中野重治の見解であるのだが、あまりにも常識的な意見であるから、言い方に少し捻(ひね)りをきかしたのである。それに続いて中野重治が警告しているのは、歌ができるのは自然の情感に基づくのみである。目下の自分は写生理論に即しているかどうかなど、まるで情念を理論の皮に包んだような小理屈を捏(こ)ねるのはやめろという注意である。

中野重治に生涯つきまとった悪い癖は、誰かを批判するのに直接の名指しを避ける中途半端である。ただし、かつての同志をやっつけるときに限っては冷酷であった。中野重治が最初の六行で言いたい内容は、『短歌写生の説』なんか信用するな、『短歌写生の説』の虜(とりこ)になるな、という誠実な、しかしやや危険な、言うなれば暖かい親心である。「太陽が沈んだ」などというありふれた言葉をわざと使ったのは、これは譬え話にすぎないんだという暗示(ヒント)である。中野重治ではまだ直接に斎藤茂吉の名を出せない空気であったらしい。

　そこで中野重治は、理論家茂吉を斥けた代わり鑑定家茂吉には大いに敬意を表する。重治が褒めたのは、茂吉が評釈した次の箇所である。

　玉藻(たまも)かる敏馬(みぬめ)を過ぎて夏草の野島の崎に船ちかづきぬ
　珠藻苅　敏馬乎過　夏草之　野島之埼爾　舟近著奴

〔語釈〕○珠藻苅　タマモカルで、敏馬(みぬめ)に冠した枕詞である。海辺で藻を刈っているところから、海辺の地名に冠せしめた。玉藻かる沖(おき)にしろ、玉藻かる敏馬(みぬめ)にしろ、玉藻かる処女(おとめ)にしろ、はじめは写生に本づいて出来たものだが、この歌に使用された頃には、もはや音調を主とした枕詞になっている。つまり人麿が好んで用いる技法の一つである。○敏馬乎過　ミヌメヲスギテと訓む。これは仙覚の訓で、『此歌、古点ニハ、タマモカルトシマヲスキテナツクサノシマノサキニフネチカツキヌト点セリ。又或本ニハ、第二句ハヤマヲスキテト点ス。共ニ不相叶、ミヌメト和スヘシ。ムトヌトハ同韻相通也』と云っている。古義では、ミヌメヲスギと六言に訓むべしといっている。これも一つの見識である。つまり『而』字がないからというのと、古調に響くからというのであり、理屈が悉皆無というわけではない。敏馬は摂津武庫郡の地で、昔の菟原、八部二郡にわたる海辺で、現今の、神戸市の東部、灘区の岩屋、大石などの浜あたりである。小野浜から和田岬まで一帯の地である（折口、阪口）。万葉のほかの処には、三犬女、見宿奴、美奴面などとも書いている。なお折口氏云。『舟旅の行路では、海辺の有力な神の鎮座する所の前をよぎる時、殊に注意するのが常であったから、ここも敏馬の姫神のいられた所の意味にとってよかろう。而もそうした旅に歌を奉る海辺の社は、大抵岬にいられるのだから、敏馬の崎と見るのがよかろう』云々。

定義不在の茂吉の「写生」概念

ここからが問題の中心となる。正岡子規は写生という用語をごく簡潔に単純に理解していた。ところが茂吉は写生の概念をごっそり入れ替えてしまう。茂吉は、実相に観入して、自然・自己一元の生を写す、これが短歌の写生である、と宣言する。この章句を読み下して、意味内容を理解できる人があるだろうか。チンプンカンプンの呪文としてしか受け取れないであろう。茂吉の解説するところによれば、実相は、西洋語で言えば、例えばdas Realeぐらいに取ればいい。現実の相などと砕いて言ってもいい。自然はロダンなどが生涯遜ってそして力強く言ったあの意味でもいい。

実に融通無碍の定義である。ああでもよいこうでもよい、と大きく包み込むのであるから正解がない。大学の入学試験もこの方式に変えたらどうか。こんな阿保陀羅経は真面目に解釈できない。実相という言葉は我が国の歌論史文学史に登場しない。ゆえに伝統とプッツリ切れている。茂吉の頭には独逸語が浮かんでいるものの、その定義はなされていない。観入という語も定義を省いて意味不明である。辞書にも見当たらない。我が国は自然の豊かな国であるのに、それを無視してロダンを崇拝する。我が国の自然には無関心で、人工の彫り上げた装飾品に叩頭するとは滑稽ではないか。

『短歌写生の説』を書いた当時の斎藤茂吉はどのような精神状態にあったか、「短歌写生の説」はいかにして成立したか、今まで誰も探索した者がいないのだ。その経緯を追究した旧稿（昭和26年11月）を再録しよう。

『短歌写生の説』（昭和四年四月、鉄塔書院刊）の「序」には、この書の内容をなす諸論文の、書かれた時期について、次のように註されている。

「本書にある小文章は尽く旧稿であって、殆ど皆、私の長崎在住時代のうち、大正八年から九年にかけて書いたものである。私は長崎に住み、中央歌壇から離れていたため、作歌の数も少なかったし、歌論も亦少なかったのであるが、やはり何かの機縁があって、私にこういう文章を書かしめたのであるから、今から看れば当然すぎるような議論でも、あのころには当然でなかったことを示している。又アララギの主張に対して、世間がどんな目で看ていたかということも分かって大いに興味があるのである」

この文章は「序」の記載によれば「昭和四年春彼岸」に記されたものであるが、同年十二月刊『現代短歌全集』第十二巻『斎藤茂吉集』に附せられている自筆の「斎藤茂吉年譜」には、次のように書かれている。

「大正六年（三十六歳）

一月十二日、願により東京帝国大学医科大学助手並に附属医院勤務を免ぜらる。一月三十一日願により東京府巣鴨病院医員の嘱託を解かる。

十二月三日　任長崎医学専門学校教授、叙高等官六等。

二十二日県立長崎病院精神科部長を嘱託せられ」（二〇七頁）

歌集『あらたま』（大正十年一月、春陽堂刊）に、大正六年の作として編輯されている「長崎へ」十二首の詞書には、次のように書かれている。

「箱根より帰れば、おもいもうけぬ長崎に行くこととなりつ。十一月はじめ一たび東京長崎間を往反す。十二月四日辞令を受く。十七日午前八時五分東京を発し、十八日午後五時五分長崎に着す」（二七二頁）

従って、彼の東京における現職の辞任は、長崎着任を予定し前提したものではない。更に「箱根漫吟」五十七首の詞書は次の如くである。

「大正六年十月九日、渡辺草童、瀬戸佐太郎二君と小田原に会飲す。翌十日ひとり箱根五段に行く。日々浴泉してしずかに生を養う。二十一日妻東京より来る。二十六日下山。夜に入り東京青山に帰る。折々に詠み棄てたる歌どもをここに録す」（二五二頁）

そしてここに使われている「生を養う」という言葉は、茂吉独特の用語であって、彼においては半ば慣用化しているが、同時にここにおいては、単に或る時期を限った肉体的休養という意味にとどまらぬ或る語感を持っている。以上のような経緯及び状態で、彼は長崎に着任する。

年譜の大正七年の項には、叙勲及び医学実務の記録の後、最後の行に、この年全体にかかる言葉として、「作歌少く、進歩せず」（二〇八頁）とある。「進歩せず」というような言葉は、この年の項以外になく、また彼はこの箇所を除いては、終始他の語録にもこのような表現を記していない。大正七年八年

の作品は、現在、歌集『つゆじも』（昭和二十一年八月、岩波書店刊）に収められている。しかしその「後記」には、

「自分の長崎時代の歌、即ち大体大正七年八年九年の歌は、アララギ、大阪毎日新聞、大阪朝日新聞、長崎日日新聞、雑誌紅毛船、雑誌アコウ等にたまたま載ったもの以外は、未定稿のものを交えて手帳に控え、一部は歌稿として整理してあったものが、大正十三年の大火に際して焼失してしまった」（三〇四頁）

とあり、事実大正七年には二十二首、大正八年には三十二首が、収録されているだけであって、到底この両年における彼の作歌の全貌を見ることは、現在全く不可能である。しかし一方、「アララギ二十五巻回顧」（『アララギ』昭和八年一月号「アララギ二十五周年記念号」掲載。『続明治大正短歌史』に「アララギ二十五年史」と改題して収録）の第六節大正七年の項には、「斎藤茂吉長崎にあって殆ど作歌がない」（雑誌八四頁、単行本一二六頁）とあって、彼の作品は抄されていない。そして大正十三年の項に至るまで、彼の作品は一首も抄されていない。これらによって、彼の当時の作歌が量的に減少していたこと、及びその多くを手控えにとどめて発表せず、『アララギ』にさえも「たまたま」という言葉の使い得る程度にしか掲載しなかったこと、そして数少い発表場所は、いずれも地方紙誌にすぎなかったこと、などがわかる。彼は自らも言う通り、明白に「歌壇」から離れた状態にあったのである。

『つゆじも』に始まり『遠遊』（昭和二十二年八月、岩波書店刊）を経、『遍歴』（昭和二十三年四月、岩波書店刊）に至る三冊の歌集に収められた長崎時代及び外遊時代の作品は詞書が詳細で、その多くは実生活の記録として発想された歌日記的なものである。これらはそのような性格として見れば、興味もあり、また中には秀れた表現もないではないが、全体として作歌態度の自覚した安易さを掩うことができず、『赤光』『あらたま』の時代に比較して、顕著な落差がある。

そして、大正八年には、突然、次のような言葉が語られる。

「白秋君は歌壇をやめると宣言したが、あれは宣言しても白秋君にはいい。詩でも文章でも行くところまで行くからである。僕のはちがうので、僕のは自滅で、宣言して滅ぶのは趣がちがうのであったのである。痴呆に陥った狂者が、遺言もなにもせずに黙って死んで行くようなものである。僕の私信がいつぞやの読売新聞の一日一信に出て、僕は少し動悸がしたことがある。あれには僕の滅亡の条件がちっとも出ていないから僕の心中が分らないのである」（「白秋君」——『短歌雑誌』大正八年六月号掲載。『童牛漫語』収録同文末尾。同書二七七頁）

ここで彼は自己の現状を、「滅亡」「自滅」という、事態の極端な段階に陥った或る終了を示す言葉を用いて表現し、冷静とは程遠い苛立たしさをもった、規定ではない主観的表白によって、他者に理解を得ることの不可能を予感する心的

態度を示している。このような述懐はこの箇所以外他に見られず、しかもそれ自身甚だ不明瞭な漏洩でしかない。しかし少くとも彼の長崎在住時代が、彼が抱懐してきた方法意識或いは信念の、大きな規模におけるエア・ポケットに見舞われた時期であったことは、確実である。現存する当時の作品は、『赤光』『あらたま』に見られるような、彼の所謂「かのEJAKULATIONの後のように一種の疲れをおぼえる」（『童馬漫語』IS「作歌の態度」同書斎藤書店版二九頁）状態に達するまでの追究がなされているのではなく、或る地点における放棄・中絶に原因する、未完の様相を呈している。

　現在「短歌に於ける写生の説」として仕上げられているような性格の文章を、彼が以前から書こうと考えていたことは、「序」にも見られる通りであるが、それがほかならぬこの時期に書かれたことが、この論文の意義と性格を決定する或る要素を成している。作歌に対して従前程には情熱的でなく、従って量的にも少く質的にも劣っており、また彼特有の語録をも殆ど書いていず、「歌壇」からは離れ、『アララギ』にも殆ど歌稿を出さず、東京からは遠隔の地に家族と別れて一人住まいし、そして「自滅」というような言葉によって自己を考えようとする心的状態にあった彼である。そこに要求されてくるものは、方法論の展開ではなく整理である。それ自身における究明よりも、他との関連における位置づけである。彼はここで、自己の創作に則した自己の言葉によって個的に語る態度を稀薄にし、文章全体を実証的に説明的に組み立てている。この論文において、彼は自己の理論の新たな段階への到達・展開を持っていない。自己の包蔵する信念を、典拠によって裏づけ・実証しようと努めている。そのために典拠を探索しているのである。

　整理という作業は、その性質上、必然的に取捨選択を伴い、従って合理化を結果する。相互の連関なく、多様多岐に、生起し変化し消滅した想念に、連絡を設定し秩序を構成する。かくて作りあげられたものは、それ自身としての或る普遍的概念的定着を獲得し、主体的混沌による個的精髄の幾分かを喪失する。実証とは、かかる結果の補強を意味するのであって、その役割は手段にとどまる。そして「短歌に於ける写生の説」は、かかる意味における態度としての実証性に基いて書かれているのである。

写生説のはかない空騒ぎ

さてこの次は庭箒で芥塵（ごみ）を一掃するような大掃除の番である。中野重治は近代文学史上、同業者を意地悪く苛（いじ）める才能では最高であった。中野が絞り上げる相手は二種類ある。第一は、同じくプロレタリア文学の陣営に属していたが、中野もどうせ転向したものの、中野より早く去ったり華やかに報道された者である。五十歩逃げるのと百歩逃げるのとは違う、と彼は強調した。『太陽のない街』で一躍プロレタリア文学の代表となった徳永直は、昭和十二年十二月二十五日、『太陽のない街』および『失業都市東京』の絶版を声明した。戦後の徳永直は中野重治に憎悪され、意地悪をじっと耐えなければならなかった。同じくプロレタリア文学出身の島木健作が『生活の探求』を書いたところ、たちまち中野重治から転向文学として猛烈な批判を浴びた。中野には他人をいたわるという精神が欠けていた。

第二に、自分より確実に劣る獲物を探した。猫が鼠をいたぶるように、颯爽と勝負をつけるスタンドプレーが得意であった。もし私の判定が少しでも信用できない場合は、『斎藤茂吉ノート』の附録第一「はにかみの弁」を一読していただきたい。やっつけられている歌人で学者の加藤将之が、存在として矮小で、教えられるところなど些かもないのは承知しているが、彼を一刀両断する中野の書き出しには、息を呑む悽愴な印象を禁じえない。

『斎藤茂吉論』のなかの「中野重治氏の茂吉論」のなかで、加藤将之氏が私を誤解している点について書いて置く。加藤氏のしたのは誤解だけではない。しかしここでは、氏の誤解している点、氏が私のノオトを読み損なっている点、あるいはそれを読まずに書いている点にだけふれて置く。氏の誤解したのは直接には私のノオトである。間接には歌一般、人間の扱い方一般である。

この鋭利な気迫が中野の持ち味であることを承知したうえで、早速に叩きのめされる犠牲者となったのは高田浪吉である。当初は家業の下駄塗装に従事して、大正五年『アララギ』に入会して島木赤彦に師事した。世間は広くてどこの短歌俳句結社にも必ず見かける中途半端な人たちがいる。才能もないかわりに何事をも厭わず、結社内の存在だけは何とか確保し、いつか陽のさすのを待っている辛抱強い男がいるもので、高田浪吉もまたその仲間に属し、腹に一物の男であったかもしれない。不幸なことに日本一『アララギ』の如き、巨大な組織のなかに身を置いている。自分もすでにひとかどの才幹ありと自惚れるようになった。

そこで相手の怖さを知らず、危険にも中野重治に食ってかかると同時に、引用されている如く、茂吉に対する醜悪な阿諛追従を書き散らした。茂吉の写生説が偏頗であることを知悉している中野重治は、「善光寺詣りにおける牛のようなものとして」云々と、中野一流の卓抜な形容を用いながら、浪吉の無理解に辛辣な揶揄を重ねる。

それから容赦なく進んで奥の院へ踏み込む。茂吉自身が持ち出した写生説は、言い出し兵衛の「茂吉自身によって明瞭にされねばならぬ」と。そこが茂吉にとっていちばん痛いところである。重治は独自性を意味するアウトノミーの語を以て茂吉の責任を追及してゆく。重治は茂吉の写生説を、「現代短歌史における一つの歴史的概念」と述べてみたりするが、これは誇大表現ではなく、茂吉を前方へ疾走させるための煽動である。したがって茂吉写生論公認説の代表として、わざと引用した小島吉雄の幇間(ほうかん)的美辞麗句も、重治にとっては嘲笑すべき俗見の一例であろう。

中野重治の見るところ、写生説の一騒ぎは夕景を飾る虹のようにはかなく聞こえた。そして今や保田與重郎が現われ、万葉重視を一蹴し、何だか意味がさっぱりわからないけれども、「志」が「神の如く」に「第一義」が世を制するのだと予言しはじめた。保田與重郎の敵は斎藤茂吉である。保田の鋭鋒は、近代日本文化の否定である。万葉集の注釈書は捨てて志を持たねばならぬ。アララギや岩波文化は第一義であるからいけないのである。定義のできない斎藤茂吉と、自分の主張する主義の内容を説明できない保田與重郎と、思えば相似形の面白い勝負であった。これを以て難解な文藝評論の、読み方の幾分を暗示できたら幸いである。

室生犀星「高村光太郎」

生涯演技し続けた役者、高村光太郎

イヤな奴がいる。ところがそいつは有能である。しかし、なんともイヤミな奴である。そいつのことを書くとすればどんな方法があるか。単に罵倒しただけでは済まない。彼は高名な詩人である。認めないわけにはいかぬ。そのプラスマイナスをどのように描きわけるか。あえてそれに挑んだ模範答案が『我が愛する詩人の伝記』（中公文庫）であり、一巻十一篇の白眉が「高村光太郎」である。室生犀星の筆致がひときわのびのびとしている。

かつて雑誌『文藝』が「高村光太郎からあなたの学んだものは？」というアンケートを発したとき、詩人の小野十三郎は、

　詩は意志や感情の構えの凄さ大きさだけでは人を誤らす
　場合も生じるということ。

と答えている。光太郎に対する反感が凝縮したような評言であった。まさしくピタリその通りなのである。光太郎は生涯を貫いてただひたすら、我が国の読書階級を根底から誑（たぶら）かすべく、演技、演技、また演技、ただもう演技し通し続けた役者であった。その計画の徹底していること近代日本のピカ一と言ってよかろう。帰朝するなり「根付の国」を書いて日本民族を総体として罵り、俺は貴様たちとは違うぞと一方的に宣言した。

　頬骨が出て、唇が厚くて、眼が三角で、名人三五郎の彫
　つた根付（ねつけ）の様な顔をして
　魂をぬかれた様にぽかんとして
　自分を知らない、こせこせした
　命のやすい
　見栄坊な
　小さく固まつて、納まり返つた
　猿の様な、狐の様な、ももんがあの様な、だぼはぜの様な、
　麦魚（めだか）の様な、鬼瓦の様な、茶碗のかけらの様な日本人

これが「根付の国」と題する詩のすべてである。当時の言葉で言う洋行帰りが、彼の地における見聞を笠に着て、日本を

批判した例は珍しくないが、ここまで日本民族を容赦なく貶めたのは光太郎だけである。したがって以後の光太郎は我が国の詩壇と交渉を持たず、ひとりぽっちの道を歩まなければならない。なんと素晴らしい状況ではないか。天下に類なき孤高の詩人。いかにも浪漫的（ロマンチック）の極みである。光太郎は喜び勇んで、孤高の詩人、を自作自演する。それはまた、理想の詩人像、でもある。したがって彼は世俗にまみれてはならない。もちろん金銭には恬淡であるべきだ。犀星の描いている光太郎の幾分か奇矯の振る舞いは、実はすべて計算ずくの演出なのである。

「理想の詩人像」の演出

光太郎の演出を代表する詩に「晩餐」がある。

暴風（しけ）をくらつた土砂ぶりの中を
ぬれ鼠になつて
買つた米が一升
二十四銭五厘だ
くさやの干（ひ）ものを五枚
沢庵を一本
生姜の赤漬
玉子は鳥屋（とや）から
海苔は鋼鉄をうちのべたやうな奴
薩摩あげ
かつをの塩辛

湯をたぎらして
餓鬼道のやうに食ふ我等の晩餐

ふきつのる嵐は
瓦にぶつけて
家鳴（やなり）震動のけたたましく
われらの食慾は頑健にすすみ
ものを食らひて己が血となす本能の力に迫られ
やがて飽満の恍惚に入れば
われら静かに手を取つて
心にかぎりなき喜を叫び
かつ祈る
日常の瑣事にいのちあれ
生活のくまぐまに緻密なる光彩あれ
われらのすべてに溢れこぼるるものあれ
われらはつねにみちよ
われらの晩餐は
嵐よりも烈しい力を帯び
われらの食後の倦怠は
不思議な肉慾をめざましめて

豪雨の中に燃えあがる
われらの五体を讃嘆せしめる
まづしいわれらの晩餐はこれだ

なんとまあ見境なしの歯止めさえない自己誇示であることよ。普通に世間では、米の一升買い、と言って貧しさの形容とする。どこの家でも台所には米櫃があって、そこそこの蓄えに留意する。手許に一銭の余裕もない長屋の女子衆が、俗に、烏金（からすがね）、と呼ぶ金貸しから、早朝に幾何（いくばく）かを借り出し、そのカネでようやく米を買い、亭主と子供の弁当をつくる。夕刻帰宅した亭主の稼ぎを持って、今朝の借りに利子をつけて返しに行く。これこそ米の一升買いなるものの実態である。

　父高村光雲の産から仕送りを受けている光太郎の家計が、米の一升買いを必要としたなどとは考えられない。しかし、光太郎の理想とする詩人像は、あくまでも清貧でなければならない。御丁寧に副食物もまたゼニのかかっていない品々を並べる。詩人の食生活は質素でなくてはならない。すべての材料は貧しさの表現へと一筋に収斂してゆく。それゆえ、もうわかった、と言いたくもなるではないか。しかし光太郎もまた彼が罵った「根付の国」の住民と同じく見栄坊である。これほどまでにかき込んでおきながら、最後に「まづしいわれらの晩餐」と、あらずもがなの念を押し、何を言いたかったのかをばらしてしまう。この詩が自然な気持ちの流露でないことが証明されるのである。

　さらに詩人は身体強健、性的にも充実していなければならない。光太郎はふたりの交歓を暗示して、生命力の横溢を見せびらかす。光太郎は己れが理想とする詩人像を描けば描くほど、諸人（もろびと）を見下す結果になることがわからなかったらしい。

　訪問した犀星に対する智恵子の眼差しは、まことに文中の山場である。その智恵子が発病するや、光太郎は理想の夫婦像を演ずべく着々と手を打って『智恵子抄』をつくりあげてゆく。俗衆を最も斥けた光太郎が、俗衆に受ける書物の製作に努めた矛盾は何であったろうか。

反町茂雄「刊行の辞」

学歴なき篤学の士、森銑三

森銑三は学歴なき学者の代表とも見做すべき研究業績の厖大な学者である。小学校を出て築地の工手学校予科というところを卒業、大正四年夏、生まれ故郷である愛知県碧海郡の刈谷町立図書館に入ったのが書物人生の始めである。そこには二年間勤務した。

この地の出身である村上忠順（ただまさ）は勤皇の志士で、明治元年、有栖川宮熾仁親王（ありすがわのみやたるひと）が征討総督として進発されたとき、古典に通じたゆえをもって召され、日本武尊（やまとたける）が東征の際、伊勢神宮に参拝された古例を調査して台覧（たいらん）に供えた。著書および蔵書多数、図書館に入っていたのを整理して目録を編纂した。言うまでもなく図書の目録を作るには十分な素養が要る。森銑三は勤務二年間に、書誌の学力を身につけたのであろう。

途中を省略して、大正十二年、市立名古屋図書館雇員、十五年、図書館講習所を卒業、東京帝国大学史料編纂掛に入った。それまでは少年少女向きの短篇を書いていたのだが、編纂掛へ入ってからは、猛然と学術論文を続々と書き始めた。主題は近世に活躍した人物の事績を発掘する考証である。処女作は「塙検校と名古屋の学者たち」で、のち「新続群書類従編纂の計画」と改題して著作集第十巻に入った。検校が『続群書類従』の纂輯を計画していたこと、および名古屋の野口道直等が『新続群書類従目録』を残していることが報告されている。この短篇が掲載されたのは、東大付属図書館内に事務所を置く書物同好会が出している雑誌『書誌』であるが、内容は充実しているものの、七冊で惜しくも終刊となった。

これ以降、森銑三の発表誌は、『騒人』『歴史地理』『藝文』『武蔵野』『古本屋』『図書館雑誌』などを始め、地味な学術、書誌を始め、数えきれないほど多種多様の好古雑誌に発表の機を捉え、一方また『子供の科学』をも拠点として連載するなど、その綿密な健筆ぶりは容易に例を見出せないほどである。

研究の主題は近世の文人を探して、未だ世に現われていない業績を紹介する丹念な発掘である。その精密な成果の一端を見れば、「南朝忠臣往来とその作者」や「日本名山図会と川村寿庵」や「わが国本草学の祖稲生若水先生」や「海量法師とその著むさしぶり」や「小鳥蕉園とその交友」や「殿居嚢青標紙の編著者」や「和漢年契の編著者」など、主として一般に知られていない俊才の顕彰に集中している。

これらひとつひとつが珍しく、世間普通の学が視野に入れていない文献を、著者が所蔵しているはずはないから、すべて到るところの図書館に赴き、見当をつけて探し出すのに、よほど鋭敏な勘を働かせた成果であるに違いない。書籍を入手しなければ学が成らぬとは思い込みであるとの教訓であろう。また図書館は闇雲に探しても得るところ非ずとの実地教育でもある。問題意識が当初からよほどしっかりしていなければならぬのである。

さりとて森銑三はただ黙々と古書に取り組んでいたばかりではない。学術的に至らぬ刊行物の欠落に対しては、容赦なく努力の不足を的確に衝く。「日本藝林叢書第五巻を読みて」や「剽竊書『日本地図測量小史』洗雲社」や「近代名家著述目録と同後篇」や「国文学界に於ける知的研究偏重を難ず」「日本文学大辞典第一巻を見て」その他、実証を以ての批判はすべて肯綮に当たっている。

反町茂雄が始めた古今未曾有の古書店

かくの如く孜々として精進を重ねるうち、森銑三はいつしか不惑に近づいた。このとき思いがけなくも力強い後援者が現われた。我が古書界に卓越して著名な反町茂雄である。店舗の呼称は弘文荘である。昭和七年九月一日開業、方針として稀覯の古典籍のみを扱い、平凡な十円以下の本には目を向けない。簡単に記したが、これほど高級な店は古今未曾有である。借金はすまい、人は傭うまい、たったひとりで仕入れては売る。

昭和八年、販売目録である『弘文荘待賈古書目』第一号を発行した。賈を待つの意である。『一古書肆の思い出』I（平成8年）には、滑り出しの好調が次のように記録されている。

> 別しての名案も思い浮かばぬままに、第一着手として、この二月から、ごく手軽く且つ安直な、謄写版刷の買入手紙広告を試みました。
>
> お願い
>
> 御不用の古書（殊に和本類）を御譲り下さいませ。弘文荘は、殆ど全国唯一の古典籍和本類の専門書肆でございます。古写本・古版本、江戸時代の小説・俳書・絵本・古写経・絵巻物、或は古地図・古文書等で、もし御不用・御死蔵のものがございましたら、どうぞお知らせを願いとう存じます。一々誠実に評価し、御満足の行くように頂戴仕ります。
>
> これが当時配った宣伝ビラの全文です。三百枚ほど刷って、全国の同業の有力者二百人ほどと、可能性のあり相な各地のお客様方に、毎日二、三十通ずつ、順次に発送しました。特に有望そうなお方には、ビラの余白に、念入りのお願い文を、ペンで書き添えて。

特色といえば、「古典籍専門」とハッキリうたっただけの、この平凡な企画が、思いがけない効果をあげました。まぐれ当りと申すべきでしょう。

最初に蔵書の処分を持ちこんだのは脇坂安之であった。反町は竜野の脇坂家へ出向く。

蔵書を拝見すると、御本はみな写本。版本は、箱入りの『万葉集略解』の一揃いだけ。写本は古いものばかり。これには又ビックリ。左の通り。

1　古事記　慶長頃写　大型本　三冊
2　先代旧事本紀　慶長頃写　大型本　五冊
3　日本文徳実録　寛永頃写　大型本　四冊
4　古今和歌集聞書　永正八年古写本　三冊
5　源氏物語　慶長頃写　桐壺・野分の二冊欠　五二冊
6　源氏物語奥入　慶長元和頃古写本　一冊
7　源氏御談義　慶長頃古写本　一冊
8　源氏秘決　寛永二年北野某手写　一冊
9　源氏物語弄花抄　足利末期古写本　三冊
10　源氏物語抄　元和寛永頃古写　三冊欠　一七冊
11　顕昭陳状　寛永頃古写　上本　一冊
12　名所和歌集　同　二冊
13　名所和歌集抄　同　二冊
14　源氏物語（この本、書名だけ記録がある。詳しくは忘れました）
15　万葉集略解　三〇冊

1から11までは、本格的な上写本で、各冊の巻首に「八雲軒」の大型の朱印があり、巻末には「脇坂氏淡路守」「藤亨」「安元」と、三つの大印が厳然と押捺してあります。

特に1と2が素晴らしい。本の大きさ縦約一尺（三十三センチ）、横約七寸（二十三センチ）の大型。厚手鳥の子の上質紙、四周に子持枠（わく）を施し、その中に一面八行、各行十五字詰に謹直に浄書し、同筆で返り点・送り仮名がついて居ます。赤に近い上品な緋色の表紙は、見惚れする程の美しさ。更に、濃緑色地に黄糸で古い唐草文様を織り出した綾絹の帙は、たしかにその当時のものらしく、ドッシリとした、古雅な重量感をただよわせて居ります。時代は慶長頃、と見えました。さて、いくらに評価しようか。頭をひねる。欲をいえば、モー一段古ければ申し分ない。古事記の古写本は、名古屋の真福寺蔵の、有名な応安五（一三七二）年写の『古事記』を、複製や写真版によってよく知っていました。あれは南北朝時代のもの。これが、もし足利中期ころのものだったら、五百円でも、八百円でも買いたい。しかし、どう欲目に見ても、足利末期に届くか届かないか。先ず、慶長あたりが妥当な線でしょう。種々思いめぐらした末に、結局三百円に評価しました。『先代旧事本紀』という書名は、私には耳遠い。この時はじめて接したものでした。全く同種同装。本文は、書風は同じながら別人の筆蹟。しかし時代は同じ。百二十円に評価。『文徳実録』は体裁も別、時代も下りましたから三十円。他は『源氏』など、各冊各様に評価。最低は『万葉集略解』、ワンセット八円。

一時間余りで終わる。合計六百六、七十円。お殿様へは六百五十円と報告申し上げる。「ア、そう」と、ここでもアッサリOKが出ました。

古事記・旧事本紀等、重要なもの五、六点を、小さな風呂敷包み二つにして持ち、他は箱詰に梱包し終えると、発送は土地の運送屋さんに頼み、すぐに帰京。

失礼ながらこの十五点の現在の価格を占って下さったら如何であろうか。

内容見本に込められた熱意と敬愛

販売の成果が期待以上であり、世に稀な逸品が続々と入ってくるものだから、森銑三の『近世文藝史研究』四六判クロス装天金函入、本文六八七頁豪華版三五〇部の刊行にも、弘文荘らしさを見せるために心を配った。

書籍を世に出すとき、あらかじめ顧客に配布する冊子あるいは折り込みを、一般に内容見本と呼ぶ。反町は四六判一八頁、註文申込書、郵便振替用紙添付の内容見本を作成した。そして表紙二から合計三頁にわたって「刊行の辞」を置いた。私はかなり若いときから内容見本を蒐集して見聞を広めたが、「刊行の辞」としては、反町の鏤骨の文を越すほど誠実壮重な文章を見たことがない。

森銑三という学歴のない、それゆえ学界にも所属しない篤学の士を、世に紹介したいと念ずる熱意が、一行一行を誠実に支えている。博捗多索、この一語が森銑三に対する敬愛となって結晶している。先駆的開拓的、森銑三を評するにこれ以上の頌辞はあるまい。以下、最後まで珠数玉のように続く讃仰の辞については、もはや蕪辞を重ねる必要はないであろう。反町茂雄一代の名文であること申すまでもなく、これだけの敬虔な情愛を寄せられた森銑三の、類いなき光栄を共に喜びたいと思う。比較のため、つい最近の『漱石全集』では、刊行の辞がどのように記されているかを見られたい。

再刊にあたって

明治逝いて九十年、その明治が生んだ近代日本人の精神的支柱たる漱石の文業はいまだに古びることなく、その個性は慕われつづけている。大学教授への道から一介の「新聞屋」へ転身、博士号を峻拒し、上滑りの開化を批判しつつ上滑りに滑ってゆくしかないと時代の実相を明らめ、「自由と独立と己れとに充ちた」時代の淋しさをかみしめながら、他者への架橋を最後まで諦めなかった人。漱石を読むと、それが小説であると書簡であるとを問わず、現在の私たちにとっても切実な問題が如何にたくさん含まれているかに驚かされる。

小社の『漱石全集』は、その全体像をあますところなく伝える唯一の「全集」として、かねて定評を得る所であった。一九九三年に刊行を開始した新しい全集は、最良のテキストを原稿に求め、さまざまな編集上の工夫と新しい注解とをほどこし、従来の全集を一新したものとして好評裡に迎えられた。逼塞し閉塞した時代に、ひとときの安らぎと明日への元気を与えてくれるものとしての『漱石全集』を、ここに再刊する。

二〇〇二年二月　岩波書店

漱石についてはあらゆる頌辞が尽くされているから、と言えばそれまでであるが、文章というものは常に必ず新しくあるべきではなかろうか。いわんや現代の御時世に、「博士号を峻拒し」などと唱うのは、どう考えても時代錯誤としか思えない。岩波書店が過去現在一貫して、博士号を持った人の著作を刊行しなかったわけでもあるまいし、そのあたりの矛盾をどう考えているのであろうか。

二人の巨人の遺産

反町茂雄が健在なうちに、中央公論社から『森銑三著作集』正篇十三巻続篇十七巻が刊行された。著作集はもちろん全巻有益であるが、まだこれから咀嚼（そしゃく）していただきたい重要な仕事がある。それは『佐藤信淵　疑問の人物』（昭和17年、著作集第九巻）である。『佐藤信淵家学全集』とか『佐藤信淵武学集』などがあるけれども、そのすべては信淵の捏造であり、佐藤家五代におよぶ家学の実在を証明する資料も文献も皆無である旨を、森銑三が徹底的に考証しているのに、それでも『日本思想大系』に信淵を加えている島崎隆夫は、森銑三の本が読めないほど脳に異常を来しているのであろうか。

この付和雷同の根源は、羽仁五郎が『佐藤信淵に関する基礎的研究』（昭和4年）の第一章に、「日本国民もまた革命的思想の伝統をもって居る。（中略）佐藤信淵及びその時代について、かく云うことができる」と断言したハッタリである。

最後に森銑三の学問態度を如実に知りうる興味津々の記録（ドキュメント）として、一読巻を措（お）く能（あた）わざる『読書日記』（昭和56年・出版科学総合研究所）があることを付け加えておきたい。

一方、弘文荘はますます貴重な古典籍を掘り出しては、我が国を代表する蒐書家（しゅうしょか）に納めていった。事業の拡大につれて筆を取る習いが嵩じ、まず『天理図書館の善本稀書』（昭和55年、定本56年）を刊行した。書物愛好者を堪能させる豊富な話題に満ちている。なかでも「天下一本召し上げられの記」は印象ひとしお鮮明である。昭和二十年の秋か二十三年の春、関西へ蒐書旅行に赴き、丹波橋で下車して若林正治の春和堂を訪れると、西鶴の俳書を二千円で提供された。ホカホカと、息の立ちそうな様子の好さ。その足で天理の客館和楽館に向かう。富永館長と中村幸彦司書研究員と夕食雑談のうち、中山正善真柱が加わる。真柱は反町が何か珍品を仕入れてきたなと推して、出せ出せ、ここへ出して見せろよとせっつく。反町としては稀書であればあるほど、『待賈古書目』に載せて誇りとしたい。真柱は出さなけりゃここを追い出しだ、と勢いに乗る。中村幸彦が仲を取り持つ。仕方なく取り出して、小型の横本が手から手へまわる。最後に中村幸彦研究員が黙読し、さすがに少し上ずった声で、「これは西鶴が若くして妻君を亡くしたとき、自分でつくった追善集です。西鶴に妻君があったことが初めて判りました」と解説した。大変な文献である。一座は、二、三秒沈黙。すぐ、気をかえるように「ママ、熱いのを飲もうじゃないか」と真柱の声。祝盃である。私生活の不明であった西鶴の経歴に一筋の光が射したのである。

これを皮切りに反町は著作を重ね、『一古書肆の思い出』五巻（昭和63～平成4年）を残して世を去った。逝去ののち『反町茂雄文集』二巻（平成5年）、『弘文荘反町茂雄の仕事』（平成4年）、『弘文荘善本図録』が出た。最後の図録は上下巻函入、上下ともタテ三十八センチ、ヨコ二十六センチ、厚さ三センチ、全頁アート紙、クロス装、カバー付き、重さ七キロ、図録としてはもちろん最大、反町茂雄が五十九年間に扱った古典籍二万七千余点のうちから、反町翁の好んだ逸品八百余点を選び、写真に解説を添えた重厚な出来栄えである。

反町茂雄と森銑三の交情は世にも珍しく密接であった。

柴田宵曲「師弟」

清爽な無味の味覚

朝のように
花のように
水のように

右は開高健が発案して私にくれた詩句である。花はもとより楚々として咲く野の花を想定している。水も湧き出て音もなく流れゆく名水であって欲しい。清純にして気分を引きたてるまろやかな味わい。柴田宵曲の文章は、まさにこの形容を以てするに適(ふさ)わしいのではなかろうか。必要なことだけを些かも気取らず、よくこなれた語法を用いて控えめに書き綴る。個性を出そうなどとはしないかわりに、いつどこで見かけても、あ、宵曲だ、と気づかされるしとやかな雰囲気を湛えている。清爽な混り物のない無味の味覚とでも言おうか。宵曲は日本人による文章構成の、最も地味な沈着にして清楚な範例となっているのである。

この人、本名は泰助、消極的な生き方を選ぶとの意を以て宵曲と号した。生涯、陽のあたる場所に出ていない。雑誌『日本及日本人』などで輪講が行われるときなど、なくてはならぬ人として呼ばれる。ただ黙々として筆を走らせるのみであるが、時をおかず仕上がってきた速記録は、気むずかしい三田村鳶魚(えんぎょ)ですら、十分に満足する出来栄えであったという。ついに定職を求めることなく、自分を必要とする仕事に心よく参じ、縁の下の力持ちに甘んじた。

『ホトトギス』に属し、句誌『谺(こだま)』に巻頭言を書く。『子規全集』をはじめ、編集した書物の数は多数にのぼる。本人の著作は、小澤書店が異例の好意を以て『柴田宵曲文集』全八巻(平成6年)を刊行したので特に記さない。ただ、これほど隠れて世に出なかった人の著作が三冊まで、岩波文庫に入ったのを特筆しよう。『古句を観る』(平成6年)、『蕉門の人々』(平成8年)、『正岡子規』(平成8年)と立て続けに出たときは嬉しさひとしおであった。

また宵曲は島田青峰の名で著書を出している。

『芭蕉名句評釈』(昭和9年)
『子規・紅葉・緑雨』(昭和10年)

前者の一章をなす「芭蕉という人」には、問題の「かるみ」

ておく。
について論じられており傾聴すべきであると思うので引用し

元禄六年も前年に引続き江戸に停滞して居ります。この年八月嵐蘭逝き、東順（其角の父）逝きましたので、「嵐蘭誄」及「東順伝」を草しました。この外に「送僧専吟辞」「柴門辞」「送許六辞」「弔初秋七日雨星文」等の文章がありますが、いずれも短篇であります。その他十月素堂亭に残菊の筵の催などもありましたけれども、概して云えば記すに足るほどの事は無いようです。

元禄七年は芭蕉最後の年であります。この年野坡、利牛、孤屋等の手によって成った「炭俵」は、「猿蓑」以後の風潮を見るに足る撰集でありますが、大体に於て調子が下って居り、月並的傾向をさえ示していると云われて居ります。「炭俵」に於ける「かるみ」は「猿蓑」以後の新な傾向でありまして、芭蕉自身之を鼓吹していた形迹も無いではありませんが、それを以て直に「炭俵」を「猿蓑」より進歩したものと認め難い如く、芭蕉の俳句は晩年に於て却って低下したものと断ずるわけにも参りません。こういう事実はすべてその時代を背景として考うべき問題であります。「猿蓑」にまで到達した当時の人々が、「炭俵」の「かるみ」を新なものとして喜んだということは、勿論さもあるべき話でありますが、それは何者の上にも免れ難い変化乃至推移でありまして、その変化乃至推移を論ずる前に、一応芭蕉の生活を顧慮してかからなければなりますまい。

「奥の細道」の大旅行を終って、幻住庵に、無名庵に、落柿舎に、悠々たる歳月を送っていた時代は、芭蕉の一生を通じて最も緊張充実した時代でありますが、江戸へ帰って「閉関説」を草し、「人来れば無用の弁あり。出でゝは他の家業をさまたぐるもうし」と呟いた時代は、沈滞を免れぬ消極的な時代であります。元禄五、六の二年間、芭蕉が一歩も江戸を踏出して居らぬ事実に鑑みても、この時代の作物が「猿蓑」と色調を異にすることは、寧ろ当然というべきでありましょう。元禄三、四年に於ける去来、凡兆の努力は、遂に「猿蓑」をして「猿蓑」たらしめ、元禄六、七年に於ける野坡、利牛、孤屋の好尚は、遂に「炭俵」をして「炭俵」たらしめたと観て差支ありますまい。要するに「炭俵」は「猿蓑」以後の傾向を見るべき書でありますが、之を以て芭蕉晩年の傾向を断ずる資料とするのは、いささか早計であろうと思います。

『炭俵』は「大体に於て調子が下って居り」とは、よくぞ言ったりの的確な評価である。「かるみ」を到達絶頂と論じる穎原退蔵説と、いずれが妥当か思案していただきたい。

文藝批評の極意

宵曲は、昭和十五年『芭蕉言行録』を刊行し、十七年改版して『芭蕉』と題した。「師弟」はその第三章である。全章一気に書き下ろした筆の勢いがあって一片の瑕疵（かし）もない名篇と言えよう。なかでも次の一節は感銘ふかい。

芭蕉が最後の旅に出る前、杉風、桃鄰等が当時の風調というものに就て尋ねたら、「浅き砂川を水のながるゝがごとくせよ」と答えた。尾張まで来たところで、土地の門人達が同じ質問をした時には、「子供のする事に心を付よ」という返事であった。更に同じ時の出発前に、野坡（やば）が「俳諧やはり今の如く作し侍らんや」と問うたに対しては、「しばらく今の風なるべし、五七年も過ば又一変あらん」と答えている。殆ど同時の同じ質問に対する答だけに、芭蕉の人を見て法を説く工合は、よく窺われるように思う。

相手を異にする場合だけではない。同じ人に対しても、時にこの種の筆法が用いられている。芭蕉が去来と道を歩きながらの話に、近頃其角の出した俳句の集を見ると、「下臥につかみわけばや糸ざくら」という句がある、何と思ってあんな句を入れたものだろうか、と云った。それでも糸桜の十分に咲いた様子がよく現れているではありませんか、と去来が答えると、芭蕉は言下に「いひ課せて何かある」と断じ去った。去来はこの一言を深く肝に銘じて忘れなかった、というのであるが、その去来自身が「兄弟の顔見合すやほとゝぎす」という句を作った時には、芭蕉は「曾我殿原とは聞えながら一句いまだに云課せず」と評している。云いおおせるのが能ではない、という言葉の裏には、云いおおせないのがいい句だ、という意味は含まれていない。糸桜の句は云いおおせても面白くない、兄弟の句は云いおおせぬところに欠点がある、というのだから、前後矛盾したようで、決してそうではないのである。言葉の末に拘泥する者は、往々にして真意を摑み損う。芭蕉の心持を理解する者ならば、直にこの両面の消息を了得すべき筈である。

ここには文藝批評の極意が語られている。一句はそれのみで立っているのであるから、脚の置場によって全体の構成に必要な詩句の在り方が決まる。異なる別の句においては、構成の原理が違うのであるから、評価の基準を変えなければならない。一句を月旦（げったん）するに際しては、その句における勘所を見定めて、その放射線上に、一語一語がどのように生きているかを測らなければならぬであろう。そこにまた批評の面白味が生じるはずである。

隠者の如く人交わり多かったとも思えぬ宵曲に、その伝記作者ともいうべき人が現われた。木村新は『根岸人（ねぎしびと）』と題する小冊子を刊行（刊記なし）、われら宵曲党を限りなく喜ばせた。もちろん無償の行為であり、世にも奇篤な奉仕である。第十輯まで頂戴し愛蔵している。

宵曲、昭和四十一年八月二十三日午前六時五分逝去。数え年七十歳。九月二十五日午後一時から祥雲寺霊泉院で葬儀が行われた。

法名、清温院泰山宵曲居士、祥雲寺墓域に埋骨された。

中村幸彦「専門白痴的考証法」

「イデオロギー病」は学問の敵

中村幸彦は、平素、研究法などという抽象的な話題を好まなかった。一篇の作品を構成している一字一語の解釈について、その根拠を探りあてる工夫について語るのが常であった。ところがここに、中世文学の塚本康彦を中心とする親密なグループがあって、研究生活を共にする仲間を古典と現代の会と称し、雑誌『古典と現代』を刊行している。雑誌とは言っても活版に非ず、いわゆるタイプ印刷の略式である。発刊以来かなりの年月が経つ。編集は同人の論考を主とするが、毎号の巻頭には外部からの寄稿に俟つ。同人の合議で、親近感を持つ学者を指名しているようである。私もかつて誘われるままに、些か頭を悩まして一文を投じた。このたび寄稿を乞われた中村幸彦は、私の知る限り原稿の注文を謝絶したことのない律儀な性格であるうえに、『古典と現代』のように素朴な刊行物には、深く同情して好意を持つ性質であるから、平素よりもあえてざっくばらんに、やさしく語りかける論調を選んだのであろう。それゆえ中村幸彦の全著作においては例外的に、国文学研究法の核心を、最もわかりやすく説く文章が成ったのである。

そもそも研究の踏み出しから仕上げまで、その間に方法とか方法論とかを振りかざすのは、中村幸彦が強く斥けるところである。実際のところ、『地中海』（邦訳五冊）を読んだからとて、瀧澤馬琴を研究する新しい方法が閃くわけではない。ましてや『ブローデル歴史を語る』（昭和62年）やウォーラースティン『「地中海」を読む』（平成11年）をのぞきみて、あるいはキャロル・フィンク『マルク・ブロック』に遡ったり、これら簡易な瞥見で、些か物知りになっても効果はあるまい。

大正から昭和にかけては、マルクス・エンゲルスの藝術論が聖書の扱いを受け、続いて熊澤復六が『ソヴェート文藝百科辞典』を訳した『文藝百科全書』が教科書として尊重された。これらを金科玉条として書かれたのが近藤忠義の『日本文学原論』（昭和12年）であり、左翼公式主義で突進した御苦労を、今となって顧みる者は誰ひとりいない。

しかしひとたびマルクス主義に染まると、真理のすべてはここにありと確信するようになる。終戦後しばらく経ってのころ、私より少し年輩で、一流高校の教師をしながら、日本近代文学の研究を、ゆっくりと志している純真な人を訪れたことがある。型通りのマルクス主義に嵌っていて、これからの研究に必要な書籍は悉く蒐まっていると御機嫌で言う。何事ならんと好奇心から見せてもらえば、なんと昔の『唯物論全書』五十冊が揃っているのを指さし、これさえあれば理論はすべて掌中にありと宣う。私はすでにそのうち若干を読み、たとえば本間唯一『文学論』、甘粕石介『藝術論』など、ひとかど見せかけだけの、恥知らずの空理空論を軽蔑していたから、先輩の頓珍漢に呆れたものである。

『唯物論全書』というのは、戸坂潤が主宰して三笠書房を発行所に、逐次刊行した見栄えのする洒落たシリーズである。四六判茶色布表紙でボール紙函入り、そこまでは結構なのだけれど、厚さが二百五十頁前後というのが気に入らない。執筆者連中にそれ以上は書く能力がないゆえか、と私は疑いを持たざるを得なかった。

執筆陣には、服部之総、三枝博音など、プロの学者も義理で参加しているが、ずらり並んでいる立派な主題の担当者が今まで何の実績もないシロウトである。そのうち若干は公式主義啓蒙書の著者となったが、それ以外は戦中も戦後も無為に通した。一人前の人物は当初から見当たらないのである。たまたま誘われて研究会に顔を出した中野重治は、堂々たる姿勢で顔を揃えている連中が、なんのツッパリにもならぬアマチュアであることを即座に見破り、戸坂潤という奴は、あんなツマランチンにヒントを与え、格好をつけて外側だけでガランドウの本を作り、世間をチョロマカス大した悪人だと評した由である。未熟にして無学な乾分に仕事を与え、権威ぶって読書人を瞞した見せかけという点では、先に『唯物論全書』あり、後に『中国詩人選集』あり、好一対をなしている。以上は中村幸彦の訓誡の第一条として、イデオロギー病に感染すべからずの解説である。

学界を混乱させた和辻哲郎の罪

続いての忠告として念を押すところ、「考証とは、今日普通の場合、文学作品の本文批判や書誌や作家の伝記にわたる立入った検討を指す」と主題に向かう姿勢を指示する。まことに誤りなくその通りなのであるが、多少は癇癖にわたるかも知れないが、「作品の本文批判」という方法を、あえて二種に分けてみたいと思う。

第一種は写本が幾通りも伝わっている場合の比較と鑑定と評価である。たとえば異本の多い『平家物語』の本文をどう検討するか。

龍大本（『日本古典文学大系』）
岩波文庫本（『現代語訳日本古典文学全集』）
旧高野辰之蔵本（『日本古典文学全集』および『完訳日本の古典』
および『新 日本古典文学大系』）

岩波文庫版に基き寂光院本と梵舜本を以て校合（佐々木八郎『平家物語評講』）

旧林泉文庫蔵古写本（冨倉徳次郎『平家物語全注釈』）

以上はたまたま手許にあった注釈のみを挙げたにすぎない。『平家物語』の異本はもっと多い。気楽に「校合」なんかでカタのつく問題ではない。しかも『平家物語』の場合は、『源平盛衰記』あり『義経記』あり、同一の事件が全く別の角度から描かれている。

そのうえ『平家物語』が描写の資料とした文献に、『六代勝事記』『愚管抄』『吾妻鏡』『玉葉』などがあって、これまた比較対照しなければならない。要するに『平家物語』は鎌倉の末までの間、次第に増補訂正されたのであるから、これが正しい『平家物語』である、と自信をもって押し出せるような決定版はないのである。

ところが、かつては学界に大震動を与える煽動者が現われ、研究者を出口のない迷路に追いやった。多くの有能な俊才が、研究の根本を訓されていると思い込み、無駄な精進によって才能を空しく浪費したのであった。その罪つくりな犯人は和辻哲郎であって、『日本精神史研究』（大正15年）という、よくもまあそういう書名に決めたと感嘆すべき論文集に、収録した枕草子についての論文である。冒頭に「『枕草子』の原典批評についての提案」を論じ始めるが、これすなわち問題の高飛車な脅迫である。

清少納言枕草紙は、日本文藝史上屈指の傑作であり、またこの種の文藝作品としては世界においてもユニックなものと思われるが、こういう貴重な作品に対する本文批評の現状ははなはだ自分にあきたらない。武藤元信氏や金子元臣氏の詳密な研究を前にしてかくのごとき生意気なことをあえていうのは、語句の意義や異同の穿鑿（せんさく）からさらに進んで作品としての取り扱いに立ち入ってもらいたいからである。語句の端々を穿鑿するのは作品としての取り扱いの準備であってそれ自身が目的なのではない。春曙抄以来幾人もの国学者が試みたと同じようなことをいつまでも試みていたところで、要するに準備に終わって研究の本来の目的は達せられない。

枕草紙が正当に評価されるためには、春曙抄以来、あるいは徳川初期の活字本以来「枕草紙」として公認せられた作品の形に対して、徹底的な批評を試み、できるならば作者が形成したろうと思われる原形に還元して見なくてはならない。たとい随筆にもせよ、文藝の作品である以上、その「形態」は第一義の意味を持つべきであるが、枕草紙の現形は、その個々の個所が示しているような優れた作者にふさわしいものではない。自分はかねがねこの点について疑問を抱き、枕草紙の中から原形に近いものを見いだし得べき予感を抱いている。そうしても し暇があれば、諸異本の精細な対照によりその原形を追究してみたいとも考えている。しかし自分にはその研究に着手する機会がなさそうに思われる。で、ここに自分の試みたいと思う研究のプログラムを提出し、若い国文学者のうちにもし一人でも同様の興味を抱く人があったならばその人にこの研究をやり遂げていただきたいと思う。研究者が何人であっても、もしこの優れた作品がその正当な形態を回復し得さえすれば、自分の望みは足りるのである。

この論文は大正十一年と十五年に書かれたのであるから、『枕草子』が執筆されたと推定される長保三年（一〇〇一年）から数えて九百二十余年である。もちろん当時は写本であるから、転々と幾重にも写し替えられているうちに、本文に少なからぬ変化を生じるのが当然である。そのやむをえぬ異動を、和辻哲郎は「原形」に戻すべきだというのである。それを可能であると学界に保証してみせた。

字数による観察は根拠が正確とは言えないしまた単に一つの方法に過ぎぬ。本文批評はなおあらゆる方面からあらゆる方法をつくして試みられなくてはならぬ。が、とにかく春曙抄本の中に非常に多くの錯簡のあることを認め、それを解決する一つの道として、一応は伝宸翰本のごとき「同種の描写をまとめて記す」という構造に引きなおしてみることも必要だと思う。自伝的の部分は最初にあげた「左衛門の陣」の個所が直ちに結合し得られるのみならず、事件そのものに脈絡を見いだすことのできる最も取り扱いやすい部分である。これを一人の作者の自伝的叙述としてふさわしいような、内的に連絡のある、そうしてまた外的にも物語の進行の認められる形に引きなおせば、それが文藝の作品として与える印象ははるかに強いものとなるであろう。次に容易なのは四季の風物の描写である。春曙抄本においてたとえば自伝的なる「小白河の八講」の描写と「木の花は」との間に何の連絡もなく挿まっている「朝寝」の描写は、伝宸翰本のごとく四季の風物の描写の中に取り入れられると、前後の描写の印象と相俟って非常に効果の多いものになる。所々に散乱せる四季の人事風物はすべて同様に取り扱い得ると思う。その他「何々なるもの」、「何々は」の類にあっては、その位置の前後は必ずしも重大ではないが、しかし順序は別として、伝宸翰本のごとく一個所にまとめられることは、自然でありまた必要と思われる。

我々は古写本の綿密な比較や本文の詳細な分析研究により、枕草紙がその本来の、藝術的作品として優れた形を回復し得んことを希望せずにおられぬ。

古典の本文批評にはいろいろの方法を考え得るのは常識である。しかるに、和辻はここで本文批評の意味を、ただ一筋に原形復元に限定してしまった。この無理なごり押しが花火のように閃いて、昭和期における国文学研究の野心家たちは、原形、原形と、夢遊病に取り憑かれたかのように、原形探索を国文学研究の王道と信じるに至った。

それではいかなる方法によって、この難題を解決するのか。和辻が指示する道筋は、伝えられている各種の異本を対照して、最も原形に近い写本を見出す操作である。その場合に頼りとする基準は、本文の表現に錯簡や混成が、比較的乏しい写本を選び出す検討であるという。この手続きを以て原形に近づき得るというのである。しかし誰が考えてもわかるように、所詮それは根拠を欠く主観的な判断に過ぎないではないか。和辻は客観的な書誌学に無智であるため、当該写本の伝来過程の究明を始めとする調査の、研究方法を視野の外に置いたのである。

しかし和辻の提案は無批判に受け入れられた。この時期にはそれほど和辻の権威が絶大であった。原形に最も近いと感じられる写本を探すべし。あるいは書写年代のなるべく古い写本から、少しでも原形に近い表現を見出すべし。池田亀鑑を筆頭に学界を挙げて古写本探しが始まった。彼らはその探索を文献学と称したが、その選定と判断はすべて主観的な思い込みを出ない。この人たちは書誌学の素養を欠く客観性のない主観的文献学であった。

話が長びくから結論を急ごう。非常な高価で入手したどの古写本も、蒐書の道楽に終わって、何の役にも立たなかった。いかなる古典の原形にも近寄れない。そんな甘っちょろい姿勢で古典の研究はできないのである。すべては無駄な骨折りであった。誰もが和辻哲郎の無責任な思いつきに踊らされたのである。一世を挙げて多数の俊才を、物心両面に奔走させ、それがすべて無駄であったのだから、和辻哲郎は学界を混乱させた悪人である。

本文の読解こそ古典研究の中心

古典の原形などは絶対に発見されないのである。古典は伝承されたその時点で、いかに受容されたかを調べ、その時期においてはどのように読解されたかを把握するしかないのである。山脇毅（はたす）は『枕草子本文整理札記』（昭和41年）において書名の通り、最も合理的な本文の検討を行った。その方法を山脇は次のように表現している。この序説は非常に大切な提唱であると私は思う。

枕草子本文整理札記凡例

本稿では、枕草子の四系統の何れを底本とすることなく、一段毎に四系統の本文を対校し、比較研究して、最も原作に近いと信ぜられる本文を底本として、他の三系統の本文によって、底本の誤を除き、出来得る限り純正な本文を整定しようとする。

　伝本の一段を二段以上に分け、或は二段以上を一段に合わす場合には、或は合理的に、或は情意の自然に従い、努めて作意を害しないことを期する。

　本稿は以上の作業の一端を、成るに従って報告したものである。かくて整定せられた本文を排列するには、作者の意図を害しないことを第一とし、その範囲内で、作者の思想情趣を、捕捉鑑賞するに適当な方法によろうとする。

一

　枕草子の伝本に、伝能因所持本、三巻本、前田家本、堺本の四系統があり、更に三巻本に第一類、第二類のあることは、池田亀鑑博士が、昭和三年一月の「国語と国文学」に発表せられた所である。無数の写本刊本を調べて、こう纏めるのは、非常な労苦であったろうが、結果を聞けば、簡単に理解せられる。又写本が追々刊行せられて、容易に有力な本文を見ることが出来る。皆、誠実な斯学先進の学恩によるのである。

　私は、この四系統の本文を比較して、各系統に存する誤を正し、出来得る限り、純正な原形に復したい希望を持って居る。それには伝能因所持本、三巻本のような雑纂式によるよりも、前田家本、堺本のような類纂式による方が便利であり、この二本の中では、前田家本の方が分量が多く、枕草子中最古の写本で、鎌倉中期以後の誤（ご）脱衍文（だつえんぶん）は全く無い訳であるから、結局は、前田家本を中心として、改訂し改編して、前田家本に欠けて居るものを増補することになろうと思う。併しこの大きな仕事を、私の力で完成する自信があるのではない。唯それを目標として調べて行くので、将来同じ目的で、枕草子を類纂増補しようとする人があったら、幾分の参考になろうかと思うのである。

　伝能因所持本は「能因が本ときけば、むげにはあらじと思ひて、書うつしてさふらふぞ」という奥書があり、室町中期以前の書写といわれる三条西家所蔵本の影写本を、池田博士から借りて、春曙抄に校合したものによる。文中には能因本と略称する。三巻本は安貞二年三月に、耄及愚翁が書写した本を写し伝えた陽明文庫本を底本とし、この第一類本に欠けて居る所を、弥富破摩雄氏所蔵の第二類本で補ったという日本古典全書本による。この系統の本は、もと三冊になって居たらしいから、三巻本というのである。前田家本は前田家所蔵の類纂式の四冊本で、鎌倉中期を下らぬ写本だというのを、育徳財団でコロタイプと活版とで復刻したものによる。但し本文の所在を示すには活版本により、前田本と略称する。堺本は元亀元年十一月に、宮内卿清原朝臣が、和泉の堺の道巴の本を写したという奥書の本を写し伝えた長沢伴雄旧蔵の二冊本を底本として、諸本との必要な校異だけを附した古典文庫本による。

章段の分け方は、能因本はほぼ岩波文庫本に、三巻本、堺本は田中重太郎氏校訂の前記の本に、前田本は、田中氏が堺本の章段目次の下に附けられたものに大体よる。章段の分け方は、それ自身が枕草子研究上の重大な問題で、その是非は、伝本を活かすか殺すかの境である。今は一先ず前記の分け方に従って、本文の所在順序を示す便宜とするのである。

できれば同書四二八頁を読んでいただきたいのであるが、いずれにせよ『枕草子』の研究法は山脇方式しかないのではないかと思う。古典の研究は本文の読解が中心だからである。山脇毅は京都大学の選科（一人前に扱われない）に学び、河内本源氏物語の研究に初めて手を着けた。大正六年における研究成果がようやく『源氏物語の文献学的研究』（昭和19年）に刊行された。その長い年月もまた以後も、選科出身であるゆえ、然るべき職場を与えられず、旧制中学および新制高校の教諭に終始した。

晩年に至って私淑する吉永登（みのる）が計らい、関西大学夜学部の講師となったが、意地悪な同僚の妨害でたった一齣であった。しかし縁ができたのを幸い、関大国文の機関誌『国文学』に枕草子研究を載せることができた。しかし毎号書いては厚顔（あつかま）しかろうと遠慮する山脇に、そのころ助手で編集に携わっていた私は、手紙を書いて、どうか毎号書いて下さいと激励したところ、よほど嬉しかったのであろうか、原稿を持参して拙宅まで、足を運ばれたのには恐縮至極であった。その後、また吉永登の奔走で、『枕草子整理札記』が、豊中市・豊中高等学校内・山脇先生記念会から刊行された。発行部数も少ないし流布されることもなかったので、なんとか復刊したいと願っている。

言葉を知らずして解読鑑賞なし

話は変わってここに驚嘆すべき著作がある。『日本藝術史』既刊五冊三三一九頁の大作である。著者の小西甚一は、チャイナ、コリアの作品を原語の発音で読み、アイヌ、沖縄も含めて日本文藝の範囲内の語学をすべてマスターし、能、狂言、俳諧、俳句をよくするという学力を以て執筆に臨んだ。日本文藝史としては空前にして絶後の記念碑である。この傑作について長所を挙げていけばきりがないので、特にここで挙げておきたい一項目に限る。それは本文の至るところに、あるひとつの問題について、誰か独創の見解を出している場合、研究者としてのキャリアにこだわらず、その焦点をなす部分を必ず引用し、単に言及するだけにとどまらず、毎巻の巻末に引用の人名と、引用の論文初出誌名と年月を、細密に記録した配慮である。これは期せずして国文学の研究が始まって以来の、厳正な論功行賞を意味する。私の偏癖にもよるが、国文学界でこれほど興味をそそる読物はない。

　ところで、これほど細密な人名録なのに、和辻哲郎に踊らされた原形探索論者の名がひとりも見えない。小西甚一の考えによれば、文藝史は文藝作品の解読鑑賞であるから、たとえば『徒然草』の原型などという有りや無しやの夢物語が問題ではない。寛文元年に出た加藤盤斎の『徒草抄』によって、当時『徒然草』がどのように読まれていたかがわかる。作品の鑑賞は時代によって変わるのであるから、定期預金の通帳額面のように固定しないのである。ある時代にある作品がいかに読まれたか、その間の事情を探るのが文藝史の本務なのである。

　それでは本文を熟読玩味すればよろしいか。そう簡単に読み流しては理解が十分でない。中村幸彦は肝心要（かなめ）の心得事を説く。

　即ち考証が、日常的に必要である。考証家先生の試みの成果を利用することも、このいそがしい世の中で、あって悪いことでもなかろうが、その先生の考証がはたして利用価値があるかないかの判断力は持たねばならぬ。その判断力とは、自分も考証出来る能力を意味する。

世には考証と称して無茶苦茶の出鱈目も少なくない。たとえば第一次『日本古典文学大系』58の暉峻康隆の『蕪村集』などは、俳諧読解の学力もない身で行き当たりばったりに書き散らした結果である。あまりのことにたまりかねた中村幸彦が「此ほとり一夜四歌仙評釈」（著述集9）を書いたので、ぜひ対照して楽しんでいただきたい。

　考証の根幹は語彙である。言語の意味がわからなくては前へ進めない。

　たとえば、『新 日本古典文学大系明治編』二二巻一八七頁の注一三に法華経の普門品を引くが、法華経は単一でないことを、岩本裕（『佛教聖典選』3・昭和49年）は説く。

　法華経の漢訳には三種ある。『添品法華』は『妙法華』の訳文に従いながら、前掲の「序」に記す校勘本に従って『妙法華』に欠如した部分を補い、提婆達多品を宝塔品の中に編入し、陀羅尼品および嘱累品の位置を変更しているのであるが、その結果は現行のネパール伝本と一致している。このことは『添品法華』の訳出に際して用いた校勘本なるものが現行のネパール本と同形式であったこと、換言すれば同系統であったこと、従って現行原典の祖型は少なくともその訳出年次（西暦六〇一年）より以前にさかのぼることが知られよう。

そこで、ここに現行のネパール本と『正法華』と『妙法華』との対応の関係を表示することにしよう。ただし、一見して分かり易くするために、ネパール本を中央にし、それに合わせて上に『正法華』を、下に『妙法華』を記すことにする。

『正法華』	ネパール本	『妙法華』
光瑞品第一	〔一、いわれ〕	序品第一
善権品第二	二、巧妙な手段	方便品第二
応持品第三	三、たとえ	譬喩品第三
信楽品第四	四、意向	信解品第四
薬草品第五	五、薬草	薬草喩品第五
授声聞決品第六	六、予言	授記品第六
住古品第七	七、前世の因縁	化域喩品第七
授五百弟子決品第八	八、五百人の僧に対する予言	五百弟子授記品第八
授阿難羅決品第九	〔九、アーナンダ・ラーフラの二人および二千人の僧に対する予言〕	授学無学人記品第九
薬王如来品第十	一〇、教えを説く者	法師品第十
七宝塔品第十一	一一、塔の出現	｛見宝塔品第十一 提婆達多品第十二
勧説品第十二	一二、絶えざる努力	勧持品第十三
安行品第十三	一三、安楽な生活	安楽行品第十四
菩薩従地涌出品第十四	一四、菩薩の大地の割れ目よりの出現	従地涌出品第十五
如来現寿品第十五	一五、如来の寿命の長さ	如来寿量品第十六

御福事品第十六	〔一六、福徳の種類〕	分別功徳品第十七
勧助品第十七	〔一七、随喜の福徳についての解説〕	随喜功徳品第十八
嘆法師品第十八	〔一八、教えを説く者の恩恵〕	法師功徳品第十九
常被軽慢品第十九	一九、常に軽蔑(けいべつ)された男	常不軽菩薩品第二十
如来神足品第二十	〔二〇、如来の神通力の実演〕	如来神力品第二十一
総持品第二十四	〔二一、呪文(じゅもん)〕	陀羅尼品第二十六
薬王菩薩品第二十一	〔二二、薬王菩薩の前世の因縁〕	薬王菩薩本事品第二十三
妙吼菩薩品第二十二	〔二三、ガドガダ＝スヴァラ〕	妙音菩薩品第二十四
光世音普門品第二十三	二四、あらゆる方角に顔を向けるほとけ	観世音菩薩普門品第二十五
浄復浄王品第二十五	〔二五、シュバ＝ヴューハ王の前世の因縁〕	妙荘厳王本事品第二十七
楽普賢品第二十六	〔二六、普賢菩薩の鼓舞〕	普賢菩薩勧発品第二十八
嘱累品第二十七	〔二七、委任〕	嘱累品第二十二

ネパール本においてカッコを用いた章は本書に訳のないものを示す。

『添品法華』は前述のようにネパール本と一致するので、例えば「寿量品」第十五であり、「観世音菩薩普門品」第二十四となるのである。

かくの如くであって、法華経に言及するときは、どの本を用いているのか明示しなければならない。事実、岩波文庫本『法華経』には、大系本の注が普門品として引く章句の標題が、「観世音菩薩普門品」となっている。また引用するならば、「無尽意よ、この観世音菩薩は、かくの如きの功徳を成就して、種々の形を以って、諸の国土に遊び、衆生を度脱(すく)うなり」（岩本裕訳）との一節を引くのが妥当ではあるまいか。

また一九六頁の注五に現われる第六天の典拠が欠けている。辞典類を見れば、『無量寿経』『往生要集』などであることが自明となる。二一〇頁の諦は出典によって意味が多様であることに異議はないけれども、露伴がここで言い表わそうとしているのは、注の言う如く固苦しい決意ではなく、心迷わず安らか、の意ではなかろうか。二三一頁、哲学の注は西周(あまね)が訳しているというのでは内容がない。当時の用例を探すべきではないか。『明治文学全集総索引』（平成元年）には哲学に関して多数の項目が採られている。以上を以て大系注の検討を終えよう。

雑本蒐集から生まれた中村幸彦の新機軸

以上の如く語彙と文脈に、解釈としての注釈を施すとき、決め手となるのは用語例、すなわち用例の発見である。さきほど出てきた哲学の場合、『毒朱唇』が発表された明治二十三年一月より前に、誰がどういう意味をこめて使っていたか探し出さねばならない。

西周（明治7年）総テ箇様ノコトヲ参考シテ心理ニ徴シ、天道人道ヲ論明シテ、兼テ教ノ方法モ立ツルヲヒロソヒー、訳シテ哲学ト名ケ、西洋ニテモ古クヨリ論ノアルコトデゴザル。

加藤弘之（明治8年）然ルニ凡ソ心理ニ係レル諸学即哲学政学法学等ノ如キニ至リテハ、実験ニ従事スルコト最モ難キガ為メニ、学者従来妄想主義ノ範囲ニ彷徨シテ未ダ殆ド之ヲ脱却スルコト能ハザルハ最モ慨歎スベキモノト云ハザル可ラズ。

これ以上はくどきに過ぎるから省略するが、古典の表現力を読み取るためには、同時代の雰囲気を伝える雑書が必要である。多くの人が視野の外に置く雑書とは何か、試みに拙（まず）いながら定義してみよう。

「雑書」覚書

管見に入った現行辞書では次の八種が雑書の項目を立てている。

広辞苑　日本語大辞典　大辞林　大辞泉　新世紀　日本国語大辞典　大漢和辞典　角川古語大辞典

その解釈もほぼ共通しており、簡明に要約すれば次の三箇条になる。

㈠種々雑多な知識を寄せ集めて記した書物
㈡図書の分類上どの部門にも入らない書物
㈢江戸時代に相性・開運など俗説を記した一種占いの書

すなわち目下の私どもが問題にしている雑書は視野に入っていない。それでも、こうして一般辞書が取りあげている配慮に、改めて感謝すべきである。と言うのは、次に揚げる書誌学系辞書七種が、いずれも雑書の項目を立てていないからなのである。

図書学辞典　図書館用語辞典　九カ国語対訳書籍辞典
日本書誌学用語辞典　図書館学・書誌学辞典　書物語辞典　英和印刷書誌百科辞典

こうして肝腎の書誌学者が、雑書に甚だ冷淡なのに比して、一般辞書のほうが用意周到であるように思われる。

しかし書誌学の領域でも、雑書に注目している書物好きが、やはり健在なのは心強い。中野三敏は『書誌学談義江戸の板本』に、延宝三年の『書籍目録』では分類が三門増え、そのとき「雑書」の項目が設けられたと報告している。それまでは「儒書」の片隅に属していたのが、初めて独立したのであるから、おそらく内容も何程か取柄があったであろう。

それから年月を経て亨和二年、尾崎雅嘉は独力で『群書一覧』六巻六冊を刊行した。その巻六に、地理・名所・随筆と並んで雑書の項目を置いている。

『日本古典文学大辞典』には、戸田氏徳編『番外雑書解題』という、なんとも嬉しい本が取りあげられた。柴田光彦が解題の筆を執っている。ここに初めて雑書なるものの範囲があきらかに示された。それによると、幕府蔵書のうち、経・史・子・集以外のものを「番外」と呼び、そのなかから七種を取り出して主題別にそれぞれにまとめ、それ以外の類別し難い近世の著作数十櫥（ちゅう）（書籍を入れる箱と思われる）を指して「雑書」と名づけた。

以上の三例を見ても、それなりに処遇されていたようであるから、これらが私どもの言う雑書にかなり近いであろう。例によって我が国は文化尊重で、最も早くから雑書も大切にされていた。

一方、『大漢和辞典』は出典を挙げていないので、何を根拠に語釈したのか不審である。少なくとも古い文献には見えない。『四庫全書総目提要』に至ってもやはりない。支那人は雑書という呼称が嫌いなのであろうか。

意味が多少は通じる用語に「雑説」がある。史記平津公伝に、四十余歳に及んで春秋と雑説を学んだ、と伝える。春秋は当たり前だけれど、なぜ雑説を選んだのかわからない。何か理由あってであろうが、ここの解釈次第では、雑説なるものの株が上がるかと思われる。

以上に瞥見した古典籍時代の雑書と、活字印刷が主となる新時代の雑書とは、おのずから内容も価値も用途も違う。近代書誌学がこれからの課題とする雑書とは、今まで見捨てられ知られず扱われずであったが、今から探して工夫すれば研究に役立つ、気合で発掘できる掘り出し物を意味する。どんな本であっても世にある本には必ず意味がある。それをまだ使いこなすに至らぬのは、私どもの思案不足が宜しくないのである。

雑書とはこういう世間に稀な珍しい本のことである。何処の図書館も所蔵していない。どう足掻いても急場の間に合わない。にもかかわらず中村幸彦の注釈には、決定的に役立つ珍本が活用されている。その業績は次の如し。

上田秋成集（昭和39年）日本古典文学大系56
春色梅児誉美（昭和37年）同64
風来山人集（昭和36年）同55
近世文学論集（昭和41年）同94
近世随想集〈共著〉（昭和40年）同96
近世後期儒家集〈共著〉（昭和47年）日本思想大系47

東海道中膝栗毛（昭和50年）日本古典文学全集49
近世町人思想（昭和50年）日本思想大系59
英草紙〈共著〉（昭和48年）日本古典文学全集48
洒落本・黄表紙〈共著〉（昭和53年）鑑賞日本古典文学34
秋成〈共著〉同35
秋成〈共著〉（昭和33年）日本古典鑑賞講座24
此ほとり一夜四歌仙評釈（昭和55年）
宗因独吟俳諧百韻評釈（平成元年）
遊子方言評註（昭和53年）著述集8
孔子縞于時藍染評註（昭和53年）著述集8

以上の注釈にはどれも必ず新機軸が示されている。まずは横本『諸国道中記』一冊、なぜこの本に意味があるのか、他の問題と併せて次の如し。

今度この校注に利用したのは、横本一冊、所見本は外題がないが、見返し題は『諸国道中記』、内題は『新東海道板木會路中記』（下に「並、上下駄賃問屋付名所旧跡神社仏閣諸国道中記」と付してある）とあるもの。末に「天明四甲辰歳三月吉辰」としたのが、初刷の刊年。この本は初めに、二葉、寛政十一（一七九九）年の改定による駄賃付を追加した後刷で、「江都、本町三町目西村源六、下谷御成小路足利屋勘六、日本橋通三丁目前川六左衛門」の刊行である。東海道の名所旧跡についてはわりあいに詳しく説明し、『東海道名所記』によったと思われるところが多いのである。のみならず『膝栗毛』には所々で地名の順次が逆になっていて、すでに先人の注にも指摘されたが、この『諸国道中記』は、おそまつにも、『膝栗毛』が間違っているところは、全く同じように間違っていることは、頭注欄に示したごとくである。またその他でも、一九の間違いが、この書の誤読とみれば、よく理解できるところもある。更に暴露的な見方をすれば、各巻二十から三十数葉を、適当に埋めることに困った一九は、この書から長々と文章を借りて、間に合わせたかと思われるところさえ見える。校注者は道中記の知識に乏しいので、この書とは確定できないが、この系統の道中記を、一九は利用したとは十分に思ってよい。巻末に付した一九序の文化二（一八〇五）年刊『早見道中記』も、簡略ながら同系統のものである。

ここで一九がこの書で利用した参考書を合わせて紹介しておこう。七編述意に自ら述べるごとく、一九は大阪に七年住んだが、京都はほとんど知らなかった。そのために六編の頃、上京の計画までしたが、類焼に会って、やむを得ず、七編を未経験で書かねばならなかった。よって参考にしたのは、すでに安永九（一七八〇）年刊で、名所図会に先鞭をつけた有名な竹原春朝斎の『都名所図会』と、それと何かわからぬが、簡略な京都地図などであったろう。名所古跡社寺の説明は専らこれによったほか、挿画も、いろいろ作意を加えながら使用した。比較のために一葉、洛北の薪売りの女の図（一八～一九ページ）を掲げておく。『都名所図会』は、野間光辰氏の検討によると、異版があって、巻三のこのところの二人の女は、初版では、一人は白地、一人は黒い衣服であるが、後版では、二人とも黒くなっている。一九は写して、白と黒にしているのは、安永九年の初版本を利用したものであった。その一々は頭注を見られたい。この場合は一応成功しているが、地図の方はよほど粗末なものであったらしく、弥次郎兵衛と北八は、橋のあったはずのない、五条と四条の間の鴨河を、東岸へ行ったり西岸へ行ったりする、御愛敬な失敗となっている。これでも一応無事に京都をすませた一九は、八編では、寛政八（一七九六）年四冊、寛政十（一七九八）年八冊を出した竹原春朝斎その他の『摂津名所図会』を同じように利用しているが、これも頭注にゆだねて細叙しない。かかる図会の利用は、あるいは五編追加の伊勢詣に、彼自らの踏査の地であったが、若干参考したらしい『伊勢参宮名所図会』に味をしめたのによるかもしれない。ただし伊勢路については、この『伊勢参宮名所図会』以外に、何か参考書のあったことと思われるが、未だ見いだせないでいる。

一言付しておくべきことがある。近世の小説はほとんど挿画を持っている。黄表紙・合巻など草双紙は、むしろ画が主であるとみられる。

十返舎一九が東海道における宿場の順序を間違えるなんてありえない失態ではないかと、先学を長いあいだ困惑させてきた謎が瞬間に解決した。と同時に一九が、この『諸国道中記』を机上に備えて、想像を逞(たくま)しうしてさももっともらしく創作したのである事情もわかった。一九を難じているのではない。一九の才に感じ入っているのである。

問題の『諸国道中記』はどこにあったか。もちろん図書館で見つかるわけはない。この『諸国道中記』だけではない。さきほど列挙した註釈事業を、いずれ引き受けねばならぬ日が来るであろうと、若き日から、近世文藝全般の読解に役立てるべく、中村幸彦は目を光らせて雑本を蒐集したのである。道中記も見当たり次第に購(あがな)ったからこそ、ついに決め手となる本が手に入ったのである。

また初編で旅籠代を値切る場面がある。何事であろうと値切りたくなるのが日常であるけれども、中村幸彦の手にかかると、それがまた当時の世相を知る材料となる。

> とめ女「おとまりなさいませ　田舎「はたご[三四]さア安(やす)かアとまりますべい　とめ女「おはたご[三六]は弐百[三五]ヅ、　田舎「イヤ〳〵そふは出し申さない。そんだい湯(ゆ)はぬるくてもよくござる。平(ひら)[三七]はついぞ、かへてくつたこたアござらないが、

めしと汁は、たつた六七はいヅヽも喰やアそれでよくござるは。そんだいにやアあしたの昼食は、この柳ごりにいつぱい、つめてもらへば、もふほかになんにも入申さない。はたごは百十六文ヅヽも出し申さふ　とめ女「そんなら、外へおとまりなさいませさ　田舎「ハアとめざアいきますべい

この問答には裏で支えている経済的条件がある。

三四　ここは旅籠代。宿賃。
三五　天明六年の記では、東海道の旅籠代は百五十文前後。寛政十一年の二割増しで、二百文前後になった。東海道以外は一割半で、やや少ない。それで田舎同者はねぎるのである。
三六「その代り」の田舎言葉。
三七　平椀。膳の前に据えて、煮物などの副食物を入れる浅く平たい椀。

つまり中村幸彦の手許には、東海道の宿賃が次第に上昇してゆく、その過程を記した資料が蔵されているのである。

学問とは他人が軽く見過ごす平凡事のなかから、貴重な発見を見出す勘の働きである。その勘が働きを示し得るように、雑本の資料を入手しなければならない。中村幸彦が注釈に資するため蒐めた雑本は多量あり、今は関西大学図書館に蔵されている。好学の士は然るべき紹介状を持って利用に来られるようお待ちしている。

今まで雑本の話に熱を入れすぎたので、少し平衡感覚を取り戻すとしよう。雑本は貴重な資料であるが、所詮は補助材にすぎない。学問は学界に鳴る大物と取り組まなければならない。その心得が身にしみるためには、『近世文学論集』の頭注を読んで襟を正すべきであろう。近世の学者が利用した漢籍は、現代の私たちから見れば驚くべき広範にわたっている。そのすべてに注をつけるには一人前以上の漢学者でなければならぬ。詩人と詩法が多くを占めるが、たとえば左伝の章句が詩論に変じたこと、古詩を三浦梅園が活用したこと、その他さまざまな語彙の検討が見られる。引かれてある文献には、後村詩鈔、唐詩聯林、河岳英霊集、陳継儒解、唐詩品彙、その他に私の知らない読めない文字が横溢している。繰り返すようだが、中村幸彦にとっては、支那の儒学と詩論と、もちろん日本人の作品も、自家薬籠中のものと化している。

似而非学者の実態

その反対を行った一見学者風の作戦を対照しておこう。その似而非学者の名を水田紀久という。『蒹葭堂日記』の活字化（昭和47年、補遺59年）を以て知られる。最近の著書に『近世浪華学藝史談』（昭和61年）、『〈水の中央に在り〉木村蒹葭堂研究』

（平成14年）があり、他にも日本漢文学史研究の既刊近刊があると聞く。その噂を聞けば、誰でも彼が日本漢学に通じていると想像するだろう。私も当然そう思っていた。然るに面談の機を得たとき、私はあいた口がおさまらなかった。この男は日本の儒学について完全に無智なのである。仁斎も闇斎も東涯も徂徠も南郭も、とにかく日本の代表的な学者を、一行も読んでいないことがわかった。彼は論文を書こうと志したのであって、学問に思いを寄せたのではない。私がさきほど名を挙げた学者の著作を読んだりしていたら、肝心の論文を書く時間がない。そこで大通りは敬遠する。そして裏通りには同学の士がいないのを幸い、誰も知らないし我が国の学問に貢献しなかった人を引っ張り出し、思い切り気取った文体で、さも大物であるかの如く持ち上げる。まさに省エネ学者の見本である。この無学で貢献することのない空虚な男を、岩波書店が、『日本古典籍書誌学辞典』だったかの内容見本で、水田に推薦文を書かせているのを見て、世間というものは何と面白いものかと大笑した。水田ほど書誌学に無縁の男はいない。皆が瞞されるのは、彼が書誌学の用語だけ知っていて、もっともらしくそれを操るからである。

『日本思想大系』の『富永仲基』（昭和48年）を水田が担当したのは、斯学（しがく）のために不幸であった。疑う方は読んでみて下さい。頭のいい高校生ならやってのけるであろう程度の、仏教関係の辞書を丸写しにした語釈である。その御丁寧なること次の如し。

禅人　禅宗の僧侶
唾す　唾をはきかける
自覚　自らさとり他をさとらせる
諸住　種々の住地、階位
機　仏になりうる能力、素質、機根
心体　心の本体
錯然　互いに分かれるさま
四諦　苦・集・滅・道
聖諦　もっともすぐれた真実の理
五常仁義　仁義礼智信

こんな易しい言葉にものものしく注をつける必要があるだろうか。しかも解釈という建前で常識を並べているにすぎない。そしてどこの注を見ても仲基の思想を解するに足る鍵（キー）が示されていない。

珍しく仲基の思想を解釈したつもりになると、原文に忠実なるべきを忘れて、自分勝手の筆を走らせる。

「……則ち天下の悪、多きを加ふ。われ謂（おも）ふ、三教は、乃ちあひ資（たす）けて、世を善くするなり。ともに冥数（めいすう）の自然あり。人は、得て輒（すなわ）ち見るべからず」と。これ、その意に謂（おも）ふ。*三教はみな善道。一を欠いて一善を失す。これ、乃ち冥数の自然と。ああ、また何ぞ愚かなる。もし、善をもつてこれを概せば、何ぞ三教に限らん。数十の外道、数十の異端、あにみな善にあらずや。その心は則ち一、その迹は則ち異。独り、その人をして、熒(マド)ふことあらしむる者を、いかん。これ、思ふべし。儒の、人に教ふるは善にあり。仏の、人に教ふるは善にあり。その、人に教ふること、善にある者は、即ち一なり。独り、その人をして、幻と文とに淫することあらしむる者を、いかん。ああ、またこれ思ふべきのみ。

三教はみな……三教はすべて善を説くゆえ、その一教がなければ善が一つ減る道理だ、という考えは全くおろかしい。善を志向する点では一切の教説に差異はないが、その流派形態はいずれも相違し、それぞれ人をまどわせ、ふけらせる欠点がある。かえって人を誤りに陥らせる、度の過ぎた傾向性の弊害に十分留意しなければならない。

この僅かな部分ですら誤訳である。仲基の考えるところ、「三教は、乃ちあひ資けて、世を善くするなり」である。それを拗(ね)じ曲げて「三教はすべて善を説くゆえ」と言い替えたら、仲基の言う「あひ資けて」が消えてしまう。また仲基が「世を善くするなり」と言って、さきの「あひ資けて」の結果と考えている。それを単に「善を説く」と言い替えれば、仲基が「世」の向上という結果を言っているのに、「説く」という手段に変質してしまう。

水田は語釈、というより引用されている経典の書名探しにこだわり、経典の内容を覗き見していないのも無理はないが、目下取り組んでいる仲基の論理さえ読んでいない。周知のように富永は、三国の国民性を、比較しながらそれぞれ一語を以て規定した。すなわち、印度は幻、支那は文(あや)、日本は絞である。仲基は三教が人を世を善たらしむる効能があると説いているのを、水田は何をどう勘違いしたのか、「三教はすべて善を説くゆえ、その一教がなければ善が一つ減る道理だ、という考えは全くおろかしい」と訳した。これを読んで意味を汲みとれる人があろうか。貯金通帳じゃあるまいし、人間の性である善が増えたり減ったりするものか。三教のどれかへの信奉を欠いたからとて、それが人間としての欠陥になると、脅える必要はないというのが、仲基の同朋に対する激励であろう。

水田はまた独り合点の思いつきを記す。「善を志向する点では一切の教説に差異はないが、その流派形態はいずれも相違し、それぞれ人をまどわせ、ふけらせる欠点がある。かえって人を誤りに陥らせる、度の過ぎた傾向性の弊害に十分留意しなければならない」。流派形態がどうのこうのと、本願寺じゃあるまいし、仲基はそんな議論をしていない。すべて水田の妄想である。まして「度の過ぎた傾向性の弊害に十分留意しなければならない」なんて仲基が言ったか。水田は幻と文とを知らない。仲基が心を痛めているのは、日本人が外国からの影響を受けて、時間もなければ記録もない幻のなかにいるような印度人みたいになったり、また、白髪三千丈、黄塵万丈の誇張表現を漢字の多義性に乗じて濫用する支那人に感化されたり、日本人の精神を忘れる者が現われたら、その矯正を工夫しなければならないとの憂いである。水田は正確な語釈をする能力がないのである。

　あるとき中村幸彦と私の二人で、水田に口頭試問をすることになった。私はまず富永仲基に関する参考文献を聞いたが、面妖（めんよう）にも内藤湖南の名が出てこない。続いて中村先生が飛箭（ひせん）の如く、富永は学者であると思いますか、と聞かれた。中村先生から見れば、富永は古典の解釈をしていないから学者とは言えぬ。先生が富永はいちおう思想家の如くでありながら、それを超えた分析家であると、思っておられるのがはっきりわかる。

　しかし、水田には先生の質問の意味が理解できない。しばらくもじもじした揚句、あのお、帷（い）を下して（塾を開いて講義する）教授しましたから、学者だと思います、と答えた。富永の内面を問うたのに、形式的な外面を以て答えたのである。私たちはウンザリして早々に切り上げた。

　この章は幾分長く論じたが、期せずして本物の学者と、孔雀のような見せかけの曲がり道を行った偽学者とを、具体的に対照できたので、なんらかのお役に立つのではないかと思う。

発表掲載誌一覧

日本近代文学の存立条件

〔初出〕『近代日本文学史の構想』一九六四年十一月一日発行、晶文社。

〔収録〕『近代文学史の構想〈日本近代文学研叢〉』一九九四年十一月十五日発行、和泉書院。

近代文学論争譜

〔初出〕
鷗外にだけは気をつけよ
「新潮」一九八一年四月一日発行、第七十八巻四号。文末に「近代文学論争譜一」
鷗外はじめて苦境に立つ
「新潮」一九八一年六月一日発行、第七十八巻六号。文末に「近代文学論争譜二」
論理に勝って気合い負け逍遙
「新潮」一九八一年八月一日発行、第七十八巻八号。文末に「近代文学論争譜三」
鷗の追撃を断ち切った逍遙
「新潮」一九八一年十月一日発行、第七十八巻十号。文末に「近代文学論争譜四」
樗牛が鷗外に罠を仕掛ける
「新潮」一九八二年六月一日発行、第七十九巻六号。文末に「近代文学論争譜五」
評論から手を引く羽目になった鷗外
「新潮」一九八二年八月一日発行、第七十九巻八号。文末に「近代文学論争譜六」
対決を回避して遁走する鷗外
「新潮」一九八二年十月一日発行、第七十九巻十号。文末に「近代文学論争譜七」
〔初版〕『文豪たちの大喧嘩—鷗外・逍遙・樗牛—』二〇〇三年五月三十日発行、新潮社。
〔文庫〕『文豪たちの大喧嘩—鷗外・逍遙・樗牛—』〈ちくま文庫〉二〇一二年八月十日発行、筑摩書房。

『小説神髄』の文学意識

〔初出〕「国文学」一九五八年一月二十日発行、第二十号。関西大学国文学会。

〔収録〕『明治期の文藝評論』一九七一年五月二十日発行、八木書店。この時「文学とは何か—『小説神髄』の文学意識—」と改題。

『近代評論の構造〈日本近代文学研叢〉』一九九五年七月二十日発行、和泉書院。

広津和郎

〔初出〕『大正期の文藝評論』〈塙選書18〉一九六二年一月三十日発行、塙書房。

〔文庫〕『大正期の文藝評論』〈中公文庫〉一九九〇年一月十日発行、中央公論社。

谷崎潤一郎「鍵」私注

〔初出〕荒正人編『谷崎潤一郎研究』一九七二年十一月二十日発行、八木書店。

〔収録〕『近代小説の構成〈日本近代文学研叢〉』一九九五年四月二十日発行、和泉書院。

高見順「いやな感じ」私注

〔初出〕「季刊文学的立場」一九七〇年九月十日発行、第二号。

〔収録〕『近代小説の構成〈日本近代文学研叢〉』一九九五年四月二十日発行、和泉書院。

正論家坂口安吾

〔初出〕『無頼派の文学〈研究と事典〉』一九七四年八月五日発行、教育出版センター。

〔収録〕『近代評論の構造〈日本近代文学研叢〉』一九九五年七月二十日発行、和泉書院。

太宰治「人間失格」の構成

〔初出〕「国文学」一九五九年一月二十日発行、第二十四号。関西大学国文学会。

〔収録〕『近代小説の構成〈日本近代文学研叢〉』一九九五年四月二十日発行、和泉書院。

文学研究の前提となる性知識の問題

〔初出〕「国文学〈解釈と教材の研究〉」一九六三年八月一日発行、第八巻十号。

〔収録〕『近代日本文学史の構想』一九六四年十一月一日発行、晶文社。

『谷沢永一書誌学研叢』一九八六年七月十日発行、日外アソシエーツ。

『書誌学的思考〈日本近代文学研叢〉』一九九六年一月十五日発行、和泉書院。

文章読本

〔初版〕『大人の国語―隠れた名文はこれだけある―』二〇〇三年五月二日発行、ＰＨＰ研究所。

谷沢永一年譜

一九二九年（昭和四年）

六月二十七日、大阪市西成区橘通五丁目七百九十八番地の病院で生まれた。父谷沢常一（当時二十四歳）・母ナツエ（当時二十八）の第一子長男。一家は大阪市天王寺区椎寺町五十六番地に住む。父は当時ナツエの父小阪徳治郎に属する大工の若棟梁であった。

一九三六年（昭和十一年）七歳

四月一日、大阪市立天王寺第二（のち大江と改称）小学校に入学。

一九四二年（昭和十七年）十三歳

三月、大阪市立大江国民学校初等科を卒業。四月一日、大阪府立天王寺中学校（現・天王寺高等学校）に入学。

一九四四年（昭和十九年）十五歳

授業は完全に停止となり、校舎は兵営に代用された。勤労動員の命が下り、クラス全員は、泉正二郎教諭に率いられ、西成区津守の植田鉄工所に派遣された。製図部へ配属される。加藤製図部長が仕事時間に本を読んでいてもよいと黙認してくれたので、敗戦まで、円本全集類の耽読で過ごす。

一九四五年（昭和二十年）十六歳

三月十三日の大阪大空襲で自宅および父の事務所・倉庫などすべて焼失し、一家は奈良県生駒郡富雄の百楽荘へ疎開する。八月十五日、敗戦。まもなく授業再開される。九月七日、一家は大阪市阿倍野区昭和町中二丁目三十四番地へ移住。父はベニヤ板商を開業する。

一九四六年（昭和二十一年）十七歳

この年、青山一郎・谷沢白雪の筆名で短歌を「ゆくも」「若竹通信」「沃野」「若竹」等に発表。九月、高橋衛らと日本青年共産同盟天王寺中学班を組織した。十月二十四日、日本青年共産同盟天王寺中学班機関紙「暁鐘」創刊号を高橋衛と発行。その趣意書を無許可で校内に掲示した。学校当局が掲示の撤去を命じたので、天王寺中学班の承認と言論、出版、結社の自由を要求して紛糾する。

一九四七年（昭和二十二年）十八歳

三月、大阪府立天王寺中学校を卒業。四月、関西大学予科に入学。社会科学研究会に入部。

一九四八年（昭和二十三年）十九歳

一月二十七日、西日本大学予科文化祭の討論会が関学チャペルに於いて開催され、平野庸人・田中学・谷沢永一（関西大学予科社会科学研究会）チームが第二位を獲得。四月、大阪学生文学部連盟を創設、初代委員長に就任。六月一日、大阪学生文学部連盟機関誌「学生文芸」を創刊、編集発行人となる。

一九五〇年（昭和二十五年）二十一歳

一月一日、同人雑誌「えんぴつ」を創刊。一月中旬、森下辰夫が帝塚山学院女子高校の校舎の片隅を借りて開いていた、フランス語の私塾で、開高健と出会う。十一月二十五日、関西大学国文学会研究発表会で「斎藤茂吉の方法」を発表。

一九五一年（昭和二十六年）二十二歳

五月一日発行「えんぴつ」第十七号を以て終刊。七月七日、関西大学国文学会研究発表会で『風俗小説論』について」を発表。九月から十月にかけて旧「えんぴつ」同人の開高健・向井敏ら主要メンバー七名と連れ立って、南淵信主宰の「文学室」に加入する。十二月一日、関西大学国文学会研究発表会で「斎藤茂吉の作歌態度」を発表。

一九五二年（昭和二十七年）二十三歳

三月二十五日、関西大学文学部国文学科を卒業。卒業論文は「斎藤茂吉『短歌写生の説』研究」。四月八日、関西大学大学院文学研究科国語及び国文学専攻修士課程に入学。七月十日、関西大学国文学会研究発表会が図書館研究室で開催され「『暗い絵』読後」を発表。

一九五三年（昭和二十八年）二十四歳

五月十九日、関西大学国文学会研究発表会で「石橋忍月」を発表。十月五日午前三時三十五分、母ナツエが神戸市生田区下山手通八丁目十一番地の一の隈病院において死去。享年五十二。その直後、天王寺区美章園の下宿に移る。

一九五四年（昭和二十九年）二十五歳

三月二十五日、関西大学大学院文学研究科国語及び国文学専攻修士課程修了。修士論文は「近代文藝評論の原初形態」。四月十日、関西大学大学院文学研究科国語及び国文学専攻博士課程に進学。七月四日、関西大学国文学会総会・研究発表会で「坪内逍遙『小説神髄』」を発表。

一九五五年（昭和三十年）二十六歳

十一月一日、関西大学文学部助手に就任。住吉区万代東一丁目二十四番地に移る。

一九五七年（昭和三十二年）二十八歳

三月二十七日、関西大学大学院文学研究科国語及び国文学博士課程の単位を取得する。

一九五八年（昭和三十三年）二十九歳

五月十一日、関西大学国文学会研究発表会で「自然主義文藝批評の屈折」を発表。十月、開高健が谷沢宅に一週間程滞在して生野町飼野方面に「日本三文オペラ」の取材をする。

一九五九年（昭和三十四年）三十歳

一月二十三日、桐原美智子と婚姻届出。この頃、大阪市住吉区万代東一の二十四に住む。四月一日、関西大学文学部専任講師に就任。この年、TBSサンヨーテレビ劇場の作品企画グループの一員に加わる。

一九六一年（昭和三十六年）三十二歳

六月、宝塚市米谷字蔵の坪五十八番地に移転する。

一九六二年（昭和三十七年）三十三歳

一月三十日、『大正期の文藝評論』を塙書房から刊行。四月一日、関西大学文学部助教授に就任。同日、関西大学創立八十周年記念事業学生歌選者に委嘱される。

一九六四年（昭和三十九年）三十五歳

十一月一日、『近代日本文学史の構想』を晶文社より刊行。

一九六五年（昭和四十年）三十六歳

十二月十四日、みのお公園美化標語募集の審査委員となる。

一九六六年（昭和四十一年）三十七歳

二月、兵庫県川西市寺畑南丹後脇二の二十三（のち花屋敷一の二十四の八と改称）に移住。

一九六六年（昭和四十三年）三十九歳

この年、兵庫県川西市花屋敷一の二十四の八に移住。

一九六九年（昭和四十四年）四十歳

四月一日、関西大学文学部教授に就任。

一九七一年（昭和四十六年）四十二歳

五月二十日、『明治期の文藝評論』を八木書店から刊行。

一九七二年（昭和四十七年）四十三歳

三月二十五日、関西大学より文学博士の称号が授与された。学位論文「日本近代文藝評論史研究」。

一九七三年（昭和四十八年）四十四歳

四月一日、関西大学文学部学部長代理に就任（昭和四十九年九月三十日まで）。

一九七四年（昭和四十九年）四十五歳

二月八日午後十時～十時三十分、東京テレビで「人に歴史あり第二九八回〈開高健〉」が放映され、秋元啓一、柳原良平、佐々木基一、安岡章太郎、八木治郎〈司会〉らと出演。十一月三日、『署名のある紙礫―私の書物随筆―』を浪速書林から刊行。

一九七五年（昭和五十年）四十六歳

一月十日、『標識のある迷路―現代日本文学史の側面―』を関西大学出版・広報部から刊行。

一九七七年（昭和五十二年）四十八歳

一月十日、「文学研究に体系も方法論もあり得ない」を、四月十日、「文学研究を腐蝕するシニシズムの構造」を「文学」に発表し、三好行雄と方法論をめぐって論争する。十月二十日、『読書人の立場』を桜楓社より刊行。

一九七八年（昭和五十三年）四十九歳

八月二十二日、『牙ある蟻』を冬樹社より、『完本紙つぶて』を文藝春秋より刊行。十月一日、関西大学文学部学部長代理に就任（昭和五十五年三月三十一日まで）。十一月十日、『読書人の壷中』を冬樹社より刊行。

一九七九年（昭和五十四年）五十歳

四月一日、関西大学東西学術研究所研究員になる。十一月一日、渡部昇一との対談集『読書連弾』を大修館書店より刊行。以後、二〇〇九年十月二日の『平成徒然談義』（PHP研究所）まで二十冊以上の渡部昇一との対談集を出す。この前後、鳥井信一郎の依頼により関西経済同友会で講演し、以後、政治経済問題の講演が増える。毎日放送モーニングショウ（司会・八木治郎）にレギュラー出演する。

一九八〇年（昭和五十五年）五十一歳

十月六日、毎日ラジオ放送「ラジオマガシン〝好きな国嫌いな国〟」午後六時四十五分～七時十五分に斎藤努らと出演。十一月二十日、サントリー学藝賞（文学・学術部門）を『完本紙つぶて』を中心とした活躍で受賞。十二月四日、毎日ラジオ放送「ラジオマガシン〝今年なくなった人〟」午後六時四十五分～七時十五分に角淳一・水野晶子らと出演。

一九八一年（昭和五十六年）五十二歳

サントリー学藝賞（思想・歴史部門）詮衡委員となる。六月二十日、『紙つぶて二箇―コラムと断簡―』を文藝春秋より刊行。七月二十一日、NHK放送「一冊の本〈伊藤仁斎〉〝童子問〟」に出演。七月三十一日・八月一日、毎日放送開局三十周年記念テレビシンポジウム「関西論―歴史から未来へ」（於・毎日放送千里丘放送センター〝ミリカ・ホール〟）に、梅棹忠夫、上田篤、小松左京らと参加、第四セッション・文化「大阪学を作った人びと」を報告。九月一日、『古典の読み方―いま役立つ知恵と活力の源泉・この9冊―』を祥伝社より刊行。十月三十日、大阪二十一世紀協会企画委員に委嘱される。十一月二十四日、『人間通でなければ生きられない―新しい現代の読み方・人間の読み方―』をPHP研究所より刊行。この年以後、毎日放送土曜日午前十一時五十分～十二時放送の「谷沢永一トークピア」番組を担当する。

一九八二年（昭和五十七年）五十三歳

一月九日、NHKテレビ午前十時五十分～十一時十五分「中継・えべっさん」に出演。一月十八日、毎日テレビ「大阪株式市況」午前十時五十分～十一時十五分にゲスト出演。一月十九日、MBS毎日ラジオ「トーク〝祭りこそ大阪〟」午後七時～七時三十分に出演。二月十一日、毎日テレビ午前九時五十五分～十時五十分放映「戦争を知らない子供たち」に堺屋太一と出演。二月十一日、毎日ラジオ午後一時～四時三十分「飛鳥路ラジオウォーク」に出演。二月二十七日、第十一回関西学際研究シンポジウムで「実学精神―大阪学を作った人々」のスピーカーとなる。二月二十八日、毎日テレビ午後十時～十時三十分放映「すばらしき仲間〈巨人たちの晩さん会〉」に開高健、阿川弘之、辻静雄と出演。四月二十六日、朝日テレビ「堺屋太一のビック0〝君は松下幸之助を超えられるか？〟」午後十一時二十五分～〇時二十五分に出演。六月二十日、『あぶくだま遊戯―社会批評集106篇―』を文藝春秋より刊行。七月三十日、第五回関西復権会議（於・大阪商工会議所国際会議ホール）のパネル討議「二十一世紀への構図」のコーディネイターを務める。七月三十一日、毎日テレビ「八木治郎ショー〝いい朝八時〟」に出演。八月二十一日、毎日テレビ午後七時三十分～八時放映〈クイズダービー恩師の予想に教授冷や汗〉に出演。九月六日、『「正義の味方」の嘘八百―昭和史のバランスシート―』を講談社より刊行。九月二十三日、毎日テレビ「ふるさと大阪再発見」午後一時～四時十五分に出演。九月二十六日、フジ系テレビ午前八時～八時三十分放映「世相を斬る〈教科書問題〉」に、渡部昇一、堺屋太一、竹村健一と出演。以後しばらく準レギュラーとなる。十月五日、『五輪書の読み方―人生いかに勝つか―』をごま書房より刊行。十月二十四日、フジテレビ「世相を斬る」午前八時～八時三十分に出演。十一月二日、大阪府が創設した山片蟠桃賞の審査委員になる。十一月十一日、NHK教育テレビ午前八時四十五分～九時放映「教養セミナー日本語再発見〈関西ことばの世界・考えときまっさ〉」に出演する。十一月二十一日、フジテレビ「世相を斬る」午前八時～八時三十分に出演。十一月二十七日、NBS「ヤングタウン」にお話しのゲストとして出演。この前後半年間、朝日放送の関口宏司会番組に出演する。十一月から、読売テレビ日曜午後十時三十分～十一時三十分ナマ番組「おもしろサンデー」に出演、翌一月からレギュラーのコメンテーターとなり、平成三年三月三十一日まで続く。十二月十四日、大阪二十一世紀計画の愛称審査会に出席。十二月十七日、第十七回関西学際研究シンポジウム「『縮み』志向と関西の文化」のコーディネイターとなる。十二月二十六日、フジテレビ「世相を斬る」午前八時～八時三十分に出演。

一九八三年（昭和五十八年）五十四歳

一月二日、毎日ラジオ午後七時～八時放送「翔け大阪21世紀」のコーディネイターとなる。一月九日、二月六日、フジテレビ「世相を斬る」午前八時～八時三十分に出演。二月十五日、ラジオ関西「青春の一冊、いまむかし」にゲスト出演。六月十一日、二十一世紀シンポジウム（大同生命ビル大ホール）でパネルディスカッションに出席。七月五日、『閻魔さんの休日―読書コラム166篇―』を文藝春秋より刊行。八月五日、『机上の劇』を潮出版より刊行。十一月三日、特装家蔵本『署名のある紙礫』を浪速書林より限定二十二部を刊行。十一月十日、『雉子も鳴かずば』を集英社より刊行。この年に設置された大阪府織田作之助賞の選考委員となる。

一九八五年（昭和六十年）五十六歳

一月一日、「巻末御免」を「Ｖｏｉｃｅ」第85号より、平成二十一年十二月一日第384号まで三百回連載する。二月二十五日、『百言百話―明日への知恵―』を中央公論社より刊行。三月一日、『円熟期司馬遼太郎エッセンス』を文藝春秋より刊行。三月十日、『論より証拠―谷沢永一の読書術―』を潮出版社より刊行。八月十五日、『なるほど世間はむずかしい―谷沢永一の政談放談―』を太陽企画出版より刊行。十月五日、『話すことあり聞くことあり』を潮出版社より刊行。十一月三十日、毎日テレビ午後七時三十分～八時放映「〈クイズダービー〉名物教授と教え子コンビ」に山崎浩子らと出演。

一九八六年（昭和六十一年）五十七歳

三月九日、フジテレビ「世相を斬る」に出演。三月二十五日、『紙つぶて（全）』を文藝春秋より刊行。七月十日、『谷沢永一書誌学研叢』（青山毅・浦西和彦編）を日外アソシエーツより刊行。

一九八七年（昭和六十二年）五十八歳

三月十日、『時代の手帖』を潮出版社より刊行。五月二十五日、山崎國紀らと「森鷗外研究」を創刊。平成十六年九月まで十冊刊行。六月一日、「探照燈」を「国文学〈解釈と鑑賞〉」第五十二巻六号より平成十七年三月一日第七十巻三号まで二百十四回連載する。七月五日、『乱世に生きる指導者の知恵』を大和出版より刊行。

一九八八年（昭和六十三年）五十九歳

大阪府立図書館基本計画策定委員となる。物集索引賞選考委員となる。十月三日、テレビ東京午前十時～十時三十分「三波春夫の人生の研究」に出演。以後平成元年三月三十一日（月～金曜日）まで出演。

一九八九年（平成元年）六十歳

二月十日、『皇室伝統』をPHP研究所より刊行。十月二十日、「本好き人好き」を「国文学〈解釈と教材の研究〉」第34巻12号より平成二十年十二月十日第53巻17号に二百三十一回連載する。十一月十八日、文化功労（明治大正文藝評論史研究）により大阪市民表彰を受ける。十二月二十九日、『巻末御免』をPHP研究所より刊行。

一九九〇年（平成二年）六十一歳

一月十二日、開高健の葬儀・告別式が東京・南青山の青山葬儀所で営まれ、弔辞を述べる。二月七日、父常一死去。享年八十六。十一月十三日、関西大学百周年記念会館落成記念国際シンポジウム「世界の中の日本人―近代日本の表層と深層―」で、アール・マイナー（プリンストン大学教授）、司馬遼太郎と鼎談。十二月七日、開高健賞が創設され、運営委員兼選考委員になる。十二月十五日、『完本読書人の壺中』を潮出版社より刊行。

一九九一年（平成三年）六十二歳

二月十五日、『大国◆日本の「正体」』を講談社より刊行。三月三十一日、関西大学文学部教授を依願退職。三月三十一日、午後十一時～十二時、読売テレビ「おもしろサンデー」が〈知っているつもり?・谷沢永一編〉を放映。四月一日、関西大学名誉教授の称号が授与された。五月十九日からTBS毎日テレビ午前七時三十分～八時放映「日曜放談」に毎月一回出演。十二月二十日、『読書人の淺酌』を潮出版社より刊行。

一九九二年（平成四年）六十三歳

二月二十日、『回想開高健』を新潮社より刊行。十月三日、「大正昭和の粋判官」を昭和文学会秋季大会（立命館大学）で講演。十二月四日、『山本七平の知恵』をＰＨＰ研究所より刊行。

一九九三年（平成五年）六十四歳

十月二十八日、『日本を活かす』を講談社より刊行。十一月十五日、『松下幸之助の知恵』をＰＨＰ研究所より刊行。十二月五日、『読書人の蹣跚』を潮出版社より刊行。

一九九四年（平成六年）六十五歳

二月四日、『司馬遼太郎の贈りもの』をＰＨＰ研究所より刊行。三月二十日、『粋判官』を文藝春秋より刊行。六月三日、『読書人の悦楽』をＰＨＰ研究所より刊行。六月二十九日、関西大学文学部創設七十周年記念講演会「大阪文藝史談義―大阪の知恵に学ぶ―」が吹田市文化会館メイシアター大ホールで開催され、藤本義一、山崎正和と講師となる。七月十五日、『人生の叡智』をＰＨＰ研究所より刊行。十一月十五日、『「嘘ばかり」で七十年』を講談社より刊行。十一月十五日、『近代文学史の構想〈日本近代文学研叢〉』を和泉書院より刊行。

一九九五年（平成七年）六十六歳

二月三日、『達人の知恵』をＰＨＰ研究所より刊行。三月九日、阪神大震災で被災。二トントラック三台分の蔵書を処分する。四月二十日、『近代小説の構成〈日本近代文学研叢〉』を和泉書院より刊行。六月十六日、『こんな日本に誰がした―戦後民主主義の代表者・大江健三郎―』をクレスト社より刊行。七月二十日、『近代評論の構造〈日本近代文学研叢〉』を和泉書院より刊行。九月十五日、『方法論論争〈日本近代文学研叢〉』を和泉書院より刊行。十一月二日、『司馬遼太郎の贈りものⅡ』をＰＨＰ研究所より刊行。十二月二十日、『人間通』を新潮社より刊行。十二月三十日、『「五輪書」に学ぶ勝ち方の極意』をごま書房より刊行。

一九九六年（平成八年）六十七歳

一月一五日、『書誌学的思考〈日本近代文学研叢〉』を和泉書院より刊行。二月二十九日、『悪魔の思想―「進歩的文化人」という名の国賊12人―』をクレスト社より刊行。六月二十五日、『読書人の観潮』を潮出版社より刊行。六月三十日、『歴史の読み方人間の読み方―変革の時代を生き抜く男たちの決断―』を大和出版より刊行。八月八日、『雑書放蕩記』を新潮社より刊行。九月二十日、『人間通の喧嘩教育論』をＰＨＰ研究所より刊行。九月二十日、『人間通と世間通―〝古典の英知〟は今も輝く―』をクレスト社より刊行。十月三日、『司馬遼太郎』をＰＨＰ研究所より刊行。十一月五日、『人間通になる読書術』をＰＨＰ研究所より刊行。十二月十日、『読書人の風紋』を潮出版社より刊行。

一九九七年（平成九年）六十八歳

二月四日、『私の見るところ』をＰＨＰ研究所より刊行。七月四日、『人の世を見さだめる』をＰＨＰ研究所より刊行。八月一日、渡部昇一との共著『こんな「歴史」に誰がした―日本史教科書を総点検する―』をクレスト社より刊行。八月五日、『司馬遼太郎の贈りものⅢ』をＰＨＰ研究所より刊行。八月二十日、『冠婚葬祭心得』を新潮社より刊行。十一月十日、『十五人の傑作』を潮出版社より刊行。十一月二十七日、『これだけは聞いてほしい話』をＰＨＰ研究所より刊行。十二月十八日、『人間通の勘どころ』をＰＨＰ研究所より刊行。十二月二十日、『読書人の点燈』を潮出版社より刊行。

一九九八年（平成十年）六十九歳

一月二十二日、『人の器量を考えろ』をＰＨＰ研究所より刊行。十一月十七日、『人間、「うつ」でも生きられる』を講談社より刊行。

一九九九年（平成十一年）七十歳

四月二日、『司馬遼太郎の贈りものⅣ』をＰＨＰ研究所より刊行。六月十一日、『公平でない世の中を愉しく生きる知恵』をＰＨＰ研究所より刊行。

二〇〇〇年（平成十二年）七十一歳

三月二十三日、『人の世を確固として生きる』をＰＨＰ研究所より刊行。七月二十五日、『谷沢永一幸福論―アラン「幸福論」の知恵―』を海竜社より刊行。九月十五日、『向学心』を新潮社より刊行。九月十九日、『実践人間学』を講談社より刊行。

二〇〇一年（平成十三年）七十二歳

一月九日、『男冥利』をＰＨＰ研究所より刊行。二月二十八日、『「人間学」の勘どころ―文藝と思想の発生と展開―』を徳間書店より刊行。三月七日、『司馬遼太郎の贈りものⅤ―人の世に生きる知恵―』をＰＨＰ研究所より刊行。四月四日、『「天皇制」という呼称を使うべきでない理由』をＰＨＰ研究所より刊行。四月五日、『人間力』を潮出版社より刊行。六月五日、『統率術』を潮出版社より刊行。六月二十一日、『「新しい歴史教科書」の絶版を勧告する』をビジネス社より刊行。八月七日、渡部昇一との共著『封印の近現代史』をビジネス社より刊行。九月十日、『妄想の人権幻想の平等』をビジネス社より刊行。十一月二十二日、『創業者百人百語―生きる知恵成功の秘訣―』を海竜社より刊行。

二〇〇二年（平成十四年）七十三歳

五月一日、『論争必勝法』をＰＨＰ研究所より刊行。五月二十一日、『遺言状の書き方』をＰＨＰ研究所より刊行。六月十五日、『えらい人はみな変わってはる』を新潮社より刊行。六月二十日、『官僚、もういいかげんにせんかい』を講談社より刊行。六月二十八日、『日本人の論語（上）―『童子問』を読む―』をＰＨＰ研究所より刊行。七月二十九日、『日本人の論語（下）―『童子問』を読む―』をＰＨＰ研究所より刊行。八月六日、『書物耽溺』を講談社より刊行。十月八日、『他人に好かれる人ほめられる人―勇気、志、信念を貫いた50人―』を海竜社より刊行。

二〇〇三年（平成十五年）七十四歳

五月二日、『大人の国語―隠された名文はこれだけある―』をPHP研究所より刊行。五月二十六日、『勇気凛々こんな人生』を講談社より刊行。五月三十日、『文豪たちの大喧嘩―鷗外・逍遙・樗牛―』を新潮社より刊行。五月三十日、『知らない日本語教養が試される341語』を幻冬舎より刊行。七月三日、『高橋亀吉エコノミストの気概』を東洋経済新報社より刊行。十月十八日、『ローマの賢者セネカの知恵―「人生の使い方」の教訓―』を五月書房より刊行。十一月二十五日、『日本近代書誌学細見』を和泉書院より刊行。十一月十一日、『書物耽溺』を講談社より刊行。

二〇〇四年（平成十六年）　七十五歳

一月二十九日、『本はこうして選ぶ買う』を東洋経済新報社より刊行。二月六日、『本は私にすべてのことを教えてくれた』をPHP研究所より刊行。二月十八日、『文豪たちの大喧嘩』で第55回読売文学賞（研究・翻訳賞）を受賞。四月十五日、『聖徳太子はいなかった』を新潮社より刊行。四月二十七日、『歴史通』をワックより刊行。七月十二日、『400字で読み解く明快人間史』を海竜社より刊行。七月二十日、『嫉妬する人、される人』を幻冬舎より刊行。十一月二十五日、『人生を豊かにする日本語』を幻冬舎より刊行。十一月二十五日、『名上司』をワックより刊行。十二月三十日、『遊星群時代を語る好書録　明治篇』を和泉書院より刊行。十二月三十日、『遊星群時代を語る好書録　大正篇』を和泉書院より刊行。

二〇〇五年（平成十七年）　七十六歳

二月九日、『知ったかぶり日本史』をPHP研究所より刊行。三月十八日、『本好き人好き話好き』を五月書房より刊行。三月二十日、『なぜ、この人だけが成功するのか？―百の名言百の知恵―』を講談社より刊行。三月三十一日、『無私と我欲のはざまで―浮世を生き抜く―』を清流出版より刊行。七月十一日、『人間の見分け方』をエイチアンドアイより刊行。九月一日、『司馬遼太郎の遺言』をビジネス社より刊行。十二月五日、『紙つぶて自作自注最終版』を文藝春秋より刊行。

二〇〇六年（平成十八年）　七十七歳

一月三十日、『紙つぶて自作自注最終版』で第四回毎日書評賞を受賞。二月二十六日、『日本人が日本人らしさを失ったら生き残れない』をワックより刊行。五月四日、『執筆論』を東洋経済新報社より刊行。六月十三日、「文学研究の発想」を日本近代文学会関西支部春季大会（近畿大学）で講演。七月、谷沢永一コレクションが関西大学総合図書館に設置された。十月一日、『いつ、何を読むか』をKKロングセラーズより刊行。十一月十七日、『老人の知恵、人生の英知』を海竜社より刊行。十月二十日、『知識ゼロからの徒然草入門』を幻冬舎より刊行。

二〇〇七年（平成十九年）　七十八歳

一月三十日、『いじめを粉砕する九の鉄則』を幻冬舎より刊行。三月九日、『この国の不条理』をPHP研究所より刊行。六月十五日、『読書通―知の巨人に出会う愉しみ』を学習研究社より刊行。六月二十五日、『知識ゼロからの論語入門』を幻冬舎より刊行。八月二十四日、『山本七平の叡知―日本人を理解する75の視点』をＰＨＰ研究所より刊行。十月二十四日、『疲れない生き方』をＰＨＰ研究所より刊行。十一月一日、『谷沢永一性愛文学』をＫＫロングセラーズより刊行。

二〇〇八年（平成二十年）七十九歳

一月十日、『生き方通―一生のうちにするべきこと、しなくていいこと―』をＰＨＰ研究所より刊行。一月二十日、『運を引き寄せる十の心得』をＫＫロングセラーズより刊行。二月十日、『名作の書き出しを諳んじる』を幻冬舎より刊行。四月一日、『人間通になる秘中の名言―生き方の作法、考え方の流儀―』をＰＨＰ研究所より刊行。六月十六日、『モノの道理』を講談社インターナショナルより刊行。八月十日、『「孫子」を読む―勝つために何をすべきか―』を幻冬舎より刊行。十一月八日、『ビジネスマンのための中国古典の名言１００』を海竜社より刊行。四月十日、『司馬遼太郎「坂の上の雲」』を幻冬舎より刊行。

二〇〇九年（平成二十一年）八十歳

二月十七日、『僕のうつ人生』を海竜社より刊行。二月十八日、『日本史の裏事情に精通する本』をＰＨＰ研究所より刊行。五月二十日、『開高健の名言』をＫＫロングセラーズより刊行。五月二十二日、『危機を好機にかえた名経営者の言葉』をＰＨＰ研究所より刊行。六月十日、『名言の力―このひと言が人生を変える』をＰＨＰ研究所より刊行。七月六日、『一冊でわかる『坂の上の雲』―司馬遼太郎が伝えたいもの』をＰＨＰ研究所より刊行。七月二十七日、『最強の「国語力」を身につける勉強法―「漢検」だけでは鍛えられない！―』をＰＨＰ研究所より刊行。

二〇一〇年（平成二十二年）八十一歳

二月二十日、『遊星群時代を語る好書録　明治篇大正篇補遺』を和泉書院より刊行。四月六日、『［完本］巻末御免　昭和から平成へ時代の風を斬る』をＰＨＰ研究所より刊行。四月二十九日、瑞宝小綬章を受章。夏、住友病院で腎臓検査を受ける。

二〇一一年（平成二十三年）

三月八日午後十一時二十三分、心不全で兵庫県伊丹市の病院で死去。享年八十二。

（浦西和彦）

解説に代えて

浦西和彦

谷沢永一先生は平成二十三年三月八日にお亡くなりになった。早いものでもう四年も過ぎ去ってしまった。だが、私はいつも何かがあると、先生であればどのような発言をなされるかと、何かにつけて先生を思い浮かべることがある。不思議なことに、その時、私が思い浮かべるのは、いつも三十代の若々しい笑みたたえた先生の姿であった。

最初から確立されていた独自のスタイルと方法

先生の学会誌における最初の研究論文は、関西大学国文学会「国文学」昭和二十七年六月三十日発行に掲載された「斎藤茂吉の作歌の態度」である。同誌の「編集後記」に飯田正一は「谷沢永一氏の『斎藤茂吉の作歌の態度』は、卒業論文の副論文として提出されたものである。茂吉の文学精神を考える上に、重要な問題を取扱っていると思う。文学というものに、ひたむきな熱情を傾けようとしている若い学徒の論として、御精読を得たい」と記している。先生の学部の卒業論文は「斎藤茂吉『短歌写生の説』研究」である。副論文のほうが「国文学」に掲載されたのは、その前年の十二月一日の関西大学国文学会で副論文である「斎藤茂吉の作歌の態度」を研究発表されたからであろう。

当時の関西大学国文科の専任教師は吉永登（上代文学）、金子又兵衛（近世文学）、飯田正一（近世文学）の三人の教授で、指導を受けるべき近代文学専攻の教授はいなかった。谷沢先生は大学在学中は社会科学研究会に入部したり、大阪学生文芸部連盟を組織したり、新日本文学会大阪支部などにも属したりして、左翼的な学生運動とも拘わっていた。

茂吉に取り組むようになったきっかけは、昭和二十四年の春に、撫養慎平の所蔵していた稀覯歌集『赤光』を借覧筆写したことにあるであろう。しかし、その時は、それを論じたり批評することよりも、茂吉の短歌そのものに関心を持っていたからではないかと思われる。というのは、谷沢先生は、少年時代に自分のナイーブな感情を短歌に詠んでいたことがあったからである。それは天王寺中学校時代である。十七歳の昭和二十一年の春から秋にかけてである。青山一郎や谷沢白雪の署名で短歌を「ゆくくも」や「若竹通信」や「若竹」に多く投稿していた。そのうちの幾つかを、ここに紹介しておきたい。

「早くねよ明日あるものをと妹に優しく云ひぬ肩に手をかけて」
「たくましきいのちを見せて青々とのび出づるねぎの力強さよ」
「焼け潰えし君が家跡とさまよひつゝ幼なき夢の思ひ出を追ふ」
「たえまない戦いだけがこの俺をニヒリズムから救つてくれる」
「天中の制服見つゝさむざむと天中生なるを悲しみにけり」
「胸躍らせてかぶりつく様に新著のアカハタによみふけるひととき」

「ゆくくも」には準同人格で参加している。しかし、日本青年共産同盟天王寺中学班を組織して、昭和二十一年十月二十四日に学校当局と紛糾してからは短歌を詠むことをやめてしまったのである。

それはそれとして、戦後直後の左翼の全盛期にイデオロギーや理論を振り回さないで、学会誌に最初に発表した「斎藤茂吉の作歌の態度」には、谷沢先生の文学研究の独自のスタイルや方法が既に確立されていたのであり、このことは特筆に価する。茂吉の『童馬漫語』などの著作の中の断片的な歌論から、その内面的な組み立てを読み取るのである。茂吉の作品本文に書かれている記述だけにしか論拠を求めない。問題は、谷沢先生が指導教授もいなく、一人でその独自の方法をどうして身につけたかと云うことである。そこには開高健との出会いが決定的な大きな影響を与えたように思う。

開高健との出会い――政治的思考から文学的思考へ

昭和二十五年一月中旬、森下辰夫が帝塚山学院女子高校の校舎の片隅を借りて、開いていたフランス語の私塾で、「タニザワさんですかっ、ぼくカイコウですっ」と、谷沢先生の前に開高健が出現した。谷沢先生が二十一歳、開高健が二十歳の時である。その翌夜、開高が「印象生活」が掲載された「市大文芸」を持って谷沢先生宅を訪れた。この作品をめぐって二人は論戦する。この時、谷沢先生は、開高の言葉のほとんどが、自家製であることに衝撃をうける。後にかかれた『回想開高健』（平成四年二月二十日発行、新潮社）に、出会った時期の開高健についての印象を、次のように記している。

実際には、開高も人には負けぬ解説読みだった。『世界文学全集』や岩波文庫などの解説の、記憶にのこる一句一節一条を、興にまかせて私たちは朗誦した。しかし、いざ或る作品について自分の感想をのべるとき、彼は、既成の文脈の埒外にいた。できてしまっている定評を、勿論よく知っているが、自分の畠へは導きいれないのである。抵抗したり、格闘したりの末ではない。理解するが、浸透させない。だから、反論もしない。そこには斥力の劇がなかった。彼のなかには、はじめから、ひとりだちの思考筋肉が充足している。

「これこそ正真正銘の、文学的思考力というものであろう」、「これはホンモノだ」と感じたのである。そうして、自分は知らぬまに理論中毒におちいっていたことに気づくのである。谷沢先生は開高健との出会いから、政治的思考の文脈から文学的思考へと転換することになったのである。「このとき、もし開高があらわれなければ、私は軽薄で空虚な理屈屋に終り、だが、それはまたそれで、結構、安穏にすごしえたかも知れない」と回想している。作品を批評するとき、外部から借りものの思想や観念に照らし合わせて読むことが、文学的でないことを自覚する。谷沢先生は「私が出会ったその時期、彼（開高健）はすでに作家であった。作家志望者、というような、ただよっている存在ではなかった」と記している。同時に谷沢先生も開高健に対したとき「すでに批評家」であったのであろう。開高健との交遊関係においては、社会科学の思想や理窟を取り去って、書かれた作品そのもので論を組み立てて「批評家」として立ち向かっていかねばならなかったのである。

政治的行動から文学へ専念することになった。谷沢先生の研究や批評の方法やスタイルが、開高との出会や交遊の過程で培われたのである。

『文豪たちの大喧嘩』と『大人の国語』を中心に

谷沢先生は、昭和二十七年に大学院に進学されたとき、夏目漱石とか森鷗外などの特定の作家や作品を選ぶのではなく、近代文芸評論を研究主題にされた。修士論文は「近代文芸評論の原初形態」であり、主に明治期の文芸評論に取り組んだ。そして、生前には『大正期の文芸評論』『近代日本文学史の構想』『明治期の文芸評論』などを始めとして多くの近代文学に関する著書を出版された。先生の多岐にわたる文学研究のお仕事から一冊に厳選するのはなかなか困難な作業である。本書では『文豪たちの大喧嘩―鷗外・逍遥・樗牛―』と『大人の国語―隠れた名文はこれだけある―』を柱にして編集した。

前者の『文豪たちの大喧嘩』はちくま文庫に収められているので除外しようかと思ったが、先生が自身が序で「私に於ける文芸評論研究の卒業論文と見做したい」「私の代表作に擬している」と記している。また、この書は平成十六年二月十八日に第五十五回読売文学賞研究・飜訳賞を受賞した。その時、丸谷才一は「この書によつて明治文壇の気風も、近代日本文学の論争好きの起源も、論争が下らないものになりがちな事情も、森鷗外が大才にもかかわらず人物としては小さいことも、よくわかる。洞察にみちたおもしろい本」（「読売新聞」平成十六年二月一日）と評した。谷沢先生の代表作であることは間違いない。本書から省くわけにはいかない。そこで題名を、『**近代文学論争譜**』とし、紙幅の都合で、森鷗外の論争に関する部分だけを収録した。

『大人の国語―隠れた名文はこれだけある―』は、谷沢先生の長年の読書歴を通じて蓄積してきた人間論が反映された先生独特の文学論でもあろう。「まえがき」そのものも、一篇の志賀直哉論である。志賀の自我の性質を明らかにしている。『大人の国語―隠れた名文はこれだけある―』もその全文を収めたかったのであるが、なにしろ五百八十一頁からなる大著であって、全文を収めることが出来なく、一部分を割愛し、題名を『**文章読本**』と改題した。

誰にも適用できる普遍的な方法論はない

「**日本近代文学の存立条件**」は、昭和三十八年四月に起稿された。谷沢先生の『大正期の文芸評論』に次ぐ第二著書『近代日本文学史の構想』（昭和三十九年十一月一日発行、晶文社）の巻頭に掲載された。

　私にとってはこの「日本近代文学の存立条件」は思い出の深い論文である。私は、昭和三十八年に谷沢先生の「近代文学」の講義を受講したのである。テキストは小田切秀雄著『文学史』〈日本現代史体系〉（東洋経済新報社）である。六月頃であったと思う。まだ発表されていない起稿されたばかりのこの「日本近代文学の存立条件」を授業で聞いた。学生時代に先生の講義を聴くことが出来たのは大変幸運であった。高校生時分から小説を読むことをしていたが、なにごともオクテであった私は文芸評論など手にして読んだこともなかった。

　話題の豊富な先生の講義は魅力的であった。われわれ学生たちを強力な磁石のように引きつけた。あれほど知的に興奮した授業はこれまで受けたことがなかった。様々な本が次から次へと出てくる。あの本もこの本も読まなければならないと、読書欲をかきたてる。講義が終わると図書館へかけこむのである。丸山真男の『現代政治の思想と行動』も藤本進治の『認識論』や平野謙の『島崎藤村』、中野重治の「『暗夜行路』雑談」、小田切秀雄『原子力と文学』『人間の信頼について』などを先生と出会っていなければ読まなかったであろう。レーニン全集を読むには同じ本を二冊用意するのがよい。一冊は本文を、もう一冊は注のページを開けて横において読むのがよいとも教わった。

　作品を論じること、それを批評することで何が大事なことなのか、文学研究において重要なことはなにか、という根本的なことを私は谷沢先生から教わったのである。学生であった私は文学研究に数学の方程式のようなものはないのか、素朴なことを訊ねたこともあった。誰にも適用できる普遍的な方法論などあり得ない。その場その場で有効適切な方法を常に新しく案出していかねばならないと断言された。

大妻女子大学で開催された昭和五十一年度日本近代文学会春季大会のシンポジウム「批評と研究の接点」で、谷沢先生は三好行雄や越智治雄らの方法を厳しく批判された。文学の方法論が話題になった学会であったが、私には学生時代に既に解決済みの問題であったので、方法論には興味がなく、その学会には参加しないで大阪で授業をしていた。

自分にあった方法をテーマごとに探しだしていくより仕方がない。学会の動向など気にかけていても意味がない。理科や自然科学や医学系の学問と違って、文科系などの学会にはそれほど意義を認めなかったので、私はほとんど東京の学会には出たことがなく、その時間があれば国会図書館か近代文学館ですごしていた。学生時代に谷沢先生の授業を受講することが出来たお陰で、学会などで右往左往することも、迷うことなく、これまで自分で興味や関心をもったことを、やりたいようにやっていくことが出来たのではないかと思う。

それにしても、日本資本主義の特殊性の分析、それと近代日本文学の特色との関連の解明した「日本近代文学の存立条件」は、刺戟的な論文であった。

批評的発想の根柢

「『小説神髄』の文学意識」は、坪内逍遙の「小説神髄」が近代文芸理論としては半端で不徹底な性格を帯びているようになったその理由を、逍遙の思考態度・論理構造の特徴のなかに求め、「逍遙の思考態度には方法意識がない」ことを論じる。「森鷗外『舞姫』の発想」とどちらを選ぶか迷ったが、「小説神髄」の方を採択した。

「**広津和郎**」は第一著書『大正期の文芸評論』に書き下ろしで発表された。この「広津和郎」の外に「片上伸」「相馬御風」「生田長江」「赤木桁平」「佐藤春夫と研究史覚書」が『大正期の文芸評論』には収録されている。「佐藤春夫」も収録したかったのであるが、「文章読本」に「佐藤春夫『田園の憂鬱』の世界」があるので、本書に収録するのを見合わせた。この「広津和郎」論は、発表当時、高見順が「朝日ジャーナル」昭和三十七年四月八日発行に書いた書評で言及しているのがあるので、次に紹介しておく。

『自由と責任とについての考察』という小文に注目して「広津和郎の文学批評態度の特質を見極めようとするとき、このたった数ページの短い感想文が、彼の批評的発想の根底を明晰に語っている意味において、実は非常に重要なエッセイである」として、広津氏の批評活動の本質を具体的な評論に当って究明したのち、このエッセイに「表白された思念にあくまで忠実に生きようと決意した個人にとって、おのれをとりまく社会的連累との間にどのような人間関係が生じるか、それを追及することをテーマとして構想されたのが、はかならぬ『やもり』『波の上』一連の作品である」と、その実作にまで検討をすすめている谷沢氏の論文は、広津論としてかつてない精彩と卓越を示した労作である。自由と責任という問題、こういう面で広津氏の文学をとらえたものは、かつてなかった。

この論文は大正期という時代の精神をあきらかにするだけでなく、同時に文学の本質そのものにおのずと思いをひそませて行く。「広津文学におけるいわゆる性格破産者の形像は、潜在的毒素を観念操作によって電極に集結するという表現方法の問題ではなく、そこからの脱出意欲をカギとしてようやく客観視することのできた自己現実の危機の様相にほかならなかった」と言うあたり、冷たい手つきで机上の文献を分析する学者ではなく、すぐれた文芸評論家をわたしはここに見た。

書誌的精通と問題意識の確立

谷沢先生は作品論は作品以外の資料を持ち込まないのがよい。作品以外から何か資料を発掘して論を立てると、新たなる資料が出てくると、その論文は破綻する場合があるのではないかと、言われていた。「**太宰治『人間失格』の構成**」は、それを見事に実践した作品論であろう。そのような論文はなかなか容易に書けるものではない。論文が氾濫している現在においては、これからは表題をみて、その論文がどのようなことを書いているか、表題で分かるようなのがよいともいわれた。そこで私は、「徳永直『太陽のない街』発表年月・共同争議・設定年月・絶版について」などというような題名をつけたこともあった。

「**文学研究の前提となる性知識の問題**」は、小笠原克がこれは「日本で最初の概括展望だろう。書誌的精査と問題意識の確立が鮮やかで、特に、ここで槍玉にあげられた国文学者を含め、近代専攻者以外の注目も喚起したい」(「文学」昭和四十年一月十日発行)と評した。谷沢先生の研究の幅広さを示すものであろう。

昭和五十年ごろの関西大学国文科には谷沢先生以外に吉永登、中村幸彦、岡見正雄、清水好子、伊藤正義らの諸先生が勤務されていて、なにかお酒を飲む機会があると、中村先生や谷沢先生を中心にして文学研究が話題に実に楽しい清談がもたれる。ある時、文学研究の最後に行くつくところは、文学史ではないか。お互いにそれぞれの文学史を書いてみようではないか、ということになった。

谷沢先生は文学史よりも文壇史が書かれるべきであるとお考えのようだった。私は山田清三郎らのプロレタリア文学史ではなく、プロレタリア文化運動史を漠然と考えていた。谷沢先生は、大きな業績を残さなかった人でも、ちょっと小さな石を積んだ人々も、運動にに参加したことに意味があるといわれた。その時の宿題を今頃になって、私はようやく『文化運動年表』（三人社）として刊行することが出来た。何かにつけて私の仕事に気をかけていただいていた谷沢先生に見ていただくことが出来なくなったことが残念でならないのである。

鷲田小彌太氏の企画で谷沢永一先生の二巻選集が刊行されることは望外の喜びである。

[編者紹介]

浦西和彦（うらにし・かずひこ）

1941年、大阪市生まれ、関西大学文学部国文学科卒。1971年、関西大学文学部専任講師。同助教授、教授を経て、2012年退職。関西大学名誉教授。2014年、大阪市民表彰文化功労賞。

主要著書・編集に、1985年『日本プロレタリア文学研究』（桜楓社）、1990年『開高健書誌』（和泉書院）、2003年『河野多恵子文芸事典・書誌』（和泉書院）、2008～9年『浦西和彦著述と書誌』全四巻（和泉書院）、2015『日本文化運動年表　明治・大正編』（三人社）等々がある。

本文DTP制作………勝澤節子

編集協力………植野郁子、田中はるか

谷沢永一　二巻選集　上
精撰文学論

発行日❖2016年1月31日　初版第1刷

著者

谷沢永一

編者

浦西和彦

発行者

杉山尚次

発行所

株式会社言視舎

東京都千代田区富士見2-2-2 〒102-0071

電話 03-3234-5997　FAX 03-3234-5957

http://www.s-pn.jp/

装丁

菊地信義

印刷・製本

中央精版印刷㈱

ISBN978-4-86565-043-3 C0395